El cielo sobre Darjeeling

El cielo sobre Darjeeling

NICOLE C. VOSSELER

Traducción de Jorge Seca

Barcelona • Madrid • Bogotá • Buenos Aires • Caracas • México D.F. • Miami • Montevideo • Santiago de Chile

Título original: Der Himmel über Darjeeling
Traducción: Jorge Seca
1.ª edición: mayo 2012

Consell de Cent, 425-427 - 08009 Barcelona (España)
www.edicionesb.com

Printed in Venezuela

ISBN: 978-84-666-5124-0
Depósito legal: B. 12.299-2012

Impreso por Gráficas Lauki, C.A.
Caracas, Venezuela.
www.graficaslauki.com

Dedicado a todos aquellos que,
en las batallas de la vida y del amor,
acabaron con cicatrices pero, sin embargo,
siguen teniendo esperanza, siguen creyendo y amando

Cierra los ojos y pronuncia la palabra «India».

RUDYARD KIPLING

I

Helena

Los hijos de los amantes son huérfanos.

León Tolstói

Prólogo

Argostoli / Cefalonia, 13 de agosto de 1864

Queridas hermanas:

Apenas unas horas después de que estas líneas salgan a vuestro encuentro habremos partido nosotros también, si bien nuestro viaje resultará sin duda más largo y fatigoso. Puedo comprender vuestra preocupación por nuestro bienestar y nuestro estado de salud. Sin embargo, he de deciros que no hemos experimentado hostilidad de ningún tipo, ni durante el período del protectorado inglés ni tras la devolución de las islas Jónicas a Grecia, que tuvo lugar hace solo cinco meses. No me cansaré de repetir que no creáis a ciegas todo lo que publican los periódicos. Nunca hemos recibido otra cosa que atenciones y hospitalidad por parte de las gentes de aquí.

A pesar de todo, después de madurarlo largamente, hemos tomado la decisión de regresar a nuestro país de origen. Ya han pasado siete años desde que dejé Inglaterra y me fui de vuestro lado, siete años he pasado aquí, en este sur dorado, que me han parecido apenas unos meses y una eternidad al mismo tiempo. Londres no es sino una débil imagen en mi memoria: el ruido de sus calles, completamente diferente al ruido de aquí, más fresco y ordenado a su manera; el hollín y la niebla y, sobre todo, la lluvia, la lluvia fría y constante...

Cubriremos casi todo el trayecto en barco, pasando por Italia y Francia, lo cual no solo será más rápido sino también más agradable; la verdad es que tendremos que esforzarnos para no echar alguna que otra mirada nostálgica a estas regiones que han sido nuestro hogar. Si las condiciones nos son favorables, contamos con llegar dentro tres o cuatro semanas a Dover, desde donde os haré llegar noticias nuestras. Mis mejores deseos para Theodore y Archibald, también de parte de Arthur.

La pluma se levantó un instante del papel antes de volver a dejar su grácil rastro en él.

Estaría bien regresar tras todo este tiempo y saber que nuestro padre ya no me guarda tanto rencor y, sobre todo, que no se lo guarda a Arthur. Ojalá dirigiera su mirada al menos una vez hacia su nieta, a la que todavía no conoce.

Os abraza con todo el cariño,

CELIA

Cuando dejó la pluma, respiró profundamente, como liberada de una carga, y se levantó con un susurro de faldas. Las campanas de la iglesia anunciaban el final de un largo día de trabajo y su tañido se colaba por las rendijas de las contraventanas que protegían la habitación del calor del estío. La brisa traía consigo el aroma de las rocas abrasadas por el sol y de la vegetación seca. Se acercó a la ventana alta, cuyas hojas estaban abiertas hacia el interior de la alcoba, liberó la aldabilla de su anclaje y empujó hacia fuera las contraventanas para permitir que entrara libremente aquel sonido rítmico, profundo, al que se sumó un chorro de luz vespertina de tonalidades doradas y cobrizas, cálida sin llegar a ser tan cegadora ni ardiente como al mediodía.

El agua de la bahía era un espejo. Argostoli, la capital de la isla, se extendía frente a la ventana: un mar de casas de varias plantas de estilo típico, de un blanco resplandeciente, con la promesa del frescor bajo sus tejados. Entre las casas destacaban las torres de las cuatro iglesias ortodoxas cuyas clamorosas campanas competían entre sí. Pinos piñoneros y cipreses relajaban la rígida geometría del trazado de las calles y de sus edificios. Incluso a esa hora, en la que la gente regresaba a casa después de su jornada laboral, la ciudad tenía un aspecto soñoliento, como si el tiempo fluyera en ella con mayor lentitud.

Dos pastores pasaban en ese momento cerca de una casa solitaria pegada a la ladera de la montaña. Ataviados con pantalones bombachos, camisa ablusada y chaleco, conducían sus cabras dando voces por el terreno rocoso cargado de tomillo. Saludando con una especie de fez blanco, dirigieron cumplidos y frases de despedida a la hermosa mujer del *angglikós sográphos* («el pintor inglés»), a las que Celia respondió con un gesto de saludo y una breve frase en griego. Luego se quedó mirando cómo proseguían cuesta abajo su camino hacia la ciudad por el sendero de guijarros y se topaban con dos personas, un adulto y una niña de corta edad, que subían la cuesta entre jacintos estrellados y lentiscos muy crecidos de hojas lanceoladas y bayas rojas y negras.

El corazón de Celia comenzó a palpitar más rápidamente cuando reconoció a Arthur, bronceado como los griegos, con el cabello oscuro acastañado por el sol. Iba bien arremangado, con el caballete plegado al hombro; en la otra mano llevaba una tela y caminaba sin preocuparse lo más mínimo por la pintura, que debía de estar todavía fresca.

«Desde mi adolescencia quise vivir, más que en ninguna otra parte, en las costas de Jonia y Ática y en las hermosas islas del Archipiélago, y uno de mis sueños preferidos era ir allí de verdad, a la sepultura sagrada de la humanidad en su estadio joven. Grecia fue mi primer amor, y no sé si decir que será también el último.» De este modo había citado a Hölderlin, el poeta alemán, refiriéndose a sí mismo. Trigueño como un gitano, pero con los ojos de un azul oscuro que parecían transformar en belleza cuanto miraban, la había engatusado para que participara en una aventura que la fascinó desde el primer momento, al igual que lo adoró a él desde el preciso instante en que entró en el hogar paterno para ser su nuevo profesor de dibujo y ambos se inclinaron al mismo tiempo sobre el bloc.

Roma la eterna, Nápoles y Siracusa, Delfos y Corinto, Salamina y Micenas, Patras e Ítaca... Durante dos años fueron encadenando infatigablemente etapas en su viaje sin destino fijo, ebrios de sol y de la felicidad de haber dado el uno con el otro. Finalmente crearon su hogar a los pies de la acrópolis de Atenas, donde Helena vino al mundo en un abrasador mes de agosto de hacía cinco años, y allí, en Cefalonia, habían encontrado el sosiego. Cefalonia, «la isla de los milagros», tal como la llamaban los nativos.

Era la cuna de la cultura occidental lo que fascinaba a Arthur, la tierra de innumerables leyendas sobre dioses y héroes, tierra de pasiones, de lucha y odio, amor y muerte. Cada mañana montaba su caballete y pintaba como un poseso, captando el mar, los peñascos y la luz para fijarlos en el lienzo y devolver a la vida los espíritus de los héroes muertos y de sus seres amados. Los viajeros ingleses, franceses y alemanes estaban ávidos por llevarse a su tierra lluviosa un pedazo de ese mundo eternamente bañado por el sol, y sus amigos sentían nostalgia de países lejanos al contemplar los intensos colores del lienzo que parecían abrasados por el sol. Aquellos viajeros hacían posible el sustento de Arthur y Celia, si bien no era especialmente abundante.

Llegaron hasta ella unas risas mezcladas con palabras sueltas del vigoroso y dúctil idioma griego, y Celia vio a los dos pastores bromear con Helena, que llevaba al hombro el talego con los pinceles y las pinturas de su padre. El cabello de Helena era liso como oro hilado y reflejaba la luz del sol; sus mechones le enmarcaban el rostro como una aureola luminosa y a veces creía uno detectar en ellos un matiz cobrizo.

«*Chrysó mou...*» Celia notó un escalofrío pese a la calidez del sol vespertino.

«*Chrysó mou*, ¡mi niñita querida!», había exclamado la anciana a Helena tendiendo sus dedos torcidos hacia la niñita inglesa embutida en un vestido largo sin mangas.

Estaba sentada en un taburete, a la sombra de una casa, observando ociosa el animado trajín del mercado. Helena se resignó a su destino con sublime docilidad y dejó que la anciana la sentara en su regazo y la besara y acariciara tal y como estaba acostumbrada desde su nacimiento a que hicieran las mujeres griegas. Con alegría manifiesta, aquellas manos nudosas recorrieron su carita bronceada y su pelo rebelde. La anciana le susurró palabras cariñosas hasta que sus caricias adoptaron un ritmo sosegado y continuo. «*Chrysó*, niñita querida, has nacido para ser princesa —la escuchó Celia murmurar con una calma bendita reflejada en el rostro arrugado—. El destino te conducirá a tierras extrañas. Te cortejarán dos hombres, enemigos entre sí, y tú les revelarás el secreto que ata sus propios destinos. Uno de los dos será tu felicidad. ¡Pero no te dejes engañar por las apariencias!

Con frecuencia las cosas no son como parecen a primera vista o como tú quieres que sean... —Calló, dejando una tensión en el aire que olía a polvo, cebollas y uvas maduras.

«¿Puede decirme lo que nos espera a mí... a mí y a mi marido?», se oyó preguntar Celia. Sus palabras, pronunciadas venciendo una íntima resistencia, apenas fueron audibles con el vocerío proveniente del mercado.

La anciana no se movió, parecía que estuviera escuchando con atención una voz interior. Luego abrió bruscamente los párpados, arrugados como los de un sapo. Había un deje de rechazo y de compasión en sus ojos empañados. Con el pulgar deforme de la mano derecha se había hecho la señal de la cruz sobre los labios, como para sellarlos, por su propio bien tanto como por el de Celia, quien había sentido como si una mano helada le asiera el corazón.

Apresuradamente había arrancado a la niña asustada del regazo de la anciana bruja y se la había llevado levantando una polvareda con el bajo del vestido, a grandes zancadas, tratando de dejar atrás la ciudad, que, de pronto, empezaba a parecerle amenazadora.

Ya no lograría desprenderse de ese miedo que había comenzado a corroer su amor por el país. Echaría de menos Grecia: la palpable luz del sol que hechizaba, creando nítidos contrastes en el paisaje, los llanos cubiertos de cardos secos, el aroma de carbón vegetal en los pinares de pinos piñoneros, el canto de las cigarras, el resplandor del aire cargado de olores de hojas y de tierra y de sal marina, pero lo cierto era que ya no se sentía segura allí. Con gesto protector posó la mano en su vientre, todavía plano bajo el ligero vestido de muselina, y rezó en silencio pidiendo protección para la criatura no nacida y para su familia.

1

Cornualles, noviembre de 1876

Su vestido de tela negra rígida se deslizaba susurrante por el suelo de madera desgastada, y el eco de sus tacones bajos le resultaba desagradablemente molesto. Se detuvo un instante ante la puerta a la que la habían conducido sus pasos como para hacer acopio de valor y luego inspiró profundamente y notó en la mano el frío metal manchado del pomo de la puerta. Las incontables motas de polvo que se arremolinaron cuando la abrió bailaron en los pálidos rayos de luz que entraban por la angosta ventana de la habitación, en cuyo centro había un vetusto escritorio y una silla tapizada de piel cuyo relleno empezaba a asomar por las grietas del cuero. Los montones torcidos de papeles apilados y las plumas rotas y sucias de tinta indicaban que allí se había estado trabajando hasta hacía no demasiado tiempo. Hasta la viga del techo ennegrecida de hollín, las cuatro paredes estaban forradas de libros que olían a moho, descoloridos y llenos de marcas, apretujados: obras de Platón y Aristóteles, Plutarco y Homero, de muchas de las cuales había varias ediciones;

escritos de arqueología, filosofía, retórica y gramática. En algún momento, las estanterías de sencillas tablas se habían quedado cortas y los libros habían seguido acumulándose en el suelo, pegados a las patas del escritorio, y creciendo en pilas con alarmante inclinación que iban invadiendo la habitación.

El santuario de su padre.

Tomó la senda que recorría aquella jungla de erudición. Encima del bosque de papeles había un volumen releído con las páginas rasgadas y amarillentas. Tenía un pasaje en letra pequeña marcado. Quizás había sido la última lectura de su padre.

Canción – A Celia

Ven, Celia mía, demos muestras,
mientras podamos, de las delicias del amor.
El tiempo no será nuestro para siempre.
Él bifurcará nuestro destino común,
así que no malgastes sus obsequios.
Los soles que se ponen
puede que vuelvan otra vez a salir,
pero, si perdemos algún día esta luz,
viviremos entonces una noche eterna.

BEN JONSON

A través del cristal combado miró hacia abajo el ralo paisaje de la costa, que producía un efecto de desnudez. La playa brillaba plateada a la luz mortecina de aquel día de noviembre y parecía agazapada contra el ímpetu de las olas que en ella rompían.

—El señor Wilson está esperando abajo.

Helena no reaccionó al oír aquello. Tampoco parecía haberse percatado de la llegada de Margaret.

—Nunca me llamó la atención que se sentara siempre de espaldas al mar —susurró.

Edward Wilson, uno de los hijos del bufete de abogados Wilson & Sons, de Chancery Lane, Londres, echó un vistazo despectivo a aquella habitación que en otro tiempo quizás hubieran llamado salón. Como el resto de la casa, parecía haber vivido mejores tiempos. La madera de los muebles, muy pasados de moda, se había oscurecido con los años y tenía arañazos; las fundas, de tonos pastel, tenían un aspecto apagado y más de un remiendo bastante burdo. Saltaba a la vista que no se consideraba que valieran la pena esas labores.

World's End, ¡qué nombre tan apropiado para aquel pedazo de tierra dejado de la mano de Dios! Wilson ya empezaba a creer que el cochero se había equivocado de camino o que tenía intención de entregarlo a una banda de ladrones en aquellos parajes intransitables cuando apareció la casa semiderruida, gris, como los abruptos acantilados que coronaba, y desprotegida del intenso viento que soplaba desde el agitado mar. Las colinas, exuberantes en el interior del país, parecían allí haberse quedado en los huesos; incluso la valeriana, que brotaba como la mala hierba en esas tierras, crecía raquítica en aquel suelo árido. Si tal como se decía, el rey Arturo reunía a los caballeros de su mesa redonda más al norte, en el castillo de Tintagel, aquella parte de la costa no quedaba sin duda dentro de las fronteras de su reino. Daba la sensación de que más allá empezara el fin del mundo. Solitaria e inhóspita, aquella tierra era como un último puesto avanzado del imperio Británico en la frontera y, además, un frío infierno húmedo. No era lugar en el que pudiera medrar una persona sana, normal y sensible más allá de lo estrictamente necesario, pero Arthur Lawrence, al parecer, ya no era el mismo en sus últimos años. La semana anterior el Señor lo había redimido finalmente de sus sufrimientos terrenales, así que había recaído en él la ingrata tarea de administrar la exigua herencia. Wilson resoplaba despectivo, mesándose el bigote descolorido.

Se detuvo ante una pintura de gran tamaño que, por sus intensos tonos azules y su blanco radiante, captaba de inmediato la atención de cualquiera que entrara en la habitación; incluso parecía absorber la escasa luz que penetraba en ella. Cuando la miraba, tenía uno la impresión de estar en aquella terraza, sintiendo el sol en la piel. Sentada en el banco de mármol frío y jaspeado había una mujer con aspecto de madona pero seductora en su inocencia. El pintor había captado magistralmente el resplandor claro de su piel; casi se intuía el pulso de la sangre por sus venas o uno esperaba una mirada de sus ojos, que parecían hechos de la misma materia que el mar que tenía detrás. Sin embargo, miraba fijamente el ramillete de anémonas púrpura y rosa que tenía a sus pies. El mensaje del cuadro era enigmático. En el fondo quizá se tratara únicamente de una especie de homenaje: la glorificación de una belleza peculiar. Wilson empezó a intuir que Arthur Lawrence tenía que haberla amado hasta la locura.

¡Qué prometedores fueron en su momento los comienzos! Siete años habían pasado en las tierras del sur antes de regresar el mes de septiembre de 1864 a Londres, una ciudad que les dispensó una cálida bienvenida. Los cuadros de Arthur Lawrence, esos paisajes impregnados de sol, esas escenas de historia antigua y mitología, de una vivacidad manifiesta, eran muy codiciados, y no en menor medida también lo eran el artista temperamental, que despedía chispas de encanto, y su esposa, de una belleza élfica. Los anfitriones se desvivían por aderezar sus veladas y sus cenas con la joven pareja envuelta en un halo de aventura y bohemia. Olvidado estaba el escándalo que años atrás había conmovido a la sociedad, cuando el profesor de dibujo, de baja extracción social, se escapó con la hija menor del juez, sir Charles Chadwick, y, en Gretna Green, una aldea escocesa de la frontera, los casó en plena noche el juez de paz de la localidad, herrero de profesión. Hasta las miradas más críticas de las damas que velaban diligentemente por la virtud y la decencia se enternecieron cuando Celia llegó a una reunión para tomar el té y relatar hábilmente sus «circunstancias» con un chal magnífico de seda estampada y llevando a su hija pequeña de la mano, con zapatitos de charol, un vestidito de volantes y los brillantes rizos sujetos por lazos de satén. Arthur Lawrence iba camino del estrellato en el cielo de los artistas. Sin embargo, la fama le duró apenas cinco meses antes de que los dioses le dieran la espalda.

El ruido de la puerta hizo que Edward Wilson se diera la vuelta. Margaret, el genio tutelar de aquella triste casa, de baja estatura y oscura como los naturales de ese condado, ya muy cerca de los sesenta años, hizo una reverencia y se apartó. En el umbral apareció una esbelta muchacha.

Sin poder evitarlo, Wilson miró alternativamente el cuadro y a la hija de Celia, escrutando el parecido. Helena era más delgada, más angulosa, pero también más alta que su madre. Tenía una mata rebelde de cabello ondulado rubio como la miel que, dependiendo de cómo incidía en él la luz, adquiría un tinte rojizo. Aquella melena se resistía a todos los intentos por domeñarla y, suelta, le llegaba hasta la cintura. El luto no la favorecía y marcaba en su rostro con dureza y rigor los rasgos heredados de su madre. Solo de sus ojos podía decirse que eran bellos de verdad. Los tenía grandes, extraordinarios, de un azul verdoso que recordaba el mar del sur, y miraba con ellos el mundo aparentemente sin temor, pero creando una distancia que parecía insalvable.

—Sé que no me parezco a ella —dijo, arrancando de sus pensamientos a Wilson con su voz clara y fresca—; pero no creo que sea ese el motivo de su visita.

El rubor encendió las mejillas de Wilson.

—¿No vamos a sentarnos primero? —propuso, esforzándose por parecer jovial e indicando con un gesto los tres sillones bajos. Sin decir más se sentó y comenzó a apilar de nuevo los documentos y las notas que había esparcido sobre la mesita del té para parecer diligente. Con el rabillo del ojo vio que Helena se sentaba e invitaba a Margaret a hacerlo.

—Margaret, por favor, ¿podría usted...?

—La señora Brown forma parte de nuestra familia desde hace mucho tiempo y tiene todo el derecho a estar aquí presente —lo interrumpió Helena con voz cortante, alzando desafiante la barbilla, en la que se insinuaba un hoyuelo.

—Bueno —comenzó a decir el abogado—, como usted sin duda ya sabe, me incumbe a mí la tarea de revisar la herencia de su difunto señor padre y de entregársela a usted. Como al parecer no redactó ningún testamento, usted, señorita Lawrence, y su hermano Jason son, en calidad de parientes más próximos, los únicos herederos de sus bienes terrenales. Por desgracia —carraspeó—, por desgracia tengo que comunicarle que, después de revisar todos estos papeles que tenía en mi poder, he calculado un déficit considerable.

—Parto de la base de que ese déficit no es tan abultado que no pueda compensarse con la herencia de mi madre; al fin y al cabo, durante estos últimos años hemos vivido sin gastar apenas.

Wilson notó la amargura que había en sus palabras y bajó los ojos, con una desagradable sensación en el corazón, por lo general muy frío.

—Señorita Lawrence... —Miró los números que tenía delante—. Me temo que hace ya mucho que se gastó la suma de dinero que su difunta madre recibió en su día gracias a la generosidad de la tía de usted, la señora Weston, que se lo entregó para indemnizarla por la exclusión de la herencia de los Chadwick como consecuencia de su boda. En realidad, una vez deducidos los gastos de la atención médica, el entierro y mis modestos honorarios, queda una diferencia de aproximadamente trescientas libras de déficit.

—Entonces tendremos que hipotecar World's End.

—La casa y las tierras que le corresponden están ya hipotecadas por cuatrocientas libras.

—¡Dios mío! —se le escapó a Margaret.

Helena miraba impertérrita al frente. Luego taladró al abogado con los ojos.

—¿En qué empleó mi padre todo ese dinero?

—En sus documentos hay recibos de transacciones financieras, contribuciones a varios fondos para la promoción de la investigación de la filosofía y de la literatura antiguas. En total ascienden a... —Hojeó algunos papeles sueltos—. A cuatro mil novecientas setenta y tres libras esterlinas en un período de tiempo de unos ocho años. Podrían ser incluso más, porque la contabilidad de su señor padre se ha llevado muy mal, sobre todo en los últimos meses.

—¿Hay alguna posibilidad de reclamar la devolución de al menos parte de ese dinero?

—Me temo que no. Ante la ley, su señor padre estuvo en plena posesión de sus facultades mentales hasta su fallecimiento. Considero una empresa inútil impugnar esto por vía judicial a posteriori.

—Mi madre poseía unas cuantas joyas que yo heredé...

—He echado un vistazo al cofrecillo. Las piezas son muy bonitas, pero carecen de valor.

—Los cuadros que quedan todavía en esta casa...

—Su señor padre no pintó el suficiente tiempo como para afianzarse en el mundo artístico. El nombre de Arthur Lawrence hace ya mucho que no significa nada.

Wilson empezó a compadecerse de la muchacha que un momento antes había ido a su encuentro con un porte tan orgulloso y que ahora veía su vida hecha añicos. Helena estaba pagando las consecuencias de un padre que no había sabido sobreponerse a la muerte de su esposa.

—Hay... —Volvió a toser ligeramente y a remover ruidosamente sus papeles—. Una de las dos hermanas de su difunta señora madre, la señora Archibald Ross, se ofrece para acogerla a usted en su casa como acompañante de sus tres hijos.

—¿Qué será entonces de Jason? —De nuevo una mirada cortante.

—La señora Ross intercedería para que comenzara un período de prácticas como escribano en nuestro despacho de abogados. Podría alojarse, por supuesto, en mi casa, con mi familia, a cambio de una escasa pensión.

—Ni pensarlo. Mi padre siempre quiso que Jason...

—Señorita Lawrence —la interrumpió Wilson con un gesto de esforzada paciencia—, por lo visto su señor padre, que Dios lo tenga en su gloria, no derrochó en los últimos diez años ni un solo pensamiento acerca del futuro de ustedes dos. Deberían darse por satisfechos con este destino... Los hay mucho más deplorables.

—No quiero limosnas. —En los ojos de Helena centelleó la cólera—. ¡Ni de usted ni de mis tías! ¡La familia de mi madre siempre nos ha mirado por encima del hombro!

¡Me harían sentir su menosprecio cada día que yo dependiera de ellos!

Edward Wilson alzó sus cejas ralas, profundamente satisfecho de poner punto final a una conversación que, en su opinión, se había deslizado en exceso hacia el terreno del patetismo.

—Orgulloso es quien puede, no quien quiere, señorita Lawrence. Hasta que alcancen la mayoría de edad, el señor y la señora Ross poseen la tutela legítima sobre ustedes dos... Me temo que no les queda más remedio.

Desde el borde del acantilado se tenía en aquel punto de la costa una vista inmejorable del Atlántico. Como hendidas por los golpes de una espada gigantesca, las rocas se clavaban en el fondo arenoso como polvo metálico. El mar, gris y lúgubre, golpeaba díscolo la arena, pulverizando espuma de un color blanco sucio. Hasta los naturales de la región, que llevaban el mar en la sangre desde hacía muchas generaciones, citaban los antiguos versos que decían que la zona de la costa comprendida entre Padstow Point y la pequeña isla solitaria de Lundy era la tumba de los marinos, de noche y de día. Las cuadernas desvencijadas e hinchadas por el agua salada y los mástiles astillados que el oleaje escupía a tierra daban fe del destino desdichado de los muchos barcos que habían sucumbido al capricho de las tormentas y el oleaje. Incluso a plena luz del día, la región era lóbrega y estaba plagada de demonios. Así lo atestiguaban nombres como Demon's Cove, Devil's Creek o The Hanged Man con los que se conocían partes del acantilado cuyas formas eran especialmente extravagantes. Era increíble que apenas unas millas más al sur estuviera la costa de Cornualles, de alegres colores y bañada por el sol. Raros eran los días en los que el sol atravesaba el velo de niebla que cubría la bahía. Momentáneamente daba un brillo azul al mar, y al paisaje, un rastro de esperanza verde. Luego aquel segmento de World's End volvía a sumergirse en su desolación, que penetraba hasta la médula de las personas y de los animales. Podían pasar horas sin que se divisara siquiera la silueta de una gaviota solitaria.

Pero no solo por esto la solitaria amazona llamó la atención del hombre que había en lo alto del acantilado; fue por el modo en que cabalgaba, a horcajadas, furiosa y arriesgadamente, en un torbellino de crines castañas y melena rubia, de falda oscura y ribete blanco de enaguas, levantando arena y espuma a su paso. Cuando vio que la mujer aminoraba paulatinamente la marcha, volvió grupas.

Aquiles resollaba y se estremecía, y Helena no sabía si era su propia respiración o la del caballo, castrado, viejo y ya un poco duro de oído, la que resonaba en sus tímpanos. La salvaje galopada contra el viento afilado del norte que cortaba los acantilados le había arrancado lágrimas a las que siguieron otras que tenían su causa en los acontecimientos de aquella tarde y de días anteriores. Soltó las riendas para pasarse la mano por las mejillas ardientes y húmedas. *Aquiles*, contento, avanzó a un paso más sosegado y acabó deteniéndose para recuperar el aliento. Helena no se lo impidió. Con un gesto amargo en su rostro joven se quedó mirando fijamente el mar, cuyo rítmico ruido de fondo la acompañaba día y noche desde que había perdido su tierra griega nativa y, con ella, a su madre y a su padre, tal como ella lo había conocido.

En una sola noche de enero, terriblemente fría, todo había quedado destrozado. Arthur y Celia habían ido al teatro y luego a cenar. Como Celia se sintió ligeramente indispuesta, abandonaron el local antes del segundo plato y tomaron un simón en la calle Broadwick. Acababa de nevar y la nieve reciente se acumulaba en las cornisas como azúcar en polvo. Nada daba a entender que, debajo de aquella superficie sedosa, se hubiera formado una capa de hielo brillante. Celia resbaló en los escalones de la puerta de entrada y, aunque Arthur trató de pararla, cayó al suelo. Tras el susto parecía que lo peor había pasado ya, pero más tarde, en casa, cuando Margaret, el alma fiel que había acompañado a Celia desde su fuga de la prisión de oro de la casa de su padre hasta Grecia y luego de vuelta, la desvistió y arregló para pasar la noche, comenzaron las contracciones, cuatro semanas antes de tiempo.

Envolvieron a Helena apresuradamente en mantas y se la llevaron, asustada y soñolienta, a casa de la hermana de la cocinera, que estaba de servicio dos calles más allá, para que la pequeña no tuviera que escuchar los angustiosos gritos de su madre, que desgarraron hora tras hora el silencio nocturno de la casa. Al despuntar la mañana, de un color azul plateado sobre la ciudad cubierta con un manto de nieve, Arthur Lawrence era padre de un hijo varón... y viudo.

Tras la muerte de Celia, se vino abajo enseguida; bebía demasiado y comía demasiado poco; no se preocupaba ni del bebé, diminuto y gritón, ni de Helena, que había quedado conmocionada.

Nada parecía afectarle ya. Solo lo arrancaron de su letargo los amigos, insistiendo en que volviera a casarse, al menos por los niños. En el plazo de una semana encontró inquilino para la casa, prendió fuego a las telas, los pinceles y las pinturas, empaquetó los bienes personales indispensables y se marcharon de Londres.

Viajaron hacia el oeste, hacia Cornualles, de donde era

natural Margaret. La casa ladeada de piedra tosca, apartada de las pequeñas localidades costeras de Boscastle y Padstow, se convirtió en su nuevo hogar. Mientras Margaret se ocupaba de los dos niños, Arthur se sumergió en los clásicos de la Antigüedad buscando febrilmente consuelo para su dolor, huyendo de un mundo que se había vuelto insoportable para él.

Aquel cuadro, algunas alhajas de coral y cuentas de cristal veneciano y los imprecisos recuerdos de las caricias de Celia, que olía a lavanda y azahar, eran cuanto le había quedado a Helena de su madre. Pero por lo menos había podido conservar intactos esos recuerdos, no habían sido destruidos de una manera tan cruel como lo habían sido los de su padre, de ese padre tan distinto en otro tiempo. Con el paso del tiempo, a Helena le había ido costando cada vez más acordarse del padre que había tenido: de cómo se situaba frente al caballete, bajo el sol del sur, y, con movimientos unas veces enérgicos y otras delicados, pintaba aquellas maravillosas imágenes sobre el lienzo, tan hermosas que ella contenía el aliento para no perturbar la magia de aquellos momentos; de cómo bromeaba con ella jugando con las olas, alzándola hacia el sol hasta que casi podía tocarlo. Ese padre había dejado de existir de un día para otro; una fuerza inexplicable lo había arrancado de ella junto con Celia y le había devuelto a un hombre apesadumbrado, prematuramente envejecido y acompañado permanentemente por el olor empalagoso del alcohol, que iba embotando paulatinamente sus sentidos. Helena lo había odiado por no manifestarle otra cosa que indiferencia. Con frecuencia sacudía la casa hasta los cimientos vociferando y dando portazos; acto seguido ponía las manos, avergonzado, en la cabeza de sus hijos y los transportaba a un estado de dudosa felicidad. A ese hombre le habían dado sepultura el día anterior, allí, en la pedregosa tierra estéril de Cornualles, y Helena no sabía si debía afligirse o sentir alivio.

La amargura se apoderaba de ella cuando pensaba en la pobreza en la que habían estado viviendo, una pobreza que los marginaba incluso en aquella comarca tan austera, mientras su padre invertía cientos de libras a fondo perdido en proyectos intelectuales que eran como castillos en el aire, dejándolos a los dos al borde del abismo. El miedo por su futuro y por el de Jason le oprimía la garganta, y la impotencia la embargaba en contra de su voluntad.

Se consolaba con el hecho de que únicamente *Aquiles*, el mar y el viento sabían de sus lágrimas y no la delatarían.

—Es usted una amazona digna de admiración.

Gritó cuando *Aquiles*, asustado, se encabritó. Perdió momentáneamente el equilibrio y estuvo a punto de caerse de la silla, pero se agarró de nuevo rápidamente y permitió que el caballo diera algunos pasos torpes antes de frenarlo y volver grupas con un tirón enérgico de las riendas; notó la espuma que le salpicaba los cuartos traseros temblorosos.

—¿Está usted loco? —le gritó al jinete forastero que había surgido de la nada detrás de ella—. ¿Cómo diablos se le ocurre acercarse con tanto sigilo? —Con un gesto de rabia, se apartó el pelo de la cara, que le había caído sobre los ojos impidiéndole la visión.

En un primer momento creyó tener delante un centauro. Apenas se distinguía dónde acababa el cuerpo del caballo y empezaba la figura del jinete, embutido en un abrigo oscuro. El viento le alborotaba el cabello, a su parecer demasiado largo; el rostro, de rasgos marcadamente sureños, con un bigote espeso, la tez negra como la noche y como la piel brillante de su semental, al que *Aquiles* examinaba inmóvil y con los ollares dilatados. A Helena le vino a la mente el recuerdo de los innumerables cuervos y cornejas que se posaban en los árboles raquíticos para luego levantar el vuelo con un ronco graznido que parecía decir: «¡Ten cuidado! ¡Ten cuidado!», provocando un escalofrío en la espalda de cualquiera. El jinete realizó una ligera reverencia en su silla de montar.

—Le ruego que me disculpe, señorita. No era mi intención asustarla a usted ni a su caballo ni exponerla a ningún peligro. —Su voz era grave, con un acento apenas perceptible, como si hubiera pasado muchos años en el extranjero—. Pensé que podría servirle quizá de ayuda. —Le tendió un pañuelo doblado con gesto más de invitación que de compasión.

A Helena se le agolpó la sangre en el rostro. Estaba molesta por el hecho de que un forastero la hubiera visto llorar, vulnerable y débil. Con un gesto enérgico se retiró el pelo que el viento seguía empujando hacia su cara con expresión orgullosa.

—¡Muchas gracias —replicó con desdén—, pero no es necesario!

—Como quiera —contestó él, risueño, guardándose el pañuelo. Con gesto indolente se apoyó en el borrén de la silla de montar y escudriñó a Helena, como si dispusiera de todo el tiempo del mundo. Ella se sintió incómoda bajo su mirada impertinente, casi dictaminadora. De entrada se había percatado de que el forastero vestía con elegancia, a la moda, con prendas de buen corte y tejidos caros.

Ella no se había preocupado jamás por su aspecto. La ropa tenía que ser práctica y no apretar en exceso; un pequeño roto de más o de menos, unas botas de montar sucias o unas salpicaduras de barro en el dobladillo de sus faldas eran cosas que nunca le habían quitado el sueño. Sin embargo, en aquel momento se vio con otros ojos. El vestido de luto, confeccionado con crespón de lana y que había pertenecido antes a una prima de Margaret, con aquel amplio faldón completamente pasado de moda, demasiado corto de mangas; el pelo indómito y desgreñado; las manos enrojecidas y agrietadas con las que agarraba la fusta y las riendas... Sintió el deseo punzante de poder causar mejor impresión. Avergonzada, apartó la mirada y se pasó disimuladamente el dorso de la mano por las mejillas húmedas.

—Verdaderamente digna de admiración —dijo el forastero, resumiendo finalmente el resultado de su observación.

Helena levantó la vista. En sus ojos negros había un destello de jactancia burlona que tiñó su rostro de persona acostumbrada al tedio de una vida segura en lo material y que ahora tenía la posibilidad de echar un vistazo a un escenario con los colores apagados de la pobreza. La cólera y el pudor intensificaron la rojez en las mejillas de Helena, que replicó con un lóbrego gesto a la mirada de él. Su boca, debajo del bigote, se arqueó en una sonrisa, graciosa y burlona a partes iguales.

—Estaba seguro de haber contemplado el rostro de todas las bellezas de este páramo, pero por lo que parece usted se ha mantenido todo este tiempo oculta a mis ojos.

Le vinieron a la mente las advertencias de Margaret, que había intentando inútilmente disuadir a Helena de pasear a caballo por la playa desierta hablándole de hombres inmorales que acechaban a muchachas jóvenes como ella para ocasionarles un sufrimiento indecible. Hasta entonces se había reído despreocupadamente de aquella advertencias. Sin moverse, como si existiera una conexión telepática entre él y su caballo, el forastero dio un paso hacia Helena. Estaba tan cerca que percibía el olor del caballo negro, y *Aquiles*, paralizado por el temor, hundió los cascos en la arena. Levantó instintivamente la fusta con intención de golpear, y apenas pudo reprimir un grito de dolor cuando el forastero, respondiendo a su movimiento, la agarró de la muñeca, tan rápido que dio la sensación de no haberse movido en absoluto, y con tanta fuerza que ella estuvo a punto de caer de su silla de montar.

—Cuidado, señorita —dijo con frialdad—, ya tengo una cicatriz en la cara... No necesito ninguna más.

Fue entonces cuando Helena se percató de la cicatriz que recorría transversalmente su mejilla izquierda. Volvieron a subírsele los colores y se sintió avergonzada y confusa, insegura de cómo reaccionar.

—Puede estar tranquila —prosiguió él en tono sosegado pero sin aflojar la presión de sus dedos—. No tengo la más mínima intención de violentarla. Hasta hoy no he necesitado cometer una acción tan insensata y, con toda seguridad, tampoco la cometeré ahora. Aunque bien mirado... —La repasó con descaro de pies a cabeza—. Tal vez merezca la pena que me lo plantee...

Volvió a mirarla a los ojos y su sonrisa burlona se hizo más profunda. Hechizada, Helena se quedó mirándolo fijamente a los ojos, que parecían atraer los suyos como la resaca marina, y se sintió resbalar de lado en su montura. Sentía calor y, al mismo tiempo, tenía la carne de gallina. Un extraño sentimiento inexplicable le contrajo el estómago y la invadió. El pulso se le desbocó, respiraba aceleradamente. Entonces vio las chispitas en aquellos ojos, la elevación de la comisura de sus labios, y se dio cuenta de que él sabía perfectamente lo que le estaba sucediendo y que estaba disfrutando de ese momento.

Con un ardiente arrebato de cólera volvió a erguirse, trató de zafarse de él y le devolvió impertérrita la mirada.

—¡Suélteme ahora mismo! —exigió en voz baja pero con decisión, y añadió con la voz ronca—: ¡Usted, vanidoso petimetre... Es usted un esnob!

Una amplia sonrisa iluminó el rostro, tan impertinente como encantador, del hombre. Helena esperó conteniendo el aliento una réplica o incluso cierta violencia por su parte, pero le soltó la muñeca con la misma celeridad con que se la había agarrado. Los dedos le dejaron unas marcas rojas en la piel.

Levantó la barbilla en actitud retadora y tiró de las riendas de *Aquiles* para alejarse del forastero, quien, con naturalidad, hizo avanzar a su semental y le cortó el paso. Helena tragó saliva, esforzándose por que no se le notara la inseguridad, sí, el miedo. Presentía que no la dejaría marcharse tan fácilmente. Poco importaba si trataba de ir directamente hacia la cuesta empinada del acantilado o si seguía el contorno de la playa; él sería siempre un poco más rápido, lo sabía, tan seguro como que estaba ahora montado en su caballo. Sus ojos refulgían con un aire divertido, y Helena comprendió que estaba jugando con ella, consciente de su superioridad.

A su izquierda se alzaba la parte del acantilado conocida como Witch's Head. Los pliegues del terreno y las zonas erosionadas se asemejaban a las cuencas de los ojos y al cabello revuelto de la cabeza de una gorgona. Una gran cavidad que recordaba a una boca desdentada terminaba en una lengua de roca pelada que cruzaba transversalmente la playa, adentrándose luego en el mar, y en cuya superficie rugosa rompían las olas silbando y formando remolinos.

Tiró de las riendas y clavó los talones en los flancos de *Aquiles*, forzando al capón a girar de lado. El animal se asustó con la visión de la áspera elevación de aquella lengua de roca, pero Helena lo obligó implacablemente a avanzar. Con los cascos temblorosos, el caballo pardo fue ascendiendo con su cuerpo rechoncho, encontrando apoyos paso a paso en aquella costra de piedra; dando traspiés bajó por el otro lado, aterrizó en la arena con un salto de alivio y avanzó a un galope precipitado.

El forastero contempló fascinado aquella maniobra digna de un húsar sin dar muestras de querer perseguir a la joven. Siguió con la mirada el caballo tosco que se alejaba de allí a toda prisa, levantando la pesada arena como si fuera un surtidor.

Con una expresión en los ojos difícil de descifrar se volvió hacia el segundo jinete que había aparecido tras él como una sombra.

—Quiero saber quién es.

Esa noche, Helena, ausente y muda, removía con la cuchara la sopa de col. Era un plato nunca le había gustado especialmente. Ni siquiera se dio cuenta de que Margaret, a modo de consuelo para todos, había puesto en la sopa tocino de verdad, porque había decidido que, dadas las circunstancias, la cosa no dependía de gastar unos peniques más o menos. La mujer la observaba inquieta, aunque atribuía el silencio de Helena a la visita del abogado y al hecho de que se hubiera enterado de su desoladora situación financiera. Por su parte, ella guardaba silencio porque no había nada que pudiera decir que sirviera de consuelo. Solo de vez en cuando pasaba cariñosamente la mano por la cabellera de color rubio pajizo de Jason, mortificado por el deprimente ambiente de la casa y la preocupación de no saber qué iba a ser de ellos.

Helena se fue temprano a la cama, pero, aunque no se sostenía de agotamiento, no lograba conciliar el sueño. Una y otra vez se llevaba la mano a la muñeca, que seguía doliéndole por el apretón implacable del forastero. Volvió a imaginárselo delante de ella, escuchó su voz, que había hecho vibrar en su interior algo para lo que no tenía ningún nombre. Finalmente fue cayendo en un sueño inquieto en el que volvió a verse en la playa. Las nubes negras de la tormenta que se avecinaba colgaban plomizas en un cielo gris pálido, las primeras ráfagas de viento encresparon el mar y las grandes olas batieron con toda su fuerza la orilla. Un cuervo más alto que ella desplegó sus alas con gesto amenazador, graznando: «Ten cuidado, ten cuidado.» Sus ojos refulgentes eran los de aquel forastero.

2

En la costa de Cornualles, el mar marcaba el ritmo, y su ir y venir era el permanente latido tranquilizador de la tierra y de sus gentes. Eran gentes peculiares las que allí habitaban, circunspectas y con mucho arraigo, curtidas por el rudo clima y el áspero mar, vinculadas a los viejos tiempos, cuando Cornualles era todavía celta. Sus antepasados habían sido contrabandistas y piratas, y se decía que hasta épocas muy recientes algunos aldeanos saqueaban todavía los barcos que zozobraban con las tormentas y se estrellaban contra los peñascos, y que a veces incluso encendían fanales en los acantilados para confundir a los marinos y conducirlos a una muerte segura. Estaban profundamente arraigadas al suelo pelado de su tierra y eran un poco ajenas al resto del mundo; casi nadie había viajado más allá de la aldea colindante o de la ciudad más cercana. Y las historias que en las largas veladas se contaban sobre elfos y hadas, gigantes y caballeros, druidas y magos, parecían más relatos históricos que mitos o cuentos de hadas.

Sue Ansell era una de aquellas personas, nacida hacía unos cuarenta años a solo dos puertas de la tienda en la que había pasado más de la mitad de su vida entre harina, azúcar, betún, hilos de coser y todos los enseres de la vida diaria, además de las pocas cartas y paquetes que llegaban al pueblo o salían de él. Su George la conocía desde antes de que hubiera aprendido a andar y la había desposado en San Esteban, en una pequeña colina situada frente a la ciudad.

En las angostas habitaciones de encima de la tienda había concebido seis hijos, los había traído al mundo y los había criado. A dos de ellos los había perdido, a uno a causa de una neumoconiosis contraída en la mina de estaño que durante meses lo tuvo tosiendo pedazo a pedazo su cuerpo. Un radio de cinco metros alcanzaba para dibujar el mapa de la vida de Sue.

Cada mañana abría puntualmente su tienda y la volvía a cerrar por la noche, seis días a la semana. Solo los domingos, el día del Señor, permanecía cerrada la puerta de cristal emplomado pintada de azul. Conocía a todo el mundo en el pueblo y todos la conocían. Todos los cotilleos y los chismorreos de aquel microcosmos confluían en el mostrador de madera de su tienda y, desde allí, se difundían por todas las cocinas y cuartos y por el único bar del pueblo: quién esperaba un hijo; quién yacía en el lecho de muerte; quién ponía buena cara a quién, y quién tenía líos en casa.

Pero lentamente, de manera imperceptible, fueron cambiando los tiempos. Una mina de estaño tras otra se agotó y las explotaciones fueron abandonadas. Los hombres se quedaron sin trabajo y ya no podían dedicarse a otras actividades porque habían enfermado bregando duro o bien no tenían ninguna otra posibilidad de ganarse el sustento en una comarca cuyos pobladores vivían más mal que bien de aquello que daban sus campos áridos, sus ovejas y sus vacas, y de lo que les aportaba la pesca.

Todo tipo de historias peregrinas se habían contado de la casa señorial de Oakesley desde que una nueva señora se había hecho cargo de ella hacía más de una década. Muy poco quedaba ya del estilo de vida marcadamente feudal pero campestre de sus anteriores moradores. La señora no solamente viajaba varias veces al año a la lejana Londres en un coche cargado hasta los topes y permanecía allí varias semanas, divirtiéndose, ajena a los problemas y cuidados de sus arrendatarios, sino que regresaba con cajas y paquetes que contenían vestidos nuevos de terciopelo y seda, con encajes, bordados y pasamanería, sombreritos que rebosaban cintas y flores artificiales, zapatos elegantes de tacón alto. Y ahora, además, se había presentado una visita, una visita importante si había que creer los relatos de los mozos y mozas de la finca: un caballero del que hablaban las criadas con los ojos brillantes y a quien los mozos aludían en un tono crítico de envidia. Aquellos relatos adquirieron un aire de cuento fantástico cuando apareció el oriental de piel oscura y turbante que estaba a su servicio. «¡No! —se decía Sue Ansell sacudiendo la cabeza una y otra vez con gesto de desaprobación cuando oía hablar del asunto—. ¡Antes no pasaban estas cosas!»

Por esa razón a punto estuvo de parársele el corazón esa mañana de noviembre, gris y borrascosa, cuando, ataviada con su delantal azul recién almidonado, dio vuelta, como cada mañana, a la llave de la puerta de la tienda. Una vuelta, dos vueltas... y ante ella apareció el mencionado oriental con unos pantalones claros de montar y una chaqueta larga de cuello alzado. Una cinta dorada le cruzaba el tronco como el distintivo de un regimiento extranjero. Ahí estaba Sue, como la mujer de Lot, con la boca abierta, mirando fijamente a aquel individuo de piel morena y barba entrecana, y la pieza que culminaba aquel exotismo: el turbante de un rojo vivo cuyas vueltas le recordaban las capas de una cebolla. Habría querido llamar a su marido, a quien oía revolver en el almacén, pero era incapaz de articular ningún sonido. Además, el forastero se estaba dirigiendo a ella en un inglés correcto, si bien no exento de acento, y le hizo una reverencia respetuosa.

—Buenos días, señora, perdone que la moleste tan temprano... pero ¿no tendría usted por casualidad unas cerillas?

—¿Cerillas? —La voz de Sue sonó ronca. Abrió y volvió a cerrar la boca varias veces antes de sacudir el cuerpo y alisarse bruscamente el ya inmaculado delantal—. Por supuesto que tenemos cerillas —dijo, indignada, encontrando seguridad en el papel de comerciante, bien aprendido desde hacía años. Pasó corriendo detrás del mostrador, rebuscó en un cajón y puso una caja delante de aquel insólito cliente, aliviada de poder atrincherarse tras su muro protector de madera.

El forastero pagó con una moneda de seis peniques y renunció al cambio con un amplio gesto. Luego preguntó por esto y por aquello, habló del tiempo, la felicitó por la tienda y por su pulcritud personal, con tales cumplidos que Sue se puso colorada como una jovencita. Se enzarzaron enseguida en una conversación muy animada sobre Cornualles, el pueblo y sus moradores, de modo que a Sue no le chocó que le preguntara por una joven de rizos rubios alborotados vestida de negro que montaba un caballo bayo velludo.

—Esa debe de ser la pequeña Lawrence. Es triste lo que le pasó al padre, pero de todas formas ya no estaba totalmente en sus cabales. Una persona extraña, un artista. El ama de llaves, Marge, es de aquí, de esta comarca. De pequeña hizo un hatillo con sus cosas y se fue a la ciudad. Había bastante agitación por aquel entonces. Bueno, quién sabe por qué tomó la decisión de marcharse. ¡Las cosas no se hacen sin motivo!

Y entonces apareció de pronto otra vez por aquí con su amo y los dos pobres niños huérfanos de madre... El chico era todavía un renacuajo. No los hemos visto mucho por aquí, nunca tenían dinero. Los niños no iban a la escuela ni tampoco a la iglesia. Marge, a veces, pero apenas cruzaba algunas palabras. Ayer fue un abogado a su casa, por el asunto de la herencia. Durmió ahí enfrente, en el bar. —Interrumpió su torrente de palabras pronunciadas en tono distendido y echó una vistazo suspicaz por la tienda, como si se hubiera escondido entre los estantes, los sacos y los barriles algún chismoso indeseable. A continuación inclinó su pequeño cuerpo compacto estirándose sobre el mostrador para acercarse al oriental y añadió susurrando—: Dicen que están arruinados. ¡No les queda ni un penique, solo un montón de deudas! —Sacudió la cabeza con un gesto compasivo y se afanó por limpiar el impecable tablero reluciente con una punta del delantal—. Estas cosas pasan cuando uno se tiene por alguien mejor de lo que es. Helena... ¡Es suficiente con ese nombre! Ninguna persona en su sano juicio bautiza así a una hija... ¡Probablemente ni la han bautizado! Los niños no tienen la culpa, pero van a pagar los platos rotos, a pesar de todo. No tengo ni idea de lo que va a ser de ellos... Ningún mozo del pueblo con un poquito de seso querrá casarse con la chica. No es educada, siempre ha vagabundeado por ahí a solas, no tiene nada que pueda aportar al matrimonio y además ni siquiera es guapa. No... —Suspiró—. ¡Qué desgracia la suya! ¡Aquí estas cosas antes no pasaban!

Cuando el exótico forastero se marchó por fin de la tienda y desapareció doblando la primera esquina, se abrieron casi al unísono las puertas de las casas vecinas; las amas de casa, que habían observado tras las ventanas o desde sus huertos la llegada del oriental, acudieron a toda prisa a la tienda con la excusa de necesitar hilo o una aguja de coser y asediaron a preguntas a Sue sobre aquella extraña visita. Y Sue les contó solícita, adornando el encuentro con todo lujo de detalles, que estaba muy interesado en la comarca y en sus gentes. Surgió entonces la pregunta sobre si su rico señor tendría intención de quedarse y por qué razón, y en el debate, pródigo en especulaciones, que se entabló a continuación, Sue se olvidó de que también Helena había sido objeto de la conversación.

Eran las primeras horas de la tarde cuando el oriental abrió la puerta del salón que comunicaba las dos habitaciones para invitados del ala adyacente de la casa señorial de Oakesley. Su señor, vestido con camisa y pantalones de montar, se había acomodado en uno de los sillones tapizados de azul y oro. Cuando oyó que entraba, bajó el periódico que había estado leyendo y lo miró expectante.

—¿Y bien?

El hombre del turbante arrojó indolente la caja de cerillas sobre la mesita baja de patas arqueadas con motivos tallados. Su interlocutor frunció el ceño.

—¿Eso es todo?

Sin que se lo ofrecieran, el oriental se sentó en el otro sillón con un ligero suspiro, estiró las piernas enfundadas en unos pantalones claros bien ajustados y las botas de montar, y comenzó a desgranar el relato de Sue Ansell sobre la muchacha de la playa. Mientras hablaba, su señor dobló el periódico, lo dejó a un lado y se encendió un cigarrillo con las cerillas de la tienda de Sue.

Fabricados en Europa y en ultramar con tabaco fino cortado y enrollado en papel finísimo, los caros cigarrillos se consideraban objetos de lujo en Inglaterra y en Francia. Mientras sus padres y abuelos los miraban con desaprobación, los hijos de lores, barones y banqueros chupaban con placer el tabaco que ardía en su funda de papel, algo que estaba muy de moda. Quien podía permitírselo se rodeaba de un halo exótico fumando cigarrillos manufacturados en El Cairo.

—He tenido suerte —prosiguió el empleado del forastero—. He dado con ese abogado, que seguía en la taberna. Estaba a punto de emprender viaje, parecía muy impaciente por irse de aquí. Sin embargo, he podido convencerle para que se quedara una o dos horas haciéndome compañía.

Su interlocutor sonrió mostrando los dientes y se encendió otro cigarrillo.

—Supongo que tus argumentos fueron de varias libras de peso.

El oriental resopló de modo que sus aletas nasales temblaron desdeñosamente por encima de su barba entrecana.

—¡Digamos que la lealtad para con su cliente no tiene demasiado valor para ese picapleitos bajito y zalamero!

Aquellas palabras arrancaron una sonora carcajada al ocupante del sillón de enfrente.

—¡Cada vez me sorprende más lo bien que dominas los matices del inglés, Mohan!

Si alguien hubiera sido testigo de aquella conversación se habría asombrado por la familiaridad con la que se trataban ambos, ya que poco tenía que ver con el trato acostumbrado entre señores y criados. Sin embargo, no había nadie que pudiera sorprenderse, porque esa familiaridad se circunscribía a los momentos en los que se sabían a solas y, en sociedad, retomaban nuevamente el papel que les correspondía.

—Prefiero llamar las cosas por su nombre —fue la inmediata respuesta, subrayada por un guiño, antes de que el rostro de piel morena de Mohan recuperara la seriedad.

Citó de memoria los números que le había dado Edward Wilson, expuso la historia familiar de los Lawrence, informó sobre la decisión de entregar a Helena y a su hermano a la custodia de su tutor, y añadió para concluir—: El préstamo por la casa y los pocos metros cuadrados de peñasco sobre los que se levanta están a nombre de nuestro apreciado anfitrión, sir Henry Claydon. Así pues, le pertenece a él prácticamente, pese a que ha hecho un mal negocio: la suma es con mucho mayor que su contravalor real.

—Y supongo que también mayor de lo que son capaces de reunir los afligidos herederos del finado. ¿Me equivoco?

Mohan asintió con un gesto. Siguió una breve pausa, en la que el forastero contempló el humo del cigarrillo, meditabundo, con los párpados entrecerrados.

—¿Qué planes tienes? —preguntó su criado finalmente—. ¿Con qué fin me has pedido que te procurara toda esta información?

El otro se inclinó hacia delante y apagó el cigarrillo en un cenicero de cristal.

—Lo que me has contado reafirma mi convicción de que se puede comprar prácticamente todo —dijo en voz baja, como si hablara para sí, antes de volver a incorporarse. Con la punta de su bota lustrosa se acercó un poco el taburete que estaba frente al fuego crepitante de la chimenea y puso los pies sobre el tapizado, uno tras otro. Se arrellanó en el sillón, dejó reposar relajadamente en los brazos del asiento sus morenas manos delgadas y miró a Mohan con un destello en los ojos.

—¿Qué crees tú? ¿A cuánto ascenderá el precio de nuestra pequeña gata montesa de la playa?

Mohan frunció las espesas cejas.

—¿Qué pretendes?

—Todavía no lo sé. —Su interlocutor se encogió ligeramente de hombros, recostó la cabeza en el respaldo y contempló meditabundo y satisfecho las guirnaldas estucadas del techo, aparentemente inmune a los oscuros ojos que lo estaban examinando críticamente, como si presintieran lo que estaba barruntando—. Quizá me case con ella.

—No puede hablar en serio.

—¿Por qué no? —Su señor miró divertido al oriental.

—¡Esto no es ningún juego, Ian! —Mohan, con su ligero acento extranjero, no había levantado la voz. No obstante, su tono era rotundo, casi amenazador.

—Entonces lo convertiré en un juego. —Ian, mirando a Mohan, añadió con dureza—: ¿O crees que podrías impedírmelo?

El oriental sacudió la cabeza, enfadado y afligido a partes iguales.

—No te comprendo.

—Ni tienes por qué. —Se puso en pie tras echar un vistazo a la esfera pintada del reloj que marcaba las horas bajo su campana de cristal—. Voy a mudarme de ropa antes de que sirvan el té ahí enfrente. Veremos cuánto cebo ha mordido entretanto el pescadito señorial.

Mientras se apagaban las últimas luces en la casa señorial de Oakesley, en la última planta de World's End brillaba todavía la llamita débil de un quinqué en su cilindro de cristal. Helena seguía despierta, mirando fijamente al techo mientras sus pensamientos corrían vertiginosamente, se entrecruzaban, cambiaban repentinamente de rumbo, corrían de nuevo en círculo tal como habían estado haciendo durante todo el día mientras ella se paseaba por la casa sin descanso; sin embargo, no encontraba ninguna solución, ninguna salida. Hacía frío en la habitación, pero a ella le parecía que le faltaba el aire. Apartó el edredón, saltó de la cama, fue corriendo descalza por el suelo irregular de madera, abrió la ventana de par en par y aspiró profundamente el aire húmedo y frío de la noche. Llovía, otra vez, y además del repiqueteo de la lluvia se oía el estruendo del embate de las olas en el acantilado. Tenía frío desde que había pisado suelo inglés, y desde la muerte de su madre parecía haberse congelado algo en su interior. Sentía nostalgia del sol, del sol y de la calidez y de un corazón ligero como el que había tenido de niña en Grecia. ¿No volvería a vivir nunca más una buena época, libre de preocupaciones?

Un ruido la asustó, arrancándola de sus pensamientos. Algún ave había echado a volar batiendo las alas y graznaba «mío, mío, mío»: a continuación oyó los cascos de un caballo alejándose a galope tendido en la oscuridad.

Cerró rápidamente la ventana, saltó de nuevo a su cama y se escondió bajo el cobertor, cuyas plumas, con el paso de los años, se habían apelotonado formando grumos. Sin embargo, el corazón, que le latía temeroso, no quería sosegarse. Un sollozo ascendió por su garganta; sentía las lágrimas a punto de aflorar, pero apretó los dientes y los párpados firmemente. «Encontraré una salida... —se prometió—. Tiene que haber una por fuerza... Tiene que haberla...»

3

—Aunque solo nos dieran ciento cincuenta libras por los muebles, ya podríamos cubrir una parte de la deuda. —Helena dejó la pluma junto a la hoja de papel en la que había estado haciendo cálculos estimativos y se sopló en los puños cerrados. Ni siquiera el fuego vivo de la cocina lograba poner coto al aire neblinoso, húmedo y frío que, poco antes de mediodía, se colaba por las grietas de la mampostería. Echó mano a una de las galletitas insípidas que Margaret había hecho con poca mantequilla, aún menos azúcar y muchos copos de avena baratos.

—Pero, aunque fuera así... ¿cómo pretendes saldar el resto? ¡Nada menos que quinientas cincuenta libras! Además, no tendríamos de qué vivir. —Margaret rompió el hilo con los dientes y examinó el remiendo que acababa de hacer en una de las camisas de Jason.

Helena encogió los delgados hombros.

—Buscaré trabajo como institutriz, como costurera, ya saldrán cosas. Ayer le pedí prestado al pastor el periódico del fin de semana. Había algunos anuncios que tenían buena pinta, y el pastor me dio además dos direcciones en Exeter. —Intentaba hablar con aplomo, pero Margaret notaba su inseguridad. Vestida también de luto, con la mata de pelo blanco sujeta en un moño, dio un suspiro imperceptible antes de extender su mano por encima de la mesa y cubrir la de Helena, fría y con los dedos manchados de tinta.

—No quiero destruir tus esperanzas, mi niña, pero las dos sabemos que no haces un zurcido a derechas y, aparte del poco griego que te ha quedado en la memoria después de todo este tiempo, solo posees los conocimientos que has adquirido a través de la lectura. Eso no alcanzará para...

El sonido del llamador de la puerta resonó por la casa como el estampido de un trueno. Las dos mujeres dieron un respingo en sus asientos.

—¡Por toda la bondad divina! ¿Quién podrá ser? —murmuró Margaret levantándose apresuradamente y dejando la camisa ovillada de cualquier manera entre el tintero de Helena y las patatas y los nabos para la comida del mediodía.

—Probablemente sea alguien que viene a darnos el pésame con retraso... Como había tanta gente en el entierro... —respondió Helena con sarcasmo, y dedicó su atención de nuevo a la confección del inventario de objetos prescindibles. Estaba cansada y agitada, porque había dormido apenas unas horas plagadas de malos sueños de los que no pudo acordarse por la mañana. Mientras repasaba la lista completa por enésima vez y volvía a calcularlo todo con obstinación tratando de encontrar un descuido que corrigiera al alza la suma final, con un oído escuchó cómo Margaret abría la puerta de entrada y hablaba con la visita inesperada. La puerta se cerró y los pasos de Margaret se acercaron presurosos a la cocina tiznada.

—Es una visita de verdad —anunció sin aliento.

Sin levantar la vista, Helena frunció el ceño.

—¿No le has dicho que padre...?

—El caballero ha venido a verte a ti.

Helena alzó bruscamente la cabeza.

—¿A mí?

—¡Sí, a la señorita en persona! —Con gesto triunfal, le tendió Margaret la tarjeta de visita. Helena la aceptó sin demasiada convicción.

Una cartulina rígida, de color crema y satinada en la que había un nombre escrito en sencillas letras negras. No llevaba ninguna dirección, ningún cargo, solo aquel nombre: «Ian Neville».

La puerta que daba al salón estaba abierta. De espaldas a ella y oculto por las sombras de la estancia sin iluminar, el visitante estaba absorto en la contemplación del cuadro. Helena sintió una ligera punzada, consciente de lo sosa que resultaba ella en comparación con la belleza radiante de su madre, y le sorprendió que le preocupara ese detalle en ese instante. Su círculo de conocidos en aquel lugar solitario era muy escaso; no obstante, tenía la sensación de no estar frente a un completo desconocido, si bien se sentía un poco intimidada. Respiró profundamente.

—¿Señor Neville?

Él parecía estar esperando a que pronunciara su nombre y se volvió con aplomo. La luz mortecina de aquel día neblinoso entraba por la ventana e incidía sobre él. Con un matiz burlón en la comisura de los ojos, le hizo una reverencia, galante.

—Buenos días, señorita Lawrence.

Solo la entrada de Margaret, que traía una bandeja con té y pastitas, impidió que Helena obedeciera el impulso de huir como había hecho dos días antes. Tras un tintineo de vajilla mientras Margaret la dejaba en la mesa y el sonido del té cuando lo sirvió en las tazas, la mujer cerró la puerta tras de sí y se quedaron a solas.

—Me apostaría lo que fuese a que usted no contaba con un reencuentro tan pronto.

Inmóvil, vio cómo él se dejaba caer en uno de los sillones, con completa naturalidad, y sacaba del bolsillo interior de su abrigo una pitillera plateada.

—¿No le han enseñado a no fumar en compañía de las damas? —le espetó con el rostro encendido como la grana.

Él la miró de un modo que ponía claramente de manifiesto lo estúpido y descortés de su conducta y que hizo que sus mejillas se encendieran todavía un poco más, pero se guardó la pitillera nuevamente.

—Sus deseos son órdenes. Aunque, a decir verdad, no la tenía a usted por una persona muy delicada. ¿No quiere sentarse? —Con un amplio gesto indicó el sillón situado enfrente, como si él fuera el anfitrión y Helena hubiera ido a pedirle un favor.

—Gracias, prefiero permanecer de pie.

—Como usted desee. —Se inclinó hacia delante y cogió una taza del último y sencillo servicio de té con un motivo desteñido de rosas que no había sufrido ningún desperfecto. Al primer sorbo torció el gesto y depositó de nuevo la taza en el platillo con un movimiento veloz.

»Es de muy escasa calidad.

—No nos podemos permitir uno mejor.

Durante varios latidos él la miró fijamente. Helena creyó que iba a quedar reducida a un montón de cenizas bajo aquella mirada.

—Ya lo sé. —Se arrellanó en el sillón, poniéndose cómodo, y Helena no pudo menos que reconocer con exasperación la elegancia de su porte hasta en el mínimo detalle: el chaleco marrón de seda reluciente, bien ceñido bajo la ajustada levita a juego, la camisa fina, la corbata con un estampado discreto en la que refulgía un diminuto brillante. Con la pequeña fortuna que debía de haberle costado su imagen habrían vivido holgadamente ella, Jason y Margaret varios meses, y él hacía gala de ella con una despreocupación manifiesta, incluso con una indiferencia que la joven detestaba a la par que envidiaba. Pese a toda esa elegancia no había en él nada de remilgado ni de dandi; era delgado y sin embargo fuerte, como un hombre acostumbrado a emplear el cuerpo entero en todo lo que hace. Debía de ser un rival peligroso en la lucha y desconsiderado hasta la brutalidad cuando trataba de imponerse avasallando cualquier resistencia.

—Mire, señorita Lawrence —comenzó a decir cruzando las piernas—. Se halla usted en la más completa ruina. No dispone de un solo penique y ha contraído una deuda de varios cientos de libras. A la vergüenza de verse arruinada tras la muerte de su padre, se suma la amenaza para usted de verse obligada a aceptar la manutención caritativa de una tía estrecha de miras y gruñona y, para su hermano, de un destino de chupatintas con los dedos manchados. La alternativa es entrar a servir en una casa más o menos buena como institutriz, para enseñar a unos mocosos mimados la tabla de multiplicar a cambio de una miseria, aparte de todas las triquiñuelas extras, y de estar obligada además a satisfacer los antojos del señor de la casa.

De nuevo se le agolpó a Helena la sangre en el rostro por la rabia y la vergüenza. La estaba inquietando lo mucho que sabía de ella, casi le parecía algo sobrenatural.

—No veo qué podría importarle a usted todo eso.

Él asintió con gesto prudente.

—Es cierto. Pero quiero que me importe un poco. Mire, usted —dijo, frunciendo el ceño—, no soy persona de escasos bienes, y cabría la posibilidad de que le facilitara a usted unos ingresos aceptables. Su hermano recibiría la mejor formación que se puede comprar con dinero y la señora Brown podría acogerse por fin a su merecida jubilación y retirarse a esta casa, si ese es su deseo, de cuyas reformas y mantenimiento me ocuparía yo, como es natural.

Helena necesitó algunos latidos de su corazón para asimilar aquella oferta en toda su extensión. Flotaba algo en el aire todavía por decir que le inspiraba desconfianza, a la vista de una generosidad que prometía su salvación y el cumplimiento de todos sus deseos.

—¿Y qué...? —Tragó saliva, presintiendo ya cuál iba a ser la respuesta—. ¿Qué quiere usted a cambio?

—A usted.

En el silencio que siguió, el tictac de los dos relojes sonó estridente en las campanas de cristal, con un ritmo agresivo.

—Dicho sea para evitar malentendidos: abrigo intenciones del todo honorables.

Helena se sobresaltó cuando la voz de él cortó el silencio.

—Confieso que encuentro cada vez más pesadas esas señoras que me apremian a casarme con ellas o con sus hijas o sobrinas. La India no es lugar para señoras que se echan a llorar cuando descubren una mosca en la pared.

—La India... —se le escapó a Helena con voz ronca.

—Darjeeling, al pie del Himalaya —precisó Neville—. Necesito a una mujer lo suficientemente fuerte y autónoma para llevar una plantación conmigo. Tiene que saber cabalgar perfectamente, ser lo suficientemente inteligente para aprender las lenguas indígenas, capaz de hacerse cargo de la casa y, quizá, de alguna que otra visita no excesivamente aburrida. —Hizo una pequeña pausa—. Le ofrezco aquí formalmente que se convierta usted en mi esposa.

Helena sacudió la cabeza en señal de rechazo, sin decir nada.

—¿Qué le molesta a usted? ¿Que no trate de engatusarla con ramos de flores y bombones? ¿Que no le haga llegar ninguna nota romántica diciéndole que me muero por su belleza y su virtud antes de caer rendido de rodillas a sus pies? —Alzó una ceja divertido antes de volverse de nuevo reservado e impenetrable—. Mire... Yo defiendo la opinión de que los matrimonios concertados, sin pasión, son mejores y más duraderos que aquellos en los que el entusiasmo ciego desemboca con el tiempo en decepción e indiferencia, o incluso en los que el enamoramiento acaba en locura. Admito mis pretensiones, pero estoy dispuesto a intentarlo con usted.

—Dice que está usted dispuesto... —A Helena casi se le atragantaron las palabras en vista de su arrogancia—. ¿Por quién me toma usted? ¡No me puede comprar como si fuera un objeto cualquiera!

—Cada persona tiene su precio, señorita Lawrence; usted también. Usted se encuentra realmente en una situación extremadamente delicada y le convendría no subir en exceso ese precio.

—¡No tengo que negociar nada, y menos con usted!

Neville se levantó, imperturbable. Se detuvo frente a Helena, pegado a su cuerpo, tan cerca que ella percibía su calidez, el agradable aroma del jabón. De cerca sus ojos parecían no tener fondo, temía perderse irremediablemente en ellos si los miraba profundamente. Una vez más, Helena se vio obligada a apartar los suyos.

—Le he hecho una oferta sincera —dijo él en voz baja, y su aliento, que olía ligeramente a tabaco, le acarició las mejillas—, y le doy veinticuatro horas para decidirse. Pero se lo advierto: por regla general obtengo todo cuanto quiero. No se emperre en resistirse. Se meterá usted en un juego que no puede ganar.

La cercanía de su cuerpo confundía a Helena aún más

que sus palabras. El miedo, la rabia, el pudor y algo... sin nombre, desconocido, recorrían su cuerpo. De nuevo optó por atacar.

—¡Salga de aquí, márchese!

Más que verlo, percibió cómo se alejaba de ella apresuradamente hacia la puerta.

—Veinticuatro horas —le oyó decir a su espalda—. Si ya está barajando la idea de venderse, yo soy con toda seguridad el mejor postor.

Helena agarró una taza y la arrojó en dirección a la voz de Neville. La taza chocó estrepitosamente en el marco de la puerta y se hizo añicos. El té frío se derramó en el suelo dejando regueros finos, como de lágrimas.

De Neville, ni rastro.

Absorto en sus pensamientos deambulaba dos días más tarde sir Henry Claydon, rechoncho y de rostro rubicundo, por los amplios pasillos de la casa señorial de Oakesley. Había sido construida a principios del siglo anterior con la misma roca granítica de Cornualles que las casas de campo de sus arrendatarios; su magnífico estilo arquitectónico, sin embargo, no dejaba duda alguna respecto al linaje y la fortuna de sus propietarios.

Una animada música de piano burbujeaba por los pasillos como el champán; las risas y los comentarios entre una dama joven y un caballero, tan armoniosos como si el mismísimo Chopin los hubiera incluido en su partitura, hacían vibrar de despreocupación los nobles muros de la casa.

La cosecha de aquel año había vuelto a ser mala y los arrendatarios habían empezado a quejarse de que su señor invertía muy poco en maquinaria y de que, por esa razón, el rendimiento seguía siendo escaso; uno o dos de ellos habían dicho que lo dejarían al final de ese mismo año económico y que, o bien se mudarían al sur a trabajar en una de las pocas minas de estaño que seguían siendo productivas o a la gran ciudad a buscar suerte y, sobre todo, la posibilidad de ganarse el sustento en las fábricas ruidosas que tiznaban de hollín el cielo.

Sir Henry contemplaba meditabundo la gruesa alfombra bajo sus zapatos hechos a medida; los tapices decorados con escenas de caza y los paisajes pintados al óleo demoraban sus pasos. Los candelabros de plata relucientes, sin mácula, y la madera lustrada de las cómodas y las mesitas de centro subrayaban la atmósfera aristocrática de aquella casa señorial. Un escenario para una riqueza perdida hacía ya mucho tiempo. ¿Adónde habría ido a parar todo aquel dinero? Él no lo sabía.

Se encaminó mecánicamente hacia el lugar de donde procedían la música y las voces. Sin embargo, no era el primero que se había sentido atraído por ellas. Uno de los batientes de la puerta estaba abierto; a la sombra del otro vio a su esposa, a la que sentaba de maravilla la moda moderna de los vestidos muy ceñidos. Estaba de pie, escuchando atentamente para que no se le escapara ni una palabra, ni la más leve emoción de ninguna de las dos voces.

—Sofia... —le susurró, tan bajo que apenas se le oía, disgustado por el hecho de haber sorprendido a su esposa en la misma indiscreción que él mismo había estado a punto de cometer.

Lady Sofia no había sido nunca una belleza; su perfil se asemejaba demasiado al de un ave rapaz. Sin embargo, en sus ojos ardía siempre un fuego que, aunque criticado por ser impropio de una dama, conquistaba a los hombres y daba fe de su energía irrefrenable. Sus dos hijos habían heredado lo mejor de ella: su esbeltez, los ojos gris claro, la abundante cabellera negra de brillo azulado, la tez de porcelana.

Era con aquella energía suya precisamente con lo que había sabido ganar para su causa al maduro coronel Henry Claydon, once años mayor que ella. Eso había sido en Calcuta, hacía más de veinte años. Había odiado la India desde el primer día en que sus padres la habían mandado llamar y se había visto obligada a dejar la seguridad del internado para hijas de oficiales del Ejército, ubicado en uno de los barrios más distinguidos de Londres. Había odiado el calor, el polvo, la suciedad y la gente.

Cada domingo, en misa, daba las gracias al Señor por su infinita gracia: por haber hecho posible que ella consiguiera, contra todo pronóstico, a sir Henry, mayor y sin hijos. Estaba también orgullosa de sí misma por haber elegido marido con tanta habilidad. Ser la esposa de un coronel estaba muy bien, más tratándose de un coronel que había hecho tantos méritos durante la rebelión hindú de 1857 como era el suyo. Lady Sofia seguía considerando una afrenta personal la insurrección en la que aquellos morenos desagradecidos e impíos habían mordido la mano bienhechora de los británicos que los alimentaba, a pesar de que, exceptuando por la ausencia de su consorte, no se había enterado de aquellos sucesos. Pero aún mejor que ser la señora de una hacienda como Oakesley era tener un título. Entusiasmada había viajado hasta allí hacía dieciséis años, dispuesta a llevar la casa señorial con mano férrea y educar a su hijo, que tenía tres años por aquel entonces, como heredero de su fortuna y de sus tierras. Cada noche rezaba fervorosamente para que la criatura que estaba creciendo en su vientre por entonces fuera una niña, de una belleza y un atractivo tales que llegara a ser un excelente partido. Y, tal como correspondía a un Dios indulgente como el suyo, este respondió a su ruego.

Lady Sofia se volvió hacia su esposo con un dedo en los labios.

—Pedirá su mano esta semana, ya verás —le susurró con una sonrisa que apenas iluminó sus duros rasgos—. Tomemos una taza de té porque así sea.

Con sus pelucas empolvadas, los antepasados de la familia Claydon observaban desde sus anchos marcos dorados; de tanta raigambre que el terreno en el que vivían era de su propiedad y podían legarlo en herencia a sus descendientes, cuando, por tradición, las tierras del condado pertenecían casi exclusivamente al príncipe de Gales; las fincas solo podían arrendarse como máximo cien años y, en la comarca, solo eran de propiedad privada la casa señorial de Oakesley y la diminuta mancha de World's End, antiguamente parte de la finca y escindida de ella hacía tiempo por un litigio hereditario.

Con aire de satisfacción, los antepasados examinaban a la pareja sentada en los asientos de patas de madera noble y tapicería de chintz rojo vino. En las finas mesitas y la repisa de la chimenea de mármol blanco había bibelots y maravillas de la relojería repartidas con gusto, suficientes para subrayar la importancia de la casa pero no tan abundantes como para que el efecto fuera recargado. Las altas ventanas permitían contemplar sin obstáculos el parque, con sus amplias zonas verdes y sus viejos robles, más antiguos que la misma casa y que habían dado su nombre a la propiedad, cuyas ramas desnudas se perdían en la niebla de noviembre que colgaba espesa sobre la casa señorial de Oakesley.

—¿Qué te lleva a pensar en una petición de mano por su parte? —murmuró sir Henry detrás de su taza; el vapor le humedecía agradablemente la barba cana. Aquel aroma suave trajo consigo recuerdos de tierras abrasadas por el sol y de noches de bochorno a orillas del Ganges, de fuegos de estiércol y aroma de mangos maduros; recuerdos que suscitaban en él una nostalgia punzante, una huella del pesar por aquello a lo que había tenido que renunciar a cambio de un título y una propiedad.

—Le veo atrapado desde hace tiempo en la red de sus encantos. —Lady Sofia hizo una seña al criado de librea para que añadiera nata a su té. Sin una palabra de agradecimiento, volvió a tomar su taza.

Sir Henry dio un buen sorbo y disfrutó del sabor puro del té, una delicada flor que él jamás aplastaba con el denso dulzor de la nata, en todo caso reforzaba su aroma con unas gotas de limón, dependiendo de la variedad y de la cosecha. Aquel líquido aromático regaba la nostalgia agridulce y la arrastraba garganta abajo.

—No estoy muy seguro de si debería dar por buena una relación así —dijo, al cabo de esos breves instantes de disfrute—. Pese al respeto que siento por nuestro invitado, tengo que señalar que sabemos muy poco acerca de él. Demasiado poco para confiarle a nuestra hija con tranquilidad. No me gusta lo que se dice por ahí de él. No es solo el hecho de que no posee ningún título; además, su ascendencia es un completo misterio.

—A un caballero como él le está muy bien no malgastar demasiadas palabras sobre su origen.

En las sienes de sir Henry comenzó a latir una vena.

—¿Y qué me dices de los innumerables líos con mujeres que se le atribuyen, de las tremendas orgías en diversos clubes con alcohol y juego? ¿Qué hay los rumores de que ya ha matado a un hombre en un lance de honor?

Lady Sofia bajó la mirada. Suave pero inexorablemente, repuso:

—No vas a negar ahora que resulta de provecho que vosotros, los hombres, os desfoguéis antes de acceder al estado sagrado e indisoluble del matrimonio. —Dirigió una mirada muy significativa a sir Henry, quien no pudo menos que bajar la vista a su vez—. Neville está a punto de celebrar su trigésimo segundo aniversario, tiene contados sus días de golfo, créeme, Amelia se encargará de que sea así. Puede que no tenga ningún título —añadió con dureza—, pero tiene dinero, mucho dinero, y tú deberías haberte enterado entretanto de que son otros tiempos y de que no podemos permitirnos dejar escapar una oportunidad así.

En el silencio que siguió, cada cual quedó absorto en sus propios pensamientos. Sir Henry cavilaba sobre el escrito que su huésped había recibido hacía algunos días y que se había dejado olvidado en el salón del desayuno. Tal como era su obligación como padre de Amelia, le había echado un vistazo y se había felicitado por la idea genial de haber aceptado inmediatamente por telégrafo un empréstito sobre la propiedad, y de haber invertido en ese negocio tan lucrativo que a Neville parecía interesarle tan poco y cuyo cierre le había sido confirmado ese mismo día por mensajero.

Dejó la taza en el platillo.

—La pequeña Lawrence me ha visitado esta mañana.

—¿Qué quería? ¿Pedir limosna?

—Ha venido a rogarme una moratoria de su deuda, hasta que encuentre un trabajo y pueda pagarla a plazos.

—¿Encontrar trabajo? —Lady Sofia soltó una carcajada—. ¿Cómo va a conseguirlo? No sabe nada, absolutamente nada, porque ese viejo iluso no permitió a sus hijos ir a la escuela. ¡No los dejaba siquiera ir a la iglesia! Ir a la fábrica a cambio de un sueldo de miseria, sí, eso sí que sabrá hacerlo, pero apenas le quedará nada.

Su esposo se acodó en los brazos del asiento y, con aire

pensativo, juntó las manos y apoyó en ellas su incipiente papada. Estaba claro que sabía que la suma que en su momento le había pedido Arthur Lawrence estaba muy por encima del valor de la finca. Pero sintió compasión por aquel hombre apesadumbrado y no tuvo coraje para regatear la suma con él, a pesar de que no contaba con volver a ver el dinero.

—La habría ayudado con gusto. Pero ayer, después de la cena, Ian me hizo la oferta de sufragar los pagarés de los Lawrence a un precio muy bueno. Yo acepté, naturalmente, aunque no tengo ni la más remota idea de los planes que alberga respecto a esa finca.

—Eso no debe preocuparte en absoluto, Henry. Ya no tendremos que preocuparnos de si vemos o no un cuarto de penique de allí. Si lo conozco bien, nuestro apreciado señor Neville no caerá víctima de la caridad, con toda seguridad. De todos modos, los Lawrence eran una deshonra para la comunidad; cuanto antes la abandonen, mejor.

Sir Henry se recostó en su asiento y contempló con aire inquisitivo a su esposa. Se apercibió de la elegancia de su vestido de tarde de tafetán azul ciruela, de su collar y de los pendientes de oro macizo y refulgentes amatistas.

—Deberías reunir una pizca de compasión por esa pobre criatura y por su destino, tal como dicta tu deber cristiano.

La taza tintineó en el platillo cuando lady Sofia la dejó.

—Me repugna cómo ronda a Alastair y se aprovecha de la falta de malicia de mi chico para colarse en nuestra familia y apoderarse del título. ¡Espero que fueras lo suficientemente hombre para señalarle el camino a la puerta! ¡Estoy segura de que esa culebra debe estar trajinando por los establos intentando embaucar a tu heredero!

—¡Nunca te he pedido nada, Alastair, pero ahora necesito tu ayuda!

Desesperada, Helena se aferró a las mangas del abrigo del joven, que torpemente trataba de evitar la punzante mirada de ella.

—Yo... yo no puedo, Helena, ¡por mucho que quisiera! Mi madre controla la totalidad de mis gastos. Incluso si él me vendiera los pagarés, no podría pagarlos.

—Cuéntale cualquier cosa, invéntate una historia sobre deudas de juego, o dile que te has gastado el dinero por capricho con un fin benéfico. ¡Finge simplemente que quieres comprárselos, agárrale los papeles y arrójalos al vacío!

—No puedo hacer eso, Helena. Eso sería deshonroso. ¡Ian es nuestro invitado!

—¿Es acaso honroso llevarnos a la miseria a nosotros que no tenemos la culpa de la deuda? —Los ojos de Helena echaban chispas. Por la mañana, un mensajero había llevado el escrito en el que Ian Neville, como nuevo acreedor, exhortaba a Helena a saldar en el acto la suma pendiente o desalojar World's End—. ¡Alastair, tengo que haber reunido el dinero mañana o nos mandará directamente al asilo de pobres! No puedes querer en serio que eso ocurra, ¿verdad? —En vano trataba de retener la mirada de aquellos ojos de aspecto tan femenino, con unas pestañas negras muy largas—. Somos amigos, Alastair. Una vez prometiste, allá en los acantilados, que siempre te ocuparías de mí. ¿No te acuerdas ya?

Eran niños todavía cuando ella se había topado en la playa con el chico pálido y delicado, dos años mayor que ella, con una cabeza demasiado grande para un cuerpo tan delgaducho, aplastado casi por la gravedad de su pelo negro azulado. Sensible y melancólico por naturaleza, era el automarginado innato, algo que los dos tenían en común por muy diferentes que fueran sus caracteres. Nunca cuajó una verdadera amistad entre ellos; se trataba más bien de una tolerancia mutua, unida a la soledad por ambas partes. Cabalgadas interminables por la arena bañada por el mar y horas silenciosas en los acantilados llenaban sus días durante las vacaciones de Alastair, antes de que regresara a Eton y, posteriormente, a Oxford, dejando a Helena más sola que antes si cabe. A comienzos del verano, después de su último año de carrera, había regresado definitivamente a Cornualles para ponerse al corriente de sus obligaciones como futuro hacendado. Sin embargo, algo había cambiado desde entonces entre los dos. Si siempre había contemplado furtivamente a Helena, empezó a mirarla fijamente, sin disimulo, y a contemplar con perceptible avidez cada uno de sus movimientos; finalmente comenzaron los abrazos desmañados, los besos húmedos y nerviosos, los intentos torpes e inexpertos de tocarle los pechos y meterle mano por debajo de las faldas. Furiosa y divertida a partes iguales, ella se había defendido de sus tentativas de aproximación, pero también con bastante frecuencia le había permitido hacerlo porque pensaba que eso formaba parte del proceso de hacerse adulto, pero sobre todo porque no quería perder a Alastair, el único amigo que tenía.

Mudo, el joven Claydon tenía la vista clavada en el suelo pedregoso de la finca y no la miraba. Helena comprendió y soltó el tejido gris guijarro de su abrigo.

—No quieres ayudarme —dijo en voz baja, con amargura—, porque no me quieres lo suficiente.

La invadió el pudor por haberse dejado manosear con tanta buena fe; se sentía utilizada y traicionada. Se volvió para que él no viera sus lágrimas y montó sobre *Aquiles*, que mientras esperaba pacientemente junto a los establos había arrancado algunas tristes briznas de hierba del suelo pedregoso.

—Helena, entiéndeme...

—¡Te entiendo muy bien, créeme —le gritó ella por encima del hombro volviendo grupas—, y no volveré a molestarte jamás, te lo prometo! —Se fue a toda prisa de allí, como si el mismo diablo la estuviera persiguiendo.

Con gesto cansino, Alastair levantó la cabeza hacia las plantas superiores de la casa señorial, sintiendo algo muy cercano al odio. En la ventana del salón de música, con la cortina ligeramente corrida, estaba Ian Neville, que lo saludó con una inclinación apenas perceptible de cabeza.

4

La quietud paralizaba la casa. En ella la vida nunca había sido fácil; eso se notaba en las preocupantes grietas de los muros. Sin embargo, ahora parecía a la espera de la catástrofe que ya no había manera de evitar, y el frenético tictac de los relojes, similar a un latido vertiginoso y plano, delataba la angustia que se había adueñado de ella. Con el corazón en un puño, Margaret observaba a Jason que, en aquella niebla de un gris pegajoso, hurgaba con una ramita entre las piedras buscando algún gusano o escarabajo con el que combatir el aburrimiento. A primera vista parecía un crío de once años como otro cualquiera del pueblo. Llevaba unos pantalones remendados y sucios, el pelo rubio revuelto y arañazos en la cara y los codos. A quien lo contemplaba con detenimiento, sin embargo, no se le escapaba la seriedad triste que le hacía parecer mucho mayor. Había heredado la melancolía de su padre, aunque quizá se trataba también del recuerdo difuso de aquellos dolores de parto criminales, del aluvión de sangre que lo había arrastrado a este mundo, y de cómo su primer aliento había coincidido con el último de su madre. Apenas había llorado tras la muerte de su padre. Parecía más desconcertado que triste, y justamente eso era lo que afligía a Margaret.

Todavía después de todo aquel tiempo le dolía haber tenido que dejar marchar a Celia tan pronto. Habían sido más que niñera y pupila, habían sido casi como madre e hija. Había acompañado a Celia desde sus primeros pasos inseguros hasta su última hora. El dolor adoptaba un sesgo más grave al no poder ayudar a los dos hijos de Celia en un mundo que se les había vuelto tan desfavorable.

Apartó la vista de la ventana y miró a Helena, que se había acurrucado en uno de los sillones con la mirada perdida. La chica le había dado siempre la impresión de encontrarse sometida a una tensión demasiado grande, como un resorte excesivamente tenso que podía saltar al mínimo roce. Ese día parecía rota, como si se hubiera partido la traba del resorte. Sabía que Helena se reprochaba no haber podido evitar aquella desgracia, a pesar de haberle asegurado que había hecho todo lo que estaba en su mano, y Helena llevaba mal su supuesto fracaso. A Margaret se le encogía el corazón cuando se imaginaba cómo habría de doblegarse la joven en casa de su tía, cómo se marchitaría como un rosal plantado en tierra baldía. No deberían haberla sacado nunca de Grecia, esa era su convicción. Helena era una criatura del sol. Tanta prisa tenía por divisar la luz resplandeciente del verano ateniense que Celia apenas había sufrido con las breves contracciones. Con el frío de Cornualles desapareció el resplandor que había caracterizado siempre a la niña, y Margaret se temía que no volvería a recuperarlo.

Tenían las maletas preparadas en el vestíbulo; solo esperaban la llegada del funcionario ejecutor para hacerle entrega de World's End y tomar a continuación el camino a casa de Archibald y entrar en ella por la entrada del servicio, como era de suponer, como correspondía a los parientes pobres que pagaban por las faltas de sus padres y se veían obligados a entonar alabanzas por el amor al prójimo y la magnanimidad de sus salvadores. Margaret habría entregado con gusto un brazo o una pierna de haber podido evitar tal destino a sus protegidos, pero dudaba incluso de que el Señor, en su bondad, hubiera aceptado ese sacrificio.

—¿No vas a pensártelo mejor? —preguntó con cautela, rompiendo aquel silencio melancólico.

Helena sacudió la cabeza lentamente, como en trance y, sin embargo, porfiada.

—He dicho que no y es que no. No me voy a vender a ese diablo.

Margaret calló y bajó los ojos. Helena no había sido nunca una criatura dócil. Le habían permitido demasiadas libertades. Pese a su temperamento y a su tozudez, sin embargo, no había tendido nunca al empecinamiento ni a las rabietas. La terquedad colérica con la que, durante esos últimos tres días, había prohibido a Margaret mencionar el nombre de Ian Neville en su presencia demostraba que su ira ciega iba en aumento conforme se estrechaba el cerco en torno a ella. Para Margaret, la perseverancia de ese hombre en emprender todo tipo de acciones que sellaran su ruina era un enigma; movimiento tras movimiento, había ido cerrando cada una de las puertas que habrían podido representar una salida de su apurada situación. El tiempo que les quedaba en World's End corría imparable. Temía confiar a un completo desconocido a su niña, a quien había acompañado desde su primer segundo de vida, temía dejarla ir a un país impío donde su vida estaría amenazada por el calor intenso y las enfermedades. Pero la idea de entregarla a un destino sin alegría, de solterona y lleno de humillaciones le parecía incomparablemente más cruel. En casa de su tía,

Helena arruinaría su vida de una manera lenta pero segura, y deshonrosa además. Todavía quedaba un poco de tiempo; tiempo para agarrar los radios de la rueda del destino y darle otro rumbo a su recorrido. Eligió con todo cuidado sus palabras.

—Un matrimonio concertado no es lo peor, ¿sabes? —Contaba con que Helena se pusiera en pie encolerizada, que replicara con alguna frase cortante, pero no sucedió nada. La muchacha siguió sentada sin moverse, como si no hubiera oído nada, pero el ligero movimiento con el que se abrazó aún más fuerte delataba que estaba prestando atención a Margaret.

—Con el tiempo acaba uno acostumbrándose al otro y tiene libertad dentro de unos límites, especialmente cuando existe un cierto bienestar. En algún momento dejará también de reclamar sus derechos... Los hombres tienen sus medios y sus vías para ello...

Vio cómo corrían las lágrimas, abrasadoras, por las mejillas de Helena. Margaret puso una mano con cuidado sobre su hombro.

—Piensa también en Jason, en su futuro —susurró en la melena indómita de Helena.

Notó que la muchacha volvía la vista hacia la ventana. Su mirada, llena de ternura, era igual que la primera vez que había estado junto a la cuna de su hermano siendo niña.

—Nos tienes a todos en tus manos, Helena y, en particular, a Jason. Todavía estás a tiempo de impedir la desgracia.

Un sollozo recorrió como un espasmo el cuerpo delgado de la joven.

—No puedo, Marge —articuló con un sofoco—. ¡Cualquier cosa, pero esa no! ¡Eso es pedirme demasiado!

De una manera instintiva, Margaret fue por todas.

—¡Se lo debes a Jason, tú eres todo lo que tiene! Nunca te lo perdonarías si lo dejaras ahora en la estacada. Es tan pequeño aún...

Helena alzó la cabeza y la miró entre lágrimas. Margaret conocía a su niña, sabía que no la decepcionaría. Sin prisas, se acercó al secreter, cogió tinta, papel y pluma y se lo tendió. La muchacha se lo quedó mirando todo fijamente, como si en lugar de esos objetos le hubiera entregado una serpiente venenosa, un escorpión o una tarántula; estaba librando una lucha a todas luces violenta consigo misma.

Margaret sintió compasión por ella, obligada como se veía a tomar una decisión de una importancia capital que llevaría su vida irrevocablemente por nuevos derroteros indeseados. Pero la vida le había enseñado a renunciar a los sentimentalismos y a mantenerse firme, aunque aquello rayara en la crueldad.

Con un movimiento atolondrado agarró los utensilios de escritura. «Acepto su oferta», garabateó apresuradamente, y firmó antes de tenderle la hoja a Margaret con la cabeza gacha por el peso de la humillación. Con gesto rápido, Margaret tomó el papel antes de que Helena se lo pensara mejor y lo hiciera trizas llevada por su impulsividad.

—Buena niña... —susurró ronca por el alivio Margaret, y acarició suavemente las mejillas húmedas de Helena antes de apresurarse a hacer llegar el recado cuanto antes a su destinatario.

Inmóvil, Helena escuchó con atención los pasos de Margaret con un estremecimiento angustioso en su interior que seguía creciendo cada vez más y más. Se sentía como si acabara de firmar una sentencia de muerte que la dejaba físicamente con vida, sí, pero que sepultaba en vida su alma.

Fueron pasando las horas, una tras otra, y a cada ruido en las proximidades de la casa las dos mujeres saltaban de la silla, temiendo que el recado hubiera llegado demasiado tarde y que el funcionario ejecutor anunciara su visita. Pero no aparecía nadie, y el silencio y la falta de acontecimientos de aquella tarde que pasaba con tanta lentitud eran insoportables.

Finalmente, al caer la noche, después de encender Margaret los quinqués con desasosiego, oyeron los cascos de un caballo acercándose. Margaret, para quien era preferible lo peor a la incertidumbre torturadora, se levantó de un salto y salió afuera a toda prisa.

A Helena se le salía el corazón por la boca. Quería hundirse aún más profundamente en su sillón, desaparecer por una grieta del duro tapizado de cuero, pero dio un respingo y, apretando los dientes, se apresuró a sentarse con expresión desdeñosa y todos los músculos tensos para disimular el temblor. No quería concederle además el triunfo de contemplar su derrota. Oyó la voz de Margaret y otra voz grave, de hombre, luego pasos y, tras la figura bajita de Margaret entró una sombra en la estancia que adoptó la forma de un hombre de gran estatura. Los colores vivos de su vestimenta contrastaban intensa, casi dolorosamente, con la sucia luz amarilla de los quinqués. El entorno familiar lo convertía en un personaje aún más extraño para Helena.

El pantalón claro de montar y la chaqueta blanca de corte perfecto, con el cuello alzado, realzaban marcadamente la coloración oscura de su piel, que recordaba la madera noble pulida. Era difícil precisar su edad, pero el gris de su barba poblada y bien cuidada indicaba que debía de haber rebasado ya los cincuenta. Sus ojos oscuros, aún más negros bajo el turbante rojo escarlata, tenían una agradable calidez que pareció extenderse por toda la habitación con una promesa de seguridad y confianza que envolvió a Helena. El alivio, la sensación de estar a salvo de toda iniquidad en la presencia de aquel hombre, casi la hizo prorrumpir en sollozos.

—Buenas tardes, señorita Lawrence. —Le hizo una respetuosa reverencia—. Permítame que me presente. Mohan Tajid, secretario del señor Neville. Por favor, disculpe la hora indecorosa de mi visita, pero el señor Neville insistió en despachar todos los trámites de la boda y de su viaje a Londres antes de que viniera yo a visitarla a usted. El consentimiento de su tutor no nos llegó por mensajero urgente hasta hace media hora.

—¿Cuándo...? —Helena tragó saliva a duras penas.

El hindú la miró con gesto compasivo.

—Mañana al mediodía, a las doce, en la iglesia parroquial de San Esteban.

Helena se quedó mirando fijamente la oscuridad. Se avecinaba tormenta; en el silencio de la noche oía las olas rompiendo contra los peñascos. Su última noche en World's End... Odiaba aquel lugar desde que se había bajado del coche de caballos que trajo al resto de la familia Lawrence atravesando Inglaterra. No obstante, le resultaba inimaginable tener que irse de allí al día siguiente, al cabo de apenas unas horas.

La puerta se abrió suavemente.

—¿Nela? —Jason, en silencio y descalzo, se acercó a su cama—. ¿Estás dormida?

—No. —La voz de Helena sonó ronca.

—Yo tampoco puedo dormir. —Se metió bajo el edredón, como cuando era pequeño y le daba miedo la oscuridad, se acurrucó a su lado y apoyó los pies helados en las pantorrillas calientes de ella. Permaneció en silencio unos instantes con la vista clavada también en la oscuridad antes de soltar lo que le mantenía despierto.

—Marge dice que te casas mañana, y que luego nos iremos inmediatamente a Londres, en ferrocarril, y después todavía mucho más lejos, por mar, y que yo iré a una escuela en las montañas.

—Sí, Jason, lo que te ha contado Marge es cierto.

—¿Se viene también Marge a la India?

—No —respondió Helena, con el pecho oprimido—. Marge se queda en Inglaterra. Es demasiado mayor para un viaje tan largo. No le sentaría nada bien. —No habían dicho ni palabra al respecto, pero para Helena era un asunto zanjado: debía soportar aquella carga ella sola. Simplemente no soportaba la idea de que Margaret fuera testigo a diario de su humillación.

—¿Podremos visitar a Marge alguna vez?

Helena se esforzó por dar un tinte de confianza y de despreocupación a su voz. ¡Había tantas cosas que ella no sabía y que no estaban en su mano...!

—Claro que podremos, siempre que quieras.

—Marge dice que en la escuela hay muchos libros y que allí tendré amigos, amigos de verdad. —La voz de Jason, progresivamente más suave, subió ligeramente de tono al pronunciar las últimas palabras, como en una pregunta, como si temiera que Helena lo contradijera. Su hermana sintió una punzada en su interior. Nunca se le había pasado por la mente lo mucho que debía haber sufrido Jason en aquel aislamiento de ambos y lo mucho que anhelaba tener compañeros. Lo atrajo hacia sí y le acarició el pelo.

—Los tendrás. Te lo prometo, todo saldrá de maravilla.

Jason se incorporó para mirarla desde arriba, como si hubiera notado algo en la voz de ella que le hizo aguzar el oído. Era como si quisiera leer en su rostro, en la oscuridad, lo que se agitaba en el interior de su hermana.

—Tú lo quieres, de lo contrario no te casarías con él, ¿verdad?

La rabia y la tristeza se agolparon detrás del esternón de Helena, presionando dolorosamente sobre su estómago, haciendo que ascendieran a sus ojos unas lágrimas que trataba de reprimir. Era la rabia de impotencia por el destino, por Ian Neville, que la había obligado a ese matrimonio y a quien ella se había entregado. Respiró hondo, esforzándose por parecer sincera.

—Sí, Jason, le quiero.

Contento, el chico se arrimó cariñosamente a ella y respiró profundamente.

—¡Qué bien! —murmuró mientras su voz se iba haciendo cada vez más débil—. Me hace ilusión la India.

Helena sintió cómo se relajaba su cálido cuerpo de niño, cómo se hacía más pesada la cabeza de Jason en su brazo; su respiración se volvió más pausada y profunda; paulatinamente fue deslizándose hacia el sueño. Por fin, si bien solo silenciosamente, pudo dar curso libre a sus lágrimas. Sabía que había hecho lo correcto, pero no sentía ningún alivio, solo una cólera y un dolor irrefrenables, y maldijo a Ian Neville desde lo más profundo de su alma.

5

Una sonora risa saltarina y unos pasos ligeros pero estrepitosos calaron amortiguados en la conciencia de Helena. Las pisadas se acercaban con rapidez, una mujer pronunciaba un nombre con intención de ser enérgica pero sin conseguirlo. Entonces se abrió la puerta de par en par y alguien se arrojó sobre ella con ímpetu y se puso a sacudirla y a tirar de ella con fuerza.

—¡Nela, Nela, levántate de una vez, has dormido más que suficiente! Abajo nos espera un desayuno magnífico, panecillos blancos y blanditos con mantequilla y mermelada amarilla y huevos revueltos y chocolate espeso! ¡Vamos, Nela, arriba!

Helena consiguió abrir los ojos solo realizando un gran esfuerzo, como si algo poderoso la retuviera en la negrura del sueño. Jason pataleaba cruzado encima de ella, la acribillaba con una tormenta de entusiasmo, pero apenas la alcanzaban más que algunos jirones de lo que decía. Una sensación de extrañeza se apoderó de ella hasta que, finalmente, se dio cuenta de que era el aspecto de Jason lo que producía ese efecto en ella. Con un elegante pantalón marrón claro entallado, bajo cuyo dobladillo relucían unos zapatos bien lustrados, la camisa de rayas finas, el pelo rebelde cuidadosamente peinado y alisado, parecía un caballero en miniatura. La mirada soñolienta de ella fue fijándose en otros detalles: su camisón de fina batista; el ancho lecho de madera reluciente, casi negra; los almohadones y las mantas primorosamente ribeteados con volantes; el dosel de cama con un motivo de rosas que proseguía en el tapizado de las paredes; un elegante tocador, en el otro extremo del espacioso cuarto, con un espejo dividido en tres; una mesita de patas curvas sobre la cual llamaba la atención un exuberante ramo de rosas de colores distintos. «Rosas en noviembre...»

—¡Ian dijo que, al principio, no vestiríamos ropa hecha a medida, pero que dentro de nada será toda a medida y cosida a mano, como es debido! Sobre todo tú tienes que llevar vestidos maravillosos, ha ido diciendo Ian por las tiendas.

«Ian...» Algunas imágenes sueltas, estáticas, en color sepia como los daguerrotipos, fueron desfilando ante su conciencia: la nave sombría de la iglesia de San Esteban; la solemne y en algunos pasajes emocionada voz del pastor Clucas; Neville junto a ella; este deslizando un fino anillo de oro en el anular de su mano izquierda; los labios de él en un contacto fugaz con los suyos, poco más que un soplo. Luego, la partida de World's End, que había parecido más bien una fuga por lo precipitada que había sido. Recordó cómo traqueteaba el coche de caballos que se los llevaba de allí por malos caminos; cómo se agarraba firmemente y sin decir palabra a Margaret, mientras Jason iba de un lado a otro de su asiento comentando entusiasmado lo que veía por la ventanilla; la voz grave de Mohan Tajid junto a él, dándole la razón, aclarándole algo o riendo suavemente; la estación de piedra y cristal de Exeter, insoportablemente ruidosa en contraste con el silencio de Cornualles; aquel monstruo de hierro que expelía silbantes chorros de vapor ardiente y en uno de cuyos vagones tapizados se habían adentrado en la noche y, en algún momento, la agradable negrura del sueño en la que ya nada podía tocarla. Palpó el anillo en su mano, duro y frío. Un cepo.

—Buenos días, Helena.

La familiaridad de la aparición de Margaret, ataviada como siempre con su vestido de luto, la expresión suave de sus ojos, llenos de compasión y conocimiento de la culpabilidad a partes iguales, llenó de lágrimas la comisura de sus ojos.

—Buenos días, Marge. ¿Cuánto... cuánto tiempo llevo durmiendo?

—Todo un día y toda una noche. Estabas completamente agotada. El señor Tajid tuvo que entrarte en brazos en la casa. —Margaret titubeó un instante—. El señor Neville quiere verte abajo para el desayuno. Ponte esto. —Tendió a Helena una bata larga de seda azul celeste, con mucho cuidado, como si la finísima tela con delicados encajes pudiera sufrir algún daño en sus desgastadas manos.

Como Alicia en el País de las Maravillas, recorrió el gran pasillo, en cuya alfombra gris se le hundían los pies desnudos. Caminaba asombrada e intimidada por la elegancia de la casa. Todo era de colores suaves: gris pálido, azul celeste, blanco marfil. Cada mueble había sido elegido con gusto exquisito y estaba justo en el lugar adecuado. Bajó deprisa la escalera empinada que conducía a la planta baja. La barandilla era tan suave que parecía hecha de seda, como su bata.

Una sirvienta con cofia blanca y delantal le hizo una reverencia al pie de la escalera y le indicó hacia dónde ir.

—Por favor, todo recto por aquí, señora. El señor Neville la espera en la salita del desayuno.

La gran puerta de doble hoja situada en el extremo opuesto de la salita daba a un jardín semioculto por la niebla matinal londinense. Una mesa alargada cubierta con un mantel blanco ocupaba casi todo el espacio. Diseminados entre la porcelana y el cristal y la plata relucientes había ramitos de rosas blancas. Olía a huevos, café, té y chocolate. Helena notó que se le contraía el estómago.

—Buenos días, Helena. —La estremeció que él utilizara su nombre de pila con tanta naturalidad.

Con las piernas cruzadas embutidas en unos finos pantalones gris claro, Ian Neville estaba sentado a la mesa con un periódico en las manos, mirándola.

—Espero que te hayas recuperado de los agobios del viaje y que no te hayas tomado a mal que me adelantara para estar aquí antes y preparar tu llegada. Ni siquiera yo había contado con regresar de Cornualles con mi esposa y casi toda una familia en el equipaje.

Un sirviente de librea sujetaba una silla que acomodó correctamente bajo Helena cuando esta la ocupó obediente. Sentado frente a ella, Jason se zampó en unos cuantos bocados un panecillo que chorreaba mermelada.

—¿Café, té o chocolate, señora?

—Gracias, Ralph. Chocolate será lo más conveniente —respondió Neville en lugar de Helena—. Tenemos que procurar que la señora recupere fuerzas. —La examinó—. Pensaba que no te quedaría bien el azul celeste. Por desgracia, no había mucho donde elegir con esa calidad. Hace juego con tus ojos, pero te da un aspecto demasiado frío. Mandaremos que te confeccionen una bata, quizá turquesa o lavanda. —Como si esa fuera la conversación más natural del mundo, volvió a enfrascarse en las páginas de su periódico.

Helena bebía a sorbos de su taza. Notaba en la lengua el sabor denso y dulce del chocolate, pero en su garganta se convertía en algo amargo y rasposo que apenas podía tragar.

El sonido crujiente con el que Neville plegó el periódico le hizo dar un respingo. Él echó un breve vistazo al reloj plateado que extrajo de un bolsillo de su chaleco estampado con flores de vivos colores. Con aquel colorido cualquier otro hombre habría tenido un aspecto ridículo; en su caso subrayaban su elegancia y su seguridad en lo referente al gusto.

—Me vas a perdonar, pero me reclaman los negocios. No me esperes para la cena, puede que se me haga tarde.

Salió de la habitación a paso vivo, y a Helena, pese a la calidez del fuego que crepitaba en la chimenea, la invadió un frío espantoso. «Así serán a partir de ahora todas las mañanas... —pensó con desesperación, horrorizada—, mientras viva.»

Con gesto cansino estaba Helena sentada con su camisón cerrado hasta el cuello en el taburete tapizado, frente a su tocador, mientras Margaret le deslizaba suavemente el cepillo plateado por el pelo encrespado, intentando darle brillo. Tenía la mirada clavada en el espejo, en su imagen reflejada, con miedo a descubrir algo en ella. El día transcurría lento, como una pesadilla. Cada hora le parecía infinita. Con la rigidez de una muñeca había soportado que la modista francesa y sus chicas le tomaran medidas. Había asentido como ausente a los comentarios de entusiasmo sobre su altura, su esbeltez y la claridad de su piel mientras le enseñaban patrones para las telas o un encaje. Sin pronunciar palabra, durante la cena había ido empujando con el tenedor por el plato los bocados de rosbif, escuchando sin atender la charla excitada de Jason sobre sus primeras horas de clase con el señor Bryce, que subsanarían, por lo menos en parte, las lagunas más gruesas de sus conocimientos.

Neville entró sin llamar a la puerta.

—Buenas tardes, señoras.

Helena se levantó apresuradamente y Margaret se inclinó en una gran reverencia. Para Helena era un enigma la facilidad con que se había sometido su obstinada Margaret a Neville y lo rápido que se había adaptado a los hábitos de aquella gran casa, casi como si hubiera estado esperando tal cosa todos aquellos años.

—Gracias, Margaret —dijo él, con una inclinación de cabeza.

La mujer abandonó la habitación obediente y cerró con tiento la puerta tras de sí.

Neville se quedó ahí mirándola lo que le pareció una eternidad. Helena no pudo reprimir un ligero temblor y cruzó los brazos firmemente para ponerle coto. Por las alusiones de Margaret y por los ruidos que recordaba de niña cuando sus padres se acostaban en la habitación de al lado, en las noches del sur colmadas de estrellas, sabía que había algo misterioso que los hombres y las mujeres hacían juntos, pero no se había hecho una representación mental exacta de ello. Solo sabía lo que Margaret le había inculcado: que no debía negarse nunca a nada de lo que le pidiera su marido.

Sin decir palabra, Neville se le acercó y se puso a mirarla con detenimiento. De nuevo ella fue incapaz de sostenerle la mirada. Él la agarró por la barbilla y la obligó delicadamente a mirarlo. Helena echó atrás la cabeza, de sus ojos salían chispas. Él soltó una carcajada apenas perceptible.

—Mi pequeña Helena. Mi gata montesa. —Había un matiz nuevo en su voz que Helena no había oído nunca, un suspiro a medias, casi cariñoso, cuando le acarició la mejilla con el dorso de la mano—. ¿Qué voy a hacer contigo?

Con un gesto rápido la agarró de la nuca y la atrajo hacia sí con firmeza, sin que ella pudiera zafarse. Se le escapó un gemido y el único apoyo que encontró fue el cuerpo de él. Notó sus músculos duros bajo la camisa blanca, la calidez de su cuerpo. En parte quería apartarse de él y en parte deseaba simplemente dejarse llevar donde fuera. Tenía la cara tan pegada a la de él que percibía su aliento en la piel. Neville escrutó sus ojos, como si pudiera encontrar en ellos la respuesta a una pregunta tácita.

—No tienes por qué tener ningún miedo, pequeña Helena. Ya te dije en una ocasión que no tengo necesidad de ejercer violencia alguna sobre una mujer. Algún día lo querrás tú también, te lo aseguro.

La besó en la frente con ternura antes de soltarla con la misma rapidez con la que la había agarrado hacía un instante y salió de la habitación.

A Helena se le doblaron las rodillas y cayó al suelo sollozando sin consuelo.

«No puedo, no lo voy a aguantar ni un solo día más...»

El humo espeso del cigarrillo ascendía lentamente, se disolvía poco a poco y se perdía en la bóveda oscura de madera, estaño y terciopelo situada encima de aquel lecho desbordante, cuya opulenta masa de almohadones blancos, sábanas y mantas, semejante a un océano de espuma blanca removido por la tempestad, daba fe de las batallas apasionadas de las horas precedentes.

Lady Irene Fitzwilliam suspiró levemente y arrimó la mejilla al pecho de aquel hombre que no era su marido. Sintió la calidez de su piel, el espeso vello oscuro; escuchó atentamente los latidos cada vez más pausados de ese corazón capaz de arder con tanta pasión y que, sin embargo, permanecía muy frío y ella trataba de poseer con empeño.

Levantó la vista y miró esos ojos oscuros, que seguían siendo un enigma para ella al igual que su dueño, inescrutables incluso en esas horas de unión íntima que ella había estado esperando con impaciencia durante los largos meses de su ausencia. Miraban a la lejanía, dirigidos hacia un punto imaginario situado más allá de su dormitorio. La invadió una oleada de celos. Como él detestaba que le preguntara lo que pensaba, permaneció en silencio para no turbar la calma satisfecha de esa tarde despertando su cólera, tan fácilmente inflamable. Sabía que no era la única que gozaba de sus favores. Era un secreto a voces, aunque todas las implicadas eran tan discretas que cada una sabía de la existencia de las demás pero creía ser especial: la que por fin despertaría en él un sentimiento diferente, más allá de la pasión con la que él las debilitaba y las sometía a su voluntad.

Apagó el cigarrillo consumido en el borde del platillo que había en la mesita de noche y se apartó de ella. Al levantarse se llevó consigo toda la calidez. Lady Irene se estremeció de frío a pesar de que hacía unos instantes creía consumirse por el calor sofocante. Temblando, se echó por encima una de las sábanas arrugadas. Tenía el cuerpo, todavía delgado, dolorido. Le ardía la piel por los besos y las caricias, que despertaban en ella un placer tal que no había creído posible, un placer que ni siquiera sabía que existiera hasta que lo había conocido a él.

Incluso desnudo, el cuerpo de Ian Neville seguía irradiando nobleza. Era completamente distinto a la masa informe de lord Fitzwilliam, grasienta y desgastada, mitad ridícula y mitad repugnante. Su atractivo físico despertó en ella de nuevo el deseo, por muy satisfecha que se creía hacía unos instantes. Lo detestaba por ese poder que poseía sobre ella, pero sin embargo gozaba sometiéndose a ese poder. Con pesar vio cómo recogía del suelo las prendas de vestir que anteriormente se había quitado y volvía a vestirse.

—Estuviste demasiado tiempo en Cornualles —acabó diciendo ella con la esperanza de demorar su despedida, aunque solo fuera breves instantes.

—El suficiente para casarme.

Con cara de estupefacción, se quedó mirando cómo se hacía el nudo de la corbata frete al espejo del tocador. Tragó saliva para mitigar la repentina sequedad de su garganta y se esforzó por expresarse en un tono suave, gracioso, pero que sonó forzado.

—¿Casarte... tú?

Ian dio unos tirones a la corbata frente el espejo para colocársela como era debido.

—Ya sabes que siempre estoy abierto a nuevas experiencias.

Los celos se apoderaron de lady Irene, así como una curiosidad abrasadora por esa mujer desconocida que había pescado con tanta alevosía al soltero más codiciado de la sociedad entre Plymouth y Calcuta. ¿Qué era? ¿Una sirena, una madona? ¿Qué tenía ella que no tuviera ninguna de las demás?

—¿Cómo es?

Sus ojos se encontraron con los de la mujer en el espejo, y adoptó una expresión pensativa y al mismo tiempo pícara. Volvió a arreglarse el nudo una vez más.

—A decir verdad, no lo sé ni yo mismo con exactitud. Es medio niña, flaca, terca, desmañada. Sin formación ni modales. Pero monta a caballo como el diablo. Más no puedo decirte por el momento.

La arrolló una rabia ciega, omnidireccional, y, sin pensárselo dos veces, le espetó:

—¿Y bien? ¿La has montado tú ya? ¿Lo hizo bien? ¿Con la suficiente furia?

—Tu vulgaridad me asquea.

Lady Irene se mordió el labio y trató de enmendar su error. Con aire fingidamente burlón, la cabeza ladeada con coquetería y una ceja enarcada preguntó:

—¿Tú y una campesinita de la costa?

—Los desafíos me estimulan.

Un silencio sofocante. La voz de ella sonó ronca.

—¿La amas?

Ian se estaba poniendo el chaleco.

—No seas tonta, te lo ruego.

Una compasión por la rival desconocida la colmó de una manera repentina, inexplicable. Una mujer joven, inexperta, toda su vida al lado de aquel hombre sin corazón, frío y calculador, por muy fascinante que fuera y rico como un nabab... Incluso su propio destino le parecía afortunado. Dijo en voz baja y con la mirada fija en las sábanas blancas:

—Eres un demonio, Ian Neville. Simple y llanamente no tienes corazón.

—Esa carencia no te ha preocupado lo más mínimo en todo este tiempo.

Ella miró cómo se sacudía la chaqueta con gesto indolente para eliminar cualquier eventual mota de polvo. Se estremeció al comprobar lo mucho que lo quería, a pesar de todo. Y lo mucho que lo odiaba.

—¡Lárgate de aquí, jodido cabrón!

Agarró impulsivamente la figurita de cristal de la mesita de noche y se la lanzó. El espejo se hizo mil añicos y las esquirlas cayeron tintineando al suelo. Había apuntado bien, pero Ian, más rápido, se había apartado con un giro elegante. Agarró su abrigo y fue hacia la puerta, impertérrito.

—Siempre he encontrado insoportable tu propensión al dramatismo. Ahórratelo para tu lord; de él obtendrás lo que quieres. De mí, no. —Giró el pomo de la puerta y se volvió brevemente a mirarla, insinuando una reverencia fugaz—. Adiós, lady Fitzwilliam.

La mujer se quedó con los ojos clavados en el marco, en el que habían quedado algunos pedazos grandes de espejo. Contempló la mitad de su imagen reflejada: el rostro, rojo e hinchado, que seguía siendo hermoso pero que en ese momento tenía el aspecto envejecido que correspondía a su edad; su cabello oscuro despeinado... Se sentía como si la grieta que atravesaba su reflejo también atravesara su interior. Algunas lágrimas le resbalaron por las mejillas cuando oyó la puerta cerrarse con un golpe seco.

6

Helena se movía como una sonámbula por aquella casa grande y silenciosa mientras Jason sudaba sobre sus libros y Margaret, sentada con las modistas y las sombrereras, mantenía animadas conversaciones. Aparte de las horas que pasaba con Mohan Tajid, quien le enseñó las primeras palabras en hindustaní, sus días estaban vacíos. No habría sabido decir cuántos habían pasado desde aquella primera mañana, si diez o cien. De Londres no había visto todavía nada, pero tampoco tenía ganas de salir a pasear por la ciudad. A veces se sentía como un espíritu que no encontraba la paz a pesar de no estar ya con vida. La seda azul medianoche (una concesión al luto oficial que guardaba) del vestido de corte estrecho, acabado por detrás en una cola corta, se deslizaba susurrante con cada uno de sus movimientos. El corsé que llevaba debajo la obligaba a mantenerse erguida, pero no lo notaba, ni siquiera cuando Margaret le apretaba todavía un poco más los cordones. Se mantenía sorda y muda a todo, menos a lo que había sentido aquella noche en la que Ian fue a verla a su dormitorio. La sangre se le seguía agolpando en el rostro cuando pensaba en su cercanía, en ese calor que despedía y que la había inundado y que tenía muy poca relación con el hombre que se sentaba frío e indiferente frente a ella a la hora del desayuno, que se despedía de ella con un beso fugaz, rozando apenas su mejilla, antes de salir de casa por asuntos urgentes de los que con frecuencia volvía a altas horas de la noche. Entonces escuchaba sus pasos alejándose hacia su cuarto, situado al otro extremo del pasillo, sin que hubiera vuelto a pasarse otra vez por el de ella. Helena se pasaba el resto de la noche en vela, cavilando, hasta que su cuerpo exigía sus derechos al amanecer y se sumía en un sueño plúmbeo del que no parecía despertar ya en todo el día.

En el salón, de colores azul oscuro y plata, dejó vagar la mirada por los libros y periódicos que cubrían la mesa. Un nombre en las columnas uniformes de letras de imprenta negras le saltó a los ojos como un muelle. Con un oscuro presentimiento agarró el periódico, que estaba doblado con mucho esmero, como si alguien hubiera querido resaltar a propósito ese texto en particular, y le echó un vistazo rápido.

Necrológicas. Sir Henry Richard Thomas Claydon, nacido el 23 de septiembre de 1821 en Oakesley, fallecido el 17 de noviembre de 1876... Trágico accidente... Méritos especiales como coronel del Ejército Imperial en las Indias Orientales en la guerra de 1857... Deja a su esposa, lady Sofia Daphne Claydon, cuyo apellido de soltera era Moray, y a sus hijos, la señorita Amelia Sofia Philips y el señor Alastair Henry Philip... El entierro tendrá lugar el...

Helena dejó el periódico.

—Trágico accidente —murmuró consternada.

—Horrible, ¿verdad?

Helena volvió la cabeza. Con sigilo, tal como era su costumbre, había entrado Ian en el salón, elegante como siempre, con traje gris perla y chaleco azul. No habría sabido decir cuánto tiempo llevaba allí observándola. Tenía chispitas en los ojos, como si verla leyendo esa terrible noticia le hubiera deparado un placer especial.

Se acercó a la chimenea, cuyo fuego irradiaba un calor agradable, y sacó un puro del cofrecito de marquetería. Lo encendió ceremoniosamente, arrojó el fósforo a las llamas con indolencia y dio una y luego otra calada con calma y deleite antes de hablar.

—Se trata verdaderamente de un accidente terrible. Una propiedad que ha ido arruinándose con el paso de los años, situada en un rincón de Inglaterra poco interesante desde un punto de vista económico y paisajístico, víctima tanto del imparable desarrollo económico como de la incompetencia de toda una línea genealógica de propietarios. La idea era sanear las finanzas ruinosas con una inversión lucrativa de capital. Como es natural, el banco ofrece la suma solicitada como préstamo a cambio de la garantía de la casa y las tierras. Pero, por desgracia, el negocio se frustra, centenares de libras se esfuman literalmente —expulsó el humo con delectación, se dejó caer en uno de los sillones, extendió las piernas, puso los pies encima de la mesa y recostó la cabeza en el respaldo—. Y todas esas extensas tierras yermas y la casa grande son ahora del banco. La familia debe recoger sus efectos personales. Ocurrió lo habitual en situaciones de este tipo: no existía ninguna otra salida honrosa que el clásico accidente limpiando las pistolas. Tras décadas de servicio en el ejército, donde se aprenden el manejo y el mantenimiento de las armas desde que se es soldado raso. ¡Qué trágico!

Dirigió una mirada meditabunda al puro al que daba vueltas entre los dedos. Se inclinó hacia delante para depositar la ceniza en el cenicero dispuesto a tal efecto y volvió a recostarse.

—Una hija extraordinariamente guapa, aunque algo tonta. Hace no mucho tiempo hubo un pequeño escándalo con ella que no supieron ocultar bien. Un calavera le sonsacó una promesa de matrimonio y dejó plantada a esa cretina de la noche a la mañana. De una cosa así siempre acaba enterándose la gente. No hay hombre de posición y dinero que tenga interés en la porcelana tocada. La madre, próxima a la demencia, busca refugio en casa de unos parientes que los acogen de mala gana. Un revés de la fortuna como ese deja un estigma en toda la familia. Bueno, quizás ahora le sirva eso de provecho al que fue el heredero para cambiar el signo de esta historia. Ha sido una persona débil hasta ahora, que no ha hecho nada útil en su vida; tal vez el trabajo honrado y el sudor de su frente lo conviertan en un hombre de provecho.

Ian se levantó impulsivamente, se acercó a Helena y la miró a los ojos. El corsé se le clavó en las costillas al alzarse y contraerse su tórax con rapidez.

—No me mires con esa cara de susto. Tendría que darte cierta satisfacción después de todo lo que te hizo esa familia. Retén esto bien en la memoria: al final, todos recibimos lo que nos merecemos. —Sin esperar una réplica por su parte, se volvió y abandonó el salón.

Sus palabras, frías y distantes, le dieron miedo. Pero aún más lo que había percibido en sus ojos: un placer cruel y una satisfacción glacial.

Aquella tarde Helena no conseguía concentrarse en los lazos y arabescos con el extremo superior rematado por una línea recta, formando palabras como ribetes de la hoja de papel, que eran las consonantes y vocales del hindi. Le parecían vallas de hierro forjado, inexpugnables, un símbolo de la opresora soledad y el miedo en el que estaba atrapada. Solo la calma que emanaba del uniforme flujo sonoro de la voz de Mohan Tajid, que combinaba palabras en inglés y en hindustaní, la arrancaba de sus vacuos pensamientos. Levantó la vista con gesto de culpa, pero no vio crítica alguna en los ojos oscuros del hombre.

La estaba mirando, pensativo.

—Usted no es feliz aquí.

A su pesar, las lágrimas le inundaron los ojos. Helena trató en vano de retenerlas.

—¿Cómo iba a serlo?

El hindú frunció las cejas oscuras.

—Yo estaba en contra de este matrimonio, pero no pude evitarlo. No hay nada que hacer cuando a Ian Neville algo se le mete en la cabeza. Tiene la fuerza de voluntad de un guerrero, una voluntad de acero y cortante como una espada forjada y templada en sangre.

A pesar de que a Helena estas palabras le dieron escalofríos, el orgullo y la admiración que había en los ojos de Tajid le picaron la curiosidad.

—¿Lo conoce desde hace mucho tiempo?

Una sonrisa apareció en los ojos de Mohan Tajid.

—De toda la vida, y más.

—¿Cómo...? —Se le quebró la voz bajo el peso de la desdicha—. ¿Cómo es capaz de soportarlo? —La mirada de Mohan Tajid se perdió más allá del brillo claro del quinqué.

—Porque me vincula a él algo que va más allá de lo insignificantes que somos como seres humanos. Usted lo llamaría destino, en mi tierra lo llamamos karma. Es algo tan poderoso que he llegado al extremo de poner en peligro incluso mi alma inmortal como hindú cometiendo la imperdonable falta de viajar con él por el *kalapani*, por el mar. —Se la quedó mirando fijamente—. Cuando conozca usted la India, conocerá el fondo de su alma. Comprenderá entonces muchas de las cosas que hoy le parecen incomprensibles.

El enigma que le planteaba con esas palabras le pareció irresoluble. La confusión se le notaba claramente en la cara. La ternura dulcificó el semblante oscuro de Tajid.

—Tenga paciencia. A fin de cuentas estoy contento de que sea precisamente usted la que está a su lado. Quizá consiga usted... —Como si se hubiera dado cuenta de que estaba a punto de traspasar un límite peligroso, enmudeció y apartó la mirada. Inspiró hondo y se rehízo—. Terminamos la lección por hoy, ya es la hora. El señor Neville me ha pedido que la envíe arriba después de la clase para que pueda arreglarse para esta noche.

Se levantó con determinación, dejando a Helena en un estado de confusión que se posó sobre ella como una carga opresiva que le dificultaba la respiración.

—Gracias, Ralph. —El mayordomo realizó una breve reverencia y a continuación cerró tras de sí con suavidad la puerta del cuarto de estudio. La habitación, con artesonado oscuro, se hallaba sumida en la penumbra crepuscular; el brillo débil de la farola de la calle, frente a la ventana, y la luz del quinqué colocado encima del gran escritorio no llegaban a iluminarla suficientemente.

—¿Me ha mandado usted llamar, señor? —Margaret realizó una profunda reverencia.

Ian Neville se arrellanó en el sillón y desapareció casi por completo en la penumbra del cuarto que cercaba el resplandor del quinqué. En el oscuro y reluciente tablero del escritorio había unos cuantos papeles; todo estaba tan ordenado como si hiciera semanas que no se trabajaba allí.

—Necesito su ayuda, señora Brown. Antes de marcharnos de Londres dentro de unos días tengo que cumplir al menos con una obligación social. He aceptado la invitación al baile de lord y lady Chesterton. Quiero que mi esposa esté lo más guapa posible y confío para tal cosa en el gusto de usted y en su saber. Como es natural, Jane la ayudará si así lo desea. He pensado que con dos horas debería bastar.

—Por supuesto, señor. —Margaret insinuó otra reverencia—. ¿Ha pensado usted en algún...?

—El rojo.

—¡Pero, señor... nosotras... digo, Helena todavía está de luto!

Ian se levantó, sacó un cigarrillo de la pitillera de plata y lo encendió.

—No creo que tengan ustedes en realidad ningún motivo para llorar la muerte del señor Lawrence. A fin de cuentas, fue más bien una liberación para los tres, así que ya basta de teatro. Ese luto no es otra cosa que mojigatería.

Margaret se quedó de piedra por su insensibilidad y su falta de piedad, pero se mordió la lengua y bajó la vista. Hubo una pausa antes de que ella decidiera finalmente abordar el asunto que la tenía en vilo desde hacía algún tiempo.

—Hasta el momento no hemos hablado al respecto, señor, pero... doy por sentado que acompañaré a Helena a la India.

Ian la miró con atención a través del humo de su cigarrillo.

—Me había imaginado que tendría usted intención de hacerlo. —Dio una calada más y expulsó el humo ruidosamente—. Pero no, ni hablar.

—No voy a dejar que mi niña...

Él se apoyó indolente en el canto del escritorio.

—Señora Brown, su sentido del deber y su dedicación a mi esposa la honran, pero no se imagina cómo es esa tierra.

—Señor, en su momento estuve con la madre de Helena en...

—La India no es Italia, ni tampoco Grecia. Si piensa usted que allí soportó verdadero calor, me veo forzado a corregirla. En Darjeeling el clima es agradable, pero el trayecto hasta allí es muy largo. No tiene ni idea del calor abrasador de las estepas y desiertos, donde resulta fatigoso incluso el solo hecho de respirar, por no hablar de los insectos, las serpientes y los escorpiones venenosos que pululan en grandes cantidades, ni del cólera, ni de las fiebres. Los cementerios de Calcuta y de Madrás están llenos de europeos que murieron antes de cumplir los cuarenta años. Con todos mis respetos, señora Brown, conozco la India, nací allí y he pasado prácticamente toda mi vida en ella. Usted es demasiado mayor y no posee la necesaria resistencia.

Margaret se irguió, con las mejillas encendidas de rabia y orgullo herido.

—¿Y quiere que deje a Helena y a Jason en esas tierras tan tranquila, es eso? ¿Sabe usted acaso lo que me está exigiendo?

—El viaje será lo más agradable posible para los dos. Desde Bombay viajaremos en mi propio vagón del ferrocarril hasta Jaipur. Desde allí haremos una excursión a caballo hacia el interior de Rajputana, donde... quiero visitar a unos amigos. Desde Jaipur volveremos a tomar el ferrocarril para ir hacia el este, pasando por Agra y Allahabad hasta llegar a Siliguri. La última etapa será la más agotadora, ya que Darjeeling no tiene ninguna conexión directa desde el oeste con la línea del ferrocarril y, como tenemos que llegar como muy tarde a comienzos de abril para la cosecha, tendremos que usar de nuevo el caballo como medio de transporte. Mohan Tajid se ocupará del bienestar de Jason. Ya conoce usted a Mohan, y le aseguro que nadie conoce esas tierras como él. Ni siquiera yo —añadió con una leve sonrisa.

Frunció el ceño y echó mano de un escrito que estaba encima de un montoncito de papeles.

—Por cierto, aquí tengo la confirmación del director de la escuela de San Pablo, en Darjeeling, sobre la matrícula de Jason para el próximo trimestre. San Pablo tiene fama de dar una educación conforme al modelo de las mejores escuelas privadas británicas. Considero conveniente que viva en el centro, por lo menos en los primeros tiempos, y que solo venga los fines de semana a nuestra casa de la plantación. De esta manera encontrará compañía, se integrará más rápidamente y podrá ahorrarse el largo camino a casa todos los días.

—¿Y Helena? ¿Qué ocurre con Helena? Es una mujer y...

Ian echó la cabeza hacia atrás con una carcajada.

—Me olvidaba... ¡El sexo débil! —La miró divertido—. Convendrá usted conmigo sin duda en que a la mujer a la que menos se ajusta esa expresión es a Helena precisamente. —De pronto se puso serio de nuevo—. Un león reconoce a una leona a primera vista. No tiene usted por qué preocuparse por ella, de verdad se lo digo. —La miró fijamente—. Conmigo está en buenas manos, créame.

Su voz había adquirido una calidez que Margaret no le había escuchado todavía, que ni siquiera esperaba de él, incalificable pero que la llevaba a creer lo que decía. A su pesar se entregó a una sensación de alivio infinito y al mismo tiempo humillante.

—¡Jamás!

—Helena, por favor, él ha decidido que sea éste...

—¡Que no y mil veces no! Estoy de luto. No voy a ponerme este... este...

—¿Molesto?

Ian estaba apoyado en el marco de la puerta, indolente, mirando alternativamente con gesto divertido a Margaret y a Helena. El vehemente intercambio verbal que habían mantenido se oía desde el pasillo. Jane, en silencio en un rincón de la habitación, realizó una profunda reverencia. Margaret estaba consternada y desesperada; Helena echaba chispas por los ojos y tenía las mejillas rojas como la grana por la cólera. Con esa rabia dentro se olvidó de todo comedimiento y se acercó en tromba a Ian; los delicados volantes de su bata nueva azul turquesa se arremolinaron. La melena suelta y todavía húmeda flotaba tras ella.

—¡Demonio de hombre! ¿Cómo puedes ser capaz de exigirme que me ponga este modelito pecaminoso? ¡Qué horror! Por lo visto no te importa nada que yo esté todavía de luto. ¡Carámbano insidioso...!

—Jane, señora Brown, déjennos unos instantes a solas, por favor. —La voz de Ian cortó en seco el torrente de palabras de Helena, actuando como un muro de contención.

Apenas cerraron la puerta tras de sí las dos mujeres, Ian la agarró con fuerza del brazo antes de que ella pudiera tomar aire de nuevo.

—¡No tolero que me vengas con tales numeritos delante del servicio! ¡Cuando estemos a solas puedes ponerme lo verde que quieras, pero mientras esté el personal presente, tienes que controlarte como es debido!

—Suéltame —le espetó Helena, con la cara rojísima de la vergüenza de recibir de él una reprimenda como una niña tonta, y también de la rabia que sentía. Luchaba con todas sus fuerzas por liberarse de su garra, pero él aumentó la presión e incluso la atrajo más cerca de él y se la quedó mirando fijamente a la cara, sin moverse.

—¡Olvidas que yo soy aquí el señor de la casa, y tú, como esposa mía, tienes que obedecerme! ¡Solo yo tengo la palabra, por lo menos hasta que dejes de comportarte como una niña tonta y malcriada!

—Sí, soy tu esposa, a la fuerza, ¡pero eso no quiere decir ni mucho menos que sea de tu propiedad! ¡No puedes exigirme que me presente vestida así, con ese vestido! ¡No!

Ian la estudió largamente. Su mirada la dejó sin habla. Le costaba respirar. Esta vez, sin embargo, fue capaz de hacerle frente con firmeza, empleando todas sus fuerzas.

—Es un vestido pecaminoso —dijo él finalmente en voz baja—, te doy la razón. Pero tú tampoco eres una interna de un colegio de monjas, todo menos eso. Así que trata de no fingir.

Ella echó la cabeza atrás y comenzó a darle golpes con la mano libre.

—Suéltame ahora mismo, canalla, maldito bastardo, yo...

Él le giró la cara de un bofetón. La cara le ardía de dolor cuando cayó en la cama, donde estaba extendido en todo su esplendor el rojo motivo de la discordia.

Incrédula, se palpó la mejilla ardiente y levantó la vista hacia Ian. Vio su imagen borrosa por el torrente de lágrimas.

—No vuelvas a llamarme bastardo nunca más. Nunca más —le dijo él entre dientes, con aspereza, de un modo que hizo que Helena se estremeciera con un violento escalofrío. En la puerta se volvió de nuevo—. Te envío a Margaret y a Jane. Dentro de dos horas quiero que estés presentable —le ordenó con frialdad, y cerró de un portazo.

Richard Carter se aburría, pero eso no era nada nuevo. A fin de cuentas, no estaba allí por diversión, sino para ahondar en los contactos de negocios existentes y para trabar nuevas relaciones. Le fastidiaban las superficiales rencillas, la charla insulsa de los arrogantes caballeros y de sus damas acicaladas y estúpidas. Esa noche había hecho ya su primera ronda: estrechando manos, manteniendo conversaciones insustanciales sobre el tiempo, la política actual y la situación económica. En aquel momento estaba buscando con la vista a algún que otro cliente con el que mereciera la pena tener una conversación más profunda conducente a un lucrativo acuerdo final tras algunas copitas de whisky de malta escocés. Salió a la galería y miró a la gente congregada abajo, cuyas voces, como el zumbido de una colmena, llenaban la sala de baile iluminada. Llegaba hasta él el sonido ascendiente y descendiente de las risas mientras dejaba vagar su mirada por los elegantes vestidos de noche de color malva, verde esmeralda, amarillo pálido y azul; por aquellos escotes ribeteados de encaje y adornados con joyas; por los abanicos aleteantes; por el contraste entre el blanco y el negro de los fraques de los caballeros y, repartidas aquí y allá, alguna que otra guerrera roja galoneada en oro. Su mirada quedó prendida en una figura situada en un lateral de la sala e involuntariamente sus manos agarraron fuertemente la barandilla.

—Bondadoso Richard, ¿qué fantasma acaba de aparecérsele a usted?

—¡Lord William, qué alegría verlo!

Los dos hombres se dieron un cordial apretón de manos.

—La alegría es mía. ¿Cómo le van los negocios?

—No me puedo quejar —dijo Richard Carter con modestia.

El hijo menor del conde de Holingbrooke, un muchacho pecoso, sonrió de oreja a oreja.

—¡Eso quiere decir que sigue usted forrándose con sus dólares! Es envidiable... ¡Desearía tener un olfato tan bueno como el suyo! Aunque, a decir verdad, gracias a usted pude aumentar considerablemente la escasa parte que me correspondió de la herencia familiar.

—Entonces yo tengo que agradecerle a usted la invitación a esta ilustre reunión social. —Richard hizo un gesto que abarcaba el salón de baile y la espaciosa vivienda urbana de lord Chesterton.

Lord William sonrió todavía más e hizo una seña a un sirviente ataviado con librea azul y dorada. De la bandeja que este trajo se sirvieron los dos una copa.

—Sobrevalora usted mi influencia. Aunque usted solo sea un advenedizo llegado de las colonias —dijo, guiñándole el ojo a Richard—, hay aquí suficientes lores y ladies que han de estarle por fuerza tan agradecidos como yo, aunque solo sea porque la mitad de la seda que hay ahí abajo procede de sus hilanderías y tejedurías. ¡Por no hablar de las alhajas que han sido talladas en los talleres de su propiedad!

—Ahora es usted el que sobrevalora mi influencia —dijo riéndose Richard Carter, con un gesto de rechazo.

Lord William dio un trago largo a su escocés y se puso a mirar con aire pensativo el abigarrado trajín de abajo.

—Los tiempos cambian, Richard. Como es natural, las familias de la nobleza seguimos mirando por encima del hombro a la gente de las finanzas, sobre todo si vienen de los Estados Unidos como usted. Sin embargo, tras los venerables títulos nobiliarios ya no hay grandes fortunas. La tradición está bien y es muy bonita, pero hay que pagarla. Casi ninguna familia dejaría escapar a una rica heredera o a un hombre de negocios bien situado como usted... —Miró divertido a Richard, que denotaba también curiosidad—. ¿O hay una pretendiente al título de señora de Richard Carter?

Richard sacudió la cabeza y se quedó mirando su copa.

—Todavía no, por el momento.

Sin saberlo, su interlocutor había tocado un tema delicado. No andaba escaso de contactos sociales, ni en Londres ni en Nueva York o San Francisco. Tenía una apretada agenda de veladas sociales, paseos a caballo y carreras hípicas, funciones teatrales, conciertos, cenas informales en casa de amigos y clientes... Sin embargo, había comenzado a sentirse solo. Llevaba años con los cinco sentidos y el entendimiento dedicados por entero a aprender todo lo imaginable sobre materias primas y las técnicas más modernas para transformarlas. Habían sido años de negociaciones, de búsqueda y detección de las ocasiones más favorables para abrir nuevos mercados e invertir en negocios lucrativos, y poseía tal habilidad en esas labores que ni siquiera la gran depresión de 1873 había llegado a ocasionar algún perjuicio reseñable en sus negocios. Pero le faltaba algo. Cada vez con mayor claridad sentía el vacío en su vida: cuando se sentaba por las noches frente a la chimenea, en su vivienda de la plaza Lafayette, con una copa de vino californiano al lado y un buen libro o el *New York Times* en las manos; cuando disfrutaba de una ópera en uno de los palcos con el tapizado rojo y dorado algo deslustrado de la Academia de Música; cuando montaba a caballo por las colinas pardas de sus generosas propiedades de la costa occidental, desde las cuales podía divisar una raya de un azul radiante.

No andaba falto, a ambos lados del Atlántico, de jóvenes damas de buena familia que lo miraban con timidez o de un modo provocador por encima del borde del abanicos, ni de matronas que le presentaban a sus hijas, sobrinas y nietas como por un casual o con todo orgullo y que, a veces, hasta las empujaban literalmente para que alternaran con él.

No, no andaba falto, ni Richard Carter era de piedra. Pero nunca había pasado de encuentros fugaces, de ardientes flirteos o de breves relaciones. Quería algo más que una carita mona, una figura atractiva o un carácter virtuoso; estaba buscando a una compañera capaz de embriagar sus sentidos, de emocionar su corazón y de fascinar su entendimiento todo al mismo tiempo.

Sin pretenderlo, miró de nuevo hacia abajo, fijándose en aquella manchita de color entre la multitud. Lord Williams siguió el recorrido de su mirada.

—¿Hay alguien en concreto que haya despertado su interés?

Richard Carter titubeó levemente.

—Allá abajo, junto a la puerta que da al naranjal. La dama joven del vestido rojo.

—¡No hablará en serio, Richard!

—¿Por qué no? —Parecía asombrado.

Lord William sacudió la cabeza.

—Diga ahora también que se le ha escapado a usted el motivo principal de esta velada. Esa joven lady es la sensación de este baile. Es quien ha conseguido pescar hace poco al eterno soltero: Ian Neville. Los caballeros lo envidian esta noche, y las damas la detestan.

—¿Neville? —Richard Carter frunció el ceño—. No me dice nada ese nombre.

—¡Claro que no, su negocio no es el té...! ¿Por patriotismo, acaso?

Lord William aludía con su frase al legendario Motín del Té. Hacía ya un siglo, tras la firma del acuerdo de París, en 1763, que ponía fin a la guerra de los Siete Años entre Inglaterra y Francia, las arcas del reino estaban vacías. La Ley del Timbre de 1765 gravaba con fuertes impuestos distintos productos que, desde Inglaterra, se suministraban a las colonias de América, entre ellos el té, lo cual llevó a los colonos americanos a boicotear los cargamentos. Esos impuestos se suprimieron finalmente y se mantuvo únicamente el que gravaba el té, de tres peniques por libra. Debido a la injusticia que suponía que las colonias pagaran impuestos pero no se les permitiera tener a ningún representante en el Parlamento, comenzó un floreciente contrabando de té proveniente de Holanda. La Compañía de las Indias Orientales perdió de ese modo su cliente más importante y presionó al Parlamento hasta que este aprobó la denominada Ley del Té. La Compañía de las Indias Orientales obtuvo el monopolio de los suministros de té a América; cualquier importación procedente de otras fuentes fue declarada ilegal con efectos inmediatos y prohibida bajo sanción, lo cual fue considerado por los americanos un ataque a sus derechos y sus libertades civiles. En diciembre de 1773 atracaban en el puerto de Boston los primeros tres barcos de la compañía, pero la carga no llegaría a descargarse. Unos hombres disfrazados de indios se colaron a hurtadillas al anochecer en los barcos y arrojaron al agua trescientas cuarenta y dos cajas de té cuyo valor era de diez mil libras, todo ello entre los aplausos de innumerables espectadores. Esa acción, conocida irónicamente como «Boston Tea Party», fue la gota que colmó el vaso y el desencadenante de un proceso que desembocaría algunos años más tarde en la guerra de Independencia norteamericana, durante la que el té se convirtió en el símbolo de la opresión y al final de la cual los Estados Unidos de América serían una nación independiente.

Los dos hombres se miraron y se sonrieron.

—También. Pero a decir verdad, prefiero comerciar con objetos más sólidos que con cajas llenas de hojas secas.

—De todos modos, Neville está haciendo una fortuna

con esas hojas secas. Si el té de Darjeeling es el champán de los tés, entonces el de su plantación es el Moët & Chandon.

Darjeeling... Aquel nombre indio tenía para Richard un regusto metálico que hizo bajar rápidamente dando un buen trago de su copa.

Lord William se rascó con aire pensativo la sien, en la que ya tenía algunas canas, a pesar de no haber cumplido siquiera los cuarenta.

—No quiero entrometerme, pero le daré un buen consejo: no se interponga en el camino de Neville.

Richard alzó sus cejas pobladas.

—¿Por qué es tan peligroso ese hombre?

Lord William dio un trago largo, como si tuviera que darse ánimos con la bebida.

—Por todo. Empina el codo como el que más, pero bajo cuerda, sin que se le note, nunca ha tenido una mala baza jugando a las cartas y quien le ha desafiado alguna vez lo ha pagado muy caro. Nadie sabe realmente de dónde es. Un buen día apareció sencillamente por las reuniones sociales de Calcuta, como surgido de la nada, con una inmensa fortuna y el mejor té que jamás se haya vendido en Mincing Lane. Es frío, terminante y escurridizo, y apenas queda un caballero ahí abajo —hizo un gesto con la copa hacia el salón de baile— que no sospeche que le ha puesto los cuernos sin que al mismo tiempo pueda formular la más mínima sospecha.

—¿Y lo siguen invitando a las celebraciones a pesar de todo?

Lord William asintió lentamente con la cabeza.

—Eso es lo raro. Parece ejercer un poder tal sobre las personas que no les deja otra opción... Es como si lo temieran. Inquietante, ¿no le parece?

Richard sonrió de oreja a oreja.

—Parece que estuviera hablando del mismísimo diablo.

Lord William se quedó mirando fijamente la multitud de abajo.

—Algunos creen que lo es.

Richard soltó una carcajada.

—¡Caramba! ¡Una superstición como esa aquí, en el Viejo Mundo! —Se volvió para marcharse.

—¿Qué pretende hacer, Richard?

—Supongo que no está usted dispuesto a presentarme a la señora Neville. Así que lo voy a hacer yo mismo.

Lord William se lo quedó mirando, perplejo.

—¡Está usted loco!

Richard lo miró con calma unos instantes.

—A veces hay que hacer simplemente lo que hay que hacer, aunque se trate de una empresa arriesgada.

Le guiñó un ojo y desapareció entre los caballeros y las damas que conversaban animadamente en la galería.

Helena se arrimó un poco más a la pared con la esperanza de volverse invisible. Pero no lo era, su vestido llamativo se veía de lejos, incluso sumado al arcoíris de las demás prendas de gala.

La seda escarlata rodeaba su cuerpo como el cáliz de una flor; su intenso color y su brillo incomparable resaltaban su piel como el oro. Un corpiño muy ceñido rematado en punta hacía que su talle pareciera frágil; su escote profundo, en forma de corazón, elevaba y realzaba al mismo tiempo el comienzo de sus pechos. Una insinuación de mangas dejaba libres sus hombros. La falda larga con su pequeña cola le caía lisa desde las caderas, y los cortes del tejido, plisados transversalmente en la parte delantera, terminaban por detrás en un pliegue abombado que recordaba una rosa abierta. Un ramo de auténticas rosas rojas adornaba también su pelo, suelto por detrás, con un aspecto sedoso y reluciente gracias a un largo cepillado y al uso de alguna pomada; un torrente de rizos se derramaba espalda abajo. Le pesaba en torno a su cuello el collar macizo de rubíes que Ian le había colocado sin decir palabra cuando la había ido a buscar a su alcoba con frialdad e indiferencia, sin comentar nada, como si ella no fuera nada más que un accesorio inerte.

«Ian...» Helena apretó brevemente los párpados y la mandíbula. Sentía una tremenda vergüenza cada vez que recordaba la bofetada y también lo que la había precedido. Había contado a Margaret y a Jane que había tropezado y se había caído accidentalmente, pero por el modo en que la miraban supo que no creían una sola palabra: tenía los dedos de Ian claramente marcados en la mejilla. Las bolsas de hielo que Jane trajo rápidamente de la cocina habían hecho su efecto, solo una ligera rojez y el brillo apagado de sus ojos desorbitados daban fe de aquella escena terrible, aunque podían explicarse por la emoción que suscitaba en ella el baile.

Emoción... Nada más lejos de lo que estaba sintiendo realmente. Tenía las manos, enfundadas en los guantes hasta los codos, de la misma seda roja que el vestido, heladas y húmedas de miedo. Desde que había cruzado el umbral de la casa de los Chesterton, apoyada en el brazo de Ian, docenas de pares de ojos se habían clavando en ella; incluso en aquel momento, apartada del trajín, la alcanzaba alguna que otra mirada de mal disimulada curiosidad. Había sido presentada a innumerables caballeros y señoras, a cuyas atenciones había respondido ella con una sonrisa congelada en la comisura de los labios, sin prestar atención a nadie con excepción de una dama a la que Ian le había presentado como lady Irene Fitzwilliam. Envuelta en una vaporosa nube de color rosado con encajes negros y resplandeciente de brillantes, había llegado hasta ella flotando, rodeada de un séquito de otras elegantes damas, había arrullado a Ian zalamera y examinado a Helena con una mirada despectiva en sus ojos oscuros antes de dirigirle la palabra.

—Así que aquí tenemos a la joyita que nos ha tenido usted oculta hasta hoy, Ian. Bueno, «señora Neville», ¿cómo se encuentra hasta el momento en nuestra magnífica sociedad londinense?

—Yo... —había balbuceado Helena, confusa por tener que dar una respuesta. Había mirado a Ian como pidiendo auxilio, pero este miraba hacia un punto lejano entre la multitud—. Me temo que no he podido ver mucho hasta el momento. —Había notado cómo se le agolpaba la sangre en el rostro y se había sentido torpe y estúpida.

—¿De verdad? —El abanico de plumas de avestruz negras se abría y cerraba con impaciencia—. Ian, qué malo es usted. ¿Ha tenido a su seductora mujercita oculta en su elegante hogar por algún motivo en concreto? Para usted debió de ser también un cambio demasiado grande venir aquí desde un lugar tan apartado... ¿Qué lugar era? —Había inclinado su rostro inquisitivo en forma de corazón, de una palidez fascinante bajo aquellos rizos oscuros recogidos en los que destellaban innumerables brillantes y que culminaban en unas plumas oscuras.

—Cornualles —había murmurado Helena mirándose el dobladillo del vestido.

—Cierto, Cornualles... ¿No nos había contado usted algo sobre una casa de campo, Ian? ¡Qué pintoresco!

Su séquito había prorrumpido en carcajadas irónicas de aprobación.

Helena se había ruborizado aún más. Antes de que hubiera podido contraatacar, sin embargo, lady Irene había dado un golpecito juguetón a Ian en el brazo con el abanico plegado.

—Escuche, están tocando nuestro vals. ¡No me puede negar usted este baile! —Lo había agarrado del brazo y se lo había llevado a la pista de baile—. Con su permiso, ¿verdad, señora Neville? A fin de cuentas, usted lo tiene para el resto de su vida —había exclamado por encima del hombro a Helena mientras caminaban alegremente para mezclarse con las otras parejas que daban vueltas bailando.

A Helena se le había hecho un nudo en el estómago al ver que Ian acercaba los labios al oído de lady Fitzwilliam mientras bailaban y esta echaba hacia atrás la cabeza y se reía a carcajadas antes de volver a arrimarse a él.

Ahora, mientras Ian tenía en sus brazos en cada baile a una dama con un vestido de color diferente, se le llenaron los ojos de lágrimas con el recuerdo de todas las humillaciones sufridas y se mordió el labio inferior para retenerlas.

La sensación de que alguien la observaba la llevó a alzar la vista. En medio de las damas y los caballeros de más edad, que se conformaban con contemplar a los bailarines e intercambiar los cotilleos más recientes, había un hombre mirándola, y no con curiosidad ni de manera posesiva, sino más bien como si le formulara una pregunta. Era casi una cabeza más alto que la mayoría de los presentes, ancho de hombros y vigoroso sin parecer tosco. Irradiaba calma y fuerza: la fuerza de un hombre que ha trabajado físicamente con dureza y la calma fruto de una vida rica en experiencia. Helena era consciente de que no era adecuado devolverle la mirada, pero no fue capaz de evitarlo. Él hizo un leve gesto, como dispuesto a volverse, pero fue directamente hacia ella, maniobrando con habilidad entre toda aquella gente que reía y charlaba.

Helena se quedó de piedra. A pesar de que conocía muy pocas cosas relativas a las formas en el trato social, estaba al corriente del mayor de los tabúes: las personas, y más siendo de diferente sexo, tenían que ser presentadas por mediación de otras. No estaba permitido tomar la iniciativa, pero a ese caballero parecía no importarle en absoluto aquella norma. Miró ansiosa a su alrededor, buscando un modo de escapar de allí, pero en torno a ella parecía haberse levantado un muro impenetrable de seda, organdí y terciopelo que impedía cualquier huida. El corazón se le salía por la boca y clavó obstinadamente los ojos en la punta de su zapato, que asomaba del vestido.

Con expresión indiferente se colocó a su lado, pegado a la pared, con las manos cruzadas por detrás del frac, que le quedaba impecable, dando muestras de estar observando el trajín del salón de baile. Helena lo contempló disimuladamente con el rabillo del ojo. Su rostro pulcramente afeitado, rematado por el pelo castaño peinado hacia atrás, era anguloso, denotaba resolución y valor. No era el rostro delicado de un aristócrata. La frente alta y ancha daba paso a unas mejillas y una barbilla vigorosas; tenía la nariz recia, quizás un poco demasiado ancha, un poco torcida como consecuencia tal vez de una antigua reyerta. De cerca parecía mayor; una arruga vertical entre las cejas y dos que corrían horizontales a las comisuras de la boca, delataban que se encontraba ya cerca de los cuarenta. El suyo era un rostro generoso, firme, pero la expresión de sus ojos y de sus finos y suaves labios denotaba sensibilidad.

—Creía que era el único que no se está divirtiendo aquí esta noche —dijo al cabo de un rato, hablando con la cabeza vuelta hacia el salón.

Helena negó con la suya, sin mirarle.

—No.

—Aunque me sorprende no ver en la pista de baile a una señora joven como usted.

Helena permaneció en silencio; era demasiado vergonzosa para admitir que nunca había aprendido a bailar. Con el rabillo del ojo vio que él la estaba examinando con insistencia.

—Debería tomar una copa. —Hizo una seña a uno de los camareros para que se acercara y cogió dos copas de champán de la bandeja.

La bebida fresca hormigueó en su lengua y le dejó una agradable calidez en el estómago que se extendió por el resto de su cuerpo. Notó que iba venciendo la timidez.

Él la miró escrutador.

—¿Mejor?

Ella asintió con un gesto y una breve sonrisa iluminó involuntariamente su semblante.

—Permítame que me presente; soy Richard Carter.

Helena le tendió la mano derecha y, cuando los labios del hombre rozaron la seda de su guante, la invadió una agradable sensación de calidez. Su mirada fue cómplice cuando volvió a erguirse, como si hubiera leído en la de la joven lo que estaba sintiendo en ese momento. El oscuro tono ámbar de sus ojos hundidos bajo las cejas se intensificó.

—Helena L... Neville. —No la falta de costumbre, sino pensar en el odioso marido que le había dado aquel apellido en contra de su voluntad fue lo que hizo que le encontrara un regusto amargo.

Richard Carter la miró absorto.

—La bella Helena, la radiante, raptada por Teseo, casada con el rey Menelao de Esparta, amada por Paris y motivo de la cruel y sangrienta guerra por la ciudad de Troya... ¿Cuánta confusión ha causado usted ya a lo largo de su vida?

—Ninguna. —Una inexplicable nostalgia sobrecogió a Helena. En ese instante fue como si desfilara ante ella su vida gris, monótona y sombría de impotencia.

—Entonces quizá lo haga ahora... Conmigo lo ha conseguido, en todo caso.

—¿Por qué razón? —Helena lo miró directamente, perpleja.

—Bueno... —Bebió unos sorbos de su copa—. Me estoy preguntando por qué una dama joven tan encantadora, en un baile, se queda sola en un rincón en lugar de divertirse. Me pregunto cómo justifica su esposo desatenderla a usted en lugar de disfrutar con cada minuto de su compañía.

El rubor tiñó las mejillas de Helena, como un reflejo de su vestido, por la alegría y la vergüenza de ser objeto de unos cumplidos tan poco habituales.

—Bueno... —comenzó a decir, insegura al principio de cómo reaccionar. Luego montó en cólera—. No le importo demasiado.

—Pero debería importarle —respondió Richard en voz baja, rozándole el brazo con suavidad—. ¿Por qué se ha casado si no con usted? ¿Por dinero? ¿Por un nombre, por un título nobiliario?

Helena soltó una carcajada amarga.

—No, nada de eso, se lo aseguro.

—¿Por qué entonces? Disculpe —se interrumpió con un gesto nervioso—, no pretendo ser indiscreto. Es solo que...

—No —Helena sacudió la cabeza—, no tiene usted por qué pedir disculpas. —Miró fijamente su copa—. No sé por qué, de verdad que no lo sé.

—¿Y usted? ¿Por qué le dio el sí?

—Yo... —comenzó a decir Helena, pero se le quebró la voz. Gritaba interiormente: «Porque me obligó, porque no me dejó otra opción, porque quiere torturarme.» Al final añadió con brevedad, aliviada de poder confiárselo a alguien—: Porque tuve que hacerlo.

—¡Esa costumbre atroz del matrimonio concertado! —gruñó Richard con rabia, más para sí mismo que para Helena—. Incluso en mi tierra, en los Estados Unidos, la clase alta sigue fiel a ella, a pesar de tener en tan alta estima valores como la democracia, la igualdad y la libertad.

—¿Está usted...? Quiero decir... —Helena comenzó a tartamudear y volvieron a subírsele los colores cuando se dio cuenta de que aquella no era una conversación que debieran mantener unos perfectos desconocidos.

Pero él sabía lo que le quería preguntar, y sacudió la cabeza con una sonrisa.

—No. Soy un romántico empedernido y sigo buscando el gran amor. ¿Cree usted en el amor?

La mirada de Helena se perdió entre la gente que bailaba y cotilleaba mientras sus pensamientos se retrotraían. Recordó los libros que había leído, las horas que había paseado por los acantilados o galopado con *Aquiles* por la playa dejándose llevar por su imaginación, gozando del dolor agridulce de una nostalgia carente de motivo pero real, y soñando que un mago malvado la tenía atrapada y ella esperaba al caballero que la liberaría, hasta que al final perdía la esperanza. Entonces había llegado Ian y la había encerrado en una prisión todavía más opresora... y de por vida, además.

—No, ya no —respondió finalmente con dureza, mirando a Richard con los ojos centelleantes.

Él respondió a su mirada con un gesto meditabundo. Era una mujer extraña, muy joven, tuvo que admitir con cierto disgusto. Casi le doblaba la edad y, sin embargo, daba la impresión de ser más madura de lo que cabía esperar. Allí estaba, torpe y tímida, casi paralizada por la tensión, con una actitud completamente distinta de las damas jóvenes de la alta sociedad, quienes, pese a la reserva propia de su condición social, eran conscientes de su aspecto exterior y, por consiguiente, de su valía, y se preocupaban por gustar, ya fuera con timidez o con coquetería. Pero ella tenía algo diferente. Había algo distinto en su modo de moverse, en la mirada, en su modo de fruncir el ceño; algo que se percibía en la entonación de una sílaba, de una palabra, algo que despertaba su curiosidad, que lo fascinaba. Le recordaba los momentos en que alguno de sus representantes esparcía ante él el contenido de una bolsa de piedras preciosas en bruto extraídas de la roca y él las cogía una por una y veía o, mejor dicho, sentía cuál valía, laminada, para ribetear un traje de gala, y cuál, convenientemente tallada y engastada en oro, destellaría en el escote de una dama convertida en parte de una valiosa alhaja.

Así que deseaba saber más cosas de ella: de dónde era; qué había visto y vivido; qué sueños tenía; qué sentía; qué pensaba. Sin embargo, no tuvo tiempo de formularle aquellas preguntas.

—Ya veo que has hecho amistades rápidamente en mi ausencia.

Ambos se volvieron al oír la voz helada de Ian.

Los dos hombres se estudiaron mutuamente sin decir palabra, midiéndose. En el aire había una tensión palpable, similar al silencio que precede una tormenta y que rasga el primer trueno.

Richard sonrió finalmente.

—Ha sido para mí un placer conversar con su esposa. Un placer que querría volver a tener en una próxima ocasión. Richard Carter —se presentó con una reverencia y tendió la mano derecha a Ian en un gesto desarmante y cautivador.

—No creo que vaya a ser posible tal cosa. —Ian agarró con tanta fuerza el brazo de Helena que a esta se le escapó un leve gemido de dolor—. Partimos mañana temprano de viaje.

Se despidió con una inclinación tan leve que equivalía prácticamente a una ofensa, y empujó a la joven por el salón de baile en dirección al vestíbulo.

Richard se los quedó mirando un buen rato, después incluso de que la masa de invitados se los hubiera tragado. Necesitó un rato, como si antes tuviera que revisar la hora pasada desde que la había visto por primera vez estando en la galería, para tomar una decisión.

—Volveremos a vernos en Darjeeling, bella Helena —murmuró finalmente, y apuró la copa de un trago.

7

Veloz como una flecha, la alargada masa del barco surcaba el azul del Mediterráneo. La espuma de las olas invernales llegaba pulverizada por encima de la borda y se mezclaba con el intenso viento, que, sin embargo, traía consigo una dulce ligereza, como la promesa de una costa bendecida por un clima más benigno. Helena se ajustó más el abrigo largo que, pese a la ligereza de su tela (lana de cabra de Cachemira, tal como le había explicado Mohan Tajid) abrigaba maravillosamente. El viento hizo que el ancho ribete de piel de su capucha le acariciara las mejillas. No parecía tener bastante con las bocanadas de aire fresco y salado. Respiró muy profundamente, hasta que se mareó, pero aquello le procuró mucho bien después de los días pasados bajo cubierta, aguantándole la cabeza a Jason mientras este, mareado por el balanceo y los bandazos del barco, vomitaba incesantemente. Había estado aplicándole paños húmedos en la frente ardiente y mojada de sudor, y velando su sueño cuando por fin se dormía intranquilo hasta que las náuseas volvían a despertarlo. Apenas había diferencia entre el día y la noche, y habían sido demasiado pocas las horas en las que, relevada por Jane, se había dormido de agotamiento hasta que el llanto de Jason y sus llamadas reclamando su presencia la arrancaban de su sueño. Estaba cansada, pero se trataba de un cansancio agradable que la anestesiaba manteniendo a raya el dolor de la despedida. No obstante, se sentía mucho más viva de lo que se había sentido en aquella casa ajena. Cada ola que cabalgaba el delgado cuerpo del barco para desplomarse en el valle siguiente la alejaba más de Inglaterra, de su antigua vida y de Marge.

«Marge...» Las lágrimas acudieron a sus ojos. Le quemaban pese al frío aire marino.

Silenciosa y perdida, todavía con aquel detestable vestido de baile, se había quedado de pie en el vestíbulo, como en el ojo del huracán que Ian desencadenó a su regreso sacando a todos los criados de la cama y haciéndoles recoger sus cosas.

No le había dirigido ni una sola palabra a ella, como si no existiera. Sin embargo, la embargaba la sensación de que era únicamente por su culpa por lo que partían con precipitación, tanta que aquello más bien parecía una fuga. ¿Culpa de qué? ¿Qué había hecho mal?

No había despuntado todavía el día cuando dos coches de caballos los llevaron al puerto a ellos y las innumerables cajas. El eco del golpeteo de los cascos en el pavimento era devuelto a un volumen insoportable por los silenciosos muros de las casa. Incluso el dique del puerto permanecía a oscuras y desierto. No se distinguían apenas las siluetas de los barcos en la negrura de la noche cubierta por la algodonosa niebla de primeras horas de la mañana. Solo había un barco iluminado y animado por una trepidante actividad. Los hombres corrían de aquí para allá como piezas de un mecanismo de reloj bien engrasado, se daban breves órdenes unos a otros y esperaban la confirmación; luego las máquinas silbaron y los émbolos se movieron y el humo salió de las altas chimeneas, más denso que la niebla londinense, haciendo vibrar el barco.

Mohan Tajid llevaba en brazos a Jason, todavía dormido.

La mano fría de Marge en la suya; un corto abrazo, vehemente; las palabras de Marge, como un susurro: «Dios te bendiga, hija mía», ahogadas por lágrimas secas antes de que una mano dura como el acero agarrara por detrás a Helena del brazo y tirara violentamente de ella hacia la escalerilla para subir a bordo, demasiado entumecida como para poder demostrar cualquier emoción.

El muelle se fue alejando y la silueta oscura de Margaret, cada vez más pequeña entre los farolillos de los dos coches de caballos, acabó perdiéndose por completo en la oscuridad.

Marge, que la había acompañado desde su nacimiento, de modo que Helena creía de pequeña que tenía dos madres; Marge, que había llenado el vacío atroz tras la muerte de Celia, auxiliadora y consoladora, sin que saliera nunca de sus labios una queja, pese a estar acostumbrada a una vida mejor de criada en la distinguida casa de los Chadwick; Marge, que lavaba la ropa con agua helada y sacaba dos veces provecho a cada penique para las cosas más elementales de la vida. Cada milla que la proa cortaba y cada respiración alejaban a Helena más de ella.

«No sé si la volveré a ver alguna vez...» El dolor de la repentina despedida y el carácter irrevocable de la separación habían sido para Helena como un golpe en el estómago. Se sentía pequeña y perdida, como un indefenso juguete de las olas. Dio libre curso a sus lágrimas, que le arrasaron las mejillas.

—Toma. —De pronto Ian apareció a su lado y le ofreció un pañuelo blanco doblado con meticulosidad, con sus iniciales bordadas con hilo de seda del mismo color.

Helena luchó un segundo consigo misma. Recordó ese mismo gesto de él en aquel primer encuentro en los acantilados, que había tenido consecuencias tan enormes como inesperadas. Sin embargo, se lo agradeció en aquel momento y no se avergonzó de sus lágrimas, porque, por primera vez, no sentía en su presencia desasosiego ni enojo, sino consuelo. Tenía la impresión de no estar completamente sola. Ian parecía relajado, como liberado de una tensión agresiva, y consiguió que su presencia le resultara agradable.

—¿Jason se encuentra mejor?

Helena se enjugó las lágrimas y se sonó ruidosamente la nariz antes de asentir.

—Duerme como un tronco.

—Bien. Procuraremos que reciba los mejores cuidados para que se restablezca en los próximos días. —La miró escrutador—. Y tú también. Estás demasiado delgada.

No supo qué responder y apartó confundida la mirada. Él se recostó en la borda y encendió un cigarrillo protegiendo la llama de la cerilla del viento con la mano ahuecada.

—Allá enfrente está Grecia —dijo, indicando con un breve movimiento de cabeza la costa, apenas una línea fina y desdibujada en tonos terracota y verde aceituna.

Helena achicó los ojos, como si pudiera aproximar de esa manera la lejana orilla rocosa.

—¿Ya? —preguntó en voz baja, sintiendo una contracción ansiosa en la zona del estómago.

Con orgullo, casi con ternura, Ian pasó la mano por la barandilla de la borda. Era negra, al igual que el casco externo de metal, la cubierta y los remates. El negro era el color predominante, tanto fuera como dentro. Todos los camarotes estaban revestidos de la madera más oscura. Los muebles tenían apenas un ligero matiz rojizo que encontraba su eco en los tonos cálidos de los gruesos cojines y alfombras: escarlata, púrpura, coral y algún que otro naranja y amarillo vivo, con complicados motivos recamados y cuentas de colores.

—El *Kalika* es el buque de vapor más rápido que se ha construido en estos últimos dos años. Detesto las pérdidas de tiempo.

—¿*Kalika*?

—El nombre Kalika, comúnmente Kali, significa «la negra». Es la esposa de Shiva, un aspecto de la gran diosa Durga. Personifica la muerte y la destrucción. Los escalones del sureste que descienden al río Ganges, los *ghats*, se llaman *Kali ghats* a causa de las frecuentes epidemias de cólera. De Kalika se deriva el nombre de Calcuta.

Helena no pudo reprimir un escalofrío y se ciñó aún más el abrigo.

—¡Qué horrible llamar así un barco! Suena a mal presagio —murmuró contra el viento.

—Los hindúes piensan de otra manera. Al final, todas las cosas acaban siendo engullidas por el gran destructor, tal como se relata en uno de sus escritos sagrados. La muerte y la destrucción son parte inherente de la vida. Donde no hay destrucción tampoco puede haber nueva vida. Negar la muerte significaría no reconocer la realidad. Tú más que nadie tendrías que comprenderlo. El destino te ha permitido comenzar una nueva vida después de cada fallecimiento, en Cornualles en aquel entonces, y ahora a mi lado.

—Sí —respondió Helena con amargura—, a mi pesar.

—Ese es el carácter del karma. Se puede obrar con él, pero no contra él.

Lágrimas calientes acudieron a los ojos de Helena cuando recordó su infancia en Grecia. Se vio a sí misma de pequeña, riendo y chillando de alegría al bajar por una colina bañada por el sol, sentada delante de casa en la tierra caliente y jugando con los grillos que tenía de mascotas tal como había observado hacer a otros niños de la ciudad. Los días eran ligeros y estaban libres de preocupaciones, llenos del amor que llenaba cada rincón de la casa y de la calidez que sentía tanto en la piel como en el corazón. Después le sobrevino la frialdad, una frialdad gélida, tanto externa como interna, cuando Celia se marchó de su lado. Todos los golpes del destino habidos a partir de entonces parecían una pálida sombra de esa primera pérdida, que nada ni nadie había sido capaz de subsanar. Que tres años después de abandonar la isla un terremoto la asolara en buena parte, reduciendo a escombros calles y edificios, le pareció una señal de que aquella época de su vida se había perdido irremediablemente.

—Créeme, sé lo que significa perder tu tierra y a tu familia. —Ian parecía haber adivinado sus pensamientos.

Ella lo interrogó con la mirada.

—Nací y me crie entre montañas, en un valle solitario y recóndito, muy arriba, en el Himalaya. Algunos dicen que es el valle más hermoso del mundo. Tuvimos que irnos de allí cuando yo tenía doce años. Durante semanas enteras estuvimos huyendo, y esa huida acabó ocasionando la muerte de mi familia.

—Eso... eso no lo sabía. —A Helena le ardían de vergüenza las mejillas.

—Tampoco me has preguntado nunca nada al respecto. —Con un movimiento indolente de la mano, Ian arrojó el pitillo a las olas coronadas de espuma y se apartó de la borda. Sin una palabra más, sin mirarla, desapareció bajo cubierta, dejando a Helena, una vez más, desconcertada.

El tiempo se fue volviendo más cálido cuanto más al sur los llevaba el *Kalika* por mar. Al principio, Helena disfrutaba del sol en cubierta envuelta en su abrigo, hasta que pudo ponerse los vestidos ligeros de colores claros que Jane sacó de las cajas, cosidos por los sastres más solicitados de Savile Row, cada cual más hermoso y más primorosamente trabajado. A comienzos de diciembre alcanzaron la costa de Egipto. Apoyada en la barandilla de la borda observó el abigarrado trajín del puerto de Bur Sa'id, asombrada del colorido de los vestidos, de la gente y las mercancías, del barullo babilónico de sonidos extranjeros que era incapaz de identificar. Le habría gustado desembarcar, pero Ian instaba a la tripulación a darse prisa cargando en el barco las mercancías necesarias, como si no pudiera desperdiciar ni una hora.

El *Kalika* navegó luego plácidamente por el estrecho canal de Suez. El canal, inaugurado hacía siete años y una maravilla de la ingeniería moderna, reducía la duración de la travesía marítima a la India a tres semanas escasas, es decir, a casi la mitad. El barco se deslizó junto a campesinos que llevaban sus vacas esqueléticas al abrevadero y junto a zonas yermas de arena y bosquecillos de palmeras en dirección al mar Rojo, un mar sagrado para la cristiandad; pasó por un paisaje rocoso y arenoso en tonos ocre antes de navegar por la amplia superficie azul del Índico, aparentemente sin fin, sin costas ni orillas. Una calma inquietante los recibió allí, y el oleaje en la quilla y el siseo de la espuma formaban parte de esa calma.

Helena se quedaba con frecuencia adormilada al sol o, al mediodía, a la sombra en una tumbona; jugaba al corre que te pillo con Jason o ambos se pasaban el balón de parte a parte de la cubierta, y más de uno desapareció para siempre en el mar al caer por la borda entre gritos y risas.

Eran días alegres, apenas enturbiados por las cavilaciones acerca de por qué se encontraban en aquel barco o lo que los esperaba al final del viaje, días de alivio también para Helena por el hecho de que apenas se encontraba cara a cara con Ian. El débil aroma a tabaco cerca de la puerta de la cabina situada al final de la cubierta inferior delataba que se ocultaba allí, pero no era capaz de imaginar qué lo retenía tantas horas, a veces incluso días, de modo que apenas aparecía por el salón para las comidas, y prefería no hacer cavilaciones al respecto. En su ausencia respiraba con mayor tranquilidad y agradecía esa circunstancia encarecidamente.

Era Mohan Tajid quien siempre estaba en todas partes, quien seguía enseñando a Helena el hindi y controlando el montón de deberes que el señor Bryce le había entregado a Jason y con los cuales se pasaba varias horas al día entre sudores y quejas. Y, poco a poco, de una manera casi vacilante, fueron colándose las primeras preguntas por el país que era su futuro y del cual Helena apenas sabía nada. Mohan Tajid, solícito, le daba la información pertinente por las tardes, en el salón, donde el brillo de las velas en los sólidos candelabros de latón hacía resplandecer la madera oscura como si tuviera luz interior.

—La India se extiende desde las alturas heladas, las montañas boscosas y los valles verdes del Himalaya, en el norte, pasando por los desiertos del oeste, las estepas, las tierras de matorral y los campos fértiles a lo largo de los ríos, hasta los bosques tropicales y las playas del suroeste y las llanuras y los arrozales del delta del Ganges en el sureste. Es un país muy antiguo, inconmensurablemente rico y, al mismo tiempo, inimaginablemente pobre; su historia, agitada e inestable, se remonta a casi tres mil años antes del nacimiento de Cristo. La India ha sufrido muchas invasiones y, a menudo, pueblos extranjeros han dominado su territorio. Sin embargo, de ese dominio foráneo el país ha resurgido más rico y diverso; apenas puede contarse el número de sus pueblos, sus idiomas y sus religiones. Los soberanos mogoles trajeron el islam al país, pero yo solo puedo hablar de mi India, de mi lugar de origen y de lo que he visto.

»Nosotros, los hindúes, nacemos perteneciendo a una de las cuatro castas o *varnas*, "colores". En lo más alto están los brahmanes o sacerdotes, por debajo los *kshatriyas*, soberanos y guerreros cuyo deber es proteger el país. Esto de aquí es el símbolo de las dos castas superiores —dijo señalando el cordón dorado que le recorría el tronco desde el hombro izquierdo hasta la cadera derecha—. Por debajo de ellas están los *vaishyas*, campesinos y comerciantes, y a estos los siguen los *shudras*, que son los sirvientes de todos los demás. Aparte de estas cuatro *varnas* están los *harijan*s o parias, los intocables. Quien los toca se vuelve impuro, pues no conocen ninguno de los tabúes de nuestra fe. La *varna* en la que uno nace es el karma, el destino, y determina la misión que debe llevar a cabo en esta vida.

»No sé cómo se vive como brahmán o como *vaishya*. Yo solo puedo hablar de mí mismo. Yo nací *kshatriya* en una antigua familia de *rajputs*. El nombre procede de *rajputras* y significa "hijos de príncipes". Y eso es lo que somos, hijos de príncipes, soberanos y guerreros. En nuestras tierras se dice que el *rajput* venera su caballo, su espada y el sol, y que presta más atención al canto guerrero del *vate* que a la letanía del brahmán.

»El honor y lo sagrado de la palabra dada en su día están por encima de todo, incluso por encima de nuestra propia vida y la de nuestra familia. Aquel que menosprecia o rompe los ritos de los antepasados acaba en el infierno. Para un *kshatriya* no hay nada más meritorio que hacer la guerra que su karma le ordena. Nuestros antepasados fueron héroes, y esa es nuestra herencia, nuestro *dharma.*

—¿*Dharma*? —Helena lo miró desconcertada.

Mohan Tajid sonrió.

—El *dharma* es el principio básico del universo, el fundamento de todas las cosas. Se expresa en el ordenamiento del cosmos y en la actuación correcta, es una ley moral que uno debe seguir en consonancia con su karma. El karma determina el destino de cada uno de nosotros, nuestro karma en esta vida está determinado por nuestras acciones en la vida precedente. Quien se rebela contra su karma, o quien actúa en su contra, vuelve a nacer una vida tras otra en el ciclo eterno de la reencarnación, del *samsara.* Pero quien acepta su karma, quien actúa conforme a él en lugar de en su contra, caminará por la senda que conduce al *brahman*, a lo divino que todo lo abarca, y podrá alcanzar por consiguiente la liberación del ciclo de la reencarnación, la *moksha.* Solo el conocimiento del karma, la comprensión verdadera, puede significar la redención. En las antiguas escrituras, los Vedas, se dice: «Y aunque fueras el peor de los pecadores, ese conocimiento por sí solo te sacaría como en una balsa del río de tus pecados.» El fuego del conocimiento convierte el karma en cenizas.

A Helena le zumbaba la cabeza. Le ardían las mejillas y se rebelaba interiormente contra lo que había escuchado, contra el destino que la había llevado hasta allí. El relato de Mohan Tajid había avivado los pensamientos sobre su suerte, que había conseguido mantener a raya hasta entonces. No quería pensar, como tampoco quería muchas otras cosas. Lo que quería era recuperar su antigua vida y, al igual que se daba cuenta de que se estaba rebelando contra su destino impuesto, se daba igualmente cuenta de que esa lucha sería en vano. Se puso en pie con rapidez y empezó a dar vueltas de un lado para otro por el salón. Luego se detuvo delante de una estatua de bronce que, desde el primer momento, la había repugnado y fascinado: una gran figura de mujer de ocho brazos bailando, con los ojos desorbitados, la lengua fuera y un collar de calaveras en torno al cuello. Al resplandor parpadeante de las llamas tenía un aspecto vivo y temible; sin embargo, Helena no podía apartar los ojos de ella.

—Kali, la diosa negra —oyó decir a Mohan detrás de ella.

—La que ha dado su nombre a este barco —añadió Helena en voz baja—, la diosa de la muerte y la destrucción.

—Para algunos es también la diosa de la venganza. Aparece para golpear a los enemigos de Shiva y se adorna con sus cráneos. Pero también es la diosa de la reencarnación, pues es poderosa asimismo en la lucha contra los demonios y, cuando los derrota, puede devolver a la vida a las personas que ellos han devorado.

Helena se volvió un tanto hacia su interlocutor.

—La venganza, ¿no es una rebelión contra el destino?

—No cuando la venganza es el karma, porque solo así puede ser restablecido el *dharma*. En el *Bhagavad Guita*, el «Canto de Señor», quizás el más importante de nuestros escritos sagrados, el guerrero Áryuna tiene un dilema moral antes de la gran batalla acerca de su oficio. Sin embargo, Krishna, disfrazado de conductor de su carro, lo convence en un largo diálogo entre ambos de que su misión es luchar en la batalla, no por la fama y el honor, sino porque así lo dicta su karma.

Se levantó y se acercó a Helena, le tocó levemente el brazo y le señaló el rincón opuesto del salón, donde había otra estatua en la penumbra. Se trataba también de una figura danzante: la de un hombre con cuatro brazos rodeado de una corona de llamas.

—Shiva, el esposo de Kali, el principio masculino. Kali es el lado oscuro de Shaktí, el poder femenino. Shiva significa «el bondadoso, el amable», y es, al igual que Kali, el dios de la destrucción y de la desintegración. Se le representa a menudo como un danzante que aplasta la creación bajo sus pies.

Helena lo miró sin entender.

—¿Cómo puede ser bondadoso entonces?

—Destruyendo lo viejo se puede crear algo nuevo, gracias al poder de Brahma, «el creador». Shiva es el dios más contradictorio, el dios de los contrarios, de la fecundidad y del ascetismo, pero gracias a su carácter contradictorio mantiene en movimiento la rueda del universo. Sin él habría un estancamiento perpetuo, una muerte eterna.

—¿Y adora usted a ese Dios? —Las palabras de Helena denotaban repugnancia e incomprensión.

Mohan sacudió la cabeza.

—No. Mi karma está en haber elegido al dios Visnú para mi *ishta*, mi ideal. Visnú es el protector, el guardián del *dharma*; cada vez que el mundo se sale de quicio, se precipita en su auxilio. Adopta figura humana y se presenta para auxiliarnos, mostrándonos nuevos caminos y cómo podemos mejorar en ellos. Su octava aparición en el mundo fue la encarnación del dios Krishna, héroe de muchos cantares y leyendas. Y Krishna, en una de las leyendas, tiene el sobrenombre de Mohan. —Le sonrió con un gesto de complicidad—. Así se cierra el círculo. A mí me llamaron por su nombre y yo lo he elegido para dedicarle mi vida.

—Desearía saber cuál es mi karma —murmuró Helena sin querer, olvidándose casi de la presencia de Mohan.

—Que esté usted aquí, eso es karma —respondió él en voz baja—. Era inevitable, tenía que ser así, y tiene un sentido.

—Pero ¿cuál? —inquirió con desespero Helena, que luchaba contra las lágrimas, que la acosaban de nuevo—. ¡Me parece tan absurdo todo, tan carente de sentido!

Mohan la miró compasivo.

—Usted ha combatido contra el karma como una leona y al parecer ha perdido. Pero yo sé que está aquí por un motivo. Ninguna existencia, ninguna vida carece de sentido. Quien ha entendido cómo están relacionadas todas las cosas de este mundo ya no vierte una lágrima más. Para quien contempla el mundo con el entendimiento preciso, no existe pena ninguna. Así está escrito.

—¿Lo ha combatido usted?

Mohan Tajid se echó a reír con una risa suave, profunda, simpática.

—¡Oh, claro que sí, he querido hacerlo demasiadas veces incluso! Pero ¿de qué habría servido? El karma es el karma. Luchar contra él solo me habría acarreado sufrimiento, tanto en esta vida como en la próxima.

Helena luchaba consigo misma. Darse por vencida en su situación le parecía una humillación infinita y todo su orgullo se rebelaba. Y sin embargo, percibía con claridad que era lo único que podía hacer. No podía cambiar nada, estaba casada e iba camino de un país desconocido, un lugar extraño que sería su hogar el resto de su vida y, lo que era aún peor, al lado de un desconocido de quien apenas sabía nada.

Mohan debió de sentir lo que estaba sucediendo en su interior porque la agarró con tiento del brazo.

—No está usted sola. Puedo ayudarla si usted quiere.

Helena tragó saliva a duras penas. Por fin alzó la vista hacia Mohan, y la calidez y el afecto que vio en sus ojos le dieron más bien una sensación de seguridad.

Acabó asintiendo con la cabeza.

Aprendió muchas cosas de Mohan Tajid, no solo a expresarse con verdadera fluidez en hindi, al menos sobre las cosas más sencillas de la vida, sino también acerca del multiforme mundo de los dioses hindúes, cuyas cualidades y cuyo simbolismo determinaban la forma de vestir, los usos y las numerosas fiestas del año lunar de trece meses; aprendió acerca de la historia variada del país y de sus territorios: las luchas entre los soberanos mogoles y los marajás; la conquista de la costa por los portugueses y franceses en el siglo XVII y luego por los británicos en el siglo XVIII, que se apoderaron prácticamente de todo el subcontinente desde Bengala. A menudo, relataba por las noches a Helena y a Jason, que lo escuchaba boquiabierto, los antiguos cantares y leyendas: la de Rama y su esposa, la hermosa Sita, raptada por Rávana, rey de los demonios, a la que pudo liberar con ayuda de Hánuman, el dios mono; la de la victoria del antiguo héroe Indra sobre Vritrá, el demonio gigantesco que había subyugado el mundo con el caos, la ignorancia y la oscuridad; la de la astucia del dios Ganeshaa, con cabeza de elefante, quien, corpulento como era, se enfrentó en una carrera alrededor del mundo a Karttikeya, su veloz hermano. Mientras Karttikeya salía como una flecha montado sobre su pavo real, Ganeshaa se limitó a dar una vuelta en torno a sus padres, Shiva y Parvati, y se declaró ganador, ya que sus padres representaban todo el universo. También les habló de Shiva y de Parvati, de Krishna y del guerrero Áryuna. Para Helena, que había recibido escasa instrucción en la fe cristiana, esas historias se asemejaban a los mitos griegos con los que había crecido, de ahí que no le resultaran extrañas. En ocasiones, las tardes que pasaba junto a Mohan, con Jason pegado a ella, se confundían con los atardeceres sureños de su niñez, cuando su padre le contaba con voz sosegada los antiguos relatos en la parte trasera de la casa, cuyos muros irradiaban todavía el calor del día. Olía a tomillo y adelfas, y el eterno canto de los grillos se oía en oleadas crecientes y decrecientes. Curiosamente, eso iba aliviando su dolor, dándole consuelo y cura.

Aunque ya estaban aproximadamente a mediados de diciembre, las noches se habían vuelto sensiblemente más cálidas. Se había hecho el silencio entre Mohan Tajid y Helena, sentados en un rincón de cubierta, a resguardo del intenso viento que azotaba el barco. Con calma se deslizaba el *Kalika* por el mar de aguas oscuras; solo el silbido de las olas rompiendo en la proa delataba la velocidad a la que los llevaba a su destino. Los quinqués de cristal daban una luz tenue rodeada de negra noche sembrada de innumerables estrellas, muy nítidas y que parecían estar al alcance de la mano.

Helena bebía a sorbos de su taza. Intensificaba el sabor del té de frutas dulces, maduras, una rodaja de naranja en el fondo de la finísima porcelana. Aunque a aquella luz crepuscular todos los colores habían palidecido, convertidos en grises, plateados y dorados, sabía que el té tenía a plena luz del día un color cobrizo contra la pared interior de la taza, muy distinto del brebaje marrón apagado que había bebido siempre en World's End.

—¿Le gusta el sabor?

Helena asintió con la cabeza.

—Mucho.

—Es del segundo brote, de la segunda cosecha, entre junio y agosto, que ha crecido con el sol y el monzón de verano. —La miró expectante y añadió a continuación—: Procede de Shikhara.

Shikhara... Había algo en ese nombre, en la manera en

que lo había pronunciado... Resonó en su interior una y otra vez... Shikhara.

—La plantación de té de Ian, al noreste de Darjeeling —añadió el hombre como aclaración.

—¿Qué significa Shikhara? —Helena había aprendido que el hindustaní, al igual que el sánscrito, la lengua milenaria de la antigua y sagrada India, era un idioma cuyas palabras tenían con frecuencia un doble significado y cuyos fonemas constituían imágenes y símbolos.

—Ese nombre no se puede traducir con precisión. En hindi, *shikar* y *shikari* significan «caza» y «cazador». En el Himalaya, los templos de piedra que se encuentran en los solitarios valles poseen una forma muy peculiar, como la cima de una montaña, y ese estilo de construcción se llama también *shikhara*. «Cumbre», «templo», «caza», «cazador», todas esas acepciones tiene el significado de ese nombre.

Templo, ¿de qué? Caza, ¿de qué? Se le pasaron por la cabeza innumerables preguntas, pero no las formuló en voz alta; lo que preguntó fue:

—¿Cómo es ese lugar?

—Ah. —Una amplia sonrisa se dibujó en el oscuro semblante de Mohan y su dentadura blanca destacó en aquella penumbra—. Shikhara es lo más que puede asemejarse un lugar terrenal al paraíso. Al norte se extienden las cumbres y crestas cubiertas de nieve del Himalaya, a cuyos pies ondulan las verdes colinas boscosas y cubiertas de matas de té. El aire allá arriba es muy limpio y fresco, huele a vegetación y a las flores de los árboles y del té. Reina una paz increíble, como si el lugar estuviera bendecido por los dioses, de quienes tan cerca estamos los hindúes en el Himalaya. La casa, del estilo tradicional de las montañas, también tiene elementos ingleses: maderas nobles y tapices, artesanía... Ya conoce usted el buen gusto de Ian.

—Sí.

La sensación de nostalgia inconcreta por ese lugar, originada ya en la misma sonoridad del nombre, y que se hizo más profunda gracias a la breve descripción de Mohan, se transformó de pronto en el vago sentimiento de culpabilidad que la había embargado durante los días pasados. En las primeras jornadas a bordo, cuando Jason se hubo recuperado de sus mareos, había considerado absolutamente normal todo el lujo que la rodeaba. Debía ocuparse únicamente de comer, dormir y disfrutar del sol y del aire fresco en cubierta. Solo de manera paulatina se fue dando cuenta del número de criados que se ocupaban de su bienestar, sin contar los hombres que bregaban bajo cubierta, en la sala de calderas, en la cocina y en la cámara frigorífica y en todas aquellas zonas que pudieran estar ocultas en la panza del navío. El lujoso equipamiento del barco con maderas nobles, seda y terciopelo; el permanente aroma a sándalo y palo de rosa; las fundas bordadas de la litera en la que dormía noche tras noche; los caros vestidos, como el de ligera muselina blanca que llevaba aquella noche... Cada día disfrutaba de comidas de varios platos: ya por la mañana un desayuno opíparo; en el almuerzo y la cena cremas, pescado al vapor, volovanes, pollo, verdura de varios tipos, asado de cordero y, de postre, queso; mantecados o pasteles, sándwiches de pepino, fruta y pastitas para el té... Helena tenía solo una vaga idea de lo que podía costar todo aquello, pero suponía que debía ser un dineral, más de lo que ella había poseído en su vida.

—Tiene muchísimo dinero, ¿verdad?

Mohan asintió con la cabeza.

—Muchísimo. Pero ahora usted también. Lo que le pertenece a él, le pertenece también a usted.

Helena abrió desmesuradamente los ojos, asustada, y sacudió la cabeza en señal de rechazo.

—¡Pero yo no lo quiero!

Mohan Tajid se rio.

—Pero es así, tanto ante la ley como a los ojos de Ian. Cualesquiera que sean sus deseos, yo sé que Ian se los concedería y los pondría a sus pies. Ya lo está haciendo ahora.

Helena se sintió de pronto miserable sin que pudiera decir por qué con exactitud.

—¿Por qué yo? —La pregunta reflejó esa queja colérica que llevaba semanas ardiéndole en el alma.

Mohan permaneció en silencio unos instantes.

—No lo sé —respondió finalmente—. Solo puedo suponer que la quería tener a usted a toda costa, sin reparar en las consecuencias, y pienso que todavía no sabe qué hacer ahora con usted.

«*Shikari* el cazador...» A Helena se le agolpó la sangre caliente en el rostro cuando pensó en aquella noche en Londres, cuando él estuvo tan cerca de ella, en el calor que recorrió su cuerpo de tal modo que creyó derretirse, y rezó para que Mohan no lo notara a la temblorosa luz de los quinqués.

Resultó evidente que este había malinterpretado su silencio temeroso, la rapidez con la que había apartado la mirada, porque bajó la voz cuando dijo en tono conmovedor:

—No piense usted mal de él. Lo que hace no lo hace de mala fe. Nació bajo el signo de acuario, pero tiene mucho de escorpión y, como un escorpión, solo pica cuando se le hiere; eso sí, entonces su respuesta es mortal. Y no olvida nunca.

Helena sintió frío de pronto. Presintió que, llevada por su cólera irreprimible, le había arrojado algo a la mente aquella tarde, antes del baile, que lo había herido profundamente. ¡Ojalá pudiera acordarse de lo que había sido! Ian le parecía más imprevisible que nunca, y se planteaba su vida futura con él como un problema difícil, casi irresoluble, para cuya solución apenas le servía de ayuda su entendimiento. Un movimiento en falso podía ser para ella en una amenaza.

Una carcajada ruidosa la sacó de sus pensamientos. Jason corría por cubierta con gran alboroto y la llamó desde lejos antes de precipitarse sobre ella y rodearla con los brazos.

—Nela, figúrate, he estado abajo en la sala de calderas y en la cámara frigorífica. ¡He podido mirar las máquinas detenidamente! ¡Los hombres tienen la cara completamente negra de hollín, e Ian me ha enseñado cómo los émbolos mueven el barco con la presión del vapor! —Lleno de entusiasmo, miraba radiante a Ian, que venía detrás de él.

Helena contempló por un instante la escena que se estaba desarrollando en cubierta como si ella fuera una espectadora ajena. «Una familia», fue la idea que se le pasó por la cabeza. Y vio lo que todos esos años había sido más bien un presentimiento con una claridad meridiana: ella había sido para Jason más una madre que una hermana mayor, había intentado reemplazar a Celia desde aquel día en que, siendo todavía muy niña, había regresado a casa para despedirse de su madre, que yacía en su lecho de muerte, con el color de la cera, rígida y fría, y luego, absorta y con profundo respeto, se había acercado a la cuna del diminuto y frágil bebé. Miró a Ian a la cara y supo que en ese momento estaba sintiendo lo mismo que ella. Lo detectó en su manera de comportarse, en algo suave y vulnerable que irradiaba su persona. «Una familia, la familia a la que ambos tuvimos que renunciar a edad tan temprana...» Por unos instantes Ian pareció indeciso sobre si acercarse o no, se movió con inseguridad antes de volverse abruptamente y desaparecer en la oscuridad.

Con aire meditabundo, Helena apretujó aquel cuerpo de niño contra el suyo, en parte para calentarse y en parte también para sentir su vitalidad, mientras Jason, convertido en pura energía, fraguaba sus planes de futuro.

—Cuando me haga mayor seré ingeniero y construiré barcos aún más grandes y más rápidos. Ian dice que para ello tengo que aprender mucha más aritmética y geometría, y que tendré que esforzarme muchísimo. Dice...

—Ven, jovencito, ya es hora para ti de irte a la cama —oyó decir a Mohan Tajid, y a Jason protestar con poco entusiasmo pero no por ello más flojo.

—¡Vale, pero solo si me cuentas un cuento!

—Prometido —se rio Mohan.

Entre Mohan y Helena, encantado, se apretujó de nuevo contra su hermana con tanto ímpetu que la dejó casi sin respiración.

—Le tengo mucho cariño a Ian —le susurró al oído con el aliento caliente—. ¡Estoy tan contento de que te hayas casado con él! —Se puso en pie de un salto y tiró con fuerza de Mohan Tajid, que seguía sentado en su silla.

—Quiero que me cuentes la historia en la que Krishna le hace al otro... ¿cómo se llamaba? Me refiero a ese que... —La voz clara de Jason y la voz de bajo de Mohan se alejaron y se perdieron finalmente bajo cubierta.

Helena se quedó mirando fijamente un punto en la oscuridad. Al menos Jason era feliz... La embargó una sensación de profunda paz.

—Ten. —Se sobresaltó al oír la voz de Ian muy cerca de ella, detrás, y notó algo caliente posarse en sus hombros. Las manos de él parecían arder sobre su piel a través del cálido chal. Las dejó allí un poco más de lo necesario y, cuando las apartó, le dejaron una sensación de frío que se extendió por todo su cuerpo.

—Gracias. —Helena se ciñó el chal y lo acarició, confusa, insegura—. ¡Qué suave es!

Ian se sentó en la silla, al lado de ella. Un camarero diligente le sirvió una copa de vino, ofreció una a Helena y, cuando esta la rechazó con un gesto de cabeza, se retiró rápidamente para desaparecer en la negrura de la noche. Ian encendió uno de sus inevitables cigarrillos.

—Es un chal tejido con la lana de las cabras de Pashmina, Cachemira. Antiguamente los llamaban «chales de anillo», porque son tan finos que todo un chal se puede hacer pasar por un anillo. Querría habértelo dado dentro de un tiempo, pero me ha parecido que seguramente lo necesitabas esta noche.

—Gracias.

Por un lado Helena se sentía avergonzada una vez más por ese regalo tan caro; por otro, la alegraba el detalle y aún más la atención que Ian había tenido con ella.

El retumbar de las olas contra el casco del barco y el estampido de las máquinas se percibían con claridad, pero el silencio entre los dos era ensordecedor y a Helena le pareció insoportable. Miraba disimuladamente a Ian con el rabillo del ojo. Él estaba completamente relajado en su asiento, con la cabeza echada hacia atrás, las piernas cruzadas indolentemente, embutidas en unos pantalones marrones ceñidos, tal como era su estilo. La brisa ligera que corría por cubierta jugaba con el cuello abierto de su camisa blanca, que parecía dar luz en aquella penumbra, y le acariciaba el pelo, pero él no parecía pasar frío. Helena tuvo que reconocer a regañadientes que tenía muy buena planta y casi deseó haberlo conocido en otras circunstancias.

—No te has dejado ver durante mucho tiempo —dijo ella finalmente, solo para acabar con aquel silencio, y enseguida se sintió tonta y torpe por las palabras que había elegido.

—Tenía trabajo.

Su presencia en cubierta, de noche, bajo el cielo inamovible, al resplandor de los quinqués, de los cuales algunos ya se habían apagado, le daba una sensación de cercanía, casi de intimidad, que la intranquilizaba y al mismo tiempo le causaba placer.

—Quizá te parezca una tontería, pero no sabía que además de la plantación tuvieras tanto trabajo en el barco.

—No, no es una pregunta tonta en absoluto, sino completamente justificada. —Dio una profunda calada—. Además tengo otros... proyectos, y en Bur Sa'id recibí algunos telegramas y escritos de los que he tenido que ocuparme. —El modo y la manera en que expelía el humo hicieron ver a Helena que no deseaba dar más detalles al respecto, al menos no por el momento.

—Mohan me ha hablado de... —Por algún motivo se resistía a pronunciar el nombre de la plantación, como si cometiera un sacrilegio al hacerlo—. De tu hogar en las montañas. Ha despertado mi curiosidad.

—Hogar —murmuró Ian, mirando ensimismado la brasa del cigarrillo y el humo que ascendía para diluirse luego—. Yo no tengo hogar. Hace ya mucho que no. Solo existen algunos lugares en los que aguanto más tiempo que en otros, y Shikhara es uno de ellos.

De nuevo recorrió el cuerpo de Helena un escalofrío que apenas fue capaz de reprimir. Se puso en pie rápidamente.

—Tengo frío. Me voy a la cama. —Le ardían las mejillas; apenas había pronunciado la frase cuando se dio cuenta de que Ian podría tomarla por una invitación.

Sin embargo, él permaneció sentado, inmóvil, como si no le hubiera prestado atención, completamente sumido en sus propios pensamientos. Emanaba de él tal soledad, una tristeza tan inmensa, que Helena sintió la necesidad de tocarle. Ya había estirado el brazo para tocarle el hombro, pero no se atrevía. Él pareció notarlo y le agarró la mano sin mirar. La de él era cálida, suave pero vigorosa, le apretaba los dedos con suavidad pero con firmeza.

—Buenas noches, Helena.

—Buenas noches, Ian.

Se soltaron, y Helena se alejó por cubierta hacia su camarote, en el que Jason dormía como un bendito. La muchacha no pudo evitar que sus pasos fueran ligeros y animados.

8

Siete islas en torno a una lengua de tierra que se adentra en el mar Arábigo, pobladas de palmeras, pantanosas e infestadas de malaria, amenazadas por la pleamar, con llanuras que ascendían en colinas tapizadas de un verde demasiado intenso, eso era Bom Bahia, el «buen puerto», del que tomaron posesión los portugueses a comienzos del siglo XVI. Aparte de unas cuantas aldeas de pescadores, era una tierra inhabitada, puerto natural sin embargo que pronto se convirtió en la puerta de entrada al extremo occidental de la India. Pasó a la corona británica en 1662 como dote de la princesa portuguesa Catalina Enriqueta de Braganza, desposada por Carlos II de Inglaterra. Por la cantidad simbólica de diez libras al año, la Compañía de las Indias Orientales arrendó Bombay, tal como se la denominaría a partir de entonces.

Derrochando grandes esfuerzos en la lucha contra la malaria y el mar omnipotente, se desecaron los pantanos y se ganó tierra. Sobre las murallas de las antiguas fortificaciones portuguesas surgió una ciudad que tuvo un crecimiento muy rápido, adecuadamente orientada al transporte y comercio de mercancías. Bombay, como una rueda de la fortuna en el comercio entre Occidente y Oriente, prometía trabajo y oro, y puesto que ante el gran dios Mammón desaparecen todas las diferencias, se dieron cita en ella personas de la más diversa procedencia: los guyaratís del norte; los marathas, antiguos soberanos de la zona occidental hasta su derrota frente a las superiores fuerzas militares inglesas en 1817; los yainas, pertenecientes a una secta de vida ascética, procedentes de Rayastán; los parsis, fugitivos de Persia por motivos religiosos; posteriormente, los judíos, los armenios, los sij y los chinos; finalmente, los hindúes y musulmanes procedentes de todas partes del amplio país. Bombay creció desmesuradamente tras el amplio frente de diques hasta convertirse en un laberinto de almacenes, fábricas y refugios de sus masas de pobres. Llena de cicatrices de incendios y de reconstrucciones precipitadas, era una ciudad fea, detestable, pero puntal del imperialismo comercial de la John Company, tal como a menudo se refería la gente con sorna a la Compañía de las Indias Orientales. El dinero vino con la creciente demanda internacional de algodón, sobre todo cuando en los lejanos Estados Unidos, los norteños se enfrascaron con los sureños en una guerra sangrienta y cesó la exportación algodón a Inglaterra. Se construyeron suntuosas casas señoriales en el interior, más fresco; las iglesias anglicanas levantaban orgullosamente sus torres hacia el cielo tropical, y casas victorianas en tonos pastel llenaron el centro urbano.

Jane cerró los candados de la última caja dando un suspiro. Unos mozos de piel oscura la cargaron inmediatamente a hombros y se la llevaron. Se volvió hacia Helena.

—Esto era todo. ¿Desea algo más la señora?

Helena miró unos instantes el camarote que había sido

su hogar durante las últimas tres semanas. Sacudió la cabeza.

—No, gracias, Jane.

La joven criada, solo un poco mayor que ella, la miró con aire escrutador.

—Debería ir a cubierta, señora. Seguramente, el señor Neville ya la está esperando a usted arriba.

Helena hizo un esfuerzo. El paso a la aventura podía retrasarse pero no evitarse.

—Tienes razón, vamos allá.

—Entonces me despido de usted y le deseo todo lo mejor. —Jane hizo una profunda reverencia.

Helena la miró sin entender.

—Tú... ¿Tú no vienes con nosotros?

Jane se echó a reír.

—¡Oh, no, señora! ¡No entraría en ese país de ninguna de las maneras! El señor Neville me ha pagado muy bien por la travesía, pero mi lugar está, y seguirá estando, en la casa de Grosvenor Square. Ya está reservado mi pasaje de vuelta. Ordenaré las cosas un poco más aquí... —Miró el camarote, ordenado ya impecablemente—. Luego no haré absolutamente nada durante las próximas tres semanas. En la casa habrá otra vez bastante trabajo, a fin de cuentas no sabemos nunca cuándo volverá a aparecer el señor Neville. Pero no se preocupe. Él ya lo habrá preparado todo para usted, seguro. El señor Neville nunca deja nada al azar.

—Claro —murmuró Helena.

El hecho de que Ian mantuviera una casa tan grande como la de Londres y con toda aquella servidumbre durante su ausencia, con la mera explicación de que podía regresar en cualquier momento a ella como si hubiera salido solamente para asistir a una velada social, superaba incluso la vaga idea que se había hecho Helena de su riqueza. «Seguramente habrá encima de las mesas todos los días ramos de flores recién cortadas.»

Sonrió forzadamente.

—Te deseo lo mejor, Jane, y muchas gracias.

¿Por qué estaba obligada a despedirse continuamente de todas las personas con las que comenzaba a familiarizarse?

La deslumbrante luz del sol que se reflejaba en el pavimento del amplio muelle deslumbró dolorosamente a Helena, acostumbrada a la tenue luz que había bajo cubierta, y el gentío y las apreturas de la gente arracimada no le dolió menos a la vista. A izquierda y derecha del *Kalika* había otros barcos de vapor en hileras; algunos de los últimos veleros que quedaban de días pasados seguían en funcionamiento; se daban órdenes y se ponían en marcha las máquinas. Los culis acarreaban pesadas cajas y fardos; vio a chinos con largas coletas, a judíos con kipá y largos tirabuzones que les colgaban de las sienes, turbantes de todos los colores, tonalidades de la piel desde el color marfil, pasando por el moreno del sol hasta el color de la madera de ébano, casacas de uniforme, rojas, azules y negras. La gente charlaba, daba voces, negociaba, se reía; oía jirones de palabras en inglés, en francés y en español entremezcladas con el soniquete del hindustaní, del chino y del árabe. Comparado con Bombay, Bur Sa'id era un puertucho adormilado.

Al pie de la escalerilla de acceso al barco había una calesa. Un hindú de piel oscura con librea blanca, sentado al pescante, tenía sujetas las riendas de una pareja de caballos negros. Ian mantenía la portezuela abierta y la esperaba. Jason brincaba en los asientos forrados de piel clara, le hacía señas con las manos y la llamaba, mientras Mohan Tajid, guiñándole un ojo, lo conminaba, completamente en vano, a tranquilizarse. Helena hizo un esfuerzo y se apresuró a bajar por la escalerilla.

—Disculpa —le dijo a Ian a voz en grito, acercándosele.

—No hay razón para que te disculpes. —Le tendió la mano y la ayudó a subir al coche antes de hacerlo él también de un salto y de cerrar la portezuela—. Solo hay unas cuantas manzanas hasta la estación, pero resulta imposible para nosotros hacer el recorrido a pie. El coche con el equipaje ya ha partido para allá. —Chasqueó los dedos para que el cochero imprimiera un trote ligero a los caballos.

—¿Llegaremos al tren? —quiso informarse Helena con aire de preocupación.

Ian echó la cabeza atrás con una carcajada.

—¡Eso espero! Pero no te preocupes. Saldrá cuando hayamos subido nosotros a él. A fin de cuentas, es mío.

—¿Es tuyo el tren? —Helena lo miró atónita.

Ian sacudió divertido la cabeza, mirando por encima del gentío que se agolpaba en torno al coche.

—Por lo menos el vagón. Tanto la locomotora como el fogonero, el maquinista y las vías los he alquilado, digamos, a cambio de una tasa «adecuada». Se puede comprar todo si uno tiene suficiente dinero, eso deberías saberlo. —Una sombra le cruzó el semblante cuando añadió, en voz grave—: Casi todo. —Sus ojos perdieron durante un instante su brillo y se volvieron casi grises antes de recuperar el color negro noche que ella conocía.

Helena permaneció en silencio, turbada, con la cabeza gacha, mirándose las manos. Luego volvió a mirar el muelle. Entre el colorido de las embarcaciones naranja, ocres, blancas o gris plomo destacaba el casco negro del *Kalika,* que se alejaba de ellos. Lo que se le había escapado la noche de su partida y durante el viaje la dejó helada: la proa del barco estaba decorada con la figura pintada de una cobra erguida en actitud amenazadora, con la boca completamente abierta mostrando los puntiagudos colmillos dispuestos a morder.

El coche de caballos avanzaba muy lentamente por las calles de la ciudad. Les salían al paso otros coches y *rickshaws* tirados por culis, pero no en línea recta: salían de todas partes y tenían que frenar y se bloqueaban el camino unos a otros. Niños desnutridos corrían junto a su coche tendiendo los bracitos flacos, tiraban violentamente de las mangas del vestido color cáscara de huevo de Helena, con manos implorantes.

—*Memsahib, memsahib, rupia, rupia* —exclamaban.

Helena miró asustada a Ian, con ojos suplicantes, pero él sacudió la cabeza a modo de advertencia y la liberó entre imprecaciones a gritos en hindustaní dirigidas a los niños.

—*Djaoo! Djeldii* —echaba pestes Mohan Tajid, dando manotazos hacia el otro lado del coche. Jason, pegado a Helena, tenía los ojos desorbitados.

—¿Por qué no? —Helena miró a Ian echando chispas de rabia—. ¡Tienes de sobra!

—Precisamente por eso. Si les diera algo, se correría la voz, más rápidamente de lo que tú tardas en guiñar un ojo, de que por aquí anda un *sahib* generoso. Otro parpadeo y estaríamos rodeados por una chusma que no repararía siquiera en partirnos la cabeza a plena luz del día y en mitad de la calle para llevarse y convertir en dinero todo lo que no esté clavado y remachado.

Helena lo miró con recelo, y él repuso sosegadamente a su mirada.

—Créeme, hay otros medios y vías para ayudar a estas personas, y sin humillarlas.

—¿Sí, cómo? —La voz de Helena seguía siendo punzante.

—Haciéndolas trabajar para mí a cambio de un sueldo entre aceptable y bueno. Y son muchos los que lo hacen.

De pronto se dio cuenta Helena de que él seguía teniendo sujeta su mano y le acariciaba suavemente la palma con el pulgar. La habría apartado, pero notaba cómo la suave caricia enviaba agradables oleadas por su cuerpo. Una leve sonrisa iluminó el rostro de Ian, como si se hubiera percatado de sus sensaciones.

—Tus ojos son muy atractivos cuando estás colérica.

Helena se puso roja y apartó la mano con enfado para hundirla en la otra, que tenía sobre el regazo. Siguió ruborizada un buen rato por las caricias de Ian y, mientras miraba fijamente la calle con la barbilla levantada, vio que él seguía observándola con una sonrisa entre divertida y burlona en la comisura de los labios.

El coche de caballos avanzaba con mucha lentitud. Lo que Helena veía producía en ella una impresión avasalladora. Los mercaderes exponían sus mercancías en la calle: joyas de oro y plata que destellaban al sol; especias de color verde oliva, naranja, amarillo, de todos los tonos imaginables de marrón y rojo; piezas de tela bordada y estampada de color rosa, turquesa, azul, escarlata, verde y violeta, que se repetían en la vestimenta de las mujeres que pasaban presurosas, consistente en un corte de tejido sin confeccionar, el *sari,* que, tal como le explicó Mohan Tajid, se enrolla al cuerpo de un modo prefijado, y con cuyo extremo muchas se tapaban la cabeza. Había mendigos andrajosos y tullidos en cuclillas a la sombra de los sucios muros de las casas. Pasaban vacas flacas entre el gentío, rumiando con indiferencia. Y había personas, por todas partes, personas haciendo ruido, sudorosas, arracimadas; rostros anchos y hundidos, algunos con expresión radiante de vida y otros como muertos, algunos de piel clara, otros casi negros, con el cabello negro o castaño; gente caminando con prisas o sentada o apoyada de pie en una esquina con apatía. Hombres, mujeres, niños, ancianos.

La Estación Central, un edificio de piedra con la cubierta de cristal como el de cualquier ciudad inglesa, era el final de su trayecto en calesa. Seguía habiendo personas que los acosaban, pero tres hindúes con turbantes escarlata y uniforme blanco los escoltaron al interior de la estación. El acceso a una de las vías estaba cerrado por un cordel rojo. Un vagón enganchado a una locomotora que ya resoplaba los estaba esperando. Tenía unos diez metros de largo y era de madera rojiza, con ventanillas anchas que daban a un pasillo estrecho desde el cual se accedía a los compartimentos por unas puertas.

Uno de los hindúes estaba ayudando a Helena a subir los escalones cuando un grito fuerte a su espalda los hizo detenerse.

—*Huzoor, huzoor!*

Un hombre bajito, delgado, se acercaba jadeando a ellos, agitando en la mano un sobre que entregó a Ian con una profunda reverencia y un torrente de palabras en hindustaní pronunciadas con demasiada rapidez para que Helena entendiera algo. Ian frunció el ceño y abrió con impaciencia el sobre mientras el mensajero, respirando con dificultad, esperaba una reacción de su señor.

—¿Malas noticias?

Ian se sobresaltó al leer aquellas líneas y miró confuso a Helena una fracción de segundo antes de recuperarse.

—No. —La emoción con la que estrujó el escrito con el puño delataba apenas una rabia contenida—. Sin embargo, tengo que partir inmediatamente. Adelántense ustedes, yo los alcanzaré más tarde.

—Pero...

Sin prestar atención a la tímida protesta de Helena, Ian se fue con el mensajero a grandes zancadas. Helena le siguió con la vista, completamente fascinada.

—Suba. —Mohan Tajid le rozó ligeramente la espalda, animándola con un gesto—. No se preocupe en absoluto, pronto volverá a estar con nosotros.

Helena subió los estrechos escalones titubeando. Mohan Tajid le había adivinado el pensamiento una vez más. Había sido un instante, apenas lo que dura el latido de un corazón, pero lo que había visto en el rostro de Ian al leer aquella carta urgente, le había causado espanto. «¿Qué sería de nosotros si le ocurriera cualquier cosa?» Se reprendió por su temor irracional, y todavía más por el hecho de sentirse de pronto desamparada en ausencia de Ian.

Cerraron la puerta desde el exterior. La locomotora emitió un silbido estridente y se puso en marcha entre chirridos, con una lentitud pasmosa al principio, para ir ganando luego velocidad. Salieron de la semipenumbra de la estación a la deslumbrante luz del sol. El tren traqueteó en los cambios de aguja, una, dos veces, y los llevó a velocidad moderada por las calles de la ciudad y sus alrededores. Luego aceleró y enfiló por verdes campos llanos con algún que otro árbol hacia las colinas situadas en el horizonte, cubiertas por una neblina azulada: hacia los vastos territorios de la India.

9

Los rayos del sol entraban oblicuos por la ventana del vagón, todavía dorados, sin la pesadez cobriza de la luz vespertina. Helena apretó los ojos. Le ardían de las muchas horas pasadas mirando por la ventana. El traqueteo monótono y las sacudidas del tren la estaban adormeciendo. En estado de duermevela iba viendo los espesos bosques; los extensos campos llenos de vida en el invierno hindú; tierras anegadas donde las mujeres, ataviadas con saris de colores, metidas hasta los tobillos en el agua, con sus hijos a cuestas, se inclinaban sobre las briznas tiernas de arroz; campesinos que caminaban detrás de su yunta de bueyes; colinas de un azul difuminado en el horizonte y formaciones rocosas en escalera que ascendían desde la llanura; raras veces una ciudad, una pequeña aldea, ríos que ellos cruzaban por puentes con gran estrépito. La mirada de Helena seguía las bandadas de aves que surcaban los cielos, los patos y gansos que echaban a volar apresuradamente cuando pasaba el tren por las vías, prácticamente en línea recta, por un paisaje que parecía exactamente igual que el que había visto el día anterior tras dejar atrás Bombay.

Recostó la cabeza en el respaldo del sofá de terciopelo

marrón que ocupaba casi toda la longitud del compartimento además de dos sillones del mismo color que formaban parte del conjunto. Sobre el mantel de mesa bordado con pavos dorados tintineaba levemente su taza de té encima del platillo al ritmo del tren, como lo hacían los cristales de la librería situada en un rincón. En el opuesto había un diván, junto a cuya cabecera había una mesita redonda con un tablero de ajedrez. Las gruesas alfombras que cubrían el suelo permitían ver tan solo algunos trocitos del pulido parqué de madera de roble. Todo un vagón, con el mayor lujo posible para el ocio durante los viajes largos. El primer compartimento tras la locomotora era el reino de los criados. Albergaba la cocina, el almacén y los dormitorios del servicio. En el segundo dormían Helena y Jason. Detrás estaba el vagón salón y, al final de este, seguía otro sin duda reservado para Ian. Helena, incapaz de contener su curiosidad, había ido una vez a ver qué había allí y se había encontrado la puerta cerrada con llave.

El susurro de la seda le hizo levantar la vista. Shushila se inclinó ante ella con elegancia.

—*Memsahib*, ¿un poco más de té? —le preguntó en hindi con su voz fina, esforzándose por hablar con la lentitud y la claridad necesarias para que Helena la entendiera.

Helena sacudió la cabeza y la siguió con la mirada. Vio cómo se movía con agilidad por el compartimento y llenaba las tazas de Mohan Tajid y de Jason, que estaban enfrente, sentados a la mesa de comedor, inclinados los dos sobre sus libros.

Una sensación de opresión y de envidia le atenazó el estómago viendo a la joven hindú. Llevaba el brillante pelo negro recogido en un moño sencillo y las pestañas pobladas y oscuras de sus ojos almendrados daban sombra, como dos abanicos, a sus pómulos. Aunque Shushila era bajita y grácil, tenía el pecho y las caderas redondeados, hecho que se encargaba de realzar más que de esconder su sari azul celeste con ribetes plateados. Con movimientos rápidos y diestros que hacían tintinear los innumerables aros plateados de sus delgados brazos morenos, cambió el plato vacío de las galletas por otro lleno, sobre el que se precipitó de inmediato Jason con avidez. No poseía la elegancia rígida de las damas inglesas, sino una elegancia suave, femenina y sensual. Helena se vio a sí misma tosca y torpona a su lado. ¿La encontraba deseable Ian? La idea la asaltó e inmediatamente la alejó de sí. Ese pensamiento, no obstante, volvió a dejarle una sensación de vacío en el estómago.

—Y, si sigues calculando, ¿qué te sale entonces?

Jason tenía la vista clavada en el papel y el ceño fruncido; era a todas luces evidente que estaba cavilando. Finalmente se le iluminó el rostro, sacó la lengua y garabateó apresuradamente la solución con la pluma.

—¡Muy bien, ahora ya sabes! —dijo Mohan, riendo y pasándole la mano grande y morena por el pelo.

Radiante, Jason agarró la hoja y corrió hacia su hermana. Se sentó a su lado en el sofá y se la puso con gesto victorioso tan pegada a la cara que ella solo distinguió algunos signos negros borrosos.

—Mira, Nela, ¡lo he entendido!

Helena dejó que Jason le explicara cada paso del cálculo efectuado, a pesar de no entender apenas nada. Alzó la vista.

—¿Dónde ha aprendido usted todas estas cosas, Mohan?

Tajid la miró sonriente.

—Tuve la suerte no solo de crecer con las antiguas tradiciones de mi pueblo sino también de tener un tutor inglés. Mi familia sentía mucha simpatía por la cultura y los conocimientos de la potencia colonial inglesa.

Helena asintió como si lo entendiera, aunque en realidad no acababa de entenderlo. ¿Cómo una persona como Mohan Tajid, que pertenecía claramente a una familia pudiente, podía estar ahora al servicio de Ian? Oficialmente era su secretario. Más aún, seguro que era su hombre de confianza. No obstante, no dejaba de ser un sirviente, como lo eran Shushila y los hindúes con pistola y largas espadas al costado que andaban incesantemente de un lado a otro del vagón, acechando el paisaje en movimiento.

El tren frenó su marcha. Dio una leve sacudida cuando se accionaron los frenos, con suavidad pero de manera continua, hasta que finalmente se detuvo.

—¿Hemos tenido algún accidente? —Jason se arrodilló en el sofá y pegó la nariz al cristal de la ventanilla, contemplando con ojo crítico las hojas de brillo plateado de las plantas de bambú diseminadas, las tecas y los árboles de sándalo que se agolpaban junto a la muralla de una fortaleza en ruinas, cubriéndola a medias y formando luego un bosque espeso que ascendía hasta las colinas del horizonte.

Mohan consultó un pequeño reloj de bolsillo.

—Probablemente sea la hora de reponer el suministro de carbón. Hemos ido a buena marcha hasta el momento. Ya hemos dejado atrás Indore.

—¡Por allí se acercan dos jinetes! —exclamó emocionado Jason.

Helena se puso en pie. Los caballos se acercaban a galope tendido, zigzagueando entre los árboles y los arbustos, golpeando las ramas. Las herraduras levantaban la tierra negra, fértil. Pese al ritmo del galope, los movimientos de los hombres producían un efecto de ligereza y elasticidad.

—¡Ian, es Ian! —exclamó Jason entusiasmado, precipitándose afuera.

Helena se dejó caer de nuevo en el sofá con el corazón

palpitante. Involuntariamente hizo el gesto de retirarse de la cara unos mechones de pelo inexistentes, tiró de las mangas largas del vestido blanco, lujosamente estampado con flores azules, se alisó la falda de tela fina.

Al instante siguiente estaba Ian ya en el interior del vagón, riendo y bromeando con Jason, con sus botas altas sucias de polvo, la camisa blanca empapada de sudor. El compartimento que antes producía una sensación de tranquilidad casi soporífera vibraba con la energía estimulante, casi irresistible, que Ian traía consigo. Con un suspiro se dejó caer en uno de los sillones. Inmediatamente Shushila le alcanzó una taza de té.

—Por favor, prepárame un baño —le dijo Ian en hindustaní.

Ya fuera por el modo en que ella lo miraba o por la manera de ofrecerle la taza y luego abandonar el salón, nuevamente para satisfacer sus deseos, Helena tuvo la sensación de que la cercanía entre ellos dos era mayor de lo que cabía esperar en una relación entre señor y criada. Sintió una inesperada punzada en su interior. El brillo de los ojos de Ian cuando la miró por encima del borde de la taza de té y su sonrisa burlona delataban que le había leído el pensamiento y que incluso disfrutaba de aquella situación. Helena lo detestó por ese motivo.

Esa noche Helena durmió mal; ni siquiera el monótono traqueteo de las ruedas, que hacía ya un buen rato que había arrastrado a Jason al reino de los sueños, era capaz de acallar sus pensamientos. Se imaginaba a Ian tumbado en la bañera y a Shushila masajeándole los hombros para relajar los músculos tensos por la cabalgada; lo veía besarla deslizando sus labios por el esbelto cuello moreno, rodear con sus manos aquellos pechos rebosantes y arrancarle gemidos de deseo para finalmente llevarla a su cama y despojarla de su sari. Perseguida por aquellas imágenes, Helena daba vueltas en el lecho. Quería ahuyentarlas y, sin embargo, regresaban a su mente una y otra vez, ascendiendo desde la negrura de la noche. Sin hacer ruido para no despertar a Jason, apartó las sábanas y cogió el chal de *pashmina* rojo con estampado de Cachemira y el quinqué de la mesita de noche.

Caminó descalza por el pasillo. Una lamparilla junto a cada puerta difundía una tenue luz. Con todo sigilo cerró tras de sí la puerta del salón. El quinqué apenas iluminaba cuando se acercó tanteando al sofá, pero no se atrevió a aumentar la intensidad de la llama.

El chisporroteo de una cerilla al encenderse la hizo volverse soltando un grito. El quinqué estuvo a punto de caérsele.

—No vayas a incendiar el vagón, por favor. Es caro, y hasta Jaipur queda todavía un buen trecho.

La llama del fósforo iluminó un instante el rostro de Ian antes de apagarse y que solo se viera la brasa del cigarrillo.

—¿Qué haces aquí? —preguntó Helena sin aliento en dirección al diván.

Ian soltó una breve carcajada.

—Esa misma pregunta podría hacerte yo a ti. A fin de cuentas, este es mi tren.

—Yo... No podía dormir y no quería despertar a Jason.

Helena seguía de pie en medio del salón, con el quinqué.

—Entonces te sucedía lo mismo que a mí. Mohan tiene el sueño ligero, supongo que se trata de la vigilancia innata del guerrero. Hazme el favor de dejar ese quinqué antes de ocasionar alguna desgracia.

Oyó cómo Ian se ponía en pie. Con la llama de un fósforo encendió uno de los quinqués fijados a la pared. Obediente, ella dejó el suyo y lo apagó. Ian alargó la mecha para que iluminara tenuemente el salón y su luz llegara justo hasta el extremo del diván.

Sin previo aviso rechinaron los frenos y una sacudida recorrió el tren. Helena trastabilló hacia Ian. Hierro sobre hierro. Un sonido feo, penetrante, que duró una eternidad hasta que el tren se detuvo por completo con la locomotora resollando de cansancio y espanto.

El diván amortiguó suavemente su caída. El silencio repentino fue ensordecedor, como si los frenos del tren hubieran paralizado el mundo entero. Pasaron apenas segundos que a Helena le parecieron horas. Ian yacía encima de ella. La tenía firmemente abrazada, tan cerca que notaba a través de la tela fina la calidez de su piel, la dureza de sus músculos. Se acaloró. Algo en ella que había estado tenso y contraído se ablandó, se hizo casi permeable. Lo tenía tan cerca que percibía con claridad extrema la curvatura de sus labios sensuales bajo el bigote, las finas arrugas debajo de los ojos, tan oscuros y tranquilos en ese momento; olió el frescor limpio de su camisa, el humo del tabaco, el jabón áspero y, por debajo, algo que solo podía ser el olor de su cuerpo, cálido, leñoso y masculino. Se fijó en la cicatriz de una de sus mejillas, dentada e irregular, que le iba desde el pómulo hasta prácticamente la barbilla. Lo que fuera que le había causado aquella herida había tenido que ocasionarle un dolor terrible. Helena no pudo evitarlo, tenía que tocar aquella cicatriz. Pasó suavemente la punta de sus dedos por encima e, inesperadamente, los ojos se le humedecieron.

Vozarrones de hombres gritando en hindi tanto dentro como fuera del tren; las pesadas botas de los guardias por el pasillo, frente a la puerta; caballos encabritados relinchando; a continuación disparos, dos, tres, varios, y el eco de gritos en la noche.

Ian la soltó bruscamente.

—Tengo que salir a ver qué ha sucedido.

—¡No! —Helena le clavó los dedos en la camisa. No importaba lo que estuviera sucediendo fuera; mientras Ian y ella estuvieran allí dentro, juntos, estarían a salvo. No soportaba la idea de que se expusiera al peligro que acechaba fuera de aquellas paredes de hierro, acero y madera.

—Me alegra verte tan tierna por una vez. Este alboroto ha merecido la pena aunque solo sea por eso. —La miraba con una calidez que contradecía su tono burlón. La apartó con determinación y se puso en pie—. Ocúpate de Jason, seguro que te necesita.

Como si hubiera pronunciado una palabra mágica, Jason abrió bruscamente la puerta, se precipitó hacia Helena y se arrojó en sus brazos. Antes de salir apresuradamente, Ian les echó un breve vistazo que Helena no fue capaz de descifrar.

Fue como si el tiempo se detuviera. A lo lejos oía voces amortiguadas de hombres, pero hablaban demasiado bajo para adivinar siquiera lo que sucedía afuera. Le habló a Jason en tono tranquilizador, lo meció en sus brazos mientras el miedo la mantenía sujeta a ella con su garra helada. ¿Pasaron minutos o fueron horas? No lo sabía, había perdido la noción del tiempo. Esperó y esperó...

En la profundidad del sueño sintió que la alzaban. Oyó el silbido de la locomotora como si estuviera a una distancia muy grande, percibió la vibración del vagón en movimiento. A duras penas abrió los ojos y miró los de Ian.

—¿Qué...? —murmuró, soñolienta.

—Chisss —respondió él con una sonrisa apenas perceptible—. No te preocupes, todo va bien. Te has quedado dormida en el salón.

Le pesaba la cabeza, que casi por sí sola se posó en el hombro de Ian. Los párpados se le cerraron.

—¿Y Jason?

—Mohan acaba de llevarlo a la cama —le susurró en el pelo, y la sensación de protección que provocó en ella la hizo sonreír en su duermevela.

Sintió las sábanas en las piernas, cómo la cubría con la manta, un hálito en la frente, no supo si de una mano o de unos labios, y el sueño se la tragó de nuevo.

Si hubiera estado despierta, se habría asomado a la ventana y habría visto junto a las vías, a la luz pálida de la mañana que despuntaba, los cadáveres de cinco enmascarados.

—Buenos días, *memsahib*.

Helena parpadeó deslumbrada cuando Shushila apartó las pesadas cortinas. Suspiró levemente; le dolían todos los músculos del cuerpo y también la cabeza.

—¿Desea usted desayunar en la cama o en compañía de *huzoor*, en el salón?

Una sensación agradable recorrió a Helena. El recuerdo de la proximidad de Ian la noche anterior, de sus caricias, le produjo un grato escalofrío.

—Yo... creo que iré al salón.

Era demasiado pudorosa para dejar que Shushila la viera desnuda. Detrás del biombo se quitó el camisón, se lavó rápidamente y se puso los calzones hasta el tobillo y la camisa interior con encajes. Solo entonces permitió que la muchacha le echara una mano con el corsé y los numerosos broches del vestido blanco de muselina. Cuando Shushila se marchó corriendo a preparar su desayuno, se miró una vez más en el espejo del tocador. Se examinó críticamente, se pasó la mano otra vez por la indómita melena, frunció el ceño y suspiró. No había nada que hacer. No era ninguna belleza, nunca lo sería... ¿La veía Ian así también? Sacudió la cabeza, alzó la barbilla y se quitó de la cabeza aquella imagen del espejo que no la satisfacía.

El corazón le latía con fuerza cuando abrió la puerta que daba al salón y vio a Ian sentado a la mesa dispuesta para el desayuno, con una taza de té humeante ante sí y la vista clavada en el periódico.

—Buenos días —lo saludó con alegría al sentarse.

—Buenos días —respondió él esquivo, sin levantar la cabeza.

Shushila acababa de ponerle delante una taza de chocolate caliente y se había retirado como solía, discretamente. Helena cogió un panecillo y sonrió a Ian, esforzándose por imprimir un tono suave a sus palabras.

—¿Dónde están Mohan y Jason?

—En la parte delantera, con el maquinista —fue la parca respuesta.

—¿Qué ocurrió anoche? —preguntó, con ánimo de entablar una conversación.

Ian pasó ruidosamente una página del periódico sin levantar la vista.

—No sé a qué te refieres.

Helena lo miró incrédula.

—Al ruido, nuestra abrupta parada, los disparos...

—Seguramente lo habrás soñado.

Helena dejó ruidosamente el cuchillo de la mantequilla en su plato.

—¡No lo he soñado! ¡Sé perfectamente que oí todo eso!

Ian la miró un instante con el ceño fruncido antes de enfrascarse de nuevo en la lectura.

—Por favor, no descargues tu mal humor en nuestra vajilla.

—No estoy de mal humor. ¡Por todos los cielos, Ian, soy tu esposa! ¡Tengo derecho a saber lo que pasó ahí fuera!

Ian dobló el periódico con un gesto enérgico y lo arrojó detrás de él sobre el diván.

—Eres mi esposa ante las leyes inglesas, sí. Pero no recuerdo que este matrimonio se haya consumado hasta el momento. O quizá su consumación no fue nada especial, nada digno de recuerdo.

Helena se quedó de piedra, y la sangre comenzó a agolpársele en el rostro. Se le llenaron los ojos de lágrimas; agachó la cabeza para que él no las viera. Entre los párpados mojados vio que Ian apuraba su taza y se ponía de pie. Se estremeció con el portazo, y las lágrimas, que fluían ya sin trabas, salaron el chocolate, que se estaba quedando frío.

10

Jaipur, erigida en 1727 por el marajá Jai Singh II como capital de un reino que en un futuro lejano no estaría dividido en principados sino unido, era la puerta de entrada a la vastedad de Rajputana por el este. Las imbricadas fachadas de las casas, arracimadas en calles rectas, dispuestas como en un tablero de ajedrez y muy animadas, resplandecían. Eran de color rosa intenso, el color con que los rajputs daban la bienvenida. El actual marajá, Man Singh, había ordenado que se pintaran todas de nuevo ese año para la visita del príncipe de Gales, tal como Mohan Tajid le contó a Helena, que había echado un vistazo a la ciudad por entre las cortinas de seda amarilla antes de que Ian las corriera bruscamente.

—Aquí rige la ley del *purdah* —le aclaró Mohan Tajid en tono de disculpa cuando vio la mirada indignada de Helena, quizá porque intuyó que tenía una réplica afilada en la punta de la lengua—. La separación estricta de hombres y mujeres. Las mujeres, al menos las honradas y pudientes, no deben ser vistas en público. Eso incluye por desgracia también a las *memsahibs*. —Le hizo una reverencia, sonriendo.

Helena clavó los ojos con rabia en Ian, quien, sin embargo, no la estaba mirando. El coche de caballos dobló una esquina, luego otra, siguió recto un buen tramo, describió de nuevo un giro y otro más. Se detuvo. Helena oyó hablar al cochero con dos hombres. El coche volvió a ponerse en marcha, rodó por un pavimento liso, describió un semicírculo y se detuvo con suavidad. Abrieron la portezuela desde el exterior y la luz cegadora del sol entró en el vehículo. Un hindú con turbante rojo, pantalones blancos de montar y levita les hizo una reverencia tan profunda que casi rozó el suelo con la frente.

—*Khushamdi!* —murmuró respetuosamente sin levantar la vista siquiera de las puntas de sus botas.

Mohan Tajid ayudó a Helena a apearse. Esta maldijo una vez más los vestidos ceñidos y la amenaza de que los tacones de los zapatos se le enredaran en el dobladillo. Miró a su alrededor con curiosidad. Se encontraban en un patio interior muy amplio, enlosado con grandes baldosas lisas color cáscara de huevo, igual que la entrada en la gran fachada, con un arco de herradura. Era un edificio de tres plantas de arenisca rosada con celosías en las ventanas. La planta superior estaba coronada por altas torres que culminaban en cúpulas de brillo metálico. A través del enrejado de arriba, Helena vio el azul brillante del cielo. El edificio abarcaba el patio por tres lados. Formaba el cuarto un muro de dos plantas de altura por cuyo sólido portón, ahora cerrado, debían de haber entrado. La algarabía y el trajín de las calles llegaba muy amortiguado.

Por la puerta de entrada de madera de ébano del arco se acercó apresuradamente un hindú de gran estatura y corpulencia. También él llevaba turbante rojo, pantalones de montar y cordón dorado. Su larga chaqueta dorada y roja con cuello de tirilla contrastaba con el blanco de los pantalones. Tenía un rostro complaciente, redondo, y su bigote poblado temblaba de satisfacción. Abrió los brazos con gesto magnánimo.

—Rajiv, *khushamdi* —exclamó con voz vibrante, tras lo cual se inclinó brevemente ante Ian con las palmas de las manos juntas—. *Namasté!* —añadió en un tono tan formal como cálido.

Ian hizo le devolvió el saludo y luego se miraron los dos y prorrumpieron en una carcajada ruidosa, se estrecharon las manos y se abrazaron con cordialidad.

—*Tum kaise ho?*

—*Maiñ kaise huuñ!*

Así se preguntaron ambos por su estado antes de que el señor de la casa saludara de la misma manera a Mohan Tajid.

—Y esta es mi esposa —dijo Ian pasándose al inglés y señalando a Helena.

—¡Ahhh! —exclamó el hindú con chispitas en los ojos. Juntó las palmas de las manos y se inclinó en una reverencia—. *Namasté, Shríimatii* Cha... —Miró de soslayo a Ian y rectificó—: Neville. Soy Ajit Jai Chand. Es un honor para mí poder acogeros en este mi modesto hogar —añadió en un inglés con mucho acento pero correcto.

Helena insinuó confusa una reverencia.

—Y este es el pequeño *sahib*. —Chand se agachó y le dio la mano a Jason—. *Khushamdi* a Jaipur —lo saludó también a él con cordialidad.

Jason enrojeció de orgullo.

—*Tjarhnaa, tjarhnaa*, entren, entren —les indicó con un amplio gesto—. Seguramente querrán refrescarse ustedes después del largo viaje. ¡Siéntanse como en su casa!

Helena estaba exhausta, pero no encontraba reposo bajo las sábanas de aquel ancho lecho. Las impresiones de aquel día habían sido demasiadas, demasiado intensas, demasiado extrañas. Un enjambre de mujeres habladoras, todas más bajitas que ella, con saris vistosos, la había recibido en el vestíbulo de mármol y conducido a la *zenana*, la parte de la casa reservada a las mujeres. Al principio, Helena había protestado enérgicamente cuando dos de ellas se disponían a desatar los cordones de su vestido y de su corsé, pero se había dejado hacer al ver que caía en saco roto su resistencia. Le tenían preparado un baño. En el agua flotaban pétalos de rosa. Había sido un placer, y aún más los masajes de las dos jóvenes que habían relajado a continuación los cansados músculos de Helena con ungüentos de denso aroma. La piel, ahora suave y aterciopelada por el efecto de los aceites, seguía oliéndole a esa mezcla anestésica. Su cabello, que había adquirido un tacto ligero y sedoso, le caía ondulado sobre los hombros. Ya no lo tenía tieso ni encrespado, porque una de las hindúes se lo había frotado bien con una sustancia similar a una pomada. Le habían puesto el *choli*, una ceñida chaquetilla corta de seda verde botella abotonada por delante y, por encima de esta, una tira de seda interminable cuyo color iba cambiando del turquesa al verde, enrollándole primorosamente el cuerpo. Se trataba de un sari de los que ya había visto y admirado en las mujeres de la India. Producía una sensación extraña pero maravillosa en su piel, le permitía una libertad de movimientos incomparablemente mayor que las prendas rígidas de su tierra.

A través de muchos aposentos conectados entre sí, en los que Helena vio mármol, maderas nobles, alfombras de motivos multicolores, sedas, candelabros de plata, todo ello suntuoso y, sin embargo, ligero, una de las mujeres la condujo a un salón grande con el suelo lleno de almohadones de seda de colores. La miraba expectante una mujer hindú de unos cincuenta años, corpulenta, con un sari rojo anaranjado y una banda dorada muy ancha. Helena supuso que debía de tratarse de la señora de la casa. Helena sintió pánico: su hindustaní no era, ni de lejos, lo suficientemente bueno para mantener una conversación cortés con sus anfitriones. Inspiró profundamente, decidida a intentarlo al menos. Juntó las palmas de las manos e hizo una leve reverencia.

—*Namasté.*

Los ojos oscuros de la mujer resplandecieron al realizar el mismo gesto.

—*Namasté, Shríimatii* Neville. Por lo que veo, ha aprendido usted muy rápidamente las costumbres de este país —añadió en el mismo inglés de su esposo, correctamente pero con acento—. Soy Lakshmi Chand y esta noche voy a hacerle a usted un poco de compañía.

Helena se echó a reír aliviada.

—¡Gracias a Dios! ¡Por suerte habla usted inglés!

Lakshmi Chand se inclinó brevemente, sonriendo con modestia.

—No lo suficientemente bien. Vamos, tome asiento. —Con un gesto invitador indicó una mesa baja de madera tallada y los cojines—. He mandado traer algunas cositas para que conozca usted la cocina de este país.

En una bandeja de plata tan grande como todo el tablero de la mesa, había cuencos decorados llenos de arroz basmati blanco o teñido de amarillo con azafrán; *chapatis*, pan ácimo fino y crujiente; pollo al curry; gambas asadas; *pakoras*, buñuelos de verdura con salsa de menta; *chana dal*, lentejas amarillas con coco; canapés de carne de cordero y de cerdo asado con diferentes *chatnis*, mezclas de especias y frutas de color amarillo azafrán, bermellón o marrón. Para calmar la sed un *lassi* de mango y *chai* en vasitos. Lakshmi Chand, que animaba a Helena a probarlo todo, le contó en detalle de qué región procedía cada uno de los platos y de qué estaban hechos. Pese a que todo tenía un sabor nuevo y a que incluso había muchas cosas tremendamente picantes, a Helena le encantó todo lo que probó.

—¿Y qué es esto? —Señaló curiosa una salsa especiada de color rojo subido en la que había mojado un trozo de carne de cordero y que le había dejado muy buen sabor de boca.

—Eso es *masala bata*. Se prepara con cebollas, jengibre, ajo, tomates y guindillas. Procede de la tierra de su marido, del Himalaya.

Helena sintió cómo se le agolpaba la sangre en las mejillas, no a causa de la comida picante, sino de la mención de Ian y la mirada expectante de Lakshmi Chand tras su explicación. Pensó que aquel ágape no se debía a la pura hospitalidad, sino a los deseos de Ian.

—Él se alegraría si lo cocinara alguna vez para él —dijo Lakshmi Chand en voz baja.

—¡Oh, claro, seguro! —replicó Helena con amargura, de un modo cortante que la atemorizó.

—Nos sorprendió a todos la noticia de que se había casado —retomó la palabra Lakshmi Chand tras una breve pausa—. Hasta el momento solo había tenido... relaciones superficiales.

«¿Como con Shushila?», se preguntó interiormente Helena con una punzada de dolor.

La mirada de Lakshmi vagó con tristeza por los restos de comida.

—Tengo mucho miedo por él. —Parecía estar hablando más consigo misma que con Helena—. Está luchando con los demonios que lo persiguen y no se da cuenta de que le están robando el alma. —Agarró impulsivamente la mano de Helena—. Sálvelo antes de que sea demasiado tarde.

—¿Cómo podría hacerlo?

—Amándolo, *betii*. Eso es lo único que puede salvarle... y lo único que él teme. Y usted puede, lo sé, porque tiene un gran corazón. —Apretó la mano de Helena antes de levantarse—. Le digo a usted adiós ahora porque partirá muy temprano mañana. Gita la acompañará a su alcoba. —Se acercó a la puerta con un susurro de sedas y se volvió—. Haga lo que haga él, o diga lo que diga, no olvide nunca que usted es la más fuerte. Se lo confío como si fuera mi propio hijo.

Eran sobre todo las palabras de Lakshmi Chand las que Helena no podía quitarse de la cabeza y por cuya causa daba vueltas en la cama incapaz de conciliar el sueño. Aunque la habitación era grande, fresca y con buena ventilación, se ahogaba en ella. Se puso las ligeras sandalias de piel y se echó el chal por encima de los hombros para salir a la terraza de su alcoba. La noche era quizá demasiado fresca, pero el aire, un aire claro con un aroma particular, como de resinas y de madera, le sentó bien. Inspirando profundamente dio algunos pasos hacia la barandilla. Un árbol de hojas velludas tendía sus ramas hasta la terraza. El cielo sedoso sobre la ciudad era profundo. Las estrellas resplandecían en él como diamantes. Algunas parecían caer sobre la tierra, iluminaban el trazado en cuadrícula de las calles, se perdían paulatinamente en los alrededores de la ciudad, que seguía estando viva. En unas pocas horas partirían hacia donde el cielo y la tierra se juntaban en la oscuridad...

En algún lugar por debajo de ella se aproximaban las voces de dos hombres. Helena habría querido regresar rápidamente a su alcoba para no espiar la conversación, pero se quedó paralizada como por un hechizo. Oyó el ruido de sillas, el chisporroteo de un fósforo; a continuación ascendió hasta ella el olor del humo de un cigarrillo.

Uno de los hombres dio un profundo suspiro de satisfacción.

—Hay cosas que nos trajeron los ingleses absolutamente beneficiosas.

Helena reconoció la voz de Ajit Jai Chand. En el silencio que reinaba en la casa entendió perfectamente aquellas palabras en hindustaní. El otro hombre permanecía en silencio.

—Así pues, ¿sigues sin tenerlo? —El crujido del asiento de caña delataba que su interlocutor se había levantado para volver a dejarse caer en la silla.

—No.

Helena contuvo el aliento al reconocer la voz inconfundible de Ian respondiendo en un hindustaní fluido.

—Pero en Bombay me dieron una noticia que me ha puesto sobre la pista. Lo localizaremos, es solo cuestión de tiempo.

—¿No deberías dejarlo en algún momento?

—Jamás. —La voz de Ian sonó metálica.

—¿Y qué vas a hacer después? Hace años que vas tras ellos, un tiempo precioso de tu vida. Uno se te resiste hasta el momento, los dioses saben por qué. ¿Qué harás cuando hayas culminado tu plan?

—Ya veremos. Quizás encuentre la paz definitivamente.

—¡Rajiv, Rajiv —suspiró Ajit Jai Chand—, no olvides que ya no estás solo! ¿Ha sido una idea inteligente traerla a este país?

Parecía esperar una respuesta, pero Ian guardó silencio. Luego volvió a tomar la palabra, esta vez en un tono más pausado.

—¿Estás seguro de que el ataque al tren fue exclusivamente un intento de asalto, que no iban por ti?

—Completamente seguro.

Ajit Jai volvió a suspirar.

—¿No te he enseñado también a ser precavido además de a tener valor y espíritu combativo? Tanto si encaja en tus planes como si no, ahora tienes una familia de la que responsabilizarte.

—Lo sé —fue la respuesta contrariada de Ian.

—¿Tienes claro realmente lo que le estás exigiendo a ella con este viaje? Todo el camino hasta allá, bendito Shiva...

—No me habría casado con ella de no haber sabido que podía exigírselo, Ajitji.

—Pero ese no puede haber sido el único motivo.

Transcurrieron uno, dos latidos de corazón antes de que Ian contestara:

—No.

Ajit Jai tragó saliva, satisfecho.

—Ya me parecía a mí. Ni siquiera tú puedes tenerme engañado permanentemente. Rajiv *el Camaleón*, así te llamaban los chicos antes, ¿no es verdad? Creo que has elegido bien. ¿Le dirás algún día la verdad?

Ian expelió el humo ruidosamente.

—Sí, algún día.

—¿Cuándo?

—Cuando sea el momento.

Helena oyó el ruido que hacía una silla al ser empujada hacia atrás.

—Voy otra vez a las caballerizas. No quiero ningún retraso innecesario mañana. Gracias por todo, Ajitji.

También Chand corrió su silla.

—No hay de qué. Siempre fuiste para mí como un hijo desde...

Las voces se perdieron en el interior de la casa. Helena se quedó unos instantes con la mirada fija en la oscuridad de la noche.

Rajiv *el Camaleón.*

¿Rajiv?

11

Todavía estaba oscuro cuando la despertaron. A la luz de un único farolillo se puso la camisa de manga larga y los anchos pantalones de montar que le trajeron por orden expresa del *huzoor*, tal como le explicó Gita. Las botas de montar resonaban en el suelo de mármol de la casa solitaria a esas horas, y su aliento formó nubecitas cuando salió al patio apenas iluminado por las antorchas de la pared. Se ciñó un poco más la chaqueta larga de montar, por encima de la cual llevaba su chal rojo al cuello. Por un pasillo abovedado llegaron a las caballerizas, rodeadas por un patio de elevados muros. Le salió al encuentro el cálido olor a caballo y paja. Una repentina sensación de seguridad la invadió. Había varios caballos ensillados cambiando impacientes el apoyo de una pata a otra, resoplando suavemente, ansiosos por comenzar su viaje. Los mozos de cuadra iban de un lado a otro con prisas, ajustando aquí una correa, allá una brida, amarrando el equipaje en la parte posterior de las sillas. Helena constató casi con alivio que parecía contener solo lo imprescindible; no se veían por ningún lado las innumerables cajas ni su contenido caro y elegante pero no especialmente de su agrado. Los tres guerreros rajputs que los habían escoltado en el viaje hasta allí estaban en sus monturas, al igual que los otros cuatro hindúes, cuyos caballos soportaban la carga mayor. Ian montó en uno de los caballos a Jason, bien abrigado y todavía soñoliento, delante de Mohan Tajid. Un mozo de cuadra llevó de la brida una hermosa yegua e hizo una profunda reverencia ante Helena. La yegua la olisqueó con prudencia, mirándola curiosa con sus ojos resplandecientes, y Helena le pasó la mano con ternura por la testuz y el cuello. Le susurró palabras cariñosas hasta que notó que la yegua le tomaba confianza y entonces se subió a la silla de un salto ágil. Disfrutaba estando de nuevo a lomos de un caballo. Hizo dar unos pasos de prueba al animal hasta quedar bien acomodada en la silla. Ian se le acercó montado en una yegua oscura cuando se estaba poniendo los guantes de piel. Inclinó la cabeza para saludarla.

—¿Estás lista?

Ella contestó también con la cabeza a su saludo.

—Por mí podemos partir ya.

—Bien. Deberíamos haber dejado la ciudad atrás antes de que se haga de día.

Abrieron la puerta angosta de uno de los muros que rodeaba el patio y, a paso lento, la cruzaron y salieron a una estrecha callejuela por la que solo pasaban los caballos en fila india. Doblaron la esquina y se incorporaron a una de las calles principales, silenciosa y desierta a esas horas. Las fachadas de las casas devolvían el eco de las herraduras. Un cruce, otro más, luego pasaron bajo un arco y el pavimento de la calle se convirtió en gravilla y luego en tierra. A campo abierto, el frío y la negrura de la noche salieron a su encuentro.

Estaba todo tan oscuro que Helena apenas distinguía su mano, pero su yegua se acomodó al paso de los demás caballos de modo que pudo aflojar las riendas. Contemplaba con asombro el cielo, las estrellas, que parecían tan cercanas: un primoroso baldaquín abovedado por encima de ellos que se unía, allá a lo lejos, en el horizonte, con la tierra por la que cabalgaban. Había un silencio increíble, estaba todo tan silencioso que los cascos de los caballos resonaban en la lejanía.

Los movimientos regulares del caballo sumieron a Helena en un estado de duermevela que le hizo perder toda conciencia del tiempo. Podían llevar minutos o también horas cabalgando. La noche fue encaneciendo de una manera apenas perceptible. Se distinguían los primeros contornos guarnecidos por un azul oscuro, la tierra seca llena de guijarros, arbustos bajos y hierba, algunos árboles aislados de tronco nudoso, las formas aplanadas de las mesetas a ambos lados del horizonte. El cielo se iba iluminando y al principio destacó el blanco, luego el azul. Una luz dorada comenzó a elevarse a sus espaldas, tiñéndose rápidamente de naranja, luego de rojo y, cuando Helena miró por encima del hombro, vio la bola cegadora del sol, que parecía capaz de fundir la silueta ya lejana de Jaipur en la llanura, dentro de las robustas murallas, como un dado tirado por un jugador. Los caballos comenzaron espontáneamente a moverse a trote ligero, llevando a sus jinetes ágilmente por aquella tierra pedregosa.

Ian, que iba a la cabeza de la caravana, aminoró la marcha hasta ponerse a la altura de la yegua alazana de Helena.

—¿Todo bien?

Helena asintió con la cabeza.

Durante un rato cabalgaron en silencio, uno junto al otro, antes de que Helena le dirigiera la palabra.

—Aquí en el exterior no parece preocuparte la ley del *purdah* —no pudo evitar decir.

Ian soltó una carcajada.

—Muy ingeniosa esa observación. Pero, a fin de cuentas, el arte consiste en saber instintivamente cuándo hay que cumplir tales leyes y cuándo es innecesario. —La miró divertido antes de tirar de las riendas y dirigir su caballo de nuevo delante.

Rajiv *el Camaleón*.

El sol fue ascendiendo, calentó la llanura y, hacia mediodía, hizo vibrar el aire a ras de suelo. Helena se quitó el chal y la chaqueta, se desabrochó los botones superiores de la camisa y dejó que el sol le diera en la cara. ¡Cuánto tiempo había tenido que privarse de esa calidez, de esa luminosidad que parecía penetrar por cada poro de su piel hasta llegar al interior de su alma!

Exceptuando los pequeños descansos cada pocas horas en los que desmontaban para tomar agua y una comida ligera consistente en *chapati* con carne y verduras frías, cabalgaron ininterrumpidamente hasta que el sol se hundió detrás de las montañas en un cielo en llamas.

Ataron los caballos a las ramas robustas de un árbol. Con habilidad, los hombres desplegaron lonas, clavaron estacas en la tierra y levantaron dos tiendas de campaña. Encendieron un fuego, prepararon té y, mientras los hindúes trataban de localizar y espantar escorpiones y culebras con palos y chasqueando la lengua, Helena cayó en un sueño profundo, muerta de cansancio y con los músculos doloridos, dentro de una de las tiendas de campaña, sobre un sencillo lecho de mantas y sábanas, con Jason recostado sobre el brazo.

Los días fueron pasando con monotonía. No era tanto el esfuerzo físico lo que hacía tan fatigosas las jornadas como la monotonía, el trote de los caballos, el silencio y el paisaje sin un alma. Solo en contadas ocasiones un ave que echaba a volar o una serpiente deslizándose interrumpían el silencio de los jinetes. Helena no conseguía siquiera llevar la cuenta de los días que llevaban viajando, ¿era el cuarto o solo el tercero? Incluso los colores embriagadores de los amaneceres y las puestas de sol quedaban desdibujados por el gris de las horas monótonas. Al mismo tiempo, sin embargo, el cuerpo de Helena se fue habituando a ese ritmo y ya no caía de inmediato en su cama de campamento al anochecer, exhausta, en cuanto la preparaban. Podía relajar un poco los músculos dando vueltas alrededor del campamento, aspirando profundamente la frescura creciente del aire del atardecer, tan agradable en la piel de la cara y de los brazos tostados por el sol.

Corría una brisa ligera en la llanura que agitaba las hojas de los arbustos y alborotaba el pelo de Helena. Se ciñó aún más el chal a los hombros; desde la pequeña elevación al pie de la cual habían levantado el campamento nocturno, miró la inmensidad aparentemente infinita de la región de Rajputana, que se extendía ante ella bajo la luz plateada de las estrellas. En alguna parte se deslizó rápidamente un lagarto entre el polvo. Muy lejos chilló un animal, una, dos veces; aquel sonido quejumbroso hizo que Helena se estremeciera; pero allí, cerca de las tiendas de campaña, custodiada por los guerreros rajputs de rostro serio y atento bajo el turbante, se sentía segura.

Regresaba a paso lento; la arena y las piedras crujían bajo sus botas. Los caballos relincharon suavemente cuando pasó a su lado, sus bridas tintinearon. Helena pasó una mano con ternura por una grupa, por un cuello, les habló en un tono tranquilizador. Eran animales hermosos, robustos y recios, de un temperamento tranquilo y tenaz. Volvió a asombrarse de cómo lo habían dispuesto todo hasta el más mínimo detalle, como si Ian hubiera planeado con mucha antelación ese viaje. O como si lo hubiera realizado con frecuencia... El repentino deseo de algo que no habría sabido nombrar la hizo abrazarse al cuello de uno de los caballos y apretar el rostro contra la piel caliente que olía a tierra, a sol y a vida.

—Les gustas.

El corazón de Helena se aceleró, pero pasó un instante antes de que levantara la vista y mirara a Ian a la cara. Se separó del caballo y lo acarició confusa sobre los ollares. El oscuro semental que estaba a su lado agachó la cabeza y empujó suavemente a Ian, que comenzó de inmediato a acariciar al caballo entre las orejas.

—Los caballos perciben si una persona es buena o mala, me dijo una vez mi padre —dijo ella suavemente.

Ian rio.

—Entonces yo no debo de ser mala persona. —En aquella oscuridad pudo ver que se encendía de pronto una chispa en sus ojos antes de recuperar la seriedad—. ¿Lo echas en falta?

Helena se encogió de hombros, mirándolo con intensidad por encima de la cabeza del caballo.

—No era el mismo después... después de morir mi madre. Desde aquel día vivió en un mundo propio. Intentara lo que intentara, ya no fui capaz de penetrar en él. He llegado a pensar que murió con ella, mucho antes de que nos abandonara definitivamente. Jason lo lleva mejor porque nunca lo conoció de otra manera... —Se le quebró la voz.

Las lágrimas le resbalaban por las mejillas, pero solo se

dio cuenta cuando Ian le pasó la mano por ellas. Se dejó arrastrar hacia él, permitió que él la estrechara y la retuviera entre sus brazos. En su abandono y desamparo, se aferró a Ian y lloró en su hombro las lágrimas que se habían congelado en su interior. Él la besó delicadamente en el pelo, en las sienes, en las mejillas. Los dos se miraron, nada más un instante en el que Helena vio reflejado en los ojos de Ian su propio dolor antes de que se oscurecieran y ella creyera despeñarse en la profundidad de su mirada. No le sorprendió sentir los labios de él en los suyos, cálidos y blandos. Las lágrimas volvieron a brotar, esta vez lágrimas de felicidad y de liberación que manaban de sus párpados cerrados cuando por fin decidió devolverle el beso, un beso en el que no había ningún ansia, sino solo una ternura infinita. Ian la abrazaba con mucha delicadeza, como si pudiera quebrarla, pero firmemente, de modo que ella percibía los latidos de su corazón contra la piel. Sabía a tabaco, a té y a sal. Abrió los labios espontáneamente y un torrente de lava fluyó ardiente por ella cuando la lengua de él tocó la suya. Le recorrió las mejillas con los labios, dejándole quemaduras en la piel mientras susurraba «Helena, mi dulce y pequeña Helena» con un hilo de voz antes de regresar a sus labios. Por un instante Helena creyó que se disolvía, que era tierra, cielo y el propio Ian a la vez. Entonces algo pareció rasgarse en ella; lo apartó de sí y retrocedió trastabillando. Luego echó a correr en dirección al fuego, cuyas llamas crepitaban en la noche. Buscó refugio en el interior de la tienda de campaña, junto al cuerpo de niño de su hermano profundamente dormido.

Cuando al día siguiente desmontaron las tiendas y se pusieron en camino, ella evitó corresponder a las miradas de Ian. Y, pese a que se sintió aliviada cuando él, sin dirigirle la palabra, volvió a colocarse a la cabeza del grupo de jinetes, también se sentía molesta por esa distancia que había decidido mantener. «No ha significado nada para él, yo no significo nada para él, no más que todas las demás con las que se ha divertido hasta ahora...» Alzó la cabeza con tozudez y soberbia, pero por detrás de sus ojos ardían las lágrimas y se sentía miserablemente.

Un día más a caballo en aquella estepa, indistinguible de las precedentes, y, sin embargo, le pareció a Helena que transcurría aún más lento que los anteriores. Respiró profundamente cuando se detuvieron por fin al atardecer para montar el campamento.

Apenas se había bajado de la yegua cuando se adentró a toda prisa en la incipiente oscuridad para buscar un lugar tras los arbustos a bastante distancia del campamento. Con la cabeza apoyada en las manos, sentada en la tierra, intentaba poner orden a la vorágine de sus pensamientos y de sus emociones encontradas, pero no lo conseguía. El sonido de tierra suelta y de algunas piedrecitas la hizo ponerse de pie sobresaltada. Ian le tendía en silencio un té humeante en una sencilla taza esmerilada.

—Gracias. —Le costó decirlo. De una manera misteriosa, él parecía saber siempre lo que más necesitaba en cada momento.

Ian vaciló y, a continuación, se sentó en una piedra, a su lado.

—Espero que el viaje no te esté resultando demasiado incómodo y fatigoso.

Helena sacudió la cabeza y sopló por encima del té caliente antes de tomar un sorbo con mucho cuidado.

—No. —Lo miró de soslayo—. Tampoco a ti parece importarte mucho, en cualquier caso.

—No nací bañado en oro, si te refieres a eso. Vivíamos con sencillez cuando era niño. No padecimos hambre, eso sí, pero no disponíamos de ninguna comodidad ni de ningún lujo.

Helena intentó imaginarse a Ian de pequeño. ¿Había sido alegre y vivaz o más bien silencioso, retraído? No habría sido capaz de decirlo; le parecía prácticamente imposible que el hombre que estaba a su lado hubiera sido alguna vez un niño. Ese pensamiento la afligió.

—Pero éramos felices —añadió con voz apenas perceptible.

«Como nosotros en aquel entonces, en la isla de Cefalonia», añadió Helena para sus adentros.

—¿No lo eres en la actualidad?

Ian soltó una carcajada breve y seca.

—La felicidad... Hace mucho que olvidé lo que es.

Una sensación cálida, tierna, de infinita tristeza, recorrió a Helena. Volvió a sentir el impulso de tocarlo, de consolarlo, pero algo la reprimía. «Ámelo. Eso es lo único que puede salvarlo, y lo único que él teme...» Esas palabras de Lakshmi Chand le vinieron a la mente. ¿Era esa la razón de su rechazo siempre que ella daba un paso hacia el acercamiento? ¿La hería él siempre porque ella se le había acercado en exceso? «No olvide nunca que usted es la más fuerte.»

Acercó a él una mano con precaución, le pasó los dedos por el pelo, indistinguible por su negrura de la noche que los envolvía a los dos. Casi tan asombrada por el tacto sedoso de su pelo como por la audacia de su iniciativa, contuvo involuntariamente la respiración. Sin embargo, no sucedió nada durante un instante que duró una eternidad, hasta que Ian, de un modo apenas perceptible, apoyó la cabeza en la palma de su mano rozándola apenas. Ella notó cómo disfrutaba y se relajaba. Era como si bajo su mano se desmoronara un muro, un castillo de naipes. También notó la arista de su cicatriz, que desataba persistentemente una sensación de dolor en su corazón. ¿Por qué podía acercarse a él únicamente bajo la protección de la oscuridad?

Era claramente consciente del crepitar del fuego. Luego oyó los gritos de llamada de los hombres.

Ian estampó un beso suave en su palma, un beso que le quemó la piel, antes de soltarla.

—Nos están buscando —dijo suavemente con la voz tomada—. Regresemos antes de que nuestra ausencia desate el pánico. Esta no es tierra para que una pareja pase la noche a solas en el exterior. —La sonrisa que se adivinaba a la luz de las estrellas en sus labios y la calidez de su voz fueron nuevas para Helena y removieron alguna cosa en su corazón.

Él se levantó, ella hizo lo mismo y, mientras caminaban uno junto al otro hacia el círculo de luz de la hoguera, sus manos se encontraron espontáneamente, sin su intervención. En Helena germinó la esperanza. «Quizá las cosas vayan bien a pesar de todo, tal vez sea verdad que no está todo perdido.»

El sol había sobrepasado ya el cenit cuando los caballos fueron aminorando el paso hasta que la caravana entera se detuvo finalmente. Helena se sobresaltó porque iba ensimismada. Presionó los costados de la yegua y la condujo prudentemente entre los otros caballos hasta que estuvo delante, al lado de Ian.

—¿Qué ha pasado?

—Ya hemos llegado —dijo él únicamente. Su rostro, bronceado por el sol de los últimos, y sus ojos resplandecían.

Helena siguió la dirección de su mirada. El viento tórrido que barría la llanura azotaba violentamente su camisa sudada y su pelo. Se hallaban al borde de una meseta rocosa por debajo de la cual una pendiente empinada terminaba suavemente en un amplio valle. El suelo cárstico reflejaba en tonos dorados la cegadora luz del sol, y de él se alzaban en la lejanía muros y tejados del color de la arena. Helena parpadeó varias veces creyendo estar contemplando un espejismo, pero la imagen no desaparecía. Incluso a esa distancia distinguía los soportales, los arcos de herradura y las celosías afiligranadas de las ventanas, la delicadeza de las innumerables torres y almenas, voladizos y balcones: una obra de cincel sobre piedra tras las imponentes murallas.

—¿Qué es eso? —preguntó incrédula dando palmaditas en el cuello a su yegua, que iba cambiando el apoyo, nerviosa, de una pata a la otra.

—¿Eso? ¡Es Surya Mahal! —Con una ruidosa exclamación de alegría, Ian espoleó a su semental, que relinchó encabritándose antes de descender la pendiente.

Surya, «el sol», *Mahal*, «el palacio». Helena repitió mentalmente los vocablos que había aprendido de Mohan Tajid: «El palacio del sol...» Notó que su yegua quería ir detrás del semental de Ian y, con un tirón corto de las riendas, salió en su persecución con una inexplicable alegría.

Era el 27 de diciembre. En Liverpool, Richard Carter se encontraba a bordo del *Pride of India*. Lugar de destino: Calcuta.

12

Helena recorrió maravillada las enormes estancias por las que corría una brisa cálida que olía a arena y a sol y se mezclaba con el aroma de sándalo y rosas que constantemente emanaba de las paredes. El sari azul oscuro, recamado de verde y dorado, susurraba a cada paso que daba. No había quedado saciada de ver tanto lujo como el que la rodeaba ni siquiera en el tercer día, y estaba convencida de que incluso la reina Victoria, Dios salve a Su Majestad, no habría apartado los ojos de todo aquello: suelos de mármol blanco, amarillo y rosado, fresco bajo las suelas finas de sus sandalias de piel; paredes también de mármol con vetas en forma de meandro; pinturas de pavos reales, elefantes enjaezados, tigres, bosques y ramos de flores; ornamentos de cristal de colores chillones incrustados en las paredes; bóvedas de espejitos que coronaban los aposentos como baldaquinos; cuadros de guerreros barbudos con turbantes enjoyados a lomos de nobles corceles, de sus damas con saris tornasolados y de bailarinas del templo, ligeras de ropa, cuya desnudez apenas disimulada hizo que Helena enrojeciera de pudor; mesas y armarios de madera tallada; sillas y sillones tapizados; lechos como el que había usado Helena las dos noches precedentes, a menudo con trabajos de marquetería que solo podían ser de marfil, ónice, malaquita y plata; estatuas imponentes de divinidades en mármol de un blanco resplandeciente, bronce o madera oscura. Tiras de seda rojo amapola, azul amatista, verde mar, amarillo limón o azul cobalto que colgaban de los techos y dividían las estancias aireadas o cubrían los suelos por metros; cojines bordados de colores verde manzana, amelocotonado, rojo cangrejo, azul zafiro y amarillo azafrán.

Oía de lejos las peroratas y las carcajadas de las mujeres. Sin querer, apretó el paso. Seguía sin acostumbrarse a estar rodeada casi todo el tiempo por cinco o seis mujeres que derramaban sobre ella continuamente un torrente de palabras en hindustaní con acento de Rajputana. Enseñaban los dientes blanquísimos en contraste con sus rostros oscuros cuando la invitaban riendo a que tomara más dátiles e higos o más arroz y verduras picantes, y acariciaban la piel y el cabello de Helena con exclamaciones de admiración.

Habían llegado cansados y cubiertos de polvo al enorme portón que se abrió ante ellos como por arte de magia. Acudió a recibirlos una riada de gente riendo y exclamando; hombres, mujeres, niños. Helena bajó de su montura con los músculos doloridos. Los colores se entremezclaron ante sus ojos formando un remolino, pero vio con claridad que el gentío se abría respetuosamente para dejar pasar a una mujer hindú que, pese a ser bajita y rechoncha, avanzaba con majestuosidad por aquel amplio patio. Llevaba un sari de color ciruela ribeteado por una cinta delgada roja y dorada; el pelo, peinado hacia atrás sobre un rostro todavía bello y de aspecto bondadoso, estaba surcado por numerosos hilos plateados. Con lágrimas en los ojos vio a Ian hacer una profunda reverencia ante ella, como nunca habría imaginado

Helena conociendo su orgullo, antes de que la mujer llevara su mano cargada de anillos a su mejilla y lo estrechara entre sus brazos. Luego, incontables brazos morenos cargados de brazaletes tintineantes tiraron de Helena y la condujeron por amplios aposentos a un lecho. Lo último que recordaba era una sábana de lino blanca y fresca cayendo sobre ella cuando se había dejado caer sobre las almohadas. Se quedó dormida de inmediato.

Durante los dos días siguientes las mujeres la colmaron de atenciones. Los pasó entre baños y masajes oleosos, comiendo y durmiendo. Las risas de Jason que resonaban por los pasillos angulosos de la *zenana* revelaban que se encontraba bien y que no tenía que preocuparse por él en absoluto. Pomadas, ungüentos y tinturas que olían a esencias de flores y maderas le refrescaban la piel quemada por el sol, dejándosela suave y elástica. Hicieron que el pelo le cayera sobre la espalda en sedosas ondulaciones, y cada uno de sus movimientos exhalaba un toque a pachulí, palo de rosa, jazmín y canela.

A través del ancho arco de un portal accedió a un patio interior en el que había cedros nudosos y arbustos con flores rosa arrimados a los muros de madera rojiza tallada, en intenso contraste con la piedra clara, decorada con no menos arte. Unos escalones conducían a la galería de madera de la planta superior, a la que llegaba Helena en ese momento. Hacía rato que se había desorientado, se limitaba a seguir adelante. Se sucedían unos a otros los aposentos. ¡Había tantas habitaciones, tan primorosas y tan vacías! No obstante, todo parecía cuidado cada día por docenas de manos. No había ni una sola mota de polvo, las telas de seda y terciopelo daban la impresión de haber sido sacudidas recientemente. El camino la llevó hasta un rincón, recorrió un largo pasillo cuya columnata permitía ver el cielo, de un azul irreal, y el desierto. Pasó luego junto a una serie de ventanas con cortinas de redecilla fina que arrojaba su dibujo sobre el suelo liso. Apenas podía creer que estuviera esculpido en piedra. Casi hacía frío; Helena se estremeció y se cubrió los hombros con el extremo libre del sari.

El pasillo parecía no tener fin, volvía a girar una y otra vez. De pronto, apareció ante ella un muro en el que el sol brillaba con una claridad intensa, produciéndole una sensación dolorosa, acostumbrada como estaba al frío crepuscular de la bóveda de piedra. Helena cerró momentáneamente los ojos y, cuando volvió a abrirlos, parpadeando, inspiró admirada.

Brillantes hojas carnosas de color verde oscuro y ramas de hojas lanceoladas danzaban emitiendo destellos plateados con la brisa ligera recalentada por el sol; aquella vegetación era tan frondosa en todos los rincones de aquel patio interior que apenas dejaba ver las baldosas blanquiazules del suelo. Flores de color amarillo, escarlata, blancas y rosadas destacaban entre el verde exhalando un aroma embriagador. Las palmeras alzaban sus copas con donaire hacia las alturas; con sus ramas acanaladas en forma de estrella trepaba por las columnas una planta de flores de blancas y púrpura. En el centro, el agua de una fuente gorgoteaba en una concha de mármol y, en algún lugar, cantaban pájaros que Helena no veía. La hermosura de aquellas flores y hojas en medio del desierto hacía sombra incluso a la riqueza opulenta y dispendiosa del palacio. Helena recorrió el sendero que rodeaba aquel patio cuadrado, más grande que la casa de World's End. Se detuvo al tropezar su mirada con un árbol de copa redonda. No podía ser, no allí, no en esa estación del año. Se acercó incrédula y observó los frutos de brillo rojizo, palpó con cuidado su superficie cerúlea. Miró disimuladamente por encima del hombro pero no vio a nadie y, con decisión, casi con porfía, arrancó uno de los frutos y lo mordió con cuidado haciendo crujir la pulpa entre los dientes. Unas gotas de aquel jugo ácido y dulce se deslizaron por su barbilla y no pudo menos que echarse a reír. ¡Un manzano en un patio interior, en pleno desierto de Rajputana!

Por un arco sustentado por columnas volvió a acceder al frío del edificio desde el otro lado del patio y prosiguió su paseo. Una angosta escalera de caracol de mármol blanco daba a la planta de arriba. Helena ya había puesto el pie en el primer escalón cuando se detuvo indecisa. Su impulso explorador se frenó de repente, como si una voz interior la advirtiera. Al mismo tiempo se sentía profundamente atraída por aquella escalera, como por efecto de un extraño magnetismo. Inspiró profundamente, expulsó todo pensamiento desagradable y comenzó a subir.

Piso a piso fue subiendo escalones y echando un vistazo a los aposentos agrupados en torno a la escalera. Parecían abandonados, reinaba en ellos un silencio sepulcral; los muebles, vagamente reconocibles puesto que estaban cubiertos por paños blancos que se movían imperceptiblemente con la brisa que entraba por las celosías y los acariciaba susurrante, producían un efecto inquietante de vida. Si el sol no hubiera dibujado su sombra en el suelo, Helena habría creído encontrarse en una de las casas encantadas de los relatos de Marge que tantas veces habían escuchado de críos en las tardes de tormenta, pegados a ella junto a la chimenea, con los ojos muy abiertos de horror y fascinación.

La escalera se fue estrechando cada vez más, los aposentos eran menos numerosos y más pequeños, y Helena tenía la sensación de que las paredes se estrechaban también. Le costaba respirar a pesar de que caminaba más despacio; no obstante, siguió subiendo, apretando los dientes, hasta que se acabaron los escalones y el habitáculo que se abrió ante ella la hizo jadear.

Todo tenía un brillo tenue de mármol blanco: el suelo pulido, las columnas estriadas sobre las que descansaban los arcos de herradura. Un gran espacio cuadrado, vacío. Helena fue de arco en arco. Cerrados por un enrejado estrellado, tenían una abertura cuadrada a la altura de los ojos, en el centro. Debía de ser la torre más alta del palacio, porque desde un lado Helena veía abajo la extensión de tejados y almenas y algún atisbo de uno de los numerosos patios interiores, mientras que, desde el lado opuesto, la vastedad del desierto de Rajputana se extendía ante sus ojos, inconcebiblemente extensa y deshabitada, casi dolorosa para los ojos bajo aquel cielo azul infinito. Era demasiado complicado acceder a ella para tratarse de una atalaya, estaba demasiado alejada de las dependencias importantes del palacio y profusamente adornada. Entonces, ¿para qué servía esa torre? «Parece que alguien tuviera que ser excluido en ella del resto del palacio, desterrado de la vida de la casa», se le pasó por la cabeza, y se le hizo un nudo detrás del esternón. Una inmensa tristeza inexplicable la asaltó, mayor que todo el dolor que había experimentado hasta el momento, y eso le resultó tanto más extraño cuanto que sabía exactamente que no era suya y, sin embargo, la sentía como propia. Una pesadez de plomo se posó sobre sus hombros y la obligó inmisericorde a arrodillarse. La manzana medio mordida le resbaló de los dedos sin fuerza, golpeó con un ruido sordo el suelo de piedra y se alejó un trecho rodando. «¡Oh, Dios mío, ¿qué me está sucediendo?» A través de las lágrimas miraba fijamente el suelo, que en ese lugar daba la impresión de estar gastado por el uso, como si alguien hubiera caminado una y otra vez por allí con paso cansado durante días, semanas, meses... Vio su rostro pálido y desdibujado, reflejado en las losas, con ojos de espanto, como superpuesto a otro de rasgos delicados y suaves, el de una mujer hindú joven, al principio poco nítido, como en aguas movidas, luego más claro. Su piel era clara, casi blanca; en cambio los ojos, grandes y almendrados, eran oscuros. Como agua negra le fluía el pelo, largo y tupido, alrededor de una cara de labios de bella curvatura y en una tonalidad intensa de palo de rosa. Una lágrima corría por su mejilla. Abrió ligeramente los ojos, como si quisiera llamarla, luego comenzó a dar puñetazos contra el suelo, como si la separara de Helena una pared fina de cristal. Golpeaba cada vez con mayor fuerza desde el otro lado la superficie, y Helena creyó que se asfixiaría allí abajo si no la ayudaba. Sollozando, se puso a arañar la piedra como una loca, como si pudiera liberar a la joven de abajo, aunque sabía perfectamente que aquello era inútil. Llorando, se derrumbó en el suelo. Lloró como nunca había llorado.

Sintió que la agarraban levemente de los hombros. Era la mujer que había visto a su llegada, en el patio, esa a quien Ian había saludado con tanta cordialidad, y que ahora estaba arrodillada a su lado, abrazándola y meciéndola con gesto consolador.

—*Aiiii, mujhé bilkul máaluum,* ya sé, lo sé, *betii...* —murmuraba—. Ha sido terrible, terrible... —Cuando los sollozos de Helena se aplacaron, la ayudó a levantarse, la acompañó con cuidado a la escalera—. *Áao*, ven, este no es lugar para ti, estás todavía llena de vida; no se te ha perdido nada en la Ansú Berdj.

Y durante todo el penoso camino de regreso por el laberinto del palacio fue resonando en su interior: «*Ansú Berdj,* "la torre de las lágrimas".»

Sin rechistar, Helena dejó que las mujeres hindúes que la recibieron a la entrada de la *zenana* la llevaran a su alcoba, la despojaran del sari y la metieran en el lecho. Pese al agotamiento estaba totalmente lúcida, y el silencio opresor, la seriedad inhabitual en las caras de las mujeres que tan alegres solían mostrarse, la intranquilizaron. Era como si hubiera quebrantado un tabú, como si hubiera descubierto un secreto peligroso. El susurro de mucha seda en el suelo le hizo levantar la vista. Su anfitriona había entrado en la alcoba y sus sirvientas se habían inclinado respetuosamente ante ella. Con un gesto les ordenó que salieran y cerró la puerta. Su rostro moreno estaba serio, pero sus ojos oscuros tenían una mirada cálida al sentarse en el borde de la cama y tenderle a Helena un vaso de *chai* humeante.

—Bebe esto, *betii*, te sentará bien.

Helena sorbió obediente aquella infusión caliente que sabía a hierbas aromáticas. Por encima del borde del vaso sostuvo la mirada de la mujer, que la estudiaba con cariño. Debía de andar por los sesenta, y no fue hasta ese momento cuando Helena percibió los detalles de sus rasgos: finas arrugas en torno a los ojos y en las comisuras de los labios; nariz prominente en cuya aleta izquierda brillaba un diamante engastado en oro. Llevaba unos pendientes pesados de la misma filigrana que el collar. Helena contempló el donaire con el que se desenvolvía con su sari de color verde y dorado. Tenía las manos pequeñas pero fuertes, que mantenía en el ancho regazo, y llevaba innumerables anillos y brazaletes de pedrería. Helena intuyó repentinamente que podía confiar en aquella mujer.

—Usted... ¿Usted sabe lo que he visto allí arriba? —le preguntó finalmente en voz baja, añadiendo el tratamiento respetuoso de *maataadjii* para las mujeres mayores.

—Llámame Djanahara. Sí —dijo, con un suspiro contenido—, lo sé. Este palacio es antiguo, muy antiguo. Sus cimientos se remontan a muchos siglos atrás y ha visto muchas cosas en todo este tiempo. Las alegrías y las penas, los nacimientos y las muertes están mucho más relacionados en este país que en el de donde eres tú. La vida aquí es tan multicolor como nuestros saris y tan despiadada como el desierto, como el sol o como el monzón. Incontables generaciones de nuestro clan vivieron aquí, la suerte cambiante de los Surya y los Chand convergieron en este lugar y permanecerán para siempre entre estos muros.

Helena la miró con gesto inquisitivo. Djanahara sonrió.

—Nosotros, los *kshatriyas*, no somos ninguna *varna* unitaria; estamos subdivididos en clanes y en las familias de estos clanes, que casi son tan importantes y están tan divididos como las *varnas*. Dos de los clanes son los más antiguos y más poderosos desde tiempos inmemoriales, los Chandravanshis, que según la leyenda son hijos de la Luna, y los Suryavanshis, que proceden del Sol. El dios Krishna nació también como un Chand. Ambos clanes dominaban este país antes de que se establecieran aquí los clanes más jóvenes y, tal como el Sol y la Luna nunca van a la par en el cielo, así tampoco hubo nunca una paz duradera entre los Chand y los Surya. Sin embargo, la intrusión de los ingleses, ávidos de poder, cambió muchas cosas, y un príncipe sabio de la dinastía Chand desposó, tras largas y difíciles negociaciones, a su hijo mayor con la hija de un príncipe Surya. Su idea era conseguir la paz permanente entre los dos clanes, para que estuvieran unidos y fueran fuertes contra los ávidos *sahibs*. La dote de Kamala fue Surya Mahal, el palacio favorito de Dheeraj Chand hasta sus últimos días, como también lo fue de su amada esposa, que murió mucho antes que él. Dheeraj Chand fue el último rajá de Surya Mahal y de las tierras que le pertenecen. Considero un honor tener la sangre de ambas líneas en mis venas y sigo esperando ver un día de nuevo a un heredero sentado en el trono. Pero soy una anciana insensata —suspiró profundamente cuando le quitó a Helena de la mano el vaso vacío—, que no es capaz de comprender que se ha desvanecido el antiguo esplendor de los Chand. Hasta la fecha hemos defendido con orgullo nuestro imperio, con nuestras espadas y con nuestra sangre, a menudo incluso con inteligencia, pero la presencia de los *angrezi* es un veneno que se está extendiendo por la India. Aunque sé que no pueden dominar eternamente este país indómito, también sé que un buen día el antiguo imperio de los Chand enfermará con ese veneno y acabará marchitándose. Le ruego cada día a Krishna, nuestro antepasado, que no tenga yo que vivir ese momento.

Helena se había acurrucado entre las almohadas; solo con esfuerzo lograba mantener los ojos abiertos.

—Yo soy también una *angrezi.*

Djanahara se inclinó sobre ella y la arropó con la sábana.

—Tú no eres ninguna *angrezi,* aunque su sangre corra por tus venas. Ya llevas la India en tu corazón.

«¿Como Ian?», querría haber preguntado Helena, pero el cansancio la venció. En estado de duermevela notó que Djanahara la besaba suavemente en la frente antes de caer en un sueño profundo.

13

El sol incidía cálido en la celosía de las ventanas dibujando un delicado patrón de encaje sobre el suelo cuando Helena abrió los ojos. Se desperezó y se abrazó a una almohada, disfrutando algunos instantes de la dulzura de un despertar paulatino. Las largas cortinas blancas de la puerta abierta se abombaban suavemente con el aire y, sobre las baldosas, un pavo real caminaba con porte majestuoso y la cabeza bien alta. De lejos se oían las risitas y la cháchara de las mujeres, y una sonrisa de felicidad se dibujó en el rostro de Helena. No habría sabido decir cuánto tiempo había dormido, si una noche o dos, pero se sentía reanimada y ligera, como si en el sueño se hubiera sacudido todas las sombras oscuras que la habían oprimido hasta entonces. Una ligera corriente de aire, que delataba que se había entreabierto la puerta de la alcoba, hizo que levantara la vista. Un rostro oscuro se asomó por el hueco de la puerta, le sonrió y, a continuación, entró Djanahara con una bandeja en las manos en la que traía *chai* humeante y unas deliciosas pastas de almendra.

—¿Has dormido bien? —preguntó Djanahara con un tono cariñoso sentándose en el borde de la cama.

—Muy bien. —Helena se incorporó y se desperezó a gusto. Se abalanzó con hambre sobre las pastas y se bebió el té a grandes sorbos.

De lejos llegaban todo tipo de ruidos: martillazos, sonido de sierras, ruido de afilar, órdenes dadas por hombres, pasos apresurados, cascadas espumeantes de palabras de las mujeres. Toda la casa parecía encontrarse sometida una agitación intensa pero alegre.

—¿Qué está ocurriendo ahí a fuera?

—Están preparándolo todo para la boda.

—¿Qué boda? —Helena se limpió algunas migajas que le habían caído sobre los volantes del camisón y eligió otra pasta.

Djanahara la observó un momento con expresión suave pero al mismo tiempo prudente en sus ojos negros antes de dar una respuesta.

—Hoy es el *solah shringar*, el día de tu boda, *betii*.

A Helena estuvo a punto de atragantársele el bocado. Miró a Djanahara con los ojos como platos.

—¿Mi qué? ¡Pero si ya... si ya estoy casada!

Djanahara se inclinó hacia ella y llevó su mano adornada de anillos a la mejilla de Helena.

—No ante Shiva y los demás dioses.

Helena tragó con esfuerzo el resto de medialuna de almendras, que de pronto le pareció desagradablemente pringosa.

Poco después siguió indecisa a Djanahara al baño de la *zenana*, donde las mujeres se arrojaron sobre ellas con entusiasmo. Bajo la mirada atenta de Djanahara, le untaron una masa viscosa, resinosa, en las axilas y por las piernas. Cuando se secó se la arrancaron bruscamente. Helena gritó al principio de dolor y de miedo, pero luego apretó los dientes con valentía. Un ungüento ligero que olía a fresco mitigó el ardor y le calmó la piel irritada. Tras el baño con pétalos de rosa, la frotaron de la cabeza a los pies con un aceite que olía a rosas y a jazmín, sándalo y palo de rosa. Un peine de púas gruesas desenmarañó su pelo enredado durante el sueño, una pomada densa en esencias lo hizo sedoso y brillante. Envuelta en un ligero sari blanco siguió a las mujeres hasta un patio interior oculto de la *zenana*, en cuyo centro descendían unos escalones llenos de cojines de colores cálidos entre los que serpenteaban guirnaldas de caléndulas. Una de las mujeres la invitó a tomar asiento, tenderle las manos y apoyar las piernas en los cojines. Aplicaron sobre su piel, en líneas finas, una pasta de color rojo oscuro que olía a hierbas y hojas secas, dibujando primorosas volutas, zarcillos y hojas en las palmas de sus manos que se extendían por los dedos en ascenso hacia el dorso de las manos y se perdían finalmente en las muñecas. Lo mismo le dibujaron en las plantas de los pies y hasta los tobillos. Algunas mujeres entonaron un canto acompañadas de una pandereta, al que luego se sumaron las demás. Alternándose en el coro polifónico, cantaron sobre la belleza de las mujeres, los ojos brillantes, las mejillas frescas y los labios rojos; sobre la suave curva de la pelvis y la convexidad firme de los pechos; sobre la decencia y la castidad, la humildad y la obediencia, las virtudes de la esposa hindú; sobre los placeres terrenales y las alegrías celestiales, que arremolinaron la sangre de Helena en las mejillas. A pesar de que le resultaba difícilmente comprensible ese lenguaje amanerado y no conocía muchas de las palabras antiguas, se dio cuenta sin embargo de que eran las canciones con las que generaciones de mujeres antes que ella habían sido preparadas para lo que vendría esa noche; un saber antiquísimo transmitido de mujer a mujer en esos cantos, en el círculo de sus semejantes, entre madres e hijas, entre hermanas y primas, tías y sobrinas. Aunque no era el lenguaje de Helena, aunque en sus venas fluía otra sangre, se sintió protegida y segura en aquel círculo de mujeres, unida a ellas por el vínculo de su sexo, simbolizado por las líneas de color rojo oscuro que se extendían por sus manos y sus pies.

Escuchó con atención las palabras, los cálidos tonos de voz que la envolvían como un manto, el ritmo, unas veces rápido y otras lento, de la pandereta, como un latido, mientras transcurrían las horas. Djanahara, la mayor de aquellas mujeres y señora de la casa, la alimentaba con trozos de mango, plátano y coco; le puso en los labios un vaso de *chai* especiado con canela y cilantro mientras se secaba la pasta sobre su piel y formaba una costra fina. La luz del sol caía oblicua en el patio, teñía de dorado las cabezas de las mujeres y sus saris irisados; más tarde adquirió el color del latón y el cobre, y no fue hasta que encendieron algunas antorchas cuando Helena se dio cuenta de que el día llegaba a su fin.

Le limpiaron la pasta seca de las manos y los pies con una esencia que olía a limón. Helena estudió asombrada, en la penumbra que creaban la luz azul crepuscular y el brillo cálido de las llamas, las filigranas que adornaban sus manos y sus pies.

Djanahara y otras tres mujeres la acompañaron de vuelta a su alcoba, iluminando el camino con quinqués cuyos contornos calados proyectaban racimos de luz dorada sobre suelos y paredes.

En silencio y con solemnidad, despojaron a Helena del austero sari exento de adornos. Le abotonaron por delante el estrecho *choli*, que dejaba al descubierto el ombligo, de un rojo intenso, y desplegaron la tira del sari, de varios metros de longitud. Helena respiró profundamente cuando vio aquella lujosa hermosura de un rojo profundo ribeteado por una ancha franja entretejida de hilos dorados con el diseño de Cachemira que ya conocía de su chal, formando zarcillos y hojas, pavos reales, rombos y soles estilizados, y con diminutos espejos con reborde de oro y pedrería. Helena confiaba en que fueran cuentas de cristal y no las piedras preciosas que en verdad parecían ser. Le enrollaron la seda brillante empezando por las caderas y acabando finalmente por encima del hombro izquierdo, desde donde la tela le caía a plomo por la espalda.

Djanahara la examinó un buen rato y luego sonrió con calidez.

—Hacía mucho tiempo que no había ninguna novia en Surya Mahal —susurró, visiblemente emocionada, agarrando las manos de Helena—. En el *solah shringar*, la novia lleva todas las joyas que aporta como dote al matrimonio. Tú has llegado con las manos vacías a esta casa, pero sé que no te entregaré a tu marido sin riqueza. —Cogió el extremo del sari y se lo pasó a Helena por la encima de la cabeza, como un velo, y a continuación la sujetó de los hombros—. Ya es la hora —susurró, besándole la frente.

El sonido uniforme y sordo de un tambor, serio y solemne pero al mismo tiempo lleno de una alegre excitación, los acompañó por los pasillos y los salones, todos iluminados festivamente. Helena, del brazo de Djanahara, caminaba con cuidado, con los pies descalzos y las rodillas temblorosas.

El patio grande al que habían llegado cabalgando estaba iluminado por el resplandor trepidante de innumerables antorchas y quinqués de aceite, y su suelo, cubierto por una capa gruesa de pétalos de rosa. Guirnaldas de caléndulas, rosas y jazmines revestían los muros. En el centro ardía una hoguera, alrededor de la cual corría una estrecha alfombra roja bordeada de cojines blancos y rojos. Todos los habitantes y sirvientes del palacio, vestidos y engalanados para la ocasión, estaban situados contra los muros del patio, en silencio, expectantes. Involuntariamente, Helena se pegó más a Djanahara, que le apretó la mano para darle ánimos con ojos brillantes.

El tambor enmudeció. El silencio descendió pesado y denso sobre el patio, bajo la carpa del cielo nocturno. Los tres golpes que sacudieron como truenos la puerta cerrada hicieron que Helena se estremeciera.

—*Kyaa tjaahiye*, ¿qué deseáis? —gritó autoritario hacia el exterior el guardián del portón, un rajput espigado con levita blanca, turbante rojo y espada reluciente al cinto.

—*Maiñ merii dulhin tjáahtaa*, «exijo a mi esposa» —fue la respuesta en voz alta y decidida que se oyó al otro lado del muro, un tanto amortiguada por la gruesa madera del portón.

De nuevo tres golpes, de nuevo la pregunta y la respuesta correspondiente, luego una tercera vez antes de que el rajput hiciera una señal para abrir el portón.

Las hojas del portón se abrieron lentamente de par en par, revelando a un grupo de jinetes iluminado por antorchas. Paso a paso avanzaron los caballos hacia el interior del patio, refrenados por unas riendas tirantes. Todos los jinetes eran rajputs vestidos de blanco con turbante rojo y porte guerrero que imponía respeto. A la cabeza, cabalgando un caballo blanco inmaculado, iba un rajput, el único tocado con turbante blanco, que llevaba en la frente una gran piedra preciosa refulgente. La tela de su larga levita con cuello de tirilla, por encima de unos pantalones blancos de montar ocultos por las botas altas, con la trama de hilo dorado, relucía a cada paso del caballo. Con una mano mantenía las riendas tirantes y tenía la otra apoyada en la cadera con un gesto tan orgulloso como indolente.

«Un hindú... Por Dios, me van a casar con un hindú...» El horror paralizó a Helena hasta que, tras un segundo interminable de pavor, reconoció a Ian, y su temor dejó paso a la incredulidad. Con el traje típico de los rajputs y al resplandor fluctuante de las antorchas parecía uno de ellos. Su piel, morena por el sol, era más oscura; sus rasgos afilados resultaban más exóticos. Sin embargo, era él sin duda; lo reconoció por la manera de mantenerse sobre la montura, en el brillo de sus ojos, en sus labios burlones.

Los caballos se detuvieron, agitados por la fresca brisa nocturna del desierto que se colaba dentro por el portón abierto, cuyas hojas se cerraron a continuación con un sonido retumbante. Los hombres desmontaron y entregaron las riendas a los sirvientes, que acudieron a toda prisa. Luego aguardaron a que les salieran al encuentro Helena y Djanahara.

Djanahara condujo a Helena a paso lento hasta la hoguera, cuyas llamas, muy altas, exhalaban un aroma intenso a hierbas aromáticas. Se detuvieron ante Ian y los rajputs.

—*Maiñ dénaataa merii betii huuñ*, «te entrego a mi hija» —dijo la mujer en voz alta y clara.

Como por orden de Djanahara, Helena pasó un collar de flores en torno al cuello de Ian. Parecía otra persona con aquella chaqueta primorosamente bordada, sobre la cual había una larga cadena con un colgante cincelado. Él se inclinó reverentemente, con las palmas de las manos juntas, primero ante Djanahara, luego ante Helena, antes de tomar la mano de esta última y conducirla al otro lado de la hoguera, a los cojines rojos, por encima de los cuales se había montado un baldaquín de seda blanca que ondeaba suavemente al soplo caliente del fuego.

Un sacerdote entonó monótonamente las antiguas palabras sobre el carácter sagrado del matrimonio. Había en el aire una elevada concentración de incienso dulce, embriagador. Helena temblaba, pero sentía la mano de Ian, que durante la ceremonia apretaba sus dedos fríos con suavidad pero con firmeza, los anillos del hombre en la palma de la mano pintada de joven novia.

Parecieron transcurrir horas antes de que el sacerdote se acercara a ellos y cubriera a Ian, que se inclinó profundamente ante él, con un largo chal bordado cuyo extremo unió con un nudo a la punta del sari de Helena. Simbólicamente unidos así ante los dioses, caminaron con parsimonia en torno al fuego, una, dos, en total siete veces, acompañados por el canto del sacerdote y el silencio tenso de la multitud, que se presentía más que se veía en la oscuridad, lejos de la hoguera. El sacerdote entregó a Ian un cuenco lleno de polvo de cinabrio en el que hundió el anillo de su dedo anular, que pasó luego por la frente a Helena.

En ese instante la gente estalló en un júbilo ensordecedor. Hombres, mujeres y niños se precipitaron a felicitarlos; cayó sobre ellos una lluvia de arroz y pétalos de rosa; luego comenzó a sonar música de tambores y un instrumento de cuerda de una afinación muy aguda; las canciones surgían de las gargantas de las mujeres, sensuales, seductoras, alegres. Helena estaba sentada muy tiesa en su cojín. Recibió con gesto ausente los abrazos y las exclamaciones entusiastas de las mujeres, el beso corto y húmedo de Jason en la mejilla, vestido de blanco como los rajputs, antes de que se fuera corriendo con los otros chicos que iban de un lado para otro entre los que se habían sentado en el suelo. Con gran alegría bailaban las mujeres en remolinos de seda de colores haciendo sonar sus pulseras, sus collares y sus cadenitas de los pies; hasta los mismos rajputs, de porte tan serio, participaban al reclamo de ellas y daban palmadas y mezclaban su voz en los cánticos.

Helena observaba cómo Ian, sentado con gesto indolente en su cojín y un poco apartado de ella, mantenía una viva conversación en hindi con algunos hombres y estallaba continuamente en sonoras carcajadas. Se insertaba plenamente, sin fisuras, en ese escenario abigarrado y exótico, como si hubiera pasado toda su vida entre ellos, como si fuera uno de ellos... Rajiv *el Camaleón*.

Cuando fue a coger la copa, captó la mirada de ella y se la sostuvo. Una sonrisa se dibujó en la comisura de sus labios, cálida, suave, y la profundidad que había en sus ojos estremeció a Helena. Se inclinó hacia ella y le tomó la mano.

—¿Cansada?

Helena asintió con la cabeza, pero no habría sabido decir si estaba en efecto soñolienta o si tenía la cabeza pesada por el efecto del sahumerio y el olor de las maderas y las flores. Él le besó la palma y se levantó.

—Entonces vámonos.

Entre las risas de los hombres, que hacían algunas observaciones groseras y chistosas y golpeaban a Ian en los hombros, se marcharon de allí abriéndose paso entre la gente recostada en los cojines repartidos por todo el patio o sentada en el suelo con las piernas cruzadas, personas que charlaban animadamente, degustaban las exquisiteces dispuestas por todas partes en platos de plata y apenas se fijaban en ellos con su festiva celebración.

Tras la puerta, en el interior del palacio, estaba todo en silencio, casi hacía frío después del calor de la hoguera. Unas cuantas sirvientas pasaron rápidamente por su lado, adelantándose con paso rápido y sin ruido. Helena iba de la mano de Ian por pasillos y aposentos que no había visto todavía hasta que llegaron a una alcoba cuya puerta de dos hojas de madera oscura estaba abierta de par en par. Las chicas jóvenes, que se habían colocado en fila junto a la puerta, hicieron una profunda reverencia con la mirada baja.

Era una alcoba grande, de techo alto, iluminada por la luz de innumerables quinqués. Dulzón y pesado, colgaba en el aire un aroma a rosas, de las que había pétalos diseminados por el suelo de piedra y sobre las almohadas y sábanas blancas del amplio lecho, cuyos postes de madera tallada soportaban un vaporoso dosel blanco. Helena se quedó mirando fijamente el lecho con aire de aflicción, y la angustia fue apoderándose de ella. Preocupada por evitar las miradas de Ian, trataba de buscar algo que pudiera distraer su atención, pero no había nada más en el aposento. Vio de reojo que Ian se arrellanaba en el único sillón de la habitación mientras una de las criadas le quitaba las botas. A una señal de su mano, el frufrú de la seda, el tintineo de los adornos de plata, el suave chasquido de la cerradura de la puerta. Percibió que Ian se había levantado y se obligó a mirarlo a la cara.

Se había quitado el turbante y la chaqueta bordada; estaba de pie, con una sencilla camisa blanca y pantalones de montar, descalzo. Le devolvió la mirada a Helena antes de acercársele. Ella sabía que esa noche no habría escapatoria, pero curiosamente tampoco sentía deseo alguno de escapar de lo que iba a suceder.

Ian le apartó de la cabeza el extremo del sari, con delicadeza. Con la palma de la mano le recorrió la mejilla y le alzó la barbilla. La miró a los ojos, escrutador; los suyos ardían, y Helena sintió que le flaqueaban las rodillas cuando notó los labios de él sobre los suyos como la consumación de un deseo largamente cobijado. Se le escapó un pequeño suspiro y notó que Ian sonreía.

—Pequeña Helena... Te has resistido durante mucho tiempo, pero ni siquiera tú puedes sustraerte a la magia de esta noche...

La besó con más firmeza mientras hacía resbalar el sedoso sari de sus hombros. Le deslizó las manos por el talle, hasta las caderas, la atrajo más hacia sí y Helena suspiró levemente. La boca pasó de su cara a su cuello mientras, vuelta tras vuelta, la seda iba desprendiéndose del cuerpo de Helena y caía al suelo. Ian empezó a desabrocharle el *choli.* El ambiente de la habitación, si bien caliente por las llamas de los quinqués, le erizó la piel desnuda. Era como si la parte de ella que se había defendido hasta entonces de las caricias, de su proximidad, estuviera anestesiada por los olores, colores y sonidos de la noche, y se hubiera despertado otra parte de ella: la sensual. Las manos de Helena acariciaron, exploradoras, los hombros de Ian por debajo de la camisa, palparon su piel caliente y los músculos endurecidos, tiraron impacientemente de la tela fina y, sin embargo, demasiado gruesa para ella en ese momento. Oyó reír en voz baja a Ian al liberarse de aquel tirón, y el lino fino de las almohadas estaba frío en contraste con la piel ardiente de ambos en el lecho que los acogió.

Los dedos de Helena quedaron enganchados en una cadena de plata, y aunque ella no se la había visto nunca, supo de una manera instintiva que siempre la llevaba encima.

—¿Qué es esto? —preguntó, contemplando aquel colgante con curiosidad.

—El colmillo de un tigre que maté de un disparo —murmuró entre dos besos y empujando a Helena con suavidad de nuevo sobre los cojines. Pero ella se zafó y se puso a darle vueltas al colmillo engastado en plata.

—¿Qué significado tiene?

—Defensa e invencibilidad —susurró él contra su cabello. Su aliento ardiente le rozó el rostro. Le mordisqueó delicadamente el cuello provocándole escalofríos. Cuando ella quiso atraerlo de nuevo hacia sí, su mano rozó en el hombro de él algo duro, irregular. Sobresaltada, recorrió con la yema de los dedos aquel tejido cicatricial que se extendía desde la clavícula, pasando por el hombro y a lo largo del comienzo del brazo, del mismo lado que la cicatriz de la mejilla.

—Ian, ¿qué...?

Él le tapó la boca con los labios, con un ademán más apremiante, más solícito. Ella se arqueó de placer y deseo bajo sus manos, que eran a la vez suaves y dominantes. Luego, en el preciso instante en que sintió el peso de Ian encima, algo penetró en ella, caliente y duro, causándole un dolor agudo, punzante. Dio un grito, empujó a Ian y, al mismo tiempo, se aferró más a él antes de que la inundara un calor inconcebible que hacía vibrar tanto su cuerpo como su alma, semejante a una embriaguez vertiginosa que logró que las olas del olvido rompieran finalmente en ella.

La luz cegadora del sol de mediodía la despertó. Una sensación de soledad desabrida se extendió por ella. Se dio la vuelta. A su lado, las sábanas arrugadas con los pétalos de rosa esparcidos estaban vacías y frías.

14

Helena estaba sentada, ociosa, en los mullidos cojines de los escalones del patio interior. El sol de la tarde brillaba por encima de los muros altos y el aire olía a flores y a piedra recalentada. El sari azul pavo real con el ancho ribete turquesa bordado de hilos dorados se amoldó a su piel cuando dobló las piernas para apoyar la barbilla en las rodillas con gesto pensativo. Miró a Jason, que jugueteaba riendo con algunos niños del palacio. El tiempo no parecía tener allí ninguna importancia: Surya Mahal era como una isla imperecedera dentro del océano eterno de piedras y arena de las vastedades de Rajputana, y se le había pasado por alto que en el resto del país había comenzado el año 1877 según el calendario de los colonizadores. No obstante, sus días y sus noches parecían sucederse solo a duras penas. En esa casa no había nada más que hacer que sentarse al sol y observar cómo el hindi de Jason se volvía cada día más fluido en compañía de los niños de piel morena que parecían considerarlo uno de los suyos. Su hermano iba prosperando a ojos vista y bronceándose.

La ociosidad impuesta, entre la modorra en el patio inundado de sol de la *zenana*, la vida diaria en palacio, que seguía un ritmo uniforme en el que cada deseo era leído en los ojos, además de la abundancia de platos variados de carne bien sazonada con picante, verduras y chutneys dulces, arroz y mijo, exquisitos dulces de nueces y miel, nata y frutos a la que constantemente la invitaban las mujeres o la misma Djanahara, habían comenzado a surtir efecto: sus caderas se habían redondeado y sus pechos, más llenos, tensaban los ceñidos *cholis*. Sin embargo, la embargaba el desasosiego y le resultaba difícil admitirlo, se confesaba a sí misma que anhelaba el regreso de Ian.

Sus labios le seguían quemando por los besos de él, su piel ardía por las huellas que había dejado con sus manos, y la pulsión entre dolorosa y dulce en su bajo vientre, que se reavivaba a ratos, le recordaba cada vez la dicha de aquella noche. Todavía le parecía que cada fibra de su cuerpo vibraba del placer que había experimentado.

Huzoor se había marchado de allí a primera hora de la mañana, le había contado complaciente una criada al cambiarle las sábanas, satisfecha con las gotas de sangre de la virginidad perdida de Helena visibles entre los pétalos de rosa aplastados, lo cual hizo que la muchacha bajara la vista avergonzada. Nadie sabía cuándo regresarían él y Mohan Tajid, por lo que el desayuno, consistente en un *chapati* y un chutney de mango, coco, manzana y canela, le había sabido de pronto insulso a pesar del hambre que tenía. La idea de que Ian esa noche solo hubiera cumplido con su deber, que la hubiera encontrado demasiado inexperta o demasiado rígida, le hizo un nudo en el estómago. Se detestaba por querer gustarle y que la deseara; cuanto más luchaba en contra de esa pasión, tanto más se inflamaba esta en su interior, como si Ian, esa noche, no solo hubiera tomado posesión de su cuerpo, sino también de su alma.

El frufrú nervioso de la seda al arrastrarse y el tintineo de cadenitas le hicieron levantar la vista. Nazreen, una de las mujeres mayores a su servicio, llegaba corriendo con los niños haciéndole señas.

—¡*Huzoor* ha regresado, *memsahib*! —gritó de lejos, sin aliento.

Con el corazón desbocado y un tirón de felicidad en la zona del estómago, Helena se puso en pie de un salto y echó a correr por el patio hacia la casa. Pero cuando alcanzó a Nazreen, esta le impidió el paso.

—Quiere que lo espere en el aposento de usted hasta que mande a buscarla, *memsahib*.

Por un instante, Helena creyó que la tierra se abría bajo sus pies. Miró incrédula aquel rostro moreno.

—Lo ha ordenado así —corroboró Nazreen, y había compasión en sus ojos brillantes.

Helena tragó saliva y se volvió lentamente. Cada paso le pareció infinitamente pesado, una auténtica humillación.

Hacía ya rato que los últimos rayos del sol vespertino habían desaparecido tras los muros del palacio; el breve crepúsculo se había extendido por los tejados y disipado bajo el peso de la incipiente noche. Las sombras de los murciélagos se deslizaban veloces por el aire del patio y desaparecían sin ruido en la oscuridad. Ya brillaban las primeras estrellas y Helena seguía esperando. Silencioso y solitario se encontraba el aposento en el que había pasado su noche de bodas y cuyo vacío la había hecho dormir desde entonces mal por las noches. Apenas vio que una criada entraba en el cuarto sin hacer ruido, encendía los quinqués y volvía a marcharse silenciosamente.

La brisa fría de la noche se colaba en la habitación sin

mitigar el ardor de las mejillas de Helena, coloradas de indignación. Él la encontraba poco interesante, fea, no cabía duda. Entonces, ¿por qué había querido casarse con ella a toda costa?

Helena tiró con rabia de la seda fina de su sari, se despojó con impaciencia de aquellas vueltas que parecían infinitas, se desabotonó el *choli*, se puso el camisón y se dejó caer en el taburete, frente al tocador que habían traído a su cuarto. Un quinqué iluminaba suavemente el tablero de la mesa, veteado y pulido, dando al reflejo de Helena un tinte dorado. Cogió el cepillo de plata repujada y se lo pasó maquinalmente por el pelo, que enmarcaba en ondulaciones pesadas y suaves su rostro redondeado. Sus ojos brillaban al resplandor de las llamas. Por un momento se sumergió en la contemplación de sí misma antes de arrojar el cepillo sobre el tocador y levantarse de un salto.

Con su chal sobre los hombros, se apresuró a grandes zancadas por los largos pasillos débilmente iluminados e inquietantemente solitarios. Al doblar el primer recodo le salió al encuentro una criada joven, que, al verla, apretó asustada contra su cuerpo la bandeja de plata en la que llevaba los restos de una cena.

—*¿Huzoor kahâañ hai?* —le habló Helena en tono imperioso.

La chica, intimidada y con los ojos como platos, indicó con un gesto la puerta de madera oscura que tenía detrás.

Helena la abrió de golpe y se precipitó dentro del cuarto. Revestido de madera, con estantes llenos de libros y cubierto de alfombras gruesas, producía un efecto sombrío en aquella penumbra apenas iluminada por los quinqués y el fuego de la chimenea. Un escritorio de madera maciza ocupaba buena parte del espacio y, desde él, Ian la miró perplejo. El joven recadero, vestido con chaqueta y pantalones blancos, que acababa de hacerse cargo de varios sobres, se la quedó mirando fijamente sin disimulo, boquiabierto.

—*Tjelo!* —lo despidió Ian con un gesto enérgico.

El joven se recompuso rápidamente, se inclinó respetuoso, primero ante Ian, luego ante Helena, no sin dirigir a esta algunas miradas de curiosidad con los párpados entrecerrados que hicieron sonrojar a la muchacha. Luego salió con premura y obedientemente. Ian se dejó caer en la silla de respaldo alto y se encendió un cigarrillo.

—Enhorabuena. Has hecho que se tambalee su visión del mundo. Según una creencia muy extendida en estas tierras las *memsahibs* no tienen piernas.

Avergonzada, Helena enterró los dedos de los pies en las flores rojo oscuro acampanadas de la mullida alfombra.

—Bueno, ¿qué quieres? —Ian la miró entre el humo, expectante.

Con la barbilla levantada en un gesto porfiado, Helena contestó a su mirada.

—¡Me has hecho esperar todo el día!

—Tenía cosas importantes que hacer.

Helena echó la cabeza atrás. Sus ojos echaban chispas.

—¡Yo no soy ninguna de tus chicas *nauj,* a las que haces ir y venir a tu capricho solo porque les pagas!

Las comisuras de la boca de Ian se crisparon ligeramente cuando se inclinó hacia delante para tirar la ceniza de su cigarrillo dentro de un cenicero.

—Debería prestar más atención al vocabulario que te enseña Mohan Tajid. —Se arrellanó en el asiento—. Pero la comparación no es del todo errónea. A fin de cuentas tú te has vendido a mí. De todas maneras, comparada con las bailarinas, educadas durante toda su vida para gustar a los hombres y practicar todos los capítulos del Kamasutra, resultas un poco cara.

Helena tembló de rabia apenas reprimida. Los celos la acosaron al imaginarse a Ian gozando con una chica esbelta de piel morena. Aquello convertía en una tortura cada bocanada de aire en sus pulmones.

—¡No le consiento esto a nadie! —le espetó, con lágrimas de cólera—. ¡Ni siquiera a ti!

Se dio la vuelta en tromba, pero antes de que pudiera llegar a la puerta Ian la agarró fuerte del brazo y, de un tirón, la obligó a volverse. Luchó por zafarse, pero él era más fuerte. Le levantó la barbilla y la obligó a mirarlo a la cara.

—¡Oh, ya lo creo que debes consentirlo! Esta parte de Rajputana es libre, no está bajo control inglés. Aquí rige únicamente la ley del hinduismo. ¡Nos hemos casado por el rito hinduista y, por tanto, eres de mi propiedad!

El ardor de sus ojos le dio miedo a Helena, pero el odio le dio valor. Se soltó de un tirón y levantó una mano para golpearlo, pero Ian le dobló el brazo y se lo sujetó a la espalda, maniobra que le arrancó una exclamación leve de dolor. Él se rio en voz baja.

—No te esfuerces, siempre seré más rápido que tú. —La apretó con tanta firmeza que ella podía percibir sus músculos a través de la fina vestimenta. Sin ceder un ápice en su abrazo inmovilizador, le pasó los labios con suavidad por el rostro. Helena se estremeció a su pesar.

»Admite que me has echado de menos —le susurró con los labios pegados a su piel antes de mirarla con gesto escrutador.

Silenciosa y porfiada lo miró Helena, echando chispas por los ojos, antes de que él la besara en la boca de un modo casi doloroso. Soltó un gemido sofocado al notar que se le doblaban las rodillas y supo que se había delatado. Respondió a sus besos vertiginosamente, bebió de sus labios, sedienta, exigente, casi colérica, aferrándose a él, insaciable.

Abrió perpleja los ojos cuando Ian la apartó de repente. Sonreía diabólico mientras la mantenía apartada, a la distancia de sus brazos extendidos.

—Oh, no, mi pequeña Helena —susurró con voz ronca—, no voy a ponerte las cosas tan fáciles.

Le rozó la mejilla con los labios al darle las buenas noches en tono sosegado antes de dejarla plantada. Helena se quedó mirando estupefacta cómo la puerta encajaba suavemente en la cerradura.

Despertó sobresaltada. Tenía el corazón en la boca y algunos mechones de pelo pegados a sus mejillas húmedas. Miró aturdida a su alrededor. No era capaz de acordarse de cómo había llegado a su cama. Miró de reojo la otra mitad del lecho.

Las sábanas sin arrugas le confirmaron que había dormido sola otra noche más y aquel hecho activó en su memoria con toda claridad la humillación sufrida la noche anterior. La cólera se mezcló con la tribulación que la había arrancado del sueño. Solo guardaba algunas impresiones borrosas de lo que había estado soñando. Corría y corría, con la sensación de un peligro inminente, tangible pero a la vez difuso, cosa que la había atemorizado aún más. También recordaba vagamente haber avisado a Ian, pero no era capaz de decir acerca de qué. ¿O había alguien a quien tendría que haber puesto sobre aviso acerca de Ian? No podía acordarse ya...

Se dejó caer en la almohada con un hondo suspiro, entregándose a aquella sensación miserable que recorría todo su cuerpo. Solo de mala gana alzó la vista cuando se abrió la puerta y entró rápidamente una criada con la bandeja del desayuno. Tras ella iba Nazreen, que traía bien doblados los pantalones de montar y la camisa, la ropa con la que Helena había llegado a ese lugar.

—*Huzoor* desea salir a cabalgar con usted, *memsahib* —anunció radiante de alegría en respuesta a la mirada inquisitiva de Helena.

«Al infierno él y sus caballos», pensó sombríamente Helena, pero la idea de montar a lomos de un caballo, a cielo raso, ejercía una atracción irresistible sobre ella. Tras una corta batalla consigo misma, se tragó el orgullo junto con el té y la fruta.

Poco después caminaba a grandes zancadas por el patio hacia el portón de entrada al palacio, entre colérica y alegre por la emoción. Ian esperaba hablando y bromeando despreocupadamente con uno de los mozos de cuadras. Antes de que ella llegara junto a él se volvió. Los pantalones de montar ceñidos, las botas altas y relucientes y la chaqueta fina de color marrón contra la que se destacaba la camisa, de un blanco reluciente, realzaban su porte orgulloso y a la vez flexible.

Una brisa suave acariciaba su cabello ondulado, y los rasgos sombríos e impetuosos de su rostro se relajaron en una sonrisa. Unas ansias ardientes y un deseo torturador se dispararon por las venas de Helena. Con gesto desdeñoso se echó atrás el pelo.

—Buenos días —le espetó.

—Buenos días, Helena —repuso él con calidez, y se inclinó hacia delante para darle un beso.

Helena apartó rápidamente la cabeza. Su olor a jabón y a una discreta loción de afeitado estuvo a punto de debilitarla. Vio chispitas en los ojos de Ian antes de que añadiera:

—¿Has dormido bien?

—Espero que tú también, independientemente de en qué cama hayas pasado el resto de la noche —fue la respuesta helada de Helena, una respuesta que aún acentuó más su sonrisa.

—¡Oh, ya lo creo, he dormido perfectamente! —contestó satisfecho, para disgusto de Helena.

Dos mozos de cuadras condujeron los caballos al patio. La belleza de los dos animales, un semental negro y una yegua blanca como la nieve, dejó sin aliento a Helena, distrayéndola por el momento de su enfado y de su herido amor propio. Delgados y gráciles, con los músculos llenos de energía, no tenían nada que ver con los caballos toscos y mansos que los habían llevado hasta allí. La curvatura de sus cabezas orgullosas, las articulaciones finas y la piel reluciente delataban la sangre árabe que corría por sus venas.

—¡Qué belleza! —murmuró Helena acariciando la testuz y los ollares de la yegua con cuidado. Con prudencia y a la vez confiado, el animal miró a Helena con sus grandes ojos inteligentes y la empujó amistosamente con la cabeza.

Ian agarró la brida de manos del mozo de cuadra y acarició el costado del caballo blanco con delicadeza, con una expresión cariñosa en los ojos.

«Ojalá me mirara a mí así...», pensó Helena.

—En las historias del emir Abd al-Qadir se cuenta que Dios dijo al viento del Sur: «¡Condénsate! Quiero crear un nuevo ser a partir de ti.» —Ian hablaba en voz baja, como si hablara consigo mismo—. Con un puñado de la materia que surgió creó el primer caballo y dijo: «Te llamo "caballo". Eres árabe y te doy el color castaño de la hormiga. Reinarás sobre los demás animales.» Después creó otros caballos a los que dio el color azabache de los cuervos, el marrón rojizo de los zorros y el color blanco como la cal de los osos polares. Luego hizo que se dispersaran las manadas y se repartieran por la Tierra. Y hasta la fecha, cada caballo lleva en sí el recuerdo del viento del sur a partir del que fue creado. —Miró a Helena y le tendió las riendas con una sonrisa difícil de interpretar.

»La yegua se llama *Shaktí*, por la faceta luminosa de la esposa de Shiva, el principio femenino. Nació en los establos de Shikhara y pasó sus primeros dos veranos en sus praderas.

El cálido aliento de Ian rozaba su mejilla y notó un escalofrío en la espalda. Se apresuró a montar. Lo detestaba porque, con unas pocas frases, una sonrisa y su cercanía hacía que su cólera se derritiera como la nieve bajo el sol de marzo.

Se volvió al oír un relincho agudo. Sin motivo aparente, el semental se había encabritado. El joven que lo llevaba de las riendas se encogía atemorizado. Ian le arrancó con decisión las riendas de la mano, pilló con habilidad el estribo y se montó sobre el caballo terco mientras los mozos de cuadra se ponían fuera del alcance de las herraduras. El animal se encabritó varias veces más y se sacudió antes de tranquilizarse, resoplando. Finalmente se dejó guiar complaciente por las exclamaciones persuasivas de Ian.

—Y ese se llama *Shiva*, claro —comentó Helena con sarcasmo.

Ian prorrumpió en una sonora carcajada.

—Exactamente. ¡Y es un verdadero diablo, tal como puedes ver!

«Igual que tú», pensó Helena frunciendo el ceño.

La mirada burlona de Ian delataba que le había adivinado el pensamiento. Se quedó mirándolo fijamente, enfurruñada. Él volvió grupas con chispitas en los ojos.

Helena se sintió aliviada cuando los omnipresentes guardas abrieron el portón y pudo concentrarse en las riendas y en guiar al animal con una ligera presión del muslo. La asombró lo sencillo que le resultaba, como si *Shaktí* presintiera lo que quería de ella antes de expresar sus intenciones con la brida. Sin embargo, percibía que bajo aquella aparente tranquilidad y dulzura de la yegua latía un natural fogoso.

El golpeteo de las herraduras sobre el suelo de piedra se convirtió en un sonido sordo cuando pisaron el pedregoso desierto; inmediatamente los caballos se pusieron a un trote ligero. El sol matinal del invierno colgaba apagado en el cielo azul pálido. El silencio reinaba sobre la tierra polvorienta de color gris amarillento, con zarzales descoloridos y algún que otro árbol nudoso. El aire era fresco, y Helena agradeció que Ian la obligara a aceptar la chaqueta de montar de manga larga. Había subestimado el frío del invierno en esa región. El paisaje era solitario hasta donde alcanzaba la vista; solo un águila ratonera, que lo sobrevolaba en círculos amplios, daba algún testimonio de vida. Espontáneamente, *Shakti* y *Shiva* se pusieron al trote y soltaban de vez en cuando un relincho feliz al que Helena habría añadido su voz con mucho gusto, llenándose los pulmones de aquel aire nítido que olía a polvo, tierra árida, vegetación y madera secas.

El sol se elevó rápidamente y los calentó. Con el rabillo del ojo vio Helena que Ian se quitaba la chaqueta sin soltar las riendas. Su mirada cayó sobre las dos pistolas que el hombre llevaba enfundadas, a izquierda y derecha, por encima de la camisa.

—¿Son realmente necesarias?

—En muchas partes del país hay gente que está pasando hambre este invierno, desde Bengala hasta allá arriba, hasta Panyab, porque el año pasado llovió demasiado poco. Ya ha habido desórdenes aislados, también en lugares no muy alejados de aquí. No quiero correr riesgos innecesarios, a pesar de que la situación se haya relajado un poco. Lo sé porque Mohan Tajid y yo hemos tenido ocasión de verlo con nuestros propios ojos. —Dirigió a Helena una mirada de reojo, burlona—. Ya ves que he estado haciendo cosas más útiles que retozar en cama ajena.

Helena notó que se ruborizaba, tanto de vergüenza como de rabia. Frunció el ceño.

—¿Qué tienes que ver tú con ese asunto? ¿No es tarea esa del Gobierno inglés?

—Cierto. —En el rostro de Ian había amargura—. Solo que a los colonos ingleses no parece importarles demasiado el bienestar de la población hindú. Hay ya suficientes *nigger*... —dijo, casi escupiendo la palabra—. Los hay a millones y, si mueren unas decenas de miles de malaria, cólera o disentería, ¿a quién diablos le importa? Cuantos menos haya, más fácil será mantener el país bajo control. La estabilidad del dominio inglés es pura fachada, adornada de orden y galones de oro en los uniformes, una ilusión. Los soldados y funcionarios de la Corona no entenderán nunca que la India es un país salvaje, indómito, que solo se puede amar u odiar, pero nunca dominar.

A Helena le pareció que Ian sentía un odio profundo por sus compatriotas y el frío glacial de ese odio le puso la carne de gallina.

—La riqueza de este país y de sus gentes —prosiguió él—, en forma de yute y algodón, té y semillas oleaginosas, pieles, cereales y, no en última instancia, impuestos, se gasta en desfiles militares, bailes y casas señoriales o fluye hacia Europa. La realidad es que nunca se transforma en ayudas materiales ni en ampliaciones de la red de ferrocarril hasta territorios distantes, lejos de los centros importantes que salen en el mapa, me refiero desde un punto de vista militar o económico. Además, para los ingleses vale el principio del *laissez faire*, o sea: ya se regulará todo por sí solo. Para mayor gloria de la Corona británica, por supuesto.

—Arrugó la frente, entre colérico y meditabundo—. No, esta es *mi* gente, y yo respondo por ella. —Contrajo los labios en una mueca irónica cuando habló de nuevo, con aparente ligereza aunque teñida de una cierta acritud—. Tengo que ocuparme simplemente de llevaros con seguridad hasta Darjeeling. Las personas hambrientas son peores y más imprevisibles y que los tigres ávidos de sangre. No tengo ningunas ganas de caer en manos de las bandas que merodean por estos caminos.

—¿Como en el viaje a Jaipur?

Ian no prestaba atención a la mirada taladradora de Helena ni reaccionó a su mordacidad. Miraba impávido la vasta extensión de piedra y tierra que tenían delante. Un zorro del desierto miró con curiosidad a los dos jinetes desde una elevación del terreno antes de largarse de nuevo a buen paso.

—Eso no debe preocuparte.

—¡Pero me preocupa! —exclamó ella con vehemencia—. A fin de cuentas, también puede afectarnos a mí y a Jason, tal como tuvimos ocasión de comprobar. —Tensó sin querer las riendas y *Shaktí* aminoró el paso y se detuvo.

Ian detuvo también a *Shiva* y miró fijamente a Helena.

—Créeme, tú y Jason no corristeis peligro en ningún momento y tampoco lo correréis de aquí en adelante. Te doy mi palabra.

Ella lo observó con los párpados entrecerrados, concentrada. No habría sabido decir qué había en él que encendía en ella esa chispa premonitoria, pero le espetó, por una inspiración que le vino de pronto:

—¿Qué me estás ocultando?

Creyó ver una ligera contracción de las comisuras de sus labios. Ian bajó los ojos pensativo antes de volver a mirarla y sacudir la cabeza. La expresión de su rostro era dura.

—No, Helena, hay ciertas cosas que es peligroso saber. Yo camino por mi senda y la recorreré a solas.

—¡Te olvidas de que me has convertido en parte de tu vida contra mi propia voluntad!

Ian apoyó cómodamente el antebrazo en el borrén delantero y asintió circunspecto.

—Lo sé. Y créeme que ha habido algunos momentos en los que me he arrepentido de ello.

Sus palabras la afectaron profundamente. Ciega de ira y dolida, tiró de las riendas y clavó los talones en los costados de *Shaktí*. La yegua se encabritó con un relincho y dio unos cuantos saltos antes de salir a galope tendido.

El viento frío le mordía el rostro y le arrancaba lágrimas que trataba de refrenar. Las herraduras tronaban sobre el suelo levantando remolinos de polvo y piedras; sus jadeos se sumaban a los resoplidos del caballo, que echaba espumarajos por la boca. Oyó otras herraduras, echó un vistazo por encima del hombro y vio que Ian le pisaba los talones. Como si fuera uno con su caballo, volaba por encima del suelo del desierto, con una tensión reconcentrada y una ferocidad primitiva. Aprovechó la brevísima distracción de Helena para agarrar las riendas de su yegua. *Shiva* y *Shaktí* se rozaron relinchando y aminoraron el paso, jadeando, resollando, cubiertos de sudor. Ian saltó de la silla antes de que el caballo se detuviera del todo y desmontó a Helena de un tirón.

—¿Has perdido la cabeza? —le gritó, sacudiéndola, de modo que ella se encogió buscando protección—. ¡Si quieres romperte el cuello es tu problema, pero no permitiré que eches a perder un caballo tan valioso cabalgándolo de esa manera!

Los dedos de Ian se le hundieron dolorosamente en el antebrazo. Helena se retorcía intentando en vano zafarse de su mano de acero. Ardía de cólera por su impotencia y su inferioridad física. Al final se quedó sin fuerzas y se dio por vencida. Respirando con dificultad, se apoyó en el pecho de él, que subía y bajaba a la misma velocidad que el suyo. De un instante a otro aquel abrazo violento dio paso a una cercanía embriagadora en la que sus labios, espontáneamente, se encontraron en un diálogo mudo. Pregunta y respuesta marcaban un ritmo trepidante que ellos seguían con los cinco sentidos.

«Ámame —pensó Helena con desesperación cuando él la tumbó en el suelo consigo y ambos comenzaron a quitarse las prendas de vestir con impaciencia—. Ámame como amas esta tierra, ni más ni menos...»

15

Calcuta, febrero de 1877

Lentamente se iba levantando la bruma matutina de la costa, revelando el amplio delta del Ganges y las marismas fértiles a la sombra de las palmeras cuyas siluetas eran ya casi reconocibles. Pequeños barcos de vapor y de vela y diminutas barcas se mantenían a una distancia prudente del imponente casco del *Pride of India*, de cuyas enormes chimeneas surgía el vapor de las atronadoras máquinas, y se balanceaban enérgicamente en su estela espumosa. A pesar de que a aquella distancia apenas se distinguía nada, Richard Carter percibió unos contornos nítidos: la alargada y rectilínea muralla de piedra, en la orilla oriental del Hugli, el enorme afluente del sagrado Ganges, de aguas plateadas y parduzcas, por encima de la que se alzaba porfiadamente Fort William. Aquel fuerte había sido el germen desde el que se había extendido imparablemente la ciudad, símbolo de la perseverancia del dominio inglés sobre el subcontinente. Encima del barro del Ganges, sin un subsuelo firme, a solo unos metros del río, se levantaba la segunda ciudad del orgulloso Imperio británico: el Londres de Oriente, la ciudad de los palacios, rica gracias al comercio que se desarrollaba en sus numerosas y activas dársenas; rica también por ser la sede administrativa del Imperio colonial, cuya capital era Calcuta; esplendorosa y densamente poblada; ruidosa, sucia y mísera; el peor lugar del universo, tal como Robert Clive, gobernador de Bengala, la había descrito el siglo anterior.

Más allá del fuerte estaba el Maidan, el gran parque de la ciudad, lugar de encuentro para paseantes y enamorados y para relacionarse socialmente, al igual que la pista de carreras en la linde del parque, donde más de un teniente había apostado toda su soldada y, con frecuencia, también toda la fortuna de la familia. La Chowringhee Road, la arteria principal de la ciudad, no tenía nada que envidiar a ninguno de los paseos de cualquier metrópoli europea. Estaba rodeada de hoteles de lujo, restaurantes caros, almacenes, agencias y clubes aristocráticos en cuyas grandes vidrieras, inmaculadamente limpias, se reflejaba el sol. Los escaparates decorados con gusto exquisito de relojerías, joyerías y sombrererías eran un reclamo para la clientela solvente. La catedral de San Pablo, con su torre cuadrada, se elevaba al cielo en medio de un césped cuidado y verde, con su larga nave de delicado frontón y ojivas de piedra cincelada gris claro, casi blancas. Las *ghats*, las escalinatas del río Hugli que daban nombre a la ciudad, junto con los numerosos templos hinduistas consagrados a la diosa Kali, manchados de sangre de las cabras sacrificadas y de los hombres que entregaban su vida por la protectora de la ciudad antes de que los colonos ingleses prohibieran semejantes costumbres bárbaras. Elegantes y suntuosos edificios, mansiones y casas; esquinas y callejones sucios, burdeles y tabernas de mala muerte; bazares llenos de color; el barrio de los chinos y el de los armenios. Todo eso era Calcuta.

Sin querer, Richard Carter se agarró fuertemente a la borda. ¿Qué le había llevado a emprender ese viaje? Se había jurado no volver a poner un pie en aquel condenado país. Y, no obstante, había despachado en Londres los últimos negocios, había dado instrucciones personales tanto por escrito como por telégrafo para el tiempo que durara su ausencia y había reservado pasaje, aparentemente sin precipitación, pero con una fiebre interior, con una impaciencia incesante que le era completamente ajena. Y todo eso, ¿para qué?

Conocía el motivo, por irracional y ridículo que le pareciera. Había sido menos de un instante y, sin embargo, cada detalle había permanecido imborrable en su memoria y en su corazón, atizando un fuego que ardía con mayor vehemencia cuanto más tiempo transcurría. Nada le aseguraba que ella sintiera lo mismo, pero no había titubeado en todas esas semanas, no había tenido ninguna duda ni se le había pasado por la cabeza aplazar el viaje o no emprenderlo. Considerado con serenidad, era una auténtica locura: ella estaba casada; la India era un país de dimensiones inconmensurables. Incluso aunque lograra que volvieran a verse los dos, ¿quién le podía garantizar que conquistaría su corazón? No había garantía alguna. Se lo jugaba todo a una carta: ganaba o perdía. Sin embargo, sabía que no hallaría sosiego si no lo intentaba al menos.

Se había vuelto a levantar brisa y le alborotaba el pelo como una caricia delicada enviada desde lejos. Cerró los ojos, invocó el recuerdo de Helena como tan a menudo había hecho durante las últimas semanas: esbelta, con aquel vestido tan llamativo, todavía niña y ya mujer, con los ojos de un azul verdoso que le recordaban los ópalos que importaba de Australia, temerosos, unos ojos que le perseguían hasta en sueños. Tenía que volver a verla aunque solo fuera una vez.

—¡Yuju, señor Carter! —lo sacó de sus pensamientos una voz estridente, amanerada y seductora.

Tan rápido como le permitía la impresionante corpulencia, apenas contenida por el corsé de un vestido negro de seda cuyas costuras parecían a punto de reventar, una dama de mediana edad se le acercó haciéndole señas. Tenía el rostro orondo colorado de felicidad y llevaba el pelo castaño recogido y cuidadosamente ondulado, coronado por un sombrerito negro. Richard Carter resopló de un modo apenas audible, pero hizo una reverencia perfecta y adornó su rostro con una sonrisa cordial.

—Buenos días, señora Driscoll. ¿Qué la trae por cubierta tan de mañana?

—Ah —jadeó ella, con una mano enguantada de negro debajo de su prominente pecho para respirar mejor—. Bajo cubierta hemos pasado una noche sofocante y queríamos disfrutar de la brisa fresca de la mañana a toda costa, ¿verdad, chicas? —Se volvió un poco hacia las dos jóvenes que, a una distancia de algunos pasos, la habían seguido. La mayor de las dos, Florence, retrato fiel de su madre en todo, miraba fijamente el mar, todavía medio dormida, con cara de amargada, mientras que la más pequeña devoraba a Richard, por así decirlo, con sus ojos azules y expresión animada.

Richard no pudo reprimir un cierto regocijo. Ya al poco de zarpar el vapor de pasajeros, cuando el muelle estaba todavía al alcance de la vista, se había dado cuenta de que las tres Driscoll formaban parte de la «flota pesquera»: damas de cualquier edad y condición que se dirigían a la India para encontrar allí un marido adecuado, a ser posible alguno de los *nababs* que habían hecho fortuna en el extranjero, aunque también eran muy codiciados los militares de cualquier grado y los funcionarios civiles del Imperio. La señora Driscoll se había presentado a sí misma y había presentado a sus hijas ruidosamente ante todos los pasajeros, tocándose ligeramente los ojos con un pañuelito bordado al narrar el fallecimiento repentino de su querido Hartley, cuyos ahorros, a Dios gracias, les permitían ahora visitar a una prima lejana que vivía en Calcuta, casada con un misionero que, con el sudor de su frente, enseñaba el Evangelio a los salvajes.

—Especialmente mi pequeña Daisy se sofoca sin aire allá abajo. —La señora Driscoll acarició maternalmente el brazo de su hija menor—. ¡Es tan delicada!

A Richard aquello le pareció una exageración, si bien tuvo que admitir que las redondeces que la rígida tela negra permitía adivinar no carecían de cierto atractivo, al igual que la carita redonda de muñeca con la nariz respingona, la boquita de pimpollo y la tez fresca, rosada, coronada por un aluvión de brillantes rizos rubios.

Con sus ojitos azules oscilando atentamente entre los dos, la señora Driscoll no se perdía detalle alguno de la atención que el caballero norteamericano estaba prestando a su hija. Aquel pasajero de elevada estatura le había llamado enseguida la atención, sobre todo porque era reservado y sin embargo de trato cordial, aunque no había trabado relación con los demás pasajeros. Pero todos los astutos intentos de la señora Driscoll por desviar la atención de ese hombre tan simpático, como sin duda también solvente y digno de confianza por su aspecto sencillo, hacia los encantos de su Daisy estuvieron condenados al fracaso. Aquello se debía probablemente a su recogimiento y también a una cierta tendencia a la distracción que, tal como pensaba la señora Driscoll, eran completamente naturales en un hombre sin duda tan importante.

Los billetes de una libra que entregó discretamente a un camarero atento no le proporcionaron más información de la que había conseguido obtener con el cotilleo a bordo. Esto es, que el tal señor Carter viajaba solo en primera clase, no llevaba anillo de compromiso pero sí trajes sobrios de buena calidad y que escribía cartas dirigidas a una destinataria femenina.

En la tarde noche del día anterior, mientras estaba sentada en el salón de segunda clase con Harriet y Joseph Barnes, un simpático matrimonio ya mayor que viajaba a Delhi para asistir a la boda de su hijo, un teniente con unas excelentes perspectivas de ascenso, había vuelto a hablar con entusiasmo y a voz en grito sobre el norteamericano modesto, distinguido y concentrado en sí mismo. El señor Barnes, mayorista jubilado del sector textil procedente de las Midlands, había dejado caer de pronto la edición del *Londres Illustrated News* y la había mirado con el ceño fruncido a través de los cristales redondos de sus gafas.

—¿Ha dicho usted «Carter»? ¿No se estará refiriendo usted al señor Carter?

Su breve exposición sobre las industrias y entidades financieras de Carter en Nueva York, San Francisco y Londres, un emporio de hilanderías, tejedurías, talleres de tallado y pulido de piedras preciosas, fábricas de hierro y acero, empresas de construcción y de inversión, había dejado sin aliento a la señora Driscoll, que llamó a Florence para que le llevara las sales.

Con el valor que infunde la desesperación, decidió jugárselo todo a una carta antes de que el *Pride of India* atracara en Calcuta y sus caminos se separaran. Un manojo de billetes, hábilmente repartidos, había dado como resultado que hiciera el gran esfuerzo de levantarse muy de madrugada y de sacar a sus hijas de la cama para aprovechar lucrativamente esa temprana hora de la mañana.

El momento era más que favorable, así que tomó enérgicamente de la mano a su hija mayor, con la determinación clara de agarrar el destino por los cuernos.

—Florence, mi circulación... Nos va a perdonar usted, señor Carter, pero ahora mismo necesito una taza de té antes de que se me nuble la vista. Con usted va a estar mi pequeña Daisy en buenas manos, ¿verdad que sí?

Divertido, Richard la vio marcharse de allí, balanceándose como un acorazado en aguas movidas y con una enfurruñada Florence a remolque, antes de volverse hacia una Daisy que le había sido ofrecida, por decirlo así, en bandeja de plata, y que estaba junto a él a una distancia decente.

Tenía las manitas, embutidas en unos guantes negros de ganchillo, apoyadas en la borda, y las cintas satinadas de su sombrero ondeaban con la brisa.

—¿Ha estado... ha estado usted ya alguna vez en la India, señor Carter? —Pestañeó y el labio inferior le tembló ligeramente cuando le habló, sin mirarlo directamente a la cara.

Él percibió el esfuerzo que estaba haciendo por entablar conversación sin cometer ninguna falta, para no tener que enfrentarse a la madre con la vergüenza de haber desaprovechado su oportunidad. Sintió una cálida compasión por la chica y la carga que tenía que soportar.

—No. —Vino a sus labios esa respuesta con tanta facilidad que no le pareció siquiera una mentira, pues había sido otro Richard el que había estado en la India, en otra vida, y con ese otro ya no compartía nada, ni siquiera el nombre, como si jamás hubiera existido. No había motivo para temer nada, pero en ese instante sintió algo similar al miedo.

Y era el recuerdo lo que más miedo le daba.

16

Perdida en sus pensamientos, Helena mordía el extremo de la pluma. Luego, furiosa, hacía una bola con la hoja a medio escribir y la echaba descuidadamente al suelo con las que había en la alfombra, en torno al escritorio. Dando un suspiro se arrellanó en el sillón con un susurro de seda de su sari azul turquesa, apoyando la cabeza en el respaldo liso y fresco, y se quedó mirando un punto fijo del aposento.

Incluso a plena luz del día, la luz era crepuscular. El sol que entraba por las elevadas ventanas, con las cortinillas de color rojo oscuro corridas, iluminaba un pequeño rectángulo del suelo perfectamente delimitado. Vagamente se distinguían las imágenes de los cuadros encajados en las paredes, entre el friso de madera y las librerías: paisajes y retratos de orgullosos príncipes rajput. Destacaban en la penumbra las formas de animales disecados: un águila ratonera, una pantera cuya dentadura brillaba en la oscuridad de un rincón, cabezas de ciervos y corzos de majestuosa cornamenta, el imponente colmillo de un elefante que se estiraba hacia el techo desde su base de bronce cincelado.

Llevaba horas allí sentada, recomenzando una y otra

vez la carta a Margaret cuya redacción había pospuesto ya demasiado tiempo. Era la primera que le escribía desde la nota breve que le había mandado desde Bombay anunciando su llegada, sanos y salvos. Descartó otro borrador, a pesar de que tenía muchas cosas que contar. Mucho era lo que había visto y le había sucedido durante las semanas anteriores: su viaje en ferrocarril y a caballo; el palacio; los paseos a caballo al lado de Ian, a menudo en compañía de Mohan Tajid y de Jason, durante los cuales había explorado el entorno; los *chattris*, baldaquines de mármol en torno al lugar en el que los príncipes difuntos eran incinerados en una ceremonia solemne, y las huellas de manos inmortalizadas en la piedra con pintura roja de sus *ranis*, quienes, siguiendo la costumbre del *sati*, se habían arrojado a la pira de sus maridos para unirse a ellos de nuevo en la muerte, purificadas y santificadas por las llamas, que les ahorraban una existencia deshonrosa como viudas, a pesar de la prohibición impuesta por los ingleses hacía cincuenta años; las aldeas que habían visitado; la amabilidad de la gente que se les acercaba ofreciéndoles compartir con ellos sus *chapatis* y su arroz, y les regalaba en el camino saris de colores, tazas decoradas, brazaletes de plata repujada, sandalias primorosamente recamadas y mocasines de piel aterciopelada.

Apenas podía creer que aquella tierra muerta en torno a las aldeas diseminadas sería un mar de espigas en otras estaciones del año y proporcionaría suficiente forraje a cientos y cientos de ovejas y de cabras que balaban en los apriscos y miraban tranquilas aquel paisaje ahora yermo. Tampoco podía creer que bajo la dura costra del suelo hubiera plata y esmeraldas, hierro y cinc. Además, la gente que vivía cerca del palacio no parecía pasar hambre ni sufrir ninguna necesidad material; como mucho pedían consejo a Ian y a Mohan en disputas familiares o acerca de algún aspecto jurídico poco claro de un negocio.

Mohan Tajid le relató la historia de los rajputs, desde sus comienzos en el siglo VI y VII del calendario cristiano, cuando se hicieron con el dominio de las estepas, bosques y desiertos a ambos lados de la sierra de Aravalli. Gravaron con impuestos a campesinos, comerciantes y artesanos garantizándoles la protección con sus espadas. Los eruditos no se ponían de acuerdo sobre su procedencia. Para que no quedara ninguna duda sobre la legitimidad de su poder, se nombraron a sí mismos rajputs, hijos del rey, y se atribuyeron un origen mítico en el Sol y la Luna.

A partir del primer milenio fueron penetrando cada vez más monarcas musulmanes desde el norte, ávidos de los tesoros de la India. Uno de ellos fue, por ejemplo, Mahmud de Gazni, quien en una sola incursión hostil tomó como botín seis toneladas y media de oro. En torno al año 1200 se creó el sultanato de Delhi, y el Imperio musulmán siguió extendiéndose durante los siguientes trescientos años, desde Bombay hasta las estribaciones del Himalaya, desde el río Indo hasta el delta del Ganges. Sin embargo, Rajputana permaneció firme. Durante trescientos cincuenta años, el sultanato de Delhi y los soberanos rajputs estuvieron en guerra, librando sangrientas batallas con cuantiosas bajas, sin que ninguno de los dos bandos obtuviera nunca una victoria decisiva.

Surgieron leyendas, adornadas y transmitidas al calor del fuego, como la de la fortaleza de Chittor, que se convirtió en símbolo del honor y la invencibilidad de los rajputs más allá de la muerte. En el año 1303, Alaudín, sultán de Delhi, sitió la fortaleza con un ejército imponente, muy superior al de los sitiados, pero no obtuvo la victoria. Ataviadas con sus saris matrimoniales y engalanadas con todas sus joyas, las mujeres de Chittor, mientras se entonaban antiguos himnos, subieron con sus hijos a la pira que se había levantado en la fortificación y se entregaron en el *jauhar* a las llamas. Sus maridos las miraron inexpresivos antes de ponerse sus túnicas azafrán, pintarse la frente con las cenizas sagradas de sus familiares, abrir los portones de la fortificación, descender monte abajo y precipitarse hacia las líneas enemigas, hacia una muerte segura.

Con Zahir-ud-din Mohammad Babur, descendiente de Gengis Kan y de Tamerlán el Grande, quien a comienzos del siglo XVI derrotó al ejército del sultán de Delhi, comenzó el dominio mogol; pero este dominio tampoco trajo la paz a Rajputana. Era al propio Babur a quien se atribuían estas palabras: «Los rajputs saben morir en la lucha, cierto, pero no saben ganar una batalla.» No obstante, los principados resistieron valientemente el asalto de los mogoles, si bien tuvieron que pagar a cambio un elevado tributo de sangre. Generación tras generación de rajputs sacrificó su poder, sus tierras y su vida para defender su libertad y su fe frente al poder musulmán.

Tras la muerte del emperador mogol Aurangzeb comenzó a desintegrarse el poder de los mogoles y, con él, el de los rajputs, quienes, con el ansia de alcanzar la supremacía, se atacaron entre sí como tigres combativos.

Mohan le habló de las intrigas, traiciones, conspiraciones y asesinatos por envenenamiento entre clanes y dentro de ellos. Los maratís del sur y el marajá de Gwalior se habían aprovechado de esas disputas para caer sobre los principados, saquearlos y obligarlos al pago de tributos muy elevados. Algún que otro príncipe había perdido de esta manera los últimos rubíes y esmeraldas de sus tesorerías.

El país se desintegró en los conflictos bélicos entre mogoles y marajás, rajputs y maratís. Al igual que las virutas de hierro se decantan hacia ambos polos de un imán, las partes enemistadas se concentraron en torno a británicos y franceses, que había llevado su vieja disputa por la hegemonía mundial al subcontinente, en el que finalmente habían logrado imponerse los británicos en el siglo XVIII.

Apurados, los rajputs habían pedido ayuda a los ingleses, superiores desde un punto de vista militar. Varios principados firmaron acuerdos con los ingleses, quienes les ofrecían protección a cambio del pago de impuestos; sin embargo, a menudo el precio fue también una intervención de los colonos en los asuntos internos de los estados rajputs. En esa época se prohibieron el *sati* y el asesinato de las hijas recién nacidas para evitar el pago posterior de una dote elevada, la incineración de mujeres sospechosas de hechicería y se abolió la servidumbre. La dependencia de algunos de los principados se hizo evidente en el levantamiento de la población hindú en el año del Señor de 1857, sangriento punto de inflexión en la historia del Imperio británico, en que los rajputs se solidarizaron con los británicos o se mantuvieron neutrales.

Esa fragmentación de Rajputana desde tiempos inmemoriales se reflejaba en su posicionamiento heterogéneo dentro de la India colonial. Algunos principados, de una manera más o menos abierta, estaban contra el dominio inglés, entre ellos el principado de los Chand. Surya Mahal y los territorios de su jurisdicción habían conservado su soberanía gracias la marcialidad de sus guerreros y a la habilidad diplomática sobre todo del último rajá, Dheeraj Chand. Era uno de los últimos principados libres e independientes. Con todo, era de justicia admitir que en aquellos años tumultuosos había perdido la grandeza e importancia que tuvo en sus orígenes.

Boquiabierto y con los ojos brillantes, Jason había escuchado atentamente las historias de batallas y luchas por el poder, las leyendas de porfiados guerreros y valerosos héroes. Tampoco Helena había podido sustraerse a su magia. Empezaba a presentir que ese paisaje pelado y, pese a todo, dolorosamente bello, que exploraban a caballo, estaba impregnado de la sangre de muchas generaciones, que, inmisericordes, habían luchado tanto entre sí como contra sus enemigos por su libertad, su independencia y su honor. Era un país duro, orgulloso como las personas que lo habitaban, e involuntariamente se le iba la mirada hacia Ian, a quien las explicaciones de Mohan no parecían afectarle, como si no despertaran en él el menor interés o como si ya las hubiera escuchado innumerables veces.

Helena habría tenido muchas cosas que contar a Margaret sobre la espléndida fiesta que se había organizado a finales de enero en Surya Mahal para celebrar que Jason cumplía doce años; sobre el paciente caballo castrado («¡No un poni, sino un caballo grande de verdad!») que Ian le había regalado y con el que tanto Ian como Mohan se turnaban para darle clases de equitación, al principio en el gran patio del palacio, posteriormente a una distancia cada vez mayor de la seguridad de los muros en aquella estepa invernal. Habría podido escribirle cómo, bajo la dirección de Djanahara, estaba aprendiendo los puntos de los bordados tradicionales en seda fina y en paños de lana más toscos, así como la preparación de los chutneys y de las mezclas de especias, las *masa-las* de la cocina de Rajputana, y que todo eso le deparaba una gran alegría contra todo pronóstico; de las largas veladas junto al fuego de la chimenea, en las que Mohan Tajid e Ian jugaban en silencio al ajedrez, mientras Jason se enfrascaba en la lectura de uno de los voluminosos libros de la biblioteca y los dedos todavía inexpertos de Helena luchaban con los hilos de colores, finos como cabellos, que no había manera de encajar en los modelos afiligranados o Mohan le leía en voz alta los antiguos mitos y epopeyas: la Bhagavadgita o todo el Mahabharata, las Upanishad y el Ramayana. En estas historias, los dioses y demonios luchaban entre sí; guerreros y reyes, familias enteras de la nobleza sufrían y se amaban, se odiaban y morían y se les rendía honor en versos compuestos con mucho arte.

Habría sido la verdad, y sin embargo, ese relato de un idilio sin tacha habría resultado falso, incompleto, pues también estaban esos momentos en los que su mirada se encontraba con la de Ian, en los que el fuego en sus ojos le hacía tragar saliva y le quitaba el aliento; noches en las que creía consumirse y diluirse bajo sus caricias y sus besos, y que convertían aún en más heladas las sábanas vacías a su lado a la mañana siguiente. Había momentos en los que él reía y bromeaba con ella, se volvía locuaz hablándole de la historia del palacio, las familias de los Chand y los Surya, de que había pasado casi una década de su vida en Surya Mahal... De pronto, al instante siguiente, enmudecía y, cuando ella le preguntaba por el motivo, sus ojos se volvían fríos como el ónice y su rostro se contraía en una mueca impenetrable. Había momentos de felicidad en los que ambos estaban tan cerca el uno del otro que Helena apenas lo soportaba, y otros tantos en los que Ian irradiaba esa frialdad y esa dureza tan propias de él con las que la mantenía a distancia, tanto que ella sentía frío en su presencia.

¿Cómo habría podido expresar con palabras lo que a ella misma le parecía completamente incomprensible? ¿Cómo habría podido contarle a Margaret, a su Marge, que anhelaba tanto entenderlo, compartir su vida y todo lo que lo emocionaba y ocupaba, si ese deseo era también nuevo e inconcebible para ella misma? Le habría parecido casi una traición acusarlo de algo, pues no había motivo para tal cosa. No obstante, no podía considerarse feliz. Era como si sintiera la cercanía de la felicidad y no supiera por dónde agarrarla para poseerla.

Helena dejó la pluma. Le dolía el bajo vientre. El período se le había presentado siempre de manera irregular, y le había venido hacía dos días. Tan asombrada como extrañada, roja como un tomate de vergüenza, le había pedido a Nazreen que le mostrara el musgo que debía recoger la sangre del interior de su cuerpo. En un principio le pareció raro, incluso indecente, pero se acostumbró rápidamente a la libertad y a la despreocupación que nunca había experimentado con las incómodas y gruesas tiras de tela sujetas a un cinturón bajo las largas faldas. Conforme a las estrictas reglas del hinduismo, no debía estar en ese lugar, pues durante el período de la menstruación las mujeres debían quedarse en la *zenana*, entre sus iguales, para su propia protección y la de los hombres: para mantenerlos a distancia de su impureza. ¿La había evitado Ian aquellos últimos días por esa razón? A las preguntas que ella le formuló le había respondido únicamente con evasivas y frases desconcertantes. Por lo visto se había ido de Surya Mahal, a saber dónde y por cuánto tiempo. Aunque era reacia a admitirlo, su ausencia, en la inmensidad del palacio, había dejado en ella un vacío difícil de llenar.

Volvió a sentarse exhalando un suspiro; empuñó la pluma y, tras algunas palabras introductorias, escribió con letra briosa una descripción muy pintoresca acerca de las etapas de su viaje pasando luego a la de la vida en la India. Se despreció por el tono de la misiva, aparentemente despreocupado y gozoso, lleno de falsedad.

Largo, corto, corto, largo... sonaron los toques acordados en la puerta de vetas oscuras de la habitación del hotel. Con un suave campanilleo, el reloj de la repisa de la chimenea confirmó la puntualidad del visitante. Antes de abrir, Richard Carter inspiró profundamente para dominar la impaciencia que había vagado libremente durante horas por el suelo de madera cubierto de alfombras. El personaje delgado, vestido con unos sencillos *jodhpurs* y una levita, entró rápidamente en la habitación y realizó una breve reverencia, ágil y silencioso como una serpiente. Con mirada atenta y concentrada, Richard Carter comprobó que no hubiera testigos inoportunos a ambos lados del largo pasillo antes de cerrar suavemente la puerta.

Sin más preámbulos, el invitado anónimo, con el rostro pálido habitual de tantos euroasiáticos, casi gris a la luz del fuego de la chimenea, extrajo de un bolsillo interior de la chaqueta un sobre grueso y se lo tendió a Richard.

—Aquí tiene, *sahib*.

Richard rasgó el sobre apresuradamente y leyó por encima las hojas escritas con letra menuda y apretada. Levantó la mirada.

—Me dijeron que podía confiar en su discreción.

El euroasiático se inclinó en una reverencia.

—Así es, *sahib*.

A Richard no se le escapó el brillo codicioso en los ojos hundidos del visitante cuando echó mano del sobre que había dejado apoyado en el reloj de la repisa de la chimenea. Desde el primer momento había sentido una aversión rayana en la repugnancia por aquel hombre, que al parecer estaba dispuesto a hacer cualquier cosa por dinero. Sin embargo, su experiencia como hombre de negocios le había enseñado a subordinar sus sentimientos en provecho de su empresa.

—Manténgame al corriente —dijo, entregándole al euroasiático los honorarios.

—Por supuesto, *sahib* —dijo este, y le dio las gracias con una profunda reverencia—. Aunque, a decir verdad, la cosa se complicará aún más en un futuro próximo. Los hombres que la acompañan son personas de confianza, guerreros rajputs, acostumbrados desde que aprenden a andar a percibir el menor movimiento en el desierto. No hay ninguna posibilidad de infiltrar a uno de los nuestros.

Richard Carter no dudó un solo instante en sacarse del bolsillo interior de su abrigo gris antracita un buen fajo de billetes de banco.

—Estoy seguro de que se le ocurrirá alguna solución.

El rostro hundido del visitante se iluminó.

—Haré todo lo que esté en mis manos, *sahib*.

Tras otra reverencia solícita, el euroasiático salió de la habitación y cerró la puerta tras de sí sin hacer apenas ruido.

Richard acercó una silla a la chimenea y comenzó a leer con atención las hojas. Memorizaba su contenido y las iba arrojando al fuego una tras otra. Con una copa de jerez en una mano y un puro en la otra, observaba cómo el papel se oscurecía y las llamas lo consumían hasta convertirlo en cenizas.

17

Las herraduras de los caballos levantaban la arena y la gravilla en delicados velos de polvo. A pesar de que las noches eran todavía frías bajo el cielo estrellado, el sol calentaba durante el día la tierra rala, anunciando el final del corto invierno. Helena echaba de menos tanto los frescos patios interiores y los aposentos ventilados de Surya Mahal como los fuegos crepitantes de las chimeneas que habían dado calor a las tardes y las noches. Sin embargo, disfrutaba del sol sobre su piel, del viento que arrastraba bolas sueltas de hierba seca, del olor a tierra seca y a rocas polvorientas que reflejaban la claridad del cielo de seda azul.

Fue una partida planeada concienzudamente, cuyos preparativos se prolongaron durante varios días en los cuales se empaquetó todo y se colocó la carga sobre los caballos. Nada había tenido que ver con el apresuramiento de Ian hasta entonces cuando se trataba de emprender un viaje, como si la despedida de Surya Mahal le resultara tan difícil como a Helena. De todas maneras, apenas se habían visto las caras y no se sentía más importante que cualquiera de los numerosos bultos preparados para ser cargados. Ya hacía cuatro días que Djanahara la había vuelto a abrazar con lágrimas en los ojos y, entre lamentos de las mujeres y los hombres reunidos antes de que se abrieran las hojas del portón, la pequeña caravana había partido aquella mañana del desierto, clara como el oro. Tras la vida suntuosa en el palacio, la cabalgada por tierras yermas resultaba aún más monótona, más cansina que la primera vez, con el añadido además de la tensión de saber que iba hacia su futura tierra de acogida. Sin embargo, a pesar de que anhelaba la llegada a Shikhara y le parecía que el trote de los caballos era de una lentitud enervante, Helena estaba afligida por la incertidumbre de lo que se encontraría a su llegada. Aquel lugar que a ella le costaba imaginar sería su nuevo y definitivo hogar.

Soltó las riendas para arremangarse más la camisa y perdió momentáneamente el equilibrio, porque Mohan Tajid detuvo de pronto su oscuro caballo castrado y la yegua alazana hizo lo mismo. Con sus pobladas cejas entrecanas fruncidas, Mohan miraba a su alrededor como si estuviera venteando un rastro con todos los sentidos.

—¿Qué sucede? —Ian había vuelto grupas y se había reunido con ellos.

Con expresión de tensa concentración, Mohan Tajid sacudió imperceptiblemente la cabeza mientras la mirada de sus brillantes ojos negros vagaba por la amplia superficie y el altiplano situado a su izquierda.

—Alguien nos está siguiendo.

Helena hizo pantalla con la mano para protegerse del sol cegador y siguió la mirada de Mohan. A pesar de no ver nada más que guijarros y piedras y tierra quemada por el sol dejada de la mano de Dios, la actitud vigilante de Mohan le encogió el estómago.

—Llévate al chico —ordenó Ian a Mohan antes de desmontar, sin apresuramiento pero con un movimiento rápido, y de bajar a Helena de su silla de montar. Ella iba a protestar, pero pudo más el miedo que sentía y que la invadió como la pleamar. Se subió al caballo de Ian. Al mismo tiempo, uno de los guerreros de la escolta pasó a Jason de su alazán a la montura de Mohan Tajid.

Helena se acaloró cuando Ian montó detrás de ella. Con los muslos contra los suyos, notaba el calor de su cuerpo en la espalda, la elevación y el descenso de su tórax con cada respiración.

La lánguida calma en la que había estado sumido el grupo de jinetes durante las últimas semanas dio paso a un silencio tenso cuando prosiguieron la marcha. Aun sin verlos, Helena percibía cómo los rajputs que los acompañaban andaban ojo avizor, oteando incesantemente la llanura y las estribaciones montañosas, atentos a cualquier sonido y dispuestos en todo momento para la defensa.

—Huele bien tu pelo —murmuró Ian pegado a su melena, y ella volvió la cabeza.

Tenía una sonrisa en la comisura de sus labios, bajo el bigote negro, y sus ojos resplandecían. Parecía casi como si disfrutara de la amenaza que los acechaba. Debió de ver el miedo en la mirada de ella, porque soltó una mano de las riendas para estrecharla más contra su cuerpo.

—No te preocupes —susurró—. No nos va a pasar nada.

Pese a la sensación de indefensión de Helena en aquel paraje abierto y peligroso, se sentía muy segura en brazos de Ian. La embargaba una curiosa sensación en su presencia, que por eso le resultaba tan preciada.

Igual que si hubieran trasladado a Calcuta una parte de los Campos Elíseos, las farolas de la Chowringhee Road brillaban al caer la noche frente a las fachadas con columnas. Los faroles de los coches de caballos se sucedían en una corriente incesante, sin que pudiera distinguirse dónde empezaba el coche y terminaban los caballos en aquel crepúsculo de un color azul polvoriento. Los magníficos vestidos de gala, las plumas de avestruz y las joyas centelleaban cuando incidía en ellas la luz. Los simones daban vueltas por la ciudad antes de la hora de acudir a las cenas y sentarse a las mesas cargadas de cristalería fina y cubertería de plata.

La alfombra mullida amortiguaba cada paso, cada conversación; en el latón reluciente y en la madera pulida se reflejaban uniformes, trajes elegantes y algún que otro vestido de moda de seda con adornos refinados. La música de un pianista situado en un rincón sonaba discretamente en la sala. En esa sólida atmósfera de lujo, el bar del Gran Hotel encarnaba el orgullo de los ingleses por su Imperio y la riqueza de este. Richard Carter bebía a sorbos su whisky, enfrascado en la lectura de la última edición del *Punch*. En esos días no tenía otra cosa que hacer que esperar, e intentaba que las interminables horas transcurrieran de la manera más agradable posible.

Evitaba los placeres de la ciudad, los bailes, las veladas sociales, los clubes de nobles y las carreras en el Maidan, aunque conocía a suficientes personajes ilustres a los que podría haber recurrido para asistir a cualquier evento. Tampoco lo seducían el abigarrado bazar rebosante de vida ni las casas de citas situadas en lugares apartados. Lo que él esperaba era iniciar su viaje hacia el norte, al Himalaya, en cuanto un determinado convoy emprendiera también el camino hacia allí desde el corazón de Rajputana. Le llegaban ocasionalmente algunos telegramas de sus agencias, que él leía y respondía con concentración. Por lo demás, dedicaba sus días al aseo matinal y la cena en el hotel, la lectura de los periódicos en el bar y la información bursátil, sobre la cual telegrafiaba a ultramar alguna que otra instrucción.

A lo largo del mes de febrero fueron llegando al Gran Hotel casi a diario sobres en blanco traídos por recaderos sin nombre ni rostro, sobres que contenían la información que él pagaba tan cara. Según esa información no parecía haber nada en lo que Ian Neville no estuviera metido: extorsión, juego ilegal, soborno, incluso un duelo. Había indicios de que de sus bolsillos fluía dinero destinado a grupos que trataban clandestinamente de derribar el dominio inglés sobre la India. No obstante, no había nada de lo que se le pudiera acusar directamente. Todo eran suposiciones, indicios vagos, y Richard había comenzado a preguntarse si en aquel país se podía comprar a cualquiera o bien había muchas personas que odiaban a Ian Neville. Motivos los habría habido a montones: hombres de negocios puestos de patitas en la calle; aventureros que se habían jugado en una sola noche a las cartas todas sus propiedades; maridos cornudos; damas humilladas y deshonradas; hindúes que se sentían traicionados; otros cultivadores de té carcomidos por la envidia a causa de la calidad inigualable del té de Shikhara.

Richard Carter sentía casi admiración, o en todo caso respeto, por ese hombre que tan hábilmente sabía navegar en ambos bandos, tanto en el de los autóctonos como en el de los dominadores coloniales, siguiendo su propio camino y sin irritar a ninguna de las dos partes. Lo asombraba su diestra manera de proceder, tanto en los negocios como en sociedad, su desconsideración rayana en la brutalidad. Carta tras carta se iba completando el rompecabezas de su imagen, y Richard no podía menos que dar la razón a Holingbrooke, que le había dicho que era mejor no tener a Ian

Neville por enemigo. Sin embargo, a pesar de ya se había enterado de muchas cosas acerca de su rival, parecía imposible enterarse de algún detalle preciso acerca de sus orígenes. Ian Neville había aparecido de la nada hacía más de diez años, con suficiente dinero en el bolsillo para adquirir setecientas yugadas de terreno boscoso en las colinas de Darjeeling, suficiente para pagar a cientos de trabajadores, talar la selva y plantar matas de té; suficiente para edificar la vivienda más suntuosa con diferencia del lugar, sin comparación con los primitivos bungalows de otros propietarios de plantaciones. ¿De dónde era, de dónde procedía su fortuna? Nadie lo sabía y, por ello, tanto más disparatadas eran las especulaciones al respecto.

Richard no habría sabido decir qué pensaba hacer con todas aquella información. Destruía cuidadosamente cada prueba escrita, igual que había hecho antaño al borrar toda huella de su vida anterior. Sin embargo, el recuerdo de aquella vida que él creía haber olvidado ya hacía mucho, que solo acudía a él de vez en cuando en las sombras de las pesadillas, le perseguía ahora a cada paso que daba por las calles de Calcuta. Casi estuvo tentado de regresar, pero el recuerdo de Helena era más intenso. ¡Qué desgraciada, qué aspecto de hallarse perdida en medio de todos aquellos caballeros y damas ególatras y engreídos! Apenas toleraba imaginársela en manos de aquel hombre a quien precedía la fama de fauno lascivo, a la vez concupiscente y gélido.

—¿Dick? ¿Dick Deacon? ¡Qué casualidad más increíble después de todos estos jodidos años...! ¡Eh, tú, Dick!

Richard no levantó los ojos hasta que la mano tosca que pertenecía al dueño de aquel vozarrón le sacudió el hombro.

—¿Puedo servirle en algo, señor? —preguntó con amabilidad.

—¡Eres tú de verdad! —Aquel hombre rollizo, embutido en un traje de corte elegante pero un tanto raído, prorrumpió en una sonora carcajada y sacudió con entusiasmo los anchos hombros de Richard antes de dejarse caer a su lado en un sillón con un suspiro, derramando el whisky de su copa. Estiró las cortas piernas. Olía a alcohol y sudor.

Cuando miró radiante a Richard había un brillo en sus ojos azules, casi sumergidos en el rostro fofo e hinchado coronado por un pelo rubio pajizo ya algo ralo.

—¡Por Dios, que tenga que vivir estas cosas! ¡Al menos a uno de nosotros no lo afectó en absoluto la maldición! —Frunció el ceño con aire de preocupación y se inclinó hacia Richard—. Porque te están yendo bien las cosas, ¿verdad, Dick? ¿Qué me dices?

Richard le sonrió por encima de las hojas del periódico y asintió con la cabeza.

—Muchas gracias por su interés, señor, todo me está yendo estupendamente.

Su interlocutor suspiró aliviado y volvió a dejarse caer en el sillón.

—¡Dick, no soy capaz de expresarte lo que me alivia oírte decir eso! El adiestramiento a las órdenes del viejo Claydon, la escabechina de aquel verano... ¡Todo aquello no fue nada en comparación con lo que nos pasaría después a nosotros! Jimmy Haldane, hallado muerto en un fumadero de opio. Tom Cripps se ahorcó. Bob Franklin le pegó un tiro a la guarra de su esposa y luego se disparó. Toby Bingham está como un vegetal en el manicomio. A Eddie Fox le atravesaron un pulmón en un duelo. Sam Greenwood se volvió loco en un burdel y empezó a matar a todo el mundo. Por desgracia, no solo mató a unas cuantas putas, sino también a un oficial: lo condenaron a la horca. El viejo Claydon también... Bueno, ya lo habrás leído en el periódico. Y yo... —con un movimiento brusco se señaló, derramando el resto del whisky—, lo perdí todo, absolutamente todo jugando a las cartas contra el mismísimo satán en persona. Mi familia me desheredó y mi mujer me repudió; me queda la escasísima pensión que me paga el Ejército por mis servicios de entonces.

—Me apena oír eso —repuso Richard con sequedad a la mirada provocativa de aquel interlocutor forzoso antes de seguir pasando las hojas de su periódico.

—Fue aquel traidor hijo de puta... ¿Te acuerdas de aquel tío, fuerte como un roble, al que perseguimos durante meses? Ese que peleando con los negros liquidó a algunos de nosotros en una emboscada y luego se escondió. Kala Nandi, así lo llamaban. Nunca llegamos a enterarnos de quién era en realidad, algún renegado del ejército que se había pasado al otro bando. Tiene las manos manchadas de sangre inglesa, nuestra sangre. Se negó hasta el final a revelar su identidad, todos aquellos latigazos no sirvieron para nada, ni las noches enteras de interrogatorios con los que le torturaste. Tú y yo nos lo cargamos aquel día en pleno desierto... ¿Te acuerdas? ¿Te acuerdas de cómo escupía ante nosotros en la horca y juraba venganza... venganza por su mujer y sus hijos? Te digo que nos ha alcanzado su maldición, a todos nosotros, a todo el regimiento... —Los ojos casi se salían del rostro deforme cuando se incorporó en su asiento y agarró el brazo de Richard—. ¡Ándate con cuidado, Dick, también dará contigo! ¡Lo enterramos en la tierra reseca de este maldito país, pero sigue errante, te lo digo yo, y vendrá también por ti! —Al pronunciar las últimas palabras, su voz había alcanzado la estridencia que imprime el miedo.

—Disculpe, señor. —Uno de los camareros con chaleco a rayas se inclinó sobre el incómodo huésped—. Quisiera pedirle en nombre de nuestra casa que modere su actitud. No es habitual aquí, en el Gran Hotel...

El aludido se apresuró a ponerse en pie. Se tambaleaba.

—¡Déjame en paz, lechuguino! ¿Qué coño sabéis vosotros, civiles? ¡Fuimos nosotros los que en su momento sofocamos la rebelión, los que volvimos a traer a estas tierras la paz de la que disfrutáis hoy en día con tanta presunción! ¡Fuimos nosotros los que nos arrastramos en aquel entonces por el polvo para esquivar las balas, los que enterramos a nuestros compañeros y los cadáveres de Kanpur, solo para que vosotros podáis conduciros ahora como *sahibs* dentro de vuestros malditos chalecos de seda!

A una señal del camarero, se apresuraron dos más a agarrar al molesto huésped para llevárselo sin miramientos en volandas, bajo la mirada indignada de los caballeros, hacia la puerta de cristal.

—Soltadme, hijos de puta... Subteniente Leslie Mallory de la treinta y tres, por supuesto. Ese soy yo, así que dejadme en paz... —Sus gritos se fueron diluyendo tras la puerta cerrada a toda prisa. La madera cara, la música burbujeante y las conversaciones terminaron por ahogarlos definitivamente.

—Lamento profundamente este desagradable incidente, señor Carter. —El camarero se inclinó ante él—. Espero que no culpe a nuestro establecimiento. ¿Me permite ofrecerle un whisky para aliviar el susto, señor? Tendríamos a tal efecto un malta escocés de veinte años que seguramente será de su agrado.

—Con mucho gusto, gracias —aprobó Richard con la cabeza y, cuando poco más tarde alzó la copa, la superficie del líquido de color ámbar estaba en calma como un espejo.

18

Los trinos claros y polifónicos de los pájaros despertaron a Helena de su profundo sueño. Parpadeó con cansancio hacia la luz azul acero que entraba en la habitación a través de las ligeras cortinas. La brisa de la mañana se colaba por la ventana abierta. Olía a roca y a vegetación húmeda de rocío. Comenzó a desperezarse hasta que un dolor punzante le sacudió sus músculos. Se estremeció y se volvió de lado con lentitud. Recostada en las almohadas blancas bordadas se puso a recordar los agobios del viaje.

El cómodo vagón de ferrocarril los había llevado durante tres días a través del subcontinente. Desde las murallas rosadas de Jaipur, sumergida en el dramatismo de la luz broncínea y púrpura de la puesta de sol, habían viajado de noche sin volver a visitar la casa de los Chand. Desde aquel día en el desierto, cuando Mohan Tajid creyó haber observado una presencia, los hombres, presa del desasosiego, se habían afanado por sacarlos cuanto antes de campo abierto para llevarlos a un lugar seguro. Nada se había dicho que hubiera proporcionado información a Helena al respecto, pero ella lo percibió así. Se percató de lo que sucedía por la alerta constante que observó tanto en los ojos de Ian como en los de Mohan, asombrosamente parecidos, como piedras negras pulidas, duras e impenetrables. Apenas subieron al vagón de ferrocarril que los esperaba, Ian desapareció en su departamento; el olor a humo de cigarrillo delataba su presencia.

El nuevo día trajo un nuevo paisaje, completamente diferente del yermo seco que se había vuelto tan familiar para Helena, y una nueva visión de la tierra que iba a ser su hogar. A su izquierda, la ondulación del Ganges con destellos plateados, translúcido y verdoso allí donde avanzaba con rapidez, turbio y fangoso donde se estancaba. Enjambres de barcas de pescadores danzaban sobre las olas de los corpulentos barcos de vapor. Había búfalos y vacas bañándose y animales salvajes que corrían por los taludes. Cigüeñas y grullas permanecían inmóviles en las aguas someras y, en las orillas, levantaban el vuelo los gansos. Los imponentes troncos retorcidos de los banianos, con sus raíces aéreas con forma de dedos, los plumosos arbustos de bambú, los sublimes tamarindos, las palmeras, los plátanos y las matas silvestres de algodón, cuyo dulce aroma se mezclaba con el del hollín de la locomotora, alternaban con praderas llenas de rebaños de vacas, campos en los que trabajaban campesinos, mujeres con sus saris de colores vivos que lavaban la ropa, niños que chapoteaban, aldeas y grandes ciudades como joyas prendidas en una vestimenta valiosa de terciopelo verde, palacios y templos, y los escalones de piedra omnipresentes, los *ghats*, testigos pétreos de una historia milenaria.

—*Ganga ma ki jai*, alabada sea la madre Ganga —había dicho Mohan Tajid en voz baja—. Aquí late el corazón de la India, aquí está la cuna de nuestra cultura. Este río eterno nace en lo más alto, en el Himalaya, en el centro del universo. Por orden de Shiva, Ganga, la hija del rey de la nieve, hizo correr torrencialmente sus aguas hacia las tierras quemadas por el sol. Shiva atrapó el agua en sus cabellos y la dividió en siete ríos para alimentar a los necesitados y purificar a los muertos. Mediante el baño en las aguas del Ganga se limpia el karma de las vidas pasadas y de la actual. Y quien muere en Benarés, la más sagrada de todas las ciudades, a orillas del Ganges, queda redimido del ciclo de la reencarnación.

En Siliguri los habían estado esperando robustos caballos de carga y dos sirvientes, que se hicieron cargo de ellos y de las numerosas cajas. Emprendieron el último tramo de su camino sin la compañía protectora de los guerreros rajputs. Solo los acompañaba Shushila, vestida con pantalones azules ceñidos, túnica a juego ceñida al talle y botas. Su vestimenta no solo era adecuada para la ocasión, sino además elegante, tal como Helena tuvo que reconocer con envidia. Una vez más, volvió a sentirse tosca y zafia a su lado.

Abruptos se alzaban desde la llanura los roquedales por encima de los cuales serpenteaba cuesta arriba la carretera, salvando profundos desfiladeros y barrancos. A paso lento escalaron la empinada cuesta pasando junto a exuberantes plantaciones de té, bosques de bambú y arrozales; entre pinares, castaños y abedules, rododendros y hortensias todavía con nieve pues solo estaban a comienzos de marzo.

Anochecía cuando llegaron a Darjeeling. La noche se había tragado ya las crestas del Himalaya. Vagamente distinguió Helena entre las siluetas negras de las altas coníferas los contornos de las casas arracimadas en la pendiente. La ascensión había sido fatigosa. Se agotaba con aquel aire pobre en oxígeno, pese a lo fresco y aromático que era. Ansiaba echarse, acampar para pasar la noche; sin embargo,

Ian seguía cabalgando implacablemente, como si cualquier retraso significara una pérdida irreparable. Hacía ya rato que Jason se había quedado dormido en la silla de montar, recostado contra el amplio pecho de Mohan Tajid, protegido del frío por una manta fina de cachemira. A Helena le habría gustado hacer lo mismo, pero el orgullo le hizo apretar los dientes y mantenerse erguida en su montura.

Se despertó sobresaltada de un sueño de un segundo de duración cuando el cuerpo cálido de un caballo le rozó una bota. Ian, que se había rezagado, juntó su caballo al suyo y tendió un brazo hacia ella. Quiso defenderse, pero el cuerpo le exigía obstinadamente sus derechos. Dejó pasivamente que Ian la pasara a su montura. Se quedó dormida inmediatamente, apoyada en él.

Helena se desperezó con cuidado y se incorporó lentamente hasta quedar sentada. Ebria de sueño, observó parpadeando la habitación en la que se hallaba. La cama, con dosel de delicada muselina bordada, era de una madera casi negra que parecía brillar desde dentro con tonos rojizos. Sobre las sábanas blancas había una manta bordada con todo lujo en tonos rojos, naranja y púrpura. En el otro extremo de la habitación, en cuyas paredes enjalbegadas destacaban las puertas y ventanas de madera oscura, había un tocador ancho con un tallado muy artístico cuyo espejo reflejaba la imagen de Helena. Sobre el suelo de madera, de un brillo mate y cubierto con alfombras mullidas, había algunas sillas con cojines blancos y de seda de colores, mesitas con estatuas de dioses en plata y bronce, libros lujosamente encuadernados, un jarrón de cristal con un ramo de rosas rojo sangre. La brisa de la mañana se mezclaba con el aroma de las flores, de la madera encerada y de la ropa limpia. Cada rincón exhalaba feminidad, y Helena se preguntó disgustada si habría habido alguna vez una mujer según cuyo gusto se había decorado aquel dormitorio. Ese pensamiento la afligió. Sacó con brusquedad las piernas de la cama, se calzó las zapatillas bordadas y se puso la bata por encima del camisón. Tenía necesidad de salir fuera, al aire claro, al nítido canto de los pájaros. Abrió con suavidad la puerta situada junto a las dos ventanas y salió al balcón.

A sus pies se extendían como un mar de color verde profundo las plantaciones de té, que a lo lejos se fundían con praderas moteadas por las primeras flores amarillas y blancas de la primavera, rodeadas de bosques frondosos. Sin embargo, quedó fascinada por la cadena montañosa del Himalaya: grandiosa, orgullosa, magnífica. Cubría la piedra azulada un manto de nieve colosal que imponía respeto, como una ola de pleamar congelada, con un hálito rosado y aparentemente fundiéndose bajo el sol en ascenso.

—Impresionante, ¿verdad?

Helena se volvió y se ciñó aún más la bata al pecho. A Ian no le pasó inadvertido ese gesto breve y Helena vio en sus ojos un brillo burlón cuando se acercó.

—Buenos días. Espero que hayas dormido y descansado bien. —Sus labios rozaron fugazmente su mejilla. Durante una milésima de segundo se miraron a los ojos, antes de que Ian se irguiera de nuevo para contemplar las montañas. Estaban tan cerca que Helena notaba el aliento de Ian en la piel.

»Eso de ahí es el Kanchenjunga —dijo, señalando el pico más alto de aquella cadena montañosa—. En el idioma tibetano su nombre significa «las cinco joyas de la nieve eterna». Según la tradición, el dios tibetano de la riqueza guarda ahí sus tesoros: oro, plata, cobre, cereales y las escrituras sagradas. Y los hindúes creen que es en el monte Kailash, la "montaña de plata", donde habita Shiva. Todos los dioses y demonios tienen su lugar en esta cordillera. Por eso la gente la considera sagrada. Se dice que los pecados humanos desaparecen a la vista del Himalaya igual que se evapora el rocío antes de que salga el sol. —Se quedó mirando fijamente a Helena con un aire serio en sus insondables ojos—. Seguramente no existe persona alguna para quien esto tenga menos validez que para ti, mi pequeña e inocente Helena —añadió en voz baja, pasándole el dorso del dedo índice por el contorno de la mejilla antes de besarla.

Algo en su voz, una profunda tristeza, casi una desesperación, la conmovía a la vez que la dejaba helada. Cuando la besaba parecía que algo oscuro se apoderaba de ella, algo que la atemorizaba, de lo cual quería sustraerse pero a lo que se sentía expuesta irremediablemente.

Ian apartó la boca de pronto y con igual brusquedad cambió de humor. Daba la impresión de estar sereno, alegre, el brillo de sus ojos era casi insolente.

—Vamos a desayunar, después te mostraré tu nuevo hogar.

A pesar del hambre que tenía y de las exquisiteces servidas en la mesa (panecillos blancos esponjosos que todavía humeaban, mantequilla cremosa, diferentes mermeladas, huevos con la yema de color amarillo oscuro, vaporosas tortillas rellenas de chutneys de frutas, té especiado y chocolate espeso), Helena apenas pudo probar bocado. Eso se debía en parte a la opresión que seguía sintiendo como un anillo de hierro en torno a su pecho, en parte por el panorama imponente que veía desde su butaca de ratán, encarada hacia el balcón alargado, que le cortaba la respiración. Las cumbres nevadas de las montañas resplandecían como oro líquido bajo el sol en ascenso rápido, resplandecían como plata y reflejaban de una manera cegadora la luz blanca mientras ascendía una bruma tenue desde las praderas y las pendientes de la plantación de té, que se iba diluyendo para volver aún más claros los colores diurnos.

Tras un breve aseo matinal seguía Helena poco después a Ian por la casa, vestida con camisa y pantalones de montar, y con el pelo indómito sujeto en una trenza. En comparación con el lujo de Surya Mahal y la elegancia de la casa de Grosvenor Square, Shikhara era una construcción austera y sencilla, pero de una sencillez selecta, ostensiblemente lujosa. Las paredes enjalbegadas alternaban con las maderas nobles; por las elevadas ventanas entraba sin obstáculos la luz del sol, dando a las habitaciones buena ventilación y al mismo tiempo creando un ambiente acogedor y hogareño. Construido en dos plantas, al igual que los típicos bungalows de los propietarios de las plantaciones de té, no tenía, en cuanto a dimensiones, nada que ver con ellos. El centro de la planta baja era un generoso vestíbulo con el suelo de baldosas blancas y marrones alrededor del cual se distribuían el salón, el comedor y la biblioteca con los cuartos de trabajo colindantes. Bordeaba el conjunto una terraza acristalada con columnas que daba al jardín exuberante más allá del cual la vista se perdía en las colinas de color verde oscuro. Una amplia escalera conducía desde el vestíbulo hasta el piso de arriba, donde, circundados por la galería exterior, estaban los dormitorios, cada uno con su baño propio. Un laborioso trabajo de tallado adornaba ventanas y puertas. Algunas parecían de encaje. Los creadores de aquellas sillas, mesas, lechos, divanes y armarios parecían más artistas que artesanos. Unas alfombras de colores cubrían los suelos, en parte embaldosados, en parte entarimados. Candelabros y lámparas de plata y cristal translúcido, trofeos de caza, escenas enmarcadas del mundo mítico de la India, porcelana auténtica, relojes de pausado tictac, colchas y cojines con bordados de los tejidos más delicados, todo era de una sencillez selecta pero completamente alejada de la sobriedad puritana.

En la parte trasera de la casa se ubicaban la gran cocina y las despensas llenas a rebosar de fruta y verduras, tarros de extrañas especias de muchos colores, sacos de harina y arroz, café en grano, azúcar y sal. Los suministros diarios de carne, pescado y aves de corral se guardaban frescos en la cámara fría, sobre lechos de hielo, a la espera de ser aderezados. Toda una multitud de sirvientes poblaba la casa, en su mayoría mujeres de diferentes edades con sari de algodón, pero también algunos hombres, desde el mayordomo, ataviado con una chaqueta blanca sin cuello y *dhotis*, hasta los sirvientes, vestidos con sencillez pero sin tacha, que mantenían limpia la casa, cuidaban del jardín o partían y apilaban leña para la chimenea. Ian les presentó a Helena como su nueva *memsahib*. La saludaron con una respetuosa reverencia y se la quedaron mirando fijamente con los párpados entornados. Helena les llamaba poderosamente la atención, principalmente porque su aspecto no tenía nada que ver con el del resto de las *memsahibs* que habían conocido hasta entonces o de las que habían oído hablar. Sus miradas, aunque tímidas, la habían avergonzado y tenía las mejillas coloradas.

No lejos de la casa estaban los espaciosos establos, detrás de los cuales se extendía una extensa dehesa. En ellos había más de una docena de caballos esbeltos y majestuosos; su pelaje sedoso negro noche, blanco nieve, rojo alazán, relucía a la luz del sol. Helena inspiró profundamente, sorprendida de ver a *Shiva* y a *Shaktí* conducidos por dos mozos de cuadra.

La yegua blanca relinchó suavemente y dio un empellón a Helena cuando esta agarró las riendas. La muchacha respondió a su saludo acariciándole con delicadeza el costado y susurrándole palabras cariñosas.

—¡Oh, Ian! —exclamó de repente—. ¿Cómo has hecho para traerlos a los dos tan rápidamente? —Con manifiesta alegría lo miró radiante, sin percatarse de la expresión atenta y cálida de sus ojos al observar su trato cariñoso con el caballo.

Sonreía cuando pasó la mano suavemente por la piel brillante de *Shaktí,* cuya blancura recordaba las extensiones nevadas de la cumbre del Kanchenjunga, a escasa distancia de Helena.

—Es un secreto que me guardo.

«Y de esos tienes un montón», se dijo Helena, bajando los ojos con rabia. ¡Qué fugaces eran los momentos de distensión con Ian!

Cabalgaron muy pegados el uno al otro por un camino pedregoso recién rastrillado, pasaron junto a rododendros altísimos, arbustos de bambú, robustos robles, cedros y arriates de flores. Todo tenía el aspecto de un parque bien cuidado. De vez en cuando se cruzaban con uno de los jardineros vestidos de blanco que, provistos de rastrillos y tijeras de podar, se esforzaban por mantener aquel orden y que los saludaban con tanta amabilidad como respeto.

El camino se volvió empinado en las plantaciones de té, que formaban una alfombra verde de hebras altas: una vegetación reluciente de color verde botella hasta donde alcanzaba la vista. A lo lejos se divisaba un edificio enjalbegado y alargado, en forma de «L», en torno al cual se agrupaban numerosas casitas.

—Es la manufactura —dijo Ian—. En ella se tratan las hojas recolectadas. Es allí donde viven, además, la mayor parte de mis trabajadores, exceptuando las temporeras, que vienen desde los valles vecinos del Himalaya para la recolección. Ahora todo está tranquilo, pero dentro de dos o tres semanas se trabajará aquí desde la salida del sol hasta bien entrada la noche; las manos de centenares de personas estarán ocupadas.

La senda, angosta y empinada, los condujo entre campos de té que impregnaban el aire con su aroma fresco y especiado.

—Dicen que los orígenes del té se remontan a unos cuatro mil quinientos años. Shen Nung, el último emperador divino a quien los seres humanos deben el invento de la agricultura y de la medicina, ordenó a sus súbditos beber agua hervida. Un día de mucho calor, se encontraba Shen Nung a la sombra de un arbusto, hirviendo agua para aplacar su sed. Una brisa ligera pasó por entre las ramas del arbusto y soltó tres hojas, que fueron a caer en el agua hirviendo y le proporcionaron una delicada coloración. Shen Nung esperó un poco antes de probar aquello, lo encontró deliciosamente refrescante y estimulante, y fue así, según la leyenda, cómo nació el té.

Helena escuchaba atenta, como hipnotizada, la voz de Ian, mientras *Shiva* y *Shaktí* seguían trotando alegremente cuesta arriba.

—El té tiene, efectivamente, una larga tradición en China, Corea y Japón. Los documentos más antiguos se remontan al siglo VIII antes de Cristo, y con el transcurso de los siglos se fueron desarrollando complicados y estrictos rituales para la preparación del té. Fueron primero los comerciantes portugueses y posteriormente los ingleses quienes, desde China, llevaron a Europa el té en el siglo XVII, llamado *tay* o *te* en la China meridional. Como los comerciantes de té chinos se embolsaban la parte del león de las ganancias, a finales del siglo pasado la Compañía de las Indias Orientales trató de tener sus propias plantaciones de té. Las condiciones climáticas eran favorables en la colonia hindú y, de hecho, los resultados de las primeras plantaciones de té experimentales fueron muy prometedores. Cuando en mil ochocientos veintiséis fueron conquistados los territorios de Assam para la Corona británica y los hermanos Bruce descubrieron té silvestre en ellos, empezaron los experimentos para cultivar esas plantas y observar su desarrollo en diferentes condiciones para su cultivo. Finalmente se creó, en 1839, la Compañía Assam. No solo se cultiva té en Assam, sino también en algunas zonas de Bengala y en la parte occidental del Himalaya, pero ninguno tiene la calidad del té de Darjeeling. El té requiere una humedad y una temperatura constantes, la acción equilibrada del sol y la lluvia, la proximidad de las montañas. La razón última de que la tierra y el clima de aquí produzcan el mejor té del mundo es un secreto de las montañas de Darjeeling.

Habían alcanzado la cima del cerro desde el cual divisaban las suaves ondulaciones de las colinas con las plantaciones de té y detuvieron caballos. A su espalda se extendía la densa y oscura selva a lo largo de la cadena montañosa cuyas rocas despedían un tenue brillo azulado mientras la costra blanca de nieve reflejaba cegadoramente la luz del sol. Ian se apoyó en la silla contemplando aquellas tierras con aire meditabundo.

Allí arriba reinaba el silencio. Solo el gorjeo lejano de los pájaros y una brisa que hacía susurrar las matas de té y los árboles daban vida al paisaje. Una paz increíble se extendía por las colinas y valles y colmaba el alma de Helena. Comprendió lo que había querido decir Mohan Tajid al describir Shikhara como el paraíso y afirmar que el corazón de Ian pertenecía a esa parte del país, aún más que al desierto de Rajputana. Pero no sintió celos, porque percibió cómo se ensanchaba y engrandecía también su propio corazón, conmovido por la paz y la belleza silenciosa de las montañas, los prados y los bosques.

Ian desmontó. Las matas de té le llegaban casi hasta la cintura. Hizo un gesto a Helena para que lo imitara. Pasó las dos manos por las hojas relucientes y finalmente cortó un brote verde claro. Puso en la mano de Helena la ramita, como si fuera un tesoro. Ella notó la jugosa solidez de las hojas y olió su aroma húmedo y almizclado, cuando él le cerró la mano con una suave presión.

—Este, Helena, es el oro verde de la India.

Ella levantó la vista. Los ojos negros de Ian eran cálidos y le permitieron mirar abiertamente en su interior por primera vez desde que lo había conocido. Aquello, junto a la calidez de su mano, hizo que la mirada de él penetrara hasta el fondo de su alma.

Había sido un día largo, duro, su primer día en Shikhara, que tanto había temido. Sin embargo, la amabilidad de la gente que trabajaba dentro y fuera de la casa rápidamente disipó su temor y su timidez. La sorprendió lo bien que se entendía y funcionaba el servicio doméstico, y sintió muy pronto que era más que bienvenida como *memsahib,* pero que no esperaban de ella otra cosa que la expresión de sus deseos. Se había demorado muchas horas en el reino de la corpulenta cocinera, quien, a pesar de su sobrepeso, vestida con un sari violáceo, se movía con agilidad entre los fogones al rojo y las cámaras de la despensa. Daba órdenes y reprendía a los pinches cariñosamente con una voz áspera, a la vez cálida y melodiosa. Había puesto bajo la nariz de Helena docenas de especias diferentes, le había dado a probar las exquisiteces más variadas y había esperado con ojos expectantes que eligiera vacilante algunas para el almuerzo o la cena. Luego había prorrumpido en una queja por los precios desorbitados del pescadero y había insistido en que Helena, como *memsahib*, hiciera valer su autoridad al día siguiente con él. Una de las criadas fue corriendo muy agitada para saber si *memsahib* quería para esa noche la vajilla con el borde blanco o azul y también el número de candelabros que deseaba. Helena comprendió rápidamente que el servicio doméstico en Shikhara había funcionado impecablemente sin ella, pero que a esas personas que trabajaban para Ian les gustaba que fuera ella la que tomara las decisiones. Inspeccionó los armarios que contenían la mantelería y la ropa de cama, la porcelana y la cubertería de plata. Se movía con admiración, casi con veneración entre todos los hermosos objetos que había en la casa, y decidió, a falta de indicaciones concretas de Ian, decidir ella misma según su parecer. Y constató que aquello le procuraba placer. Recién bañada y vestida con un sari turquesa con ribete dorado, fue poco antes de la cena al jardín y cortó una brazada de ramitas con flores blancas que colocó en un jarrón alto en el centro de la mesa, porque le pareció que armonizaban muy bien con la porcelana blanca azulada y las velas blancas. Notó la aprobación en los ojos de Ian.

Helena notaba cada músculo de su cuerpo y le pesaban los párpados, pero la brisa nocturna la había llevado de nuevo a salir al balcón. Se ciñó el chal por encima del camisón fino. A través de él notaba la humedad fresca que ascendía por las colinas como una caricia. Aspiró profundamente aquella brisa ligera y dulce, con una satisfacción desconocida para ella hasta aquel instante.

—¿No estás cansada?

Una sonrisa se insinuó involuntariamente en la comisura de los labios de Helena. Había contado con encontrar allí a Ian y se volvió a medias. Estaba sentado en uno de los sillones de ratán a la luz plateada de las estrellas, con las botas de montar encima de otro asiento. La miraba a través del humo de su cigarro casi consumido. Ella asintió con la cabeza.

—Sí, mucho.

Apagó la colilla y se levantó, se colocó pegado a ella junto a la barandilla y miró hacia la oscura noche.

—Me pregunté muchas veces si era correcto traerte aquí —dijo finalmente en voz baja—, y pienso que lo ha sido. —La miró inquisitivo, escrutándola.

Helena asintió con la cabeza, un tanto aturdida.

—Yo también lo creo.

Ian alzó una mano y enrolló en torno a sus dedos un mechón ondulado del cabello de Helena. Pareció titubear antes de darle un beso suave y cauteloso, de una delicadeza sorprendente. Sus brazos rodearon su cuello como si tuvieran autonomía; se apretó contra él y se le hizo dolorosamente consciente lo mucho que había echado de menos su cercanía física, lo alejado que había estado Ian de ella durante las últimas semanas a pesar de no haber estado muy lejos. Respondió a su beso con avidez, con ansia, y percibió las convulsiones de una risa ligera en el cuerpo de él. Ian tomó su rostro con las manos y lo inclinó suavemente hacia atrás.

—Desde el primer momento supe que dormitaba en ti una gata montesa —le susurró con la voz ronca de deseo antes de besarla de nuevo, esta vez de manera apasionada y salvaje, arrancándole suspiros de placer. La cogió en brazos y la llevó a su dormitorio, la llenó de besos y caricias suaves y ardientes, cubrió la desnudez de su cuerpo con el suyo hasta que ella gritó suavemente en la culminación de su deseo.

El sol de la mañana dibujaba rayas cálidas en las sábanas y almohadas, en la piel y en los párpados de Helena. Abrió los ojos y vio que Ian dormía profundamente a su lado. Miró el mechón de reluciente pelo negro que le caía sobre la frente; su rostro, que dormido parecía joven y relajado y vulnerable; su pecho desnudo, cubierto de espeso vello oscuro, que ascendía y descendía. Se detuvo a observar la cicatriz de su hombro izquierdo. Suavemente, como el ala de una mariposa, teniendo cuidado de no despertarlo, le apartó el mechón del rostro, pasó los dedos por las duras y desiguales crestas de la cicatriz con pena en el corazón.

—Te quiero, Ian —susurró con un hilo de voz apenas audible y con la garganta atenazada por lágrimas contenidas de felicidad y tristeza—. Te quiero.

19

Debió de quedarse dormida otra vez porque, al abrir de nuevo los ojos, Ian se había ido. El contorno de su cuerpo estaba marcado en las sábanas, que conservaban todavía su calor. Cuando Helena hundió la cabeza en ellas pudo oler todavía su aroma, y un deseo anhelante recorrió su cuerpo. Fue entonces cuando oyó sus pasos, su susurro alegre y una sonrisa de felicidad le iluminó el rostro. Sin embargo, se le apagó cuando oyó risas y bromas amortiguadas a través de la puerta y de la pared, con la cadencia inconfundible, rápida y bailarina del hindi, y la voz femenina que replicaba con claridad a sus risas era la de Shushila.

La cólera y la vergüenza se mezclaron en un sentimiento de desdicha. Helena se cubrió la cabeza con una almohada y apretó los dientes para contener las lágrimas y no tener que escuchar más aquello. Cuando una mano le rozó el hombro, se incorporó sobresaltada. Era Yasmina, que la miraba con culpabilidad porque creía que la había arrancado del sueño.

—He preparado el baño para usted, *memsahib*. Por favor, dese prisa, *huzoor* la espera para el desayuno.

Helena se movía adrede con mucha lentitud. Yasmina tuvo que insistir para que saliera del baño, que olía a rosas. Siguiendo su costumbre, echó mano de la camisa y los pantalones de montar, pero Yasmina sacudió la cabeza con timidez.

—*Huzoor* desea que lleve usted hoy algo diferente.

Fue entonces cuando Helena vio el vestido de color blanco crema con un estampado de zarcillos y hojas verdes extendido sobre la cama recién hecha; Yasmina debía de haberla hecho mientras ella se bañaba. Se vio momentáneamente tentada de contravenir la orden de Ian, pero finalmente se encogió de hombros con indiferencia.

—Bueno, por mí...

Aunque Yasmina se esforzó en apretar el corsé todo lo que pudo, al final tuvo que emplear la fuerza para cerrar los ganchitos de la trasera del vestido. Cuando Helena se contempló en el espejo alto tuvo que reconocer que le quedaba verdaderamente apretado. En efecto, había engordado desde que se probó el vestido en Londres. Tragó saliva cuando constató ese hecho y entonces se apareció ante su ojo interior la figura de Shushila, tan bella y seductora con sus saris. Desafiante, casi con porfía, elevó la barbilla frente a su imagen reflejada en el espejo. «¡Bien! —se dijo—. ¡Me estoy convirtiendo en una matrona fea, sin encantos! ¿A quién le importa?» Sin volver a mirarse, dejó que Yasmina le cepillara el pelo sentada al tocador y se lo recogiera en un moño holgado que los hábiles dedos de la joven adornaron con algunas flores blancas de seda y hojas verdes artificiales.

Cuando, poco después, Helena pisó la terraza con sus ligeros mocasines de piel clara, sin ojos para la belleza matinal del jardín ni para la mesa preparada con primor, se esforzó por ignorar las miradas de Ian, y, sin embargo, las sentía sobre su piel.

—Buenos días —la saludó él alegremente, tendiendo la mano hacia ella, que, haciendo caso omiso, se sentó en silencio al otro lado de la mesa con la mirada clavada en el plato.

Cuando el criado le alcanzó la cestita de los panecillos los rechazó con un movimiento de cabeza y solo tomó té a sorbitos, con desgana.

—Deberías comer algo, tenemos un día muy largo por delante —le recomendó Ian.

—Gracias, no tengo hambre —repuso ella con irritación, y observó con el rabillo del ojo que Ian sonreía de oreja a oreja.

Él se inclinó hacia delante y susurró por encima de la mesa:

—¿Después de lo de la noche pasada? ¡Me puedes decir lo que quieras, pero no que no tienes hambre!

Helena se puso roja como un tomate. Con las cejas contraídas en un gesto huraño, le espetó:

—¡Si no me cuido, dentro de poco no me podré poner ningún vestido!

—De todas maneras estabas demasiado delgada —repuso Ian con calma. Se interrumpió como si se le hubiera ocurrido algo, y añadió en voz baja—: ¿Acaso estás...?

Helena volvió a ponerse roja y sacudió avergonzada la cabeza.

Aquella noche en el patio interior de Surya Mahal, cuando dentro del círculo de mujeres le pintaron las palmas de las manos y las plantas de los pies con aquellas líneas rojas, comprendió por las canciones y versos antiguos qué era lo que llevaba a hombres y mujeres a formar pareja, cómo la unión de los dos sexos y el malestar de cada mes estaban relacionados con la generación de los hijos. Pero seguía habiendo algo en ella que la alborotaba, un pequeño demonio de cólera que no le daba descanso y, en una revelación repentina, alzó la vista hacia él con los ojos fríos y duros como diamantes azules.

—Eso era lo que te importaba, ¿verdad? Era el motivo de tus prisas... Por eso querías desposarme tan rápidamente, para tener lo antes posible un heredero, un heredero legítimo, ¡no a un bastardo de piel oscura! ¡Para ti no soy más que una yegua paridora, nada más!

Helena hablaba cada vez más atropelladamente, llevada por la rabia, sin ver cómo el rostro de Ian se iba crispando y cómo sus ojos se estaban volviendo de un negro profundo y amenazador. Solo se interrumpió asustada al escuchar un golpe y el tintineo de la vajilla. Ian se había quitado la servilleta del regazo y la había estampado junto con el puño sobre la mesa, barriendo al mismo tiempo su taza, que cayó al suelo haciéndose añicos, diminutos y blancos, como una cáscara de huevo rota.

—¡Ya basta! ¡Si hubiera sabido que ibas a hablar a tontas y a locas, como una estúpida, seguro que no me habría casado contigo! ¡Tenía intención de pasar el día contigo en la ciudad, pero has hecho que se me quiten del todo las ganas! —Se levantó encolerizado del asiento y se fue a grandes zancadas.

La cólera de Helena se había desvanecido, tan solo permanecía en ella el torturador sentimiento de la vergüenza. Estaba ahí sentada, ensimismada, mirando fijamente el plato vacío. El criado, a la vista de la tormenta que se avecinaba entre *huzoor* y *memsahib*, se había metido a tiempo en la casa. Durante mucho rato estuvo ella sola allí con las mejillas arrasadas de lágrimas. Como a través de un velo vio que Mohan Tajid y Jason llegaban a la terraza acristalada, de regreso de un paseo matinal a caballo, ambos de muy buen humor. A Mohan le bastó una mirada. De inmediato ordenó cariñosamente a Jason que entrara en casa. El chico titubeó momentáneamente, miró asustado a Helena y, finalmente, se marchó a regañadientes, porque Mohan se valió de un cachete suave para apremiarlo a obedecer su orden.

Helena lo miró a través de las lágrimas.

—Lo he echado todo a perder —le espetó entre sollozos, y cuando él acercó una silla para estar más cerca, lloró sobre su hombro y echó todas sus penas fuera: sus celos de Shushila, su preocupación por el vestido demasiado ceñido y la disputa de antes. Mohan la escuchó atentamente, en silencio.

Finalmente ella levantó la cabeza de su hombro, se enjugó las mejillas y, cuando Mohan le tendió su pañuelo, se sonó ruidosamente la nariz.

—Seguro que ahora me detesta —murmuró.

Mohan sacudió la cabeza.

—No, seguro que no. Para llegar a odiar a una persona, Ian necesita mucho más que una pequeña disputa. Volverá a sosegarse, le doy mi palabra —añadió para corroborar su afirmación, puesto que Helena parecía dudarlo.

Se incorporó sorbiéndose los mocos.

—Tengo que ir a verlo. ¿Sabe usted dónde está?

Mohan volvió a sacudir la cabeza.

—No, pero aunque lo supiera la haría desistir de tal cosa, no sería buena idea ahora. Espere hasta que se haya desvanecido su cólera; antes no tiene ningún sentido.

—¿Y qué hago mientras todo este tiempo?

La miró con seriedad, pero, al mismo tiempo, con el asomo de una sonrisa en los ojos.

—Vaya arriba, le enviaré a alguien para que se ocupe de

usted. Descanse. Diré en la casa que no se encuentra bien. Y a Jason sabré mantenerlo ocupado.

Helena subió despacio la escalera como una escolar castigada. Sabía que se había comportado estúpidamente. Estaba tan arrepentida que habría hecho todo lo posible para deshacer lo sucedido. Se dejó caer con cansancio en el taburete, frente a su tocador, pero evitó todo contacto visual con la superficie plateada del espejo.

Unos golpes suaves en la puerta la hicieron ponerse bruscamente en pie, apartarse rápidamente del rostro los mechones sueltos y enjugarse las últimas lágrimas de la cara. Se quedó helada cuando Shushila entró con cuidado en el cuarto. Realzaba el tono cobrizo de su piel un sari amarillo claro con un ribete de tonos verdes luminosos. Ya no le quedaban fuerzas para estar iracunda, así que solo miraba a la joven con una sensación de humillación por el hecho de que Mohan Tajid la hubiera enviado precisamente a ella.

Tampoco Shushila parecía cómoda. Miró a Helena con cautela, con los párpados entrecerrados, hasta que esta comprendió que Shushila tenía miedo. Miedo de que Helena prorrumpiera en un ataque de rabia, de que le pegara o de que, incluso, la echara de la casa. Pero a Helena no le salió ninguna palabra de su boca, solo inclinó la cabeza y las lágrimas volvieron a correr por sus mejillas.

—¡Chisss! —susurró Shushila, y se colocó detrás de Helena—. No llore, *memsahib*.

Con cuidado, le quitó las flores y las hojas del moño. A continuación le sacó las agujas que se lo sostenían y el cabello de Helena cayó espalda abajo libremente. Con peine y cepillo comenzó a desenredárselo con cuidado y a conciencia, alisándoselo. Tras un largo silencio, Helena escuchó la voz tierna de Shushila a su espalda. Se esforzaba por hablar con lentitud y de manera clara, para que Helena entendiera cada palabra que pronunciaba.

—No debe usted pensar mal de *huzoor*. A veces puede ponerse muy furioso, pero eso no le dura mucho. Es un señor justo y nos trata bien a todos. Nunca nos pega y nos da mucho dinero por nuestro trabajo. Casi todos los de esta casa le estamos muy agradecidos por poder trabajar para él. En especial yo. —Permaneció un instante en silencio, como si le resultara difícil continuar hablando—. Mis padres me vendieron cuando yo era muy niña todavía... No había comida suficiente para todos los hijos. Yo me crie en uno de los *lal bazaars* de Calcuta y, cuando fui lo suficientemente mayor y había aprendido todo lo que necesitaba saber, fui entonces una chica *nauj*. Me pegaban con frecuencia y los hombres me trataban muy mal. La cosa fue especialmente grave en una ocasión, y *huzoor*, que estaba presente con otros *sahibs*, lo vio. Le dio mucho dinero por mí a aquella bruja asquerosa, mucho más de lo que yo valía, y me llevó a su casa de Calcuta. Me dio de comer y también ropa limpia y no exigió de mí nada más que ayudara en la cocina. Y volvió a llevarme consigo cuando se vino aquí. Nunca me exigió nada... pero en algún momento lo quise yo también. Eso no resulta nada difícil con un hombre como *huzoor*.

Volvió a enmudecer. En el interior de Helena estaba todo convulsionado. La compasión por el destino de Shushila, un rastro de agradecimiento y un poco de orgullo por haberla sacado del burdel y celos por las noches en que había amado a Shushila formaron un ovillo inextricable en la boca de su estómago. Sin darse cuenta había ido girando en el taburete y, cuando levantó la vista, su mirada se encontró con la de Shushila antes de que esta se apresurara avergonzada a mirar de nuevo los rizos del cabello de

Helena. Inspiró profundamente y prosiguió su narración.

—Nunca esperé nada más que lo que recibía, pues esto era ya más de lo que había soñado nunca. Me prometió que me dejaría ir cuando encontrara a un hombre que quisiera tenerme y que me daría incluso una buena dote. Como es natural, yo oía decir todo tipo de cosas, como que *huzoor* prefería en realidad a *memsahibs* de piel clara cuando estaba en Calcuta o en Inglaterra. Pero nunca me encontré con ninguna frente a frente, aunque estaba a la espera. Una vez... una vez le pregunté por qué estaba sin *memsahib*. Él se limitó a reír y dijo que porque no había ninguna que lo soportara ni ninguna de la que no se hartara enseguida.

»Pero cuando llegó el "telegrama" —dijo, utilizando la palabra inglesa— con las indicaciones de cómo había que arreglar esta habitación, entonces supe que había encontrado a su *memsahib*. —Shushila tiró de los pelos sueltos que se habían quedado enganchados en el cepillo y los dejó caer con cuidado en la papelera—. Y cuando estuve esperando su llegada en Bombay y la vi a usted, entonces supe que había elegido bien y también que ya no pasaría ninguna noche más conmigo. Y así ha sido. —Dejó el peine y el cepillo encima del tocador—. ¿Quiere que la ayude a cambiarse de ropa? —preguntó con absoluta naturalidad, como si no hubiera revelado unos instantes antes tantos asuntos íntimos.

Helena sacudió la cabeza. Shushila hizo una breve reverencia y se dirigió hacia la puerta. Se volvió de nuevo.

—*Huzoor* siempre puso mucho cuidado en no engendrar ningún... ningún hijo del placer, a pesar de que yo deseé con frecuencia concebir uno.

Había abierto la puerta cuando Helena gritó su nombre.

—¡Shushila! —Las dos mujeres se miraron, y lo único que Helena pudo pronunciar fue—: *Shukriya*, gracias.

La hindú juntó las palmas de las manos y se inclinó antes de cerrar la puerta tras de sí.

Con gesto de cansancio contempló Helena su imagen reflejada en el espejo. Tenía la cara hinchada por las lágrimas y los ojos enrojecidos. La había conmovido el destino de Shushila, y se avergonzó de sus celos por haber sido capaz de ver en ella a una rival. A fin de cuentas habría tenido que ser al revés, porque había sido ella, Helena, quien había apartado a Shushila de sus noches con Ian. Sin embargo, Shushila no parecía guardarle rencor, parecía haber aceptado ese hecho sin protestar. Como es natural, Helena ya había intuido que Ian no era ninguna hoja en blanco, que debía haber habido otras mujeres antes que ella, pero aun así... envidiaba a todas y cada una de ellas, pese a que no tenían rostro ni nombre; envidiaba cada minuto que Ian las había mirado, las había acariciado. Pese a todo, él se había casado nada menos que con ella, la muchacha sin encantos, díscola, que no tenía nada que ofrecerle, de la que no podía pavonearse; él, tan bien parecido, tan rico y un hombre de mundo. ¿Por qué?

Su mirada resbaló por el escote cuadrado del vestido orlado con una labor de encaje verde, escote que apenas podía contener su pecho, que tan exuberante se había vuelto. Se levantó y se contempló en el espejo grande, volviendo a un lado y del otro, se puso las manos en el talle, se puso de espaldas y se contempló por detrás mirándose por encima del hombro. Nunca antes había prestado tanta atención a su imagen. Se acercó al espejo, se apartó los mechones de pelo del rostro y se los pasó por encima de los hombros para formar un moño en la coronilla.

¿Era guapa? No lo sabía. ¿Le gustaba a Ian? Tampoco sabía eso. Alastair Claydon había dicho un día que tenía el cabello como un campo de cereal maduro a la luz del atardecer y unos ojos como el mar en un hermoso día de verano, y ella se había burlado de él porque sus palabras le habían sonado muy bobas. ¿Sería cierto? Examinó su rostro, cada vez con más atención, hasta que la nariz chocó con el cristal frío. Asustada de su vanidad, se apartó apresuradamente del espejo y dejó vagar su mirada por el cuarto. ¿Era verdad eso que había contado Shushila de que Ian lo había mandado amueblar y decorar para ella? ¿Solo para ella? Con aire meditabundo se mordió el labio inferior. Tenía mala conciencia por haber creído que la habitación reflejaba el gusto de otra mujer. Sin embargo, tampoco se alegraba de ese hecho... Volvió a examinar con atención su reflejo en el espejo.

¿Por qué se había casado Ian con ella? ¿Por qué no lo había hecho con Amelia Claydon, que era mucho más guapa? ¿Por qué no con una dama de la alta sociedad de Londres o de la misma Calcuta? ¿Quizá porque la encontraba algo atractiva? Desgarrada entre el deseo de ser guapa y el miedo a ser una pava presumida y empingorotada como Amelia Claydon, tardó un buen rato en llamar a Yasmina.

Avergonzada, luchaba por encontrar las palabras justas.

—Me gustaría ponerme guapa para... para *huzoor* —dijo por fin—. ¿Sabes qué le gusta?

Yasmina estaba entusiasmada. Hizo ir a un puñado de chicas que se dispusieron enseguida a calentar el agua para el baño, a mezclar aceites y esencias. Iban y venían de la cocina con frasquitos llenos de hierbas machacadas. Frotaron y embadurnaron a Helena, la peinaron y depilaron durante muchas horas. A regañadientes, tuvo que reconocer que disfrutaba de todo. Finalmente, Yasmina escogió un *choli* colorado y anaranjado y la tira correspondiente de seda con ribetes bordados de colores rojo y dorado, y envolvió a Helena en él. De un cajón del tocador sacó una cajita de palo de rosa. Helena jadeó cuando Yasmina lo abrió. En aquel expositor aterciopelado había un abigarrado montón de collares, anillos y brazaletes de oro y plata, algunos con piedras de color turquesa, azul claro, rojo, verde, azul marino, transparente.

—¿De dónde sale todo esto?

Yasmina la miró sorprendida.

—¡De *huzoor*, por supuesto! —Al ver la mirada de asombro en los ojos de Helena, se apresuró a añadir—: ¡Seguramente quería darle una sorpresa a usted, *memsahib*!

Helena se decidió por un collar sencillo de rubíes engastados en oro, algunos brazaletes dorados y una cadena fina con cascabeles para los tobillos. Yasmina la agarró de los hombros y la hizo girar ante el alto espejo. Entretanto había oscurecido y los quinqués extendían su reflejo dorado por la habitación.

Helena apenas se reconoció, y no se dio cuenta de que Yasmina se iba con una sonrisa de satisfacción. Su piel brillaba aterciopelada, sus ojos resplandecían y el cabello le caía en rizos relucientes por la espalda. El *choli* le quedaba apretado y el sari marcaba las redondeces de su cuerpo, tan novedosas para ella. Tenía un aspecto extraño, bello y seductor. Estaba impaciente por que Ian la viese de ese modo, enseguida. Se quedó una eternidad contemplándose en el espejo, de cerca, de lejos, de costado, por todos lados; no se cansaba de verse reflejada. Agitada, daba unos pasos por la habitación y regresaba de nuevo al espejo; se alisaba la seda, gozaba con el tacto de su piel, se sentía sensual y femenina.

Sin embargo, el tiempo iba transcurriendo y, con cada hora de espera, se iba apagando su buena disposición. Era ya noche cerrada y dejaron de oírse ruidos en la casa, pero Ian seguía sin regresar. Desalentada, se sentaba en el taburete, se levantaba, daba unos cuantos pasos y se dejaba caer en la cama.

Por fin, en plena noche, oyó los pasos de Ian subiendo pesadamente la escalera. Corrió apresuradamente hacia la puerta, se compuso una vez más el pelo y salió al pasillo.

—¿Ian?

Aunque estaba ante ella tieso como una vela, vio que había bebido, que había bebido mucho. Lo pudo oler incluso estando a varios pasos de distancia. Llevaba la camisa desabrochada, el pelo desordenado, las botas polvorientas, el abrigo colgando indolentemente de los hombros.

—¿Dónde has estado? —preguntó ella tímidamente—. Te he esperado todo el día.

La miró unos instantes, pero Helena no estaba segura de si se había dado cuenta de la ropa que llevaba, de lo que había cambiado en ella. Se esforzó por sonreír, pero las comisuras de sus labios se crisparon porque él siguió obstinadamente en silencio.

—¿Dónde iba a estar? —respondió finalmente, con aspereza—. ¡Pues engendrando bastardos!

Helena se sobresaltó cuando él cerró estrepitosamente la puerta de su dormitorio. A paso lento y cabizbaja se retiró de nuevo a su habitación. Con lágrimas de rabia se desprendió de la seda, liberándose del sari con violentos movimientos. Se puso el camisón, temblorosa. Al meterse en la cama bajo la mantita ligera, se sintió pequeña, fea e infinitamente humillada.

Apenas llevaba durmiendo unas horas cuando la despertó un alboroto de voces y pasos apresurados. Permaneció aturdida todavía unos instantes antes de salir de la cama y abrir la puerta con cautela. Una de las chicas pasaba presurosa por delante en ese momento, con ojos de sueño.

—*Kyaa húaa*, ¿qué ha pasado? —le preguntó Helena en un susurro.

La muchacha titubeó e hizo un gesto con la mano como indicando que *memsahib* volviera a la cama, pero luego se lo pensó mejor y le soltó a Helena un torrente de palabras, de las que ella solo entendió algunas como «*huzoor*» «yegua», «potro», antes de correr escaleras abajo.

Helena dudó unos instantes si regresar a su cama, pero se había despejado. Se apresuró a ponerse una blusa y unos pantalones, se sujetó el pelo en la nuca y se calzó las botas; a continuación, se fue corriendo abajo.

La noche era fresca. Lloviznaba, apenas poco más que una neblina y, sin embargo, le castañetearon los dientes. Abrazándose, corrió a grandes zancadas a los establos. Ya de lejos vio luz y reconoció una, dos siluetas en movimiento sobre el fondo más claro. Un mozo de cuadras la miró asombrado y la saludó con un murmullo cuando entró.

Dentro el ambiente era cálido y los caballos la recibieron con su olor familiar y la miraron por encima de sus boxes con curiosidad, inquisitivos; uno o dos de ellos relincharon con cierta inquietud. El box central del lado derecho estaba más iluminado que el resto del establo, y Helena vio a Mohan Tajid de pie en la puerta abierta. La situación debía ser realmente muy seria, porque no se había tomado siquiera la molestia de enrollarse el turbante y vestía una camisa sencilla y pantalones de montar. Era la primera vez que lo veía sin tocado en la cabeza. Su pelo corto, que antaño debió de ser negrísimo, había encanecido casi por completo, si bien seguía teniéndolo muy espeso. La vio y ella se quedó allí parada. Fue un instante terrible, porque temía que la conminara a marcharse con un gesto. En lugar de eso, inclinó la cabeza brevemente, y Helena creyó percibir una sonrisa en su cara. Se acercó un poco más, con cautela.

Ian estaba arrodillado junto a una yegua negra que yacía sobre la paja, contra un rincón, con los costados hinchados, a punto de reventar. Helena no sabía si él había llegado a dormir algo; llevaba la misma camisa que unas horas antes, solo que ahora daba la impresión de estar lúcido y sobrio.

Al tiempo que exploraba el cuerpo del animal le hablaba en un tono tranquilizador. La yegua estaba atemorizada y era evidente que sufría mucho; su respiración era rápida, superficial; tenía los ollares y los ojos dilatados. Miró cansada a Helena, aunque no pareció verla. Helena se sentía impotente. Entendía poco de caballos, solo sabía cómo montarlos y cuidarlos, pero nunca había asistido al parto de una yegua.

—*Sarasvati* —susurró Mohan a su lado—. Es su primer potrillo. *Shiva* es el padre. Hasta esta noche todo parecía ir bien y apuntaba a un parto normal, pero ahora... —Se encogió de hombros, confundido.

—¿Y un veterinario? —susurró Helena como respuesta. Mohan sacudió la cabeza.

—El único que vive en un radio de muchos kilómetros es un carnicero. Ian no le confiaría jamás uno de sus caballos. Por suerte nos ha despertado uno de los mozos nada más darse cuenta de la situación.

Tras un breve titubeo, Helena entró en el box a paso muy lento para no asustar a la yegua. Crujió la paja cuando se arrodilló para acariciarle la testuz. Las herraduras de *Sarasvati* se movieron sin control cuando un dolor violento recorrió todo su cuerpo. Llena de dolor y de miedo levantó la cabeza hacia Helena para recostarla a continuación en su regazo, exhausta. Helena le acariciaba la piel sudorosa, le susurraba palabras cariñosas, le pedía que aguantara y le prometía que todo saldría bien.

Disimuladamente miró a Ian, quien no parecía haberse dado siquiera cuenta de su presencia. Su rostro, oscurecido por la barba, era una máscara de desesperación y rabia. Al mismo tiempo trataba al animal con tanto amor que el corazón de Helena se ablandó contra su voluntad.

Fue una noche muy larga para todos y, acabado ya todo, Helena no habría sabido decir cómo lo consiguieron ella, Ian, Mohan Tajid, *Sarasvati* y dos de los mozos de cuadra. Le parecía que todo se había desarrollado en ese espacio difuso que hay entre el sueño y la vigilia, pero cuando despuntó el día el potrillo estaba allí, real y tangible, negro como su madre, envuelto en una membrana viscosa de color blanquecino y violeta que se apresuraron a retirarle para frotar luego su cuerpo delgado y húmedo con manojos de paja.

Sarasvati estaba levantada, con las patas temblorosas, mirando con párpados cansinos, casi con perplejidad, el pequeño que tanto trabajo le había dado, que tantos dolores le había ocasionado. Aturdido, el potro yacía como si no pudiera creer haber logrado encontrar el camino para salir del vientre de su madre. Un espasmo le recorrió el cuerpo; resolló de un modo que pareció un estornudo, irguió la cabeza y se puso a mover inquieto las pezuñas, como si, después de haber tardado tanto en llegar, tuviera mucha prisa por explorar el mundo. Todos prorrumpieron en una carcajada, liberados y sin aliento, e Ian miró a la cara a Helena.

—¿Cómo quieres que se llame?

—*Lakshmi* —respondió Helena sin titubear—. La diosa de la fortuna debe de haber puesto su mano sobre ella esta noche.

Ian se la quedó mirando fijamente con una expresión en los ojos que ella no era capaz de interpretar y, por un instante, creyó haber dicho algo equivocado; luego sonrió y asintió con la cabeza.

—Eso mismo estaba pensando yo.

Helena oyó a Mohan murmurar algo sobre preparar un desayuno en la cocina y vio cómo se alejaba, pero apenas le prestó atención, fascinada mirando cómo *Lakshmi* se ponía en pie con gran esfuerzo, cómo sus patas finas, que daban la sensación de ser demasiado largas, se le doblaban por las rodillas nudosas, le resbalaban las pezuñas y parecía enfadada por no haberlo conseguido al primer intento. Helena se disponía a ayudarla, pero Ian le puso una mano en el brazo.

—Déjala —dijo con suavidad—, tiene que lograrlo por sí sola.

Por fin pudo mantenerse en pie el recién nacido, si bien con inseguridad todavía, y relinchó brevemente como una exclamación de triunfo. *Sarasvati* la empujó con cuidado con el hocico; *Lakshmi* volvió la cabeza hacia su madre y respondió a su saludo con tanta vehemencia que las patas traseras se le doblaron de nuevo, aunque volvió a estirarlas con obstinación antes de pegarse con resolución al cuerpo de la yegua. Poco después la oyeron chupar con avidez su primera leche.

Helena no pudo reprimir algunas lágrimas de alegría, y fue feliz cuando Ian se puso detrás de ella y la abrazó estrechándola contra sí. Sentía sus latidos a través de las camisas de ambos, húmedas de sudor por tantas horas de esfuerzo. Helena creyó percibir en el ritmo del corazón de Ian el eco del suyo.

—Es tuya —murmuró él en su pelo, y su aliento cálido hizo que un agradable estremecimiento le recorriera la nuca—. Porque es igual de enérgica y obstinada que tú. —Pareció titubear, y a continuación añadió—: Vamos a desayunar a la ciudad.

No era eso lo que ella hubiese querido escuchar después de su disputa, después de las palabras hirientes de hacía unas horas, pero intuyó que estaba haciendo más concesiones de lo habitual y eso fue suficiente para ella.

20

Situadas en las cumbres montañosas, como guardianes sublimes que dominaban los llanos abrasados por el calor, cada metrópoli de la India británica tenía su *hill station*, un refugio de los ardores del verano gracias a su brisa fresca y su aire puro: Delhi contaba con Simla, Mussorie y Dehra Dun, en la parte occidental del Himalaya; Bombay tenía Mahabaleswar y Poona; Madrás contaba con Ootacamund, en las colinas azules de Nilgiri. Concebidas originariamente como sanatorios para los militares y civiles de la Compañía de las Indias Orientales que no podían permitirse viajar a Suráfrica, Australia o de vuelta a Inglaterra para disfrutar de un cambio de aires curativo, no tardaron en ser visitadas por gobernadores y gobernadores generales que ni siquiera con aquel aire fresco querían renunciar al desempeño del poder. Se construyeron calles y bungalows con dinero público, los sanatorios se convirtieron en cuarteles generales de políticos y militares, en centros de poder de los que partían órdenes que eran ejecutadas con una impunidad aparentemente olímpica.

La vida social siguió a la militar, y las *hill stations* se convirtieron en reflejos coloniales de Bath o de Brighton. Eran los lugares preferidos por las mujeres para traer al mundo a sus hijos y educarlos; para los encuentros de jóvenes caballeros y damas educados, conforme a todas las reglas exigidas por el buen tono, su cortejo y su boda; por los funcionarios ambiciosos que deseaban hacer contactos que impulsaran su carrera; por jubilados cansados de tantos años de servicio en aquel país implacable para gozar en el atardecer de sus vidas; por inválidos y enfermos para descansar o morir en paz. Aguerridos oficiales, *femmes fatales*, burócratas con ambiciones y amas de casa aburridas formaban un corro abigarrado, se visitaban, tomaban el té y daban largos paseos, celebraban partidas de caza y meriendas en los bosques cercanos, cenas, bailes opulentos, carreras de caballos, funciones teatrales y compartían todo tipo de chismorreos y cotilleos. Setos cuidadosamente podados bordeaban las calles y sendas en forma de meandros; rosas, fucsias, lirios, dalias y campanillas adornaban los jardines de las mansiones góticas, de las casas de campo estilo Tudor con las vigas en entramado y de los chalets suizos parecidos a las galletas especiadas de las Navidades; los huertos producían montones de coliflores, perejil, fresas, manzanas y peras. Las *hill stations*, rodeadas de espesos bosques y praderas, eran una parte de Inglaterra; colmadas de reminiscencias nostálgicas de la tierra natal, que se echaba dolorosamente de menos, eran más inglesas incluso que la madre patria, alejadas como estaban de la suciedad, la miseria y del exotismo impío de la India.

Tan solo Calcuta había carecido hasta los años treinta de un refugio similar, de modo que el gobierno colonial mandó buscar un lugar apropiado para construirlo en la parte occidental del Himalaya. Encontraron Rdo-rje-ling, «el jardín del destello del diamante», un puesto defensivo abandonado por el pueblo guerrero de los gurkha, situado entre Bengala y las fronteras de los reinos del Nepal, Tibet, Bután y Sikkim. Dieron comienzo con discreción las negociaciones con el rajá de Sikkim, a cuyo territorio pertenecía Darjeeling, tal como lo denominaban los ingleses. Cinco años duró ese diplomático tira y afloja, hasta que, finalmente, en 1835, Darjeeling se convirtió en parte de la Corona británica. Sin embargo, pasarían otros cuatro años antes de que comenzara la construcción de la carretera que uniría Darjeeling con los llanos de Bengala. Surgió una diminuta y rudimentaria urbanización, con senderos de piedra que comunicaban las chozas de mimbre trenzado y piedra sin labrar. Cientos de personas talaban la selva afanosamente, como hormigas, para despejar su parcela.

Cuando la calesa conducía a Helena, Ian, Mohan Tajid y Jason por la Mall, la calle principal de Darjeeling, apenas podía adivinarse nada de aquellos esforzados comienzos. Sin embargo, la influencia de las más de cien plantaciones de té que cubrían las colinas y valles vecinos era claramente visible. Pese a toda su prosperidad, Darjeeling carecía de lo mundano, de lo elegante de las demás *hill stations*. La ciudad seguía siendo sencilla y rústica, reflejaba la dura vida de los plantadores de té, el folclore multicolor de las gentes de las montañas. Partiendo del punto más elevado de la ciudad, el Chowrasta, desde el cual se divisaban, entre abedules afiligranados, el mar de huertos y de bosques de rododendros de color verde intenso y las azuladas crestas de las montañas coronadas de nieve, la Mall se extendía por la ladera de la colina. En esa calle había hoteles, una oficina de Correos y Telégrafos, bancos y un sinnúmero de tiendas pequeñas frente a la torre de San Andrés, de estilo típicamente gótico anglicano. Todavía no había empezado la temporada de verano y seguía siendo bastante agradable la temperatura para las *memsahibs*, sus hijos y criados. Por ese motivo las calles de Darjeeling estaban prácticamente desiertas y los rostros europeos eran una minoría. A Helena, con el vestido que el día anterior la había deprimido tanto y al que Yasmina había corrido algunos ganchitos durante su aseo matinal, ataviada además con un sombrero a juego verde y blanco y una fina sombrilla, no le pasaron desapercibidas las miradas hostiles de las mujeres vestidas de sencillo calicó que pasaban al lado de su elegante carruaje, ni tampoco los saludos intencionadamente breves de los hombres ataviados con la típica ropa de plantador, consistente en camisa blanca, pantalones largos blancos y salacot, que iban montados en sus caballos. Ian, con un elegante traje gris claro, sin sombrero, con un brazo apoyado indolentemente en el respaldo del carruaje, parecía incluso disfrutar con aquello.

—No parece que seas muy popular por aquí —dijo ella finalmente.

—Se puede decir de esa manera, sí. —Divertido, respondía a las miradas de los transeúntes de un modo tan provocador que estos bajaban la suya indignados—. Pero no le doy demasiada importancia. Prefiero que se me respete, y aquí se me tiene un respeto ¡de padre y muy señor mío!

—¿No van las dos cosas juntas, el respeto y el aprecio?

Él sacudió la cabeza.

—No, Helena, no cuando se tiene una posición como la mía. Aquí poseo una de las mayores plantaciones de té, y mi té es el mejor. No me avergüenzo de tal cosa. Estoy orgulloso de ello y lo demuestro. —Dos mujeres con vestido de algodón a rayas los miraron y se pusieron a cuchichear mientras pasaban a su lado, con las cabezas juntas bajo los sombreros de paja de ala ancha. Helena se sintió desagradablemente incomodada.

—Se olvidan de que yo empecé exactamente igual que ellos —prosiguió Ian con el ceño fruncido y un matiz de dureza en la voz—. Talé la selva con mis hombres, sufriendo las mismas penalidades, árbol tras árbol, amenazados por los tigres y las serpientes igual que ellos, plantando con mis propias manos las primeras plantas. Pero no han olvidado que yo fui uno de los primeros particulares a quienes se les permitió poseer tierras aquí después de que únicamente las sociedades estatales estuvieran autorizadas a cultivar sus plantaciones experimentales. No han olvidado que pude comprar mucha tierra y pagar a mucha gente que la hizo apta para el cultivo. Y sobre todo no me perdonan que mis plantas sean más resistentes, y su producto, de calidad superior. Cometí el pecado de construirme una casa grande en lugar de uno de esos tristes bungalows de dos habitaciones, el pecado de disfrutar tan ostensiblemente de los frutos que me reportan hoy las duras labores de aquel entonces. Para ellos soy alguien sospechoso, porque saben que los trabajadores en Shikhara están mejor pagados y que les doy un buen trato. Se dice que «confraternizo» con los autóctonos —dirigió una divertida mirada de soslayo a Helena—. ¡Un pecado mortal para un *sahib*! Andan esperando que mi gente prenda fuego una noche a la casa, porque creen que solo la mano dura británica es la mano justa. Aguardan con impaciencia una mala cosecha, una plaga de parásitos. Si pudieran, me echarían de mis tierras, mejor hoy que mañana. Si encontraran algo de lo que culparme... —Meditabundo pasó un dedo por los zarcillos del estampado del vestido de Helena—. Pero no hallarán nada porque yo no cometo ninguna falta. Probablemente crean que le he vendido mi alma al diablo.

—¿Y bien? ¿Se la has vendido de verdad? —le preguntó ella retadora, levantando una ceja.

Ian echó la cabeza atrás con una carcajada.

—Tal vez. —Le dirigió una mirada radiante y satisfecha, y un instante después se puso serio, casi sombrío—. Tú ya sabes que todo tiene un precio.

El carruaje se detuvo con una breve sacudida y el cochero saltó para desplegar los escalones y abrirles la portezuela. Jason, con pantalones grises, tirantes rojos, camisa a rayas y los zapatos enlustrados, se apeó de un salto y comenzó a pasar su peso de una pierna a otra con impaciencia.

—Nosotros los seguiremos después —dijo Mohan, haciendo una seña a Ian, que en ese momento ayudaba a Helena a bajar del carruaje.

Jason guiñó un ojo a los dos con alegría antes de encaminarse decididamente con Mohan hacia la papelería en la que ya le tenían preparados los libros escolares de la lista de St. Paul.

Helena los vio alejarse, nostálgica. Jason se estaba convirtiendo en un extraño para ella. Espigado, fornido y bronceado por el sol, apenas lo reconocía ya. Cada día que pasaban en la India parecía alejarlo de ella, como si hubiera comenzado a cortar el cordón umbilical que lo unía a su hermana y a llevar su propia vida, primero en Surya Mahal y ahora en los pocos días que llevaban en Shikhara. Pero, pese a ello, Helena se sentía dichosa, porque jamás lo había visto antes tan despreocupado.

—¿Vienes?

La voz de Ian la arrancó de sus cavilaciones. Le ofreció el brazo con una sonrisa y ella lo aceptó. Tomaron una calle que desembocaba en la vía principal que conducía al barullo abigarrado de un bazar. Allí eran los únicos europeos. A su alrededor se agolpaban rostros morenos, cobrizos, dorados, bengalíes, asiáticos, mongoles; gente riendo, charlando, negociando, discutiendo. Mujeres tibetanas con vestidos azules y rojos, adornadas con turquesas engastadas en plata; nepalíes con el rostro curtido por la intemperie; dos monjes budistas con sus túnicas azafrán y moradas, la cabeza rapada, en animada conversación mientras cruzaban el bazar con decisión.

Helena señaló hacia los rastros de polvillo azul, rosa, rojo y amarillo que había tanto en la calle como en las paredes de las casas.

—¿Qué es eso?

—Lo que queda de las fiestas de Joli. Nos las perdimos por muy poquitos días. Toda la India las celebra en primavera para rememorar la quema de la mujer-demonio Joliká. En la primera noche se encienden hogueras en las calles, y en una se quema entre gritos de júbilo una Joliká de bambú y paja. El segundo es el de la fiesta propiamente dicha. Independientemente de la casta a la que cada cual pertenece, la gente se arroja polvos de colores a manos llenas, y por la noche se ofrecen unos a otros dulces y pasteles. —Le hizo un guiño—. Pero ya se acerca la próxima fiesta; en la India siempre hay algo que celebrar.

Los plateros velaban por sus aretes y brazaletes repujados colocados sobre telas de colores; los especieros pesaban en balanzas bolsitas de valiosos polvos amarillos, rojos o verde musgo y trozos grandes de raíces nudosas de jengibre aromático, de color amarillo claro por dentro. Un aprendiz de zapatero, sentado con las piernas cruzadas, perforaba hábilmente con la lezna dos pedazos de piel, mientras su maestro daba forma a un zapato martilleándolo sobre la horma. Colgados por la cabeza de armazones de madera se balanceaban pollos, codornices y pavos. El carnicero musulmán cortaba la carne de la mitad de una vaca ante la mirada atenta de su clientela, mientras su colega hinduista despedazaba una oveja. Un campesino con la voz ronca alababa a grito pelado las virtudes de sus frutos relucientes expuestos al sol. De alguna parte llegaba un tentador olor dulce a canela y cardamomo. Helena se puso a olfatear sin querer la procedencia del aroma.

—¿Te apetece? —Ian le señaló el puesto en el que un hombre barbudo y arremangado pescaba en el aceite hirviendo buñuelos dorados de forma irregular mientras su mujer daba forma a otros con dedos expertos.

El estómago de Helena protestó a pesar de que esa mañana había desayunado abundantemente. Iba a decir que no, pero Ian ya se encaminaba al puesto. Se sacó una moneda del bolsillo del chaleco y regresó con dos buñuelos, cada uno envuelto en un trozo de papel. Le tendió uno a Helena, que titubeó. Ian sonrió de oreja a oreja.

—Venga, híncale el diente... Por aquí se pierde tan pocas veces una *memsahib* que la gente podrá soportar verte comer en público.

Helena dio un mordisco con resolución y no pudo reprimir un gemido gozoso. La fina costra espolvoreada con azúcar estaba caliente y crujiente, por encima del sabor agridulce de diferentes frutos a temperatura tibia, casi fríos.

—*Phaler bora*, de Bengala —aclaró Ian, y añadió con una sonrisa de satisfacción—: Sabía que te gustarían.

—¿Adónde vamos? —preguntó Helena entre dos mordiscos.

—Al negocio de mi sastre chino. Casi todos los ingleses mandan hacer sus trajes en la Mall, pero a mí no me convencen ni las telas ni la confección. No tengo en mucho aprecio la faceta inglesa de Darjeeling. Solo aquí, en el barrio asiático, posee esta ciudad un alma.

Lejos del jaleo del bazar, entraron en una casa alta, angosta, completamente insignificante, con la fachada parcialmente revestida de madera y el tejado lleno de ripias. Apenas habían cruzado el umbral cuando un chino bajito y delgado salió a su encuentro apresuradamente desde una habitación lateral. Estrechó cordialmente la mano de Ian y lo saludó con una voz aguda y monótona. Sin embargo, Helena apenas le prestó atención; estaba completamente fascinada por las piezas de tela apiladas en círculo en armazones de madera que llegaban desde el suelo hasta el techo. Habían desplegado también algunas telas sobre la mesa grande del centro. No se cansaba de mirar aquel barullo infernal de colores y estampados, la luminosidad de los tejidos. Las telas eran completamente diferentes de las que le habían mostrado en Londres: más claras, ligeras, de mayor colorido, como si reflejaran la ligereza del aire de las montañas.

El chino gritó algo por encima del hombro y enseguida apareció una chinita que se presentó a Helena como la señora Wang. Le estrechó con entusiasmo la mano, se la llevó a paso rápido a un diminuto cuarto contiguo, apenas mayor que una despensa, y la colocó detrás de un biombo. Antes de que Helena pudiera darse cuenta le había quitado el sombrero, retirado la sombrilla, abierto todos los ganchitos y despojado del vestido. Helena se puso roja como un tomate cuando se vio en ropa interior frente a aquella mujer desconocida. Curtida en aquellas lides, la otra parecía encontrarlo lo más natural del mundo. Se quedó mirando a Helena, luego dio unas palmadas de alegría y exclamó con su hermoso acento:

—¡Qué guapa lady!

—¿Se lo parezco a usted de verdad? —Helena se observó cuerpo abajo con inseguridad. El corpiño le ceñía estrechamente el talle y los calzones le llegaban a media pantorrilla, sobre las medias blancas, con un volante plisado de encaje.

—Por supuesto —corroboró la modista al tiempo que

pasaba alrededor de Helena por diferentes partes una cinta métrica que había sacado de un bolsillo de su bata, e iba apuntando números rápidamente con un lápiz en un papel arrugado. Siguió tomando más medidas y anotando—. ¡Mujer tiene que ser como reloj de arena, no como tabla!

A Helena no le dio tiempo de reflexionar sobre esa observación, porque enseguida la exhortó a ponerse el vestido y, apenas le hubo cerrado la china el último ganchito, la acompañó de vuelta al cuarto principal. Allí mandó en un tono imperioso a dos jóvenes larguiruchos hindúes que fueran a buscar pieza tras pieza de tela. Los hacía subir por escaleras de mano tambaleantes hasta el techo, agarraba cada una de las piezas que le alcanzaban y la dejaba caer en el tablero de la mesa sin dejar de hablar alegremente, loando unas veces la tela, otras el color o el modelo, desenrollando encajes de sus marcos de madera y colocándoselos encima.

A Helena se le iban los ojos de un lado a otro. Con cautela, extendió la mano hacia una tela reluciente sobre cuyo fondo blanco se alternaban diferentes bandas de color azul y turquesa, pero no se atrevió a tocarla porque le pareció muy costosa. Levantó la vista cuando se dio cuenta de que Ian se le acercaba.

—¡Vamos, cógela! —La animó con un gesto afirmativo—. ¡Elige lo que te guste!

—Me quedaría con todas —le susurró ella en broma. Sin embargo, él se encogió de hombros y se mesó divertido el bigote.

—¡Bueno, entonces llévatelas todas! —Se rio ruidosamente cuando vio la cara que ponía—. ¡No mires con esa cara! Elige simplemente aquello que te guste y llévatelo. No te preocupes por lo que cuesta si lo necesitas realmente.

Helena se quedó unos instantes confusa; luego respiró

profundamente y comenzó a revolver entre las piezas de tela. Hizo que le mostraran algunas más, comentó con la señora Wang un patrón o un ribete, las formas de los escotes o de los cuellos. De vez en cuando se colocaba una tira de tela en diagonal por encima y miraba inquisitiva a Ian, que mantenía una conversación semejante con el señor Wang y, asintiendo o sacudiendo la cabeza, manifestaba su opinión sobre la elección de Helena antes de centrarse nuevamente, con una sonrisa de satisfacción, en la finura de los tejidos de color gris y marrón para caballeros.

Helena se quedó completamente prendada de una tela de seda china de un vivo azul celeste con un dragón dorado bordado. Tenía intención de ordenar que le confeccionaran una bata con ella. Eligió telas finas, la mayoría blancas o color crema con delicados estampados en diferentes tonos de verde y azul. Optó por un tejido gris luminoso que la señora Wang le recomendó combinar con uno rojo claro. Eligió metros y metros de encaje. Asintió con entusiasmo cuando la señora Wang le sostuvo el modelo en papel de un bordado y le hizo algunas propuestas sobre los hilos que emplearía.

La modista se afanaba sacando flores de seda como por arte de magia, perlas, guantes de seda o piel extremadamente fina o ganchillo. La cubría con las telas para que Helena viera cómo le quedaban, trazaba el boceto del vestido, lo transformaba si no era del gusto de Helena, volvía a dibujarlo de nuevo, proponía enviar telas a su cuñada de Calcuta para que esta diseñara los sombreros a juego. A Helena le zumbaba la cabeza con tantos colores, patrones y cortes, pero no se cansaba de pasar la mano por las telas lisas, sedosas, mimosas.

De pronto, una pieza de tela situada en medio de un estante captó su atención.

—¡Qué preciosidad! —murmuró, absorta en sus pensamientos, acariciando la seda reluciente con estampado de Cachemira en tonos verdes y marrones.

—¡Esta no es tela para dama! —dijo la señora Wang en tono pesaroso—. Está hecha para caballero.

Sin embargo, Helena no podía renunciar a aquella tela. Le recordaba Shikhara, los colores de las plantaciones de té, de los bosques y laderas boscosas, el marrón de la tierra. Disimuladamente miró a Ian, quien con el ceño fruncido hojeaba un catálogo con la atención puesta en las explicaciones del señor Wang. Le quedaría bien a él, pero ¿le gustaría? Era muy pretencioso por su parte elegir algo para Ian, que poseía un gusto exquisito, y sin embargo aquel tejido le parecía justo lo adecuado para él.

—¿Podría usted —bajó la voz hasta convertirla en un susurro, de modo que la señora Wang apenas podía entenderla—, podría hacerle usted un chaleco con esta tela a mi marido? Me gustaría mucho darle una sorpresa.

La modista le tocó el brazo y asintió cómplice, con una sonrisa tan amplia que sus ojos negros eran apenas dos rayas en su cara redonda.

—¡Ya lo creo que lo haremos! ¡Con seda de color castaño oscuro para la espalda!

—Supongo que habrás encontrado ya algo.

Helena se volvió a mirar a Ian y se presionó el estómago con la mano.

—¡Oh, Ian! ¡Me siento muy mal! Me han gustado tantas cosas... ¡Es imposible que me las lleve todas!

Él rio.

—¡Claro que te las llevas todas! ¡Puedo imaginarme inversiones mucho peores para mi dinero! —La miró intensamente—. Quiero que dispongas de mi dinero como si fuera tuyo.

Helena apartó perpleja la mirada. Sabía que debería haberse alegrado de su generosidad, pero no podía. Le dejaba un regusto amargo, como si él intentara compensarla por algo que habría sido más importante para ella. El estrépito y las risas de Jason cuando entró impetuosamente en la sastrería, seguido de Mohan Tajid, la salvaron de tener que darle la contestación que le debía.

—Nela, imagínate, ¡tenían ya todos los libros! Y Mohan me ha comprado algunos más que me han parecido interesantes, y un compás y una regla y montones de cosas. El carruaje irá muy inclinado de atrás, ¡son un montón de paquetes muy pesados! ¿Has encontrado tú algo? —Echó un vistazo al follón de telas, cintas y bosquejos—. Esto me gusta, esto también y esto... bueno... —Arrugó la nariz pecosa con aire crítico y, a continuación, miró a su hermana con picardía—. ¡Por suerte no tengo que ponérmelo yo! —Se zafó juguetón, como si esperara un cachete; en lugar de eso, Ian lo agarró de la nuca y lo empujó hacia el señor Wang.

—Ahora te toca a ti, jovencito. No te podemos dejar ir a la escuela tal como vas.

Mientras el sastre tomaba las medidas a Jason para el uniforme de la escuela, cosa que este soportaba ostensiblemente conmovido, entre el orgullo y la turbación, y el señor Wang aseguraba por décima vez que enviaría la chaqueta y los pantalones a tiempo antes de que comenzara el curso, Helena sintió que la angustia la invadía. Solo tres semanas más para ver a Jason únicamente los fines de semana. Sabía que había llegado el momento de que se soltara, su infancia se acercaba aceleradamente a su fin y, sin embargo, le resultaba terriblemente difícil. En ocasiones sentía un asomo de celos cuando veía la familiaridad con la que trataba a Mohan Tajid, el respeto con el que miraba a Ian; al mismo tiempo se sentía aliviada de saber que ya no cargaba ella sola con la responsabilidad de cuidarlo. Desde que tenía uso de razón había vivido únicamente para Jason y, a menudo, cuando todo se le hacía insoportable: su pobreza, los estallidos de rabia de su padre, la indiferencia de este, tener que presenciar cómo iba arruinando su vida lentamente... Entonces pensar en Jason la hacía apretar los dientes y poner al mal tiempo buena cara para que él no sufriera demasiado por todo aquello. Y por primera vez se le pasó por la cabeza que ella tenía también una vida de la que ocuparse.

Poco después deambulaban todos juntos por el bazar hacia la avenida, donde los esperaba pacientemente el cochero. Jason tenía los carrillos llenos de *phaler bora* y Helena se detuvo ante los tesoros expuestos de un orfebre.

—¿Deseas comprarte algo?

Helena sacudió la cabeza y apenas se atrevió a mirar a Ian a la cara cuando dijo:

—No es para mí. Me gustaría regalarle algo a Shushila. —Había tenido esa ocurrencia durante el viaje de ida, pero era ahora cuando se sentía con valor suficiente para hacer tal cosa—. ¿Sabes qué podría gustarle?

Ian la miró perplejo, y Helena notó cómo se ruborizaba. Esperó una reacción por su parte, pero al no producirse ninguna lo miró de reojo, con cautela. Tuvo la momentánea impresión de que él se sentía a disgusto en su pellejo, y de pronto cayó en la cuenta: hasta ese momento él no había tenido ni idea de la conversación mantenida por las dos mujeres y por fin la intuía; él, que siempre lo sabía todo. Para Helena fue un pequeño triunfo que la hizo sentirse más fuerte y verse por primera vez a su altura.

—Rubíes —murmuró Ian—. Le gustan los rubíes —dijo, y parecía un escolar descubierto in fraganti.

Helena mandó que le mostraran muchas piezas e intentó elegir conforme a su propio gusto y lo que creía que podía ser del agrado de Shushila. Estaba demasiado concentrada mirando las piezas elegidas como para darse cuenta de la mirada penetrante con que la observaba Ian. Finalmente se decidió por dos brazaletes con figuras en relieve, una pulsera con puntitas de rubí y unos pendientes a juego. El vendedor redondeó generosamente el precio a la baja porque le gustó esa *memsahib* que lo trataba con consideración, sin aires de superioridad, y que incluso hablaba fluidamente en hindi.

Cuando Helena cogió el paquetito e Ian tendió al orfebre los billetes, oyó que le decía en voz baja, por encima del hombro:

—A veces eres para mí un enigma.

Ella se lo quedó mirando con una sonrisa pícara.

—¿Solo a veces? ¡Conservo entonces mucho en mi haber por todas las veces que yo he pensado eso de ti!

Ian no le respondió, pero por la manera en que arqueó las comisuras de los labios en un gesto de satisfacción y el brillo particular de sus ojos en ese instante, su corazón brincó de contento.

21

Pasaban volando los días. Habían llegado los primeros paquetes de la sastrería de los Wang y Helena había empezado a llevar por casa durante el día los vestidos de calicó, sencillos pero no por ello menos bellos. Siguió usando la blusa, los pantalones y las botas para los paseos a caballo o para trabajar en el huerto, porque era incapaz de acostumbrarse a ir a mujeriegas, precariamente, sobre el lomo de un caballo. Por las noches, durante las escasas horas libres, llevaba el sari, naturalmente, con el cual se podía mover libremente y se sentía más femenina y sensual que con ninguna de las otras prendas.

Helena iba a toda prisa de un lado para otro entre la cocina, la lavandería y las despensas, porque quería tener la casa limpia como una patena antes de la cosecha y andaba inspeccionando ropa, plata y vajilla, sustituyendo lo dañado o las piezas que faltaban y eliminando manchas. De vez en cuando se tomaba un respiro en el huerto, donde plantaba con el jardinero jefe, buscaba plantones y plantas crecidas en el invernadero, daba vueltas y más vueltas a los catálogos de semillas y, no raras veces, discutía con el hombre porque consideraba sus deseos impracticables.

—¡Rosas! —decía resoplando el jardinero—. *Memsahib*, con todos mis respetos... ¿Rosas? Rododendros, sí, ¡pero rosas!

—¡Pues sí, Vikram, rosas! ¡Si prosperan en Inglaterra, tanto mejor lo harán aquí! Rododendros tenemos Dios sabe cuántos ya —le replicaba ella acaloradamente, señalando hacia un punto cercano a la escalera que daba a la terraza acristalada—. Y aquí quiero amapolas.

—¿Amapolas? —Vikram soltó un gallo—. ¡*Memsahib*, pero si la amapola es una mala hierba!

—¡Para mí no lo es! ¡Aquí van amapolas, y se acabó la discusión! —Subió enérgicamente los escalones y desapareció dentro de la casa.

Vikram se apoyó en su laya y se rascó la barba hirsuta sonriente. ¡Vaya *memsahib* se había traído su señor de Inglaterra! Sabía lo que quería y lo imponía sin dejarse enredar, y eso sin ser arrogante ni grosera. Se vanagloriaba con orgullo de su nueva señora cuando se encontraba en la ciudad con uno o con varios de sus conocidos, que se ganaban el jornal con otros plantadores. La envidia que se les notaba al compararla con sus propias *mems*, pendencieras y caprichosas, lo llenaba de satisfacción. ¡Pues claro que tendría sus rosas y sus amapolas, por supuesto! Negociar y discutir formaba parte de su trabajo, igual que escardar los sembrados, plantar y regar, y eso lo aprendería su *memsahib* con toda seguridad algún día. Con gesto alegre hundió la laya en la tierra pesada con el pie y levantó la primera palada del futuro bancal.

Helena estaba inspeccionando el contenido bien doblado y apilado de uno de los armarios que una de las chicas le mostraba con orgullo, cuando un ligero crujido en la escalera le hizo aguzar el oído. No era el paso pesado de las botas de Ian ni de Mohan Tajid, tampoco la subida o bajada apresurada y ágil de alguna de las chicas con sandalias ligeras y a menudo acompañada del delicado sonido de sus adornos, sino un paso cansino, algo irregular. Con un mal presentimiento, se fue corriendo hacia el comienzo de la escalera.

—¿Jason? —exclamó incrédula—. ¿Cómo es que ya estás de vuelta?

Era a mediados de abril; desde hacía dos semanas, Jason se iba de la casa el domingo por la noche y no regresaba hasta última hora de la tarde del viernes. El primer fin de semana había hablado con alegría de los profesores, de sus asignaturas, de los compañeros de clase, y Helena se había sentido aliviada de que hubiera comenzado su etapa escolar con tanto entusiasmo. Pero ese día no era más que jueves, y algo en Jason, su manera de quedarse de pie allá arriba, en la escalera, inseguro y volviéndose hacia ella solo a medias para evitar sus miradas interrogadoras, la desasosegó profundamente.

—No volveré allí nunca más —dijo con voz apagada antes de subir los últimos peldaños y cerrar la puerta de su habitación.

Se había esforzado por mantener un paso uniforme, pero a Helena no se le pasó por alto que apoyaba con más cuidado un pie que el otro. Helena titubeó un instante y subió la escalera a toda prisa.

Jason yacía de bruces en la cama con la cara oculta sobre los brazos cruzados. Su hermana se sentó con cuidado en el borde de la cama y le puso una mano en la espalda.

—¿Qué ha sucedido?

El chico estaba callado, pero no conseguía reprimir los sollozos que recorrían su cuerpo. Helena lo giró hacia ella con delicadeza y se asustó al ver la herida, ya con costra, junto a su ojo izquierdo, la hinchazón del pómulo, que comenzaba a amoratarse.

—Me he caído —dijo porfiado, pero la voz le tembló y de sus ojos brotaban unas lágrimas gruesas que se quitaba con rabia.

—No te creo —le espetó Helena sin compasión, al tiempo que le sacudía con mucho cariño—. Dime, ¿qué ha sucedido en realidad?

Jason intentó sin mucha convicción deshacerse de ella, pero no le quedaban ya fuerzas, y todo salió de él como un torrente de montaña. Entrecortada e incoherentemente, interrumpido con frecuencia por los sollozos, contó haber hecho el ridículo más absoluto tanto en el cricket como en el rugby porque era el único que no se sabía las reglas; le contó las pullas contra Ian, a quien Jason había intentado defender en vano; le habló de los libros, desaparecidos sin dejar rastro, y de una regla que nadie había podido tampoco localizar y que le había valido varios puntos de penalización; le habló de los empujones y las zancadillas que había tenido que soportar, de los gritos maliciosos de «empollón, empollón»; le contó que le habían vaciado un orinal encima mientras dormía, la consecuencia de lo cual había sido una reprimenda por escrito del director y que desde entonces los demás escolares lo llamaran «meón» entre carcajadas sarcásticas. Todo aquello había culminado en una pelea, durante el recreo del mediodía, ese mismo día, en la que Jason había sido inferior sin remedio frente al cabecilla del grupo que llevaba la voz cantante, Hugh Jackson, y a su adlátere, Frank Bennett. Sin recoger sus cosas se había encaminado a los establos, ciego de la rabia y de la humillación, había cogido su silla y su caballo y se había marchado a todo galope de allí. Se avergonzaba de esa huida cobarde, pero estaba decidido a no regresar nunca más a St. Paul.

Helena le dejó hablar y llorar y golpear con rabia la almohada sin decirle nada. No sabía qué consejo ni qué consuelo darle. Cuando por fin se calló, le enjugó la cara mojada y se dio cuenta de que, después de haber vaciado el buche, lo que deseaba era estar a solas.

—Te prometo que no tendrás que ir más a la escuela si no quieres.

Jason asintió con poca convicción y se pasó la manga con gesto porfiado por la nariz mojada. Helena le acarició el pelo enmarañado y revuelto y cerró suavemente la puerta tras de sí. Luego inspiró profundamente, como si tuviera que exhortarse a mantener la calma, antes de bajar a toda prisa la escalera, entrar en la cocina y encargar a una de las chicas que le subiera una bolsa de hielo y una taza de chocolate caliente. A continuación salió apresuradamente de la casa. Necesitaba un poco de tiempo y de distancia para reflexionar.

Caía la tarde; el sol bajo se hundía en las agrietadas paredes del Himalaya en un baño de oro cuando Helena se dirigió a la dehesa a grandes y airadas zancadas. Estaba fuera de sí, furiosa con los infames diablillos que habían fastidiado a Jason de aquella manera, indignada por la indiferencia de los profesores, a malas con el destino de verle colgado a su hermano también aquí el sambenito de marginado.

Siempre iba al mismo lugar cuando en su cabeza bullían los números, las listas de la compra, los turnos para lavar la ropa, pulir la cubertería, combinar las comidas. Mientras contemplaba los caballos que masticaban la hierba jugosa mirando ociosos el paisaje y, de pronto, de un segundo al otro, agitaban las crines y echaban a galopar por un impulso interior, daban una vuelta, volvían de nuevo a un paso más lento, se detenían, se perseguían o se restregaban el cuello entre sí, Helena tenía la sensación de poder tranquilizarse y respirar hondo. Con una mueca huraña apoyó los brazos cruzados en una estaca del vallado y puso la cabeza encima, meditando qué hacer, cuál era la mejor manera de ayudar a Jason. Sintió cómo se distendía prácticamente al momento, cómo hacía acopio de fuerzas, cómo sus pensamientos, que pocos momentos antes eran un remolino de ira, comenzaban a sosegarse simplemente viendo aquellos animales.

Sarasvati se había recuperado por completo del parto; su pelaje era como carbón brillante, y *Lakshmi*, una réplica en miniatura de su madre, trotaba a su alrededor con orgullo sobre sus largas patas, daba descarados empellones a los otros caballos, olfateaba con curiosidad el aire que venía de las montañas, y buscaba una y otra vez la cercanía de su madre. Los caballos de Shikhara eran únicos; Helena no había visto nada semejante en su vida. Aunque se notaba a la legua su sangre árabe, parecían más templados que sus parientes, menos nerviosos aunque no menos temperamentales. Era como si se unieran en ellos la fuerza eterna de las montañas, la rapidez del viento y el fuego del sol, y como si se empaparan de la lluvia y se impregnaran de los bosques y los prados de un verde oscuro, exuberantes. Todo ello confería a su piel un lustre especial.

Un ruido en la hierba detrás de ella hizo que levantara la cabeza y el corazón le dio un brinco cuando vio a Ian a trote ligero por la dehesa. Se pasaba los días enteros en las plantaciones de té y en la fábrica, porque se acercaba a marchas forzadas la época de la cosecha. Iba a dar comienzo una actividad frenética fuera y dentro de los edificios alargados situados entre los campos verdes, hasta entonces adormecidos. Siempre la impresionaba la planta de Ian. Se asombraba de cómo parecía formar un solo ser con el caballo, como si hubiera venido al mundo en una silla de montar, y en momentos como esos sentía su amor por él con una viveza tal que le cortaba el aliento. Y al mismo tiempo se dolía porque seguía siendo un extraño para ella. Los momentos de cercanía eran fugaces, tan inconstantes como las nubes que se acercaban desde las montañas y desaparecían nuevamente en el azul del cielo.

Unos pocos pasos antes de llegar a la dehesa detuvo a *Shiva* y desmontó, condujo al caballo hasta la valla de madera y dio una vuelta a las riendas en el barandal.

—¿Qué te aflige? —le preguntó él a modo de saludo.

Helena hundió el tacón de su bota en el suelo húmedo y vio cómo él aplanaba las briznas de hierba y removía la tierra oscura echándola a un lado, enfadado y contento a partes iguales de creer conocerla tan bien.

—Jason —dijo ella finalmente con un profundo suspiro, sin apartar los ojos de los caballos—. La escuela.

En pocas frases le explicó lo que le había sucedido a su hermano. Ian la escuchó con suma atención y permaneció en silencio cuando ella acabó su relato, mirando uno de los caballos, que se encabritó con un relincho y en un galope atronador recorrió la dehesa de parte a parte para luego detenerse, resollando. El rostro de Ian era impenetrable, sus ojos, insondables, como si estuviera escuchando un eco de sus palabras imperceptible para Helena. Brevemente tuvo la sensación de que algo se lo había llevado de su lado a otro mundo, a otro tiempo, como si lo perdiera en ese instante. Sin embargo, no se atrevía a tocarlo para asegurarse de que seguía a su lado, de que no era una ilusión de los sentidos, como si los separara un muro invisible. Pero cuando él la miró cesó el encantamiento, solo recordaba esa sensación algo en su voz, ronca y desigual, como la huella de una disonancia.

—¿Te parece bien si voy a verle un momento? Me parece que este es un asunto de hombres.

Helena titubeó y miró a Ian con irritación cuando este se echó a reír de repente.

—¡Claro que no te parece bien! —dijo, divertido. Agarró la barbilla de ella y le pasó el pulgar suavemente por el hoyuelo—. ¿Sabes lo parecidos que somos tú y yo en el fondo? —le susurró con chispitas en los ojos—. A ti te importan tan poco como a mí las normas de conducta de las damas y los caballeros. A ti te gusta tanto como a mí tener las riendas en la mano, y te defiendes cuando alguien te las quiere quitar. Siempre querrás imponer lo que se te pase por la cabeza, exactamente igual que yo. —Con una sonrisa delicada la soltó súbitamente y agarró las riendas de *Shiva*. Helena lo vio marcharse al trote, sin prisas, hacia la casa.

Durante los dos días siguientes, Helena apenas se veía con ganas de mirar cómo Ian y Mohan Tajid practicaban con Jason durante horas todo tipo de golpes precisos, pasos, llaves de lucha y maniobras evasivas, cómo los dos hombres maduros atenazaban implacablemente al chico en simulacros de lucha. Jason, con la cara completamente roja, estallaba al principio en lágrimas de rabia. De rabia porque no podía imponerse a ellos, de rabia porque se acumulaban en su interior todas las humillaciones sufridas en los días de escuela. Pero justamente esa rabia era la que le procuraba la energía necesaria, y después de aporrear al principio sin ton ni son, comenzó a interiorizar los movimientos aprendidos, a relajar y a tensar los músculos para atacar puntos precisos, a parar los golpes, a liberarse con habilidad cuando lo retenían.

En algún momento reapareció Helena en la terraza acristalada para animar a voz en grito a su hermano junto con

Vikram y algunas de las chicas, que gozaban claramente de aquel espectáculo, tanto más cuanto que se transformó repentinamente en una pelea salvaje. Los tres jadeaban, reían, gritaban hechos un ovillo de brazos y piernas en la hierba, ya muy castigada, lo cual arrancó a Vikram una retahíla de quejas al tiempo que guiñaba un ojo.

Helena estaba asombrada de la agilidad y de la flexibilidad con la que se movían Ian y Mohan Tajid, si bien era manifiestamente claro que los dos apenas se esforzaban más allá de los límites del chico. Sus movimientos no tenían nada de los golpes a diestro y siniestro de una pelea en una fonda; eran elegantes y muy bien estudiados, como si los hubieran aprendido alguna vez desde su raíz, pensó Helena.

Resultaba obvio que Jason era inferior a los dos hombres, pero no obstante conseguía atinarles alguna que otra dolorosa patada en la espinilla o algún codazo fuerte en las costillas.

Sin embargo, lo decisivo era que esas luchas le habían dado el valor para defenderse, tanto que decidió por sí mismo regresar a la escuela el lunes por la tarde con una nota de Ian como tutor suyo en el equipaje que aclaraba su ausencia sin permiso y lo disculpaba sin humillar aún más a Jason.

Antes de partir se atiborró de galletas con mermelada y de bocadillos a la hora del té, en la terraza acristalada, porque la comida en St. Paul era mediocre en el mejor de los casos. Mohan Tajid se retrasó un poco y, cuando tomó asiento en la mesa, deslizó algunas bolsitas cerradas de papel bajo el platillo de Jason. El chico frunció el ceño.

—¿Qué es eso?

—Polvos picapica —dijo Mohan Tajid con objetividad, asintiendo amablemente al criado, que mantenía la tetera en alto con un gesto interrogativo. Solo quien mirase con atención podía notar el temblor delator de la comisura de sus labios por debajo de su bigote—. Pueden obrar verdaderos milagros en camisas, pantalones y pijamas cuando se deja en los armarios.

22

El sol derramaba su deslumbrante luz matutina sobre las cofias blancas del Himalaya, disolviendo el velo de bruma que había quedado detenido en las colinas verdes como un último aliento del amanecer. Con rapidez pero con su gracia característica ascendían las mujeres por las angostas sendas de aquellas alturas. De lejos, con sus sencillas vestimentas rojo rubí, turquesa, azul cobalto, verde musgo y amarillo azafrán, parecían una sarta de cuentas de cristal. El tintineo de sus adornos de plata se mezclaba con el susurro de las hojas que rozaban al pasar. Su figura pequeña y rechoncha, los ojos oscuros y sesgados en rostros fuertes y huesudos delataban que procedían de las montañas. Con laboriosos dedos comenzaban su jornada de trabajo recolectando la florecita de más arriba y las dos hojas de debajo de cada brote joven, *two leaves and a bud*, y arrojaban a primera vista la insignificante y sin embargo tan valiosa cosecha con un movimiento rápido en la cesta trenzada que llevaban a la espalda. La ligereza de sus manos desmentía el trabajo agotador, durante horas y horas, bajo aquel tórrido sol que evaporaba la humedad del suelo. Las trabajadoras parecían sentirse a gusto, sin embargo.

Sus cánticos sonaban suaves en las colinas silenciosas, el aire traía jirones de conversaciones en los dialectos veloces de las montañas, risas claras con el susurro del viento en las hojas.

Solo quien conocía las otras plantaciones de té se percataba de la ausencia de capataces vestidos de blanco que vigilaban a las recolectoras con más ojos que Argos, incitándolas en un tono cortante a que se dieran prisa o a que fueran más cuidadosas, y las acompañaban luego a la fábrica. La plantación de té de Shikhara funcionaba sin esos controles y no por ello rendía menos ganancias, más bien todo lo contrario. Algunos de los plantadores vecinos observaban con suspicacia el trato laxo dispensado a las trabajadoras. No había ninguna otra plantación en varios centenares de kilómetros a la redonda en la que la propia *memsahib*, vestida con una sencilla camisa y botas de montar, aprovisionara a las trabajadoras junto con su personal de cocina, ofreciéndoles *madra*, garbanzos cocidos en yogur y *ghee*, *palda*, verduras rehogadas y refrescante *chai* con menta silvestre, antes de que se pusieran nuevamente en camino hacia las plantaciones.

Ya de lejos se oían los estampidos y el traqueteo de las máquinas; dentro de la fábrica el fragor era infernal. En penumbra, a una temperatura muy elevada y entre los monstruos de hierro, los trabajadores se apresuraban de un lado a otro con diligencia; conforme al antiguo dicho según el cual el alma del té estaba en las manos de las recolectoras pero su corazón y su cerebro los establecía la manufactura, aquellos edificios alargados eran un dominio puramente de hombres. Allí ablandaban las hojas al marchitarse extendiéndolas en los pisos superiores en capas finas sobre rejillas revestidas de yute entre las cuales circulaba aire caliente que eliminaba la mitad de su contenido en agua. De este modo se ponían suaves y flexibles y no se fragmentaban cuando las pasaban por los rodillos a continuación. Por regla general se dejaban marchitar las hojas durante todo un día, pero Ian controlaba casi cada hora el estado de la cosecha tendida personalmente y, sin echar ningún vistazo al reloj, decidía cuándo se podía proceder a pasar los rodillos.

Imponentes y lentas máquinas de rodillos que movían pesadas planchas de metal aplastaban las paredes celulares de las hojas y liberaban las esencias etéreas contenidas en ellas impregnando el aire con un aroma embriagador. Las hojas aplastadas se pasaban por cribas alargadas, y dedos expertos y habilidosos clasificaban las hojas por su tamaño y su mayor o menor fragmentación.

Helena al principio tenía un lío de conceptos como *orange pekoe* o bien *flowery orange pekoe*, términos con los que se designaban las diferentes calidades de una misma cosecha, pero aprendió rápidamente a clasificar de un vistazo las finísimas hojitas enrolladas, a menudo no más largas que las uñas de sus dedos, y a llamarlas como correspondía.

—El té de Shikhara tiene un porcentaje con frecuencia superior de *tippy golden flowery orange pekoe* —le había aclarado Mohan Tajid cuando le enseñó la fábrica por primera vez—. Es decir, las puntas de todas las hojas poseen una coloración entre parda y dorada muy infrecuente y, consecuentemente, se paga a un precio más alto. Aquí adquiere el té su color y, sobre todo, la delicadeza de su aroma. —El ruido de los rodillos menguó cuando entraron en una sala alargada por cuyas ventanitas el sol arrojaba formas sobre las paredes y el suelo. La calidez húmeda del aire, grávido por el aroma áspero del té, le cortaba a Helena la respiración. Reinaba el silencio y Mohan Tajid bajó la voz hasta convertirla en un susurro cuando pasaron junto a unas alfombras cuadrangulares hechas de hojas de té extendidas de color marrón y un tono verde polvoriento.

—Esta sala contiene el secreto del té propiamente dicho. En un ambiente con una humedad de por lo menos el noventa por ciento, con un aporte constante de calor, el té fermenta. Si la temperatura es demasiado elevada, las hojas se pierden; si desciende en exceso, el proceso de fermentación se interrumpe. Desconocemos lo que sucede exactamente en el interior de las células. El té tiene que reposar aquí entre una y tres horas, y el verdadero talento de un plantador de té se manifiesta sobre todo en que sabe exactamente cuándo el té ya ha fermentado hasta su grado óptimo. He oído decir a algunos trabajadores que se han pasado toda la vida en plantaciones de té y en manufacturas que Ian lo lleva en la sangre, como si escuchara la voz del té.

Igual de exigente y delicado era el secado del té en cámaras preparadas a tal efecto con corrientes de aire caliente: si se secaba demasiado poco corría el peligro de enmohecerse; si estaba expuesto al calor demasiado tiempo perdía su valioso aroma. Todo este despliegue convertía las tiernas hojas verdes de las extensas colinas de Darjeeling, las veinte mil *two leaves and a bud* por kilogramo de la *first flush*, la primera cosecha del año, en el té mejor pagado del mundo.

Desde el amanecer hasta bien entrada la noche, los trabajadores se afanaban en los campos, en los edificios de la fábrica y en la parte trasera de la casa en lo que concernía a Helena. Todo eran prisas, porque cada día que pasaba podía ser un día de más que debilitara el peculiar aroma de las hojas de té y significara una pérdida de calidad. Muerta de cansancio, Helena caía rendida noche tras noche en su cama y, tras unas pocas horas de sueño pesado, volvía a levantarse de madrugada. Había que aprovisionar a centenares de trabajadores, vendar pequeñas heridas, administrar medicinas o llevar a los enfermos al médico, y además había que llevar la casa como un mecanismo de relojería bien engrasado.

A Jason no parecía preocuparle que ella apenas dispusiera de tiempo para él; casi todos sus compañeros de la escuela compartían el mismo destino durante las semanas de la cosecha y tenían que valerse por sí mismos en mayor o menor medida; algunos faltaban incluso una semana o dos, porque en casa se necesitaban todas las manos, y los profesores trataban con indulgencia esta cuestión mientras no menoscabara en exceso el rendimiento escolar. Cuando no estaba leyendo sus libros o rogando durante horas a Mohan Tajid para salir a dar un paseo a caballo, Jason ayudaba a empaquetar y apilar las cajas de té. Las bolsitas de papel habían cumplido su cometido para su completa satisfacción; con entusiasmo representó la pantomima de cómo Hugh y Frank habían ido saltando como diablillos furiosos por el dormitorio después de que Jason impregnara en secreto sus pijamas con los polvos. Sin embargo, su obra maestra había sido derribar a Hugh con un golpe de boxeo en la boca del estómago. Aquello le había valido una nueva reprimenda por escrito, que él consideraba más una condecoración que un castigo. Además, se había asegurado de este modo el reconocimiento de muchos compañeros que también sufrían en sus propias carnes la mala leche de Hugh. En un abrir y cerrar de ojos tenía de su lado a un puñado de chicos. Formaron un grupo y él les enseñó en secreto los trucos más importantes para defenderse de Hugh y sus compinches. Tras algunos días tumultuosos se firmó una especie de armisticio entre los dos grupos, tan solo interrumpido ocasionalmente por rifirrafes de poca importancia y travesuras mutuas, y regularmente abolido en el campo de rugby, por supuesto. Incluso se había hecho muy amigo de dos o tres compañeros, sobre todo de Freddie Beesley, quien por ser hijo de uno de los profesores de St. Paul había tenido que sufrir las agresiones solapadas de Hugh, y es que ganarse la antipatía de un profesor era algo que ni siquiera osaba hacer Hugh Jackson. Puesto que Freddie podía imaginar algo más bonito que pasarse todos los fines de semana en el recinto de la escuela donde estaba la casita en la que, huérfano de madre, vivía con su padre, pronto hubo un invitado más a la mesa del té de los Neville, antes de que los dos chicos volaran a la fábrica o a la dehesa con los caballos.

Pese a lo agotadora que era la época de la cosecha, Helena disfrutaba muchísimo aportando su granito de arena: organizando la rutina del día entre la cocina, la lavandería, el huerto, la casa y la fábrica; bromeando y charlando con sus empleados; aprendiendo entre risas algunas palabras de las recolectoras en los diferentes dialectos de las montañas; hallando soluciones para los problemas cotidianos con los que la abrumaban en exceso, ya fuesen las riñas entre criadas, la insatisfacción con la mercancía del pescadero, los ratones de la despensa, la porcelana rota, la plata deslucida o los problemas personales de los criados. Al principio se desanimaba a menudo por todas las tareas con las que debía lidiar a diario. Muchas cosas le resultaban extrañas y desconocidas. Pero escuchando, observando, haciendo preguntas, fue ganando cada vez mayor confianza en sí misma, en sus decisiones y en su modo de obrar, y la alegraban la calidez y la cordialidad que le demostraban los demás.

A Ian lo veía en muy raras ocasiones, pero lo que llegaba a sus ojos en esos pocos instantes le gustaba: cómo irradiaba una calma sosegada y una gran concentración pese a la presión del tiempo y al trabajo inmenso; el modo en que trataba a las recolectoras y demás trabajadores, siempre con amabilidad pero con determinación, nunca de manera autoritaria, nunca con prepotencia; el brillo, respetuoso y cariñoso a la vez, en los ojos de los hombres y mujeres cuando hablaba con ellos. Se ponía colorada de alegría cuando le daba un beso en la mejilla al pasar y le susurraba algunas palabras de reconocimiento o de agradecimiento por su labor. Le parecía haber formado siempre parte de ese mundo, de él, de su vida. Era como si hubiera encontrado su sitio, una cierta clase de felicidad. Sin embargo, en los pocos momentos de pausa, de tomar aliento, la invadía la fría angustia: «¿Cuánto tiempo irán las cosas así de bien...? ¿Cuánto tiempo más?»

23

El sol abrasaba ya antes del mediodía el pavimento y, sin embargo, el aire en Darjeeling era incomparablemente más agradable que en el delta del Ganges. Parecía esa magnífica y alegre época de comienzos de verano en Europa. Estaban a finales de mayo y en Calcuta y los llanos circundantes el agobiante aire bochornoso del verano bengalí dificultaba todo movimiento, convirtiendo en fatigoso incluso respirar. Quien se lo podía permitir ya había huido del calor a las montañas, así que la Mall hervía de damas que charlaban, con sus vestidos de tarde de telas ligeras estampadas abotonados hasta el cuello y tocadas con sombreritos descarados. Niños vestidos de marinero empujaban un aro con un palo, y sus hermanas o primas, con volantes o encajes, hacían gala de buenos modales de la mano de una niñera inglesa o, con mucha mayor frecuencia, de una *ayah*, la nodriza hindú ataviada con su sari de colores. Soldados con uniformes de gala o funcionarios civiles con trajes sobrios de cuello tieso se quitaban el bombín o el sombrero de paja a modo de saludo al cruzarse con un conocido.

La paciencia que había demostrado Richard Carter para

llegar hasta allí era tanta como febril la prisa que se había apoderado de él al irse acercando a Darjeeling. Cada kilómetro recorrido en ferrocarril o a caballo le parecía indeciblemente largo. No había prestado apenas atención al paisaje por el que pasaba, solo contaba kilómetros, horas, días, secas unidades métricas que lo separaban de la meta de su deseo. Y el tiempo era muy valioso. Estando de camino le llegó la noticia de que Ian Neville había partido hacia Calcuta para controlar la carga del té en el puerto. Un baño corto, un afeitado, ropa limpia, un traje de montar y montó a toda prisa en el caballo que había alquilado por telégrafo.

Callejones estrechos subían serpenteando desde la Mall por las colinas. Entre arboledas y espigadas cañas de bambú se arracimaban las casas con sus ventanitas, sus balaustradas de madera tallada y sus tejados con ripias, cubiertas por plantas trepadoras y fucsias encarnadas. A un trote rápido dejó tras de sí la ciudad, espoleó su caballo castrado marrón y le hizo subir por las angostas calles al galope, por cuestas empinadas y boscosas, y cruzando las plantaciones de té abandonadas después de la cosecha, siempre con los refulgentes campos de nieve del Himalaya a la vista, brillando a la luz del sol.

En una nube de polvo refrenó su caballo cuando alcanzó la última elevación, y miró hacia el valle que se extendía a sus pies. Los campos de té cubrían kilómetros, entremezclados con algunos pinos, setos y prados repletos de flores silvestres. Encajada en un gran jardín de aspecto similar a un parque, rodeada por robustos robles y castaños y por arriates de flores, se alzaba una imponente casa de dos plantas que daba la sensación de ser aún más grande por la terraza acristalada rodeada de columnas y los balcones tallados que circundaban la planta superior. Aunque todavía estaba demasiado lejos para leer la inscripción del arco del portal frente a la entrada de gravilla, sabía que tenía su meta al alcance de la mano. Con una inspiración profunda espoleó el caballo colina abajo.

Ella no lo vio venir, así que, mientras se acercaba paso a paso, tuvo tiempo suficiente para contemplarla detenidamente durante todo el camino desde la terraza acristalada y pasando por el césped, los rododendros en flor y el jazmín perfumado movido por una brisa ligera. Vestida con una sencilla blusa en la que quedaba atrapado el viento, pantalones de montar y botas, estaba inclinada sobre los rosales todavía bajos pero ya cargados de flores, cortando ramitas y bromeando con uno de los jardineros que la ayudaban en la labor. Había cambiado mucho en ese medio año, y no solo de aspecto. Seguía siendo delgada, pero no demacrada como en su encuentro en el baile; las redondeces de su cuerpo se marcaban claramente bajo las finas telas. Tenía la piel ligeramente morena y el sol había dado a la opulencia indómita de su cabello una tonalidad rubia de tintes cobrizos. Lo llevaba sujeto con una sencilla cinta. Parecía mucho más segura de sí misma, más resuelta, casi feliz, y a pesar de la alegría manifiesta de Richard al verla, sintió también una punzada. Por un instante creyó haber cometido un error, haber perseguido una quimera. En ese momento Helena se irguió y se apartó con el dorso de la mano los mechones de pelo suelto de las sienes húmedas de sudor. Entonces lo vio.

Frunció el ceño por la sorpresa y se quedó pensativa un instante durante el cual el corazón de Richard dejó de latir. Por fin se deslizó por su rostro la señal del reconocimiento. Entonces apareció un brillo alegre en sus ojos que penetró hasta lo más íntimo de Richard.

—¡Señor Carter! —Con pasos largos se acercó a él por el césped, se quitó los guantes, demasiado grandes, y le tendió la mano derecha para saludarlo.

—Es una gran alegría para mí volver a verla, señora Neville —respondió él con irónica formalidad, inclinándose sobre su mano.

A Helena se le agolpó la sangre en el rostro, tanto por esa aparición inesperada como por su contacto y el aspecto que tenía ella.

—Disculpe la vestimenta. Es inapropiada para recibir visitas, pero no tenía la menor idea de que...

—Disculpe usted, por favor, mi insolencia. No he anunciado mi visita porque mi intención era sorprenderla. ¡A nosotros, los norteamericanos, se nos conoce de sobra por nuestros malos modales!

Helena sumó su risa a la de él.

—Hasta el momento no he tenido ocasión de percatarme de ello, seguramente debido a que mi propia educación deja mucho que desear en ese sentido. Si fuera usted tan amable de disculparme un momento para que me... —Tiraba con timidez del cuello de su blusa y, en ese momento, se convirtió de nuevo en la chica insegura, tímida, cuya imagen había mantenido consigo en el recuerdo tanto tiempo.

Richard hizo un gesto de rechazo con la mano.

—No lo haga por mí. Yo la encuentro encantadora así.

Helena, que ya se encaminaba a grandes pasos hacia la terraza acristalada, se volvió al pronunciar él esas últimas palabras y se lo quedó mirando mientras se acariciaba un mechón de pelo por detrás de una oreja en un signo evidente de perplejidad.

—Bien —asintió, visiblemente confundida, y llamó a la chica, que comenzó de inmediato a poner la mesa en la terraza acristalada.

Poco después Richard daba sorbos a su té, cuyo sabor ligero, áspero y dulce al mismo tiempo, recordaba el aire de las montañas, el aroma de los bosques, las naranjas maduras y jugosas.

—No soy ningún experto, pero su té es excelente.

Helena estaba radiante.

—Es el nuestro, de la *first flush*, la primera cosecha de este año.

Richard bajó la vista. Más rápidamente de lo que hubiese querido emergió la sombra de Ian Neville a su lado, el propietario de la plantación de té, de aquel jardín, de aquella casa... y de Helena.

—¿Qué es lo que le trae por Darjeeling, señor Carter? —La voz de Helena penetró en sus pensamientos, y levantó la vista cuando ella prorrumpió en una carcajada luminosa al tiempo que sacudía la cabeza, confusa y divertida—. ¡Me temo que no soy especialmente ducha en mantener conversaciones de cortesía!

Richard se unió a su risa, con calidez y simpatía.

—Bueno... —Carraspeó. «Es usted quien me ha traído aquí, porque no he podido olvidarla en todos estos meses», tenía en la punta de la lengua, pero respondió—: Tengo algunos negocios que atender aquí. Y pensé que tal vez usted estaría dispuesta a mostrarme un poco estas tierras.

Helena se lo quedó mirando con mucha atención y él se sustrajo a su mirada sumergiendo la suya en la taza que tenía agarrada fuertemente con la mano, sintiéndose culpable por su mentira inocente y contemplando desde el borde de la taza el té de color cornalina con la aureola clara de un pálido dorado. Le pareció que ella no creía ni una palabra, pero para su sorpresa la oyó decir tras una pequeña pausa:

—Con mucho gusto.

La casa estaba en silencio. Era ya tarde, todos se habían ido a la cama, solo Helena permanecía sentada en el cuarto de trabajo y, a la luz de un quinqué, tenía muchos papeles, facturas y notas en torno al gran libro encuadernado en piel en el que solía anotar concienzudamente todos los gastos de la casa y el jardín. El discreto tictac del reloj de la repisa de la chimenea fue interrumpido por el toque melodioso de las horas, y Helena se levantó sobresaltada. «Pero si ya es la una...» Turbada, miró las páginas todavía en blanco y los papeles que había tenido seguramente ya una docena de veces en sus manos y había vuelto a dejar a un lado, la pluma cuya tinta hacía rato que se había secado. Con un hondo suspiro se apoyó en el tapizado de piel de la silla, que crujió agradablemente, y se quedó mirando fijamente la oscuridad del cuarto.

Pese a que el haz de luz del quinqué apenas alcanzaba a iluminar la gran superficie del escritorio, creyó poder ver el cuarto con todo detalle: el gran globo terráqueo sobre su pedestal torneado de madera, la piel de tigre frente a la chimenea de mármol, la estatua broncínea de Shiva aplastando la creación con una danza salvaje, el armario bajo con puertas de madera tallada en el que Ian guardaba los libros de cuentas de la plantación de té.

Desde que habían metido las últimas hojas de té en cajas, desde que Ian y Mohan Tajid habían abandonado Shikhara montados en sus caballos para escoltar los carros que transportaban aquella valiosa carga e ir luego por ferrocarril hasta el puerto de Calcuta, Helena disponía de muchísimo tiempo. Demasiado tiempo. Algunas ideas molestas habían empezado a acosarla.

Echaba de menos a Ian. La rutina diaria era más llevadera si le veía aunque solo fueran unas horas al día; aunque luego se fuera y pasara el día en los campos o en la fábrica, eso era preferible a que estuviera a cientos de kilómetros de distancia de ella. Con cada hora que pasaba sola iban siendo más molestas las preguntas que se hacía una y otra vez, preguntas que a fin de cuentas se resumían en un único enigma: ¿quién era Ian en realidad?

Él le había contado que había nacido en un valle de la parte occidental del Himalaya, del que su familia había tenido que huir cuando él tenía aproximadamente la edad de Jason. ¿Por qué tuvieron que emprender esa huida? ¿Qué había sucedido? Su familia... ¿Solamente sus padres o tenía también hermanos? ¿Cómo había vivido él esa huida, cómo había sobrevivido? Al parecer había sido el único superviviente. ¿Quiénes fueron sus padres? ¿Cómo consiguió llegar desde allí a Surya Mahal, donde pasó una década de su vida, y después, desde el corazón de Rajputana, hasta allí, hasta Darjeeling? Contó que de niño habían vivido con sencillez... ¿de dónde había sacado el capital para adquirir las tierras para las plantaciones de té? Cuanto más reflexionaba, más enigmático le aparecía Ian y tanto más confundida se sentía. No se atrevía a indagar sobre él en la casa; temía quedar mal si admitía que no sabía en realidad nada sobre el hombre con quien se había casado, y aún menos se atrevía a preguntarle al mismo Ian. Sin embargo, en una ocasión, antes de su partida, le había pedido a Mohan Tajid que le contara cosas sobre la familia de Ian. Fue de noche, en el salón, estando los dos a solas. Una sombra se había deslizado por el rostro de Tajid y Helena no habría sabido decir si había sido de disgusto o de preocupación.

—Eso debería contárselo él mismo —había respondido con aspereza antes de ponerse a mirar fijamente el fuego de la chimenea.

Helena había comprendido que no podía esperar que dijera nada más al respecto. Una respuesta así contradecía su habitual disposición a ayudarla de obra y de palabra en todo lo que estaba en su mano, de modo que se quedó más asombrada que enfadada.

«Rajiv *el Camaleón,* así te llamaban los niños en aquel entonces...» A Helena le parecía que había personas en el entorno de Ian que sabían de dónde procedía, quién era. Sin embargo, no parecía que hubiera nadie dispuesto a contárselo. ¿Por qué motivo? Era como si él guardara un secreto que no debía salir a la luz, y le dolía estar, ella, su esposa, al margen de ese secreto.

Un cierto rencor y desconocimiento de la situación quizás habían sido la razón por la que se había mostrado dispuesta tan rápidamente a enseñar a Richard Carter los alrededores de Darjeeling, si bien había sentido al ofrecerse un asomo de remordimiento de conciencia. Su sorprendente visita sin anunciar de la tarde había añadido aún más confusión y más enigmas a sus disquisiciones. ¿Qué andaba buscando por allí? Por su tono de su voz había intuido que no eran los negocios lo que realmente le había llevado a realizar ese viaje, pero que estuviera allí por ella le parecía demasiado absurdo como para planteárselo.

Sus dedos resbalaron espontáneamente por el brazo de la silla, contonearon la forma repujada del pomo, lo abarcaron, abrieron al ritmo de sus pensamientos el cajón, lo volvieron a cerrar. Otra vez lo abrieron y lo cerraron de nuevo. Helena se detuvo y titubeó unos instantes antes de abrir lentamente el cajón lo suficiente para echar un vistazo a su interior. Con cuidado sacó la carpeta de piel y ojeó las secciones en las que había cartas escritas con la letra de Ian. Parecía tratarse únicamente de correspondencia en torno al cultivo y al comercio del té. La volvió a colocar en su sitio y continuó rebuscando en el siguiente cajón. De esta manera fue revisando todo el escritorio. Golpeó con los nudillos con cuidado los laterales y los fondos, buscando algún cajón secreto. Palpó para localizar algún que otro objeto que pudiera haber escapado a sus ojos con aquella luz deficiente. Cuando hubo cerrado el último cajón la asaltó una sensación tórrida de vergüenza. ¿Qué estaba haciendo? Ian era demasiado listo como para guardar en un lugar tan accesible algún documento que contuviera pistas sobre su tan bien guardado secreto.

Se avergonzaba de su curiosidad, y sin embargo era incapaz de domeñarla. Suavemente, como si temiera despertar a alguien de la casa, se levantó y cogió el quinqué para iluminar los contornos de la habitación. Resiguió las paredes, levantando un poco cada uno de los cuadros con escenas sobre la historia de la India y su mundo mitológico y también un paisaje al óleo del Kanchenjunga para ver si escondían una caja fuerte. Nada. Tan decepcionada estaba que le habría gustado dar una patada y soltar algún improperio. ¡Tenía que encontrar algo por fuerza, era imposible que no hubiera nada que le proporcionara al menos una pista, un indicio!

Con resolución, subió a toda prisa la escalera débilmente iluminada. Frente a la puerta del dormitorio de Ian se detuvo un instante en el que su conciencia luchó con su tentación, pero el ansia irrefrenable de saber cosechó un triunfo fácil.

Iluminó el recorrido hasta la cómoda, situada en la parte derecha, donde dejó el quinqué y dio una vuelta a la mecha para obtener más luz antes de ponerse a mirar. Había pasado muchas veces junto a la puerta abierta de ese cuarto y nunca había osado echar en él más que una mirada fugaz: sabía que el dormitorio de Ian era territorio prohibido y por eso se sentía como una intrusa. En la disposición del mobiliario, la habitación era exactamente el reflejo de la suya pero algo más sencilla, más masculina, con maderas de brillo cálido y cojines oscuros, la cama ancha con sábanas de lino blanco sin adornos. ¿Sería allí donde habían tenido lugar sus encuentros con Shushila? Desterró rápidamente ese pensamiento y fue abriendo uno tras otro los cajones de la cómoda con espejo. Encontró en ellos utensilios de afeitado, una cajita con gemelos y alfileres de corbata, un peine, pañuelos con las iniciales bordadas; todo sencillo pero noble y solo lo más indispensable. Helena estaba arrodillada en ese instante frente a la puerta de la parte inferior derecha, hurgando entre pedazos de jabón y pañuelos cuidadosamente doblados, cuando un sonido suave la sobresaltó. Se levantó de golpe. Ella y Shushila se miraron asustadas las dos, ambas desconcertadas e inmóviles por igual.

—*Memsahib* —murmuró finalmente Shushila, apretándose contra el pecho de manera más firme su bata de color verde y con el pelo cayéndole sobre los hombros como una madeja de lisa seda negra—. He oído ruido y he venido a ver qué era.

—Yo... yo... —tartamudeó Helena. Luchaba por encontrar las palabras, una justificación plausible, pero fue en vano y acabó por agachar avergonzada la cabeza. Una sonrisa comprensiva se dibujó el rostro moreno de Shushila.

—Sé lo que busca, *memsahib*, pero no encontrará nada. *Huzoor* es un hombre con un pasado, eso lo sabemos todos aquí, aunque no tenemos conocimiento de nada con una mayor exactitud. Él lleva siempre consigo ese pasado, él a solas, en su corazón. Eso lo puede leer cualquiera en sus ojos.

—¿Y por qué no me cuenta absolutamente nada de ello? —preguntó Helena en voz baja, más para sí misma que para la otra, sin darse cuenta de que hablaba en hindustaní.

—Porque la quiere proteger a usted de ello, *memsahib* —respondió Shushila con calma.

—No me lo creo —replicó Helena, irguiéndose y apartándose el pelo con un movimiento enérgico—. ¿De qué tiene que protegerme? —Miró retadora a Shushila.

La joven hindú permaneció en silencio unos instantes, como si ponderara bien sus palabras.

—Hay secretos que son peligrosos y me parece que *huzoor* tiene uno de esos secretos —repuso finalmente.

—¡Tonterías! —Helena estaba acalorada, y las punzadas de celos por el hecho de que Shushila conociera tan bien a Ian casi le cortaron la respiración; sin embargo, antes de que pudiera continuar hablando la interrumpió Shushila con dulzura.

—Entonces dígame que no le da ningún miedo eso que ha visto usted en sus ojos.

Helena bajó la vista, plenamente consciente de que era incapaz de contradecir a Shushila. Luchó consigo misma, con su orgullo, antes de preguntar en voz baja:

—¿Qué puedo hacer entonces?

—Usted es muy fuerte, *memsahib*, tiene corazón de luchadora. Procure solamente que él no la arrastre consigo al abismo. Buenas noches, *memsahib*. —Con una ligera reverencia se despidió Shushila y cerró suavemente la puerta tras de sí.

Helena permaneció todavía un rato más allí, absorta en sus pensamientos tras la conversación con Shushila. Finalmente, se encaminó con paso cansino a su propia habitación, con la débil esperanza de que se hiciera pronto de día.

24

No era infrecuente que *memsahib* saliera a cabalgar a primera hora de la mañana por iniciativa propia, y Helena estaba contenta de que ninguna de las chicas ni ninguno de los mozos de cuadra le hicieran preguntas. Montó sobre *Shaktí* vestida con una blusa y pantalones de montar diciendo únicamente al marcharse que no la esperaran para la comida, que tal vez se le hiciera tarde, y se marchó al galope. No quería que se le notara demasiado, pero tenía muchísimas ganas de salir de la casa y dejarlo todo a sus espaldas.

Richard la estaba esperando al sur del término municipal, tal como habían acordado. Helena era ciertamente muy osada, pero no quería jugarse su reputación dejándose ver por la ciudad en compañía de un hombre desconocido y sin carabina. Involuntariamente, espoleó a *Shaktí* cuando lo vio de lejos montado sobre su robusto caballo con un lucero claro, vestido él con su ligero traje marrón de montar. Cuando se volvió hacia ella, una sonrisa le iluminó el rostro.

Cabalgaron algunos kilómetros hacia el sur por un camino que ascendía empinado por las colinas. Espigadas plantas y hierbas silvestres altas rozaban sus botas y los costados de los caballos; una y otra vez veían los destellos del sol matutino en las piedras de arroyos borboteantes. Algunas aves de color terroso los acompañaban gorjeando, se posaban a una distancia prudente y levantaban el vuelo de nuevo asustadas, batiendo ruidosamente las alas. Encajadas entre roquedales y cuestas, rodeadas por bosques de coníferas, se extendían las plantaciones de té color verde intenso, sin un alma ahora que no había ya nada más que hacer allí hasta que el monzón las empapara e hiciera crecer nuevos brotes. Apenas hablaban, entre otras razones porque el angosto sendero con frecuencia solo les permitía cabalgar en fila india. Finalmente alcanzaron su meta, el punto más alto del sur, la Colina del Tigre. A sus pies estaba la ciudad de piedra enjalbegada y madera oscura. Entre las casas, los árboles parecían manchas de musgo. Más allá, a lo largo del horizonte, destacaba la muralla del Himalaya, pelada y kárstica, con surcos y vertientes azuladas y también de tonos grises y violeta.

Helena señaló las cumbres que se intuían tras el velo espeso de nubes, del que continuamente se desprendían jirones que se dirigían hacia ellos.

—Aquello de allí es el Kanchenjunga. Según la leyenda, es la montaña sagrada de Kailash, detrás de la cual se oculta el paraíso de Shiva.

—Aquí parece que cada piedra ha sido acuñada por los dioses —murmuró Richard meditabundo, con las gruesas cejas fruncidas, dejando vagar la mirada por el agrietado cuerpo de aquella cordillera—. La India es un país antiguo en el que numerosos pueblos y culturas han dejado las huellas de sus manos y pies desde hace varios milenios. Lo leí en algún lugar —se apresuró a añadir cuando captó la perpleja mirada de soslayo de Helena.

—¿Los Estados Unidos no son así?

Richard sacudió la cabeza.

—Los Estados Unidos son un país nuevo, un país virgen, vacío y ancho. Lo que hay allí tan solo tiene unas pocas décadas de antigüedad y la velocidad a la que crecen las ciudades es vertiginosa. El país vibra de energía, como si no pudiera esperar para dar el siguiente paso hacia delante. Allí no hay pasado, apenas hay presente y el pensamiento se concentra solo en el futuro, en visiones de lo que es posible, de lo que tal vez sea posible. En los Estados Unidos parece simplemente que todo lo es, no parecen existir límites para el afán de avanzar y de progresar.

Siguió hablando con entusiasmo de Nueva York, «la ciudad más grande y maravillosa de todo el país», tal como proclamaba una guía turística, que contaba con casi dos millones de habitantes; del amplio Central Park, con su lago artificial, donde la gente acudía los domingos a pasear; de la primera línea del Metropolitan Elevated Railway inaugurada hacía cinco años, una línea de ferrocarril que recorría la ciudad y cuyos vagones circulaban por vías situadas a una altura de dos pisos; del puente de Brooklyn, maravilla de la arquitectura, que salvando el East River uniría los barrios de Brooklyn y Manhattan, para lo cual se habían levantado pilares siete veces más altos que la mayoría de las casas de cuatro pisos de Manhattan, y cuyo puente colgante, que ese mismo año iba a ser tendido con cables de acero, cubriría una distancia de casi dos kilómetros.

Le habló con pasión de Broadway, la espina dorsal del comercio de la ciudad, y de centros comerciales como Macy's, construidos en su mayor parte con hierro colado, bajo cuyo techo podía comprarse prácticamente de todo.

Describió la ciudad de San Francisco, todavía mucho más pequeña que Nueva York pero no por ello menos ambiciosa y floreciente; de las colinas de California, sus interminables playas de arena, los viñedos y huertos de frutales; de lo grande que era el interior del país; de la agreste belleza de las praderas llenas de bisontes, que solo estaban esperando a ser explotadas y urbanizadas en cuanto estuvieran listas las tres nuevas líneas de ferrocarril.

Le contó cosas sobre Australia, el continente rojo y árido del que importaba piedras; sobre las elegantes calles de París, la ciudad mundana con sus cafés, bares, teatros y clubes nocturnos.

También le habló de la planta siderúrgica en la que había comenzado a trabajar antes irse a probar suerte a la costa occidental, en las fatigosas minas, en busca de minerales. Las ganancias obtenidas con esa actividad le habían permitido abrir su primer negocio, y otro más, y luego fundar su primera fábrica con un préstamo después de la Guerra de Secesión y regresar a la costa oriental, desde donde sus negocios se iban expandiendo más y más: acero, hilanderías, talleres de afilado, inmobiliarias...

Fue un mundo desconocido el que abrió para ella con sus palabras y sus gestos durante ese día y el siguiente y los otros que siguieron mientras subían a caballo por las colinas o caminaban por las praderas o estaban sentados al sol. Helena escuchaba con atención y se quedaba asombrada al ver ante ella las calles y las casas y las personas que él describía en su relato, los paisajes y ciudades que no se parecían en nada a lo que ella había visto hasta entonces. Al principio no se atrevía apenas a contar cosas sobre sí misma, de dónde era, lo que había visto y vivido. Su propia vida y su mundo le parecían pequeños e insignificantes en comparación. Sin embargo, Richard insistía con obstinación y no desperdiciaba ninguna ocasión para hacerle preguntas, y la escuchaba pacientemente con mucha atención.

—¿Dónde ha aprendido usted a cabalgar tan bien? —le preguntó cuando desmontaron jadeantes después de una rápida cabalgada por una pradera florida.

Helena ató las riendas de *Shaktí* en una rama quebrada a la que se aferraban los tallos de una orquídea rosa.

—Sobre un asno.

Richard levantó las cejas con gesto interrogativo y Helena respondió a su asombro con una carcajada.

—Mi padre me puso sobre un asno cuando yo era todavía muy niña. En Grecia los animales de montura y de carga eran en su mayoría asnos, y me montó por puro capricho. Me parece que es el recuerdo más temprano que conservo de él: cómo me sube al asno y me sujeta la mano mientras el animal sigue trotando como si tal cosa.

—¿Y no tuvo usted miedo? —Richard se quitó la chaqueta y la dejó colgando indolentemente de su hombro mientras caminaban lentamente entre la hierba alta.

Helena sacudió la cabeza.

—No, mi padre estaba allí. Estaba segura de que no me sucedería nada mientras él estuviera cerca de mí.

Richard calló y se puso a perseguir atentamente con la mirada cada uno de los pasos de sus botas.

—Debe de haber sido magnífico crecer así —dijo circunspecto tras una breve pausa—, con tanta libertad y naturalidad, al sol meridional.

Helena asintió con la cabeza. Se agachó a recoger una de las flores que erguían sus cabecitas de color amarillo y naranja por encima de las briznas de hierba cimbreándose suavemente al viento, la cortó y se puso a darle vueltas entre los dedos.

—Lo fue, sí. —Respiró hondo, mirando el cielo azul guarnecido por delicadas nubes estriadas—. Desearía que no hubiera tenido que acabarse tan rápido esa época.

Con melancolía recordó que también el tiempo que pasaba con Richard se acercaba inexorablemente a su final; había que contar con el regreso de Ian y, aunque ninguno de los dos lo mencionaba, ella se daba cuenta de que también Richard lo tenía presente. No imaginaba lo que sería no volver a ver a Richard; las horas con él eran algo que le pertenecía únicamente a ella, algo sobre lo que solo decidía ella. Le pareció insoportable tener que volver a despegarse de esa sensación de libertad, de ligereza y de despreocupación a la que se había habituado con tanta rapidez.

Llegó hasta ella la voz suave de Richard.

—¿No es siempre terrible que la infancia, la edad de la inocencia, termine abruptamente cuando a uno lo arrancan de un sueño que tenía por real?

La mirada de Helena vagaba por el paisaje; evitó mirar a la cara a Richard, porque temía no poder contener las lágrimas cuando dijo:

—A veces creo que estoy condenada a pagar por todos los pecados que cometieron mis padres. Sus pecados contra el decoro, contra la sociedad, contra las convenciones y la moral. —Soltó una carcajada amarga—. ¿No es eso lo que se entiende por pecado original, el pecado heredado?

—No debe usted pensar de esa manera —dijo Richard rápidamente, pero Helena lo interrumpió. Lloraba de rabia.

—Pero es así. ¡Así ha sido siempre! ¡Nunca he tenido elección!

Volvió la cabeza violentamente, avergonzada por su estallido, por su debilidad, por su impotencia. Richard dejó caer la chaqueta en la hierba, agarró su mano y la atrajo hacia sí con tanta suavidad como decisión.

—¡Claro que sí, claro que la tienes! ¡Ven conmigo, Helena!

Ella se lo quedó mirando, asustada por ese giro para

ella tan sorprendente. Él la rodeó con un brazo mientras con la mano libre le enjugaba con cuidado las lágrimas. Helena vio cómo su rostro duro, anguloso, se dulcificaba; vio calidez en sus ojos.

—No tienes por qué quedarte aquí con él. ¡Hay tantas cosas en este mundo que me gustaría enseñarte, que querría vivir contigo!

Ella permitió que la estrechara más, que sus labios le dibujaran en la mejilla las palabras que iba pronunciando.

—Ven conmigo y te prometo que todo irá bien.

—Yo... no puedo —dijo a duras penas Helena, sintiendo al mismo tiempo a su pesar cómo se desmoronaba en ella toda resistencia; se arrimó cariñosamente a Richard, a su pecho ancho, que tan reconfortante era y tanta seguridad prometía.

—Sí, claro que puedes —murmuró Richard contra su piel—. Nadie puede obligarte a permanecer aquí. Vente conmigo a los Estados Unidos, a Australia, donde tú quieras. Nunca te obligaré a nada, nunca exigiré nada de ti. Solo quiero que seas feliz por fin. No eres una mujer que haya nacido para sufrir.

Eran esas las palabras que echaba de menos en Ian y que nunca habían llegado a sus oídos, esa la sensación de cercanía que le había sido negada hasta el momento y que hizo que sus labios buscaran los de Richard.

Sus besos no tenían la pasión glotona de Ian; eran como él: consistentes, reconfortantes, y Helena deseó que aquel momento fuera eterno. Cuando se despegaron sus labios, él la estrechó entre sus brazos y se rio suavemente.

—Tendría que haberte robado en aquel momento, haberte sacado inmediatamente de aquel espantoso baile. —Llevó su mano a la mejilla de ella y le alzó la cabeza con mucha delicadeza para mirarla a los ojos, con determinación y ternura—. No tienes que precipitarte. Me quedaré en Darjeeling hasta que hayas tomado una decisión. Te esperaré, Helena.

—*Huzoor* la espera a usted en su habitación, *memsahib*.

—*Shukriya*, gracias, dile que voy enseguida —repuso Helena a la chica de una manera mecánica, sin apenas mirarla cuando se retiró con una breve reverencia para cerrar la puerta con suavidad.

Le sobrevino una sensación de calor y de frío al mismo tiempo cuando se miró en el espejo del tocador. Su reflejo le resultaba extraño, aunque se reconocía. El sari de color rojo anaranjado, el pelo que le caía por la espalda en suaves ondulaciones gracias a una pomada que olía a flores, los grandes ojos de color verdiazul en su rostro dorado, oscuros a la luz de los quinqués y, sin embargo, con un resplandor nuevo, desacostumbrado en ellos.

Desde el jaleo y la agitación en la casa, las voces y las risas de esa tarde que anunciaban el regreso desde Calcuta de Ian y Mohan Tajid tras casi dos semanas de ausencia, ella había tratado de retrasar aquel momento. Caía ya la noche y no había escapatoria posible. Más por mala conciencia que por dispensarles una bienvenida alegre había encargado en la cocina que prepararan cordero asado y *masala bata*. Por otro lado, no dejaba de mirar una y otra vez el paquete que había bajo la ventana, encima de un taburete: envuelto en fino papel de seda estaba el chaleco que había encargado confeccionar a los Wang para Ian y que ellos habían enviado en su ausencia. Ya no sentía ninguna ilusión por esa prenda. La belleza del tejido, su resplandeciente suavidad y sus intensos colores habían perdido la gracia; solo le traían el recuerdo de cosas que trataba de olvidar.

¿Había hecho algo malo? No lo sabía. Parecía como si durante la última semana hubiera perdido todo el sentido de lo que era bueno o malo, correcto o equivocado. El día anterior se había despedido de Richard allá arriba, en el cruce de caminos; ella había tomado hacia la izquierda, hacia la plantación, y él hacia la derecha, cuesta abajo, hacia Darjeeling. También allí él la había besado una última vez y le había arrancado la promesa de que le enviaría una nota a su hotel siempre que le necesitara para algo. Le daba pavor presentarse ante Ian. No eran los besos de Richard, sino la idea de una nueva vida sin Ian lo que la hacía sentirse tan culpable. Aquella idea desde hacía dos días la asaltaba, la desasosegaba, no la dejaba en paz ni un solo minuto. ¿Sería realmente capaz de abandonar a Ian, de dar la espalda a la India para siempre? ¿De verdad podría marcharse a otro país desconocido, comenzar otra vez de cero con otro hombre? Estaba muy cansada, tenía el corazón cansado por toda la agitación, por los sentimientos en constante pugna, y no anhelaba otra cosa que la calma, esa calma que sentía estando con Richard. ¡Era tan distinto de Ian! Sincero, directo, sin abismos tenebrosos. El desgarramiento de la presencia de Ian precipitaba a Helena a un remolino de extremos. Sin embargo, lo más tormentoso, lo que siempre dejaba a un lado pero que volvía a aparecer sin que lo llamara, era Jason. ¿Sería capaz de exigirle que volviera a ponerle por completo del revés con sus pocos años de vida, que se acostumbrara a un país nuevo, a una familia nueva? Helena se sentía miserable por la decisión que se veía obligada a tomar. ¿Qué era lo correcto, qué era lo equivocado? No lo sabía, y en ese momento se sentía una mujer mayor.

Se levantó a regañadientes de su asiento y apagó la llama de los quinqués. En algún lugar, el cielo nocturno se iluminó brevemente varias veces, poniendo en evidencia las nubes ocultas por la oscuridad que desde el día anterior cubrían el horizonte: la primera señal de la época de lluvias que llegaba desde el sur y que haría más bochornosos los días y más suaves las noches. Los pocos pasos que separaban una puerta de la otra le parecieron interminables. Los pies le pesaban como el plomo.

Ian estaba sentado inmóvil en un sillón frente a la chimenea, con las lustrosas botas de montar sobre un taburete, mirando fijamente las llamas. Helena se quedó inmóvil en la puerta, insegura acerca de cómo debía conducirse.

—Buenas tardes, Ian —logró decir finalmente—. ¿Habéis tenido buen viaje? —Sus palabras le sonaron falsas incluso a ella.

—Gracias —respondió Ian en un tono cortante, y el frío que sintió la dejó sin respiración.

Era eso lo que había temido durante las semanas de la cosecha, ese cambio repentino de humor que había experimentado tantas veces y para el que nunca estaba preparada. Se esforzó por combatir el temblor que sentía crecer en su interior.

—Según me han dicho, te has divertido de lo lindo durante mi ausencia —añadió él, encendiéndose un cigarrillo—. ¿Tenías que ponerme los cuernos ante los ojos de toda esta casa y de los de medio valle?

Sus palabras fueron para ella como un latigazo.

—No he hecho nada malo —intentó defenderse, sabiendo de antemano que era inútil. ¡Qué ingenua había sido al pensar que su ausencia continuada del hogar podía pasar inadvertida! Hasta la más simple de las criadas habría sido capaz de sacar conclusiones de la visita del *sahib* forastero y la duración cada vez más prolongada de los paseos a caballo de la *mensahib*.

Él se levantó a la velocidad del rayo, arrojó a la chimenea el cigarrillo recién encendido y la agarró tan fuerte del brazo que se le escapó un grito de dolor e hizo que se le saltaran las lágrimas.

—Ian...

—Si me tienes que convertir en un cornudo, no lo hagas al menos en mi casa, ni en mis tierras. Guarda las formas y la decencia al menos —dijo entre dientes, agarrando con más fuerza el brazo de Helena. Levantó rápido la mano y ella se encogió, pero el esperado golpe no llegó.

Con cautela parpadeó, lo miró entre lágrimas. Él la estaba mirando sin más, sin aflojar la presión.

La negrura de sus ojos, ese abismo horrible al que ella se asomaba ahora al mirarlo, le dio miedo, un miedo que nunca había experimentado antes.

—Suéltame —susurró con la voz ronca en un intento poco decidido por liberarse.

Ian la atrajo violentamente hacia sí. Helena apenas podía respirar y, además del grito por el susto, se le escapó un suspiro de alivio, de deseo colmado, cuando él presionó sus labios sobre los suyos, algo doloroso y delicioso a la vez. Sus manos toscas recorrían su cuerpo, le hacían daño pero despertaban dentro de ella un placer tremendo, ardiente, que la hacía suspirar, atraerlo hacia sí y al mismo tiempo repelerlo, llena de deseo y de odio y de desesperación.

—Eres mía, Helena, mía —susurró él con aspereza; sus palabras le quemaban los labios, la abrasaba el aliento de él en el cuello, en la piel.

Ian le dejaba marcados los dientes. La fina seda del sari se desgarró y su piel ardiente entró en contacto con la calidez del cuerpo masculino. Creyó morir de deseo y de cólera. «Mía, mía.» Resonaban en ella sus palabras distorsionándose como el graznido ronco de un cuervo: «Mía, mía, mía...»

—No —se oyó decir, primero en voz baja y ronca y luego en un tono más imperioso—. ¡No, jamás! —Una rabia pura se agitaba en ella proporcionándole fuerzas para pegarle, para darle patadas, para quitarse de encima esa sensación de ahogo, para luchar por su vida, por su alma. Se zafó de él, tropezó y cayó al suelo; pero estaba libre y, agarrando los jirones de su sari, fue dando tumbos hasta la puerta y la abrió de golpe.

—¿Adónde vas a ir? —le perforó la espalda la voz de Ian, vibrando como la de un desconocido, con un sonido metálico.

—¡Me da lo mismo! —Se oyó como desde muy lejos, entre lágrimas y sollozos—. ¡Pero lejos, muy lejos de ti!

Huyó a trompicones por el pasillo hasta su habitación. Pese al pánico que sentía, pese a toda la confusión, una parte de ella se mantenía fría y despejada, alarmantemente tranquila. Como si hubiera repasado mentalmente mil veces cada paso de la fuga, despabiló los quinqués con las manos temblorosas, sacó a Yasmina del sueño ordenándole que la ayudara a empaquetar sus cosas, se puso una blusa y los pantalones de montar y echó mano de los objetos más necesarios.

—¿Qué ha sucedido?

Sin que ella ni Yasmina lo hubieran oído, Mohan Tajid estaba en la puerta, impecable con su traje claro y su turbante escarlata, tranquilo y serio. Su presencia hizo que se disolvieran en la nada los nervios y la actividad frenética de la habitación. Helena lo miró inclinada sobre la montaña de prendas de vestir extendidas encima de la cama. Por un breve instante se le pasó por la cabeza el aspecto lamentable que debía de tener, llorosa, con el rostro enrojecido e hinchado y el pelo revuelto, pero no le dio mayor importancia.

—Estoy haciendo las maletas —dijo con sobriedad, y

prosiguió con la elección de las prendas más sencillas entre aquel barullo de sedas de alegres colores y muselinas bordadas.

Mohan Tajid asintió con discreción.

—Supongo que tendrá usted un buen motivo para tal cosa. —Cerró con suavidad la puerta y caminó hacia el centro de la habitación mirando a las dos mujeres—. ¿Adónde pretende ir?

—A Darjeeling; allí encontraré seguramente una habitación, para empezar.

—¿Y Jason?

Helena se quedó helada y tragó saliva. Era su punto débil. Pero tenía que ser así; no podía quedarse ni siquiera por Jason. Apretó los dientes y levantó la barbilla con decisión.

—Mañana lo sacaré de la escuela.

Mohan Tajid volvió a asentir con la cabeza.

—No la voy a persuadir para que se quede, ya que es evidente que usted no desea tal cosa. Probablemente con toda la razón —dijo, con un suspiro—. Solo quiero pedirle una cosa.

—¿Qué? —Helena se arrepintió al instante del tono impertinente de su voz, pero Mohan sonrió apenas, con calidez, con apenas algo más que un centelleo en sus ojos.

—Algunas horas de su tiempo. Quiero contarle a usted una historia.

—¿Una historia? —Helena se lo quedó mirando sin entender. Mohan asintió con la cabeza.

—Creo que no importa realmente si se va usted ahora mismo o algo más tarde. Si usted desea marcharse lo hará también dentro de tres o cuatro horas. No le pido nada más, solo algunas horas. —Captó el escepticismo de Helena y alzó las manos en un gesto encantador—. ¡Sin trucos! Solo una historia... y una taza de té.

Helena pugnó consigo misma, pero finalmente se impuso la confianza que le tenía a Mohan Tajid y consintió.

—Bien, de acuerdo.

Él la llevó con delicadeza hasta uno de los gruesos cojines, se sentó con las piernas cruzadas en otro, a su lado, y, mientras Yasmina servía el té recién hecho y humeante en sus tazas, comenzó su relato.

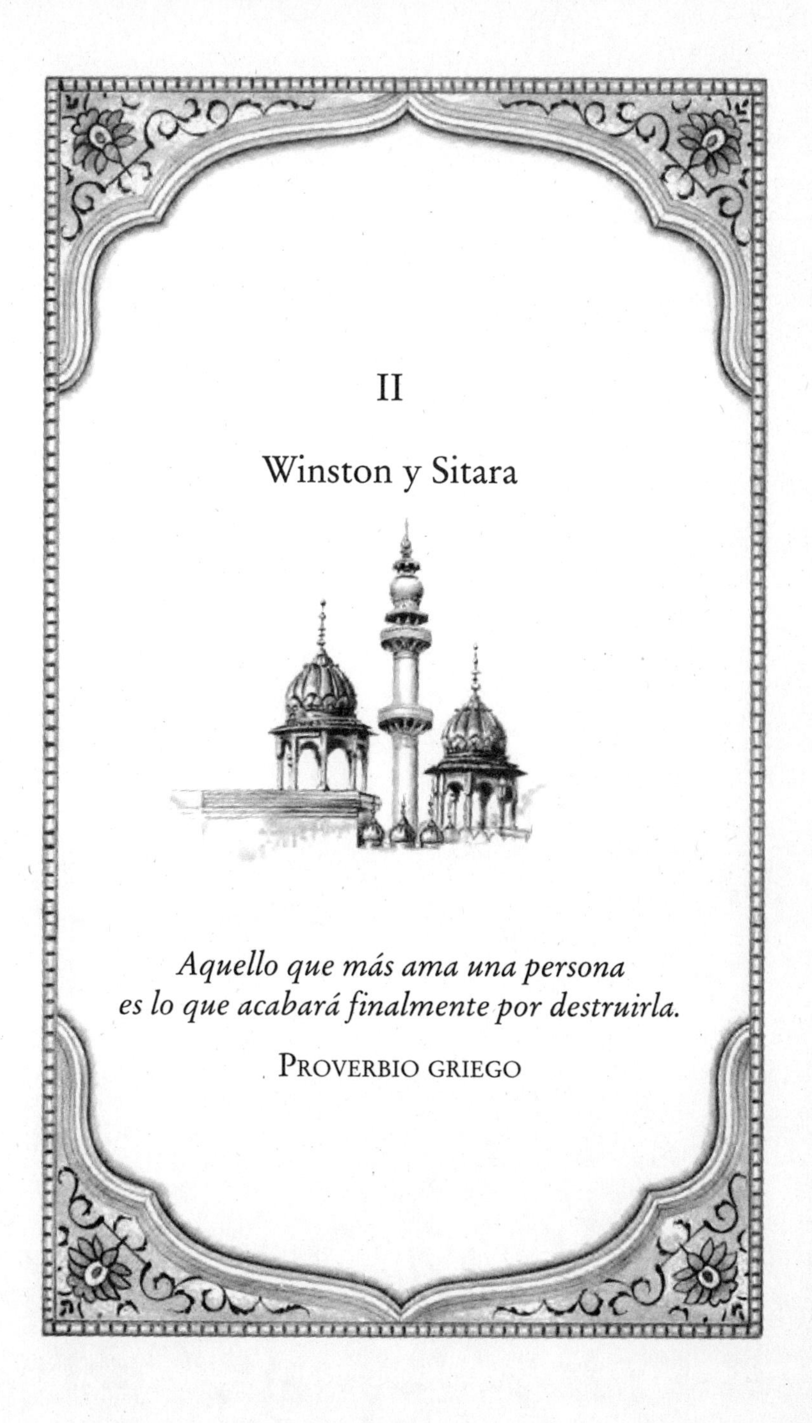

II

Winston y Sitara

Aquello que más ama una persona
es lo que acabará finalmente por destruirla.

PROVERBIO GRIEGO

1

Rajputana, mayo de 1844

El sol quemaba sin compasión desde un cielo claro y resplandeciente, resquebrajando el suelo amarillento, pulverizando su costra hasta convertirla en polvo, licuándolo de nuevo en el horizonte con el aire que centelleaba por el calor. Entre la tierra desnuda y las piedras había hierbajos resecos y matorrales muertos; raras veces se deslizaba rápidamente la sombra de un lagarto serpenteando en zigzag hasta que encontraba de nuevo refugio para evitar aquel sol abrasador debajo de alguna piedra grande suelta.

Los cascos de dos caballos resonaban sordamente por la llanura, rechinaban sobre las piedras y la arena. Iban cambiando el paso y dando tropiezos cada vez con mayor frecuencia porque los animales estaban cansados, aunque solo hacía unas cuantas horas que se habían puesto en camino.

—*Aiiii* —exclamó haciendo aspavientos el mayor de los dos hombres—. ¿Cuánto puede quedar todavía, *sahib* Winston?

El joven inglés se enjugó con el dorso de la mano el rostro quemado por el sol, chorreante de sudor. La camisa, en otro momento blanca, tenía manchas de arena, estaba empapada y se le pegada al tronco macizo y musculoso.

—No lo sé, Bábú Sa'íd. Según las indicaciones de las que disponemos, deberíamos haber llegado hace ya bastante rato. ¡Este condenado desierto!

Maldiciendo, tiró de las riendas para obligar a su caballo de pelaje oscuro a describir un semicírculo mientras oteaba achicando los ojos las mesetas alargadas y el horizonte. No había presentido que la descripción del camino que le había hecho el oficial superior sería tan inexacta, a pesar de no desconocer que esa parte de Rajputana había sido cartografiada solo parcialmente. Hacía ya días que habían abandonado el territorio jurisdiccional británico y traspasado las fronteras de uno de aquellos principados que seguían sustrayéndose, con una resistencia pasiva, a la dominación extranjera de los ingleses.

—¿Qué hacemos ahora, *sahib*? —Bábú Sa'íd refrenó su caballo, de un color gris sucio, y miró a su señor en busca de ayuda. Tenía los ojos casi negros y apagados, un rostro oscuro curtido por el sol en el que destacaba fuertemente el bigote cano.

El caballo de Winston bajó de agotamiento la cabeza y comenzó a escarbar sin mucha convicción en las piedras con una pata delantera, mientras su jinete contemplaba aquel páramo hostil.

No era un hombre guapo. Tenía una estatura poco habitual y una figura voluminosa. Su piel era pálida, ligeramente rojiza, como su pelo rubio, herencia de sus antepasados normandos. Los ojos, de un azul claro con motas grises, parecían mirar el mundo con ingenuidad; sin embargo, poseía un entendimiento agudo. Su rostro, completamente afeitado en contra de lo que dictaba la moda, era una curiosa mezcla de rasgos blandos y partes huesudas. Parecía más joven de lo que era a sus veintisiete años. Quien no lo hubiera visto moverse habría podido pensar que se trataba de un tosco muchacho descomunal con cierta propensión a la indolencia, pero cada centímetro de su cuerpo estaba entrenado y le procuraba la vigorosa flexibilidad de un animal. Su presencia física infundía un gran respeto por sí sola.

Bábú Sa'íd conocía la expresión facial de su señor, que descargaba la tensión en un músculo trepidante de su maciza mandíbula. Aquello daba a entender que estaba profundamente inmerso en sus cavilaciones. Sabía que lo mejor en esos momentos era permanecer en silencio.

—¡Adelante! —exclamó finalmente Winston, tirando con tanta energía de las riendas que su caballo se encabritó asustado—. ¡Vamos a encontrar ese maldito palacio aunque tengamos que remover las piedras! —Con decisión se puso al galope tan rápidamente que Bábú Sa'íd tuvo que apresurarse para seguirlo.

Mientras el sol caía abrasador hora tras hora sobre ellos, abrasándoles las mejillas y haciendo que cayera el sudor a raudales por sus espaldas y brazos, Winston cerró por unos instantes los ojos y sintió la fría mejilla de Edwina cariñosamente arrimada a la suya. Olió su delicado aroma a lirios de los valles. Echaba de menos los besos robados en el jardín de los Grayson, besos que sabían a fresas y que le dejaban con hambre cuando ella, con una risita pudorosa y un susurro de faldas, corría hacia la protección que le ofrecía la casa. Edwina, hija única del coronel Grayson, con una piel como la nata, los ojos de un azul lavanda, rizos castaños y un talle tan estrecho que él podía rodeárselo fácilmente con sus manos. Vivaracha, caprichosa y traviesa, lo había encandilado con el brillo descarado de sus ojos y con su voz cristalina... con la complacencia del coronel y de su esposa, a quienes había gustado el joven soldado, tan de fiar como ambicioso, y cuyos orígenes, si bien era tan solo el hijo menor de una familia empobrecida de la nobleza provincial de Yorkshire, se remontaban casi sin interrupción hasta la época de la Guerra de las Dos Rosas.

—*Sahib*...

Lo sacó de su ensimismamiento la voz agitada de Bábú Sa'íd y refrenó su caballo.

Ante ellos se quebraba abruptamente el suelo, precipitándose hacia abajo en un talud hacia un amplio valle en cuyo centro, como creadas por la mano de un mago, se alzaban las murallas de un palacio. La arena reflejaba la luz cegadora del sol, y las almenas y torres parecían rodeadas por una aureola de llamas.

Winston y Edwina llevaban casi dos años prometidos en secreto, y el coronel le concedería su mano en cuanto hubiera escalado una graduación más en la escala militar. La misión diplomática para la que había sido enviado hasta allí le reportaría con toda seguridad ese ascenso, claro está, si resultaba un éxito. Sin embargo, una vez allí, titubeó.

Como si el caballo percibiera su indecisión, cambiaba con desasosiego el apoyo de sus patas delanteras; incluso Bábú Sa'íd lo estaba observando con expectación. Winston tragó saliva, tenía la garganta seca, y sabía que no se debía únicamente a la cabalgada de varias horas de duración por el polvo y las piedras y al calor. Su instinto le aconsejaba dar la vuelta, pero sabía que era imposible, y también que era inevitable aquello que lo estaba esperando allá abajo.

En el siguiente parpadeo espoleó al caballo y tomó el camino del talud con la mirada clavada en las murallas de Surya Mahal.

En calidad de peticionarios, estaban apostados ante la imponente puerta el vigoroso y joven inglés y el bajito y delgado cipayo, sudorosos, sucios, cansados y sin el esplendor de las chaquetas de sus uniformes del brazo militar de la Compañía de las Indias Orientales, que tenían detrás metidas en el equipaje. Los guardias rajputs, que los miraban con desprecio, como a mendigos, les permitieron la entrada solo de mala gana y tras la entrega de todas sus armas. El rostro arrugado de Bábú Sa'íd se contrajo en una mueca triste cuando se vieron forzados a entregar a los rajputs sus pistolas y su querido e inseparable mosquete Brown Bess.

No obstante, les dispensaron la proverbial hospitalidad rajput. Sus habitaciones eran grandes y estaban magníficamente acondicionadas, y varias almas serviles se esforzaban con prontitud para satisfacer su bienestar físico. Bañado, afeitado y vestido impecablemente con el uniforme, Winston había solicitado inmediatamente una audiencia con el rajá, pero habían pasado ya dos días y dos noches y seguía sin recibir una respuesta. Ni el mayordomo ni ninguno de los domésticos supo decirle cuánto tiempo más pasaría hasta poder ver al príncipe. Siempre que preguntaba recibía como contestación un pesaroso encogimiento de hombros y siempre las mismas fórmulas corteses en hindi. Winston estaba que rabiaba. Con los brazos cruzados sobre su ancho pecho, no hacía otra cosa que ir incesantemente de la cama a las puertas abiertas de par en par que daban al patio interior con sus relucientes botas de montar, que Bábú Sa'íd había lustrado ya por vigésima vez. Corría por la habitación una brisa cálida pero agradable que hinchaba las delicadas cortinas, aunque no alcanzaba apenas para enfriar su cólera por la actitud desdeñosa con que el rajá los hacía esperar, a ellos, embajadores de la Corona.

Bábú Sa'íd se había sentado con las piernas cruzadas y la espalda recta en uno de los gruesos cojines y parecía haber caído en un estado de duermevela, con los ojos cerrados.

Winston se detuvo en el umbral del patio interior y se quedó mirando fijamente hacia el exterior con sus cejas pálidas fruncidas en un gesto de enfado. No notaba las valiosas labores de tallado de las columnas y las almenas de los muros, ni tampoco veía la tinaja pintada de azul y blanco con ramos de flores, ni el pavo que caminaba ceremonioso sobre las baldosas claras mirándolo y girando luego con desdén la cabeza de un azul chillón, quizá por la falta de atención de Winston.

Hacía seis años que se había alistado y pisado suelo indio. Una carrera militar en la Compañía de las Indias Orientales prometía una paga decente, mejor que en la del ejército de la reina, y la oportunidad de una fortuna en la India con ambición, obediencia, inteligencia y el pellizquito necesario de buenos contactos. Todos conocían las historias o se enteraban de ellas lo más tardar en las primeras semanas de vida en el cuartel: historias de soldados rasos que habían conseguido llevarse su parte de las inconmensurables riquezas del subcontinente y convertirse en legendarios nababs. Y Winston era una persona ambiciosa; toda su vida se había avergonzado de ser pobre, pese a saber que sangre noble y antigua corría por sus venas. Sabía que podía conseguirlo. Un día volvería a Inglaterra cargado de condecoraciones y rico, sintiendo con total satisfacción las miradas de sus antiguos compañeros de la escuela, que se habían reído y burlado de él por depender de las limosnas de la dirección para alumnos especialmente dotados. Se presentaría con orgullo ante los miembros de su familia, para quienes siempre había sido el insignificante hijo pequeño. La boda con Edwina lo uniría a una de las familias de oficiales más antiguas del país y allanaría el camino de su posterior ascenso. Sabía que tenía que demostrar allí su eficiencia. Todo su futuro dependía del éxito o del fracaso de aquella misión. No podía permitirse ningún error.

Un golpe enérgico le hizo volverse de repente. Ataviado con una chaqueta de color azul cobalto, pantalones de montar blancos y un turbante esmeralda, el mayordomo hizo una breve reverencia ante él.

—Su Alteza, el sublime rajá, le concede la *durbar*.

A Winston se le salía por la boca el corazón mientras iba junto al mayordomo por los pasillos, dando unas zancadas tan grandes que tenía que prestar atención para no adelantarlo. Bábú Sa'íd lo seguía como una sombra. Le pareció casi interminable el camino hasta la sala del trono, en algún lugar en el corazón del palacio. Winston no tenía ojos para las tallas de madera ni para las piezas de marquetería, ni las valiosas telas, ni las estatuas, ni los tapices junto a los que pasaba a toda prisa; su cabeza estaba poblada por jirones de pensamientos, y todo su ser estaba concentrado en la entrevista con el soberano.

Nunca hubo un plan de acción para la conquista y colonización de la India. Más bien de una manera casual, pedazo a pedazo, el país había ido cayendo en manos de los ingleses en las innumerables contiendas bélicas y refriegas de las últimas décadas. Un rajá renegado que quería sustraerse a sus obligaciones contractuales, un estado vasallo que se sentía amenazado por sus vecinos, incursiones en territorio británico o un vecino fronterizo muy belicoso eran justificación suficiente para una guerra y, tras las victoriosas batallas, se hallaba de nuevo la Compañía con territorios, responsabilidades e ingresos adicionales. La fe enraizada en la divina providencia, que determinaba que Inglaterra debía liderar como potencia mundial, unida a la certeza inquebrantable de la superioridad de la raza blanca, dictaba que había que tomar de la mano casi como a niños pequeños a los hindúes, que se aferraban a sus costumbres bárbaras y a sus primitivas formas de vida, había que dispensarles las bendiciones de la civilización inglesa, el progreso técnico, la cultura, la moral y, no en último lugar, el cristianismo. Este era el «bagaje» que el «hombre blanco» cargaba, resignado a su destino. Al fin y al cabo, el dominio de Inglaterra iba a traer finalmente la paz a la India, un estado plurinacional, un caleidoscopio de idiomas y religiones, tras siglos de luchas internas y externas. Y para lograr una paz duradera parecía haber una única solución: poner todo el territorio del subcontinente bajo control británico, unirlo bajo el dominio de la Corona. *Rule, Britannia, Pax Britannica*. Cada porción de poder que no estaba en manos de Inglaterra ocultaba el peligro de una guerra o de una rebelión, amenazaba la soberanía dentro del país, debilitaba su defensa en las fronteras.

Así pues, habían enviado a Winston desde Calcuta a la lejana Rajputana para mover a uno de los príncipes más poderosos a poner su extenso territorio bajo la protección y el control de la Corona. Una misión delicada, puesto que hasta el momento este había permanecido sordo tanto a los halagos como a las amenazas de los ingleses o había usado todo tipo de artimañas para evitar dar una respuesta. Poco a poco Winston comenzó a presentir lo difícil que sería realmente la misión que le habían encomendado.

Dos guerreros rajputs con espada larga y pistolas abrieron las dos hojas de la puerta de madera maciza guarnecida de oro que se encontraba al final de la sala de baldosas de mármol a la que el mayordomo condujo a Winston y a Bábú Sa'íd. Una alfombra roja comenzaba en el umbral, que Winston traspasó a una señal. Bábú Sa'íd quiso seguirle, tal como tenía por costumbre, pero lo disuadió de su propósito una breve orden del mayordomo. «Bueno, vale, me obligan a meterme solo en la boca del lobo», pensó Winston, asintiendo con un gesto confiado al cipayo.

Las hojas de la puerta resonaron al cerrarse tras él. En un primer momento quedó deslumbrado por el resplandor de las innumerables luces reflejadas en la piedra lisa y sedosa, la madera pulida, la plata, el oro y las piedras preciosas. A pesar de todo siguió avanzando con paso decidido. La alfombra ahogaba todo el sonido de sus botas en un espacio de techos altos, ya de por sí en silencio absoluto. A ambos lados de su camino se arrodillaban las criadas con las manos juntas en señal de saludo y la cabeza tan gacha que Winston solo podía verles la coronilla, tapada con el extremo del sari. A unos cincuenta pasos de él había una mesa baja de amplio tablero rodeada de cojines profusamente bordados, completamente cubierta de bandejas y fuentes de oro y plata llenas de manjares que olían deliciosamente. Y unos diez pasos más allá, un estrado de varios escalones, el *gaddi*, el trono del príncipe, relucía a la luz de las lámparas, cargado de rubíes, esmeraldas y zafiros.

Winston había recibido instrucciones muy precisas sobre la manera en que debía acercarse a un soberano, pero su instinto le aconsejaba no dar muestras de humildad, así que, cuando llegó a la mesa, se detuvo y alzó la vista.

Dheeraj Chand debía de contar ya sesenta años. Las patillas que asomaban por debajo del turbante eran prácticamente blancas, igual que su bigote. Aunque entrado en años y en carnes, todavía se adivinaba en él el guerrero flexible de días pasados. Los dos hombres se estudiaron, calculando sus fuerzas. Pese a la distancia, Winston notó la frialdad y la dureza pétrea de los ojos oscuros de Chand, tan diferentes de los del joven que estaba a su derecha, junto al trono, vestido exactamente igual: pantalones blancos de montar, chaqueta blanca hasta la rodilla con bordados dorados que se repetían en la banda escarlata y el turbante. Sin embargo, los unía un cierto parecido, si bien el de menos edad, solo un poco más joven que Winston, el inglés que se presentaba ante ellos mostrándoles tan poco respeto, tenía una mirada tanto curiosa como divertida. Cuatro guerreros rajputs empuñando las espadas, preparados para la lucha, flanqueaban por ambos lados el estrado.

—Soy Dheeraj Chand —perforó aquel silencio finalmente el rajá, levantando la mano derecha adornada con gruesos anillos—. El menor de mis hijos, Mohan Tajid Chand.

—Vuestra Alteza, vengo por encargo de Su Majestad de Inglaterra, la reina Victoria —repuso Winston con no menos decisión y en un impecable hindustaní. Juntó los tacones y se llevó la mano a la sien en un saludo militar—. Capitán Winston Neville.

2

Durante una pequeña eternidad, Dheeraj Chand examinó de arriba abajo y en silencio al soldado, que sostenía imperturbable su mirada sin pestañear siquiera. Winston notó que le resbalaban algunas gotas de sudor frío por la espalda y se le pasó por la cabeza que el rajá iba a expulsarlo sin más del palacio o a entregarlo como alimento a las fieras salvajes, pero, a pesar de ello, se mantuvo impávido.

—O bien es usted especialmente arrogante o especialmente valiente —cortó finalmente el silencio la voz profunda del príncipe.

—Ni una cosa ni otra, Vuestra Alteza. Me presento como emisario de la Corona ante el soberano de otro país. Nada más y nada menos —replicó Winston con voz firme.

Dheeraj Chand apoyó la barbilla en su mano y miró a Winston con interés evidente.

—Una respuesta inteligente. En cualquier caso, parece disponer usted de unos conocimientos extraordinariamente buenos de nuestro idioma. Hay que recompensar eso de alguna manera.

Dio una palmada y Winston oyó a su espalda un susurro leve, como de alas de innumerables pájaros. Las criadas, que habían permanecido en cuclillas, en silencio, inmóviles como estatuas, acudieron con tanta gracia como presteza a quitar las tapas cinceladas de algunas de las bandejas y fuentes que debían mantener calientes los manjares que contenían.

El rajá se incorporó con majestuosidad y bajó los escalones del estrado.

—Sea hoy mi invitado, capitán Neville.

Cruzándose de piernas, se sentaron en los cojines que rodeaban la mesa, el príncipe frente a Winston y su hijo entre ambos. Ni siquiera en esa postura parecía Chand menos digno y poderoso que en su magnífico trono. Sus cuatro guardias se apostaron a una distancia prudente pero lo suficientemente cerca para atacar en cuestión de segundos en el caso de ver peligrar la vida o la integridad de su soberano.

—No creo que sea usted un hombre de circunloquios —comenzó el rajá la conversación entre dos bocados de pollo al curry—. ¿Le han enviado a usted por esa razón?

Winston consiguió tragarse la sorpresa con el *dal* de verduras. La franqueza con la que Chand acababa de preguntar sobre el motivo de su presencia allí no se correspondía con la imagen de astuto estratega hábil en evasivas que le habían descrito.

—Me han enviado para ofrecer a su país la protección de la Corona. —En ese preciso instante supo que había caído en la trampa que Chand le había tendido con su pregunta.

—Si mi país necesitara la protección de una potencia extranjera, yo habría perdido todo derecho a ser su soberano y merecería una muerte deshonrosa. —El duro y metálico tono de Chand hizo vibrar las copas de humeante *chai*. Sus ojos oscuros, apenas entornados, quedaron fijos en Winston—. En realidad lo único que importa es obtener la soberanía exclusiva sobre la India, hasta en los rincones más apartados del desierto y del Himalaya. «Yo soy el Señor, tu Dios, y no debes tener a otros dioses aparte de mí», ¿no es eso lo que dicen vuestras Sagradas Escrituras?

—Vuestra Alteza, solo es una cuestión de tiempo que nosotros... —El rajá lo interrumpió chasqueando la lengua, disconforme.

—Nada de amenazas, capitán. —Sacudió la cabeza circunspecto, casi afligido—. Tiempo... ¿Qué sabe vuestro pueblo sobre el tiempo? —Había en su mirada, como un diamante negro, cierto desprecio—. Lo medís con vuestros relojes; bonitos juguetes... yo poseo unos cuantos. Son pequeñas obras maravillosas hasta que uno los desmonta y entiende su mecanismo. Vosotros calculáis por generaciones, avanzáis a toda prisa sobre las vías de vuestras máquinas de vapor, pero esa no es la esencia del tiempo. El tiempo es una rueda que gira incesante gracias a los sucesivos ciclos de creación y destrucción. Uno solo de esos ciclos es un día y una noche de Brahma, el Dios de la creación, y abarca cuatro eras del mundo o varios millones de años humanos. El universo se origina con el nacimiento de Brahma y se destruye con su muerte; entonces el ciclo recomienza. A pequeña escala, nuestra alma inmortal, el *brahman*, repite este ciclo de muerte y resurrección hasta que conseguimos alcanzar la *moksha*, la liberación. Eso es el tiempo, capitán Neville.

—Puede que usted lo vea de esta manera —replicó Winston con acritud—, pero...

—Vivimos hoy en día en la era del *Kali Yuga*, la era del vicio y de la violencia, de la ignorancia y la codicia. Y no son solo las riquezas de la India lo que queréis poseer. Sobre todo queréis poder, solo por el poder mismo. Pero vuestro tiempo aquí se está acabando. ¿No conoce la historia de la batalla de Plassey?

»La famosa batalla de Plassey... Corría el 23 de junio de 1757 cuando Robert Clive, en una memorable hazaña militar, venció con un contingente de tropas muy inferior a Siraj-ud-Daula, el *nawab* de Bengala, asegurando con ello la hegemonía militar de los británicos en Bengala, el comienzo de la dominación inglesa sobre la India.

»Desde entonces se dice que vuestra dominación durará solamente cien años antes de extinguirse en torrentes de sangre. Solo faltan trece años para ese momento. No os queda ya mucho de vuestro "tiempo"...

—No concedo ningún valor a las profecías —repuso Winston con vehemencia—. No hay ningún destino ineludible, solo existen el libre albedrío y sus consecuencias.

Dheeraj Chand se lo quedó mirando un buen rato antes de tomar de nuevo la palabra. Habló en un tono de voz muy bajo, alarmante, enfatizando cada palabra.

—Usted habla nuestro idioma, capitán Neville, pero de la India tiene tan pocos conocimientos como de la vida misma. Si no tiene cuidado, lo pagará usted caro algún día, igual que su pueblo. Le había tenido por una persona más inteligente. Queda usted exonerado por hoy.

—Vuestra Alteza, yo... —se atrevió Winston a protestar, pero el rajá le interrumpió con un exabrupto y un brillo colérico en los ojos.

—¡Fuera de aquí!

Winston se levantó trastabillando y realizó una reverencia mecánica. Como en trance, percibió que caminaba a lo largo de la alfombra roja, que se abrían las hojas de la puerta y volvían a cerrarse tras él. En ese mismo estado de letargo caminó por los corredores desiertos, en cuyas paredes resonaban ruidosamente sus pasos. Ni siquiera se preguntó dónde se había metido Bábú Sa'íd. Únicamente daba vueltas a la derrota que acababa de sufrir.

Estaba tan afectado que no sentía rabia, solo horror y vergüenza. Nunca en su vida se había sentido tan humillado. Dheeraj Chand le había hablado y sermoneado como si fuera un escolar y al final lo había echado sin contemplaciones, nada menos que a él, que desde que se sostenía en pie había destacado siempre por su saber y por su lógica cautivadora, a él, que estaba acostumbrado al reconocimiento y al elogio, tanto de sus profesores como de sus superiores, por su rendimiento, por su aplicación y por su arrojo.

Su memoria entrenada en el ejército encontró el camino de vuelta por aquellos pasillos laberínticos y, sintiéndose un perro apaleado, abrió suavemente la puerta de la habitación en la que estaba alojado, con la esperanza de no encontrar allí a Bábú Sa'íd para no tener que contarle lo sucedido y perder prestigio frente a su cipayo.

Sin embargo, esos pensamientos se disiparon súbitamente por el asombro increíble que le causó ver al entrar que el Bábú Sa'íd y el hijo del rajá interrumpían su animada conversación y se lo quedaban mirando a la cara.

—¿Cómo, por todos los diablos...? —se le escapó a Winston en inglés cuando cerró la puerta. Podía leerse en sus rasgos que estaba meditando febrilmente cómo el joven Chand, que poco antes estaba sentado con el príncipe y con él en el salón del trono, podía estar ahora en su habitación sin síntomas de ahogo por la carrera y, al parecer, inmerso desde hacía rato en una conversación con su cipayo.

Mohan Tajid volvió a arrellanarse en el sillón con una sonrisa pícara en su rostro barbilampiño.

—¡No hay palacio rajput que no tenga sus pasadizos secretos! Yo, que me he criado aquí, he tenido tiempo y razones suficientes para conocer y explorar la mayoría de ellos. Rajputana es ciertamente la tierra de los milagros y de la magia, pero no todo lo que parece obra de brujas a primera vista sigue siéndolo tras una segunda mirada.

Winston necesitó algunos instantes para darse cuenta de que el joven Chand le había hablado en un inglés con mucho acento pero correcto. No lograba salir de su asombro.

—¿Dónde ha aprendido usted tan bien nuestro idioma... Vuestra Alteza? —se apresuró a añadir acordándose de las reglas de cortesía.

La sonrisa de Mohan Tajid se ensanchó.

—¡Justamente eso me gustaría también preguntarle, capitán Neville! Eso y algunas cosas más. —Inclinó la cabeza hacia Winston—. Llámeme simplemente Mohan Tajid.

La desconfianza propia del soldado hizo acto de presencia en el rostro de Winston, que se oscureció un tanto.

—¿Sabe Su Alteza el rajá que está usted aquí?

Mohan Tajid se puso repentinamente serio.

—No. Y lo mejor es que no se entere. —Bajó la voz—. Aquí, con frecuencia, las paredes tienen ojos y oídos que son muy difíciles de descubrir incluso para los iniciados. ¡Venga usted! —Se levantó rápidamente y se acercó a grandes pasos silenciosos a la pared de enfrente. Se puso entonces a palpar el friso de madera que recorría todas las paredes de la habitación. Sin hacer ningún ruido, una losa de la altura de una persona se abrió hacia dentro poniendo al descubierto una abertura negra como boca de lobo. El joven Chand agarró un candil de la mesa más próxima y, con un gesto, indicó a Winston que lo siguiera.

Winston titubeó. ¿Y si se trataba de una trampa? ¿Podía fiarse del hijo del rajá? Mohan Tajid lo esperó pacientemente. El joven hindú, casi de la misma estatura que Winston, era delgado y estaba bien entrenado. Oscura como madera pulida, su piel contrastaba con el blanco resplandeciente de su uniforme. En sus ojos negros brillaba el placer de la aventura, pero Winston no vio ni rastro de perfidia o malicia en ellos. Pese a que su sentido común le ponía sobre aviso, su instinto le aconsejaba fiarse de Mohan Tajid, así que asintió con la cabeza. Con un gesto indicó a Bábú Sa'íd que lo esperara allí y se adentró en la oscuridad. Mohan Tajid volvió a cerrar la losa tras ellos con un movimiento suave.

Los recibió una mezcla del frío que irradiaba de la piedra y del aire sofocante. Winston se estremeció y al mismo tiempo la frente se le perló de sudor. El pasillo era tan angosto que tenían que avanzar en fila india. El candil que llevaba Mohan Tajid apenas iluminaba el camino. Winston perdió la noción del tiempo y del espacio. No sabía cuánto tiempo llevaban caminando ni en qué dirección cuando Mohan Tajid se detuvo, tan en seco que estuvo a punto de chocar con él.

Oyó un ligero crujido y, por una portezuela, se arrastró detrás de Mohan Tajid para salir al aire libre. Respiró aliviado la brisa nocturna, cálida a esa hora tardía y, sin embargo, ligera y fresca en contraste con el olor a moho del pasadizo secreto. Con cuidado, centímetro a centímetro, Mohan Tajid volvió a cerrar la portezuela. No quería que ningún ruido imprevisto delatara su presencia. Cruzaron de puntillas el patio interior al que habían salido y subieron por la escalera de madera de un rincón, que conducía a una galería con una baranda esculpida delicadamente en madera.

Mohan Tajid le tocó ligeramente la manga de la chaqueta del uniforme rojo y señaló entre las altas columnas de piedra hacia el pasillo bien iluminado que se hallaba justo a sus pies. Winston lo reconoció de inmediato por la pareja de leones de bronce que alzaban sus garras a ambos lados de la puerta. Sabía que los cuatro guerreros rajputs armados hasta los dientes no podían llevar demasiado rato frente a la puerta de su habitación...

Notó que los ojos de Mohan Tajid se posaban en él y respondió a su mirada profunda y sosegada con una inclinación de la cabeza para indicarle que lo había comprendido. Mohan Tajid le hizo entonces otra seña. Desde la galería torcieron hacia un pasillo aparentemente interminable entre cuyas columnas se veía el cielo estrellado del desierto. Winston tenía la camisa pegada a la espalda por el sudor bajo la pesada chaqueta, porque estaban en la época más calurosa del año. La brisa ligera que se colaba entre aquellos imponentes pilares de piedra refrescaba agradablemente.

Un instante después sintió que Mohan Tajid lo agarraba violentamente por la manga y tiraba de él para esconderse detrás de una columna de la parte interna del pasillo. Con un movimiento reflejo intentó zafarse del agarrón y no pudo menos que constatar con asombro que había subestimado la fuerza de Mohan Tajid. El joven hindú se arrimó a la columna contigua y se llevó el dedo índice a los labios. Winston se puso a escuchar atentamente, pero excepto el murmullo del viento y el chillido lejano de un animal en alguna parte de aquellas amplitudes no oyó nada. Al cabo de una pequeña eternidad oyó por fin pasos, enérgicos y acompasados, sobre el suelo de piedra. Winston metió barriga y se puso a espiar por encima del hombro: dos rajputs pasaron en ese instante por su lado. El sonido de sus pasos acabó alejándose finalmente entre los muros del palacio. Pasó un buen rato antes de que Mohan Tajid le hiciera una seña con la mano para continuar avanzando por pasillos débilmente iluminados, por salas en semipenumbra, pasando junto a estatuas cuyas sombras parecían seres gigantescos y demoníacos, intuyendo más que viendo pinturas murales y labores de marquetería lóbregas y desdibujadas en la noche. De manera automática, Winston iba memorizando todo el recorrido, los puntos más destacados y los recodos. La bóveda de techo dio paso de nuevo al cielo estrellado. Se hallaban en un jardín.

3

Winston había oído contar muchas historias de palacios rajputs en infinita sucesión, de siglos de antigüedad, erigidos en medio del desierto, encima de un pozo subterráneo, y las había rechazado por considerarlas mentiras, cuentos fantásticos o, como mínimo, pura exageración. Pero lo que sus ojos vieron esa noche superaba incluso los cuentos más rocambolescos.

El aroma de los nardos flotaba pesado en el aire. La luz plateada de las estrellas y del redondo disco de la luna se derramaba por el patio cuadrado de generosas medidas. Aquella luz brillaba en el blanco de las baldosas del suelo y la concha de la fuente en cuyo centro borboteaba el agua, silueteaba los arbustos y las copas tupidas de los árboles, daba un hálito de color a los pálidos grises de las flores.

—Aquí no nos molestará nadie. —La voz de Mohan Tajid, profunda hasta la irritación para un hombre de su edad, sonó exageradamente alta después del largo silencio mantenido en el camino que les había llevado hasta allí, con un eco delator en las paredes de aquel patio interior abandonado—. Aquí comienza la parte prohibida del palacio —prosiguió—, del cual se dice que está embrujado.

Únicamente Paramjeet, el jardinero sordomudo, se atreve a venir aquí. De cualquier modo, todos le tienen por loco, y aquí puede hacer y deshacer como le viene en gana sin sentirse un paria.

—¿Y si nos descubre?

—No nos delataría —fue la sencilla respuesta de Mohan Tajid en un tono que no dejaba espacio a la duda.

Winston siguió al joven Chand por el sendero de losas que daba la vuelta al patio. Contempló meditabundo la muralla, en el lado opuesto, de la que se elevaba hacia el cielo nocturno una torre sin iluminación pero cuya piedra clara resplandecía plateada a la luz de las estrellas.

—¿Por qué piensa la gente que está embrujado este lugar?

Mohan Tajid permaneció en silencio. Winston empezaba a creer que no le había oído cuando le replicó con la voz ronca:

—Es una historia muy larga. —Había en sus palabras una peligrosa agresividad.

Winston comprendió que era mejor no insistir, pese a que le picaba la curiosidad, principalmente por el deje de tristeza que creyó haber percibido también en su voz.

El hijo del rajá lo condujo entre arbustos de jazmín y un rosal trepador en arco hacia un pesado banco de madera tallada en el que se sentó haciendo un gesto a Winston para que hiciera otro tanto.

—¿Por qué estamos aquí?

El joven Chand se miraba las piernas enfundadas en las negras botas de montar, que había extendido cómodamente.

—Tal como he dicho, un palacio rajput está lleno de observadores y de espías secretos, y ni yo mismo sé cuál de ellos habla también el idioma de usted. Sería nuestra perdición si el rajá llegara a enterarse de esta conversación.

—¡Pero si usted es su hijo! —objetó Winston sin entender.

Los dientes de Mohan Tajid resplandecieron en la oscuridad cuando sonrió con una mueca burlona.

—Cierto. Pero para nosotros, los *kshatriyas*, el honor está por encima de la voz de la sangre y la traición seguirá siendo una traición independientemente de quien la haya cometido. Comparado con mis hermanos y hermanas mayores, el rajá es muy indulgente conmigo, pero verme tratar con sus enemigos, eso no me lo perdonaría.

—Entonces, ¿su deseo es tratar con nosotros?

El hijo del rajá permaneció un instante en silencio. Luego se inclinó a recoger una ramita del suelo y empezó a darle vueltas antes de continuar hablando en voz baja.

—No los ayudaré a poner este país bajo su control, lo amo demasiado como para desear eso. Rajputana tiene que seguir siendo independiente. Toda la India debería serlo.

Winston iba a darle una réplica enérgica, pero Mohan Tajid se lo impidió.

—Voy a ayudarle a salvar el pellejo que usted y quienes le han enviado a usted han arriesgado con tanta imprudencia como arrogancia.

Winston se lo quedó mirando con cara de asombro.

—¿Cómo se le ocurre tal cosa? Mañana a primera hora abandonaré el palacio sin haber conseguido nada y regresaré a caballo a Jaipur.

Mohan Tajid lo miró muy serio.

—El rajá tenía razón. Usted no sabe lo más mínimo sobre la India. No irá usted a creer que los guardias apostados frente a su habitación tienen la misión de velar para que nadie perturbe su sueño, ¿verdad?

Winston no sabía qué decir y se sustrajo perplejo a la mirada perforadora de Mohan, que siguió hablando.

—Usted está aquí detenido, Winston. Nada gusta más al rajá que jugar al gato y al ratón, como se dice en vuestra tierra. No le dejará marcharse tan fácilmente, ni hoy ni mañana. Le impresionará con mujeres hermosas, joyas y una vida regalada hasta que usted se haya olvidado de Inglaterra y de su misión. Le ofrecerá jugar una partida de ajedrez y le despreciará si pierde o si quedan en tablas, y le odiará si llega a ganarle. Le enredará en debates filosóficos y políticos hasta que se quede usted sin argumentos o cometa una falta que él pueda interpretar como una ofensa a su honor. Hará que lo acompañe a una cacería, fingirá que ha atentado usted contra su vida y a partir de ese momento no descansará hasta que le haya llevado a usted hasta un rincón del que ya no pueda escaparse para clavarle sus garras con placer. Puede destruirlo a usted, y créame que lo hará.

—Eso es ridículo —exclamó Winston agitado, poniéndose bruscamente en pie—. Soy un emisario de la Corona. Si me ocurriera algo aquí...

—¿Qué ocurriría? Sí, diga —lo interrumpió Mohan Tajid con no menos vehemencia—. Si en algún momento apareciera en efecto un destacamento de soldados ingleses por aquí indagando acerca de su paradero, nadie confesaría haberlo visto. Les habría sucedido alguna desgracia en el desierto, en algún punto entre Jaipur y Surya Mahal. Usted no sería el primero en ser víctima de un destino así. Incluso si existiera algún indicio... Con todos mis respetos hacia su persona, Winston, ¿cree usted realmente que su gente lucharía contra Dheeraj Chand y sus príncipes aliados en una guerra en este territorio inhóspito por un simple capitán del ejército?

Winston no podía menos que reconocer que Mohan Tajid tenía razón, pese a lo que le repugnaba su razonamiento. Miró colérico al joven Chand.

—¿Qué motivos tengo yo para confiar en usted? ¿Cómo puedo saber que no me está tendiendo una trampa? —replicó con acritud.

Una sonrisa se expandió por el rostro de Mohan.

—No puede saberlo, pero tiene que tomar una decisión.

—Pues, si usted está de mi parte, ¿por qué no me conduce por uno de estos pasadizos secretos al exterior mientras todavía es de noche? —le preguntó Winston.

El rostro oscuro de Mohan volvía a estar serio.

—Porque no sé si todos los pasadizos que conducen al exterior se encuentran ahora estrechamente vigilados. Y no estoy de ningún modo de su lado ni del lado del rajá. Solo opino que usted no debería pagar con la vida por su imprudencia y por su ignorancia. —Arrugó la frente alta con un gesto caviloso bajo el turbante y se arrellanó con los brazos cruzados—. De todas maneras, me sorprende esa proposición. Yo le tenía a usted por un auténtico soldado que prefiere la lucha honrosa a una cobarde huida. —Levantó la mirada escrutadora hacia Winston.

Winston, sorprendido en falta, se sonrojó de cólera.

—¿Qué propone usted entonces? —replicó.

—Le voy a decir todo lo que necesita saber para salir de aquí sano y salvo. A cambio, me contará usted cosas sobre Inglaterra.

Winston no pudo reprimir una sonrisa y vio que lo mismo le ocurría al joven Chand. En un entendimiento mutuo se sonrieron mostrando los dientes los dos guerreros de tan distinta procedencia.

—Trato hecho. —Complaciente, le tendió la mano derecha.

Un fuerte apretón de manos selló la alianza entre el príncipe rajput y el soldado inglés.

4

El patio prohibido que producía la impresión de estar encantado se convirtió en su lugar de encuentro secreto. Paramjeet, el anciano jardinero, encorvado por los largos años de cortar malas hierbas y curtido por el sol, llevaba cada día a Winston una ramita en flor o una fruta y le indicaba por gestos con una mirada conspiradora la hora a la que debía acudir al jardín. Winston ya se conocía a la perfección el camino por el pasadizo secreto y los enrevesados pasillos, y había desarrollado el sentido del oído para captar cualquier sonido sospechoso o el ruido de pasos que hubieran significado un peligro para él.

En las horas robadas, durante el día con el canto de los pájaros y durante las noches con el canto de los grillos, Mohan Tajid le habló de la tradición centenaria de los *kshatriyas* y le expuso su visión del mundo, su religión y su sentido del honor, que estaba por encima de todo lo demás. Winston comprendió que verdaderamente no sabía nada de la India. Comenzó a ver con otros ojos aquel país y a sus gentes. Desde su llegada a la India había aprendido rápidamente las lenguas más importantes, el bengalí, el urdu y el hindustaní, porque no le costaba y porque sabía que era condición indispensable para hacerse merecedor de entrar al servicio de la Corona y ascender. Siempre lo había asqueado la arrogancia de muchos de sus compañeros y superiores, que consideraban la India un país primitivo y a los europeos, sobre todo a los británicos, los elegidos para dominar y convertir en súbditos sumisos de la reina a sus pobladores. También estaba harto de la brutalidad y de la arbitrariedad con la que demostraban a los «morenos» su poder y su superioridad. Sin embargo, no era tampoco uno de aquellos románticos para quienes la India era un paraíso exótico. Siempre se había mostrado indiferente respecto a la India, sin sentir ninguna emoción. Para él era un país que formaba parte del Imperio británico y jamás se había planteado la legitimidad de esa situación. Era un hecho que asumía, sin cuestionarse tampoco su tarea: ser una ruedecita diminuta de la maquinaria que, día tras día, mantenía ese estado de cosas. Centraba toda su atención en prestar servicio de la mejor manera posible para escalar, peldaño a peldaño, en el escalafón militar y hacer fortuna.

No cambió nada su mentalidad, pero empezó a sentir respeto por la historia del país, por sus gentes y su cultura.

En compensación, Mohan Tajid asimilaba con avidez todo lo que Winston le contaba sobre Inglaterra, acerca de la técnica y la ciencia, la historia y las creencias populares. Le acribillaba a preguntas sobre aquel lejano país cuyas tradiciones y cultura conocía únicamente por los libros y las clases de su profesor particular inglés, que por encargo del rajá debía enseñar a sus hijos varones el idioma y las costumbres de su enemigo para poder derrotarlo con sus propias armas.

A Winston le llegó a parecer incluso que estaba siendo más eficiente en las escasas *durbars* que le concedía el rajá. Mientras ascendía y descendía el sonido delicado de las cuerdas de un *sitar*, a veces acompañado por los golpes sordos de la *tabla*, unas criadas encantadoras servían exquisitos platos picantes, especiados y dulces, devorando a Winston con los ojos. Le costaba, pero se concentraba por completo en las palabras de Dheeraj Chand, en sus gestos y miradas. Empezó a desarrollar un sentido para olerse a tiempo las trampas y las indirectas amenazadoras y a sortearlas con elegancia, a circunnavegar las alusiones y preguntas acerca de su misión y las intenciones de la Corona. Aprendió a reaccionar con cortesía y, al mismo tiempo, sin comprometerse y sin poner en duda la autoridad de la reina ni de la Compañía Británica de las Indias Orientales cuando el príncipe hacía ostentación de su poder conduciéndole por las salas suntuosas del palacio o mostrándole desde una almena la impresionante extensión del territorio bajo su soberanía, cuando asistía a una demostración de las artes marciales de los guerreros o cuando Chand trataba de sobornarlo con regalos caros.

En una ocasión se encontró a su regreso a un Bábú Sa'íd completamente descompuesto que mantenía un agitado enfrentamiento verbal con una joven de una belleza excepcional apenas cubierta por un sari translúcido y hecha un basilisco. Enseguida salió a relucir que el rajá se la había enviado prestada a Winston para esa noche. Se marchó ofendida cuando Winston le explicó con pesar que sabía apreciar ese honor, pero que él estaba prometido en Calcuta y en su cultura se tenía por extremadamente deshonroso mantener relaciones carnales con otras mujeres.

Winston rechazó una invitación a cazar, alegando que su caballo era un oprobio en comparación con los soberbios caballos árabes del príncipe y que sus artes hípicas solo servían para los rocines de batalla ingleses y de ninguna manera para esos animales tan nobles. De la misma manera se excusó para no jugar una partida de ajedrez contra el rajá, alegando que sería una ofensa para su reina si exhibía sus chapuceras dotes para ese juego.

En el rostro del príncipe vio que no creía ni una palabra, pero vio que había en los ojos de Chand una pequeña chispa de respeto por la soltura y la astucia de Winston, y este tenía la sensación de que comenzaba a tomarle cada vez más en serio.

No obstante, no había avanzado un ápice en el objetivo de su estancia allí, que era mantener como mínimo una conversación diplomática con el príncipe. Además, la precaución y el fingimiento continuos, la conciencia de la amenaza que flotaba permanentemente sobre él comenzaban a fatigarlo y a desmoralizarlo.

Aunque sabía que esa noche no se iba a encontrar con Mohan Tajid, tomó sin embargo el camino acostumbrado al jardín. Aquel patio interior se había convertido para él en el único lugar de palacio en el que podía moverse con seguridad y respirar libremente sin creerse observado ni espiado en sus conversaciones. Por ese motivo había comenzado a visitarlo a solas cada vez con mayor frecuencia.

Apenas cruzó el umbral que conducía desde la última sala al jardín lo recibió la agradable sensación de paz absoluta. Era una noche sin luna, y las innumerables estrellas, claras y grandes sobre el desierto, parecían a punto de caer de un momento a otro por lo cercanas. Seguía haciendo calor. La tierra anhelaba la lluvia, pero el monzón se estaba haciendo esperar. El polvo del desierto se mezclaba con la nitidez de la brisa nocturna y el aroma embriagador de las flores, las hojas húmedas y la tierra recién regada, entretejido con el monótono canto de los grillos.

Winston inspiró profundamente, sintiendo cómo cedía

la tensión del día al dar los primeros pasos sobre el suelo embaldosado. Por costumbre, tomó el camino que conducía al banco oculto de la parte posterior del patio, empapándose del sosiego y de la sensación de libertad.

El crujido de una rama y un susurro lo conminaron a darse la vuelta con agresividad, dispuesto a defenderse. Se quedó perplejo. Creyó ver un fantasma, bajito y delgado, un leve destello blanco, translúcido a la luz de los astros. Un alarido de sobresalto resonó por el patio y en los muros y la figura corrió para escapar de él. Sin embargo, se le enganchó el vestido y forcejeó para liberarse. Una marea de pelo oscuro y reluciente, largo hasta las caderas, escapó del velo que le tapa el rostro, y las manzanas que llevaba en las manos rodaron por el suelo. Winston, que se disponía a ayudarla a levantarse, se asustó por lo violentamente que tembló cuando le tocó el brazo, como si esperara un golpe. Con todo cuidado se arrodilló junto a ella.

—¡No tengas miedo, chiquilla! —la apaciguó en voz baja y en hindustaní—. No te voy a hacer nada.

Ella sollozaba en silencio, concentrada en sí misma.

Con cuidado, Winston le apartó el pelo de la cara y se estremeció por su finura sedosa, sintió la humedad de sus lágrimas en los dedos y, cuando ella lo miró a la cara, le llegó a lo más hondo del corazón.

Era todavía muy joven, casi una niña, pero la mirada de sus ojos almendrados y llenos de lágrimas era vetusta. Y era hermosa, increíblemente hermosa, con un rostro en forma de corazón, los pómulos altos, la piel de un tono claro entre el alabastro y el dorado, la boca delicada de labios carnosos de un rojo suave. Lo miró atemorizada y, sin embargo, en sus ojos negros había un brillo de felicidad, como si por fin hubiera encontrado lo que llevaba tanto tiempo buscando.

—Ven. —Con cuidado la ayudó a levantarse y la acompañó hasta el banco. Su cuerpo delgado temblaba, frágil bajo sus grandes manos.

Se sentó a su lado con torpeza, inseguro de qué hacer a continuación. Tampoco ayudaba que ella lo mirara fijamente, sin pronunciar palabra, con unos ojos radiantes bajo la cortina de cabello, retorciendo con sus dedos flacos una punta del sari blanco sin adornos que llevaba. Ya de por sí no muy ducho en asuntos de mujeres, Winston se sentía desorientado y torpe. Dejaba vagar su mirada por el jardín nocturno, pero, una y otra vez, regresaba a la extraña muchacha que estaba a su lado.

Finalmente exhaló un suspiro y extendió la mano para acariciarle el pelo y calmarla. Como si se hubiera dado cuenta en ese momento de que llevaba la cabeza descubierta, ella se levantó sobresaltada, palpando nerviosa el extremo del sari, terriblemente preocupada por cubrirse el cabello con el velo.

—No, déjalo —se le escapó a Winston en un tono más imperioso de lo que pretendía. Ella se detuvo y lo miró asombrada—. Es... —Tragó saliva y dijo con voz ronca—. Es bonito. —Confuso, tras un breve titubeo, volvió a apoyar las manos en su regazo.

»Di, chiquilla —insistió de nuevo—. ¿No sabes hablar?

Ella tomó aire y abrió los labios, pero no emitió ningún sonido.

—¿Cómo te llamas? ¿De qué casa eres? —volvió a intentarlo él.

Ella carraspeó, con dificultad, como si no estuviera acostumbrada a hablar, y dijo:

—Soy... soy Sitara.

Despacio y a trompicones, con la voz al principio quebrada pero que fue fortaleciéndose a una velocidad sorprendente y volviéndose melódica y encantadora, comenzó ella su relato.

Sitara había venido al mundo como la hija más pequeña de Dheeraj Chand, del linaje de los Chandravanshis, descendientes de la Luna, y de su amada esposa Kamala, del linaje de los Surayavanshis, descendientes del Sol. Tras haber tenido cuatro hijos y dos hijas nadie pensaba que los dioses volverían a regalarles otro descendiente. La que menos lo esperaba era Kamala, pero así fue. Ciertamente no fue más que una niña, pero tan pálida como la Luna y tan bella como las estrellas del cielo del desierto. Por eso la llamaron Sitara, «la estrella». Pocas semanas después de su nacimiento la prometieron al hijo de un rajá vecino para apuntalar la paz que llevaban manteniendo los dos príncipes desde hacía varios años y, cuando Sitara contaba pocos meses de edad, fue prometida en una ceremonia solemne a Biraj, cinco años mayor.

Su infancia en Surya Mahal fue feliz. Con su belleza y su donaire naturales encandilaba al rajá, conseguía que se desbordara de cariño su corazón endurecido y que fuera indulgente con su temperamento testarudo y sus travesuras. Como Mohan Tajid era su hermano inmediato pasaban mucho tiempo juntos. Los hermanos mayores ya estaban casados y tenían hijos. Los dos aprendían juntos con gran aplicación, salían a dar paseos a caballo y jugaban a luchar, alborotaban por todo el palacio y maquinaban travesuras. Eran uña y carne, razón por la cual la llamaban en broma «la melliza». Sin embargo, Sitara significa también «destino» y el suyo no iba a ser afortunado.

Tenía diez años cuando en el gran patio interior de Surya Mahal se celebró la *bal vivah*, la boda de los niños Sitara y Biraj, durante tres días y tres noches. El padre de Biraj había insistido en la celebración, apremiado por su astrólogo, que, tras largos cálculos, había anunciado que los astros no estarían nunca mejor alineados para ese enlace matrimonial. No fue sino después de largas negociaciones que Dheeraj Chand se mostró dispuesto a dar su conformidad a esa boda temprana y puramente formal. No cedió hasta que finalmente se determinó que Sitara ocuparía su puesto como esposa de Biraj cuando cumpliera los quince años.

Pocos meses después, un mensajero del otro principado trajo la noticia de que Biraj había enfermado de fiebres. Transcurrieron algunas semanas de zozobra hasta que llegó la noticia de que su alma había abandonado su cuerpo. Sitara no sintió ningún dolor por el joven al que solo había visto durante la ceremonia y con el que no había cruzado palabra; sin embargo, sabía lo que aquello significaba para ella. Había prometido obediencia a Biraj más allá de la muerte, y la costumbre y el honor de los rajputs exigía que lo siguiera cruzando las llamas. Dheeraj Chand creyó que le arrancaban el corazón del cuerpo, creyó perder el conocimiento de dolor y de rabia, pero su hija era portadora de un mal *karma*, había traído infamia sobre todo el clan y merecía la muerte. Él, como rajá y cabeza de familia, tenía la obligación de entregar a su hija a las llamas para purificar el oprobio y permitirle una reencarnación favorable. Fueron días terribles los de aquel año, y Sitara se enfrentaba a la cruel muerte entre el fuego a todas horas. La muchacha creía percibir ya el olor a pelo chamuscado y a carne calcinada; se despertaba gritando, las escasas veces que conseguía dormirse, acosada por las pesadillas, porque creía sentir el calor del fuego y el dolor en la piel. Kamala lloraba e imploraba por la vida de su hija más pequeña. Mohan Tajid maldecía y amenazaba, y

Sitara se arrojaba al suelo ante su padre, rogando clemencia.

Dheeraj Chand se dejó ablandar y puso a Sitara ante la elección de subir a la hoguera para el tradicional *sati* o bien ir al destierro de por vida, como una de las denominadas «niñas viudas». Sitara se decidió por esto, aunque sabía que con ello no iba a poder eliminar del todo su afrenta y que se vería obligada a adoptar todavía otras encarnaciones. Nadie sintió mayor alivio que el propio Dheeraj Chand, y sin embargo se le rompió el corazón al tener que separarse de su hija por el resto de su vida para salvaguardar el honor de la familia y de la casta.

Él mismo decidió que el lugar de su destierro fuera una torre abandonada en una parte apartada del palacio. No la envió al desierto o a una caverna en las rocas tal como era costumbre. Cuando ella, vestida con su sari blanco sin adornos, se arrodilló ante él, llorando, para que le rapara la cabeza, no fue capaz de hacerlo. Dheeraj Chand se limitó a ponerle el extremo del sari por encima de la cabeza para tapársela antes de darse la vuelta con el rostro petrificado y abandonar la sala.

Solo unos pocos moradores del palacio estaban al corriente de aquello, entre ellos Paramjeet, el jardinero sordomudo, que siempre había mimado a la estrella melliza de la familia rajput con las frutas más dulces de los jardines, que siempre había hecho reír a los niños con pantomimas, y Sarasvati, la *ayah* de Sitara, que decidió irse al destierro con ella para servirla.

Cuando el gran portalón de entrada se cerró tras Sitara y Sarasvati, después de la despedida lacrimosa de la familia, tan solo Kamala, el propio rajá y Mohan Tajid sabían que las dos no marchaban hacia la luz deslumbrante del sol, sino que volverían al palacio por una entrada secreta. El pasadizo subterráneo fue cegado tras el paso de Sitara y Sarasvati, y se tapió la puerta de acceso a aquel jardín. Solo a través de una pequeña abertura Paramjeet debía depositar cada día en la torre alimentos y ropa limpia.

Como esa parte del palacio llevaba ya mucho tiempo deshabitada, nadie se extrañó, nadie hizo preguntas y, cuando corrieron los primeros rumores de que la torre estaba encantada, todos creyeron haberlo sabido desde siempre, porque quien escuchaba con atención decía que se oía un llanto en el silencio de la noche y, en ocasiones, muy débil y muy lejano, el canto triste de una voz clara. Pronto comenzaron a llamarla Ánsú Berdj, «la torre de las lágrimas».

Sitara creyó volverse loca tras los gruesos muros de la torre. Las horas, las semanas, los meses, los años transcurrían con una lentitud torturadora, y los días y las noches que iba dejando atrás no eran nada en comparación con todo lo que le quedaba por delante. Vagaba incesantemente por la habitación más alta de la torre, de una pared a otra, hasta que los pies descalzos se le llenaron de ampollas y el suelo de piedra quedó brillante, casi transparente. En innumerables ocasiones estuvo tentada de pedir ayuda, de suplicar a su padre que la liberara, aunque sabía que la alternativa sería el *sati*. Sin embargo, la muerte en las llamas le parecía incomparablemente más benévola que pasar encerrada el resto de su vida allí arriba, ella, que tanto había adorado el viento enredado en su pelo cabalgando a lomos de un caballo, el sol sobre su piel, la vista de un cielo infinito lleno de estrellas o recibir con los brazos abiertos el primer chaparrón del monzón.

De no haber sido por Sarasvati se habría entregado voluntariamente al fuego; por Sarasvati, su fiel y leal *ayah*, y su hermano Mohan. Porque ya la noche siguiente, Mohan Tajid y Paramjeet habían comenzado en secreto a rascar el mortero todavía fresco, a derribar piedra tras piedra con gran esfuerzo y a vaciar el pasadizo secreto de escombros y tierra para hacerlo mínimamente transitable.

Siempre que podía desaparecer inadvertidamente, Mohan se escapaba a la torre a ver a su adorada hermana. Pronto también Sitara empezó a atreverse a ir al patio interior, la mayoría de las veces únicamente al amparo de la oscuridad, cuando estaba segura de que nadie se atrevería a acercarse a la encantada Ánsú Berdj. No osaba imaginar siquiera lo que les esperaría a ella y a Mohan si eran descubiertos. Sin embargo, Visnú estaba de su parte y hasta esa noche su secreto había permanecido a salvo... durante siete interminables años.

Las estrellas se desvanecían ya y el cielo había adquirido una tonalidad gris cuando Sitara se calló y se enjugó la última lágrima de la comisura de los ojos con el extremo del sari. Incluso agotada y con la voz ronca por el largo relato, con los ojos enrojecidos, seguía siendo bella, tan bella que a Winston se le encogió el corazón.

—No delataré vuestro secreto —dijo finalmente con voz áspera.

En el rostro de Sitara se dibujó una leve sonrisa, y a Winston le pareció que el sol atravesaba una espesa capa de nubes.

—Lo sé. —Señaló una de las balaustradas de la torre—. Os he visto y oído a los dos todas las noches, y también durante el día. Mi hermano confía en ti, así que yo también puedo confiar.

Winston asintió con timidez y se levantó bruscamente.

—Es mejor que me vaya ahora. —Dio un paso y se volvió una vez más a mirarla—. ¿Por qué estabas en el jardín precisamente esta noche? No era la primera vez que estaba yo solo aquí...

Profundamente sonrojada, Sitara agachó la cabeza.

—Las... las manzanas —dijo finalmente a toda prisa, señalando las frutas relucientes, que seguían dispersas sobre las baldosas. Se levantó apresuradamente para recogerlas y le tendió una a Winston.

Él no pudo menos que sonreír interiormente por el simbolismo, pero cuando fue a agarrarla y sus dedos rozaron los de Sitara y sus ojos se encontraron, se olvidó de todo lo demás, incluso de respirar. Por un breve instante solo existieron ellos dos. Creyó que caía en la profundidad de aquellos ojos oscuros antes de soltarse bruscamente.

—¿Vendrás... vendrás otra vez? —preguntó ella con timidez cuando él se volvía para irse.

Él se volvió a medias y asintió con la cabeza.

—Lo prometo.

5

Noche tras noche regresaba Winston como embrujado al jardín para ver a Sitara; hacía que sus encuentros con Mohan Tajid tuvieran lugar durante el día o los suspendía. Estaba encantado con su manera de hablar, por cómo se movía, y la conmoción por su destino cruel fue dejando paso poco a poco a la alegría. Alegría de verla sonreír cada vez con mayor frecuencia hasta reír finalmente a carcajadas, con una risa cálida que hacía vibrar todo su cuerpo. Él le hablaba de Inglaterra, de su tierra natal de Yorkshire, con sus lúgubres pantanos grises y su cielo nublado, de las escarpadas rocas de la costa rociadas por la espuma de las olas y de la amplitud del océano, a ella, que nunca había visto el mar y no conocía superficies mayores de agua que los estanques que se llenaban después de las precipitaciones del monzón. También le contó sus impresiones de la India, de su vida en el cuartel de Calcuta. Sitara le escuchaba con atención y le formulaba preguntas con curiosidad, igual que hacía él cuando ella le contaba las antiguas leyendas de Rajputana o las travesuras que ella y Mohan habían hecho en otros tiempos. Disminuían cada vez más las palabras de ambos, perdiéndose en un silencio muy elocuente en el que mantenían diálogos mudos con sus miradas.

Una noche en que la luna era una hoz luminosa en el cielo azul tinta, Sitara se calló súbitamente. Winston vio el resplandor de las lágrimas en sus ojos cuando volvió la cabeza.

—¿Qué ocurre? —La miró desconcertado.

—Yo... —Tragó saliva y la primera lágrima se le deslizó por el pómulo mientras se miraba los dedos hundidos en el regazo—. No he podido menos que pensar que en algún momento te marcharás de nuevo.

Winston permaneció en silencio, confuso. Él mismo había apartado cualquier pensamiento relacionado con el final de su estancia en el palacio y con el regreso a Calcuta. Desde aquella noche en la que se había encontrado con Sitara el tiempo no parecía existir para él, como si el mundo se hubiera detenido por completo, pero su comentario hizo que el mundo extramuros del palacio reapareciera bruscamente en su conciencia alcanzándolo de lleno, como un puñetazo en la boca del estómago.

Le habría gustado consolarla prometiéndole regresar, pero sabía que no podría mantener su promesa. Sus últimos encuentros con el rajá habían puesto de manifiesto que este jamás cedería su poder a la Corona, ni siquiera con la garantía de mantener su nombre y su estatus. Su misión había fracasado y tendría que enfrentarse a ese fracaso en Calcuta. No le darían seguramente una segunda oportunidad, y no era de esperar que las tropas de la Compañía Británica de las Indias Orientales ocuparan el principado.

—Winston... —El susurro ronco de ella le hizo alzar la vista.

Sitara se había levantado y colocado frente a él. Como hipnotizado, vio que se desprendía de su sari. Vuelta tras vuelta de tela blanca fue cayendo al suelo hasta que quedó desnuda en toda su belleza. Su piel parecía irradiar una luz plateada, y Winston vio con sorpresa que no era ni de lejos tan delgada ni delicada como le había parecido bajo los pliegues del sari. Sus pechos eran llenos y grávidos; su talle fino describía una curva en la suave redondez de las caderas. Su cuerpo estaba enmarcado por la negra melena sedosa, y la vulnerabilidad de su desnudez contradecía la mirada de sus ojos, que anunciaban orgullosamente su feminidad.

—Hazme mujer antes de irte. Ahora. Aquí.

Sin rechistar, consintió que lo tomara de la mano y tirara de él hasta tumbarlo en el suelo. La piel y el pelo de Sitara eran indistinguibles de la seda del sari, y comprendió que deseaba exactamente lo mismo.

Sus encuentros carnales habían sido hasta ese momento breves y apresurados; primero con las criadas complacientes, en el pajar, más tarde con las rameras de los *lal bazaars* de Calcuta, muy maquilladas y que olían a perfume barato, con las que se había procurado alivio por algunas rupias y que le habían hecho sentirse asqueado y sucio. Siempre le había resultado incomprensible el entusiasmo y la codicia de sus compañeros por las mujeres de piel morena. La belleza de Sitara, sin embargo, la inocencia y a la vez el hambre de sus ojos otorgaron a ese momento algo de solemnidad, de pureza.

Los besos de ella eran cálidos, su cuerpo ardía con las caricias, y los dedos que rozaban su piel con ternura lo iban liberando prenda a prenda del uniforme, abrasándolo y refrescándolo a la vez. Aspiró profundamente su olor almizclado mientras dibujaba con sus manos y su boca cada hueco de su cuerpo y lo cubría con su propia piel, admirando su elasticidad firme, su suavidad y su calor. El temblor que recorría el cuerpo de ella cada vez con mayor intensidad, los sonidos guturales que emitía intensificaban aún más su ansia. Cuando creyó que iba a reventar de deseo la penetró, sintió el desgarro del himen, el estremecimiento asustado de ella, luego un acaloramiento que la hizo suspirar profundamente. Sin temor aguantó ella firmemente su mirada, lo rodeó con brazos y piernas, con un ardor que los fundió el uno con el otro.

Sus cuerpos estaban perlados de sudor cuando más tarde se arrimaron el uno al otro, ardiendo y sin embargo temblando de frío en la cálida brisa nocturna. Winston se sentía satisfecho y bendito, acechaba el sonido de su propio corazón palpitante, el pulso de Sitara bajo la piel, su respiración acelerada, el canto de los grillos, el silencio atronador cuando cesaban estos su cricrí durante unos momentos. Levantó la vista cuando sintió a Sitara moverse y rozarle el codo. Ella lo estaba mirando fijamente, con lágrimas de profunda felicidad en sus ojos negros. Se llevó la mano de él al bajo vientre, sobre el oscuro triángulo de entre sus piernas.

—Llevaré a tu hijo dentro de mí. Lo sé.

6

Independientemente de lo secreto que pueda ser el amor, lo propio y característico de él es que delata al amante con una ligereza en el andar cuando anteriormente arrastraba los pies, con un brillo en los ojos cuando anteriormente parecían apagados, con una aureola tenue en torno a esa persona que hace saltar chispas en cada uno de sus movimientos. Y por muy prudentes y seguros que se imaginaban estar Winston y Sitara, lo cierto era que su secreto no podía tardar mucho en ser descubierto.

Noche tras noche se encontraban los dos en aquel patio interior, hambrientos de la cercanía del otro, colmando los deseos del cuerpo y del alma, y no quedaban nunca ahítos y se prohibían cualquier pensamiento sobre el tiempo que se les iba escurriendo inexorablemente entre los dedos.

La luna se volvió redonda, menguó de nuevo y brillaba escéptica a través de una brisa cálida y bochornosa sobre Winston y Sitara, que estaban abrazados sobre la chaqueta del uniforme de él, besándose y riéndose mientras Winston empezaba a ocuparse torpemente del extremo del sari de Sitara. En ese instante oyeron un ruido de metal contra metal y los dos se incorporaron asustados. Pareció que la luna se oscurecía y apartaba su mirada llena de malos presagios.

Con su larga espada rajput desenvainada se encontraba ante ellos Mohan Tajid, y un odio puro ardía en sus ojos.

—Aparta tus sucios dedos de *feringhi* de mi hermana.

Winston iba a levantarse de un salto para defenderse y defender a Sitara, pero ella lo obligó a permanecer sentado clavándole dolorosamente las uñas de una mano en el muslo. Ella sí que se levantó, pero sin prisas, sin miedo, y apoyó su espalda en él mientras con la otra mano se protegía el vientre.

—No, Mohan. Antes de matarlo a él, tienes que matarme a mí. A mí y a la criatura que llevo en mí.

Su voz era tranquila y decidida, con un ligero tono de enfado, como el gruñido amenazador de una leona que ve en peligro a su familia.

—Tanto mejor. Un golpe con la espada y se habrá saldado el oprobio que los dos habéis arrojado sobre nuestra familia y sobre nuestra casta —replicó imperturbable, demostrando por primera vez un gran parecido con su padre, el rajá.

Winston apartó con brusquedad a Sitara y se plantó en toda su estatura frente a Mohan Tajid, mirándolo fijamente.

—Hazlo si tienes que hacerlo, pero a ella déjala marchar.

Mohan le clavó los ojos y enarboló la espada lentamente. Winston no hizo ningún gesto para atacarlo o para zafarse, ni siquiera cuando sintió contra su camisa, la punta metálica que, con una respiración demasiado profunda, le habría cortado la piel.

—¡Loco! ¿Darías realmente la vida por una pequeña «negra» que te ha deparado algunas horas de placer? —dijo, escupiendo esa palabra en inglés con dureza en medio de la cadencia suave del hindustaní.

—Es Sitara, y es tu hermana —le replicó Winston cortante, y vio cómo la mirada de Mohan Tajid llameaba una fracción de segundo y se volvía hacia Sitara.

—Nos amamos, Mohan —escuchó Winston la voz de ella a su espalda, intransigente—. Estaba predestinado, y tú lo sabes.

Con gesto de enojo volvió Mohan a envainar la espada.

—Sí, lo sé, y supe desde el instante en que cruzó el umbral del salón del trono que traería la desgracia a nuestra casa. —Los miró consecutivamente, con las pobladas cejas negras fruncidas—. ¿Cómo habéis podido ser tan insensatos? ¿No sabéis que os hará el rajá si se enterara de esto? Y se enterará. Estoy seguro de que no soy el único que se ha dado cuenta de lo mucho que has cambiado —dijo, dirigiéndose a Winston en un tono grosero—. ¡Es solo cuestión de tiempo que los espías del rajá sigan tus pasos hasta aquí, como yo lo he hecho esta noche!

Sitara se levantó y agarró a su hermano del brazo, implorante.

—¡Ayúdanos, Mohan! Ayúdanos a huir de aquí... a cualquier parte.

Mohan miró a Winston, en cuyos ojos leyó el mismo deseo, y sacudió la cabeza.

—Estáis completamente locos. Incluso en el caso de que consiguiera sacaros de aquí sanos y salvos, ¿adónde queréis ir? El palacio está rodeado por kilómetros y kilómetros de desierto. En ninguna parte os darán cobijo ni seréis bienvenidos. ¡El brazo del rajá llega hasta muy lejos!

—La India es grande —se le escapó a Winston con aspereza.

Mohan rio, despectivo.

—¡Pero no lo suficiente! —Agarró con tosquedad a su hermana del hombro y la sacudió ligeramente—. Allí adonde vayáis, tú serás siempre la ramera del *sahib*, vuestros hijos serán bastardos. ¿Eso es lo que quieres?

En los ojos de Sitara brillaban las lágrimas, pero también una voluntad inquebrantable.

—Tú, él y yo sabemos que no es así. Eso debe bastarnos.

Winston vio que Mohan Tajid luchaba consigo mismo, y con todo lo que ahora sabía acerca del honor y de la tradición de los rajputs intuía vagamente lo que estaba sucediendo en su interior. Por mucho que le repugnara no podía hacer otra cosa que darle la razón a Mohan. Las relaciones entre los señores coloniales y sus súbditos estaban mal vistas por ambas partes, y los descendientes de una relación semejante eran tachados de bastardos toda su vida. Sabía que a los ojos de los hindúes, y aún más a los ojos de los rajputs, había deshonrado a Sitara, no solo porque su unión no había sido sancionada por un enlace matrimonial, sino sobre todo porque él era blanco. Y aunque no podía imaginarse cómo sería su vida fuera del palacio, le resultaba inimaginable e insoportable plantearse la vida sin Sitara.

Veloz como un rayo, Mohan Tajid cerró el puño de la mano derecha y le propinó a Winston un gancho en la mandíbula que lo derribó al suelo. Sintió más sorpresa que dolor antes de que Tajid le tendiera la misma mano para ayudarlo a levantarse.

—Vaya eso por el honor de la familia —explicó Mohan con sobriedad mientras Winston se frotaba la barbilla perplejo y furioso. Miró muy serio a Sitara y al inglés—. Os voy a ayudar, pero no por gusto y solo con la condición de acompañaros. Necesitaréis la protección de un guerrero.

Solo a regañadientes consintió Winston que Mohan se encargara él solo del plan de fuga. Tuvo que tragarse el reproche de este, que le dijo que no era dueño de sus sentidos. Sufrió al no poder ver durante mucho tiempo a Sitara para no correr riesgos innecesarios. Sus nervios se iban tensando hasta el punto de ruptura conforme iban pasando los días, en los que se esforzaba por mantener la apariencia de normalidad, y las noches, en las que escuchaba atentamente en la oscuridad callada del palacio para no pasar por alto la señal más débil de la partida inminente. Cada vez quedaba menos tiempo. El rajá lo mandaba llamar a su presencia cada vez con menor frecuencia y por menos tiempo. Además, la mirada errática y el tono de voz ligeramente irritado de Dheeraj Chand eran la prueba de que se estaba cansando de su juego. Solo era cuestión de tiempo que el príncipe eligiera deshacerse de él de la manera que fuese. Además se aproximaba la época de las lluvias, aunque con retraso este año. Un velo lechoso cubría a menudo el cielo; en el horizonte llano se apelotonaban las nubes y se oía tronar a lo lejos en el silencio del desierto, si bien el canto de los grillos era más fuerte. Se movían por terreno cada vez más resbaladizo para todos ellos, pero no sucedía nada.

Entonces, una noche, el suave chasquido de la puerta secreta arrancó de su sueño intranquilo a Winston, que se levantó de un salto.

Como una sombra negra en la oscuridad, flexible y silencioso como un gato, se deslizó Mohan Tajid por la habitación, les arrojó a él y a Bábú Sa'íd, tan sorprendido como él, un hatillo de ropa oscura, les indicó cómo envolverse las botas con tiras de tela para silenciar sus pasos y les tendió carbón para ennegrecerse la cara bajo el turbante oscuro. Luego desaparecieron los tres como sombras tras el friso de madera.

Winston tenía la garganta seca y su corazón palpitaba acelerado mientras caminaba a tientas detrás de Mohan Tajid por el pasadizo, completamente a oscuras. Chocó contra el joven cuando este se detuvo abruptamente.

—Una cosa por si nos hubieran escuchado o si no tuviéramos tiempo luego: en cuanto lleguemos a los caballos, montad y salid al galope, lo más rápidamente que podáis. No os deis la vuelta, pase lo que pase a vuestra espalda. El paisaje en torno al palacio es llano, y aunque el cielo está encapotado, desde las almenas se divisa hasta varias millas de distancia. Habría preferido una noche sin luna, pero el rajá planea librarse de vosotros lo antes posible, así que era imposible postergarlo más.

Mientras susurraba, se sacó de debajo de la chaqueta una pequeña antorcha y la encendió. El débil resplandor de la llama era devorado a medias por aquellos muros agrietados, pero de esa manera podían avanzar con mayor rapidez. En esta ocasión, Mohan Tajid pasó de largo sin prestar atención frente a la puerta que daba a la parte prohibida del palacio. El pasadizo se terminó; la llama amarillenta iluminó una pared de piedra toscamente labrada. Winston interrogó a Mohan Tajid con la mirada y este le respondió con una sonrisa burlona, enseñando los dientes.

—Es una ilusión óptica —aclaró con un susurro—. Dos paredes que se solapan con una angosta rendija entre ambas. A la luz de una antorcha produce el efecto de ser una única pared sólida. Mis antepasados tenían un extraño sentido del humor. Agradeced a los dioses que haya descubierto yo este pasadizo.

Mohan se metió de lado por la derecha detrás de la primera pared. Con la cabeza gacha y conteniendo el aliento, Winston metió barriga para pasar detrás de él, convencido de que iba a quedarse atascado en aquella rendija. La roca ruda le apretaba dolorosamente la caja torácica, la espina dorsal y le comprimía las costillas. Había apenas suficiente espacio para pasar entre las dos paredes, en el mejor de los casos apretujándose de lado. A continuación venía la abertura, igual de angosta, en sentido opuesto. El pasillo de roca era un poco más ancho al otro lado; una y otra vez chocaba Winston con sus anchos hombros contra las paredes y apenas podía caminar erguido mientras se apresuraba por perseguir lo más rápidamente posible la silueta de Mohan Tajid. El príncipe parecía poseído por una prisa repentina. La llama que iluminaba su camino más mal que bien comenzó a vacilar, próxima a apagarse. Mohan la arrojó al suelo y la apagó con el pie. La oscuridad repentina dejó a Winston sin aliento. Poco después notó un chorro de aire puro y vio la negrura azulada de la noche por un tragaluz.

Winston comprendió lo minuciosa que había sido planeada su fuga. Aunque el firmamento estaba cubierto por una oscura capa de nubes, lo atravesaba sin embargo un haz de rayos de luz grisácea proveniente de las estrellas y de la hoz lunar. La mole imponente del palacio arrojaba una oscura sombra en el ángulo de dos muros, lo suficientemente grande como para albergar cuatro caballos muy juntos sin apenas carga y lo que parecía la silueta de una persona muy corpulenta que se escindió en las figuras vestidas con prendas oscuras y encapuchadas de Sarasvati, Paramjeet y Sitara.

Tal como se les había indicado, Winston y Bábú Sa'íd se subieron de inmediato a sus monturas, al igual que Sitara y Mohan Tajid, espolearon a los animales y se adentraron en la noche sin volver la vista atrás.

Los cuatro caballos de pelaje oscuro llevaban la cabeza cubierta por un saco provisto de aberturas para los ojos cuya finalidad era ahogar los relinchos y resoplidos indeseados; sin embargo, a pesar de que sus pezuñas estaban envueltas en gruesas tiras de tela para sofocar el delatador ruido de las herraduras sobre la piedra, su galope retumbaba en la llanura como el de un rebaño de búfalos mientras iba en aumento el fragor de los truenos. El viento cortante les azotaba el rostro haciendo que les lloraran los ojos y sudaban a chorros debido al bochorno de aquella noche. Se iban apelotonando las nubes oscuras en el horizonte, iluminadas esporádicamente por los primeros relámpagos de color azufre.

Un grito resonó a su espalda, como un disparo. Un grito estremecedor que se extinguió borboteando; a continuación llegó como en un susurro el bramido de innumerables voces. Completamente pegado a las crines de su caballo, Winston miró de reojo a Sitara. Bajo el turbante de tela oscura, con la cara ennegrecida, parecía un personaje de cuento oriental. Mantenía el paso sin dificultad, como los hombres, y parecía una unidad con su caballo. Miraba fijamente la oscuridad que tenían ante sí; solo una leve convulsión en los dedos que sujetaban tensas las riendas delataba que presentía lo que estaba sucediendo en esos momentos entre los muros del palacio.

La ventaja que llevaban era considerable, pero enseguida avanzaron por la tierra las ondas sonoras de innumerables herraduras, como una tormenta de arena que arremolina una nube y la impulsa hacia delante sin parar, y un escalofrío les corrió por la nuca. Hendían la noche exclamaciones ruidosas, que fueron luego salvas de fusil y el silbido de las balas. Uno de los caballos relinchó de dolor y, por instinto, Winston miró atrás por encima del hombro y vio que era la montura de Bábú la que se encabritaba para luego desplomarse sepultando debajo al cipayo de Winston. En ese mismo instante sintió un puñetazo en el hombro. Oyó a Mohan Tajid exclamar «o él o nosotros» y, como por iniciativa propia, sus muslos presionaron con más fuerza el caballo azuzándolo para seguir al galope.

De un lado iban aproximándose las mesetas, y Mohan Tajid cambió repentinamente de rumbo. Les gritó una palabra que Winston no comprendió pero a la que Sitara reaccionó de inmediato forzando a Winston abruptamente en la misma dirección. Antes de que comprendiera que ante ellos se quebraba el suelo, su caballo ya había seguido a ciegas al de Mohan Tajid, se deslizó sin aminorar apenas la velocidad por el talud empinado, giró en ángulo agudo y volvió a recuperar jadeando el trote sobre rocas. De repente los rodeó la oscuridad, más negra que la noche.

Transcurrieron unos instantes antes de que Winston pudiera adivinar algunos contornos. Desmontó del caballo, imitando a Mohan y a Sitara. Temblaba, tenía la sensación de que le dolían todos los músculos del cuerpo y se notaba la garganta completamente seca.

El aire comenzó a vibrar con un sonido sordo y pesado. Un zumbido oscuro creció por momentos y acabó en un estruendo que hizo temblar las rocas a su alrededor. El ruido de los cascos de los caballos que se aproximaban era su eco. El estrépito de las herraduras fue disolviéndose en trotes aislados de los jinetes, ahora dispersos, cuyos gritos resultaban imposibles de ubicar en una determinada dirección. Un rayo hendió la noche iluminando durante un brevísimo instante la entrada a la cueva en la que se encontraban antes de que volviera a reinar la oscuridad absoluta.

En la lejanía volvieron a oír trotes apresurados, en menor cantidad esta vez. En el tono imperioso que exigía a gritos una explicación, Winston reconoció la voz de Dheeraj Chand. Murmullos de hombres desconcertados. El golpeteo de los cascos de un caballo nervioso sobre las piedras. Otro rayo, un trueno estrepitoso y, a continuación, multiplicado por mil, el sonido de la lluvia, aumentando de intensidad con cada segundo que pasaba. Agua a raudales, a cántaros, lluvia torrencial. Winston creyó ver en la penumbra el resplandor de la dentadura de Mohan Tajid, que sonreía burlón.

Se oyó una orden ahogada por el aluvión del cielo, la concentración lenta de herraduras que hendían la tierra y comenzaban a alejarse. Y luego en tono amenazador, resonando más allá de las llanuras de Rajputana, la voz del rajá maldiciendo el monzón.

—¡Soy Dheeraj Chand, del linaje de los Chandravanshis, y por las almas de mis antepasados os maldigo! Mohan, ya no eres mi hijo. Sitara, ya no eres mi hija. No descansaré hasta que vuestra sangre y la del *feringhi* haya lavado el oprobio de nuestro clan y de nuestra *varna*. ¡Lo juro ante los ojos de Shiva!

Como si los dioses atestiguaran su juramento, hubo un tremendo trueno cuyo estampido fue dispersándose. A continuación, silencio, un silencio opresivo, paralizador bajo el peso de la lluvia.

Con signos de agotamiento, Winston se puso en cuclillas, se apoyó contra la pared de piedra y hundió la cabeza entre sus manos. De golpe comprendió que esa noche había perdido todo aquello que había sido su vida hasta entonces. Vio mentalmente la chaqueta roja de su uniforme, en el respaldo de la silla de su habitación del palacio, chaqueta que Bábú Sa'íd había cepillado a conciencia esa misma mañana. Con ella dejaba atrás todo lo demás: su carrera militar, a Edwina, incluso a su familia en la lejana Inglaterra. No había vuelta atrás; desde aquel momento su destino estaba inseparablemente unido al de aquellas otras dos personas que lo acompañaban en la oscuridad. El dolor por esas pérdidas y la tristeza por el destino de su fiel cipayo lo alcanzaron y dejó que sus lágrimas fluyeran sin cortapisas.

El cálido cuerpo de Sitara se arrimó cariñosamente al suyo, de una manera silenciosa pero elocuente. La estrechó entre sus brazos, buscando apoyo y consuelo en ella, sepultando la cara en la curva de su cuello. Aspiró el aroma de su piel y supo que había sido lo correcto pagar ese elevado precio. Alzó la cabeza.

—¿Mohan? —susurró en dirección a la oscuridad y al no hallar respuesta, repitió—: ¿Mohan?

Se puso a palpar con cuidado en la oscuridad, con Sitara de la mano, hasta que notó la calidez del cuerpo del joven Chand, como una sombra tangible. Mohan le apartó la mano con rudeza.

—Has renunciado a tu familia por nuestra causa arriesgando también tu vida. No lo olvidaré nunca —susurró Winston con voz áspera.

Mohan no reaccionó. Luego, tras lo que pareció una eternidad, Winston lo oyó moverse. Buscó a tientas la mano de Winston y depositó en ella algo frío, metálico, afilado, caliente y húmedo por un lado.

—Ahora sois mi familia —oyó decir a Mohan con voz ronca, apenas audible—, y tú eres mi hermano.

Winston tragó saliva, titubeó un momento antes de pasarse con decisión el filo de la daga por la palma de la mano. Un dolor ardiente y sintió manar la sangre caliente; agarró la mano de Mohan, y la estrechó firmemente con la suya.

—Hasta la muerte —juró, con la voz temblorosa.

—Y más allá.

7

Llovía sin cuartel, la lluvia caía a raudales y la luz mortecina que desde hacía horas había a la entrada de la cueva apenas permitía vislumbrar en su interior otra cosa que contornos. Era una luz más propia del amanecer que de pleno día. Mohan Tajid regresó completamente calado y se enjugó el agua de la cara.

—Ni un alma a la vista. El desierto entero es un lodazal.

Habían pasado una noche desagradable, apretujados y apoyados en la roca, protegidos a duras penas con mantas finas. La humedad que todo lo invadía había ido calando las telas hasta empaparlas y parecía colarse por cada poro tanto como el miedo a ser descubiertos.

—Deberíamos partir. —Winston estornudó—. Aquí nos vamos a morir. Cabalgando entraremos al menos en calor.

—Eso es lo que vamos a hacer, y ahora mismo. —Mohan tomó las riendas de su caballo e hizo ademán de conducirlo fuera de la cueva.

—¿Y adónde? —Winston volvió a estornudar.

Mohan sonrió mostrando los dientes con aire divertido y algo burlón.

—Fue muy inteligente por tu parte no jugar al ajedrez con el rajá, porque lo habrías perdido todo, hasta la cabeza. No eres capaz de anticipar tres movimientos seguidos.

Aquello le costó un puñetazo, que él encajó con otra sonrisa burlona aún más amplia.

Cuando montaron en sus caballos, con los músculos rígidos y entumecidos por el frío, y emprendieron el camino hacia el suroeste, Winston, con los párpados entornados, no dejaba de mirar atrás una y otra vez en busca de cualquier indicio sobre la suerte corrida por Bábú Sa'íd. Al final Mohan le propinó un golpe suave en el hombro. Winston lo miró, y el otro sacudió la cabeza.

—Nunca mires atrás, Winston. Jamás.

Cabalgaban preferentemente de día, a pesar del riesgo que entrañaba de ser detectados con mayor facilidad en el desierto. Mohan Tajid apostó por que los perseguidores no les supondrían tan insensatos ni tan locos como para intentar atravesar a caballo un paisaje que se había transformado en cuestión de horas en un lodazal por el que se deslizaban arroyuelos que iban formando estanques cuya profundidad no podía adivinarse. Gracias a su experiencia, a su lógica y a su instinto, supuso que el rajá enviaría a sus hombres a todos los confines de su territorio en cuanto la tierra comenzara a secarse, y entonces retomaría su rastro y los perseguiría sin piedad. El monzón era su amigo porque estaban seguros mientras durara.

Avanzaban penosamente; a cada paso se hundían las herraduras en el barro con un chapoteo, cada kilómetro significaba una breve eternidad para ellos y un enorme esfuerzo para los caballos mientras los cálidos vientos monzones azotaban la tierra con la lluvia. Solo podían descansar en cuevas, bajo los salientes de las rocas o sobre la pura piedra. Si no hallaban ningún lugar así, dormitaban algunas horas a lomos de sus caballos exhaustos.

Lo más insoportable de todo era la lluvia. Hacía días que no tenían un solo centímetro del cuerpo seco. En algunos momentos amainaba algo el monzón, se abrían claros en el manto de nubes, pero poco después volvía a caer agua a cántaros despiadadamente. La lluvia los tenía hechos polvo, y también el hambre. Por miedo a dejar un rastro que le fuera fácil seguir al rajá, no se atrevían a pasar por una de tantas localidades desperdigadas ni a descansar en una casa de campo solitaria y apartada, y sus escasas provisiones se estaban acabando. Nadie en sus cabales emprendía un viaje en esas condiciones; sin duda resultarían sospechosos para cualquiera por su aspecto andrajoso, cansado y sucio.

Era su unión lo que los hacía aguantar. Una mirada entre Mohan y Winston, una señal de ánimo con la cabeza o unos golpecitos en el hombro, las manos de Winston y de Sitara que se encontraban, los dedos de ella que acariciaban la costra oscura y fina en la palma de la mano de él; todo esto les infundía ánimos y les hacía soportar los agobios; eso y la mirada inquebrantablemente dirigida hacia delante.

Parecía que habían transcurrido varios meses, ¿o habían sido solamente una docena de días y de noches?, cuando tras la cortina de lluvia aparecieron unos bloques de piedra, las casas de Jaipur. Ante ellos se levantaba la Singh Pol, la puerta de los leones, como unas fauces que amenazaban con tragárselos, a ambos lados de la cual se extendía la muralla almenada de la ciudad, de siete metros de altura y tres de grosor, con cañoneras y aspilleras, por naturaleza más intimidatoria que seductora. Se veía claramente que las ciudades de Rajputana servían primordialmente de fortificación. Las calles eran rectilíneas, anchas, arboladas, con un cruce cada siete manzanas. Además estaban desiertas; las pocas personas con quienes se cruzaron caminaban a toda prisa bajo la lluvia para regresar lo más rápidamente posible a un lugar seco. Aquello jugó a su favor, ya que apenas nadie prestó atención a los tres jinetes destrozados y empapados sobre sus exhaustas monturas. En las callejuelas de los bazares se sentaban juntos comerciantes y artesanos con parientes, vecinos o clientes, tomando un vaso de *chai*, negociando con poco entusiasmo o simplemente charlando mientras chorreaba el agua de los tejados por delante de sus puestos, en los que se exponían las más variopintas mercancías. Mohan Tajid cabalgaba con determinación por el trazado de las calles, y Sitara y Winston trotaban detrás de él con gesto cansino.

Mohan sofocó al instante con algunas monedas de plata la desconfianza del zalamero *bhatiyárá* del albergue apartado, y ocuparon dos habitaciones conectadas entre sí por una puerta, sencillas pero sorprendentemente limpias.

Durmieron como marmotas un día y una noche, y cuando Winston despertó a la mañana siguiente con el murmullo constante del monzón, se sentía como recién nacido a pesar de que le dolían todos los músculos. Haber escapado a los inminentes peligros de la corte rajput le hacía sentirse liberado. Volvió la cabeza hacia Sitara, que se había ovillado junto a él sobre el jergón de paja cubierto con sábanas y continuaba durmiendo profundamente, como un tronco. Con el cabello desgreñado y la cara sucia daba la impresión de ser una niña de pueblo asilvestrada, pero sus rasgos mostraban la paz de alguien que se ha salvado de un peligro amenazador. Como si notara que la miraba parpadeó hacia la luz del día, de color gris perla, y, cuando vio a Winston, se deslizó por su rostro una sonrisa. Se estiró como una gata y se arrimó cariñosamente a él, igual de silenciosa que durante toda la fuga.

Un golpe en la puerta los hizo levantarse precipitadamente, pero no era sino Mohan Tajid, limpio y con las modestas prendas de vestir color barro de la gente humilde, el *dhoti* y la chaqueta ancha, un chal de algodón en la cabeza a modo de turbante. Llevaba una bandeja de madera con un cuenco humeante, una pila de *chapatis* y una jarra de *chai*. Sentados con las piernas cruzadas dieron cuenta, hambrientos, de la montaña de *muttar pilaw*, el arroz cocido en caldo con verduras y pollo, e hicieron planes para la prosecución de su fuga.

Mohan ya había estado en el bazar a primera hora de la mañana y les había comprado ropa nueva. Ya con un aspecto civilizado había ido poco después a deshacerse de los caballos y conseguido por su venta tan solo algunas rupias, porque nadie quería aquellos fatigados animales. Pero durante la transacción se había enterado de que el escribano que vivía a dos calles buscaba un ayudante con desesperación. Durante la época del monzón, todo el mundo parecía acordarse de repente de cartas urgentes que se habían olvidado de leer o de escribir, y asediaba al escribano para que se las leyera o, en su caso, para que se las escribiera sobre papel. Mohan Tajid se presentó allí con otro nombre y contó una historia espeluznante, falsa, sobre que había escapado, a pesar del monzón, hacia Jaipur, con su mujer, a la que había desposado recientemente, para huir del propietario lascivo de sus tierras, que quería ejercer su derecho de pernada la noche de nupcias con la novia; una historia muy del gusto del alma popular rajputana, tendente a la tragedia, el drama y las historias de enamorados en apuros.

El escribano le había ofrecido una mano llena de rupias

por semana y también una habitación vacía en el patio trasero de su casa como alojamiento.

—Lo más tardar en dos meses se habrá terminado la época de lluvias —prosiguió Mohan, llevándose a la boca el último trozo de pan ácimo antes de cambiar la bandeja que estaba entre ellos por un mapa del norte de la India—, y el suelo del desierto se seca muy rápidamente. No debemos quedarnos aquí mucho tiempo. Jaipur es demasiado pequeña, demasiado ordenada como para movernos clandestinamente aquí una temporada larga sin correr peligro.

Winston tuvo que reconocer a regañadientes que Mohan Tajid tenía razón en lo que argumentaba. La estatura y el color claro de su piel delataban de inmediato que era inglés, aunque se camuflara con la vestimenta del país. Así pues, era un riesgo para la seguridad de todos. El dedo índice de Mohan se deslizó en diagonal por el mapa hacia arriba y se detuvo en el punto más grande del mapa.

—Delhi es incomparablemente más grande y caótica, las callejuelas de los bazares son una maraña, es imposible su control. Si en alguna parte podemos hacer desaparecer nuestro rastro, es allí; no hay otro lugar mejor.

—¿Y allí estaremos seguros? —Winston miró a Mohan Tajid entre escéptico y esperanzado.

Mohan se puso serio. Con la barba cerrada que se había dejado crecer parecía haber envejecido años desde que dejó el palacio.

—No estaremos más seguros en ningún otro lugar —repuso con un deje metálico en la voz—. Coincido además plenamente con el Mahabharata, en el que se dice que un hombre para quien no ha sonado todavía la hora de su muerte no morirá aunque lo atraviesen cien flechas, mientras que un hombre al que le ha llegado la hora no permanecerá con vida aunque solo le roce la punta de una brizna de hierba. No nos queda otro remedio que esperar que los dioses estén con nosotros y nos cuiden.

—¿Alcanza tu sueldo para mantenernos a flote? —quiso saber Winston.

Por fin apareció en el rostro de Mohan su familiar sonrisa burlona llena de dientes.

—No te preocupes. Previendo sabiamente que ya no vería nada de mi herencia por vía legal, me traje una pequeña parte de ella, transportable. Debería bastarnos durante un tiempo.

A la mañana siguiente unas voces encolerizadas sacudieron el pequeño albergue, y los huéspedes que se acercaron al lugar, así como la familia del *bhatiyárá,* se enteraron de que habían robado al sencillo campesino y a su joven esposa, que permanecía en un rincón, silenciosa e intimidada, con la cabeza y la parte inferior del rostro decorosamente cubiertos con el extremo del sari de algodón con estampados de vivos colores. El autor del robo había sido aquel *feringhi*, un soldado desertor al que los dos, por compasión, habían recogido de camino y llevado hasta la ciudad, y que se había largado durante la noche con una parte de sus ya de por sí escasas pertenencias. Echando pestes y maldiciones a voz en grito, el joven rechazó con tanto orgullo como agradecimiento cualquier ayuda en la búsqueda de ese bribón, así como las numerosas ofertas de ayudar a la pareja con sábanas, cuencos, vasos o algunas rupias, con lo cual se ganaron de inmediato el respeto y el reconocimiento de todo el vecindario. En el bazar se estuvo comentando durante algunos días de que no se podía confiar en un *feringhi* y que lo mejor era que ellos se mantuvieran unidos.

La joven pareja se fue con su hatillo entre las felicitaciones de todo el albergue a su nuevo alojamiento en el patio trasero del escribano, donde ya los esperaba Winston con impaciencia desde que Mohan Tajid lo había llevado allí a escondidas al amparo de la noche.

Los siguientes dos meses, en los que el cielo descargó incesantemente sobre Jaipur sus torrentes de agua por tejados y calles, convirtiendo el desierto de Rajputana en un lago fangoso, fueron pesados para Winston en su escondrijo, y se hizo una idea de lo que debió de soportar Sitara durante su larga estancia en la Torre de las Lágrimas. Su espacio vital se reducía a los cinco pasos por cinco de la habitación, sin posibilidad de abandonarla. Solo la presencia de Sitara hacía soportable esa cárcel, aunque fuera un encierro por su propia seguridad. La cercanía de ella, esa absoluta confianza que irradiaba, era como un rayo de sol en la penumbra de los días; además, disfrutaba de la solitaria vida en pareja con su amor, del lujo de poder amarse durante el día en ausencia de Mohan siempre que les apetecía. El vientre de Sitara se iba redondeando, sus pechos se estaban llenando y haciendo pesados, su felicidad por el hecho de llevar en su seno una criatura, su hijo, la hacían a los ojos de Winston aún más deseable. La verdad era que sus horas estaban llenas de ternura.

El hecho de que la mujer del ayudante del escribano apenas se dejara ver les parecía algo muy natural a los vecinos, lo veían incluso con plena satisfacción, como prueba de que Sitara era una esposa raramente virtuosa y obediente. Sin embargo, el miedo a ser descubiertos pendía sobre ellos como una sombra cada día, cada noche, solo podían dejarlo a un lado por un tiempo muy breve, pero nunca lo olvidaban del todo. Se convirtió en parte de su día a día, de todos sus pensamientos y acciones.

Mohan Tajid disfrutaba de la vida sencilla como auxiliar del escribano, que le deparaba muchos más placeres que la vida como príncipe rajput que había dejado atrás. Leía cartas a ancianas cuyos nietos vivían muy lejos y habían conseguido llegar a ser algo en otras tierras; redactaba documentos sobre la adquisición de casas y tierras, facturas y reclamaciones por escrito, tanto de artesanos como de sus clientes; intervenía como mediador en disputas familiares sobre últimas voluntades garabateadas en un papel; representaba el papel de embajador del amor para muchachos gallardos y también para muchachas que entraban en secreto en la tienda y enrojecían de pudor por debajo de sus velos. En la escribanía se hallaba en el centro del cotilleo y de las habladurías que sobrepasaban las murallas de la ciudad, y transmitía las noticias a los oyentes interesados. De esta manera se enteró muy pronto de los rumores de que el rajá había ofrecido una elevada recompensa por la captura del soldado *feringhi,* que no solo había deshonrado al clan sino que también había puesto en peligro la vida del rajá, con la colaboración de su hijo renegado y su hija desleal. Finalmente aparecieron un día por la tienda dos guerreros rajputs armados hasta los dientes. Su aura de honradez y de fuerza no se veía menoscabada siquiera por el hecho de llevar el mojado uniforme pegado al musculoso cuerpo y regueros de agua cayéndoles por la cara desde la tela completamente empapada del turbante.

—¡Eh, escribano! —habló uno de los dos en tono imperioso al propietario del negocio, quien, obediente, apartó de sus rodillas el tablero para escribir y se levantó mientras Mohan se inclinaba aún más sobre el suyo.

El corazón le martilleaba dolorosamente contra las costillas, e intentó en vano seguir con la vista enfocada en las líneas de la copia que estaba realizando en ese momento.

—¿Has oído hablar de un soldado *feringhi* que ha pasado por aquí?

—¿Un *feringhi*? ¿Buscáis a un *feringhi*? —Anwar, el escribano, estuvo a punto de soltar un gallo cuando exclamó a voz en grito al capitán rajput, quitándose las gafas y gesticulando—. Ese de ahí, mi ayudante —señaló a Mohan, que no levantó la vista de la carta que estaba escribiendo—. ¡A él le robó uno de esos asquerosos! ¡Le quitó todo, solo le dejó la ropa que llevaba puesta, ese sinvergüenza! ¡Se largó a las montañas con todo lo que poseía, que no era mucho, porque ningún escribano llega a enriquecerse con su oficio! ¡Estos tiempos se están poniendo cada vez peores, la gente ya no quiere pagar, no está contenta con el trabajo que hacemos, discuten y negocian cada línea, cada letra, y luego te cruzas además con un salteador de caminos! Como si los tiempos no fueran de por sí ya lo suficientemente duros. ¡Ya no está seguro uno en ninguna parte! En otros tiempos, cuando yo tenía...

—¡Déjalo ya, viejo! —Uno de los dos guerreros le hizo un gesto malhumorado con la mano para que parara de hablar e indicó a su colega que le siguiera—. Si oís alguna cosa, hacédnoslo saber —dijo por encima del hombro, con cansancio y escaso convencimiento, antes de salir de nuevo a la lluvia torrencial con los hombros encogidos.

Con aire sosegado, Anwar volvió a ponerse las gafas con montura de metal sobre su nariz aguileña, se colocó las patillas detrás de las orejas, bajo el turbante estampado, y se sentó con toda la calma en su cojín con las piernas cruzadas mientras Mohan luchaba con recuperar el ritmo normal de sus pulsaciones.

—Haréis bien en dejar la ciudad lo más rápidamente

posible cuando acabe el monzón, antes de que os encuentren, «Ganesha» —dijo Anwar finalmente con la misma indiferencia con que hablaba del tiempo o de la cena del día anterior.

Solo por el énfasis que imprimió al nombre con el que se había presentado Mohan ante él (Ganesha, el astuto dios elefante, hijo de Shiva y de Parvati, dios de los comienzos, las empresas, los viajes y la erudición, que con su colmillo roto había escrito el capítulo final del Mahabharata), delató que conocía la verdad que escondía la comedia de Mohan, o por lo menos la adivinaba.

Desde la última vez que le habían pillado en una broma de chiquillos a Mohan no se le había vuelto a agolpar la sangre en el rostro de esa manera.

—¿Cómo habéis...? —Tragó saliva.

Anwar lo miró con sus ojos bondadosos por encima de los cristales redondos de sus gafas.

—Un escribano aprende muchas cosas a lo largo de los años sobre la vida y sobre las personas. Os habéis esforzado mucho en disimular, pero con mis ojos entrenados supe desde el principio que no erais ningún campesino. Los callos de vuestras manos son de jinete; vuestros rasgos, los de un noble. Y no creo en las casualidades. Nada menos que dos *feringhi* presuntamente infames en el período de un mes que andan en compañía de un hombre y una mujer jóvenes me parecen simplemente demasiados.

Debió de contemplar el terror en la mirada de Mohan, porque en torno a sus ojos apareció la arrugada aureola de una sonrisa.

—No os preocupéis. No os voy a delatar. Me parecéis un joven honrado que no se dedica a cometer delitos. Tendréis vuestros motivos para este juego del escondite, pero no son de mi incumbencia. Y vuestro embuste es verdaderamente casi perfecto. —Su sonrisa se hizo más profunda cuando mojó la pluma en el tintero y volvió a escribir sobre el papel—. De todas maneras no deberíais dar ocasión a ningún escribano en el futuro de que os examine con más atención.

8

Por fin, a comienzos de septiembre, se abrieron las nubes bajas de color gris plomizo y paró el torrente de lluvia; solo lloviznaba de vez en cuando y, finalmente, dejó de llover del todo. La pared de nubes dio paso a un cielo gris blanquecino al que sucedió rápidamente un azul luminoso, mientras las nubes seguían su curso anual hacia el noroeste atravesando en diagonal el desierto de Thar hasta alcanzar el macizo montañoso del Hindukush. Fue Anwar, el escribano, quien les procuró secretamente tres robustos caballos de buena planta, provisiones y ropa para cambiarse. Fue capaz de ahogar con habilidad en su mismo inicio las incómodas preguntas y las miradas recelosas, aprovechándose tanto de su buena fama en el barrio como de su exuberante imaginación. Fue él también quien una mañana, de madrugada, condujo a los tres viajeros medio embozados bajo sus turbantes y disfrazados de habitantes del desierto por las callejuelas del bazar, donde de un momento a otro se congregaría un hervidero de gente. Caminaron entre vacas que los miraban indiferentes, camellos apáticos y monos que saltaban por todas partes; pasaron al lado de la imponente fachada del Hawa Mahal, el Palacio de los Vientos, que debe su nombre a las miles de ventanas por las que las mujeres del palacio contemplan el trajín de la calle sin ser vistas y por las que penetra continuamente una agradable corriente de aire que recorre los aposentos de las plantas inferiores. En el Chand Pol, Anwar les hizo entrega de los caballos ya aprestados, mientras el sol de la mañana resplandecía amable por encima de las almenas de la ciudad amurallada. Una despedida precipitada y los caballos se pusieron a trotar con vivacidad, cruzaron la puerta de entrada a la ciudad, con la tierra todavía mojada bajo las pezuñas olfatearon curiosos, con los ollares dilatados, el aire que olía a tierra húmeda, a vegetación, a hierba y plantas aromáticas.

Era un paisaje completamente distinto el que acogió a los tres jinetes acompañándolos en su viaje. La tierra, que se iba secando lentamente, todavía retenía la arena y las piedras. Estaba lisa y resistía las pisadas; un sol suave calentaba el aire agradablemente húmedo y claro. Las cimas cristalinas de los montes Aravalli sobresalían por encima de los mares de un verde resplandeciente de sus laderas. Colinas de suave ondulación, algunas coronadas por antiguas murallas de fortificaciones, alternaban con valles profundos. Dejaron pasar a su izquierda diminutos pueblos y pequeñas o grandes ciudades con sus fuertes, así como *havelis* pintadas de todos los colores, espaciosas casas de campo de ricas familias de comerciantes, manteniéndose alejados de las caravanas de camellos que cruzaban el país. Ríos caudalosos y arroyos vivaces atravesaban el manto verde de vegetación exuberante. Matorrales, arbustos y arboledas formaban en algunos lugares un oasis de color verde intenso alrededor de un estanque o de un lago que destellaba al sol.

Como un rayo de colores vivos se precipitaba el martín pescador en las aguas, y centenares de grullas alzaban el vuelo agitando las alas desde la superficie del agua. De color gris piedra y corpulentas, se reunían en las orillas colmadas de juncos y hierbas sus parientes más toscas, las avutardas. En las primeras horas de la mañana se reunían en las aguadas, con un alboroto ensordecedor, miles de palomas gangas moteadas para calmar la sed y desaparecían luego súbitamente, dejando tras de sí solamente el silencio. Como plumas de flamenco se balanceaban las flores de las alcaparras de sus ramas y en umbelas colgaban cantidades inmensas de diminutas hojas de las ramas espinosas del árbol *khjeri*. Rebaños de gráciles gacelas y cervicabras de cornamenta enroscada pasaban a cierta distancia de ellos y, de noche, oían el aullido de los lobos y a los zorros ladrar desde su sencillo campamento. Una vez incluso divisaron un león que deambulaba en solitario por aquellos parajes. Atravesaban a caballo con alborozo, como si volaran, un paisaje pacífico y limpio por el monzón, y la presencia de animales salvajes, la soledad que los rodeaba los llenaban de júbilo. Se encontraban de un humor alegre, en algunos momentos su alegría era incluso desbordante, y de no haber sido por los vigilantes ojos de Mohan Tajid, que siempre andaban a la caza de posibles perseguidores, en aquel entorno habrían podido olvidarse de que eran fugitivos.

Cuanto más avanzaban hacia el norte, más llano se iba volviendo el paisaje, más boscoso y también más rocoso. Apareció ante ellos Delhi, extendiéndose ampliamente por la llanura, casi como un sueño, iluminada por el resplandor de la luz del sol, que incidía en los tejados y torres. Pero esa apariencia era engañosa. Tras la puerta de entrada a la ciudad, situada en la muralla de piedra arenisca roja, los esperaba un mundo vivaz y ruidoso, marcado por el transcurso de los siglos, de las masas humanas que lo poblaban desde tiempos inmemoriales.

Delhi cambiaba de nombre casi con tanta frecuencia como de aspecto. Desde hacía casi tres mil años, el poder se concentraba a orillas del río Yamuna, y ese era exactamente el tiempo que llevaba la ciudad siendo un símbolo de su carácter transitorio. Llamada «cementerio de las dinastías», se decía que una maldición pendía sobre ella, un mal presagio que dictaba que ningún poder basado en ella tendría una existencia duradera. La ciudad había sido destruida siete veces y reconstruida otras tantas. Cada vez resurgía como el ave Fénix de sus cenizas y se extendía más por la llanura, por encima y más allá de las ruinas.

Dhilika era el nombre de la población construida a orillas del cauce ramificado, entre los siglos VIII y IX de la dinastía rajput de los Tomar, protegida por la fortaleza de piedra llamada Lal Kot, con ostentosos templos, depósitos de agua y otras grandes construcciones, testigos de piedra del poder y la riqueza. Los Chauhan, una dinastía rajput rival, reemplazaron a los Tomar y ampliaron tanto la fortificación como la ciudad. Los turcos de Asia Central, los afganos y los mogoles se habían sucedido rápidamente. A principios del siglo XIII, los hijos afganos del islam erigieron una columna de piedra estriada de casi ochenta metros de altura sobre las ruinas de Lal Kot, para simbolizar el triunfo del islam sobre el corazón de la India, y los caracteres cúficos grabados en la piedra anunciaban que esa columna arrojaría la sombra de Alá al este y al oeste.

Finalmente, el soberano mogol Shah Jahan, a quien la ciudad de Agra debe el Taj Mahal, construyó la séptima ciudad a orillas del río Yamuna, Shahjahanabad. Infundiendo respeto en el extremo oriental de la muralla de la ciudad y la orilla occidental del río, dominaba la ciudad la amplísima residencia fortificada del Lal Qila, el Fuerte Rojo, de casi tres kilómetros de longitud por uno de anchura, construida enteramente en piedra roja. La puerta de Lahore, flanqueada por torres octogonales, da entrada a pabellones bien aireados y a innumerables torrecitas laterales con apariencia de minaretes. En el interior, los hábiles artesanos se habían superado en la decoración de la Diwan-i-Khas, la Sala de las Audiencias privadas, de mármol guarnecido con piedras preciosas, donde se hallaba el legendario trono dorado en forma de pavo real de los mogoles hasta que en 1739, durante el saqueo de Delhi, fue destruido. Aquí residió desde 1837 Bahadur Shah II, nieto de Shah Alam, el último emperador mogol, mitad hinduista, mitad musulmán, un hombre mayor, frágil, de barba cana y nariz aguileña, apegado a la poesía tanto como al opio. Tenía el cargo nominal de rey de Delhi y su retrato adornaba las monedas que circulaban por la ciudad, aunque las acuñaban los británicos, al igual que era la Corona la que financiaba el estilo de vida de Bahadur Shah, quien a cambio de una considerable renta anual había renunciado al poder.

No menos magnífica, no menos grandiosa, sobre un pequeño promontorio cercano se levantaba para gloria de Alá la mezquita de Jama Masjid, con sus cúpulas resplandecientes, sus minaretes estriados apuntando vertiginosamente al cielo y un patio interior adoquinado con el suficiente espacio para albergar a veinte mil creyentes en oración. Era una de las mezquitas más grandes del mundo islámico.

Sin embargo, también el Imperio mogol se había debilitado, víctima de la maldición de la ciudad a orillas del río Yamuna y de la superioridad militar de los ingleses. Delhi seguía siendo, incluso en el siglo XIX, la capital de los mogoles, pero al soberano de turno no le quedaba otra cosa de su antiguo poder sobre las llanuras de Delhi que el título y una generosa renta anual. El cuartel militar, centro del poder británico, era claramente visible apenas a cinco kilómetros del centro de la ciudad, al norte de la puerta de Cachemira.

No había otra ciudad que mostrara con tanta claridad el rostro hindú del islam, y el idioma de Delhi era el urdu, el lenguaje de los antiguos poetas que cantaban a los ruiseñores y a las rosaledas y relataban las leyendas de los orgullosos soberanos mogoles. Sin embargo, la variedad de pueblos de la India y el dominio inglés habían estampado su huella también en Delhi. Además de mezquitas y mausoleos islámicos había en la ciudad templos hinduistas dedicados a Shiva, Jánuman y Ganesha, y una iglesia, la de San Jaime, decorada con artísticas esculturas, mientras que en el Raj Ghat, a orillas del Yamuna, los hinduistas entregaban a sus muertos a las llamas sagradas. En las calles había edificios coloniales que albergaban la sede del gobernador británico, la oficina de Telégrafos, la comisaría de Policía o el instituto; casas particulares de funcionarios y militares; jardines y parques primorosamente cuidados.

Los canales de suministro de agua rodeaban la muralla de arenisca roja, recorrían las calles, desembocaban en cisternas públicas situadas en las esquinas y las plazas y en los patios interiores de las viviendas señoriales, que, con sus innumerables patios e instalaciones adyacentes, a menudo formaban un barrio. Desde el Fuerte Rojo, la avenida Chandni Chowk, el Paraje de la Luz de la Luna, con sus cuarenta metros de anchura, dividía la ciudad en dos partes a lo largo de un canal. Flanqueada de cafés y tiendas, hoteles y bancos bajo sus arcadas, era más el símbolo de un modo de vida que una mera arteria principal del tráfico de la ciudad. Los visitantes europeos se deleitaban comparándola con París, Londres, Moscú o Versalles cuando veían los jardines, los *baghs*, opulentos en su amplitud, desbordantes y efectistas por igual, en paralelo a lo largo de casi toda la Chandni Chowk.

Calles anchas por las que transitaban elefantes, peatones, carruajes elegantes tirados por caballos nobles, carros destartalados arrastrados por una pareja de bueyes fornidos, porteadores descalzos que se abrían paso a toda prisa, soldados de la Compañía Británica de las Indias Orientales con sus suntuosos uniformes, elegantes damas con sombrilla en calesa, aventureros y turistas presuntuosos, misioneros que caminaban apresuradamente como ratones grises en compañía de sus esposas, e incluso, de vez en cuando, alguna monja. Ricos comerciantes musulmanes, mulás, artesanos, los vigorosos *sadhus* polvorientos con taparrabos y una larga barba enredada, de pie o sentados en la misma postura desde hacía varios años y en la misma esquina, para redimirse del ciclo de la reencarnación.

El ajetreo de las calles se colaba en las callejuelas tortuosas y por las peligrosísimas escaleras. Hombres, mujeres, niños y ancianos, engalanados con plata y oro, envueltos en seda o en algodón limpio de colores vivos, sucios, piojosos, harapientos, rebosantes de vitalidad y dedicándose a su actividad diaria o al callejeo, caminando un pie tras otro, muertos de cansancio, sentados en una esquina. Músicos callejeros, vendedores, mendigos, putas; plateros que con mirada ausente masticaban alguna hierba o bebían té mientras esperaban al siguiente cliente; artesanos concentrados en su trabajo, fabricando zapatos, martilleando el metal, tejiendo telas; el olor penetrante a pintura, cuero y orina emanaba de las tinas de los curtidores y tintoreros. Olía a sudor, a polvo y a excrementos, a madera recién cortada y a brasas recientes, a curry y pimienta y nuez moscada, a palo de rosa y canela, a piedra húmeda y, acto seguido, a piedra abrasada por el sol, a frutos secos tostados y a sangre de animales sacrificados. A podredumbre, a muerte, a agua limpia y a hierba y a la vegetación de los árboles en los innumerables *baghs*, a arroz cocido y a chispas de hierro forjado. Por el aire circulaban canciones que serpenteaban como una humareda fina a través de la red finamente entramada de hindustaní, urdu, bengalí, inglés, persa, árabe, guyaratí y todos los idiomas y dialectos del subcontinente, una red que cubría toda la ciudad.

Que la ciudad, no obstante, no cayera en el caos absoluto se debía a un código estricto y a una burocracia global. El término municipal de Delhi estaba dividido en doce distritos, los *thanas*. Al frente de cada uno de ellos había un *thanadar*, y cada *thana* a su vez era un conjunto de *mahallahs*, vecindarios. El responsable de cada vecindario era el *mahallahdar*.

Y justamente esta organización administrativa se convirtió en una barrera invisible para los tres fugitivos. Los fueron enviando con recelo de un *thanadar* a otro cuando trataban de pasar por las diferentes puertas de la ciudad. Algunas veces los rechazaban debido a su agotamiento manifiesto y su aspecto sencillo; sin embargo, la mayoría era debido a la presencia del sucio y andrajoso *sahib* de piel blanca y ojos azules lo que decidía que su solicitud de entrada en el *thana* recibiera por respuesta un rotundo *Nahĩñ!* De nada servían las monedas que Mohan mostraba al *thanadar*, unas veces con gesto humilde y otras desafiante, para demostrar su solvencia; incluso aumentaban el recelo que despertaban. Les negaron hasta un techo para la mujer embarazada.

El sol empezó a bajar hasta que se sumergió con un resplandor rojo detrás de la muralla occidental de la ciudad, arrojando una luz cegadora sobre el Fuerte Rojo, cuyos muros parecían teñidos de sangre. Pronto cerrarían las puertas de entrada a la ciudad y seguían sin un alojamiento para pasar la noche.

Desconcertados y cansados, seguían en sus monturas cuando de nuevo les cerraron la puerta de entrada a un *thana*, de malos modos y en las narices. Casi habían rodeado la ciudad entera y tenían a la vista la puerta por la que habían llegado a Delhi aquella la mañana.

Sitara se volvió a mirar a un anciano ciego que iba tanteando el muro, encorvado y arrastrando los pies, con el cuenco de las limosnas bajo el brazo decrépito. Un escalofrío que no fue capaz de reprimir la sacudió.

—Este no es sitio para nosotros —dijo en voz baja—. Esta ciudad está cubierta por un hálito de muerte. —Con gesto suplicante, casi desesperada, miró consecutivamente a su hermano y a Winston—. ¡Prosigamos, no puedo quedarme en este lugar!

—Bien —asintió Mohan—, pero esta noche necesitamos un alojamiento. En la calle despertaremos todavía más sospechas. —Desmontó y se dirigió al mendigo anciano en urdu—. *Mihrbânî karke*, por favor, *¿yahâñ dharamsala kahâñ hai?*

El anciano respondió en un tono apenas audible, con la voz ronca por la edad y la debilidad, con los ojos muertos fijos en Mohan, que le dio las gracias poniéndole unas monedas en las manos como garras.

—¿Y bien? —Winston miró a Mohan expectante cuando este volvió a montar en su caballo.

—No muy lejos de aquí hay un albergue para peregrinos. Ojalá podamos alojarnos en él.

Cabalgaron a lo largo de la ancha avenida Kuchah Qamr ad-din Khan, que llevaba desde la muralla de arenisca al centro de la ciudad. El golpeteo de las herraduras en las calles, que se estaban quedando rápidamente desiertas, resonaba delator. La calle desembocaba en una plaza en forma de medialuna con una fuente en la que el agua borboteaba con un sonido reconfortante. En la esquina de dos calles confluyentes se encontraba el albergue cuyas luces parecían darles la bienvenida.

Y fueron bienvenidos. Había allí gente sencilla, exhausta, entre los peregrinos andrajosos que acudían desde muy lejos a visitar a las divinidades hinduistas más variadas de los templos de la ciudad, para hacer sus ofrendas y solicitar su bendición. En aquel barullo de *sadhus*, ancianos, jóvenes campesinos con sus esposas, niños que chillaban o berreaban, nadie prestó mucha atención a los tres recién llegados que, a cambio de unas pocas rupias, se instalaron en un dormitorio abarrotado en la parte trasera de la planta baja. Nadie les dirigió la palabra, nadie les hizo preguntas. Reposo nocturno debía de ser una expresión foránea; viajeros agotados dormían sobre simples jergones de paja entre niños alborotadores, mujeres y hombres que cotilleaban arracimados en torno a un sencillo juego de dados y mientras algunas personas religiosas se sumergían en sus rezos.

Winston se quedó mirando un rato aquel espacio, echado sobre su jergón pegado a la pared, con una sensación de absoluta irrealidad, y se dio cuenta entonces de que las semanas pasadas habían transcurrido como en un sueño. Nada más lejos de la vida que había llevado hasta entonces que lo que estaba viviendo. «¿Cómo he venido a parar aquí?», se preguntó, antes de que el cuerpo cálido y cada vez más orondo de Sitara se pegara a él y el sueño lo sumergiera en una negrura agradable.

Le pareció que había dormido muy brevemente cuando sintió una sacudida leve. Le costó un esfuerzo increíble abrir los párpados. Sitara lo estaba mirando asustada y él percibió su rigidez. Era Mohan quien lo había despertado y quien le puso rápidamente un dedo sobre los labios en un gesto de aviso. Winston parpadeó y levantó la cabeza. Había todavía algunos quinqués encendidos que arrojaban sombras que fluctuaban sobre los viajeros dormidos. Ya no quedaba nadie despierto; había cesado toda la agitación, todos los nervios del viaje. Los cuerpos y las almas habían reclamado tenazmente sus derechos. Se oían los ronquidos sincopados, y en algún lugar lloraba suavemente un bebé. Winston contrajo el ceño sin entender, miró a Mohan inquisitivo y entonces oyó el ruido de botas de montar pisando el suelo de piedra, haciendo crujir los juncos esparcidos, voces de hombres en una cadencia dura, militar.

Mohan le hizo una seña con la cabeza señalando una puerta de madera situada al otro extremo de la sala. Se levantaron los tres sin hacer ruido, agradecidos de que no pudieran oírse los latidos de sus corazones, recogieron a toda prisa sus escasas pertenencias y se deslizaron agachados y con movimientos lentos y controlados por la sala, esforzándose al máximo para no pisar a ninguno de los durmientes apretujados ni asustarlos con algún movimiento demasiado acelerado.

Con lentitud, centímetro a centímetro, Mohan abrió la puerta lo suficiente como para salir uno tras otro por ella a la suave brisa de la noche, y volvió a cerrarla con suavidad justo a tiempo, porque instantes después estalló un tumulto tras ellos, apenas sofocado por las tablas de la puerta. Mujeres chillando, niños berreando a pleno pulmón, hombres vociferando todavía en duermevela mientras los guerreros del rajá ponían patas arriba el albergue buscando a los tres fugitivos.

Echaron a correr tan rápido como podían desde el patio interior hasta la calle, a la sombra protectora de las casas alineadas. Las ratas saltaban asustadas, se movían rápidamente por el pavimento, miraban atrás con curiosidad, huían de las botas estridentes y de las voces chillonas que siguieron después tras un intervalo de tiempo. Las contraventanas y las puertas los miraban correr rechazándolos, una única pared lisa sin el menor escondrijo. Por fin llegaron a una callejuela angosta por la que doblaron cuando ya oían a lo lejos a sus perseguidores.

Winston corría a ciegas detrás de Mohan y de Sitara, asombrado de que ella fuera capaz de correr tanto a pesar de su embarazo. Doblaron a la derecha, luego de nuevo a la izquierda por callejuelas que se estrechaban cada vez más. Luego Mohan golpeó un portón. Cerrado.

Se detuvieron jadeantes, se llevaron las manos a los costados y trataron de orientarse en la oscuridad.

—¿Sabes dónde estamos? —preguntó Winston, estrechando contra su cuerpo a Sitara, que temblaba de miedo y agotamiento.

—No, ¿cómo voy a saberlo? —replicó Mohan sin fuelle y, un instante después, lo agarró fuertemente del brazo.

Winston contuvo la respiración y se puso a escuchar atentamente en la oscuridad. Se acercaban pasos ruidosos, pasos amenazadores y decididos, como si supieran que su presa había caído en una trampa. Sus ojos se habían habituado a la oscuridad y distinguió la silueta de Mohan, que se deslizaba de vuelta al último recodo de la callejuela por la que habían pasado. Un músculo del muslo de Winston se contrajo incontroladamente, dispuesto para la fuga, y le costó un increíble esfuerzo de voluntad encomendar su vida y la de Sitara a Mohan.

No fue hasta después, una vez pasado todo, cuando consiguió unir los fragmentos de los segundos que siguieron. Los dos guerreros rajputs doblaron la esquina con las espadas desenvainadas y las antorchas en alto. Mohan se echó encima de uno y le rebanó el cuello con un rápido movimiento de su daga antes de dejarlo caer suavemente al suelo. Sitara, que se había separado de Winston, clavó la daga certeramente al segundo soldado en el pecho antes de que este pudiera proferir ningún grito. Su cuerpo se desplomó silenciosamente sobre el cadáver de su compañero.

Un mono pasó chillando a su lado y los dientes de Mohan brillaron claramente en aquella oscuridad.

—Saludos de Jánuman.

Winston sintió que lo agarraban y tiraban de él violentamente en dirección opuesta por la callejuela, y al instante siguiente se los tragó un edificio, los absorbió un pasillo oscuro que desembocaba en una sala espaciosa de techo alto, débilmente iluminada por lamparillas de aceite. Las rodillas de Winston cedieron y se dejó caer sobre una repisa de piedra, mudo y rígido por el horror, con el rostro hundido apoyado en las manos. No levantó la vista hasta que sintió un tirón firme en la pernera de su pantalón.

Un monito estaba sentado frente a él, con sus deditos clavados en la tela rígida por la suciedad de su pantalón, y lo miraba con sus grandes ojos redondos. Enseñó los dientes finalmente con agresividad y profirió un sonido de desaprobación antes de marcharse dando saltos.

Winston lo siguió con la mirada, como hipnotizado, antes de que se desvaneciera en la semipenumbra. Lentamente comenzó a percibir las formas del interior de aquel templo, y miró a su alrededor. Baldosas blanquiazules cubrían el suelo y las paredes. Por todas partes había sencillas lamparillas de aceite de barro cocido, la mayoría apagadas, pero las sombras de las llamas de las restantes bailaban en paredes y techos de un modo amenazador, como demonios nocturnos. Fue entonces cuando los vio. Había monos, en cantidades ingentes, saltando en la bóveda del pequeño templo, empujándose descaradamente o despiojándose con confianza, meditando y observando con los ojos muy abiertos de asombro a los tres intrusos nocturnos.

Luego vio a Sitara, sentada en el suelo no muy lejos de él, abrazándose las rodillas y mirando fijamente al frente. Ante sus ojos se desarrollaba otra imagen: a la luz casi extinta de las antorchas caídas al suelo, ella, de pie, con las piernas separadas, estaba encima del hombre, que acababa de matar; la mano con la que había ejecutado el golpe mortal seguía en el aire, tenía la boca ligeramente abierta y una mirada salvaje, asustada y satisfecha a partes iguales, como una leona que ha defendido con éxito su vida y la de su cría.

Como si le hubiera leído el pensamiento lo miró. Winston se estremeció, porque creyó tener delante a una extraña. Quería ir hasta ella y estrecharla entre sus brazos, pero no podía. Lo atenazaba una timidez inexplicable y apartó los ojos, avergonzado.

—Pareces tan cortado como una santurrona conmocionada.

La voz de Mohan lo arrancó de sus pensamientos.

—No pretenderás hacerme creer que no has matado a nadie en tu vida, ¿verdad?

Winston no se atrevía apenas a devolverle la mirada a Mohan. La de Tajir le quemaba la piel. La sangre se le agolpó en el rostro cuando finalmente sacudió la cabeza. En sus años de servicio había tenido la suerte de que no lo destinaran al frente, a pequeñas refriegas ni a la guerra aniquiladora en las escabrosas montañas de Afganistán. Sin embargo, en aquel momento se sentía desenmascarado y expuesto al ridículo por tal razón.

Mohan chasqueó con la lengua en señal de desprecio.

—Visnú, asísteme... ¡Pero si eres un soldado, Winston! ¿Qué es lo que aprendéis realmente en vuestro grandioso ejército? Podéis consideraros afortunados de que no se hayan producido grandes disturbios en el país hasta el momento. Si los hinduistas y los musulmanes dejaran un día al margen sus disputas y se unieran contra vosotros, *feringhi*, entonces tendríais que rogar clemencia a vuestro todopoderoso Dios, pues eso sería lo único que os podría salvar. —Conciliador, añadió—: Toma, come. —Y le puso un cuenco de madera con fruta bajo la nariz.

Winston lo rechazó con un gesto.

—Son ofrendas.

Los ojos de Mohan se iluminaron de pronto. Con gesto travieso movió la cabeza ligeramente hacia el interior de aquel espacio.

—Jánuman nos lo perdonará. —Y dio un buen mordisco a un higo.

En ese momento se dio cuenta Winston de la presencia de una estatua de tamaño natural en el centro del templo y se levantó para mirarla más de cerca. Una figura masculina, musculosa, ataviada únicamente con un taparrabos, estaba arrodillada encima de un estrado. Su rostro, muy huesudo, con una mandíbula muy marcada, era ser humano y mono a partes iguales, y con ambas manos se abría el pecho permitiendo ver a una pareja de dioses, un hombre y una mujer.

—Son Rama y Sita —explicó Mohan en voz baja a su espalda—. Jánuman es el héroe del Ramayana. Es hijo de Vaiú, el dios del viento, de quien recibe la fuerza del ciclón y la facultad de volar. Es fuerte y listo, y nadie lo iguala en erudición. Un buen día, Jánuman se escondió en el bosque y encontró allí a Rama. Rama le contó que el demonio Rávana había secuestrado a su querida esposa, Sita, y que él había salido en su busca. Profundamente emocionado por esta historia, Jánuman reconoció que había sido elegido por el destino para ser el sirviente de Rama, y reunió un ejército. Ese ejército no pudo encontrar a Rávana y a Sita, pero Jánuman descubrió el escondrijo de Rávana. Adoptó la forma de un mono común para sortear las legiones de poderosos demonios y entrar de ese modo en el magnífico palacio de Rávana. Allí encontró a Sita, sentada en el jardín, con aire atribulado y custodiada por algunos demonios. Jánuman abandonó su escondrijo, se acercó a ella y le entregó un anillo de Rama. Le contó que Rama estaba desconsolado sin ella, y se ofreció a llevarla sobre sus espaldas y escapar de allí. Sin embargo, Sita rechazó el plan por respeto a su marido, ya que lo deshonraría si no era él mismo quien acudía a salvarla.

»Así pues, Jánuman se aprestó a la lucha contra el rey de los demonios, destruyó las murallas de la ciudad y aniquiló a miles de demonios. Durante la contienda, Rávana prendió fuego al rabo de Jánuman, que adoptó una forma gigantesca e hizo que las llamas devoraran la ciudad de Havana. Regresó hasta donde se encontraba Rama y le contó que había encontrado a Sita. Jánuman y su ejército de monos destruyeron a Rávana y su imperio, y Rama pudo liberar a Sita. Jánuman es el símbolo de la entrega del servidor a su señor y la del creyente a su *ishta*.

La historia del dios mono y el nombre de la heroína, tan parecido al de Sitara, le hicieron dirigir la vista hacia ella, quien le devolvió la mirada con orgullo de sí misma y por lo que había hecho, y al mismo tiempo había tanto amor y un poco de temor en ellos que Winston se sintió infinitamente avergonzado y a la vez invadido por una sensación de calidez. Se recostaron abrazados para descansar unas pocas horas antes de que aparecieran de madrugada por el templo los primeros fieles a orar bajo la protección y los ojos benevolentes de Jánuman, el luchador que toma partido por los amantes.

Winston parpadeó con la luz pálidamente azulada de la mañana que se colaba en el interior del templo por las ventanas en arco. La luz dorada de las últimas lamparillas de aceite, a punto de consumirse, parecía sucia. Desde lejos le llegaban las voces de los muecines llamando a los creyentes a la oración de la mañana desde los minaretes de la ciudad. Tardó unos instantes en ser consciente de dónde se hallaba y lo que lo había llevado hasta allí, y el recuerdo de los sucesos de la noche anterior fue para él como un puñetazo en el estómago. Tenía los músculos doloridos de estar echado sobre la dura piedra y percibió cómo el cuerpo caliente de Sitara se apretaba contra el suyo en el sueño. Pero había algo más que no conseguía recordar: fragmentos vaporosos de un sueño que habían dejado en él una sensación de nostalgia y de alegría. Intentó con todas sus fuerzas recordar ese sueño... Se levantó precipitadamente y sacudió el hombro de Mohan Tajid, quien al instante se despejó y se incorporó.

—Saharanpur —le dijo y, cuando Mohan frunció el ceño sin entender, añadió, agitado—: Allí vive un amigo mío. ¡Él nos ayudará!

Mohan hizo una mueca de escepticismo, pero al mismo tiempo se encendió en sus ojos una chispa de afán de aventuras y de satisfacción.

—Por fin comienzas a pensar por ti mismo...

Fueron a pie por las callejuelas dejándose llevar por la corriente de personas que iban en dirección a la muralla de la ciudad; no se volvieron siquiera a mirar, y nadie se atrevió a hablarles de la muerte de los dos guerreros rajput. A pie, pequeños y humildes, salieron de la ciudad por la puerta que con tantas esperanzas habían atravesado el día anterior a caballo.

Un campesino amable los llevó un trecho en su traqueteante carro de bueyes hacia el norte. Les costaba no mirar con cierta sensación de ansiedad la muralla de la ciudad, cobriza a la luz del sol, tras la cual habían buscado amparo y que había sido una decepción tan amarga para ellos.

Sin embargo, sin decaer, pusieron sus esperanzas de nuevo en manos del azar.

9

Era un camino fatigoso. Recorrían largos trechos a pie, pernoctaban al aire libre con los miembros doloridos. Una caravana de camellos los llevó de Baghpat a Kandhla y les procuró allí un techo para pasar la noche. Por un precio descomunal pudieron comprarle a un campesino a la mañana siguiente un carro medio destartalado y un buey decrépito con el que siguieron avanzando lentamente hacia al norte. Su aspecto cansino, andrajoso, les era de provecho allí, en la llanura fértil entre los ríos Yamuna y Ganges, por los ondulantes campos de cereales y los exuberantes pastos de las vacas. La gente de la zona era pobre, tenía lo estrictamente necesario para sobrevivir, aunque no llegaba a pasar hambre, y aquellos viajeros de aspecto mísero procedentes del sur parecían de los suyos. No había ningún motivo para sospechar de ellos, por lo menos para no compartir con ellos *chapatis* recién hechos, una jarra de leche o un cuenco de *pilaw*. Mohan y Winston se alternaban en el pescante del carro mientras Sitara, hecha un ovillo en la caja del carro bajo una manta rala, dormía casi ininterrumpidamente, menos cuando Winston intentaba que tomara un pedazo de *chapati* y algunos tragos de agua. La criatura había comenzado a producirle algunas molestias desde hacía algunos días y el recorrido por carreteras malas en las que el carro traqueteaba constantemente no contribuía en absoluto a su restablecimiento. El camino parecía infinito, una odisea. Un entumecimiento silencioso debido al agotamiento se había apoderado por completo de ellos. No parecía importarles nada más que la ruta hacia el norte, que no perdían de vista en ningún momento.

Mohan no volvió a hablar, por primera vez desde hacía varios días, hasta que no tomaron la carretera principal de Saharanpur, una pequeña ciudad dedicada a la artesanía.

—¿De qué conoces a ese...?

—William —completó la pregunta Winston, mirando preocupado hacia atrás, a Sitara, semiincorporada tras el pescante, aparentemente durmiendo con los ojos abiertos, y volviendo de nuevo la vista al frente—. William Jameson. Viajamos en el mismo barco de vela en el verano del treinta y ocho hacia Calcuta. Él ocupaba su cargo como capitán médico en el Servicio Médico Bengalí y yo prestaba servicio en el Ejército. Nos hicimos amigos rápidamente. Se quedó muy poco tiempo en Calcuta, lo trasladaron a Kanpur, posteriormente a Amballa y, desde hace dos años, dirige el Jardín Botánico de aquí. Siempre le han gustado más las ciencias naturales que a la medicina.

—¿Estás seguro de que nos ayudará?

Winston se encogió de hombros con cierta amargura.

—Eso espero.

Volvieron a enmudecer mientras seguían la ruta que les había indicado un zapatero a la entrada de la localidad.

Igual que el paraíso, el jardín del Edén, surgió ante ellos el Jardín Botánico de Saharanpur. Cercados por una tapia baja florecían hibiscos, rododendros y adelfas en un opulento esplendor. Cuando el carro cruzó la puerta abierta sobre la gravilla de la entrada, les salieron al encuentro bancales primorosamente cuidados con plantones y hierbas. Unos letreritos anunciaban al mundo con orgullo su nombre en latín y su difusión geográfica.

Uno de los muchos jardineros que por todas partes, bajo la vegetación de gran altura, rastrillaban las hojas caídas, arrancaban las malas hierbas y cortaban las flores mustias, se acercó corriendo a ellos gritándoles. ¿Qué buscaban allí? Mohan saltó del pescante y los dos se enredaron en un ruidoso y acalorado enfrentamiento verbal en urdu, que Winston, pese a sus aceptables conocimientos lingüísticos, solo pudo seguir con bastantes lagunas. Se acercaron presuroso otros jardineros, no con intención de devolver la paz a aquel paraíso, sino por mera curiosidad, y se inmiscuyeron en la disputa con no menos ruido y apasionamiento.

—*Kyâ hai*, ¿qué sucede? —exclamó con disgusto un hombre.

Un europeo larguirucho de aproximadamente la misma edad que Winston se les acercó a grandes zancadas, con la camisa arremangada mojada de sudor y las perneras embutidas en unas botas de color tierra. Su rostro delgado, con un bigote rubio ceniza, enrojecido por el esfuerzo y por un disgusto manifiesto, quedaba a la sombra de un sombrero de ala ancha. Cuando ya casi había llegado al centro del tumulto se detuvo de pronto, mirando fijamente a Winston, con incredulidad o con desconfianza.

Solo entonces cayó en la cuenta Winston del espantoso aspecto que debía de tener, lleno de polvo y empapado de sudor, con los ojos rojos y la cara chupada, con la vestimenta usada de un campesino, con el pelo largo y greñudo, con el rostro agrietado y quemado por el sol y una barba muy crecida de color rubio cobrizo.

—¿Winston? —preguntó William Jameson titubeando,

desconcertado y feliz a partes iguales, y un instante después el aludido se vio abrazado con toda cordialidad y recibió unas palmadas alegres en la espalda.

Winston cerró un instante los ojos, haciendo un esfuerzo sobrehumano para no romper a llorar con lágrimas poco varoniles, porque el abrazo del amigo era el primer gesto familiar para él tras semanas entre desconocidos, corriendo aventuras y peligros, y sintió la alegría profundamente emotiva y a la vez apagada de quien regresa a casa exhausto.

—Entra y date un baño lo primero. Luego nos sentamos los dos a tomar una taza de té y me cuentas qué ha sucedido —le propuso William cariñosamente, y añadió, mirando a Mohan y a Sitara, que se había sentado en el carro y examinaba con atención medrosa el nuevo entorno con ojos ojerosos—: Masud los alojará con los criados.

Winston iba a corregir el malentendido, pero Mohan asintió imperceptiblemente con la cabeza y se dispuso a levantar a Sitara del carro y seguir al jardinero jefe, que los miraba hosco. Con el brazo de William sobre los hombros, Winston se dejó conducir por el camino de guijarros hasta el bungalow de una sola planta con el tejado de paja. Se trataba de una casa pequeña, sencilla, pero a Winston le pareció más seductora que todos los lejanos palacios de Rajputana.

Bañado y afeitado, con ropa de William que le quedaba muy justa, Winston volvió a sentirse por fin un ser humano. Volvía a ser inglés cuando se sentó en el sillón, frente a Willam, en un cuarto lleno a rebosar de libros, vajilla y recuerdos de la patria lejana. El escritorio estaba completamente cubierto de papeles llenos de apuntes y de plantas prensadas todavía por etiquetar y catalogar. La habitación era sala de estar, comedor y cuarto de trabajo a la vez, y por ello triplemente acogedora.

Hambriento y casi olvidando los buenos modales a la mesa se abalanzó, bajo la atenta mirada de su amigo, sobre los gruesos bocadillos y los jugosos pasteles, bebiendo una taza de té con leche tras otra, antes de arrellanarse en el sillón con una sensación casi dolorosa de hartazgo después de zamparse las últimas migajas. William agarró la petaca y comenzó a llenar la pipa con ceremonia. Tomó la palabra cuando el tabaco ya ardía y él había dado las primeras caladas, con el rostro anguloso y moreno casi oculto en una espesa nube de humo.

—Venga, suéltalo ya.

Cuando Winston hubo acabado su relato, William siguió chupando la boquilla de su pipa antes de darse cuenta de que hacía un buen rato que se había apagado. En silencio se inclinó hacia la mesa que estaba al lado de su sillón, golpeó la pipa en el cenicero y la volvió a llenar con más lentitud esta vez, meditabundo. Winston lo miraba angustiado.

William Jameson era dos años más joven que él, pero, debido a su delgadez y a su carácter serio e introvertido, parecía de la misma edad o incluso mayor. Nacido en Escocia, en Leith, se había criado en el seno de una familia de académicos. Sus rasgos faciales eran ásperos como los altos pantanos de su tierra, con unos ojos grises que parecían reflejar el cielo frecuentemente nublado de Escocia y una cabellera rubia oscura que se estaba volviendo ya rala. Sin embargo, Winston sabía por el tiempo pasado con él que también era un hombre de humor, incluso de ingenio, alguien con quien se podía estar bebiendo hasta desfallecer sin que se volviera nunca grosero, alguien para quien la amistad era uno de los bienes más excelsos. Con el corazón en un puño, esperaba la reacción de su amigo, y confiaba fervorosamente en no haberse equivocado en lo relativo a su lealtad.

William expulsó el humo y se arrellanó en el sillón mirando fijamente a Winston.

—Supongo que eres consciente del endemoniado embrollo en que te has metido —dijo tras un leve carraspeo.

Winston se puso rojo hasta las raíces del cabello, pero no dijo nada.

—Pero para tu tranquilidad te diré que no te buscan —prosiguió William, sentándose más cómodamente y cruzando las piernas—, al menos no en estos momentos. Debido a mis cartas, tu compañía se dirigió a mí por el asunto de tus pertenencias en el cuartel, al haber transcurrido tanto tiempo sin tener noticias tuyas y, cuando yo, preocupado por ti, volví a preguntarles por escrito algunas semanas después, me comunicaron que te habían dado por desaparecido. Te creen muerto, Winston, si bien la nota oficial no se publicará hasta dentro de algunos meses.

Winston se quedó mirando fijamente al frente, como hipnotizado. Una cosa era hundir uno por su propia mano todos los puentes y marcharse, otra bien distinta no existir oficialmente, desaparecer de los documentos de los vivos. Ni en sueños se le habría ocurrido regresar al servicio en el Ejército, pero saber que si las cosas se complicaban mucho podía tener en él una puertecita trasera le daba sensación de seguridad. Le suprimirían de los listados, se lo notificarían a su familia y mandarían sus escasas pertenencias en una caja a ultramar, donde lamentarían su pérdida, llorarían su muerte y mandarían levantar una lápida conmemorativa en el cementerio. Pasaría a ser para siempre uno de los que perdieron la vida en el desempeño fiel y leal de su servicio a Inglaterra y a la Corona; sería un héroe, y eso le parecía una fama extremadamente incierta en sus actuales circunstancias. Sin embargo, con cada día que pasaba disminuía la probabilidad de que creyeran la historia de su cautividad y su fuga errática por la India, y la deserción se pagaba con la muerte. Independientemente de la alternativa por la que se decidiera, le esperaba la muerte, física o administrativa. En ese momento se dio cuenta de que había esperado del encuentro con William una solución menos radical, que le allanara el camino hacia una vida que, al menos en parte, se pareciera a su antigua vida. Pero la suerte estaba echada, la decisión tomada y no había marcha atrás.

Miró perplejo a William, quien había permanecido en silencio esperando a que Winston asimilara el verdadero alcance de las consecuencias de sus acciones.

—No me entiendas mal, Winston —retomó entonces la palabra—. Os podéis quedar aquí algunos días, hasta que os hayáis recuperado, pero entonces, y por desgracia, mi hospitalidad habrá terminado por la seguridad de todos. Saharanpur es un nido, hay soldados estacionados aquí; con frecuencia vienen a verme funcionarios de la Sociedad Asiática o del Gobierno, y también otros botánicos interesados en mi trabajo. Puede que vaya bien durante algún tiempo, pero el peligro de que te descubran es demasiado grande, y entonces te habrá llegado la hora. Por mi parte no creo que merezca mucho la pena que una noche me despierten unos guerreros armados hasta los dientes, llámame cobarde si quieres. Además, tengo la intención de casarme dentro de poco y, permíteme que te diga, no podría exigir a mi prometida tras nuestra boda que viviera bajo el mismo techo que un soldado desertor y su amante hindú. —Hizo una breve pausa—. Sabes que soy escéptico acerca de vuestra... hummm... relación, ¿verdad?

Winston asintió con la cabeza. Le hacía gracia recordar que unos meses antes él pensaba de manera similar, hasta que aquella noche en el jardín de Surya Mahal lo cambió todo.

—No quiero decir con ello que considere inferior a la población hindú —prosiguió con discreción—, ni que sea de la opinión de que las razas no deben mezclarse, pero bien sabes que soy pragmático, y vosotros no tendréis ya ninguna relación de pertenencia en ninguna de las dos partes, y después de vosotros, vuestros hijos y vuestros nietos. Ambas partes os tratarán como a proscritos, y aunque las sociedades sean más progresistas en un futuro, vosotros procedéis de culturas diferentes, de maneras de ver el mundo y de religiones diferentes. No te engañes creyendo que ese no es motivo para conflictos profundos.

—Guárdate el sermón para el domingo —replicó Winston, y su voz apagada quitó todo el veneno a sus palabras.

William sonrió burlón antes de volver a ponerse serio.

—Tenéis que iros lo antes posible y lo más lejos que podáis. Y quiero ayudaros de alguna manera.

—¿Qué propones?

Winston dirigió una sucesión de nubecillas de humo espeso hacia Winston.

—Una de mis tareas como responsable de este jardín consiste en cultivar plantas de té para que resulten lo más productivas y de la mayor calidad posible, a partir de las semillas y plantas importadas de China, de manera experimental, en diferentes lugares de la India. —Se levantó e hizo una seña a Winston para que se acercara al escritorio, del que cogió un mapa de la India de entre apuntes ordenados en abanico, y con la boquilla de su pipa trazó un arco de derecha a izquierda a lo largo de la cordillera del Himalaya, de este a oeste, nombrando por orden las localidades subrayadas.

—Las montañas Hazari, Kumaon, Garhwal, Mussorie, Dehra Dun. Muchas están todavía en pañales y se pondrán en funcionamiento en los próximos años, pero ya ha sido dado el visto bueno a los planes y se ha concedido la financiación. —Miró a Winston a la cara—. Me convendría tener *in situ* a alguien de mi confianza para la tala, la plantación, la cosecha y la producción. El sueldo no sería nada del otro mundo, pero alcanzaría bien para una pequeña familia.

Winston sacudió la cabeza.

—No entiendo nada de plantas, y menos aún de té.

—Eso se puede aprender. De todas formas, tengo la intención de mandar traer a uno o varios manufactureros de China. Y ellos son muy duchos en la materia. Bien, entonces, ¿qué te parece mi oferta?

Winston se quedó mirando meditabundo el mapa. ¿Le quedaba acaso elección?

—¿No hay un sitio todavía más lejano? —preguntó finalmente con una risa nerviosa, tensa.

William respondió con una amplia sonrisa y tocó ligeramente con la boquilla un nombre sin subrayar en la parte occidental del Himalaya, no muy lejos de la frontera con Cachemira.

—Kangra. Un valle encantador con un clima asombrosamente benigno y unas gentes muy amables y abiertas.

—¿Por qué razón no lo tienes marcado en tu mapa? —preguntó Winston con desconfianza, oliéndose algún defecto.

—Pertenece al territorio soberano de los sikhs, con un rajá marioneta procedente de una antigua dinastía rajput. Sé de fuentes bien informadas que Inglaterra está interesada en poner bajo el control de la Corona esa parte del Himalaya. Digamos que los relojes ya se han puesto en marcha.

—¿Quieres enviarnos a un territorio potencialmente en guerra?

William sacudió la cabeza.

—De ninguna manera. Este territorio tiene importancia estratégica, desde luego, pero no es de máxima prioridad. La intención de incorporarlo al territorio de soberanía inglesa es únicamente una medida preventiva. Los generales se sentirían mejor si la frontera política de la India colonial coincidiera con las fronteras naturales del país. Kangra es un valle perdido, con asentamientos y pueblecitos muy diseminados, alejado de todos los conflictos y todas las crisis políticas. El Ejército británico seguro que no lo invadirá, para empezar no merece ni el esfuerzo. Si en algún lugar podéis llevar una vida clandestina es allí, sin duda.

—Dame un día para reflexionar —repuso Winston con la voz ronca y la garganta seca.

—Por supuesto —asintió su amigo, volviendo a colocar el mapa debajo de sus apuntes—. Ocupémonos ahora de tu... hummm... esposa. Quizá pueda hacer algo por ella...

Fue como una bofetada para Winston, porque en ese instante comprendió que no podría casarse jamás con Sitara; un muerto no puede firmar un acta matrimonial, y una boda con un nombre falso tendría tanto valor como no casarse. Una sensación de culpa profunda se apoderó de él, y se preguntó si estarían alguna vez en condiciones de llevar una vida pacífica, honrosa, o si con sus pecados habían perdido para siempre la gracia de Dios.

Mientras William se ocupaba de Sitara, Mohan y Winston paseaban por el jardín, sumido en el silencio vespertino, y mientras el crepúsculo iba posando lentamente sus alas sobre el cielo frondoso, Winston le expuso la oferta de William. Cuando mencionó el nombre del valle, Mohan soltó un silbido suave.

—El viejo Kangra...

Winston lo miró con cara de asombro.

—¿Lo conoces?

—Solo por los libros de historia y por haberlo oído nombrar. Su nombre significa «la fortaleza de la oreja». Según la leyenda, fue construida sobre la oreja del demonio Jalandhara, enterrado allí. Algunos opinan que se llama así porque la colina sobre la que está emplazada es similar a una oreja humana. En tiempos antiguos, esa fortaleza era famosa en toda la India, y se decía que era inexpugnable. Los soberanos mogoles tuvieron que emplearse a fondo para conquistarla. Los rajputs Chand demostraron sus extraordinarias dotes defensivas hasta que la fortaleza cayó finalmente tras un largo asedio; necesitaron casi doscientos años para recuperarla antes de caer bajo el dominio de los sikhs.

—¿Rajputs Chand? ¿Estáis...?

—¿Emparentados? No de forma directa. Seguramente tenemos antepasados comunes, porque nuestros orígenes se derivan de la Luna y de Krishna, pero el punto exacto de ramificación de las dos líneas es desconocido y no hay ninguna conexión entre ellas. —Mohan sonrió—. Mi padre, el rajá, se enfurecía porque los Chand de Kangra se vanaglorian de tener la ascendencia más antigua de todos los Chandravanshis y nos miran con desprecio a nosotros, los Chand de Rajputana. Nos consideran unos advenedizos y, a su modo de ver, no podemos presumir de tener un árbol genealógico comparable al suyo. —Miró a Winston con gesto reflexivo pero con una chispa de satisfacción en los ojos—. No hay, en efecto, ningún lugar mejor para estar seguros. Mayor oprobio que nuestra fuga sería para el rajá enviar a sus guerreros al territorio de los Chand de Kangra o solicitar su ayuda. Establecernos allí sería una jugada de ajedrez sensata en extremo.

10

Se recuperaron rápidamente de las fatigas del viaje; la primera de todos, Sitara. William tranquilizó a Mohan y a Winston al atribuir el estado de ella únicamente al agotamiento y a la falta de una buena alimentación; sin embargo, la criatura estaba bien, y a los pocos días de estancia en Saharanpur, Sitara se encontraba de nuevo perfectamente. A excepción de William, nadie sabía adónde se dirigían montados sobre tres robustos caballos de carga, con abundantes provisiones, un mapa detallado y provistos de lo más necesario para el viaje.

Recorrieron el borde de la llanura del Ganges a lo largo de la cordillera de Sivalik, la estribación montañosa paralela al Himalaya, con sus árboles y sus ceibas de hojas anchas. Iban bordeando en todo momento las cumbres nevadas a su derecha, unas cumbres que ninguno de ellos había visto anteriormente y que les quitaron el aliento por lo sublimes que eran, sobre todo por su visible eternidad. Atravesaron innumerables ríos y arroyos por puentes estrechos, o los vadeaban a caballo por los lugares menos profundos. A menudo encontraban una granja solitaria en la que pernoctaban y tomaban una comida caliente; de vez en cuando había, en alguna pequeña localidad, un albergue para pasar la noche. Era Sitara en especial quien parecía ganar fuerzas al poder encontrar por fin a la sombra de las montañas un objetivo para su viaje, y por esta razón, y por las conversaciones silenciosas con la criatura que llevaba en su seno, se encontraba durante más tiempo ensimismada, tanto que Winston no podía reprimir un asomo de celos por el nonato.

Su camino se empinaba adentrándose en un paisaje kárstico y rocoso. Bosques de coníferas ascendían como cojines de musgo por las laderas y descendían del otro lado en tupidos robledales punteados de abetos rojizos y pinares con claros rocosos. Roedores de piel marrón sacaban curiosos la cabeza de agujeros en la tierra, con ojos brillantes e inteligentes, antes de volver a desaparecer a la velocidad del rayo; las cabras montesas se ejercitaban en saltos vertiginosos por las rocas. Resaltaban con su brillo luminoso las bayas maduras de los matorrales y las flores silvestres al borde del camino. El otoño se adueñaba de la tierra. Bandadas de ánsares indios y patos pasaban por encima de sus cabezas en dirección al norte, a los lagos de Cachemira. Conforme avanzaban, las noches se hacían notablemente más frescas, con frecuencia muy estrelladas, pero los días seguían siendo soleados y cálidos, en ocasiones todavía veían revolotear alguna mariposa tardía.

Su camino empezó a ir lentamente cuesta abajo; discurría entre colinas alargadas y de suave pendiente que, aquí y allá, se transformaban en promontorios rocosos donde crecían grupos de árboles o se erguían antiguos templos, y desde alguno una atalaya abandonada oteaba la carretera con recelo. Siguieron por el cauce pedregoso del río, entre paredes verticales y, a continuación, se abrió el valle ante ellos. Detuvieron sus caballos un momento para admirar aquel paisaje que no se parecía a nada de lo que habían visto hasta ese instante.

Praderas moteadas de flores cubrían el valle como una tupida alfombra, ascendían en ondulaciones, volvían a descender, bordeaban espesos bosques y, a la luz del sol de la tarde, los arroyos destellaban atravesando aquel manto verde. Entre las pequeñas parcelas de los campesinos había exuberantes árboles frutales con las últimas frutas del año; como un mar ligeramente encrespado se sucedían los arrozales. Al norte destacaba la cadena montañosa de Dhauladhar, en todo su esplendor y majestuosidad, con destellos azulados en su efusión blanca, por encima de la cual se extendía un amplio cielo azul por el que corrían algunas nubes deshilachadas.

—¡Qué belleza! —murmuró Sitara, dejando vagar su mirada por aquel valle.

—Kangra —dijo Mohan Tajid en voz baja, en un tono reverente—. El valle de la alegría...

Los tres se miraron con una sonrisa y se adentraron en él con sus caballos.

Un palacio rajput abandonado, derruido en parte, situado en un promontorio, no muy lejos de una pequeña aldea, en medio de prados y campos de cultivo, se convirtió en su nuevo hogar. Habían decidido arrendarlo por algunas docenas de *lakhs*, junto con las tierras aledañas. Las gentes del valle, alegres e imperturbables, no se dejaban impresionar por los sucesos políticos que tenían lugar en la fortaleza, muy alejada, del rajá. Recibieron a los recién llegados con una curiosidad manifiesta pero benevolente, y la expectación que causó su llegada cesó enseguida. Una piedra arrojada al agua ondula la superficie, que al poco rato vuelve a ser un espejo liso: así se fundieron Sitara, Mohan y Winston con las colinas y las montañas que rodeaban el valle, como si no hubieran vivido nunca en otro lugar que en aquel.

Los exteriores del palacio estaban más bien en un estado ruinoso, pero las habitaciones, sobre todo las de la *zenana*, ubicadas en torno a un espacioso patio interior, se conservaban en buen estado. No obstante, Winston y Mohan repararon las partes dañadas por la mordedura del tiempo, al igual que los viejos muebles que habían dejado sus antiguos propietarios. Una mujer de la aldea, Mira Devi, se mostró muy dispuesta a echar una mano por unos pocos *annas* a Sitara, quien, pese a su avanzado estado de gestación, procuraba con denuedo barrer por lo menos las habitaciones y hacerlas mínimamente habitables antes de dar a luz. Casi todo lo que precisaban lo podían adquirir en el pueblo a cambio de algunas monedas: tarros, fuentes, cucharas, una marmita, ropa de cama y de vestir. Lo que no podían conseguir allí, Mira Devi se lo encargaba a un pariente o vecino de la ciudad más próxima.

El mes de diciembre trajo consigo un viento seco con un frío cortante, pero los antiguos muros le hicieron frente con firmeza. El horno de la cocina en la que cocinaban alegremente Sitara y Mira Devi, conversando cada una en su dialecto hindustaní, y la chimenea al calor de la cual se sentaban todos con frecuencia al anochecer, mientras Mira Devi y Sitara cosían cojines, mantas y ropita de bebé, irradiaban una calidez reconfortante. Al cabo de poco tiempo, Mira Devi dejó su casa a cargo de su marido, de su hijo y de su nuera y se mudó al pequeño cuarto que lindaba con la cocina.

Fue un invierno desacostumbradamente frío y nevó con excesiva prontitud, cubriendo el valle con un fino manto blanco bajo el que todo estaba silencioso y tranquilo. También sobre el nuevo hogar se extendió un silencio solo roto por la voz susurrante de Mira Devi cuando, al calor del fuego y ocupada con sus trabajos de costura, se ponía a contar las antiguas historias del valle, las *kathas*, historias de sucesos maravillosos.

«Hay mucha sabiduría en estas historias —explicó en su dialecto kangri—. Son historias sobre el amor. Tratan del *moha*, el "deslumbramiento", de la *mamata*, el "cariño posesivo", y del *prem*, el "afecto que nutre".»

Contó la historia de un rey a quien sedujo una bella diablesa; la de una madre que cuidaba de su hija soltera; la de una hermana que vivía en la pobreza y compartía su frugal comida con un misterioso visitante; la de una mujer que parió por el pie a un sapo que se convirtió en príncipe.

Contaba historias de princesas y de príncipes, de reyes y comerciantes, de madrastras malas y sacerdotes insidiosos, de héroes valientes y vírgenes virtuosas hasta que llegaba la hora de irse a dormir: Winston y Sitara en su habitación, Mira Devi en su despensa y Mohan en la más exterior de las habitaciones que habían hecho habitables.

Fue una tarde de esas, ya muy avanzado el mes de enero, cuando Mira Devi contó la historia de un rey que tuvo una hija, bella como el día pero con un estigma en la frente. Cuando llegó a la edad de casarse, envió a su sacerdote de la corte para que buscara a un hombre que tuviera esa misma marca.

El sacerdote caminó y caminó, pero no encontró a ningún hombre con esa misma señal de nacimiento. Finalmente llegó a una selva y encontró allí a un león con una mancha en la frente. Decidió que ese sería el esposo de la hija del rey y se lo llevó consigo a palacio. Cuando Mira Devi llegó al pasaje en el que la hija del rey iba a casarse con el león, notó el sudor en la frente de Sitara y cómo sus dedos empuñaban convulsivamente la costura en la que llevaba un buen rato sin dar ninguna puntada. Sin apresuramientos, ayudó a la joven a ir al dormitorio y, a continuación, se puso a hacer viajes apresurados entre la habitación y la cocina, no sin increpar a Mohan y a Winston con vehemencia para que no la estorbaran y se sentaran junto a la chimenea o se fueran a dar un paseo. Finalmente les cerró en las narices la puerta de madera tallada. Winston tenía un nudo en la garganta de oír los jadeos de Sitara, sus exclamaciones de dolor, y el murmullo tranquilizador de Mira Devi, que se oía a través de la puerta, no aplacaba en absoluto sus temores.

Comenzó una espera llena de miedos, hora tras hora. Mientras Mohan perseveraba inmóvil en un rezo silencioso, levantándose solo de vez en cuando para echar más leña al fuego de la chimenea, Winston caminaba sin parar por la pequeña sala, intranquilo y atemorizado, saliendo una y otra vez al frío exterior bajo el cielo de color tinta oscura con las estrellas relucientes para contemplar el valle iluminado por el reflejo de la nieve y pedir ayuda a un poder sin nombre, con humildad y en silencio. Los jadeos y lamentos de Sitara se convirtieron en gritos prolongados, oscuros.

Luego sobrevino una calma repentina, un sollozo, y sonó entonces el primer grito de una nueva vida, enérgico y desaforado, y Mira Devi se echó a reír a carcajada limpia. Winston se levantó apresuradamente, permaneció ansioso, parado delante de la puerta, pero no se atrevió a entrar. Oyó a Mira Devi correr apresuradamente de un lado a otro y, cuando creyó que no iba a poder contener más su impaciencia, se abrió la puerta y Mira Devi los dejó entrar con una sonrisa radiante en su moreno rostro enjuto.

El olor pesado y dulce a sangre y sudor se mezclaba con el aroma fresco a hierbas del incensario que Mira Devi acababa de prender en un rincón de la habitación, y también con el de la ropa limpia. Sitara yacía apagada en los cojines, pálida de agotamiento, pero con los ojos brillantes, inmensos en aquel rostro lívido.

Temeroso de que se le cayera o de aplastarlo con sus fuertes brazos, Winston tomó el hatillo que le tendió Mira Devi y se dispuso a mirar con todo cuidado entre los pliegues del paño. Contempló con asombro aquel diminuto ser, que parecía tan frágil y al mismo tiempo tan lleno de vitalidad.

—Tu hijo —oyó decir a Sitara con la voz ronca por el esfuerzo pero llena de orgullo y calidez, y Winston creyó que estallaría de felicidad.

—¡Tenía mucha prisa por salir —dijo Mira Devi riendo—, y ya sabe perfectamente lo que quiere y lo que no le gusta!

Mohan lo miró por encima del hombro y no se avergonzó de las lágrimas detenidas en sus ojos.

—¿Cómo se va a llamar? —preguntó en voz baja.

—Ian —dijo Winston con determinación, pensando en su abuelo por parte de madre, un hombre estimado que infundía respeto y que había llevado las riendas de la familia con firmeza hasta una edad muy avanzada.

—Rajiv —dijo Sitara desde la cama con no menos determinación y tendiendo los brazos hacia su hijo—. Rajiv —insistió con énfasis cuando Winston se lo entregó y ella miró la carita diminuta. Había una expresión de amor desbordado en sus ojos cuando besó al recién nacido y añadió en susurros—: Reyecito. —Levantó la vista, miró alternativamente a Winston y a Mohan, y en ese momento se vio por completo como una orgullosa hija rajput—. ¡A pesar de todo lo sucedido, él sigue siendo un descendiente de Krishna y lleva en sus venas sangre de príncipes!

Durante unos instantes reinó el desconcierto por aquel dilema, hasta que el rostro de Mohan se iluminó.

—Es mitad rajput, mitad *angrezi*. Quizá tenga que decidirse un día por una de las dos partes... Debería llevar los dos nombres.

Y así fue como sucedió.

11

La nieve se derritió por la acción de los aguaceros que descargaron sobre las colinas de Kangra, y lo que quedaba del invierno transcurrió al ritmo que fija un recién nacido a su mundo. Winston, condenado a la inactividad, se pasaba con frecuencia las horas al lado de la sencilla cuna que había construido con más sentido práctico que habilidad, y contemplaba con asombro a su hijo dormir y soñar, crecer y transformarse a diario. Se turnaba con Mohan Tajid para mecerlo por las habitaciones cuando lloraba de noche. Su piel era clara, casi blanca, y Winston se avergonzaba de sentir alivio porque su hijo era indistinguible de un niño de origen europeo puro. El parto había debilitado mucho a Sitara; había perdido mucha sangre y solo poco a poco iba recuperando las fuerzas; sin embargo, insistió en alimentar al pequeño ella misma, y Mira Devi, que seguía esperando la llegada de su propio nieto, velaba por él con todo el cariño.

El mes de marzo no sabía si mantenerse fiel al invierno o dar paso a la primavera en el valle. Oscuras y dramáticas se apelotonaban las nubes sobre los campos nevados y los glaciares de las montañas al noreste, pero al este brillaba siempre el sol, trayendo consigo el brillo de la vegetación, que brotaba verde en los campos que las mujeres del pueblo trabajaban con sencillas azadas. Desde lejos, con sus vestimentas variopintas, parecían aves del paraíso picando en el suelo fértil. Las delicadas flores de los frutales temblaban cuando se levantaba viento y las ovejas balaban malhumoradas en los apriscos. El marido de Mira Devi, venido desde el pueblo, los ayudó a cultivar un huerto frutal y algunos campos, sacudiendo la cabeza por la ignorancia de aquellos forasteros.

El mes de abril trajo el calor del sol y un verde rebosante por todas partes, aunque las cumbres de la cordillera Dhauladhar seguían destellando con el blanco de la nieve. Sitara, apenas se sintió mejor, se dedicó con denuedo a dar retoques a la casa y en el huerto, con el bebé atado a la espalda y la vestimenta tradicional de las mujeres del valle: *salwar*, pantalones anchos ceñidos a los tobillos, y una túnica de manga larga hasta las rodillas, la *kurta*. Un chal transparente, el *dupatta*, por encima del pecho y los hombros, le cubría el cabello, atado muy tirante en una trenza. Llevaba con orgullo el punto rojo en la frente, símbolo de la mujer casada. Nadie le pidió ningún documento y la misma Sitara no precisaba de ninguno para sentirse la esposa legítima de Winston. También llevaba adornos realizados por un orfebre; sin remordimientos había empleado Winston dinero de la Sociedad que le había dado su amigo para comprarle esas alhajas. Las había adquirido en el pueblo, un día que fue con el marido de Mira Devi a buscar semillas, plantas y sus primeras ovejas y cabras. Se sentía un poco culpable porque solo le habían costado unos pocos *annas*; sin embargo, Sitara lucía con alegría y orgullo todas aquellas pulseras, los adornos para la nariz y las cadenitas de los pies con cascabeles.

Prosperaba a ojos vista como madre y como sencilla mujer campesina, se mezclaba en la comunidad de las mujeres del pueblo, rezaba con ellas a los dioses, en primer lugar a Shaktí, la Madre Divina, y Winston la encontraba más bella y deseable que nunca. Sin embargo, a menudo se sorprendía a sí mismo pensando cosas que lo obligaban a detenerse mientras trabajaba en el campo al lado de Mohan. «Pero ¿en qué me he convertido?», pensaba con frecuencia cuando divagaba sobre épocas anteriores de su vida, sobre los sueños de una carrera militar, la fama y el éxito, sueños que había tenido en su momento y que le parecían muy lejanos. «¡De soldado a campesino!» La amargura se apoderaba de él, haciéndole reaccionar a menudo con irritación y agresividad. Sentía profundos remordimientos cada vez que Sitara apartaba de él, herida, la mirada. Envidiaba a Mohan Tajid, quien, al parecer, no se lamentaba en absoluto de la pérdida de su condición de príncipe rajput; hacía su duro trabajo en el campo sin que otra cosa lo perturbara, bromeaba con los campesinos y artesanos del pueblo, andaba piropeando a las mujeres solteras y a las ancianas desdentadas y jugaba durante horas con su sobrino, al que adoraba. Winston no comprendía cómo su amigo y hermano había podido adaptarse tan fácilmente a esa nueva vida sin remordimientos, sin nostalgia, cuando él andaba siempre insatisfecho, lamentándose continuamente por lo que había dejado atrás.

El verano cubrió el valle con las brasas del sol y los vientos cálidos trajeron algunos días al valle el polvo de las llanuras del Panyab. Florecían en los jardines los lirios canna, de color escarlata, y numerosos árboles se habían puesto un vestido de fiesta de color rosa intenso. Las montañas estaban desnudas y el granito negro mostraba las manchas amarillentas de los glaciares perpetuos. El arroyo cristalino que se encontraba a poca distancia del palacio, crecido con las aguas del deshielo de la cordillera y de los chaparrones, corría deprisa murmurando por su cauce pedregoso.

En julio disminuyó el calor, las nubes hinchadas se cernían sobre el valle tapando las omnipresentes montañas, y el monzón se derramó. El maíz estaba ya muy crecido; bajo las lluvias torrenciales, los hombres arrancaban las plantas de arroz y, tras sus huellas, las mujeres enterraban nuevos brotes. Los nuevos matices de verde lo cubrían todo y de las hendiduras de los troncos nudosos de los árboles brotaban orquídeas amarillas, rojas y de color rosa.

La lluvia cesó y llegaron los días dorados de la cosecha. Había frutas y verduras en abundancia y, tras la recolección del maíz, comenzó a madurar el trigo.

Llegó un nuevo invierno, más suave en esta ocasión y, tras él, una nueva primavera con praderas floridas sobre las cuales revoloteaban en danzas las mariposas. Una de las yeguas parió un potro, las ovejas parieron corderos, el huerto dio abundante fruta.

Así transcurría el tiempo en el valle de la alegría, tranquilo y reposado, siguiendo el ciclo de las estaciones y de la vida. En aquel valle verde, a la sombra de las montañas, entre los muros pintados del palacio rajput, iba prosperando Ian como las plantas en el huerto de su madre; comenzó a gatear, a balbucir sus primeras palabras, a hacer sus primeros progresos de la mano de Mira Devi. Fue descubriendo el pequeño mundo que le rodeaba. Era un niño alegre, protegido por el amor de su familia, de la comunidad del pueblo, en la paz del valle que nada era capaz de perturbar.

Solo mucho más tarde se enteraron de que los sikhs del Panyab, alarmados por el rumor de que los británicos planeaban una invasión, habían desfilado por el río Sutlej y habían sido aniquilados. De esta manera, Kangra, por el tratado del

9 de marzo de 1846, había pasado a formar parte del Imperio británico. La comandancia sikh se había hecho fuerte en la fortaleza de Kotla y resistido el acoso de la artillería británica apostada frente a sus muros durante dos meses de asedio, tras los cuales fue entregada sin derramamiento de sangre.

Solo en contadas ocasiones miraba Sitara a su hijo con aire meditabundo, cuando escarbaba con las dos manos en la tierra, como había visto hacer a su madre, o mientras contemplaba con asombro en sus ojos oscuros que tanto se asemejaban a los de ella la flor que acababa de arrancar, y no podía menos que pensar en las palabras que le había dicho Mira Devi al poner en sus brazos al recién nacido: «Lo que a un ser humano le es dado realizar en la vida, el *jori*, está determinado por aquello que uno trae de una vida anterior, por cómo actúa en esta vida y por aquello que la *vidhi mata*, la Madre Destino, escribe sobre su frente al nacer; por todas estas cosas, Dharmraj, el Soberano Justo que todo lo anota, juzgará las acciones de cada alma en el mundo.»

Sitara solía abrazar a su hijo en tales ocasiones y le cantaba en voz baja al oído los versos que había aprendido de Mira Devi: *Han kinni tere lekh like, kinni kalam pheriyan, dharmraj meralekh like, vidhi mata kalam pheriyan.* «¿Quién escribió las líneas de tu destino? ¿Quién movía la pluma sobre el papel? Dharmraj escribió las líneas de mi destino. Vidhi Mata movía la pluma sobre el papel.»

A menudo salía a hurtadillas de la casa y, al amparo de la oscuridad, encendía una lamparita de aceite al pie de la gigantesca higuera sagrada que crecía a orillas del arroyo, con su corteza pálida y sus hojas acorazonadas, y depositaba al lado una ramita florida como ofrenda para pedirle a Brahma, el Creador, que proporcionara a su hijo un buen destino.

Era su cuarto verano en el valle de la alegría, caluroso y soleado, y Sitara llevaba de nuevo una criatura bajo su corazón cuando William Jameson llegó a Kangra portando en las alforjas, cuidadosamente empaquetadas, semillas de *camilla sinensis*, la planta china del té, acompañado de un gran maestro chino en la materia. Conforme a sus instrucciones, cultivaron un jardín experimental de esa planta no muy lejos del palacio. William se marchó, pero dejó allí a Tientsin, quien iba cada día a ver el crecimiento de las plantas jóvenes incluso bajo el monzón torrencial. Rápidamente se convirtió en un miembro más de la familia. Las espesas nubes del monzón que se cernían sobre el valle se disolvieron y, cuando el sol del otoño secó el suelo, Winston contrató a unos trabajadores del pueblo para que levantaran una pequeña manufactura de adobe junto al huerto conforme a los deseos de Tientsin, todo ello pagado con el dinero de la Sociedad que llegaba cada medio año con las visitas de William.

Tientsin se instaló en un cuartito de la manufactura, pero comía siempre en el palacio y alguna noche la pasaba allí también meciendo con agrado en sus brazos a la hijita a quien Sitara había traído al mundo ese mismo otoño y que llevaba los nombres de Emily Ameera, «flor de loto».

La supervisión de la construcción de la manufactura, la contratación y la vigilancia de los ayudantes del pueblo que debían echar una mano a Tientsin, la redacción de los informes para William y para la Sociedad, con estas tareas Winston había encontrado por fin algo que le satisfacía, aunque muy pronto quedó claro que, a pesar de llevar la dirección del huerto experimental en Kangra, en realidad era Tientsin quien, chapurreando el kangri que había aprendido, decía a los trabajadores lo que había que hacer y les enseñaba cómo. Y era también Tientsin quien velaba por las valiosas plantas, cortando aquí un brote que había crecido en exceso, intentando allí un nuevo cultivo, experimentando con vapor de agua para el marchitado de las hojas, con diferentes temperaturas y distintos intervalos de tiempo para el secado, clasificando las hojas de té en cribas de bambú y valorando su aspecto, color, olor y sabor. La verdad era que Winston no entendía absolutamente nada de té por mucho que se esforzaba, una verdad amarga como las propias hojas.

Ian seguía al chino como una pequeña sombra entre las plantas de té, en el ambiente de aire caliente de la manufactura, fascinado con la entrega de ese hombre delgado con gafas de cristales redondos y larga coleta a esas insignificantes plantitas de hojas lisas y relucientes, a los trocitos arrugados de color violeta y marrón en que se convertían después.

Por su parte, Tientsin tomó enseguida mucho afecto al joven de ojos oscuros e inteligentes, que absorbía como una esponja todo lo que él le contaba en su inglés plagado de faltas: las leyendas acerca del origen del té, su historia centenaria en China, desde donde se expandió por toda Asia. Educó los sentidos del chico poniéndole en la mano hojas recién recolectadas para que las frotara y las oliera a continuación, pidiéndole que prestara atención a todos los matices de color, al leve crujido de las hojas cuando las presionaba sobre la palma de la mano. Le enseñó cómo se enrollaban las hojas frescas con el vapor de agua, cómo cambios mínimos en el calor y en la intensidad producían resultados extremadamente diferentes. Le hizo mirar, palpar, oler, degustar y escuchar, y a menudo le citaba pasajes del *Chai Ching*, el libro del té de Lu Yu, escrito en el siglo VIII: «Las mejores hojas de té tienen que arrugarse como las botas de piel de los jinetes tártaros, rizarse como el pliegue de la piel entre el cuello y el pecho de un búfalo robusto, resplandecer como un lago movido por el viento del suroeste, desplegar un aroma como la niebla que asciende desde la quebrada solitaria de una montaña y ser jugosas y blandas como la tierra refrescada por la llovizna.»

Y Tientsin confió a Ian un gran secreto: no creía que en Kangra pudiera cultivarse nunca un té verdaderamente bueno. El clima era demasiado seco, el verano demasiado tórrido; el suelo resultaba más apropiado para cereales, fruta y verdura que para las sensibles matas de té. Con una mirada cómplice, el chino le habló de un valle muy alejado, en la parte oriental del Himalaya, más fresco y lluvioso que Kangra, que los tibetanos llamaban *Rdo-rje-ling*.

El huerto del té que iba aumentando de tamaño año tras año, los campos y los bancales de verduras de su madre, las habitaciones pequeñas y acogedoras del palacio: ese era el mundo de Ian, el hogar de Rajiv. El hindustaní, el inglés y el kangri eran sus idiomas; el kangri se lo oía a Mira Devi y lo aprendía en la escuela del pueblo y con los chicos con los que se peleaba por las tardes o con quienes capturaba pequeños lagartos antes de tomar el camino cuesta arriba hacia el palacio. Emily Ameera, a la que tenía un gran cariño y al cual la pequeña correspondía agitadamente con sus grandes ojos de color castaño claro, y su madre, que le contaba historias de acciones heroicas de sus antepasados, le hablaban en hindustaní. Su padre lo hacía en inglés al hablarle de la lejana y lluviosa isla donde había nacido.

Formaban su mundo las crestas de la cordillera Dhauladhar, de un blanco resplandeciente a la luz del sol de mediodía, y rojizas y doradas con la luz del atardecer y su caballo. Montaba con tanta seguridad como caminaba. Acompañaba a su tío Mohan a caballo de excursión por campos y bosques hacia antiguos templos abandonados diseminados por el valle, pináculos de piedra, denominados *shikharas*, esculpidos y con cavidades cuadradas para ofrendas y lamparillas de aceite, a imagen de las cumbres del Himalaya, en las que los dioses tenían su morada, aquellos dioses de los que le hablaba Mohan: Shiva y Shaktí, Brahma y Visnú.

Escuchaba las historias de Jánuman, Krishna y Ganeshaa, cuyas imágenes encontraba luego en los muros semiderruidos de los palacios abandonados, donde podía pasarse horas a solas contemplando fascinado los frescos descoloridos. Reencontraba una y otra vez las representaciones de aquellos dioses en diminutas miniaturas tiradas entre los escombros después de pasar la mano para retirar el polvo, miniaturas en las que los artistas de siglos pasados habían inmortalizado un mundo entero en una superficie mínima: un mundo lleno de héroes y amores inmortales por las damas de su corazón, de luchas y victorias, de riqueza y poder, de dioses y demonios; un mundo que visitaba repetidamente por las noches en sueños.

No había ninguna diferencia entre Ian y Rajiv, él era ambos; igual que su familia lo llamaba de las dos maneras, él cambiaba de un idioma a otro, pensaba y soñaba en los tres.

Kangra, con su ciclo regular de las estaciones, permanente como los peñascos de la cordillera Dhauladhar, era su tierra, su mundo, y no habría podido imaginar que cambiaría algo algún día, ni tampoco que, más allá del valle, en la inmensidad de la India, las manecillas del reloj de la historia seguían imparables su marcha y estaban a punto de barrer la vida que él conocía.

12

En aquellos días, la India pasó a estar bajo el control de un ejército extraño, un ejército de mercenarios compuesto mayoritariamente por hindúes de las castas superiores, brahmanes y rajputs, así como por musulmanes, y en el que había un soldado inglés por cada cinco hindúes. Era un ejército de mercenarios autóctonos, capitaneado por oficiales británicos, soldados que se precipitaban a la muerte con una orden, que salvaban a su oficial de las balas arriesgando su vida, pero que tiraban al suelo la comida y preferían pasar hambre si la sombra de ese mismo oficial caía sobre su plato, ensuciándolo.

Los oficiales y sus hombres no solo eran extraños entre sí, sino que tenían además una fe distinta. Sus respectivas formas de vida eran tan diferentes que cada parte contemplaba a la otra con repugnancia. Las castas y la fe obligaban al ejército a detenerse durante una marcha a mediodía y permitir a los soldados desprenderse de cinturones, botas y armamento para encender setecientas pequeñas hogueras en las que se cocían mil cuatrocientas tortas de trigo, una para cada soldado, o para desenrollar las esterillas de oración sobre las que los musulmanes efectuaban sus rezos orientados hacia La Meca. No eran motivos patrióticos los que movían al cipayo a alistarse. Era soldado porque ese había sido su oficio por tradición, porque le aportaba unos ingresos adecuados y un estatus social, influencia y honor. Estaba orgulloso de sí mismo y de su oficio, y llevaba con orgullo los colores de su regimiento. Los hindúes lo veneraban con los mismos ritos que el campesino su arado o que el herrero su yunque. El cipayo, de una manera asombrosa y emotiva, era fiel a algo que en el fondo no entendía. Los cipayos habían luchado para la Compañía Británica de las Indias Orientales y entregado la vida porque la Compañía los alimentaba y les pagaba en las épocas de paz, y porque confiaban y admiraban a sus oficiales.

Sin embargo, esa confianza había comenzado a resquebrajarse con la ampliación del territorio de soberanía británica, con la entrada del progreso técnico y de la ideología occidental. Cuando un soberano moría sin un descendiente varón directo los británicos se lo anexionaban, como había ocurrido por última vez en 1856 con el reino de Oudh, del que procedían la mayoría de los cipayos. Esta práctica dejaba numerosos herederos amargados que ponían todo su empeño en perjudicar a los gobernantes foráneos, aunque solo fuera con rumores insidiosos, a menudo completamente inventados, que ponían en circulación y luego se difundían ampliamente.

Muchos estados hasta entonces independientes temían ser los siguientes. Los grandes terratenientes estaban furiosos con una política que aseguraba más derechos a sus pobres arrendatarios. La ciencia de Occidente, sus conocimientos médicos, los caballos de acero del ferrocarril, sus vías, que atravesaban y cortaban el país, el tendido infinito de los cables del telégrafo, todo ello anunciaba una era de saber que hacía temer la pérdida de su poder a brahmanes, sacerdotes y eruditos. Y, por si no bastara, los ingleses habían comenzado a inmiscuirse en la legislación: prohibiendo el *sati*, permitiendo que las viudas volvieran a contraer matrimonio; quien se convertía a otra religión mantenía su derecho de sucesión, y a los presos de las cárceles los obligaban a comer juntos en el mismo comedor en lugar de permitir a cada cual preparar su comida tal como dictaba la ley religiosa.

Convencidos de aportar un progreso beneficioso para el país y sacarlo del atraso en que se hallaba, según su manera de ver las cosas, los británicos hurgaban en los cimientos del ordenamiento social hindú, la tradición y la fe, y comenzaban a minar, sin darse cuenta, el fundamento sobre el que se había basado su poder hasta entonces.

Al mismo tiempo, las derrotas aplastantes en Kabul y en la península de Crimea habían demostrado que las tropas de la Corona no eran ni de lejos tan invencibles como habían creído, y el rencor de príncipes y sacerdotes se filtró en el país y en sus gentes, se extendió y comenzó a fermentar bajo el sol.

Era un fantástico día de primavera. El viento de las montañas empujaba a lo más alto del cielo los blancos jirones de las nubes, demasiado finas para soportar el calor del sol. Había llovido por la noche y las gotas de agua se deslizaban por las hojas de las matas de té de color verde intenso que se balanceaban ociosas con el viento. Ian observaba a Tientsin cortar, a modo de prueba, el brote superior de una mata, examinarlo detenidamente y olisquearlo. Una mariposa de colores que revoloteaba como ebria por encima de las flores blancas y sedosas captó por unos instantes la atención de Ian, que sonrió. El invierno anterior había dado un estirón y era muy alto para sus doce años. El día anterior su madre se había dado cuenta de que los pantalones no le llegaban ya ni a los tobillos y, con un suspiro, le había rogado a Mira Devi que consiguiera tela en el pueblo para unos nuevos. Por esa razón tenía un ligero remordimiento de conciencia. Sabía que en menos de medio año él y Emily tendrían otro hermanito. Por ello su madre se sentía desde hacía unas cuantas semanas frecuentemente indispuesta, y deseaba ahorrarle todo el trabajo posible.

Siguió con la mirada la mariposa, la vio revolotear por encima de las largas hileras de matas de té, hacia los muros del palacio. Reconoció a lo lejos a Mira Devi con su *kurta* azul y los pantalones rojos, subiendo a toda prisa la colina, con el *dupatta* ondeando al viento como una bandera, porque se le había soltado de la cabeza, ya prácticamente cana del todo. Tropezó, cayó, volvió a incorporarse a duras penas, siguió corriendo, aguantando el dolor. Por el modo en que gritaba el nombre de su madre se le encogió el estómago. Ignorando la perplejidad de Tientsin echó a correr con el miedo en el cuerpo, presintiendo una terrible desgracia.

Sin aliento, entró como un vendaval en la cocina. Mira Devi hablaba con excitación a Sitara, tratando de convencerla, interrumpiéndose con jadeos violentos para tomar aire convulsivamente. Sitara, envarada y pálida como una muerta, con los ojos oscuros muy abiertos de horror, estaba junto al horno, con una cuchara de palo en la mano. A sus pies se hallaban dispersos los pedazos de una fuente de barro de la que iba derramándose la sopa por el suelo de piedra formando un charco. Emily, arrimada a la pared de un rincón, atemorizada, abrazaba firmemente la muñeca de trapo ya muy vieja que Mira Devi le había cosido. En la cocina se olían el miedo, la agitación, el horror. Aunque

Ian no comprendía lo que en realidad había sucedido, dedujo por lo que Mira Devi decía en kangri al menos algunas cosas: «Rajputs. Guerreros. En la ciudad. Os buscan.»

A pesar de tener cuatro años más que su hermanita, comprendía tan poco como ella por qué los enviaban a la habitación que Winston había acondicionado para ellos dos, donde les ordenaron esperar hasta que fueran a buscarlos. No entendía sobre qué discutían en la cocina a gritos sus padres, su tío, Mira Devi, el marido de esta, que trabajaba en la plantación de té bajo las órdenes de Tientsin, y el propio Tientsin, en una mezcla de hindustaní, kangri e inglés de la que apenas podía sacar en claro alguna palabra por mucho que aguzara el oído. Emily, pegada a él, le mojaba la camisa con sus lágrimas, mientras los dos permanecían acurrucados en la cama donde solían dormir con las almohadas que había bordado Mira Devi. Solo una vez oyó el golpe de un puño sobre una superficie dura y a su padre, vociferando en inglés:

—Pero ¿adónde? ¡Maldita sea! ¿Adónde?

Siguió un silencio peor que las voces excitadas de antes y se reanudaron los murmullos de agitación. Solo sabía que tenía miedo, miedo como nunca antes había sentido en su vida y que tenía que haber sucedido algo que iba a transformarlo todo. La respiración de Emily fue sosegándose cada vez más y él le pasó la mano consoladora por la cabeza cuando se quedó dormida, murmurando palabras tranquilizadoras en el pelo castaño claro de su hermana. También deseó que alguien lo estrechara a él entre sus brazos y le dijera que todo iba a volver a estar bien, que no tenían nada que temer. Pero no acudía nadie.

El tiempo pareció detenerse; puede que solo hubieran

pasado unos minutos o quizás horas cuando el barullo de voces se disolvió en frases aisladas, órdenes, exclamaciones, pasos apresurados en una y otra dirección, que se repartían por todas las habitaciones y volvían a reunirse. Sonidos traqueteantes, tintineantes, una exclamación de horror de su madre, un breve sollozo, luego un murmullo tranquilizador, susurros, voces de llamada, el relincho furioso de un caballo en el exterior. Ian pensó con ansiedad en las praderas iluminadas por el sol más allá de ese cuarto, en la brisa suave y dulce de la primavera y en el aroma de las hojas de té mojadas.

Se puso en pie de un salto cuando por fin se abrió la puerta y entró su tío.

—¡Sorpresa! ¡Vamos a dar un largo paseo a caballo, todos juntos!

Mohan ponía cara de satisfacción, pero la alegría de sus palabras sonaba falsa, tenían un matiz sombrío. Ian se lo quedó mirando con un gesto escrutador y cuando Mohan vio que no le creía apartó confuso la mirada. Alzó suavemente de la cama a la durmiente Emily e Ian le siguió con el corazón en un puño.

La luz del sol le deslumbró cuando atravesó el umbral, y parpadeó varias veces antes de reconocer los cuatro caballos ensillados y cargados que se movían con inquietud sobre sus patas. En uno de ellos iba sentado el marido de Mira Devi, huraño, otro lo mantenía sujeto por las riendas su padre, con una expresión en el rostro no menos furiosa. En un primer momento lo invadió una sensación de alivio cuando se dio cuenta del poco equipaje con el que iban a viajar, pero cuando vio cómo se abrazaban llorando su madre y Mira Devi, se le hizo un nudo en el estómago. Al pasar por su lado, Mira Devi tendió una mano hacia Emily y realizó un gesto de bendición sobre la niña dormida; a él le abrazó el cuerpo flaco con tanta fuerza que sintió dolor. Se dejó, como anestesiado, aspirando inconscientemente una vez más el olor de ella, a sal y tierra y hierbas, que le era tan familiar desde la hora de su nacimiento. A una señal de su padre se subió a su montura. Winston montó detrás de él. Sitara se arremangó el kurta para montar, se enjugó las mejillas mojadas antes de asir con determinación las riendas con una amargura en la cara que asustó a Ian. Sin demorarse un segundo más, los caballos se pusieron al trote. Ian se volvió a mirar cómo dejaban lentamente atrás el palacio. Mira Devi lloraba desconsoladamente y se enjugaba las lágrimas con el extremo suelto de su *dupatta*, Tientsin se llevaba un dedo a los ojos por debajo de los cristales de sus gafas, e Ian supo entonces que aquella era una despedida para siempre.

Algo le empujó el brazo y miró al frente. Mohan, con Emily durmiendo en brazos, había puesto su caballo junto al de Winston. Sus ojos tenían un brillo duro, como piedras pulidas, y con voz ronca dijo:

—Nunca mires atrás. Nunca.

Desaparecieron en la espesura de los bosques y el marido de Mira Devi los condujo por senderos antiquísimos, prácticamente borrados por la vegetación, que solo conocían unos pocos nativos de ese valle y prácticamente ningún forastero. Bordearon peñas escarpadas, atravesaron aguas de deshielo y arroyos y cauces de ríos crecidos por las lluvias. Aquel paisaje poco acogedor que tan poco se parecía al suave valle que conocían no hacía sino reforzar la sensación de amenaza que se había cernido sobre ellos, que perseveraban en un silencio obstinado. Cabalgaron muy juntos hasta el borde de la cordillera Shiválik, día tras día, noche tras noche, sin apenas tiempo para un descanso breve tanto para ellos como para los animales. Cuando por fin, muchos días y muchas noches después, el angosto y pedregoso sendero volvió a descender y a ensancharse, el marido de Mira Devi detuvo su caballo y volvió grupas.

Mohan cabalgó hasta él, y su acompañante le dijo algo en voz baja. Mohan asentía una y otra vez en señal de que había entendido. Finalmente, el marido de Mira Devi sacó un pequeño objeto de su chaqueta y se lo puso a Mohan en la mano, cerrándosela a continuación. Los dos hombres se miraron a la cara un instante, luego Mohan le dio unos golpes en el hombro con rudeza y cordialidad a partes iguales y arreó su caballo sin volverse a mirar. Los demás animales le siguieron por la senda empinada y llena de guijarros sueltos, que volvió a estrecharse hasta que solo pasaban los caballos en fila inda. Ian creyó notar en la espalda la mirada inquieta del marido de Mira Devi.

El sol ardía tórrido sobre la llanura que estaban atravesando, a buen paso pero con la suficiente lentitud para que no sufrieran los caballos ni ellos. Ciegos a la particular belleza del paisaje, seguían a Mohan Tajid, que se atenía estrictamente a la descripción del camino, que conducía por parajes vírgenes con lugares apropiados en los que había agua fresca para tomarse un respiro. Por fin, cuando sus provisiones estaban a punto de acabarse, vieron ante sí el centelleo de tejados y murallas vibrando en el aire, y algunas horas después se los tragó un hervidero de gente tras las murallas de la ciudad de Delhi.

13

Durante el invierno anterior se había levantado por el país un viento susurrante, silencioso, secreto; se había arrastrado por los suelos levantando pequeños remolinos de polvo, primero aquí, luego un poco más allá; había seguido moviéndose con rapidez, saltando de ciudad en ciudad. Los rumores habían comenzado con profecías sobre la próxima resurrección de los tronos abandonados, sobre la desgracia inminente de los ingleses. Algunos los habían puesto adrede en circulación las malas lenguas; otros eran fruto de un deseo impreciso, de un anhelo de tiempos pasados en los que la India no estaba dominada todavía por los ingleses.

Fue en enero cuando el gobernador de la ciudad de Mathura, cercana a Agra, encontró sobre una mesa de su despacho cuatro *chapatis* de harina gruesa. Cuando preguntó a los empleados por su procedencia, le contestaron que un desconocido había entregado un *chapati* al vigilante del pueblo vecino dándole además la instrucción de que hiciera cuatro iguales y los repartiera a los vigilantes de los pueblos de los alrededores con el ruego de que procedieran ellos de la misma manera. Este, por prudencia y sentido del deber a partes iguales, hizo llegar las tortas de pan al gobernador, tal como le habían pedido. Informes similares llegaron al día siguiente procedentes de otros distritos, y pronto pudo leerse en el periódico que los *chapatis* se habían distribuido de la misma manera por todo el norte de la India. Ese suceso era tan desacostumbrado que intervino el Gobierno para iniciar una investigación. Sin embargo, pese a todos los esfuerzos y medios empleados, no pudo aclararse quién o dónde se había iniciado la distribución de las tortas o cuál era su significado. Se decía que había tenido su origen en el principado maratí de Indore, en la India Central, y que, a partir de allí, se había ido extendiendo hacia el norte a por los estados de Gwalior y los territorios de Sagar y Nerbudda, bajo control británico, hasta las provincias del noroeste, Rohilkhand al norte, Oudh al este y Allahabad al sureste, cubriendo rutas de hasta casi trescientos kilómetros por noche.

Los periódicos hindúes de Delhi lo consideraron «una invitación a todo el país a unirse en pro de una meta común que sería desvelada con posterioridad». Mainodin Hassan Khan, un *thanadar* extramuros de Delhi, adujo en contra de la opinión del gobernador local que consideraba los *chapatis* «una señal de que grandes disturbios iban a tener lugar pronto», y explicó que, antes de aquello, a los maratís les habían sido entregados, de pueblo en pueblo, una brizna de mijo y un trozo de pan para anunciar un rebelión inminente. Otros creían que las tortas eran un aviso de que los británicos planeaban imponer el cristianismo a los hindúes. «¿Es una traición o una broma?», se preguntaba el periódico inglés *Friend of India* el 5 de marzo. Al final los sucesos y su posible significado fueron considerados una superstición hindú y olvidados rápidamente, al igual que los rumores según los cuales en los molinos británicos, que producían una harina más barata y de mejor calidad que la molida a mano, se molían también huesos de animales o incluso los huesos de personas muertas recogidas del Ganges, o los que decían que se estaba planeando poner en circulación monedas de piel de cerdo o de vaca.

Por la misma época en la que aparecieron los misteriosos *chapatis* circulaba otro rumor, muchísimo más explosivo y que, a la postre, tendría consecuencias de mayor alcance. Los tubitos de papel que envolvían los cartuchos de los nuevos rifles Enfield con que se había provisto al Ejército recientemente estaban supuestamente engrasados con manteca de cerdo y de vaca para facilitar la carga. Había que morder el cartucho por un extremo, verter la pólvora contenida en él dentro del cañón y empujar con la baqueta el resto del cartucho con la bala. Antes de realizar siquiera un disparo de prueba con los nuevos rifles, corrió el rumor de que con cada disparo los labios de todos los cipayos entrarían en contacto con la grasa impura, de las vacas en el caso de los hindúes y de los cerdos en el caso de los musulmanes, y que los británicos lo habían planeado así sistemáticamente para convertirlos a todos al cristianismo. Nada más llegar ese rumor a oídos de los oficiales estos reiteraron su falsedad, pero sus palabras no fueron escuchadas.

La protesta se expresaba a voz en grito o con la mano tapando la boca, la desobediencia cundió en las guarniciones del país durante toda la primavera. Hubo pequeños motines, diseminados puntualmente por el mapa, que fueron aplastados con prontitud y sin que dieran pie a mayores preocupaciones. Sin embargo, la historia de los cartuchos impuros que escondía otra intención solapada fue la semilla que cayó en un terreno ya bien abonado, y germinó rápidamente nada más comenzar la estación cálida del año.

Rayos de luz amarillenta iluminaban el cielo de Delhi anunciando la llegada de un nuevo día, tórrido como los anteriores, lleno de polvo que secaba la boca y los ojos y hacía rechinar los dientes; un soplo abrasador recorría las murallas ardientes y calentaba el aire en las calles como hornos. Personas y animales sufrían el calor que volvía viscosa su sangre; hasta las incontables moscas parecían perezosas; cuando las espantaban volaban más por cortesía que por auténtico deseo de hacerlo y volvían a posarse con un zumbido cansino en las comisuras de los labios, en la nariz, en el pelo, en los labios. Para los musulmanes de la ciudad los primeros rayos de luz eran la señal para desayunar rápidamente, porque era el decimosexto día del Ramadán, el mes del ayuno, el undécimo día del mes de mayo para los señores colonizadores, un lunes, y tan pronto como amaneciera no debían tomar ningún alimento ni beber ningún trago de agua hasta la puesta del sol. Resonaron las llamadas guturales de los muecines desde las mezquitas por las calles y callejas del barrio situado por debajo del fuerte: *Alla hu akbar!-La ilaha il allah!* «¡Alá es grande! ¡No hay otro Dios que Alá!»

Mohan Tajid abrió los ojos y dejó vagar su mirada por aquella estrecha habitación. En la semipenumbra distinguió los vagos contornos de los cuerpos durmientes de su familia, Winston y Sitara, juntos y, pegado a ellos, Ian, abrazando a su hermanita como siempre. Incluso en sueños parecía querer protegerla y consolarla, a Emily, que seguía aturdida y parecía no haber digerido la huida del valle ni se acostumbraba al entorno desconocido de aquella ciudad ruidosa y sucia.

El apellido de un pariente lejano que trataba de prosperar en Delhi con un taller de calzado y de quien le había dado las señas el marido de Mira Devi así como la piedra con el símbolo grabado que este le había puesto en las manos a Mohan en su despedida les habían abierto esta vez las puertas de los *thanadars* y de los *mahallahdars*. En una de aquellas estrechas y pobladas callejuelas, entre zapateros, modistas y alfareros, habían encontrado un cobijo más que modesto, «por un tiempo», como se habían asegurado mutuamente. Sin embargo, una resignación fruto del agotamiento se había instalado en cada uno de ellos. No tenían fuerzas para recomenzar desde el principio. El hecho de que los guerreros del rajá hubieran seguido su rastro incluso hasta la apartada región de Kangra para echarlos de su nuevo hogar, de la vida que se habían construido con tantas penas y fatigas, los había sumido en la desilusión. Al amparo de las murallas, Sitara caminaba rápidamente por las callejas como un ratón atemorizado en busca de verduras y de arroz, apenas dejaba a los niños jugar en la calle, y Winston se pasaba las horas cavilando con la mirada perdida. Vivían al día, atrapados por el miedo a ser descubiertos nuevamente.

Mohan andaba lleno de preocupaciones: preocupado por Sitara, quien a pesar de su avanzado embarazo parecía menguar cada vez más; preocupado por los niños, que lo miraban apagados y tristes; preocupado porque pronto se agotaría la fortuna que se había llevado del palacio de Surya Mahal.

Las piedras talladas que formaban parte de esa fortuna despertaban el recelo de los joyeros en los bazares y eran invendibles porque llevaban consigo el riesgo de dejar un rastro muy claro hacia su escondrijo. Todavía no había dicho nada a Winston y a Sitara al respecto, todavía esperaba a que Visnú le indicara el camino

A orillas del Yamuna soplaba una brisa fresca entre los altos juncos. Los correligionarios de Mohan Tajid se sumergían descendiendo los *ghats* y tiritaban en las aguas azul acero de aquel afluente del río madre Ganga para lavar sus pecados. El *pujari*, maestro de ceremonias, trajinaba acuclillado en el barro con pequeños cuencos llenos de cinabrio, madera de sándalo y yeso, con los que volvía a pintar en la frente de los creyentes el símbolo de su casta después del baño ritual. Cuando dirigió su mirada hacia el sol que comenzaba a levantarse se quedó petrificado. Otros que siguieron también su mirada enmudecieron de temor.

Sobre la ancha carretera sin asfaltar que conducía al norte flotaba en suspensión una fina nube de polvo. Al acercarse se oyó nítidamente un fragor polifónico, y todo el mundo contuvo la respiración con sorpresa. Dos mil jinetes se aproximaban, inequívocamente, en formación dispersa y al galope, al Bridge of Boats, que, pasando por encima de bancos de arena y brazos del río, unía la orilla opuesta con la parte del fuerte donde se encontraban los aposentos privados de Bahadur Shah. Con estruendo de herraduras sobre los tablones, los caballos cruzaron el puente. Las barcas de fondo plano de madera amarradas a izquierda y derecha se balancearon. Se dirigían hacia el punto de las murallas rojas de piedra arenisca por el que entraban al palacio quienes tenían que elevar una petición personal al rey, y las murallas devolvían el eco de sus gritos.

Eran los cipayos de la guarnición de Meerut, hinduistas y musulmanes, que el día anterior habían asesinado a cincuenta oficiales suyos, a sus mujeres e hijos, prendido fuego a sus bungalows, y que ahora pretendían solicitar a su legítimo rey, Bahadur Shah, que se pusiera de su lado para despojar a los británicos de su dominio sobre la India.

¡Qué ironía que fuera precisamente en la guarnición de Meerut, a cuarenta millas al norte de Delhi, conocida por sus hermosos bungalows y sus jardines floridos, donde germinara la semilla de la revuelta! Nada menos que en Meerut, donde había soldados británicos y cipayos en una proporción numérica equilibrada, a pesar de que los primeros estaban mejor armados y tenían más prestigio en lo tocante a sus capacidades en la lucha.

Ochenta y cinco cipayos se habían negado a utilizar los nuevos rifles de mala fama y habían sido castigados de manera draconiana: todos los cipayos de la guarnición fueron colocados en hileras bajo la amenaza de bayonetas y sables, y los ochenta y cinco amotinados tuvieron que despojarse ante sus compañeros del uniforme del que tan orgullosos estaban antes de que el herrero les pusiera las cadenas para empezar a cumplir la larga pena de prisión a la que habían sido condenados: diez años de reclusión con trabajos forzados. Era el 9 de mayo de 1857, un sábado, y por la noche, algunos de los compañeros de los cipayos humillados de aquella manera buscaron consuelo en brazos de las rameras del bazar Sudder, pero no obtuvieron sino un rechazo tras otro.

—¡No tenemos besos para los cobardes! —chillaban las mujeres—. ¿Qué clase de hombres sois que dejáis a vuestros compañeros entre rejas en la cárcel? ¡Id y sacadlos de allí antes de venir a pedirnos que os demos besos!

La vergüenza de la humillación que habían experimentado todos los cipayos por la mañana estaba todavía candente en ellos y, atizadas de aquella manera, comenzaron a prender las llamas de la cólera y de la sed de venganza. Se echaron a la calle furiosos, vociferando, portando la antorcha del motín por la ciudad y la guarnición.

El alboroto no pasó desapercibido, pero con aquel calor, desacostumbrado para los europeos, y muchos oficiales de vacaciones en las *hill stations*, los superiores de los cipayos no dieron mayor importancia a los sucesos y se entregaron a su descanso nocturno.

A la mañana siguiente asistieron a la misa dominical con el uniforme ligero de verano, tomaron el almuerzo con la familia y descansaron en las habitaciones más frescas. Era una tarde tranquila en la guarnición y transcurrían las últimas horas apacibles.

Poco después de las cinco de la tarde sonó un grito de guerra en las callejuelas del bazar Sudder: *¡Allah-i-allah maro maringhi!* «¡Con la ayuda de Dios, matemos a los cristianos!» Estalló la tormenta. Herraduras atronadoras, estrepitosos relinchos, campanadas de alarma, el sonoro acero de las espadas, disparos, gritos y, por encima de todo, los silbidos de los tejados de paja en llamas mezclados con otro grito de guerra: *¡Din! ¡Din! ¡Din!* «¡Por la fe!» Asaltaron la cárcel, liberaron a los compañeros detenidos y los armaron, saquearon tiendas y bungalows, cortaron los cables de la línea de telégrafos a Delhi, mataron a tiros a los oficiales y masacraron a mujeres y niños. Cuando los británicos quisieron darse cuenta de lo que estaba sucediendo y reunieron a las tropas, la horda de amotinados, que englobaba a todos los cipayos de la guarnición, dos mil hombres, había desaparecido de la ciudad dejando tras de sí el resplandor de las llamas, escombros, caos, cadáveres, terror y sobresalto.

Fue durante las horas oscuras, entre la puesta del sol y la salida de la luna, entre las seis y las nueve. Cabalgaron hasta el pueblo de Rethanee, todavía temblando de rabia y de sed de sangre y de miedo por su propia audacia. Algunos querían regresar a casa, a Rohilkhand o a Agra, pero sabían que no había ya vuelta atrás, sino solo una marcha hacia delante, hacia Delhi, que no tenía tropas intramuros pero sí, en cambio, un inmenso polvorín, y a Bahadur Shah, el rey de Delhi. Así que espolearon los caballos y cabalgaron toda la noche hacia el sur. Con ellos iba ardiendo la chispa junto a la mecha del barril de pólvora que iba a incendiar media India.

14

Nada de todo esto presentían Mohan Tajid ni las demás almas que moraban en Delhi: hinduistas, musulmanes y cristianos comenzaban a moverse aquella mañana tan temprano, desperezándose entre bostezos y levantándose de la cama para comenzar su trabajo diario, en un día que no parecía distinguirse en nada de los anteriores. Sin embargo, mientras la población de Delhi seguía sus rutinas diarias, una parte de las hordas guerreras se había presentado ante Bahadur Shah para solicitarle ayuda y liderazgo. Y mientras el anciano, halagado y aterrorizado a partes iguales, reflexionaba sobre el desarrollo inesperado de los acontecimientos y sobre lo que hacer a continuación, los restantes cipayos amotinados se desplegaron, mataron a los pocos oficiales y soldados británicos estacionados en el fuerte y se adentraron rápidamente en la ciudad, donde, llenos de odio, comenzaron a dar caza a todo europeo.

El director del Banco de Delhi y Londres Bank se puso a salvo con su familia subiéndose al tejado de la casa, pero los rebeldes escalaron a un tejado vecino, más alto, desde el que saltaron para despedazar a sus víctimas. En las oficinas de la *Delhi Gazette* estaban los impresores a punto de imprimir a toda prisa una edición extraordinaria sobre la oleada de violencia que recorría la ciudad cuando la chusma entró al asalto matando a palos a los hombres y arrojando al río las hojas del periódico y los tipos de imprenta. Asaltaron incluso la iglesia de San Jaime e hicieron pedazos con las espadas el altar y los bancos. Algunos sublevados asaltaron el campanario e hicieron sonar las campanas con todo su desprecio antes de cortar las cuerdas y arrojarlas fuera de la torre estrecha. El sonido que emitieron al estamparse contra el suelo fue un estrépito que penetró muy dentro de la ciudad, anunciando ruidosamente el final de los tiempos pacíficos.

La mano de Winston, que iba a llevarse a la boca en ese momento un trozo de pan ácimo relleno de verdura, se detuvo a medio camino.

—¿Qué ha sido eso?

Mohan Tajid vio el temor en los rostros de Sitara y de los niños, que como él y Winston estaban sentados en la tierra compacta, rodeando en círculo los cuencos de barro del desayuno. Llegó hasta ellos un griterío desde la callejuela.

—Sea lo que sea no es nada bueno.

Se levantó a la velocidad del rayo, agarró a Emily, que se había echado a llorar, y se puso a espantar a su familia.

—¡Fuera, hay que salir de la ciudad rápidamente! ¡Al río!

En la calle reinaba el caos. Gente gritando y corriendo enloquecida, caballos espantados, bueyes mugiendo. Cuando vio pasar a dos cipayos al galope con las espadas desenvainadas barruntó que se hallaban en guerra y que no podían esperar nada bueno de ninguno de los dos bandos puesto que pertenecían a una familia con miembros mestizos. Les resultaba difícil permanecer juntos; una y otra vez corrían el peligro de dispersarse porque una vaca obstaculizaba con tozudez el camino o la masa de gente avanzaba en sentido opuesto o corrían peligro de caer bajo las ruedas de un carro que circulaba a toda velocidad o bajo las herraduras de un caballo desbocado.

Como si un virus de violencia y caos de efecto rápido hubiera infestado la ciudad, los primeros saqueadores se abalanzaban sobre los escaparates de las tiendas, apaleaban a los comerciantes indefensos o prendían fuego a las casas. Durante horas fueron abriéndose paso por las callejuelas intrincadas de su barrio. El sol había traspasado ya su cenit hacía rato cuando llegaron a la calle más ancha, por la que el gentío podía moverse con más holgura. Tableteaban por el aire las salvas de fusil desde el fuerte, y más de una vez vieron con el rabillo del ojo cómo los cipayos salían precipitadamente de las casas de los ingleses con los sables ensangrentados.

Mohan dio las gracias a Krishna porque a Winston, con el turbante que llevaba ya siempre y la cara sucia, no se le reconocía como *angrezi* a primera vista. Emily, agarrada a él, le pesaba cada vez más, y Winston e Ian sostenían a Sitara, que jadeaba de calor y por el peso de su hijo en el vientre. Corrieron en línea recta, con los muros del cementerio cristiano ya a la vista. Enseguida se bifurcaría el camino, enseguida podrían torcer hacia los *ghats* del río Yamuna. Mohan se sorprendió hablándole en voz baja a Emily:

—Enseguida lo habremos conseguido, enseguida, solo queda un pequeño trecho...

Un hombre saltó ante ellos a la calle, los detuvo con los brazos abiertos y un sable reluciente. Fue Winston el primero en pararse y obligar a detenerse a los demás con el terror pintado en el rostro, como si en medio de aquel horror se le hubiera aparecido, además, el más espeluznante de todos los demonios. Realmente el hombre parecía más un demonio que una persona. Flaco como era y encorvado, con una pierna torcida y más corta que la otra, el rostro deformado y lleno de cicatrices, con una barba blanca muy crecida y uno ojo lechoso. Mohan quería seguir adelante, pero estaba paralizado mientras su cerebro trabajaba febrilmente hurgando en su memoria el motivo por el que le resultaba tan conocido ese hombre.

—Bábú Sa'íd —murmuró finalmente, y un espasmo le contrajo las tripas. El antiguo cipayo de Winston, con una sonrisa desdentada en su rostro deforme y lleno de cicatrices.

—¡Qué bien que me hayáis reconocido, «príncipe» Mohan! —El ojo sano brillaba con odio infinito—. Como veis, he resucitado de entre los muertos. Los médicos del rajá me fueron remendando cada vez después de que sus hombres me torturaran para que revelara vuestro paradero. —Bábú Sa'íd dejó vagar su mirada por cada uno de ellos hasta que se detuvo en Winston—. Por desgracia no lo sabía. De lo contrario os habría traicionado como me traicionasteis vosotros dejándome abandonado en el desierto. —Bajó los brazos. Lo tenían allí delante, completamente relajado, y era como estar en el ojo de un huracán—. Pero estaba seguro de que algún día vendríais a Delhi. ¿Dónde puede uno esconderse mejor que en un lugar donde pululan tantas personas? ¡Y mira qué feliz coincidencia! —Señaló al caos que los rodeaba—. ¡Os encuentro aquí y precisamente hoy! Voy a poder ahorrarme el esfuerzo de andar buscándoos. Ni siquiera tengo que entregaros al rajá o a sus guerreros. Puedo haceros desaparecer, simplemente.

—Bábú Sa'íd —comenzó a decir Mohan con mucha prudencia, pensando febrilmente cómo escapar de allí con la suficiente rapidez como para no poner en peligro a Sitara.

Sin embargo, Bábú Sa'íd no le prestaba atención. Contemplaba meditabundo a Ian y dijo, más para sí mismo, que para Winston:

—Tu hijo, ¿verdad? Un chico guapo. Seguramente estás muy orgulloso de él.

Con una agilidad mayor de lo que habría cabido esperar de un hombre tullido como aquel, dio un salto hacia delante, agarró a Ian y llevó el filo de su sable al cuello del chico. Miró con malicia a Winston y a Mohan, que estaban como petrificados.

—¿Qué os parece? ¿Comienzo por él?

Mohan sabía que no tenía ninguna posibilidad. Solo podía ganar un poco de tiempo.

Dejó en el suelo lentamente a la llorosa Emily, que se aferró de inmediato al borde de la *kurta* de Sitara y se pegó a su madre. Mohan agarró sin miramientos a su hermana, por cuyo rostro corrían incesantes las lágrimas del miedo, y la empujó junto con Emily a un lado, hacia el centro de la calle, donde las dos se abrazaron con la mirada aterrorizada puesta en ellos.

—Bábú Sa'íd... —comenzó diciendo Mohan con sumo cuidado, estudiando con detenimiento la postura del cipayo y esperando encontrar un punto débil para liberar a Ian de su garra—. El chico es quien menos culpa tiene de lo que sucedió en aquel entonces. Déjalo ir... por favor...

Eran las tres y media de la tarde. Desde primera hora de la mañana, el teniente George Willoughby y ocho de sus hombres se habían atrincherado en el polvorín, detrás del cementerio. Sabían que era cuestión de tiempo que los rebeldes intentaran apoderarse de las municiones y estaban pobremente armados para resistir un ataque: nueve cañones de campaña del calibre seis y un obús del calibre veinticuatro apostado frente al edificio de las oficinas no bastaban para mantener a raya un asalto de los furiosos cipayos. Había que impedir a toda costa que la munición cayera en manos de los sublevados, aunque les fuera la vida en ello. Regueros negros de pólvora iban desde el limonero marchito del centro del patio de armas hasta el corazón del arsenal. Los soldados esperaban su rescate por las tropas estacionadas en la guarnición situada a escasos kilómetros de la ciudad o la ejecución de su misión suicida.

Con el clamor y los aullidos de la chusma que los habían acompañado durante esas largas horas, llegaba otro sonido, el golpeteo del hierro sobre la piedra. Por encima de los muros distinguieron las cabezas de los rebeldes que trataban de entrar en el polvorín pertrechados con escaleras reforzadas con hierro. El hombre de confianza de Willoughby, el teniente George Forrest, y el sargento Buckley dispararon metralla con uno de los cañones de campaña, abriendo brechas en las filas de los insurgentes, que contraatacaron con disparos de fusil. Las primeras balas silbaron cerca de los ingleses y dos de los hombres gritaron al ser alcanzados.

—¡Ahora, por favor! —exclamó en ese instante Willoughby y, tal como habían acordado, Buckley le hizo una seña con la gorra para indicar que había oído la orden.

Silbando como una cobra corrió el ascua a lo largo del reguero de pólvora y desapareció en el arsenal.

La tierra tembló hasta Amballa, situada a doscientos kilómetros de distancia. Algo golpeó a Mohan en la cabeza arrojándolo al suelo; lo único a lo que pudo asirse fue Winston, al que arrastró consigo; con el rabillo del ojo llegó a ver cómo la onda expansiva de la explosión llevaba fragmentos de piedra y de hierro. Llovía polvo del cielo y, al golpearse contra el suelo perdió la conciencia y quedó tendido.

Durante unos instantes reinó el silencio, un silencio de estupefacción, horror y muerte. A continuación, como un mar encolerizado en ebullición, llegó un murmullo ensordecedor procedente de la ciudad que fue convirtiéndose en gritos y carreras enloquecidas de masas aterrorizadas que veían su única salvación en la huida.

Mohan volvió en sí, aturdido. Parpadeó varias veces, movió con cuidado los miembros doloridos, se puso a gatas apoyándose penosamente en las rodillas. Le zumbaba la cabeza y tuvo que esforzarse para ver con claridad. En el cielo flotaba una nube de humo blanco amarillento rodeada por una corona de polvo fino y rojo. Tosió, estornudó, estaba vivo. Junto a él se movió algo y reconoció a Winston, que suspiraba hondamente; fue entonces cuando le vino a la memoria dónde se encontraba y qué había sucedido inmediatamente antes de la explosión. Miró a su alrededor buscando, tanteó entre las piedras, el polvo, un charco de sangre, metal retorcido, jirones de tela de uniforme. Su mirada se detuvo en un trozo de una prenda de algodón fino que en su momento había sido roja. Apenas se veía el bordado verde, porque estaba empapada de sangre con una costra de suciedad. Alargó la mano, porque aquella prenda le resultaba extrañamente familiar sin que supiera por qué cuando vio dos cuerpos desfigurados, inertes. Emily y Sitara. Tragó saliva, haciendo un enorme esfuerzo; el dolor que recorría su cuerpo amenazaba con dejarle sin conocimiento. Temblando, siguió arrastrándose a gatas buscando a Ian. Lo encontró enterrado bajo el cadáver de Bábú Sa'íd, cuya espalda, reventada longitudinalmente, dejaba ver la columna vertebral. Jadeando, Mohan hizo rodar el cuerpo y, con sus últimas fuerzas, tiró del chico, que tenía el brazo izquierdo desgarrado desde el hombro hasta el codo y una herida sangrante en el rostro, pero vivía, respiraba aunque débilmente. Meciendo a su sobrino inconsciente, Mohan Tajid se echó a llorar. Lloró por su hermana, por su pequeña; maldijo a Shiva el destructor y a Visnú, que no la había mantenido con vida.

Levantó la vista, nublada por las lágrimas, cuando una sombra alargada cayó sobre él. Winston, cubierto de polvo y lleno de arañazos, miraba en silencio y fijamente los dos cadáveres de su esposa embarazada y de su hijita.

—Tenemos que irnos de la ciudad —articuló a duras penas Mohan, con una voz áspera que era más bien un susurro debido al polvo y a las lágrimas.

Sin embargo, Winston no le prestaba atención.

—Winston... —insistió Mohan.

Con aire distraído, Winston se llevó la mano al cuello, al medallón que llevaba debajo de la camisa destrozada y que Sitara había mandado hacer para él, de plata fina repujada con retratos, en miniatura de ella misma y de los niños, y que él había llevado desde entonces colgado de una cadena. Lo apretó fuertemente en el puño, como si contuviera su corazón, que amenazaba con romperse. A continuación se dio la vuelta, sin siquiera mirar una vez más a Mohan o a su hijo, y se fue cuesta abajo hacia la ciudad.

—¡Winston! —gritó Mohan a su espalda. Fue la única palabra que lograron articular sus labios y su lengua, aunque quería decir: «¡Tu hijo vive, Winston, te necesita! ¡Quédate, quédate con nosotros! Piensa en tu hijo.»

Gritó su nombre hasta que la voz le falló y no le quedó más remedio que ver en silencio cómo el río de fugitivos que corrían por la calle se tragaba a Winston. Entonces apretó los dientes y carraspeó. Tambaleándose, cargó a Ian sobre su hombro y se unió a la muchedumbre que se apresuraba en dirección a la puerta de Nigambodh-Darwazah, hacia la orilla del río. Allí consiguió sosegar un caballo de la caballería, sobresaltado y atemorizado, que había perdido a su jinete entre los juncos, de modo que pudo dejar a Ian encima y subirse a la montura. Cansado, presionó con los talones los flancos del animal y lo dirigió hacia el sur, dando la vuelta a la ciudad en sentido contrario a la marcha de los fugitivos, porque no quería arriesgarse a encontrarse de frente con las tropas, que seguramente ya estaban de camino desde la guarnición del norte y que podrían tomarlo por uno de los rebeldes y en caso de duda no perderían el tiempo con ningún interrogatorio concienzudo.

Pero ¿hacia dónde dirigirse? No conocía las dimensiones del alzamiento en el país. Al anochecer se apercibió de que había tomado rumbo hacia Rajputana. Sin ningún plan, sin ninguna idea clara en mente, continuó cabalgando, siguiendo su brújula interior, que le marcaba inequívocamente un destino: Surya Mahal.

15

Ningún viaje de los que Mohan había emprendido jamás, ninguno de los que haría con posterioridad en su vida estuvo tan en la cuerda floja entre el reino de los vivos y el abismo de la muerte como en esa huida del infierno de Delhi durante aquellos días y semanas. Un rescoldo de razón le advertía de que era una locura recorrer un trayecto tan largo con un chico gravemente herido bajo el sol tórrido del verano, desarmado, sin provisiones ni agua potable, en una estación del año en la que la tierra de la India se resecaba; le advertía que significaba la amenaza del rajá si lograban llegar con vida a Surya Mahal. La razón le aconsejaba buscar cobijo en una ciudad, en un pueblo o en una casa de campo, al menos hasta que las heridas de Ian estuvieran mínimamente curadas y se hubieran abastecido con lo más imprescindible para el viaje. Sin embargo, no poseía nada para efectuar un canje, porque el último resto de su fortuna, el dinero en efectivo y las joyas sin engastar, se habían quedado en Delhi. Su instinto le decía que en gran parte del país se habían producido sublevaciones o se producirían en breve, y también que el rajá no ocasionaría ningún daño a su nieto indefenso. Finalmente prefirió consumirse en alguna parte del desierto de Rajputana a caer entre las dos líneas del frente sin estar en disposición de poder defenderse ni defender a Ian.

Así que cabalgó día y noche por las llanuras yermas y secas de los alrededores de Delhi, por las estepas polvorientas y muertas de Rajputana, evitando cualquier población, aunque eso significara muchas veces un rodeo de varias millas. Durante el día, el sol, de un color blanco cegador, lo abrasaba todo desde un cielo que parecía disiparse en torno a la corona solar en burbujas. El suelo, que reverberaba, le hizo creer en más de una ocasión que se habían desviado del camino y que cabalgaban hacia una de las zonas donde Winston le había contado que podían caer en cualquier momento en arenas movedizas. Por las noches, el calor que ascendía de la tierra resquebrajada, la arena y el polvo apenas permitía que el aire se refrescara. Mohan creía poder tocar las estrellas con la coronilla. Los aguaderos eran muy poco frecuentes, pero cuando daban con alguno Mohan desmontaba, hacía un cuenco con las manos y vertía el valioso líquido en la boca ligeramente abierta de Ian antes de ponerse a beber él. Masticaba hierbas, hojas secas y bayas hasta formar una papilla que ponía en la garganta del chico, como si fuera una cría de pájaro, estimulando así su reflejo de deglución, mientras su caballo arrancaba con desesperación la paja seca y las ramas duras de la tierra. Dos veces se levantó una nube de polvo como por arte de magia, extendió sus alas y se precipitó sobre ellos rugiendo, bramando, engullendo. En una ocasión fue en unas rocas, y en la otra, en los cimientos de un *chattris* semiderruido donde encontraron refugio de las mortales tormentas de arena que barrían la estepa sin previo aviso, metiéndose en ojos, boca y nariz, arañando, ahogando y tragándose caravanas enteras de camellos sin que volviera a saberse de ellas. A veces despertaba Ian de su estado y, sin decir palabra, mantenía abiertos un buen rato los ojos enfebrecidos, sin soltar una lágrima, sin una queja, antes de volver a desmayarse. Se había secado la sangre de sus heridas en torno a la carne viva, y en algún momento Mohan dejó de tener fuerzas para espantar las moscas irisadas que revoloteaban a su alrededor y caían en bandada sobre ellos como si estuvieran marcados por la infamia. Sobre sus cabezas sobrevolaban los buitres, y de noche los rodeaban las hienas de ojos luminosos, que se atrevían a acercarse hasta una distancia de pocos pasos del rocín cansino.

Al principio Mohan le mostraba su descontento a Visnú y hablaba enfurecido con Krishna, exigiendo respuesta y guía, pero como los dioses se mantenían en silencio, como parecían haber apartado su rostro de ellos definitivamente, él se calló también y siguió cabalgando ciego y sordo, con el alma y el espíritu vacíos, minados y resecos, sin espacio para el dolor ni tampoco para la tristeza.

Mientras iban avanzando así, a trancas y barrancas, el teniente Willoughby y sus hombres, que habían escapado todos milagrosamente a la explosión del polvorín, huían de la ciudad con otros oficiales y civiles con esposas e hijos, en carruajes, a caballo y a pie. Huían de una ciudad en la que aquellos que no habían conseguido escapar se entregaban a un macabro juego del escondite con los sublevados en el que nadie sabía cuál de los criados en los que había confiado durante tanto tiempo era amigo o enemigo, quién le escondería a uno en el armario ropero o en el establo, y quién, en un arranque de odio largamente reprimido, optaría por echar mano del cuchillo de cocina.

Muchos escaparon por los pelos a la chusma, pero cincuenta británicos, hindúes y euroasiáticos convertidos al cristianismo fueron capturados y reunidos en la ciudad, encarcelados en el Fuerte Rojo y masacrados en un patio interior del palacio en presencia de Bahadur Shah y de su familia.

En Simla, ciento sesenta millas al norte de Delhi, en medio de rododendros de flores escarlata, llegó el 12 de mayo un telegrama dirigido al excelentísimo general George Anson durante una velada social. Molesto por aquella interrupción en su período de veraneo, deslizó el fino sobre azul debajo del plato sin prestarle mayor atención y siguió dedicado a la conversación ligera con sus invitados, al menú de varios platos en vajilla de plata y cristal fino, a los excelentes vinos. Cuando se retiraron las señoras se sirvió el oporto y el humo de los puros ascendió al techo. Abrió entonces el telegrama mientras hacía un comentario chistoso y se quedó blanco.

La defensa de la India estaba orientada a ataques más allá de sus fronteras. La munición y los almacenes de artillería se encontraban al noroeste, a cientos de kilómetros de distancia. En el Panyab, la «tierra de los cinco ríos», diez mil soldados británicos salvaguardaban desde hacía ocho años los muchos kilómetros de frontera que los separaban de los belicosos afganos. Desde el final de la guerra de los sij, en 1846, se había prohibido a los comandantes del Ejército mantener trenes de artillería debido a su elevado coste. Para el transporte de tropas, municiones y provisiones se utilizaron carros tirados por bueyes, elefantes para el transporte de los cañones, camellos para el equipaje, y hubo que contratar a mozos de cuadra y aguadores.

Cuando el general Anson partió, dos días más tarde, hacia Delhi, estaba claro que transcurrirían entre dieciséis y veinte días hasta poder concentrar unas fuerzas completas de ataque en torno a los muros de la ciudad ocupada. No había vendas ni medicinas, no había carros ni camillas para los heridos, no había munición; las tiendas de campaña no estaban preparadas y no había tropas inglesas en ninguna ciudad grande en un radio de cientos de kilómetros. Y los únicos cañones de que disponían para asaltar la muralla, que en algunos puntos tenía cuatro metros de grosor, eran cañones de campaña del calibre seis y nueve, cuyos proyectiles, en el mejor de los casos, podían abrir un agujero de un metro en aquellos gruesos muros de barro. Los rebeldes de Delhi tenían a su disposición el mayor arsenal de la India, compuesto por cientos de piezas de artillería pesada, decenas de miles de equipaciones completas para los soldados y millones de cartuchos... y quien dominaba el valle del Ganges dominaba la India, tal como se solía decir.

Ni el mismo Anson sabía cómo cumplir la orden de lord Canning, el gobernador general de Calcuta, que vivía a mil quinientos kilómetros de distancia, de proteger Kanpur, situada a cuatrocientos kilómetros al sureste y, al mismo tiempo, con tan solo dos mil novecientos hombres, tomar Delhi al asalto.

La lentitud con la que se ponía en marcha el aparato militar de los británicos contrastaba con la rapidez con la que se difundía el anuncio de la rebelión de boca en boca. Mientras se celebraba el baile de gala en conmemoración del aniversario de Su Majestad la reina Victoria, el 25 de mayo, y lady Canning seguía con sus paseos vespertinos por la ciudad, familias enteras huían de Calcuta en barcos de vapor atestados por el curso lodoso del río Hugli y civiles armados hasta los dientes velaban el sueño inquieto de sus esposas e hijos. El calor tórrido, la fiebre y el cólera abrieron un nuevo frente de guerra, y el general Anson fue uno de los primeros en caer durante la marcha a Delhi de finales de mayo.

Igual que un intenso seísmo, la revuelta abrió una zanja divisoria por todo el país. Numerosos hindúes se pasaron al bando de los rebeldes con entusiasmo, mientras que otros anteponían a su orgullo nacional el provecho que habían sacado de la dominación británica y defendían la causa británica, entre ellos los sijhs y los gurkhas, dos pueblos tradicionalmente guerreros. Algunos marajás que demostraron su gratitud a los ingleses esperaban recibir una compensación por su apoyo; otros vieron llegada la hora de la venganza y de la reconquista de su antiguo poder. Sin embargo, la gran mayoría en la India, millones y millones de hinduistas y musulmanes, campesinos y artesanos, hablaran hindustaní o urdu o el dialecto o idioma que fuera, perseveraban en su condición de espectadores, esperando asustados a ver hacia qué bando del poder se decantaría finalmente el péndulo.

Mohan Tajid libraba su propia batalla contra el calor, contra el hambre y la sed, también contra el tiempo, que se le escapaba inexorablemente a él, pero sobre todo a Ian, llevándose consigo su vitalidad. Cuando el caballo llegó al agotamiento y, cubierto de espuma, se desplomó bajo ellos, Mohan se puso al chico a los hombros y siguió dando tumbos por aquel calor tórrido que cocía y pulverizaba las llanuras de Rajputana. Tenía los labios llenos de llagas y las cuerdas vocales inflamadas, de modo que era silenciosa la oración con la que encomendaba su vida y la de Ian a Visnú, mientras iba dando un paso tambaleante tras otro, y uno más, y otro. La arena le quemaba las plantas de los pies descalzos y el aire ardía a su alrededor, cintilaba, reverberaba, le dolía en los ojos hinchados. Una ola de pleamar fue rodando hacia él, se detuvo de pronto y se levantó formando los tejados y muros de un palacio que parecían querer volver a disolverse enseguida. Sin embargo, permanecieron sólidos y sus contornos se hicieron nítidos con aquel viento ardiente a pesar de que no se acercaban lo más mínimo con el paso de las horas. Mohan arrastraba los pies con obstinación, tambaleándose bajo el peso de Ian, y en su cráneo dolorido resonaban las mudas exclamaciones con las que rogaba que se abrieran aquellas puertas y contraventanas cerradas. Siguió adelante jadeando. La puerta norte, maciza, permanecía en su campo visual, unas veces tan cerca que parecía al alcance de la mano, otras a una distancia enorme, inalcanzable. Cuando le cedieron las rodillas y se hundió en el suelo ardiente, sintió el hálito fresco de las alas de un ave en la piel quemada. Feliz de constatar que Visnú había enviado el águila Garuda a salvarlos, contrajo los labios agrietados en una sonrisa antes de caer en la negrura de la inconsciencia.

16

El péndulo se movía sobre la India sin decidirse, oscilaba hacia un lado, luego hacia el otro, trazaba curvas y elipses, se detenía unos instantes cuando oficiales sensatos y decididos lograban desarmar a sus soldados hindúes o asegurarse su lealtad en Lahore, Agra, Calcuta, y de este modo, el Panyab y Bengala permanecían en calma en su mayor parte. Sin embargo, ardía un fuego latente bajo la tierra quemada; no había pasado lo peor ni mucho menos, como algunos irreflexivos proclamaban a voz en grito. La nota redactada por lord Canning y difundida por el país, en la que se decía que el Gobierno no se entrometería en asuntos religiosos ni en las costumbres de las castas de sus súbditos, cayó en saco roto. Estallaron nuevos focos en Rohilkhand y en Oudh, aguas del Ganges abajo, y otros aislados hasta Rajputana, que acabaron finalmente por prender en el corazón del subcontinente una guerra que arrasó una superficie equivalente a la cuarta parte de Europa cuando los hindúes se levantaron contra sus señores coloniales: en Mathura, Bharatpur, Gwalior, Jhansi, Allahabad, Saharanpur, Benarés, Lucknow, Jodhpur. Y Bahadur Shah, proclamado nuevo emperador mogol de la India, compuso jubilosa y conscientemente esta frase tan lograda: *Na Iran, ne kiya, ne Shah russe ne – Angrez ko tabah kiya Kartoosh ne.* «Conquistaron Persia y derrocaron al zar de Rusia, y esos mismos ingleses cayeron por un simple cartucho.»

En Bareilly, una bala disparada por su propio cipayo hizo trizas la espina dorsal de un general de brigada, que murió lentamente, retorciéndose de dolor, oyendo las campanadas del domingo; su sangre empapó la paja y el abono del corral de los camellos. Los insurgentes ataron por los pies a un trabajador que se había convertido del hinduismo al cristianismo y lo arrastraron por las calles de Delhi para que la gente lo pisara, le escupiera y se burlara de él; finalmente lo decapitaron de un golpe de espada, de modo que la sangre manó de su torso derramándose por la calle. Enseñando los dientes como perros sedientos de sangre, unos hombres con turbante asaltaron una iglesia durante la oración, despedazaron a hombres, mujeres y niños; una niña de cinco años que sobrevivió milagrosamente a la masacre despertaría el resto de sus días gritando, acosada por pesadillas que tenían por escenario esa iglesia. Un juez esperaba en Fatehpur, Biblia en mano, el asalto de los rebeldes. Consciente de su deber, había enviado a todos los demás europeos de la ciudad a Allahabad, río abajo, y se había impuesto a sí mismo la misión de una resistencia heroica. Cuando llegó la oleada de chusma a la casa, en la que había montado una barricada, consiguió matar a disparos a dieciséis antes de que acabaran con él. Sus rabiosos asesinos entraron a saquear el edificio pasando al lado de la columna en la que el mismo juez había colocado en su día un cartel con la inscripción de los diez mandamientos en inglés e hindustaní: «No robarás. No matarás.» A partir de entonces lo único que tenía validez era el «ojo por ojo, diente por diente».

El péndulo de la guerra oscilaba frenético, se sucedían día a día los informes con detalles cada vez más crueles, más exagerados, sobre las acciones cometidas por almas agitadas de ambos bandos. Los soldados se convirtieron en ángeles vengadores que intentaban apresar con espada y fuego el demonio desatado de la rebelión; estaban orgullosos de sus actos, que consideraban justificados después de las atrocidades de Meerut y Delhi y los crímenes de las semanas y los meses posteriores.

A once hombres sospechosos de haber asesinado a un médico huido de Delhi y a su familia después de violar a la esposa les frotaron el cuerpo con manteca de cerdo, les embutieron a cada uno un trozo de carne de cerdo en la garganta y los ahorcaron. Colgados de las ramas de los árboles se bamboleaban los cuerpos de hindúes que, justa o injustamente, habían sido ahorcados acusados de rebeldía. Algunos cuerpos estaban agrupados formando conjuntos estrafalarios debidos a la imaginación cruel de alguno; tales escenas se veían en las calles por aquellos días. Los cipayos amotinados de un regimiento fueron reducidos y congregados en el patio del cuartel y destrozados por fuego de artillería. Cualquier hindú que apresaban era ahorcado, quemado, fusilado, masacrado; saqueaban los pueblos, ultrajaban a sus mujeres. Los hindúes, enfurecidos por esas acciones, se desquitaban a su vez masacrando a hombres, mujeres y niños.

Durante mucho tiempo, Mohan Tajid se debatió entre la vida y la muerte, moviéndose en un mundo de sombras en el que caminaba por los pasillos y patios del palacio convertido nuevamente en un niño pequeño, seguido por Sitara, que se esforzaba por seguirle y no podía porque se lo impedían las tiras de tela de su sari. Le gritaba entonces que la esperara, pero, al volverse con una sonrisa, lo alcanzaba la onda expansiva de la explosión. Lo último que veía antes de caer al suelo era el asombro en el rostro de Sitara, que se solapaba con el de Emily, en cuyos ojos anidaba una angustia mortal. Volvía a encontrarse en las calles de Delhi, desiertas y en un silencio opresivo. El suelo cedía bajos sus pies y cuando bajaba la vista veía el pavimento cubierto de cuerpos inertes. Por mucho que se esforzaba en no pisar ningún muerto para no infamarlo, no lo conseguía porque eran demasiados. Veía todos aquellos rostros desfigurados por la agonía de la muerte y buscaba a su familia en ellos, pero todos los rasgos le eran desconocidos. Tropezaba, se caía, no aguantaba más sobre sus piernas, seguía hacia delante arrastrándose y apretando los dientes. Haces de luz se elevaban frente a él como dedos y sabía que debía llegar, tenía que llegar al final de la carretera; cuando creía que ya no podía seguir porque el sol era demasiado doloroso para sus ojos, la carretera dio paso a un amplio valle verde en el que soplaba una brisa suave que refrescó agradablemente su piel quemada.

—Mohan —oyó que susurraba a lo lejos una voz suave y, cuando levantó la vista, ante él estaba Winston abrazando por la cintura a Sitara y con la otra mano sobre el hombro de Ian.

Emily se le echó encima de un salto con una risa argentina y alegre. Suspiró de alivio y se arrastró hacia su familia, pero entonces el suelo se abrió y cayó en el abismo, incapaz de distinguir nada más.

Abrió los ojos. Lo veía todo borroso. Alzó una mano pesada y algodonosa para frotarse los ojos, pero alguien lo sujetó por la muñeca.

—¡No! —exclamó una voz masculina en hindustaní

con acento rajput—. ¡De lo contrario no hará efecto el ungüento!

Mohan intentó hablar pero sus cuerdas vocales no emitieron ningún sonido. Carraspeó y la garganta le dolió tanto que se estremeció. Lo intentó otra vez, y otra, y por fin graznó:

—¿Y el chico?

—Se salvará. Los dioses han sido más que generosos con vosotros.

Mohan quiso levantarse para ir a ver a Ian, pero una mano lo empujó para que apoyara de nuevo la cabeza en la almohada.

—Quedaos tumbado. Todavía os queda mucho para recuperaros.

—El rajá... al chico... no hacer nada... su nieto —dijo atropelladamente Mohan, y cada palabra le arañaba la garganta como una piedra cortante.

—Tranquilizaos, Alteza —dijo la voz en tono apaciguador y autoritario a partes iguales—. Estáis sanos y salvos, los dos.

Mohan no podía asentir todavía.

Cayó de nuevo en la negrura de la inconsciencia, en el reino de las sombras, donde se topó con Krishna y le exigió acaloradamente una respuesta a por qué habían tenido que morir Sitara y Emily. Krishna lo miró, le dio la espalda y se fue sin más. Mohan, incapaz de moverse, como si hubiera echado raíces, le gritó, lloró, imploró, blasfemó. Pero los dioses, tanto Krishna como Visnú y Shiva, permanecieron en silencio. Mohan Tajid tuvo que seguir caminando una vez más por el desierto, y el sol quemaba tanto que las zarzas entre las rocas estallaban espontáneamente en llamas claras. Un fuerte crujido hizo que levantara la vista. El ala de un águila le rozó y le hizo caer al suelo. Luego se vio a lomos del ave, con Ian durmiendo a su lado. El águila remontó el vuelo hasta alcanzar una altura vertiginosa, y el viento secaba las lágrimas de Mohan y le cerraba los párpados con suavidad hasta que se quedó dormido.

Parpadeó. Le llegó desde lejos un sonido que no supo identificar, uniforme, susurrante. A continuación, su rostro se contrajo involuntariamente en una sonrisa. Llovía. Alzó bruscamente la cabeza, pero la dejó caer de nuevo con un quejido de intenso dolor. «El monzón...» Debían haber pasado muchas semanas desde su huida de Delhi aquel horroroso día. Giró la cabeza e intentó reconocer algo, pero todo se le nublaba. Volvió a parpadear y, poco a poco, enfocó la vista. A partir de formas vagas fueron dibujándose los contornos de una mesita llena de botellitas y pequeños cuencos de barro. Apareció en su campo visual la figura de un anciano de barba blanca. La imagen se desdibujó y recuperó la nitidez. El viejo reapareció y, con el pulgar y el índice, le abrió los párpados y examinó sucesivamente los ojos de su paciente. Luego le cogió la muñeca y le tomó el pulso con toda atención.

—Amjad Das —dijo Mohan a duras penas, perplejo tanto por recordar aquel nombre después de tantos años como por el hecho de no sentir ya apenas dolor al hablar.

Las arrugas en torno a los ojos del anciano médico se hicieron más profundas cuando sonrió.

—El mismo, Vuestra Alteza. Con ello deduzco que vuestra memoria ha resistido bien.

—El chico...

—Duerme, gracias a Visnú. Tendrá que vivir con unas cicatrices muy feas, pero se restablecerá por completo.

El médico vaciló un instante, como si fuera a añadir algo, pero permaneció en silencio y, muy serio, se puso a preparar una medicina junto a la mesa.

Mohan se incorporó a duras penas y apartó la fina sábana.

—¡Alto! —le espetó bruscamente Amjad Das, casi con enfado—. ¡No os podéis levantar todavía!

Mohan Tajid estuvo tentado de darle la razón. Le dolía cada centímetro del cuerpo; se notaba los huesos, los músculos y los tendones blandos como col hervida.

—Tengo que levantarme —replicó, apretando los dientes. Se incorporó hasta quedar sentado y arrastró una pierna por encima del borde de la cama.

El médico dejó de golpe el cuenco en la mesita.

—Con todos mis respetos, Vuestra Alteza, ¡los Chand están todos cortados por el mismo patrón!

Mohan respondió a esa observación con una sonrisa cansina.

—Con todos los años que lleva usted al servicio de la familia no debería esperar otra cosa.

—En efecto —dijo Amjad Das, resoplando—. ¡Pero ahora quedaos donde estáis! Voy a enviaros a alguien para que se ocupe de Vuestra Alteza...

A Mohan le pareció que pasaban horas hasta que estuvo bañado, afeitado y vestido. Continuamente veía chiribitas y las piernas se le doblaban. Sin embargo, cuando se dispuso a abandonar la habitación rechazó toda ayuda. Con un brazo vendado todavía, fue tanteando con cuidado, apoyándose en las paredes. Sentía una extraña sensación al ir cojeando por el pasillo en el que había crecido y que hacía tanto que no veía, profundamente familiar y al mismo tiempo horrorosamente ajeno.

Abrió la puerta con suavidad y se adentró en la fresca semipenumbra del cuarto. En la ventana murmuraba la lluvia monzónica, a lo lejos retumbaban los truenos. Una corriente de aire hinchaba las ligeras cortinas, mezclando el aire que olía a hierbas y ungüentos de la habitación con el aroma fresco de la tierra recién mojada. Ian dormía como un tronco un sueño tranquilo, sin fiebre, con vendas en la cabeza, la mitad del rostro y un brazo, hasta el hombro. Fue entonces cuando Mohan notó la presencia del hombre que estaba sentado en una silla, al lado de la cama, contemplando al chico, y necesitó unos instantes para reconocer a su padre, el rajá.

Había envejecido, tenía el pelo cano bajo el turbante ricamente guarnecido y su barba era tan blanca como su chaqueta bordada, extrañamente gruesa y a la vez encogida. Mohan creyó que no le había oído entrar y ya se disponía a salir a hurtadillas de la habitación cuando el rajá dijo en un tono suave:

—Se parece a ella.

Las lágrimas afloraron a los ojos de Mohan Tajid. El dolor por Sitara fue como un puñetazo del que la mano bondadosa de Krishna lo había protegido durante mucho tiempo. Quiso responder, pero la tristeza y la cólera le cerraron la garganta.

El anciano Chand alzó la cabeza y, por primera vez tras todos aquellos años, se miraron de nuevo a los ojos padre e hijo.

—Cuéntame lo que pasó.

Los dos caminaban en silencio: Mohan con andar lento e inseguro pero recuperando las fuerzas con cada paso que daba; el rajá pesadamente, sus pasos acompañados por el repiqueteo de su bastón con empuñadura de plata repujada en las losas de piedra. Se sentaron en una sala lujosamente decorada con sillones a la moda occidental y, cuando se retiraron las criadas que les habían servido refrescos y encendido los quinqués para iluminar la luz crepuscular de aquella tarde lluviosa, Mohan Tajid comenzó a relatar lo sucedido de una manera sobria y objetiva. El rajá le escuchaba en silencio, sin moverse ni interrumpirlo una sola vez, sin mirarle a la cara.

Cuando acabó su relato, Mohan se humedeció la garganta seca con un vaso de *chai*. El rajá continuó en silencio, contemplando un punto en algún lugar del triángulo formado por la alfombra, la punta del bastón y sus pantuflas bordadas. Finalmente carraspeó y tomó la palabra.

—Rani nunca me perdonó que ordenara vuestra persecución todos estos años. Nunca lo dijo, porque para eso era una esposa demasiado sumisa, pero me lo hizo sentir cada día, hasta en su lecho de muerte.

Mohan Tajid se quedó mirando fijamente al frente, apático. Así pues, Kamala, su madre, tampoco vivía ya... Le asustó que le afectara tan poco esa noticia, como si hubiera consumido toda la tristeza, todo el dolor del que era capaz. Hubo una pausa muy larga, en la que el rajá fue repasando con su bastón los arabescos de la alfombra.

—Siempre he vivido y actuado según dictan la fe y las leyes de nuestros antepasados —dijo el anciano finalmente con la voz ronca.

—Lo sé —respondió Mohan Tajid. Conocía a su padre y sabía que sus palabras eran un intento de justificación, un ruego de perdón, aunque Dheeraj Chand fuera demasiado orgulloso para formularlo así.

El anciano Chand asintió meditabundo antes de mirar a la cara a su hijo.

—¿Os quedaréis aquí?

—No sabemos adónde ir —dijo Mohan Tajid con esfuerzo y tirando del vendaje de su brazo.

Su padre volvió a asentir con la cabeza y se levantó.

—Siempre es bueno regresar a donde arraigaron los abuelos.

Se dispuso a abandonar la habitación, y Mohan sintió una opresión dolorosa en el corazón cuando vio el aspecto cansino del anciano, como roto a pesar de su esfuerzo por mantenerse erguido. De camino hacia la puerta el rajá se volvió.

—¿Cómo se llama el chico?

Mohan titubeó brevemente y decidió darle el nombre hindú de Ian.

—Rajiv.

El anciano Chand escuchó con atención los ecos de aquel nombre antes de asentir con la cabeza.

—Un buen nombre para un guerrero.

Cuando la puerta se cerró suavemente tras su padre, Mohan Tajid se recostó con cansancio en el sillón. Le dolía todo el cuerpo y estaba exhausto. Se preguntó si había obrado correctamente al llevar a Ian hasta allí; sin embargo, sabía perfectamente que no le había quedado más remedio que decidirse por esa opción.

17

Los británicos llevaban meses luchando por mantener la India para la Corona y fueron llegando poco a poco tropas de otras partes del Imperio: soldados estacionados en Birmania, procedentes de Persia, de China y de Mauricio; escoceses de las Tierras Altas con sus kilts y sus barbas pelirrojas; regimientos procedentes de Malta y de Suráfrica en otoño; finalmente, en noviembre, desembarcó en el puerto de Bombay un regimiento de húsares procedente de Southampton. En septiembre cayó Delhi después de más de dos meses de sitio, y los ingleses festejaron su victoria con saqueos, asesinatos y ejecuciones.

Se había demostrado que era válida la estrategia de Dheeraj Chand de escapar inteligentemente de los tentáculos del Imperio británico. La situación apartada de su principado también era conveniente. Las olas de la guerra llegaban hasta Jaipur, pero en las estepas y desiertos de Rajputana reinaba la calma, y en especial Surya Mahal era una de las pocas islas de paz en las que no descargó la tormenta que tenía su centro en el valle del Ganges y cuyos ramales alcanzaban las fronteras de ese vasto país.

Fue también en septiembre cuando Ian regresó definitivamente al reino de los vivos. Los médicos del rajá, al frente de los cuales estaba Amjad Das, lograron realizar un buen trabajo en todo lo que estaba en sus manos. A pesar de que tenía el brazo hasta el hombro todavía débil y macilento por las largas semanas de inmovilización, las heridas estaban bien curadas y podría volver a utilizarlo igual que su brazo sano. Sin embargo, llevaría de por vida las cicatrices, también en la mejilla.

«Igual que si Brahma me hubiera regalado a mi sobrino una segunda vez», pensó Mohan el día que entró en la habitación del enfermo y vio a Ian con la mirada clara y despierta.

—¿Dónde estamos? —le preguntó el chico en lugar de saludarlo.

—En el palacio de Surya Mahal —respondió Mohan. Cogió una silla y se sentó al lado de la cama—. En el corazón de Rajputana. Aquí nacimos... aquí nací y me crie yo.

—¿Dónde está mi madre? —la pregunta de Ian fue así de simple y precisa, sin titubeos, como si presintiera cuál era la respuesta.

Era ese el momento que tanto había temido Mohan Tajid todo el tiempo que había estado pendiente de Ian en aquella habitación de enfermo. Bajó la vista y sintió cómo le perforaban los ojos del chico.

—Está muerta —dijo Mohan en voz baja—. Como... como tu hermana.

Cuando alzó la vista vio que Ian miraba fijamente un punto en el cuarto; sus ojos, ya en absoluto infantiles, eran duros cómo el ónice.

—¿Cómo murieron?

—Hubo... hubo una explosión. —Mohan inspiró profundamente—. Cuando intentábamos huir de la ciudad. No sé nada más con detalle.

—Yo... yo me acuerdo del estallido —dijo el chico, e involuntariamente se pasó la mano derecha sin vendar por el cuello, como si siguiera notando allí la presión del filo del sable de Bábú Sa'íd—. Recuerdo también el desierto, el calor. —Se quedó un rato abismado en sus recuerdos, hasta que volvió a fijar su mirada en Mohan—. ¿Y mi padre?

Mohan tragó saliva y permaneció en silencio unos instantes. ¿Cómo habría podido explicarle lo que él mismo no entendía, lo que él mismo no sabía? Le describió aquellos últimos minutos con todo detalle, tal como lo guardaba todavía en su recuerdo.

—¿Nos encontrará aquí? —Ian lo miraba con una expresión más inquisitiva que implorante. Volvía a ser un niño vulnerable y desamparado cuando añadió en voz baja—: Porque nos estará buscando, ¿verdad?

Mohan asintió con la cabeza y le aseguró, con una opresión dolorosa en el pecho:

—Seguro que sí. Lo más tardar cuando acabe la guerra.

Sin embargo, lo dudaba y, lo que era peor, constató en la mirada de Ian que también él dudaba de tal cosa.

Amjad Das les prescribió ejercicio a los dos para robustecer nuevamente sus músculos atrofiados, así que Mohan e Ian caminaban por el palacio a diario y cada día una hora más por los interminables pasillos y los patios interiores, en los que entretanto volvía a brillar el sol. No le pasaban inadvertidas a Ian la destreza de generaciones de canteros y tallistas, la suntuosidad de las telas bordadas, de la marquetería, de los muebles valiosos, los candelabros, las estatuas, las alfombras, y no se hartaba de admirar la belleza opulenta del palacio. Formulaba miles de preguntas. Preguntaba por su abuelo, el rajá, por la vida que había llevado

Mohan Tajid allí, por su madre, por su padre. Mohan Tajid dudaba al principio si contarle las circunstancias de su huida del palacio, la causa de su partida abrupta del valle de Kangra. Sin embargo, Ian se obstinaba en querer saber, lo acribillaba a preguntas y asimilaba con todo detalle las descripciones de Mohan. A continuación caía en un silencio ensimismado que se fue convirtiendo en un rasgo característico de su personalidad. Parecía haber desaparecido el niño que había en él. Era precoz, demasiado precoz, había madurado y se había hecho adulto.

—Aquí —dijo Mohan cuando pisaron el jardín asilvestrado, descolorido y polvoriento a la pálida luz del atardecer—. Aquí nos encontrábamos siempre tu padre y yo en secreto. Y aquí se tropezó con tu madre.

Ian miró a su alrededor en silencio, contempló las ramas, que habían crecido en exceso, llenas de flores mustias, la maleza seca de varios otoños sobre las baldosas sucias que en su día fueron blancas y azuladas, la fuente seca. Se encontraba, callado y ensimismado, en el mismo lugar en el que había sido engendrado. Levantó la vista hacia el Ánsú Berdj, la cárcel de su madre.

—¿Por qué nos ha dejado con vida? —preguntó finalmente.

Mohan sacudió la cabeza.

—No lo sé. Quizá porque pensó que ya había ocurrido más que suficiente para el honor de la familia.

Ian contempló el manzano con sus frutos manchados y arrugados. Muchos habían caído del árbol y se pudrían en el suelo.

—Nunca más quiero depender del favor de otra persona —murmuró, más para sí mismo que para Mohan, y este último sintió un escalofrío en la espalda por la dureza de su voz.

—Ven —tocó a Ian con suavidad en el hombro—, tenemos que irnos. El rajá quiere conocerte.

Ya era de noche, los quinqués estaban encendidos. Dheeraj Chand los esperaba en uno de sus aposentos, sentado en una silla tapizada de madera de cerezo tallada. Detrás de él había un guerrero armado con mirada vigilante.

Ian, vestido con un traje claro confeccionado a medida al estilo de los uniformes rajputs, el brazo izquierdo todavía en cabestrillo y con Mohan pegado a su espalda, examinó con atención al anciano, ataviado con una chaqueta bordada y un turbante rojo adornado con joyas. Estuvieron un rato mirándose, abuelo y nieto, antes de que el rajá tomara la palabra.

—¿Sabes quién soy?

—El rajá Dheeraj Chand —respondió Ian con voz firme—, mi abuelo. El mismo que persiguió a mis padres por toda la India antes de que yo naciera y el que nos obligó a huir a Delhi, donde yo perdí a mis padres y a mi hermana —añadió con acritud.

—Disculpad, él... —se apresuró a decir Mohan, intentando reparar la afrenta de Ian, pero el rajá le hizo callar con un gesto imperioso de su mano cargada de anillos.

—De la misma manera estuvo tu padre frente a mí hace muchos años —dijo el anciano Chand con gesto meditabundo—, y exactamente igual que en aquella ocasión no sé si atribuir tu conducta a la intrepidez o a la arrogancia.

Apoyó las dos manos en la empuñadura del bastón.

—No era tonto tu padre. Quizá se hubiera convertido incluso en un gran guerrero con el tiempo. Pero... —se levantó, expulsó largamente el aire de los pulmones y se acercó unos pasos a Ian—, pero era y siguió siendo un *feringhi.*

Un blanco, un infiel lo bastante estúpido como para ignorar los usos y costumbres de este país y creer que no tenía por qué acarrear con las consecuencias de su actitud. Por eso os llevó a la ruina. Y esto... —Ian se estremeció cuando el anciano rozó ligeramente la herida de su mejilla que estaba cicatrizando lentamente—. Esto te lo recordará siempre. —Contempló al chico con una mirada escrutadora—. Me gustaría mucho ver cuánto tienes de verdadero rajput y saber si eres digno de tu genealogía. Es mi sangre la que corre por tus venas, una sangre principesca, pero nunca olvidaré que está mezclada con la del *feringhi* que tanto oprobio trajo sobre nosotros, que eres hijo de una unión impura y no consagrada. Y tú... —volvió a erguirse en toda su estatura y dio un paso atrás—, tú harás bien en no olvidarlo nunca tampoco.

Volvió a sentarse en el sillón con torpeza.

—Eres mi nieto, pero también eres un bastardo. Esa es la herencia que te han dejado tus padres. No lo olvides jamás.

18

Hizo falta casi un año y medio para que el país recobrara paulatinamente la calma. Cada vez fueron menos frecuentes las escaramuzas, si bien no se declaró la paz en todo el país hasta el mes de julio de 1859. El tributo de sangre que pagaron por esa paz los señores coloniales fue asombrosamente escaso dada la crueldad de la guerra; nunca se dio una cifra exacta de bajas en el bando hindú; sin embargo, la India no volvería a ser el mismo país que había sido. Los esqueletos de las víctimas y sus tumbas, las ruinas calcinadas, los edificios derruidos o dañados por el fuego de los fusiles y las balas de cañón eran las huellas visibles que la guerra había dejado en la superficie. Mucho más profundas eran las heridas en las mentes y en los corazones de la gente, de difícil cura y dolorosa cicatrización.

Los británicos trataban con profunda desconfianza a los hindúes, con una cólera muy arraigada por el orgullo herido y con desprecio, mientras que el alma de la India destilaba una amargura cargada de odio por la derrota y la humillación sufridas.

El 1 de noviembre de 1859, la reina Victoria declaró que

toda la autoridad en la India estaría a partir de entonces exclusivamente en manos de la Corona; la Compañía Británica de las Indias Orientales, sus funcionarios y soldados, habían cumplido su labor. Se desarmó a la población civil en la medida de lo posible, se redujo la cifra de cipayos y se equilibró bien la proporción de hinduistas y musulmanes para aprovechar la rivalidad entre ellos en caso de emergencia. La artillería pasó por completo a manos europeas. Un tribunal militar declaró a Bahadur Shah culpable de sedición, traición y asesinato múltiple, y lo desterró del país, juntamente con numerosos príncipes y soberanos que se habían levantado contra los británicos. Lord Canning fue nombrado virrey, cargo que añadió al que ya poseía de gobernador general. Se paralizó toda política de expansión; tenía absoluta prioridad la consolidación del poder dentro de las fronteras existentes de la India colonial.

Oficialmente toda la India estaba bajo el control de la Corona. Se pasó por alto tácitamente que existían unos cuantos principados independientes todavía, pero demasiado pequeños, demasiado insignificantes y, sobre todo, demasiado pacíficos para anexionarlos. El riesgo de provocar una nueva oleada de descontento no compensaba el esfuerzo por adueñarse de esas pequeñas manchas en la vastedad de Rajputana. De esta manera el principado de Dheeraj Chand siguió existiendo sin alteraciones. Las noticias sobre el final de la rebelión y sobre las novedades en el país llegaron ciertamente a Surya Mahal, pero como no tenían ninguna importancia para la soberanía de Chand ni para la vida allí, nadie les prestó ninguna atención.

Nadie a excepción de Ian. Devoró todos los artículos de periódico, cualquier escrito sobre la rebelión de los cipayos o el *mutiny*, «el motín», como denominaron a partir de entonces de manera abreviada los acontecimientos de mayo de

1857 y de los siguientes meses. Y se escribió mucho al respecto, tanto durante la rebelión como con posterioridad. Había sido mucho más que un suceso histórico, que un suceso militar. Había soliviantado los ánimos de hindúes y europeos, y tanto su significado emocional como el espíritu de la época, que incluía un progreso vertiginoso en el modo de redacción de los informes periodísticos, la convirtieron en una de las primeras guerras minuciosamente documentadas.

Fragmento tras fragmento, Ian consiguió comprender el desarrollo de los acontecimientos que habían culminado con el estallido del alzamiento, reconstruir los sucesos de aquel día en Delhi, que habían costado la vida a su madre y a su hermana. Si Ian sentía dolor por su madre no lo demostraba, y nunca hablaba de ella, pero Mohan creyó reconocer que en algún momento había comprendido que no podía culparse directamente a nadie de su muerte. Se había debido a un encadenamiento de circunstancias desdichadas: estaban en el momento equivocado en el lugar equivocado. Sin embargo, Mohan también intuía que Ian buscaba en todas las noticias e informes un indicio acerca del paradero de su padre. A Mohan le dolía que esa búsqueda fuera inútil, que Winston hubiera desaparecido sin dejar rastro, a pesar de que Ian nunca decía nada al respecto.

Fueron años de sosiego los que pasaron en Surya Mahal, al ritmo de las estaciones y de la rutina diaria en el palacio. El día a día de Ian comenzaba con paseos a caballo y tiro con arco; seguían a continuación las lecciones de inglés, hindú, sánscrito y urdu, de cultura y civilización, historia, matemáticas, escritos antiguos. Un brahmán lo instruyó en la *puja*, los ritos diarios de oración; el mayordomo de la casa practicaba con él durante las ceremonias oficiales y le instruía en las sutilezas de la conducta cortesana: a qué ritmo subir los escalones del trono del rajá y entregarle las tradicionales *nazarana*, las ofrendas en señal de lealtad al soberano; a qué ritmo retroceder hasta el punto partida sin caerse ni tropezar. Un guerrero que llevaba muchos años al servicio del rajá, Ajit Jai Chand, enseñó a Ian a luchar cuerpo a cuerpo, con los puños, con la espada y con armas de fuego.

Fue al mencionado Ajit Jai Chand a quien el criado anunció una tarde que Mohan Tajid estaba escribiendo notas acerca de un verso del Bhagavadgita en el cuarto de estudio.

—*Namasté*, Vuestra Alteza —se inclinó respetuosamente Ajit Jai con las palmas de la mano unidas en un saludo—, disculpad mi comportamiento irrespetuoso al venir a veros sin habéroslo notificado previamente.

—*Namasté*, Ajitji —repuso Mohan al saludo, añadiendo el tratamiento apropiado para un hombre mayor después del nombre, a pesar de que el otro era apenas unos años mayor—. Ese no es motivo para pedirme disculpas.

Mandó al criado que les llevara té y pastas. Mientras esperaban, mantuvieron una conversación cortés sobre el clima y los nuevos caballos de los establos, se preguntaron mutuamente por el bienestar del otro, y Mohan se interesó por Lakshmi, la esposa de Chand, y sus cuatro hijos. Cuando les hubieron servido el té y volvían a estar solos, se sentaron con las piernas cruzadas en unos cojines gruesos.

—Prescindamos de las formalidades, Ajit. De jóvenes nos hemos peleado demasiadas veces. ¿Qué te trae hasta mí? —comenzó diciendo Mohan.

Su interlocutor sonrió.

—Nunca me perdonaste que yo fuera siempre mejor luchando, ¿verdad?

—Me las apañaba bastante bien —sonrió Mohan con satisfacción—. De todas maneras, nunca me arrugué luchando contigo. Pero quien no te lo perdonó nunca fue el rajá. Ni a ti ni a mí nos lo perdonó.

El rostro afable de Ajit se puso serio de repente.

—Fue algo muy diferente lo que nunca me perdonó.

Mohan lo miró interrogativamente por encima del borde de su taza de té.

—Te refieres a...

—Sí, a mi sangre impura.

Ajit Jai procedía de una rama colateral del clan Chand, entre el árbol genealógico de la familia de Mohan y el del marajá de Jaipur; su bisabuelo había sido un soldado francés. Ajit Jai sonrió maliciosamente.

—Por ese motivo nunca me eligió para ser uno de sus guardias de corps, a pesar de reconocer plenamente mis habilidades y mis logros. Nunca confíes en nadie que no sea de pura ascendencia rajput. —Guiñó un ojo a Mohan con ironía antes de volver a mirar su taza de té, serio—. Estoy hoy aquí por un motivo similar. Se trata del chico.

—¿Ha hecho algo malo?

Ajit sacudió la cabeza.

—Bueno, algo sí. Yo mismo fui casualmente testigo ayer de cómo molió a palos al hijo del capitán de la caballería. Le zumbó de lo lindo.

—¿A Rao? —Mohan pensaba en el chico regordete, más o menos de la edad de Ian, quince o dieciséis años.

—No, el mayor, Ashok.

Mohan soltó un silbido de reconocimiento. Ashok tenía dieciocho años y pesaba unos veinte kilos más que Ian.

—Tuve que emplearme bien para separarlo de Ashok, que gimoteaba como un niño pequeño. —Ajit arrugó despectivamente la nariz por encima de su bigote poblado—. Rajiv lo tenía agarrado igual que un tigre a su presa.

—¿Pudiste enterarte del motivo de la pelea?

—Tuve que trabajarme un buen rato a Rajiv hasta que finalmente me dijo entre dientes que Ashok le había llamado sucio y pequeño bastardo y que no merecía en absoluto el caballo que le había regalado el rajá por su cumpleaños.

Todo el mundo en palacio sabía que el nieto del rajá recibía el tratamiento de un príncipe rajput a pesar de llevar sangre extranjera en las venas y ser fruto de una unión deshonrosa sobre la que se mantenía un silencio glacial. Mohan Tajid solo entreveía vagamente las frecuentes burlas y el escarnio que debía padecer por esa causa; el chico tampoco hablaba de ello nunca.

—Mira, Mohan —penetró en sus pensamientos la voz de Ajit—, tengo aprecio por el chico, pero lo que vi en sus ojos cuando aporreaba a Ashok no me gustó nada. Un odio así no es bueno, y menos a esa edad. ¿Sabes cómo le llaman los demás niños? Rajiv *el Camaleón*, porque se las da unas veces de *sahib*, otras de nieto del rajá, dependiendo de lo que más le convenga. No es como los demás y se lo echan en cara.

Mohan miró a Ajit a los ojos.

—Te conozco muy bien, no habrás venido aquí a comunicarme únicamente tus observaciones, ¿verdad?

Ajit sacudió la cabeza tocada por un turbante escarlata.

—No. Mohan, sabes que me estoy haciendo viejo. He pasado toda mi vida aquí, en el palacio, y casi la mitad de esa vida luchando en las batallas y formando a guerreros. Poco a poco me estoy empezando a cansar. Quiero ver todavía algo a mis hijos antes de que se vayan de casa y formen su propia familia. Por ello... —se llenó de aire los pulmones—, por ello voy a retirarme del servicio del rajá. Me he comprado una casa en Jaipur, donde quiero envejecer en paz en compañía de Lakshmi. Puede que el rajá haya desconfiado de mí por mi origen, pero siempre me ha recompensado generosamente por mis servicios. —Bebió un sorbo—. He tenido mucho tiempo para observar a Rajiv mientras le daba las lecciones. Es como un barril de pólvora al que se aproxima lentamente una mecha prendida. Es un guerrero nato. La vida aquí en el palacio no es para él, al menos no a la larga. Antes de retirarme quiero emprender un viaje de peregrinación al templo de Gharapuri y también a la montaña Kailash, en el Himalaya. Me gustaría llevármelo conmigo en ese viaje, Mohan, y luego a mi casa de Jaipur.

Miró a su interlocutor con expectación. Mohan conocía Gharapuri solamente de oídas. La pequeña isla, a dos horas de distancia en barca del puerto de Bombay, era un lugar de culto milenario a diferentes dioses, a Shiva principalmente. «Gharapuri y Kailash...»

—Eso significa que ha elegido a Shiva como a su *ishta*, ¿verdad?

Ajit Jai asintió con la cabeza.

—A Shiva y a Kali. ¿Te decepciona eso?

—No. —Mohan reflexionó brevemente—. Creo que no esperaba otra cosa, no si uno se pone a pensar en lo que ha visto y le ha tocado vivir.

—El rajá ha dado su aprobación. Ahora quería pedirte tu bendición.

Mohan sonrió.

—No os hace falta, pero os la doy con gusto si insistes en ello. Serás un buen maestro para él, Ajitji —añadió en voz baja.

Ajit hizo un gesto reprobatorio con la mano.

—Yo solo le muestro el camino. Él tendrá que recorrerlo a solas. Tiene mucho de auténtico rajput. —Titubeó un instante, miró pensativo su vaso vacío y añadió en voz baja—: Quizá demasiado.

19

No le resultó fácil a Mohan dejar marchar a Ian, pero era lo suficientemente sabio como para saber que había llegado el momento de dejar que este siguiera su propio camino, igual que él había tenido que seguir el suyo. Habían educado a Mohan para ser guerrero, pero él siempre se había sentido más atraído por las escrituras sagradas. Si hubiera tenido la oportunidad de elegir, sin las restricciones debidas a su padre y a su casta, se habría decidido por una vida de *sadhu*, de asceta, entregado por completo a la meditación y a la veneración de su Dios. De todos modos, él, como hijo menor del rajá, había gozado de muchas más libertadas que sus hermanos mayores o que Sitara, y había logrado sustraerse a los planes de su padre para casarlo. Nunca se había sentido impelido a formar una familia, si bien, joven como era, había sucumbido de vez en cuando a la tentación de la carne. Y disfrutaba pudiendo dedicarse ahora por completo a sus estudios y meditaciones.

A veces, cuando cabalgaba por la estepa en alguna hora ociosa o cuando descubría en el espejo otra cana más o cuando levantaba la vista de su lectura, se preguntaba cómo habría sido su vida si el Gobierno inglés no hubiera enviado precisamente a Winston Neville en misión diplomática a Rajputana. Cuanto más meditaba acerca de las leyes del karma y el *dharma*, cuanto más intentaba indagar en la esencia de Visnú, tanto más comprendía que su karma no había consistido fundamentalmente en proteger a Sitara. En dos ocasiones había podido ella librarse de la muerte cercana, no una tercera. Pero él había salvado a su hijo. Se trataba de Ian, desde el principio; Ian, cuyo destino estaba indisolublemente unido al suyo. Su misión consistía entonces en servirle lo mejor que pudiera, como adorador que era de Visnú y de Krishna. Comprendió que todo lo que habían vivido hasta entonces había estado predeterminado por el destino e hizo las paces con los dioses, aceptándolo todo humildemente como parte del gran plan divino.

Ian permaneció dos años fuera; dos años en los que apenas escribió breves resúmenes de las etapas de su viaje, pero nada de lo que le pasaba por dentro. Las cartas de Ajit Jai Chand eran mucho más interesantes. Describía cómo Ian, frente al Shiva de tres cabezas de piedra, en Gharapuri, había encomendado su vida al servicio de ese dios; cómo recorrieron todo el país hasta las alturas del Himalaya, la morada de Shiva, e Ian, siguiendo la costumbre, ayunó el decimocuarto día del mes de *makha*, febrero, y a la noche siguiente oró y ofrendó las hojas, flores y frutos del árbol *margosa* al *lingam* de piedra, el símbolo fálico de Shiva, para asegurarse la benevolencia del dios y un lugar en su paraíso detrás del monte Kailash. Relataba cómo castigaba a Ian haciéndole correr kilómetros y kilómetros mientras él iba a su lado a caballo, al trote; cómo le había hecho escalar las paredes rocosas del Himalaya; cómo había aprendido a disparar con arco o con pistola desde la montura de un caballo al galope, primero a un objetivo quieto y posteriormente en movimiento; cómo le enseñaba a recostarse en su montura al trote o al galope para agarrar objetos sujetos a postes, tanto a su derecha como a su izquierda; cómo le enseñaba a deslizarse sin ningún ruido para cazar tigres, antílopes y zorros del desierto. Mohan sonreía con satisfacción cuando leía acerca del entrenamiento implacable al que Ajit sometía a Ian, y pensaba en lo poco que habían cambiado los métodos desde que él tenía la edad del muchacho. Pero Ajit enseñaba también a Ian lo que significaba ser un guerrero, qué valor tenían el honor y la lealtad, la astucia y la prudencia, y lo obligaba a aprender de memoria los escritos antiguos de los filósofos de siglos pasados y, también, a debatir los dos durante horas sobre una única frase. Mohan se emocionaba cuando leía el gran cariño que Lakshmi, la esposa de Ajit Jai, profesaba a Ian. «Es como un hijo mío», había escrito ella con su escritura vacilante al pie de una de las cartas de Ajit y había añadido: «Y me parte el corazón tener que dejarlo ir nuevamente.»

Cuando Ian regresó, el chico larguirucho se había convertido en un hombre fuerte y musculoso que parecía tener más de los dieciocho años que en realidad tenía. Ello se debía, no en última instancia, al bigote que se había dejado crecer. Mohan apenas lo reconoció cuando desmontó de su caballo en el patio interior, porque aún más que su aspecto parecía haberse transformado radicalmente su carácter. Estaba relajado, casi alegre, reía mucho, parecía haber encontrado la paz. Sin embargo, en algunos momentos que pasaban inadvertidos a la mayoría, veía en él al antiguo Ian, cuando creía que nadie lo observaba. Entonces sus ojos se oscurecían y parecía ausente. El propio Mohan no habría sido capaz de decir si se demoraba en el pasado o si sus pensamientos se centraban en un futuro indeterminado.

El rajá dispuso que se preparara una fiesta para hacerle los honores a Ian. Se erigió delante del palacio una tribuna revestida de sedas bordadas en oro bajo un baldaquín para dar sombra, frente a la cual, en la gran explanada, se montó un circuito con diferentes obstáculos en el que los jóvenes del palacio iban a competir durante todo el día.

Ian, en ese momento erguido sobre los estribos, tensó el arco y la flecha salió silbando y acertó de lleno en el ave que un mozo había soltado aleteando hacia lo alto. En el clamor de los aplausos de los espectadores, Mohan oyó murmurar al rajá, que estaba a su lado:

—Tenía yo razón. Es un verdadero guerrero. —En sus palabras y en su mirada se apreciaba el más elevado de los reconocimientos.

Para Mohan seguía siendo un enigma cómo era la relación entre el rajá y su nieto. Sabía que los dos habían pasado algunos ratos juntos desde aquel primer encuentro en los aposentos del anciano Chand. A veces los veía paseando juntos por los pasillos o charlando codo con codo en el patio interior; en ocasiones Ian desaparecía tras las puertas del rajá y reaparecía de nuevo al cabo de algunas horas. Ninguno de los dos dijo nunca una palabra sobre el tema de sus conversaciones. Mohan no sabía si se profesaban cariño u odio. Quizá las dos cosas, pensaba con frecuencia.

—Visnú, sé clemente con el *feringhi* cuando regrese con ellos —añadió Dheeraj Chand en un tono tan bajo que solo pudo escucharle Mohan, sentado justo a su lado.

Mohan miró a Ian y vio cómo recogía al galope y por

enésima vez una caléndula de un poste de madera, lo cual arrancó otra ovación al público.

—¿Creéis realmente que regresará con ellos?

El rajá asintió con la cabeza mientras seguía con la mirada el recorrido de Ian por el circuito.

—Estoy convencido de ello. Es la voz de su sangre. No podrá sustraerse a ella para siempre. Y creo que tampoco querría, aunque eso se convirtiera en su perdición. Su alma está desgarrada, oscila entre dos mundos. Ese es el legado que le han dejado sus padres. Es una lástima —dijo suspirando y golpeando con su bastón los tablones de madera del suelo de la tribuna—. Yo ya no viviré para saber si conseguirá encontrar su lugar a pesar de esa maldición.

Mohan se quedó mirando atentamente a su padre. Cada año que pasaba parecía más frágil, más encorvado bajo la carga de los años. En los últimos tiempos había dado a entender con frecuencia que comenzaba a estar cansado de la vida y rezaba para que su *atman*, su alma, pudiera regresar pronto al seno del *brahman*, el alma del universo. Manjeet, su hijo primogénito, se había hecho cargo casi en su totalidad del destino de los Chand y había trasladado la sede del clan varios centenares de kilómetros al oeste. Dheeraj Chand presidía la familia y el principado solo nominalmente y para las decisiones fundamentales desde que había decidido pasar el atardecer de su vida en Surya Mahal, su palacio favorito desde siempre.

Mohan volvió a mirar meditabundo el escenario de la competición. Ian había vuelto grupas y entregado la caléndula a una joven situada al borde de la multitud de espectadores; esta la aceptó, colorada y tapándose la cara recatadamente con el extremo de su sari. Cuando Ian espoleó el caballo, las amigas de la joven la rodearon entre risitas.

—¿Estáis planeando su casamiento?

El anciano Chand se rio sin estridencia.

—No, Mohan, ¡qué va! Puede que haya cometido algún error en mi vida, pero no soy ningún necio. Rajiv no solo ha heredado la testarudez de los Chand, sino además la terquedad de su padre. Si se desposa alguna vez, será él quien lo decida; pero dudo de que quiera ponerse alguna vez unas riendas a sí mismo. Y, en el caso de que lo haga, compadezco a esa pobre criatura. Acompáñame a casa, por favor, quiero descansar un rato antes del banquete de esta noche.

Innumerables farolillos iluminaban el gran patio interior de Surya Mahal. El aroma de las flores que adornaban las columnas y los baldaquines pendía denso y embriagador en el aire: rosas, jazmines, caléndulas y nardos; madera de sándalo y pachulí. Un *sitar* y una *tabla* reproducían una melodía alegre y un cantante entonaba con voz gutural los versos de antiguas canciones que glorificaban a legendarios guerreros rajputs, que alababan la encantadora feminidad. Dos bailarinas acompañaban los cánticos con gestos artísticos de sus manos pintadas con alheña, giros dinámicos, mímica seductora de sus rostros pintados y pasos rápidos de sus pies descalzos. Con cada uno de sus movimientos sonaban y tintineaban en sus pies las innumerables cadenitas con cascabeles; las telas finas con diminutos abalorios sobre su piel reluciente, sus collares, brazaletes y los adornos en la nariz enviaban al cielo nocturno la luz de los quinqués en millares de chispas brillantes. Mohan se volvió a medias para hacerle a Ian una observación jocosa, pero el cojín de detrás de él en el estrado de la familia principesca estaba vacío.

Se volvió a mirar, buscándolo. Repartidos en grupitos,

hombres y mujeres ocupaban los cojines extendidos por el suelo, hablando, bebiendo, riendo, entonando melodías, degustando las pequeñas exquisiteces que servían, pero no vio a Ian por ninguna parte.

Su mirada se detuvo en una de las columnas de la parte trasera del patio interior y no pudo menos que sonreír. Apoyada en la columna estaba la chica a la que Ian había entregado esa tarde la caléndula, vestida con un sari estampado de colores y recubierto de espejuelos. Ian, con uniforme rajput bordado y turbante, tenía el brazo apoyado en la columna y jugaba con su mano libre con el extremo del sari que cubría la cabeza de ella, susurrándole algo con una sonrisa. La chica apartó el rostro, pudorosa, pero su sonrisa coqueta y la forma en que pestañeaba delataban otra cosa. Mohan agarró su vaso y, cuando volvió a mirar hacia allí, los dos habían desaparecido.

Dos días después, Mohan Tajid dobló por la columnata desde la que podía divisarse ampliamente la llanura. Ian estaba apoyado en una columna mirando hacia fuera y dando caladas a un cigarrillo, un hábito que había adquirido durante su ausencia, para disgusto del rajá, que lo consideraba una costumbre atroz de los *feringhi.* No lo oyó llegar. Parecía inmerso por completo en sus pensamientos, con un ansia dolorosa en el rostro. Mohan se le acercó. Ian se sobresaltó y, acto seguido, puso su cara de despreocupación habitual cuando estaba con gente.

—¿Estás pensando en ella? En la chica... ¿cómo se llama? ¿Padmini?

Ian lo miró perplejo, casi con irritación, y sacudió la cabeza.

—¡Dios me libre, no! —Volvió a mirar hacia el desierto

y a dar una calada a su cigarrillo—. Estoy del lado de los sabios antiguos: los príncipes, el fuego, los maestros y las mujeres solo traen desgracias si uno se les acerca demasiado. Pero si uno está demasiado alejado de ellos... —Una sonrisita irónica iluminó su rostro—. Tampoco sacas ningún provecho. Lo inteligente me parece que está en mantener una cierta distancia. Las mujeres vienen y van, Mohan; no ha sido la primera y tampoco será la última —añadió con dureza.

Mohan tenía la sensación de que Ian estaba maquinando algo.

—¿Qué planes tienes, Ian? —preguntó en voz baja.

El joven dio una última calada, apagó el cigarrillo contra la columna, dejando una fea mancha negra en el mármol claro, y arrojó la colilla al desierto.

—No me lo tengas a mal, Mohan, pero no puedo decírtelo, al menos por ahora. —Miró fijamente a su tío—. Te lo diré cuando haya llegado el momento preciso.

Mohan lo siguió con la mirada mientras se alejaba de él con las manos en los bolsillos de su *jodhpurs* y se preguntó qué había sido de aquel pequeño que en su día jugaba libre de toda preocupación en las praderas del valle del Kangra.

20

Reinaba el silencio en el palacio. Todavía no había concluido la época de luto, si bien habían transcurrido ya los doce días de actos solemnes y festivos que debían contribuir a que al difunto se le concediera una feliz reencarnación. Doce días en los que se entregaron en ofrenda a los dioses arroz, frutos y flores con gestos, cánticos y oraciones de cientos de años de antigüedad; doce días de ceremonias interminables conducidas por diecinueve brahmanes a las que tenían que asistir todos los allegados, si bien la mayor carga de los ritos recaía sobre los hombros del heredero, en este caso Manjeet Jai Chand, el nuevo rajá del principado.

Hacía catorce días que el alma guerrera de Dheeraj Chand se había despojado de su envoltorio mortal, a los ochenta y tres años de la encarnación de su *atman*. Durante los últimos cuatro se había ido apartando cada vez más de los asuntos de Surya Mahal y de los territorios correspondientes para recluirse en sus aposentos privados, donde ayunaba, meditaba y oraba preparando su alma para el viaje. Había ido entregando a su nieto los destinos del palacio, de los campesinos, pastores y trabajadores que vivían en los alrededores.

Mohan Tajid levantó la vista del fuego que ardía en la chimenea porque el año era todavía joven, y frías las noches, y se quedó mirando fijamente a Ian, que tenía lo ojos fijos en las llamas. Recordó a Ian, fuera, en la estepa, frente a los baldaquines de piedra de los *chattris*, el primer día de ritos funerarios. Manjeet, como hijo primogénito, había cogido de manos del brahmán principal la antorcha con el fuego sagrado, había rodeado con paso sosegado la pira funeraria y prendido fuego por los cuatro costados a la leña sobre la que se hallaba el cadáver adornado con flores de Dheeraj Chand. Acompañadas por el monótono «*ram-ram*, *ram-ram*» de los brahmanes, las llamas habían ascendido con rapidez hacia el cielo, envolviendo los restos mortales del rajá. El reflejo del fuego daba un brillo rojizo dorado a los asistentes, vestidos de blanco, sin adornos, que lloraban y se lamentaban de la pérdida ruidosamente, o lo aparentaban al menos. Ian, el único que no se había rapado la cabeza en señal de luto, había permanecido silencioso e inmóvil junto a la pila funeraria, completamente sereno. Mohan no estaba seguro de si el brillo de sus ojos se debía a lágrimas contenidas o expresaba la satisfacción más profunda.

Ian tenía veintidós años, y era desde hacía una hora, cuando el brahmán principal, en presencia de los miembros varones de la familia, había roto el sobre lacrado del rajá que contenía las últimas voluntades de Dheeraj Chand, el nuevo señor de Surya Mahal. Un murmullo había recorrido la sala, y Mohan no había podido reprimir una sonrisa maliciosa enseñando los dientes cuando Manjeet, ignorando las reglas del decoro, había salido de la sala hecho una furia. Pero Manjeet sabía igual que todos los demás que no poseía ninguna herramienta jurídica para revocar la decisión de su padre difunto. Dos brahmanes de alto rango habían dado fe por escrito de que «Surya Mahal, regalo de boda de mi querida y dolorosamente llorada esposa Kamala, será la herencia que concedo a las leales manos de mi nieto Rajiv Chand», tal como el rajá había redactado en el pergamino hacía algunos años. Sin embargo, no le había legado el rango correspondiente de príncipe; ese título lo ostentaría Manjeet, sumado a una serie ya considerable de otros títulos. Ian era ahora rico, muy rico. Las tierras de Surya Mahal eran diminutas en lo tocante a extensión en comparación con el tamaño total del principado, pero desde siempre habían sido las más opulentas, y bajo la dirección de Ian, esa opulencia había seguido creciendo aún más en los últimos cuatro años. No obstante, a Ian parecía no impresionarle en absoluto su riqueza repentina, y Mohan presentía el motivo.

—Tú lo sabías, ¿no es verdad?

Ian encendió un cigarrillo y aspiró profundamente el humo sin dejar de mirar el fuego de la chimenea.

—Sí. Me lo dijo cuando regresé aquí. Estuve presente cuando los dos brahmanes estamparon sus firmas al pie y él cerró el escrito, lo lacró y se lo entregó a uno de ellos para que lo leyera en el momento inmediatamente posterior a su muerte.

Volvieron a guardar silencio, cada uno absorto en sus propios pensamientos. Mohan se acordó de lo que había dicho en su día el rajá acerca de que Ian regresaría un día al mundo de los ingleses.

—¿Te quedarás aquí?

Ian sacudió la cabeza y arrojó, la colilla del cigarrillo al fuego.

—No. Tengo otros planes.

Se levantó y se acercó al escritorio en el que había un montón de papeles. Mohan lo siguió con la mirada.

—Quiero ir al norte —explicó Ian tras desplegar un mapa de la parte oriental del Himalaya. A los pies de la cadena montañosa, más arriba de la pequeña ciudad de Darjeeling, había una zona sombreada sobre la que Ian puso el dedo—. Mandé comprar estas tierras hace algún tiempo. Cuando al principio me interesé por ellas no se les permitía a los europeos adquirir terrenos allí. Después se modificaron las leyes y ahora a ningún hindú ni a ningún euroasiático se le permite poseer tierras allí. Así pues, Rajiv Chand retiró su oferta e Ian Neville entró en negociaciones con el Gobierno. —Dirigió a Mohan una mirada divertida de soslayo—. ¡Qué ironía! ¿No es verdad?

«Rajiv *el Camaleón*», se le pasó a Mohan por la cabeza. Miró la escala del margen inferior del mapa y calculó mentalmente la extensión de aquellas tierras.

—¿Qué planes tienes para tanto terreno?

—Voy a cultivar té. —Los dedos de Ian pasaron casi con ternura por encima de la superficie marcada—. Y mi té será el mejor a lo largo y ancho de estas tierras. —Debió de notar la mirada sorprendida de Mohan, porque levantó la vista con una sonrisa—. No he olvidado nada de lo que aprendí con Tientsin en aquellos días. Absolutamente nada.

Mohan comprendió que aquello había sido lo que había ocupado su mente todos esos años, lo que había soñado; igual que un *sadhu*, con una paciencia de verdadero sabio, había estado esperando su hora, la hora en la que Surya Mahal y la fortuna correspondiente fueran suyas. Y, si conocía a Ian, seguramente habría ultimado su plan hasta el más mínimo detalle, sin dejar nada al azar.

Señaló el mapa con la barbilla.

—¿Tienes ya un nombre pensado?

—Las tierras están inscritas en el registro de la propiedad con el nombre de Shikhara. —Y con un murmullo añadió—: Desde allí puede verse el Kanchenjunga... —Y en sus ojos asomó la nostalgia.

«Shikhara...» Mohan repitió mentalmente el nombre buscando su significado. «Cumbre», porque desde allí se veían la montaña sagrada de Shiva y otras cumbres del Himalaya. «Templo», por los monumentos de piedra de Kangra, el valle en el que Ian había pasado su niñez, que daban nombre al estilo de construcción *shikhara*. Shikhara reproducía de alguna manera el sonido del nombre de su madre, Sitara. Pero las raíces de ese nombre podían hallarse también en los términos *shikar* y *shikari*, «caza» y «cazador».

Mohan miró atentamente a Ian. «¿A la caza de qué?» En voz alta preguntó:

—¿Y qué será de Surya Mahal?

Ian plegó de nuevo el mapa.

—Mañana daré a conocer que Djanahara me sustituirá durante mi ausencia. También se ocupará de que el jardín prohibido vuelva a ser cuidado y de que alguien se encargue de Ánsú Berdj para que se conserve y sea accesible pero permanezca deshabitada como hasta ahora.

La Torre de las Lágrimas. Mohan había supuesto siempre que Ian pasaba allí mucho tiempo a escondidas, siempre que no había manera de encontrarlo en ninguna otra parte del palacio. ¿Forjaría allí sus planes, en la planta superior, cuyo suelo estaba pulido por las pisadas de su madre prisionera y desde donde se veía muy tierra adentro?

A Mohan le pareció acertada la elección de Djanahara como su sustituta. Era su hermana mayor, una mujer enérgica e inteligente, y vivía desde hacía un año y pico con ellos en Surya Mahal. Les había llegado una carta de petición de ayuda, porque su marido había fallecido tras una larga enfermedad y sus hijos querían que subiera a la pira funeraria para consumar la ceremonia honrosa del *sati.* Ian le aseguró de inmediato un refugio en su casa y mandó un destacamento de guerreros rajputs en su busca. Fue entonces cuando comprendió Mohan por qué el rajá, obstinado en la conservación de las leyes religiosas, le había dado completa libertad de acción, porque sabía que Ian iba a ser el futuro nuevo soberano de Surya Mahal y respetaba sus decisiones por mucho que contradijeran su propia visión del mundo.

—¿Cuándo partirás?

—En cuanto pueda, dentro de dos o tres días.

—Me gustaría acompañarte —dijo Mohan, mirando expectante al joven.

Ian le devolvió la mirada y una sonrisita se dibujó en su rostro cuando asintió con la cabeza.

—Esperaba que me dijeras eso. —De repente se puso serio, dio unos pasos por la sala, se detuvo, respiró profundamente como si le costara un esfuerzo tremendo pronunciar las siguientes palabras—: Yo... quiero pedirte una cosa más, Mohan. —Miró a su tío a los ojos con desesperación pero decidido al añadir—: Ayúdame a encontrar a Winston.

21

Siguieron unos meses y unos años muy duros. Las tierras que había comprado Ian eran vírgenes, no habían sido tocadas por la mano humana. Estaban pobladas por una jungla de siglos, habitadas por animales salvajes en cuyo hábitat se inmiscuían. En más de una ocasión intentó un tigre resarcirse con furia de la presencia de aquellos intrusos en su territorio.

Hubo que talar los árboles centenarios y transportarlos con rocines robustos. Se retiró la maleza, se removió la tierra y se pasó el arado. Era un trabajo que hacía sudar, un trabajo peligroso, pero Mohan no había visto a Ian tan feliz desde que los guerreros del rajá lo habían expulsado del valle del Kangra. Disfrutaba a ojos vista echando una mano, trabajando codo con codo con los hombres a los que había contratado para talar palmo a palmo la selva virgen, viendo cómo la plantación que había imaginado durante tanto tiempo iba cobrando forma día a día, y Mohan comprendió que Ian estaba haciendo realidad el sueño de toda una vida.

Fueron muchos los trabajadores a los que Ian contrató, tantos, que otros ingleses que estaban también entregados a la tarea de talar para organizar sus propias plantaciones de té lo miraban con malos ojos porque les quitaba los mejores hombres delante de sus narices al poder permitirse pagarles mejor. Mohan fruncía en ocasiones el ceño cuando echaba un vistazo a las sumas que aparecían en los libros de contabilidad dedicados a la plantación. Pero se callaba porque el dinero era de Ian, dinero que había heredado de su abuelo, oro y plata que habían dormitado durante décadas, quizá durante siglos, custodiados en los sótanos de Surya Mahal.

Pero los gastos merecieron la pena. Mucho antes de lo planeado, las primeras laderas de Shikhara mostraron el marrón sedoso de la tierra fresca sin plantar. No muy lejos del lugar en el que se levantaría la manufactura posteriormente, se labró un huerto como plantel. Mohan vio cómo manejaba Ian las semillas que había mandado traer de China, no por vía completamente legal, tal como suponía Mohan; al menos el jinete que llegó del norte por la cordillera y entregó a Ian los saquitos a cambio de una suma elevada de dinero no daba la impresión de ser un emisario oficial. Ian vertió las semillas en un cuenco lleno de agua. Recogió y tiró a continuación las que quedaron flotando en la superficie; las que permanecieron en el fondo fueron puestas a germinar en la más absoluta oscuridad, entre sacos húmedos. Al cabo de seis semanas habían crecido unos brotes muy frágiles que Ian plantó cuidadosamente en una tierra bien preparada, bajo un tejado protector de ramas y paja.

A los trabajadores que preparaban el cultivo de las tierras y los campesinos y jardineros dedicados al cuidado de las plantas de té en el extenso plantel, los siguieron albañiles, carpinteros y ebanistas que Ian hizo acudir desde las llanuras de la India. Construyeron, en parte con la madera de los viejos árboles talados, la casa grande que Ian mandó proyectar en Calcuta y que sustituyó la sencilla cabaña de madera que él y Mohan habían compartido al principio.

Ian realizó varios viajes a Calcuta para ver muebles y otros objetos de decoración o para mandarlos fabricar según sus deseos. También ordenó traer alguna que otra pieza de Surya Mahal o de Jaipur a lo largo de toda la ruta ascendente hasta Shikhara.

Dos años tardó en estar acabada la casa tal como Ian la había proyectado, el huerto cultivado, construidos los establos, vallada la dehesa para los caballos que se había llevado consigo en su último viaje desde Surya Mahal. En esos dos años, los brotes del plantel se convirtieron en plantas robustas de una altura aproximada de más de un metro, que fueron trasplantadas a los campos: mil quinientas plantas en una yugada de tierra. Se allanó una gran parte del plantel y se construyó allí la manufactura en la que se tratarían posteriormente las hojas de té. Durante los siguientes tres años no hubo nada más que hacer que ver cómo las matas de té se estiraban hacia el cielo sobre Darjeeling, así que Ian y Mohan pudieron iniciar la búsqueda de Winston.

Fue una tarea ardua y penosa la búsqueda de testigos que habían visto quizás a Winston aquel día en Delhi o hablado con él, de documentos en los que pudiera aparecer su nombre, listas de muertos, heridos, desaparecidos en el motín. Ian permanecía siempre en un segundo plano; fue Mohan Tajid quien cabalgó a Delhi y a Jaipur, donde pusieron al corriente a Ajit Jai Chand, quien les aseguró todo su apoyo. Mohan y Ajit contrataron a numerosos agentes que realizaban las pesquisas en su nombre, huroneaban en busca de información, echaban una ojeada a documentos secretos o andaban revolviendo actas. Los hilos que tendían hacia aquella época llegaban incluso hasta Inglaterra. Copias e informes, por atajos hábilmente ideados, llegaban finalmente a Shikhara. Y en las largas tardes Mohan e Ian se ocupaban de aquellos escritos, meditaban largamente sobre planos de ciudades y mapas, se desesperaban a menudo por la falta de perspectivas, y sin darse nunca por vencidos urdían teorías y las descartaban. La India era un país de dimensiones enormes y la situación durante el levantamiento había sido intrincada. Habría dado lo mismo si se hubieran puesto a buscar la tan citada aguja del pajar.

Si Winston había dado la espalda a la India en algún momento de los diez años transcurridos desde entonces, sus posibilidades de averiguar algo sobre él serían casi nulas.

No obstante, de una cosa se enteraron con relativa rapidez: Winston Neville, cuyo nacimiento estaba inscrito en el registro parroquial de la ciudad de Burton Fleming, Yorkshire, el 30 de abril de 1817, tercer hijo de George Neville e Isabell Neville, con apellido de soltera Simms, había sido declarado desaparecido a finales de 1844 y muerto un año más tarde. «Desaparecido, presumiblemente caído al honroso servicio de la patria y de la Corona», tal como rezaba en las actas de la Compañía Británica de las Indias Orientales. Esa era la versión oficial que se le dio también a la familia de Winston, orgullosa de su heroico hijo soldado, y de la cual solo seguía vivo un hermano de Winston. William Jameson, que había salido ileso de la rebelión en su Jardín Botánico de Saharanpore y era ya esposo y padre de varios niños, no había vuelto a saber nada de Winston. A Mohan Tajid le parecía mezquino y deshonroso mandar a terceros para tantearlo a él, a quien tenían que agradecer que les hubiera encontrado refugio en el valle del Kangra, pero sabía que lo más inteligente era mantener sus pesquisas en el mayor de los secretos.

Su búsqueda resultó infructuosa durante muchos meses. Entonces apareció por fin un rastro. Alguien se acordaba del inglés alto y fornido con los ojos azules y el cabello claro, soldado de formación, que hablaba con fluidez el hindustaní; sin embargo, la pista no condujo a nada. Dieron con otro informe de un testigo ocular, pero tampoco los llevó mucho más allá. Siguieron cartas y más cartas con indicios que se repetían, se ampliaban, que permitían hacer suposiciones. Finalmente fueron capaces de reunir las piezas del rompecabezas. Ian y Mohan estuvieron en condiciones de seguir la ruta que Winston había emprendido desde la polvorienta calle de Delhi aquel 12 de mayo, si bien les faltaba alguna que otra etapa del recorrido.

Esa ruta había llevado a Winston al Fuerte Rojo para unirse al bando de los rebeldes. Allí había prestado el juramento de fidelidad a Bahadur Shah. Era conocido por el mote de Kala Nandi, «Toro Negro», como la montura de Shiva, y temido por la sangre fría con la que masacraba a sus compatriotas. Era admirado y querido por los cipayos amotinados a los que capitaneaba. Había sido visto por última vez cerca de Nana Sahib, el soberano de Bhithur, y se decía que había desempeñado un papel no insignificante en las masacres de Kanpur, al este del país, durante los meses de junio y julio de 1857. Allí desapareció repentinamente hasta que, meses más tarde, un pelotón de hombres del trigésimo tercer regimiento, a las órdenes del coronel Henry Claydon, se dispuso a perseguir a aquel traidor asesino. A partir de entonces, cada paso de la ruta estaba documentado con prolijidad militar. Tanto Mohan como Ian eran conscientes de que lo arriesgaban absolutamente todo mandando espiar entre documentos mantenidos en estricto secreto y bajo llave, pero asumieron los riesgos e Ian pagó sin pestañear las elevadas sumas de dinero que le exigieron para los sobornos.

Los soldados necesitaron casi un año para dar con la pista de Kala Nandi. Cayó en sus manos en el desierto de Rajputana, más allá de Jaipur, a menos de ciento cincuenta kilómetros de Surya Mahal. Hasta el último momento se negó a revelar su identidad inglesa. A pesar de que lo sometieron a «duras fórmulas de interrogatorio», insistió en llamarse Kala Nandi, aunque admitió, «de manera complaciente y con repugnante orgullo», haber cometido los delitos de sangre que se le imputaban, para «vengar a su familia, que había muerto, según sus palabras, a manos de los británicos». Declarado rebelde, traidor y asesino conforme a la ley militar, una higuera seca se convirtió en su patíbulo y su cadáver fue enterrado en aquella tierra polvorienta. «Misión cumplida, a día 27 del mes de octubre de 1858.»

«Misión cumplida», murmuró Mohan Tajid mecánicamente cuando leyó las últimas líneas; a continuación apoyó en la mesa el escrito y se quedó mirando fijamente, como aturdido, el fuego de la chimenea. Necesitó un momento para comprender el alcance de todo aquello y a punto estuvo de prorrumpir en una sonora carcajada cuando captó la ironía. Winston, quien como soldado de la Compañía no había matado nunca a nadie y que quedó tan impresionado cuando Mohan y Sitara mataron a los dos rajputs durante su huida nocturna por las callejuelas, había acabado convirtiéndose en un asesino sanguinario para vengar a su familia.

«Quizás habría acabado siendo incluso un gran guerrero con el paso del tiempo», había dicho el anciano rajá acerca de Winston. Y tenía razón; con la rebelión llegó también el momento de que Winston se convirtiera en un guerrero, en su propia guerra, contra su propio pueblo. Lo que más le dolió fue que Winston había intentado buscar refugio en Surya Mahal. Algunos días más y se habría puesto a salvo, se habría reunido con su hijo.

Mohan miró a Ian, que estaba sentado frente a la chimenea mirando el fuego, inmóvil, como petrificado.

—Por lo menos ahora sabes que te estaba buscando —dijo Mohan con cautela, intentando dar algún consuelo a Ian.

Pero él mismo se daba cuenta de lo débil que era ese consuelo e Ian no reaccionó a él, sino que siguió mirando el fuego sin moverse. Mohan hizo lo mismo, y permanecieron un buen rato los dos sentados, juntos, en completo silencio. Exceptuando la lluvia que golpeaba la ventana y el crepitar de la leña en la chimenea, no se oía nada más.

—Pagarán por lo que hicieron.

Mohan levantó la vista. Ian seguía mirando fijamente las llamas, pero la mano que reposaba sobre el brazo de la silla se había cerrado en puño.

—Todos y cada uno de ellos.

Por fin se volvió Ian hacia Mohan. Este, que ya le creía curado de todos los horrores para siempre, vio el odio puro, casi inhumano, que destilaban sus ojos. Aquello le aterrorizó. El reflejo del fuego convertía el rostro del muchacho en una máscara demoníaca.

—Los perseguiré como ellos persiguieron a mi padre, y acabaré con todos y cada uno de ellos.

—Estás loco —se le escapó sin querer a Mohan.

—No, Mohan. —Ian se levantó despacio, cogió la pitillera de la repisa de la chimenea, se encendió un cigarrillo y expulsó ruidosamente el humo—. Solo hago lo que me ha enseñado Ajit. Lo que me ha enseñado el rajá. Y si tú eres un rajput de verdad, me ayudarás.

Mohan miró las páginas que seguía teniendo en la mano: «... a saber, los cabos Thomas Cripps, Richard Deacon, Edward Fox, Robert Franklin, y James Haldane, y los tenientes Tobías Bingham, Samuel Greenwood y Leslie Mallory, a las órdenes del coronel Henry Claydon...» Nueve hombres que seguían prestando servicio en alguna parte para la Corona británica, que eran esposos, quizá padres de familia.

—¿Qué vas a hacer? ¿Vas a retarlos en duelo o los vas a asesinar por la espalda?

Ian se recostó en el antepecho de la chimenea y miró a la cara a Mohan a través de la densa nube de humo.

—No. Cada persona tiene su punto débil. Averiguaré cuál es y golpearé en el momento adecuado.

—¡Eso puede durar años!

Ian permaneció unos instantes en silencio y miró de soslayo a Mohan en la semipenumbra de la habitación.

—Me da lo mismo. —Dio una calada profunda a su cigarrillo—. En una ocasión, Ajit me hizo aprender de memoria un verso antiguo: «No te entregues al pensamiento de la venganza antes de poder ejercerla; el garbanzo que salta arriba y abajo en la sartén al freírlo no rompe a pesar de ello el hierro.» Nunca lo he olvidado, como si todos estos años hubiera presentido que algún día tendría que actuar de esta manera. —Lanzó al fuego con un golpe de dedo la colilla y miró fijamente a su tío—. Bueno, Mohan, o recorres esta senda conmigo o nuestros caminos se separan aquí.

Mohan sintió un escalofrío cuando le pasaron por la cabeza las palabras *shikar* y *shikari*, «la caza» y «el cazador».

Bajo una lluvia torrencial se pusieron en marcha a la mañana siguiente, cuesta arriba, en dirección a las montañas. Y cuando Ian se arañó la piel con el *lingam* de piedra de Shiva y juró por su sangre hindú e inglesa a partes iguales, ante el dios de la venganza, no descansar hasta haber reparado la deshonrosa muerte de su padre, Mohan Tajid comprendió lo que los cristianos querían decir con la frase «vender el alma al diablo».

22

Mientras, iban saliendo nuevos brotes en las matas de té con el ciclo de las estaciones, bajo el sol y la lluvia. Recomenzaba todo después de podarlas, a intervalos regulares, hasta que desarrollaron su amplia corona característica. En sus hojas maduraba el aroma del futuro té y en Ian los planes de aniquilación de los asesinos de su padre. Tres años pasaron desde los primeros rodrigones hasta la primera cosecha, y tres años tardaron en averiguar el paradero de los hombres del coronel Claydon, ya fuese en la India o en Inglaterra. Tres años transcurrieron hasta que Ian supo cuáles eran sus puntos débiles, hasta que urdió un plan perfecto para dar con cada uno de ellos en el lugar preciso y destruirlos. Se tomó su tiempo, saboreó cada uno de los preparativos y se puso a esperar el momento propicio; sabía que llegaría ese momento para cada uno de los nueve hombres. Procedió con mucha sangre fría, calculadamente; ponía cerco a su víctima, él personalmente o algún agente bien pagado, el tiempo necesario hasta que caía en la trampa que le había tendido Ian. Para tal fin cambiaba de identidad constantemente. Pasaba de ser hindú a ser inglés tan fácilmente como cambiaba de traje a medida.

El primero fue James Haldane, a quien Ian localizó en septiembre de 1873 en un fumadero de opio de Bombay. Los dos hombres se pusieron a hablar y pasaron una velada muy placentera en cuyo transcurso Haldane se quedó dormido benditamente sobre los cojines de seda; ya no despertaría de ese sueño porque presumiblemente se excedió en el cálculo de la dosis para su pipa.

Thomas Cripps se ahorcó después de haber perdido todos sus bienes en una partida ilegal con un forastero de cuyo nombre nadie se acordaba en la mal iluminada trastienda del local.

Un destino similar tuvo Leslie Mallory, quien se entregó a la bebida, lo que tuvo como consecuencia su expulsión deshonrosa del Ejército, lo cual, a su vez, le acarreó el repudio de su familia.

Emma Franklin tuvo una aventura que salió a la luz mediante una nota anónima. Como el caballero en cuestión le había dado un nombre falso y por esa razón resultaba imposible dar con él, Robert Franklin, un hombre muy celoso, agarró su arma de servicio, mató a su hermosa esposa pelirroja de un tiro y, acto seguido, se voló la tapa de los sesos.

Tobías Bingham empezó a oír voces y sus parientes lo encerraron en un sanatorio; según el diagnóstico, no había esperanzas de una mejoría.

Algunos *sahibs* se enzarzaron en una disputa en un *lal bazaar* de Calcuta. Samuel Greenwood, conocido por su mala leche y sus ataques de rabia, comenzó a disparar a diestro y siniestro cegado por la furia. Mató a tres de las chicas y, por desgracia, también a su superior, razón por la cual fue condenado a muerte.

Solo se le pudo imputar a Ian el duelo en el que luchó cara a cara con Edward Fox, pero hubo suficientes testigos que confirmaron ante el tribunal que este le había atosigado tanto que no le había quedado más remedio que aceptar el desafío. Salió absuelto con una multa irrisoria y recibió grandes muestras susurradas de respeto.

Ya solo quedaba el coronel, que, entretanto, se había jubilado con el título de sir Henry Claydon y vivía cómodamente en la finca de su familia en Cornualles. Él... y uno de los cabos, el hombre que tuvo una participación notable en el interrogatorio de Kala Nandi; un hombre que sabía borrar tan hábilmente su rastro como Ian y a quien este había ido pisando los talones para perderle de nuevo el rastro.

Aunque Ian no se situaba siempre en primer plano de la acción, organizaba las cosas de tal manera que estaba presente cuando su víctima recibía el golpe de gracia y asumía el riesgo de que algunas situaciones conllevaran una escalada y se complicaran mucho más de lo planeado originalmente. Sabía que se trataba de un juego arriesgado y que un golpe de azar podía llevarlo a la ruina; sin embargo, ni siquiera esto parecía afectarle demasiado.

Ian disfrutaba de la vida mientras bailaba sobre la cuerda floja, porque podía permitírselo. Tientsin había sido un magnífico maestro; en Calcuta y en Londres se disputaban el té de Shikhara y los mayoristas de la Mincing Lane pujaban entre sí hasta alcanzar sumas vertiginosas para asegurarse algunas de aquellas cajas de madera tan poco llamativas. A la casa en Shikhara con el personal doméstico correspondiente siguieron una en Londres, en la elegante Grosvenor Square, y otra en Calcuta, algunos carruajes, un vagón de ferrocarril propio y, por último, el *Kalika*, construido en los astilleros londinenses con los últimos avances técnicos. A Mohan le entraba en ocasiones un vértigo en toda regla a la vista del ritmo con el que Ian avanzaba desde la primera cosecha en abril de 1873.

Sacó provecho del veloz desarrollo técnico de su época: el ferrocarril, el barco de vapor, el telégrafo. Iba de una parte a otra del mundo: de Shikhara a Calcuta, de Calcuta a Surya Mahal, de Surya Mahal a Jaipur o Bombay, de allí a Londres y de regreso nuevamente a la India. Pero allí donde iba Ian, Mohan lo seguía como una sombra.

Su fama como magnate del té, su aspecto llamativo y elegante, el encanto que sabía darle al día cuando algo le importaba, abrieron a Ian rápidamente las puertas de la sociedad que solían permanecer férreamente cerradas a los advenedizos.

Tomaba a las mujeres que le gustaban y ellas se lo ponían fácil. Le encantaban sobre todo las mujeres inglesas casadas de clase alta, porque estaban obligadas a una prudente discreción, igual que él, y podía librarse de ellas cuando se hartaba sin consecuencias desagradables. Era un hábil embaucador y todas se dejaban embaucar gustosamente, cegadas por su porte, por su fortuna. Ian Neville poseía el mayor de los poderes: el poder del dinero, y era absolutamente consciente de tal cosa.

—¡Ah, Sofia, aquí estás! —circuló la voz sonora de sir Henry por encima de las cabezas de las damas y los caballeros presentes, imponiéndose al zumbido de la sociedad locuaz y las agradables melodías del cuarteto de cuerda—. ¿Me permite hacer las presentaciones? Mi esposa, lady Sofia. Imagínate, cariño, este —dijo dando unos golpecitos joviales en el hombro al joven que tenía a su lado— es el hombre de cuyo té te he hablado con tanto entusiasmo. El señor Ian Neville, de Darjeeling. Acabamos de tener una conversación sobre la India, la buena y antigua India de los tiempos de lord Canning...

—Encantada —dijo con un arrullo lady Sofia tendiendo al joven graciosamente su mano derecha, enfundada en un guante de seda hasta el codo.

—Señora mía, es un honor para mí —susurró Ian Neville.

A lady Sofia su voz profunda le recordó el terciopelo púrpura que había encargado por la tarde en Savile Row, y la manera en que le tocó la mano, estampando en el dorso los labios bajo aquel oscuro bigote, desencadenó un placentero estremecimiento en su espalda. Mientras le asaltaba con las habituales preguntas acerca de su bienestar, de la duración de su estancia y de su relación con los demás invitados, examinó al joven con una mirada escrutadora y penetrante. ¿Un plantador? «De ninguna manera —diagnosticó para sí—. Sin duda un caballero que lleva ese negocio del té por afición, para aumentar su fortuna.» En cualquier caso decidió, movida por su aspecto, su porte y su manera de hablar, que merecería sin duda la pena trabar amistad con él y le sonrió con mucha simpatía.

—Venimos algunas veces al año a Londres. ¡En nuestra casa de Cornualles es todo tan tremendamente tranquilo! ¿Ha estado usted alguna vez en Cornualles, señor Neville? ¿No? ¡Oh, debería usted conocer esa región! ¡Ah, señor Neville! ¿Le han presentado ya a mi hija Amelia?

La conversación fue entretenida y volvieron a encontrarse de nuevo esa misma semana en otra reunión social. La información que lady Sofia obtuvo de conocidos comunes fue bastante satisfactoria, así que se citaron para dar un paseo en carruaje y, al día siguiente, revoloteaba una nota por la casa de la Grosvenor Square en la que lady Sofia Claydon, en nombre de toda su familia, expresaba su ilusión por poder dar la bienvenida lo más pronto posible al señor Ian Neville en su casa señorial de Oakesley. Transcurrido un tiempo prudencial, el secretario hindú del señor Neville comunicó que su señor aceptaba con sumo agrado la invitación y preguntaba si resultaba oportuno fijar una fecha para principios de noviembre.

Ian levantó la vista con impaciencia cuando Mohan Tajid entró en el salón del ala reservada para los invitados de la mansión señorial de Oakesley.

—¿Y bien?

Mohan Tajid asintió con la cabeza.

—Me lo han vuelto a confirmar por otras fuentes. Los Claydon están completamente arruinados.

Una sonrisa se deslizó rápidamente por el rostro de Ian.

—Muy bien. —A grandes zancadas se acercó al escritorio y escribió rápidamente una nota que plegó y entregó a Mohan—. Esta nota tiene que salir hoy mismo por mensajero hacia Jennings, en Londres. Veamos si podemos ayudar al honorable coronel en su precaria situación económica. —Hizo un guiño a Mohan, burlón.

—¿Cómo lo llevas? —quiso saber este.

—Estupendamente. La madre y la hija solo aguardan a que me declare, como se suele decir, pero todavía las tendré en vilo uno o dos días. Mohan... —Este se volvió a mirar con la mano ya en el pomo de la puerta—. Deja dicho, por favor, que nos ensillen dos caballos. Me parece que está clareando y me gustaría cabalgar por la playa, por el acantilado. Las vistas desde allí son espectaculares, según me han comentado.

III

Ian

Todas las cosas se revelan por sí mismas
si uno tiene el valor de no negar en la oscuridad
lo que ha visto a la luz del día.

Coventry Patmore

1

—Y allí se encontraron ustedes aquel día de noviembre —dijo Mohan Tajid concluyendo su narración.

Todo quedó en silencio cuando calló, en un silencio sepulcral. Incluso las nubes del monzón, que empapaban cálidamente la brisa de la noche con una humedad concentrada, parecieron contener por unos instantes su soplo, los rayos y los truenos cesaron por un momento.

Mohan se quedó mirando todavía un rato la habitación envuelta en la luz crepuscular, sumido en sus recuerdos, antes de dirigir la mirada a Helena. Abrazándose las rodillas, con la cara medio escondida detrás, miraba fijamente al frente en silencio. Estaba como paralizada, incapaz de mover un solo dedo. Se sentía mal, mal por todo el sufrimiento, por toda la crueldad del relato de Mohan, entumecida por el horror inabarcable y, además, se agitaba en su interior un torbellino de imágenes, de palabras, de impresiones, de ideas. Por fin alzó la cabeza.

—¿Por qué me ha contado usted todas estas cosas?

Una leve sonrisa se dibujó en el rostro de Mohan.

—¿A quién iba a contárselas sino a usted? —La sonrisa desapareció como la luna tras una nube oscura—. Usted...

—Carraspeó—. Me preguntó una vez por qué se casó él con usted. Aquel día no supe darle una respuesta. Creo que sentía curiosidad y, sin querer, despertó en él al cazador. Con el tiempo entendí que Ian tenía la esperanza de que usted ahuyentara los demonios que lo acosan. Yo mismo albergué esa esperanza durante mucho tiempo. Me... me duele que no hayamos sido todos lo suficientemente fuertes como para ganar esta batalla. Él la ama —añadió—. Eso lo sé.

Helena no se movió, tan solo miraba fijamente al frente.

—Tal vez eso no siempre es suficiente —murmuró ella finalmente.

—No se quedará usted aquí, ¿verdad?

Helena permaneció callada unos instantes escuchando en su interior, y la tormenta se fue abriendo camino dentro de ella, haciendo aflorar un desasosiego febril, el impulso de dejar atrás todo lo que había vivido, todo lo que había escuchado aquella noche.

—No —dijo, con un temblor en la voz que ocultaba una firme resolución, de granito—. Tengo que irme. —Miró a Mohan a los ojos, pidiéndole perdón en silencio, y él asintió con la cabeza.

—Entonces no quiero retenerla por más tiempo. —Se levantó—. Voy a despertar a uno de los mozos y a pedirle que ensille dos caballos y la acompañe.

—No. —Helena se puso en pie de un salto.

—Entonces la llevaré yo mismo a Darjeeling.

Helena sacudió la cabeza con un miedo atroz en su mirada, y Mohan sonrió alegremente.

—No se preocupe, solo es por su protección, no para vigilarla a usted. —Se puso serio y, con un deje de tristeza amarga, añadió—: Él no irá a buscarla. Es demasiado orgulloso para hacer tal cosa.

—No. Tengo que... tengo que estar sola. —Helena se esforzaba por aclarar, tartamudeando, lo que sentía.

Mohan la miró inquisitivo y a continuación asintió con la cabeza.

—Regreso enseguida.

Helena oyó sus pasos alejándose mientras despertaba a Yasmina, que se había quedado dormida apoyada en el armazón de la cama, probablemente en algún momento de aquellas largas horas en las que Mohan Tajid había hablado sin interrupción en el idioma de los *sahibs*, en el idioma del que ella solo entendía unas pocas palabras.

Acababan de guardar la última prenda de vestir en las alforjas cuando Mohan volvió a entrar en la habitación y le ofreció a Helena un pequeño revólver.

—Tenga esto... para el peor de los casos.

Ella lo miró perpleja y, paciente, Mohan le explicó:

—Así se quita el seguro, apunte y apriete el gatillo, así. Y así se vuelve a poner el seguro. Me sentiría mucho mejor si se lo lleva usted —añadió con énfasis.

—Gracias. —Helena se guardó titubeando el revólver con el seguro puesto en la pretina de sus pantalones y se calzó las botas altas de montar.

Mohan le alcanzó el chal de pashmina rojo, que, con los nervios de la partida, había pasado inadvertido entre las demás prendas de vestir. Helena se quedó mirándolo fijamente, como si lo viera por primera vez, y de pronto sintió una sensación de asfixia en la garganta.

—¿Por qué no trató usted de disuadirle?

Mohan sabía a qué se refería, y bajó la vista.

—A veces tenemos que seguir una llamada más potente y de mayor alcance que la voluntad de nuestro pequeño y efímero yo. Winston fue mi amigo íntimo, Ian es su hijo, que recorre la senda de Shiva según la tradición de sus antepasados *kshatriya*. Mi padre, el rajá, quizá tuviera razón y la sangre mixta de sus venas será su perdición. Ian estará siempre desgarrado, a caballo entre ambos mundos. Puede que fuera un mal presagio ponerle dos nombres. —Titubeó brevemente—. Yo solo tenía dos opciones: dejarle recorrer ese camino a solas o seguir la llamada de Visnú y asistirle en su recorrido. Esto último me pareció lo correcto y me decidí por esta opción. —Mohan se quedó mirando fijamente a Helena.

—¿Usted lo ama?

Había formulado la pregunta en un tono susurrante, pero Helena tuvo la sensación de que había sido un grito. Un rayo inflamó el cielo y poco después estalló un trueno. Helena se estremeció, tragó saliva y sintió un ardor en las comisuras de los ojos.

—Ya no lo sé. —Cuando recogió el chal le temblaba la mano tanto como la voz.

Tenía una extraña sensación de irrealidad mientras descendían por la amplia escalera en aquella luz nocturna, en el silencio de la noche; cada paso le costaba, pero, al mismo tiempo, se sentía impelida a continuar. «Sal de aquí, vete...», resonaba en su mente.

Fuera, en la brisa cálida y vaporosa, esperaba uno de los mozos de cuadra, con ojitos de sueño, sujetando por las riendas a *Shaktí*, que escarbaba intranquila con las pezuñas, agitada a esa hora tan poco habitual para salir a cabalgar. Se dejó colocar la carga pacientemente encima y Helena se volvió a mirar a Mohan.

—Adiós, Mohan. Y gracias por todo.

Él sonrió.

—Nunca diga adiós. Siempre puede haber un reencuentro, si no en esta quizás en una vida próxima. —Juntó las palmas de las manos y se inclinó en una reverencia—. Que los dioses le sean propicios y sobre todo que Visnú mantenga su mano encima de usted. —Tras una pequeña pausa, añadió en voz baja—: Desearía que no se fuera. Allí donde usted está, está la vida; todo será triste aquí sin usted.

Helena sintió el impulso de abrazarlo en señal de despedida, pero se contuvo por temor a derramarse en lágrimas. Puso el pie en el estribo, y entonces se detuvo.

—El león... —murmuró sin querer, mirando perpleja a Mohan Tajid, perpleja por el raro pensamiento que de pronto le parecía tan importante—. ¿Qué sucedió con el león y la hija del rey que tenían la marca de nacimiento en la frente? El cuento que Mira Devi contó cuando... —añadió apresuradamente cuando le pareció que Mohan no entendía. Pero sí que había entendido, y sacudió la cabeza.

—No lo sé. Supongo que fueron felices después de tener que superar algunos obstáculos —dijo inclinando la cabeza con una sonrisa—. Los cuentos siempre tienen un final feliz.

Helena miraba fijamente hacia la oscuridad con la garganta oprimida.

«Los cuentos sí, pero no la vida...»

Asintió con una sonrisa débil y montó. Le habría gustado decir algo más, pero no pudo. Chasqueó la lengua oprimiendo con los talones los costados de *Shaktí* y la yegua blanca se puso a trotar alegremente.

Helena percibió las miradas a su espalda: la de preocupación de Mohan, la de admiración de Yasmina y del mozo de cuadras. Iba a volverse una vez más, una sola vez, la última, para ver Shikhara, las ventanas iluminadas, el resplandor del farol en la puerta de entrada, pero de lejos le llegó la voz suave de Mohan diciendo: «Nunca mires atrás, nunca...»

El vigilante abrió un ala del portón de entrada de hierro

forjado y le dirigió un saludo amable, al que Helena respondió con un gesto breve de cabeza. A continuación tiró de las riendas y subió al galope la colina adentrándose en la noche.

Mohan Tajid abrió la puerta del dormitorio de Ian suavemente y sin llamar. Se estaban apagando ya las brasas de la chimenea y, con la luz mortecina que entraba en el cuarto desde el vestíbulo, se adivinaban los contornos. Vio el perfil de Ian, de pie, delante de la puerta que daba al balcón, mirando fijamente la oscuridad.

—Se ha marchado. —Cerró la puerta y la oscuridad llenó toda la habitación. Distinguía débilmente la camisa blanca de Ian, una mancha inmóvil de luz en aquella penumbra.

—Se lo has contado —llegó hasta él la voz de Ian al cabo de un rato.

—Sí. Todo. —Mohan hizo una pequeña pausa antes de añadir—: Tendrías que haberlo hecho tú, y hace un montón de tiempo ya.

—Tal vez. —La mancha blanca se movió, y Mohan oyó el chasquido de una cerilla, vio el resplandor, la llamita que iluminó un instante el rostro de Ian cuando este encendió el cigarrillo, un rostro rígido como una máscara, antes de apagarse. Mohan oyó cómo Ian aspiraba profundamente el humo y decía con voz ronca—: Pero eso ya no importa ahora.

Mohan Tajid no sabía cuándo se había sentido tan desamparado por última vez. Ian había conjurado el poder de Shiva, y Shiva, con su danza salvaje, había aplastado bajo sus pies el vislumbre de felicidad que había estado tan accesible.

—Quiero estar a solas. Que se vaya también el personal doméstico; no quiero a nadie en casa —sonó metálica la voz de Ian desde la ventana.

Mohan Tajid salió de la habitación sin pronunciar palabra. Permaneció unos instantes en la galería, como hipnotizado, mirando hacia el vestíbulo, que producía una sensación tan descorazonadora a pesar de la iluminación nocturna. «Visnú, envía tu ayuda... —rogó en silencio—, no permitas que todo haya sido en vano.»

2

Estaba oscuro, faltaba un buen rato para que comenzara a clarear. Las nubes espesas que exudaban ya masas de agua por todos sus poros se tragaban la luz de las estrellas y de la luna, pero *Shaktí* conocía bien el camino, relinchaba alegremente. El de sus herraduras sobre el camino era el único sonido en aquella oscuridad; hasta los animales nocturnos estaban agazapados esperando fascinados el inicio del monzón. Los rayos iluminaban en diferentes puntos aquellas nubes compactas suspendidas sobre el valle que adquirían tonalidades amarillentas, rojizas, anaranjadas y azuladas, avivando las siluetas de campos y las lindes de la selva. Helena respiró aliviada, aspiró profundamente aquella brisa húmeda, que olía intensamente a tierra y a vegetación. Se levantó un viento que le alborotaba el pelo, que hacía murmurar a las hojas y la hierba cascadas incomprensibles de sonidos. Se sentía libre y ligera cabalgando a lomos de *Shaktí*, dejando atrás todo lo que la oprimía y le había dificultado la respiración durante las últimas semanas, durante las últimas horas. Tenía la cabeza agradablemente vacía y en silencio, pero su corazón estaba cargado, le oprimía dolorosamente las costillas, cada uno de sus latidos era una punzada. Espontánea e inoportunamente, comenzaron a acudir a ella imágenes, de la misma manera que se apiñaba siempre una pared de nubes contra las laderas del Himalaya, y comenzó a escuchar voces procedentes de muy lejos. Helena aceleró el ritmo para deshacerse de ellas, pero se mantenían a su mismo paso y al de *Shaktí*, y en algún momento se dio por vencida y se abandonó al torbellino que se arremolinaba en su cuerpo y en su espíritu.

«Él la ama, eso lo sé...» «Ámelo, *betii*; eso es lo único que puede salvarlo, y lo único que él teme...» Las manos de Ian, hacía unas pocas horas sobre su piel ardiente; su manera de besarla, con una pasión dolorosa, encendiendo en ella un ansia tan intensa que creía morirse; el ronco susurro de él al decir «eres mía, Helena, mía»; la sensación que tenía de ser tragada por unas fauces oscuras de las que no había escapatoria y que devorarían su alma. «Ha vendido su alma al diablo...» Ian, un asesino, el hijo de un asesino ejecutado por un delito de alta traición. Rajiv *el Camaleón*, Rajiv *el Bastardo*. Su boda en Surya Mahal. «Como si fuera uno de ellos...» Helena se rio amargamente. «Lo es. Es uno de ellos...» La humillación de aquella bofetada en Londres, cuando furiosa había usado su antiguo apodo, acertando sin saberlo donde más le dolía. Ian y Rajiv, los dos rostros de un alma desgarrada que llevaba las cicatrices de este país en la piel y en el corazón. El anciano rajá, que quiso sacrificar a su hija y a los hijos de esta por el honor de su pueblo, que había legado a su nieto el veneno de la venganza, que había contaminado su alma. «Vendido al diablo...» «Ámelo, *betii*...» «¿Lo ama usted?» «Ya no lo sé...»

Helena rompió en sollozos secos, amargos, furiosos, pero sin derramar ninguna lágrima. El trueno, que con su estallido rasgó en dos la oscuridad haciendo temblar la tierra bajo las herraduras de *Shaktí*, ahogó su sollozo, su murmullo en voz baja: «Lejos, lejos de aquí, quiero irme lejos...»

Las ramas le azotaban el rostro, pero no se daba cuenta; cabalgaba como si el diablo estuviera pisándole los talones y extendiera sus garras hacia ella. Huía como habían huido Winston y Sitara durante años; una huida cuyo recuerdo seguía fluyendo por las venas de Ian como su sangre mixta. Huía de la misma crueldad, del mismo horror, que amenazaba no su cuerpo, sino su alma, y solo deseaba una cosa: olvidarse de Ian, Rajiv, de todo lo que había vivido, visto y oído, desterrarlo de su recuerdo, de su corazón. «Lejos, lejos de aquí...»

Lentamente fue haciéndose visible al este una luz pálida, demasiado débil como para penetrar en aquellos tupidos bosques, pero que hacía surgir de la negrura de la noche las masas nubosas, de un gris plomizo, que parecían aplastarse cada vez más contra la tierra. No aflojó las riendas hasta que aparecieron las primeras casas de Darjeeling, y *Shaktí*, resollando, pasó a un trote rápido. Los muros devolvían el eco ruidoso de sus herraduras, y Helena se agachó involuntariamente, como si estuviera haciendo algo prohibido. Hizo avanzar la yegua por las calles hasta que, en una esquina de la amplia avenida principal, reconoció la enjalbegada fachada con arcadas del hotel. Desmontó y ató las riendas de *Shaktí* a una columna, le dijo unas palabras tranquilizadoras y subió los escalones hacia la ancha puerta de entrada.

Titubeó unos instantes. El edificio estaba tan tranquilo y desierto como el resto de la ciudad; seguramente no se habría levantado todavía nadie del personal del hotel. Respiró profundamente y llamó a la puerta con unos golpes tímidos; al no responder nadie, fue aumentando la intensidad de los golpes, para acabar martilleando enérgicamente la madera maciza y pulida. Por fin abrió alguien, un criado del hotel que se acababa de poner el uniforme a toda prisa. La quería despachar de mala manera, pero Helena le interrumpió y exigió que la llevaran a la habitación del señor Richard Carter.

—Señorita, no tenemos esa costumbre. Por norma aquí...

Helena dio un puñetazo el marco de la puerta.

—¡Lléveme hasta su habitación, maldita sea! Él... me está esperando... —Pronunció estas últimas palabras con menos aplomo. ¿Iba a recibirla realmente a esas horas?

El sirviente se la quedó mirando con las cejas enarcadas y una sonrisa de complicidad se dibujó en sus ojos. Helena, avergonzada, se ruborizó.

—Por aquí, por favor. —Con un gesto desenfadado y descarado a partes iguales abrió las hojas de la puerta de par en par y le cedió el paso.

—Ocúpese de que no le falte nada a mi caballo —le espetó arrogante ella a pesar de sentir pavor por dentro.

Siguió al hombre por los pasillos lujosamente decorados con tapices de seda hasta una de las puertas de madera rojiza. Llamó con los nudillos una, dos veces, una tercera. Entonces respondió amortiguada una voz soñolienta.

—Señor, disculpe usted la molestia, pero aquí hay una... —carraspeó, lo cual hizo que Helena volviera a ruborizarse—. Una visita para usted.

Al cabo de un momento se abrió la puerta. Enfadado y asombrado a partes iguales, Richard Carter miró a la cara al sirviente; fue entonces cuando se apercibió del motivo de aquella incomodidad.

—Helena... —Se apresuró a atarse el cinturón de la bata por encima del pijama de seda. Los mechones de su cabello castaño liso que le caían sobre el rostro le hacían parecer muy joven.

Helena quería saludarlo, pero algo le oprimía la garganta. Se lo quedó mirando y, a continuación, se le doblaron las rodillas. Richard la agarró antes de que cayera y ella le oyó pedir té y un desayuno. Oyó a alguien preparando la leña en la chimenea, después se cerró la puerta tras ellos.

La llevó hasta el sofá que había frente a la chimenea y la acomodó suavemente en los cojines. Ella dejó pasivamente que le quitara las botas y la tapara con una manta de lana.

—Estás temblando. —Se sentó a su lado y la arropó—. ¿No me vas a decir lo que ha sucedido? —Con el dorso de la mano le acarició las mejillas, mirándola inquisitivamente.

Un dique estalló, y entre los brazos de él comenzó a llorar lágrimas de miedo, de rabia, de tristeza y de agotamiento. Percibió como a través de un muro que llamaban a la puerta; Richard dijo algunas palabras, hubo pasos apresurados y diligentes, tintineo de vajilla, el encendido de un fósforo, el crepitar de la leña, luego más pasos, la puerta, silencio.

Finalmente alzó la cabeza, se pasó la mano por las mejillas húmedas y ardientes, levantó la nariz.

—Yo... Le he dejado —murmuró, tragando saliva, y de nuevo las lágrimas fluyeron.

Richard le pasó suavemente la mano por la sien y el pómulo.

—¿Te ha hecho él esto? ¡Menudo hombre! —Se levantó y se acercó a un armarito situado en el otro extremo de la habitación que contenía botellas de cristal con líquidos de color marrón o transparentes.

Helena se palpó la zona con la punta de los dedos y notó la costra. Iba a defender a Ian, pero fue incapaz de pronunciar palabra. Richard le aplicó un pañuelo empapado de alcohol en las heridas y Helena inhaló profundamente.

—Ya sé —dijo él con suavidad—. Se te pasará enseguida. —Y en sus pupilas danzaban tiernas unas chispitas doradas. La atrajo hacia sí y la meció con delicadeza, la besó ligeramente en la frente—. Ya ha pasado, ya no tienes que volver.

«Ya ha pasado», se dijo Helena, sin sentir el alivio esperado.

—Te sacaré de aquí. Mañana mismo si quieres. —Estiró el brazo hacia la mesa, cogió una de las tazas humeantes y se la tendió a Helena—. Esta tierra le puede robar a uno el alma realmente —dijo en voz baja, como para sí mismo.

Helena aceptó agradecida la taza y se bebió el té caliente a sorbitos. Richard la miraba atentamente. Sumido en sus pensamientos, le acariciaba la mejilla con el dorso de un dedo.

—Te mereces algo mejor —murmuró él.

«¿Mejor que qué?», se preguntó Helena. Los cálidos vapores hicieron que sintiera pesados los párpados y en ese momento se dio cuenta de lo cansada que estaba.

Richard se inclinó hacia ella y la besó delicadamente en la mejilla, por debajo de las heridas. Luego le quitó la taza de las manos.

—Primero, duerme.

La ayudó a levantarse y la llevó al dormitorio contiguo. La manta estaba apartada, la almohada de él seguía arrugada. Helena cayó pesadamente en la cama y alcanzó a percibir cómo él la tapaba con la manta y la besaba suavemente antes de cerrar la puerta tras de sí sin hacer ruido. Cayó instantáneamente en la negrura del sueño.

3

Cuando despertó, no sabía si era de día o de noche. Un sonido captó su atención y aguzó el oído. Fuera, el murmullo regular al otro lado de la ventana, cuyas cortinas estaban corridas, delataba que había empezado el monzón. Con suavidad, casi consoladoramente, un trueno llegó como rodando desde las montañas. Necesitó algunos instantes para darse cuenta de dónde se encontraba. Le dolían los músculos, pero sufría aún más con la sensación de vacío sordo en su interior. Lo que había quedado tras ella le parecía como una pesadilla, algo que no había sucedido realmente pero que le había dejado una sensación de vacío en la boca del estómago.

«No mires atrás, nunca...»

Dando un suspiro, sacó las piernas de la cama, entró en el baño y gimió al verse en el espejo. Tenía el pelo enredado y revuelto, el rostro sucio y enrojecido, los ojos hinchados y rodeados de profundas ojeras; en las sienes y en las mejillas, arañazos con sangre seca que palpó cuidadosamente. ¿Se debían realmente solo a los golpes de las ramas en la cara mientras cabalgaba hacia allí o había sido Ian? No lograba acordarse... «Pero ¿qué importancia tiene eso ahora?» Se miró en el espejo con gesto retador y sumergió el rostro en la palangana llena de agua fría, se lavó las huellas de la noche pasada lo mejor que pudo, se arregló un poco el pelo con peine y cepillo, y luego, tras tomar aire, abrió la puerta que daba al salón.

Había quinqués encendidos que difundían un cálido resplandor. En la chimenea, un fuego crepitaba con calidez. Richard alzó la cabeza de su periódico y le sonrió.

—¿Has dormido bien?

Helena asintió avergonzada con la cabeza.

—¿Cuánto...? ¿Cuánto tiempo he...?

Richard se sacó el reloj del bolsillo del chaleco de su traje marrón.

—Casi doce horas. Ya es por la tarde, hora de vuestra curiosa hora del té. —Señaló la mesita que tenía enfrente—. Seguramente estarás hambrienta.

Helena volvió a asentir con la cabeza y se sentó en el sillón enfrente de él, que estuvo mirando unos minutos con satisfacción cómo se abalanzaba sobre los bocadillos y el pastel de frutas, cómo vaciaba las tazas que le iba sirviendo antes de enfrascarse de nuevo en el periódico.

Ella lo observó entonces furtivamente por encima del borde de su taza. Con qué familiaridad estaban sentados allí los dos... Richard tenía una discreta buena planta, con su caro traje de corte perfecto y la corbata a juego. ¿Cómo sería la vida tomando el desayuno cada mañana uno frente al otro? Agradable, tranquila, como nunca había sido con Ian. La asustó no sentir nada imaginándoselo salvo un raro vacío opresor. Volvió a bajar los ojos rápidamente, confusa por sus sensaciones y sus pensamientos extraños.

Cuando ya estaba picando las últimas migas de su plato, el crujido del periódico le hizo levantar la mirada. Richard lo estaba doblando ceremoniosamente y lo dejó.

—Me permití cogerte eso —señaló hacia la repisa de la chimenea, donde estaba el cañón plateado del revólver—. Cuando te quedaste dormida. —La miró escrutador—. No quiero ni imaginarme la vida que has debido llevar para haber tenido que procurarte un objeto como ese.

Helena levantó una mano en señal de protesta, quería objetar. «No, no es lo que estás pensando», pero una voz interior le susurró: «Ian es un asesino, Helena... un asesino...», y dejó caer nuevamente la mano sin decir nada.

—No conozco a tu... No conozco al señor Neville. Pero, por lo que he oído decir, parece que es... digamos que es una persona difícil.

Con gesto meditabundo, Helena desplazaba de un lado a otro de la mesa unas migas dispersas con la punta de los dedos.

—Hasta ayer mismo ni yo sabía cuánto —murmuró.

Richard la miró a la cara, muy seria.

—Nadie puede obligarte a permanecer casada con él. Por suerte no vivimos en el siglo pasado; te puedes divorciar si quieres. No resulta fácil y, si no procede uno con astucia, puede significar la muerte en sociedad. Pero es posible. —Hizo una pequeña pausa, y Helena vio en su cara cómo se esforzaba en ponderar sus palabras—. Yo te ayudaría con mucho gusto, si así lo deseas. Conozco a buenos abogados, y con todo lo que te ha hecho él, seguramente existen muchas opciones para conseguir el divorcio. Pero te voy a ser sincero: en ese asunto no me hallo exento de esperanza. —Se quedó atascado, se pasó la mano por el pelo, nervioso—. Tengo la esperanza de que quieras iniciar una nueva vida conmigo. —Helena se disponía a replicar y él le hizo un gesto tranquilizador—. Sigue intacta mi oferta de ayudarte. No voy a poner ninguna condición, Helena. —Su mirada se dulcificó—. Pero esto es lo que yo quiero por encima de todo. Yo... lo que deseo es que seas mi mujer.

¿Por qué parecía que con Richard las cosas eran como Helena había creído siempre que tenían que ser? Sus palabras, su comportamiento con ella... Con él todo parecía sencillo, sin coacciones, sin resistencias.

—Y lo que más deseo es que confíes en mí —penetró la voz de él en sus pensamientos—. Pero la confianza requiere sinceridad y... y hay algo que no te he dicho. —Se miró las manos juntas—. No me resulta nada fácil hablar de este asunto porque todavía no se lo he contado a nadie. Pero no puedo permitir que tomes una decisión sin conocer antes la verdad.

Helena tragó saliva. Quería interrumpirle, no quería escuchar más historias del pasado, no allí, no en aquel momento. Sin embargo, como si estuviera hechizada, no fue capaz de pronunciar palabra y se lo quedó mirando como paralizada en el sillón. Se sentía obligada a escucharle contra su propia voluntad.

Él se levantó sin mirarla, se fue al otro extremo del cuarto y se sirvió media copa de un licor ámbar. Con la copa en la mano se acercó a la chimenea y se quedó mirando fijamente las llamas. Se apresuró a beber un trago, a continuación la miró brevemente y habló con una voz ronca, en un tono que no le había escuchado hasta entonces, temeroso y distante a la vez, con un deje metálico.

—Yo fui otra persona en otro tiempo, tuve otra vida. Aquí, en la India.

Se volvió de nuevo a mirar el fuego crepitante, apoyó una mano en la repisa de la chimenea y prosiguió con un hilo de voz.

—Nací en una pequeña aldea de Gales. En mi partida de nacimiento consta el nombre de Richard James Deacon, apodado Dick. Como tantos otros, yo también soñaba con el gran mundo, con la fama y el honor, y me alisté en el Ejército. Era un muchacho muy joven cuando llegué a la India, a la gloriosa India, la joya de la Corona británica... ¡Dios mío, qué ingenuo era! —Se rio con amargura, sacudió la cabeza y bebió un trago largo de su copa—. Me gustaba el Ejército, me gustaba la vida que llevaba en él, el compañerismo. Incluso me gustaban la India y sus gentes.

Pero el 12 de mayo de 1857 cambió todo cuando él y los demás soldados de su compañía en Calcuta se enteraron del comienzo de la rebelión en Meerut y del asalto a Delhi. Les costó desarmar y tener que estar vigilando con mil ojos a los cipayos, a quienes les unía algo parecido a una amistad. Esa noche se abrió entre ellos una fosa de desconfianza y comenzó una espera temerosa, con la esperanza de que los levantamientos fueran una excepción, un foco muy localizado. Esa esperanza resultó ser vana.

Le llegó el turno a Kanpur, la ciudad cuyo nombre se convertiría en símbolo de la crueldad de los rebeldes. Kanpur, la plaza militar en la que habían buscado refugio cientos de personas de los alrededores e incluso de Delhi, situada a casi cuatrocientos cincuenta kilómetros, estaba sitiada por los sublevados y había en ella violentos combates. Finalmente, al cabo de varias semanas, el general Hugh Wheeler, comandante de la plaza, pudo negociar un salvoconducto para los ingleses encerrados allí de Nana Sahib, el soberano de Bhithur, a cuyo mando supremo se habían acogido los amotinados. Cuando aquellas mil almas, un tercio de ellas mujeres y niños, subieron a las barcas que debían llevarlos Ganges abajo hasta Allahabad, fueron abatidos a tiros en una emboscada por orden de Nana Sahib; muchos de ellos perecieron ahogados. Unos pocos lograron escapar por los pelos. Los últimos supervivientes, apenas doscientos, entre ellos ciento veinticinco mujeres y niños, fueron encarcelados en el Bibighar, aquel bungalow en el que en su día, en una época diferente al parecer, un oficial británico había alojado a su amante hindú. Entre burlas y vejaciones, las mujeres fueron obligadas a moler con las manos el grano para sus guardianes hindúes. La disentería y el cólera se propagaron en aquel infierno que duró dos semanas, cobrándose muchas víctimas, igual que el calor insoportable. En la noche del 15 de julio, Nana Sahib hizo que un grupo de carniceros del lugar matara a todos los prisioneros. No sobrevivió nadie.

—Un día más tarde, llegamos a Kanpur bajo las órdenes del general Havelock. Nana Sahib debió de enterarse de que nos aproximábamos y que haríamos todo lo posible para liberar a los prisioneros de Bibighar. —Se volvió a mirar a Helena y vio una expresión salvaje en sus ojos—. Yo estuve allí, Helena. Yo lo vi. Todos aquellos... —Hizo un gesto abarcador con las manos, un gesto de impotencia—. Aquellos cadáveres o lo que quedaba de ellos; las mujeres ultrajadas y los niños muertos en los *ghats*. Una cosa así no se olvida nunca. —Dejó la copa vacía en la repisa y se quedó mirando las llamas—. No lo he olvidado, ni lo olvidaré nunca. —Hizo una breve pausa y tragó saliva varias veces con esfuerzo—. Estábamos llenos de rabia, llenos de odio, y cuando uno de los nuestros parecía que se reblandecía, los demás le gritábamos: «Piensa en Kanpur, piensa en el 15 de julio», y continuábamos deteniendo, ahorcando, fusilando, saqueando. Ninguno de los implicados en la matanza debía quedar impune. —Agarró la copa y cruzó la habitación para llenársela de nuevo—. Un nombre salía siempre a relucir, un nombre hindú, pero a todos aquellos a quienes preguntábamos nos juraban que era uno de los nuestros. Al principio pensamos que era mentira, una argucia o un error. Pero las acusaciones se repetían obstinadamente y, cuando la situación se tranquilizó en el país, un destacamento de mi regimiento fue enviado tras la pista de ese hombre. Éramos ocho hombres y el coronel. Estuvimos casi un año recorriendo la India de parte a parte. En un par de ocasiones se nos escapó por los pelos. Por fin dimos con él en el desierto, en una zona despoblada de Rajputana. ¡Dios sabe lo que se le habría perdido justamente allí! —Richard se rio, pero su risa sonó amarga. Tomó un trago largo, como si tuviera que empujar abajo un sabor asqueroso—. Era un hombre flaco de aspecto muy descuidado, al límite de sus fuerzas, pero su espíritu y su voluntad eran inquebrantables. Intentamos sonsacarle por todos los medios su verdadero nombre, su procedencia, su regimiento. Voy a ahorrarte los detalles de cómo lo intentamos. No fue nada agradable. ¡Pero lo odiábamos tanto, teníamos la confirmación por tantas fuentes diversas de que él era la mano derecha militar de Nana Sahib, de que estaba más que implicado en los asesinatos de Ghat y Bibighar! Además, ¡él lo admitió abiertamente! Yo fui el último que intentó una vez más sacarle su verdadera identidad. —Richard vació la copa de un trago—. Tal vez porque ya no le quedaban fuerzas después de lo que le habíamos hecho, o porque sabía que de todas maneras estaba llegando el final de sus días, el caso es que me habló de su esposa muerta, una hindú. Afirmó que era una princesa. No sé si era verdad o no. Me enseñó incluso una foto suya y de sus hijos. Era muy bella. Había muerto en Delhi, y todo lo que él había hecho tenía como finalidad vengarla. Puede parecer raro, pero le comprendí bien, porque ¿qué estábamos haciendo nosotros sino vengar a nuestras mujeres y a nuestros hijos? De un modo extraño llegó a gustarme ese hombre. Estábamos en bandos distintos, pero en otra época, en otro lugar, habríamos podido llegar a ser amigos.

Richard se quedó mirando un buen rato fijamente un punto inconcreto de la habitación, luego se aflojó la corbata y se desabotonó los primeros botones de la camisa.

—Lo ahorcamos allí mismo y lo enterramos. —Hizo una mueca—. Por haber ejecutado con éxito las órdenes recibidas me dieron incluso una medalla al mérito militar. La tiré cuando poco después me di de baja del Ejército. No quería tener nada más que ver con aquello. Solo quería marcharme lo más lejos posible, y emigré a Estados Unidos, comencé allí de nuevo desde cero. Pero fíjate qué ironía: el país en el que esperaba encontrar la paz estaba a punto de iniciar una sangrienta guerra poco tiempo después. Escapé de la Costa Este justo a tiempo. Me instalé en California y adopté el apellido de un muerto que se llamaba igual que yo, Richard, como si eso fuera un guiño del destino. Primero usé documentación falsa y posteriormente documentación legal. Nunca tuve remordimientos por ese hecho. Richard Deacon murió efectivamente en la guerra, en suelo hindú. Siendo Richard Carter he conseguido construirme una nueva vida, con éxito, tal como ya sabes. —Se esforzó por sonreír, pero no lo consiguió—. No obstante... —bajó la vista toqueteándose torpemente el cuello—, no puedo olvidar nada. —Se sacó el colgante que llevaba, se lo puso a Helena en la mano y se la mantuvo apretada mientras añadía en voz baja—: Solo espero que no pienses demasiado mal acerca de mí. Lamento profundamente todo lo sucedido, pero no puedo deshacerlo. —Soltó la mano que mantenía apretada fuertemente en torno al colgante, como si temiera que pudiera escurrírsele entre los dedos—. Caprichos del destino, me encontré en mi hotel de Calcuta hace algunos meses con uno de mis antiguos compañeros de aquellos días y me contó una historia disparatada sobre una maldición que pesa sobre nosotros desde la ejecución de aquel traidor. Es cierto. Nos maldijo antes de morir, pero yo no creo en maldiciones. Sin embargo, he realizado mis pesquisas y, efectivamente, todos hemos tenido un destino desgraciado. Todos, excepto yo. Al parecer, alguien está vengándose tardíamente en favor de un traidor. Creo que deberías estar también al corriente de esto. —Titubeó un instante y a continuación señaló el colgante que ella seguía teniendo en la mano—. Eso me lo regaló Kala Nandi antes de su ejecución, y desde entonces lo he llevado puesto. Quizá sea eso lo que me ha protegido todo este tiempo. —Inspiró profundamente y le hizo una seña breve con la cabeza—. Si me buscas, estoy abajo, en el bar. —Rozó ligeramente su hombro al pasar, luego cerró la puerta y Helena se quedó a solas.

4

Conmocionada, Helena se quedó mirando su puño fijamente, en silencio y sin moverse; tuvo que hacer un esfuerzo para abrir los dedos. El medallón se abrió como si tuviera un resorte y las lágrimas afloraron a sus ojos. En la parte izquierda se veía el rostro de una mujer joven y hermosa, de piel casi blanca y grandes ojos negros: el mismo rostro que vio en su día en la torre prohibida de Surya Mahal. Llena de amor parecía mirar esa joven mujer al mismo tiempo al observador y a los dos niños de la parte derecha del medallón: una niña pequeña calcada a su madre pero con la piel mucho más blanca, de cabello y ojos castaños, y un chico algo mayor. Era Ian. Sus rasgos faciales, sus ojos, los mismos ojos que su madre, que Mohan Tajid; Rajiv antes de volverse un camaleón, antes de que lo trataran como a un bastardo. Dio la vuelta al medallón y pasó el dedo con ternura por las tres letras mayúsculas entrelazadas grabadas en la tapa: «RAS», de Rajiv, Ameera y Sitara. *Ras* o *rasa* podía significar «médula» en hindustaní, dependiendo del dialecto y del contexto: lo mejor de algo, belleza, amor, pero también veneno. De esta raíz se derivaba *rasendra*, la piedra legendaria de los sabios, de la que los alquimistas creían que podía transformar en oro cualquier metal.

«Como si contuviera su corazón que amenazaba con quebrarse», había dicho Mohan Tajid sobre Winston, y Helena comprendió por qué en aquel momento, en aquel día de mayo de hacía veinte años, Winston se había convertido en Kala Nandi. No había ninguna justificación para todas las crueldades que había cometido y de las cuales se reconoció culpable y por las cuales acabó muriendo, pero Helena comprendió que ese medallón contenía en efecto el corazón de Winston, lo mejor de todo aquello que había sido importante en su vida y que se había convertido en un veneno mortal al quebrarse su corazón en aquel instante, con la onda expansiva de la explosión.

¿Supo tal vez que Ian había sobrevivido? ¿Quiso buscarlo en realidad o buscaba desesperadamente refugio en Surya Mahal porque le pareció el lugar más seguro mientras huía, antes de que lo detuvieran los soldados, pese a todo lo que había vivido allí?

El relato de Mohan había sido inexacto en ese punto, y Helena sabía que nunca lo averiguaría. La respuesta a esas preguntas se la había llevado Winston consigo a la tumba.

Se había preguntado cómo era Ian de niño; ahora lo sabía, lo veía, y también estaba enterada del camino que había recorrido desde entonces. De golpe le entendía, quedaba colmado ese deseo abrigado durante tanto tiempo, ese anhelo. Entendía de dónde venía, qué había visto, qué había experimentado en la vida, quién era. No disculpaba nada, pero lo aclaraba todo.

«*Chrysó*, "niñita querida"...» De pronto comenzaron a emerger palabras en ella, palabras que creía haber olvidado, palabras que había escuchado de niña bajo el sol de Grecia, y por un instante creyó estar oliendo el polvo de las calles, el aroma a uva, el olor a hierba seca de aquella anciana. «El destino te conducirá a tierras extrañas. Te cortejarán dos hombres, enemigos los dos, y tú les revelarás el secreto que ata sus destinos...» Helena estuvo a punto de soltar una carcajada, pero la terrible verdad le oprimió la garganta y le hizo tragar saliva con esfuerzo, dejándole mal sabor de boca.

Aquel objeto de plata fina le pesaba mucho en la mano, era tan pesado como todo lo relacionado con él. ¡Tanto sufrimiento, tantos recuerdos! Era consciente de que, con aquel medallón, tenía en sus manos en esos momentos el destino de Ian y de Richard. Si Ian se enteraba de que Richard era el hombre al que buscaba desde hacía años, el último que debía pagar por la muerte de su padre, no dudaría en destruirlo. ¡Y pensar que los dos se habían mirado a los ojos en aquel baile! A Ian le habría bastado con extender la mano... Se sentía mal por ello. Si Richard se enteraba de que Ian era el hijo de aquel hombre al que había conocido con el nombre de Kala Nandi, que era quien tenía sobre la conciencia las vidas de sus compañeros, tampoco titubearía en vengarse. Si alguien se enteraba de que Ian era euroasiático, perdería Shikhara, su sueño de toda una vida. De mala gana tuvo que admitir a posteriori que Shushila tenía razón al decir que había secretos demasiado peligrosos para confiárselos a alguien. Aunque Ian había tratado de protegerla de su secreto, ahora ella lo sabía, conocía las dos caras del mismo.

¿Qué debía hacer con lo que sabía, con los secretos, con su vida? Ese medallón lo reunía todo; confluían en él todos los hilos. Helena pensó con aflicción lo que significaría para Ian poder tenerlo. Pero eso los destruiría a los dos, a Ian y a Richard, ambos cazadores y presa a la vez. Presentía que debía guardar aquel secreto. La carga que se le había impuesto le parecía insoportable. «¡No te dejes engañar por las apariencias! Con frecuencia las cosas no son como parecen a primera vista o como tú quieres que sean...» No, las cosas no eran como parecían a primera vista, pero contenían su propia verdad irrefutable, por muy amarga y dolorosa que fuera esta.

Helena se sentía miserablemente. De pronto la había invadido una sensación de pesadez plomiza. Estaba cansada de escuchar historias de un pasado sangriento, más viejas que ella y que, sin embargo, la arrastraban violentamente en su vorágine. Estaba cansada de aquel país lleno de tanta crueldad y tanto odio. ¿Cómo había acabado en él? Se levantó sintiendo una pesadez extrema y se acercó a la ventana para mirar durante un buen rato la lluvia que azotaba la calle en alas del viento.

Se sentía engañada; engañada por la imagen que se había hecho de Richard, al que creía una persona que no tenía las manos manchadas de sangre, una persona que no estaba atormentada por los demonios del pasado; engañada por la ilusión de poder olvidar con él a Ian. A partir de ahora nunca podría estar con Richard sin pensar que los unía a los dos un fino hilo del destino, y que un capricho del destino la había llevado a ella, a Helena, por medio mundo y contra su voluntad, a conocer ese hilo. A dondequiera que fuera con Richard, Ian viajaría siempre con ellos.

Apoyó la cara en el cristal de la ventana refrescándose agradablemente la frente y las mejillas. Sobre la ciudad, las nubes inmensas ocultaban las montañas. La añoranza aleteó en el interior de Helena, añoranza de la cumbre del Kanchenjunga bajo el cielo claro que no volvería a ver nunca, de sus colores en el transcurso del día, frescos y plateados, dorados y rojos, grises. «Nunca conoceré el aspecto que tiene en otoño y en invierno...» Pensó en la casa, en las ondulantes plantaciones verdes del té poco antes de la cosecha, en su huerto, que florecería con todos los colores del arcoíris después del monzón, en las personas que colaboraban en hacer de Shikhara lo que era.

«Llevo tan poco tiempo aquí... No puedo marcharme... No quiero marcharme...» La añoranza de Shikhara la desgarraba y comprendió que su corazón había comenzado a arraigar allí durante ese breve período de tiempo, a echar nuevos brotes desde las raíces que le quedaban y que parecían muertas desde su repentina partida de Grecia. Pensó en Surya Mahal, en su suntuosidad embriagadora, en la belleza del árido paisaje de Rajputana, en las personas con las que se había encontrado. «Ya llevas la India en tu corazón», le había dicho Djanahara, y era ahora justamente cuando Helena se daba cuenta de que era verdad. «Ámame como amas esta tierra», había pensado ella mientras Ian lo abrazaba. «¿Lo ama? Ámelo, *betii*; eso es lo único que puede salvarlo, y es lo único que él teme...»

Tenía una sensación extraña, como si Mohan Tajid se encontrara de pronto a su lado y le susurrara al oído: «El karma, tu destino, tu determinación.»

«Desearía saber cuál es mi karma», le respondió mentalmente Helena, y percibió la sonrisa de Mohan.

«No luches en contra por más tiempo; deja que suceda... Luchar en contra significa únicamente sufrir...»

«No quiero luchar más», pensó Helena y cerró los ojos de cansancio.

—Quiero tener paz —murmuró contra el frío cristal de la ventana—. ¿Qué debo hacer? —Desesperada, aferró el medallón.

«Dos hombres; enemigos; uno de los dos será tu felicidad... Ian, Rajiv, bastardo, camaleón, hijo de un inglés, hijo de una princesa rajput, blanco y negro... Ámame como amas esta tierra... Ámelo, *betii*... ¿Lo ama usted? Usted tiene corazón de luchadora... Las cosas no son como tú las quieres ver. Quiero paz. Quiero ir a casa. A casa...»

Qué extraño resultaba sentir nostalgia de un lugar al que la habían llevado contra su voluntad, la misma añoranza que había sentido toda su vida por la tierra soleada de Grecia. El destino la había conducido hasta allí, había puesto en su mano todos los cabos sueltos. En aquel momento tenía el poder para decidirse.

«Quiero ir a casa. A Shikhara. Ian... el cazador... el león...»

Helena abrió bruscamente los ojos, y una maravillosa sensación de ligereza se expandió en su interior como un suspiro de alivio.

Buscó en el cajón del escritorio tinta, papel y pluma, y escribió una nota breve a Richard.

«No puedo. Perdóname. Helena.»

Contempló una vez más el medallón con una sonrisa tierna y melancólica antes de cerrarlo y colocarlo encima del papel.

Se calzó las botas, que un sirviente le había lustrado entretanto, volvió a meterse el revólver en la pretina del pantalón y dejó vagar su mirada por la habitación vacía.

—Gracias, Richard —murmuró, y se fue sin mirar atrás.

5

Esperó bajo los arcos a que uno de los mozos de cuadra trajera a *Shaktí.* El sirviente del hotel que esa mañana la había recibido con tan poca amabilidad se acercó a ella, esta vez con el uniforme impecable.

—¿Está usted segura de querer salir con este tiempo? —Con la barbilla señaló la lluvia torrencial, que las ráfagas de viento arrojaban contra el pavimento. Pequeños torrentes borboteaban en los dos márgenes de la calle.

Helena titubeó. No la asustaba cabalgar bajo la lluvia y la tormenta; lo que temía era lo que le esperaba en Shikhara. ¿Seguiría Ian allí o se habría marchado, como tantas veces había hecho en su vida? Peor aún, ¿le haría sentir su cólera y la enviaría al diablo? Sin embargo, no tenía elección, tenía que arriesgarse, que jugarse el todo por el todo.

Inspiró profundamente y asintió.

—Sí, completamente segura.

Ya tenía la punta de la bota en el estribo cuando el sirviente del hotel le gritó:

—¿Le dejo dicho algo al señor Carter de su parte?

Helena se lo quedó mirando un instante, luego sacudió la cabeza y montó.

En pocos segundos quedó calada hasta los huesos, y también *Shaktí*, que se sacudía de mala gana pero trotaba a buen paso. El viento le arrojaba la lluvia a la cara como pinchazos finos, el agua corría por su piel en una extraña mezcla de calor y frescor, se le colaba bajo las prendas mojadas hasta las botas ceñidas. Los relámpagos centelleaban, los truenos retumbaban, pero ella no estaba atemorizada, se sentía unida a los elementos, rebosante de vitalidad. Todo su ser estaba concentrado en el paso siguiente, porque las calles y los caminos estaban resbaladizos, enfangados, llenos de piedras sueltas. Los arroyos caían en cascadas desde las alturas pobladas de bosques tupidos negros como la noche. En más de una ocasión resbaló *Shaktí* al ceder el camino bajo su peso. Helena le hablaba a la yegua en tono tranquilizador, animándola a continuar, la gobernaba siguiendo su deseo de avanzar a toda costa. «A casa... A casa...»

Y rezaba a Visnú y a Krishna, rezaba para llegar a Shikhara antes de que se hiciera de noche, porque a la luz crepuscular, bajo las nubes densas y a la sombra de los árboles, resultaba ya muy difícil distinguir el camino. A ambos lados se extendían las plantaciones de té, oscuras superficies relucientes, y Helena creía oír la respiración de los arbustos, que absorbían ávidos la lluvia, que les proporcionaría el fuerte aroma de la cosecha de otoño. La tarde comenzaba a teñir las colinas de gris cuando la puerta de entrada a Shikhara apareció ante ella recortada en negro. Abierta, sin vigilante.

Helena refrenó a la yegua y se detuvo, confusa. La casa estaba a oscuras, en silencio, no era acogedora. No había ninguna luz en las ventanas. Sintió un escalofrío y se desinfló. ¿Qué estaba haciendo allí? Titubeó durante un instante terrible con la sensación de hallarse perdida, luego espoleó a *Shaktí* con decisión y se acercó a paso rápido hacia la casa por el camino pedregoso.

Desmontó apresuradamente y subió los escalones. La puerta de entrada no estaba cerrada con llave. El vestíbulo se hallaba apenas iluminado. El silencio era fantasmal. La casa estaba desierta y muerta, como en una pesadilla, y los relámpagos que la iluminaban a intervalos breves hacían que pareciera encantada. Helena tragó saliva. No habría sabido decir cuándo había sido la última vez que se había sentido tan terriblemente sola y abandonada. Ese no era el hogar por el que había sentido añoranza, por el que había emprendido una cabalgada tan temeraria. Quería gritar los nombres de Yasmina, de Mohan y de Ian, pero no se atrevía, como si tuviera miedo de despertar demonios escondidos en los rincones.

Subió lentamente la escalera; sus botas llenas de barro fueron dejando un rastro oscuro, pero le dio igual. Arriba estaba todo tal como ella lo había dejado la noche anterior; sobre su cama seguía estando el lío de prendas de vestir. Se quedó un instante sin saber qué hacer. ¿Se había perdido todo? ¿Había llegado todo a su final?

El murmullo del monzón la llevó a salir fuera, al balcón. Y allí estaba Ian, sentado.

Un pequeño quinqué iluminaba con luz amarillenta y temblorosa el cenicero lleno a rebosar, la copa vacía, la botella en la que quedaba un resto y proyectaba sombras sobre Ian, que miraba fijamente la lluvia torrencial.

Un relámpago restalló, y otro más, y con esos jirones de luz azulada vio lo cansado que parecía. Era como si estuviera vacío de la cólera que le había impulsado siempre.

Allí estaba ella, como fascinada, contemplando al hombre que mediante coacción y contra su voluntad la había sacado de su mundo para introducirla en la vida de él, al hombre que le había proporcionado tantos momentos de felicidad y tantos otros de sufrimiento. Tuvo el presentimiento de que también él estaba intentando luchar contra su destino.

Como si hubiera notado la mirada de ella, levantó la cabeza y la vio. Las nubes se incendiaron momentáneamente y entonces vio Helena el desamparo y la vulnerabilidad en sus ojos, llegó a ver hasta el fondo de su alma. Se puso a temblar de frío, por la humedad, por la rabia, por la tristeza y por el avasallador sentimiento de amor que recorría su interior y que le cortaba el aliento.

—¿Qué buscas aquí? —Sus palabras eran ásperas, nada acogedoras, pero ella no se dejó amedrentar. Ya no.

—A ti —repuso con decisión.

—¿Por qué razón? —Su tono era cansino—. ¿Para reprocharme que no te contara que soy un bastardo, hindú a medias, que tengo vidas humanas sobre mi conciencia?

—No, no por esa razón. —Bajó la voz hasta convertirla en un susurro frente al rugido del monzón—. Cuéntame el cuento del león y de la hija del rey.

Un rayo atravesó las nubes y Helena vio la confusión en el rostro de Ian.

—Entonces lo contaré yo, tal como creo que acontecieron las cosas en realidad —prosiguió—. La hija del rey le tenía miedo al león, porque amar no forma parte de la naturaleza del león. Su naturaleza es dar caza y matar, y la hija del rey se resistía con todas sus fuerzas a que la casaran con él, porque temía por su propia vida. Se resistió hasta que vio en su frente el estigma, el mismo que ella llevaba desde su nacimiento en la frente también. Entonces reconoció que no era un león corriente, sino que su naturaleza era distinta, del mismo modo que ella no era la hija corriente de un rey; los dos estaban hechos el uno para el otro. Y ella dejó de sentir miedo y se enamoró del león. —El estruendo de un trueno la interrumpió, y esperó a que disminuyera para proseguir—. Tenías razón, Ian, aquel día en la dehesa, cuando dijiste que somos parecidos, muy parecidos. Llevamos el mismo estigma en la frente. Nuestros padres se amaron más entre sí de lo que nos amaron a nosotros, y eso nos hizo huérfanos, sin patria, sin raíces. Lo que hicieron por ese amor tuvo sus consecuencias, y esa fue la herencia desdichada que nos han legado. Pero lo que hagamos nosotros, eso está exclusivamente en nuestras manos. —Tragó saliva, hizo acopio de fuerzas y dijo en voz alta—: Déjalo ya, Ian. Deja en paz a los muertos. Tu caza se acaba aquí.

Él se levantó, inseguro, a tientas, más por la sorpresa que por la embriaguez. Dio algunos pasos, se detuvo frente a ella. La miró a los ojos un buen rato, como si la viera por primera vez; le pasó despacio el dorso de la mano por la mejilla, como si tuviera que asegurarse de que era real.

—Sí, se acabó —dijo finalmente con voz ronca. Iba a añadir algo, pero calló, titubeó. Luego afloró una sonrisa en su rostro—. Por favor, quédate, leona mía. —Y la tierna aspereza de sus palabras hizo que a Helena se le encogiera el corazón para luego ensancharse.

Cuando la abrazó, mientras el monzón susurraba sobre las plantaciones de té, tamborileando en la madera, limpiando el aire y trayendo consigo el aroma de la vegetación mojada, de la tierra húmeda y de las montañas eternas, en un abrazo tan firme que Helena apenas podía respirar, entonces supo que había llegado a casa.

Epílogo

Shikhara, abril de 1879

Helena tiró de las riendas, obligando a *Lakshmi* a detenerse. El animal bajó graciosamente la cabeza y se puso a buscar con su morro suave entre la hierba y a arrancar con gozo manojos enteros al tiempo que meneaba las orejas de satisfacción. Helena se apoyó en el saliente de la montura, respiró profundamente y dejó vagar su mirada por el paisaje. Una ligera brisa proveniente de las montañas movía las hojas de las matas de té. Los campos parecían un mar levemente encrespado de color verde intenso, y su aroma dulce perfumaba el aire claro y soleado. Oyó unas risas; como pájaros de colores picoteando, las mujeres se agachaban recolectando sus *two leaves and a bud* y arrojándolas con habilidad en los cestos que llevaban a la espalda. Oía en la lejanía el traqueteo de las máquinas que en la manufactura procesaban las *first flush* del año. Sería un té excelente, casi mejor que el del año anterior, pero exigía de todos ellos mucho esfuerzo. Ese paseo a caballo sin un motivo especial era un lujo inaudito en esa época del año; en los campos, en la manufactura, dentro de la casa y en los alrededores había muchas cosas por hacer, pero Ian y ella se lo habían permitido de todas formas. Junto a la cabeza negra de *Lakshmi* se movía el morro macizo de *Shiva*, como si el semental inspeccionara con curiosidad la comida de su hija antes de dar cuenta de ella también él. Helena levantó la vista.

El viento alborotaba el cabello oscuro y ondulado de Ian, y sus labios curvos se arquearon bajo el bigote en una sonrisa.

—Pareces feliz.

Helena se lo quedó mirando un momento, sentado sobre su caballo, con la camisa arremangada, la piel ligeramente tostada por el sol. Su corazón rebosaba de amor. Lo agarró del cuello abierto de la camisa y lo atrajo suavemente hacia sí; lo besó en la boca y murmuró:

—¡Lo soy, sí!

Él contestó a su beso y, cuando sus bocas se separaron, Ian tenía chispitas en los ojos.

Él dio un tirón a la brida para que *Shiva* avanzara unos pasos.

—¿Vienes?

—Sí, un momento.

Ian asintió con la cabeza y se fue cabalgando lentamente cuesta abajo por el sendero entre los campos. Ella lo miró alejarse y se volvió a contemplar las paredes escarpadas del Kanchenjunga, que, como un guardián silencioso y atento, vigilaba la paz y la felicidad de la casa que tan llena estaba de vida.

Desde que se había vuelto tan hábil cabalgando, Jason solo pasaba las horas de clase en la escuela y alguna tarde con alguno de sus amigos en la ciudad antes de regresar a buen trote cuesta arriba montado en su caballo alazán castrado para no perderse la cena con su familia. Era un buen estudiante, con dudas sobre cuál de sus dos oficios soñados elegir, si el de ingeniero o el de cultivador de té. A menudo se sentaban él y Mohan Tajid y traducían juntos los antiguos escritos de los hindúes y debatían sobre la filosofía que animaba esos escritos. Ian y Jason salían a cabalgar juntos, iban de caza o medían sus fuerzas y su habilidad en juegos de lucha. Desde la primavera anterior vivía Marge con ellos; había insistido en asistir a Helena en el parto de su hija; no la habían podido disuadir del viaje con ningún argumento y luego se había quedado. Entretanto, la pequeña Emily Ameera daba sus primeros pasos tambaleantes de la mano de Marge, y Marge y Shushila se superaban mutuamente dándole mimos a la niña. Shushila y Helena no llegarían nunca a ser amigas, pero habían llegado a un acuerdo; a veces podían incluso bromear y reír juntas, y Helena le dejaba con agrado a Emily durante algunas horas cuando ella tenía que hacer algo en la casa o en el huerto.

Helena no olvidaría jamás las lágrimas en los ojos de Ian cuando tuvo a aquel cachito de persona por primera vez entre sus brazos. Emily Ameera tenía los ojos y el pelo negro de su padre y la piel clara de su madre; todo el mundo en la casa la quería y la mimaba; llevaba su nombre en recuerdo de la hermana de Ian; era la criatura del monzón, de aquel monzón en el que Helena e Ian se habían perdido y vuelto a reencontrar. Y tal vez era en efecto el alma reencarnada de aquella niña, que se había buscado una época mejor, un lugar más dichoso, pensaba Helena en ocasiones.

Se deshicieron de la casa de World's End y el retrato de Celia colgaba desde entonces en el salón. Ian vendió sus casas: la de Calcuta, en la que Helena no estuvo nunca, y la de Londres. Su lugar estaba en la India. Los inviernos los pasaban en Rajputana, en Surya Mahal o en la casa de Ajit Jai, donde celebraban la Navidad y también el cumpleaños tanto de Ian como de Jason, en una curiosa mezcla de tradición cristiana y heterogeneidad hindú. Allí eran los Chand, con toda naturalidad, como eran los Neville en Darjeeling y sus alrededores. Pudo convencer a Ian de que había llegado el momento de limar asperezas. Al cabo de algunas semanas, una vez finalizada la cosecha, manufacturado el té y transportado en cajas hasta el puerto de Calcuta, celebrarían una fiesta en el huerto de Shikhara para los demás plantadores y sus familias, a cuyos preparativos Helena dedicaba las pocas horas libres que le quedaban.

No volvió a saber nada más de Richard Carter, y aunque sentía en ocasiones un asomo de mala conciencia por haberse marchado de aquella manera de la habitación del hotel, era feliz. El secreto de Ian y de Richard estaba a buen recaudo con ella. Habían dejado atrás las sombras del pasado, y no pasaba ningún día sin que Helena diera las gracias al destino por haberla llevado hasta allí, pese a las muchas piedras puestas en el camino hasta esa felicidad. Como una leona lucharía por esa felicidad si peligraba o se veía amenazada en algún momento.

De vez en cuando se preocupaba por si Emily tendría la dicha de crecer libre y despreocupadamente, cosa que no les había sido concedida a Ian ni a ella. Sin embargo, Helena sabía que el destino recorre sus propios caminos y también que, en ocasiones, una tenía que agarrarlo por los cuernos con valentía y firmeza. Intentaba enseñarle eso a Jason, intentaría enseñárselo a Emily y también a los hijos que quizá tuviera todavía con Ian. Trataría de darles lo mejor de los dos mundos, pues esa era la herencia más valiosa que les podrían legar.

Helena se irguió y respiró profundamente, aspiró el sol, el viento y el aroma a piedra, tierra y té antes de tirar de las riendas y galopar por las colinas verdes cuesta abajo, hacia Ian.

Nota final

La acción y los personajes de este libro son inventados en su mayor parte. Sin embargo, algunas escenas están basadas en hechos reales.

El director del Jardín Botánico de Saharanpur, William Jameson, existió en realidad, y se ocupó también, por encargo del Gobierno, de la difusión experimental de las plantaciones de té en diferentes valles del Himalaya, entre ellos el valle del Kangra.

He descrito el marco histórico, cultural, religioso, social y político de la India de aquella época basándome en documentación histórica, en especial en lo referente al levantamiento de 1857 en Meerut, Delhi, Kanpur y otras partes del país. El general Hugh Wheeler, el general Havelock, el general George Anson, lord y lady Canning, Bahadur Shah y Nana Sahib son personajes históricos de esa rebelión, al igual que el teniente Willoughby y sus hombres, que, en la tarde del 12 de mayo de 1857, volaron el polvorín de Delhi.

El palacio de Surya Mahal y el clan del rajá Dheeraj Chand son ficticios, igual que la plantación de Shikhara; sin embargo, esos lugares, su historia y las gentes de allí están caracterizados de acuerdo a acontecimientos y personas reales, igual que ocurre con las familias Claydon y Lawrence.

Por último, la historia de Winston está inspirada en fuentes históricas fidedignas sobre un soldado anónimo que, durante la rebelión, se pasó al bando de los hindúes; fue perseguido por traición y ajusticiado.